Anthony Burgess:
Napoleonsymphonie
Roman in vier Sätzen

Deutsch von Wolfgang Krege

Klett-Cotta
im
Deutschen
Taschenbuch
Verlag

Von Anthony Burgess
ist im Deutschen Taschenbuch Verlag erschienen:
Tremor (10343)

Ungekürzte Ausgabe
September 1987
Deutscher Taschenbuch Verlag GmbH & Co. KG,
München
Lizenzausgabe mit freundlicher Genehmigung der
Ernst Klett Verlage GmbH u. Co. KG, Stuttgart

Titel der Originalausgabe:
›Napoleon Symphony‹ (Alfred A. Knopf, New York)

ISBN 3-608-95079-6
Umschlaggestaltung: Celestino Piatti
Gesamtherstellung: C. H. Beck'sche Buchdruckerei,
Nördlingen
Printed in Germany · ISBN 3-423-10785-5

Das Buch

Ein heroischer Roman, eine komische und erhabene Symphonie Bonaparte, nach Beethovens Vorbild in Worte gesetzt. Napoleons Leben in vier Sätzen, mit einer Ouvertüre, die den Helden in den Ehestand führt, und einer Coda im Ton einer späteren Zeit – durchgeführt von einer Repräsentantin der besserwissenden Nachwelt. Von den ersten großen Tagen der Feldzüge in Italien bis zu den Träumen des Sterbenden auf St. Helena. Wir erleben einen Verwandlungskünstler, einen Napoleon, der zu allem die Hand bietet, was Mit- und Nachwelt aus ihm machten: Napoleon als schwärmender Liebhaber der rosenduftenden Josephine, wie er zwischen den Truppenbewegungen Salven von schmerzlich-geilen Liebesbriefen abfeuert. Napoleon, der Schlachtenlenker, wie er seine Soldaten scharfmacht und die Offiziere anpfeift, wie er auf dem Hintern die Alpenpässe heruntergefahren kommt und auf der Ebene von Marengo das berühmte historische Spiegeleiergericht verzehrt. Napoleon als betrogener Gatte – der tobende Hahnrei fährt wie ein Sandsturm über Ägypten. Napoleon, der verwünschte Tyrann, Liebling des Mobs, Kumpel der Kriegsveteranen, Freund der Witwen und Waisen. Ein Roman mit großem Orchester.

Der Autor

Anthony Burgess wurde am 25. Februar 1917 in Manchester geboren. Nach Studium und Armeedienst war er Dozent für englische Sprache, zuletzt in Malaya und Borneo. Von dort kehrte er, für todkrank erklärt, nach England zurück – und schrieb innerhalb kurzer Zeit fünf Romane. An die 40 Bücher sind es seit 1956 geworden. In Deutschland wurde er bisher vor allem als Autor des berühmten Films ›A Clockwork Orange‹ bekannt. Einige weitere Werke: ›Ein-Hand-Klatschen‹, ›Tremor‹ (1980), ›Shakespeare‹ (1982), ›Der Fürst der Phantome‹ (1984).

Meiner lieben Frau, einer *Buonapartista*,
die in ihrer frühen Jugend nicht verstehen
konnte, warum die Engländer
einen großen Bahnhof nach einer verlorenen
Schlacht benannt haben.

Außerdem für Stanley Kubrick,
maestro di color ...

Tallien drückte auf seine alte Königsuhr, und sie läutete eine neue republikanische Neun. »Eine volle Stunde zu spät schon!« Von der Rue d'Antin pfiff der Ventôse herein und stieß in die Kerzenflammen. Dem Holzbein des diensthabenden Standesbeamten, der am Kamin eingeschlafen war, entstieg dünner Geruch von versengtem Lack. Calmelet, der Anwalt, Madames Anwalt, sagte geduldig:

»Die Stunde hätte länger sein können. Oder mehrere Wartestunden statt einer. Hat nicht schon jemand vorgeschlagen, den Tag und die Woche nach dem Dezimalsystem zu gliedern? Zehn sehr lange Stunden oder hundert kurze. Also, Bürgerin, wir sehn uns um 93 Uhr 55.« Er kicherte durch die Nase. »Den langen hätte der gute d'Eglantine Namen geben können. Oder Romme? Nein, Romme war kein Dichter. Egal, beide sind nicht mehr am Leben.«

»Famose Ideen sind dem Direktorium unterbreitet worden«, sagte Barras. »Revolutionen überläßt man am besten den Konservativen, hat irgendwo einer geschrieben.«

»Auch einer, der nicht mehr am Leben ist«, sagte Tallien. »Und jemand anders hat gesagt, die Göttin der Vernunft sei stolz auf ihre zehn Finger.«

»Der das gesagt hat, der ist noch am Leben«, sagte Barras, »und gedenkt recht alt zu werden.«

»Herrlich!« gluckste Calmelet. »Dinaire! Dormial! Amorôse! Als Stundennamen, wie wär's? Die Stunde des Amorôse hat geschlagen.«

Barras hatte seinen Direktorenhut vor sich auf den Knien; zärtlich streifte er mit vier Fingern über die Dreifalt des Federbuschs. Den Sinnen hörig, dachte Tallien nicht zum ersten Male. Der gäbe alles drein für die Sinne. Nicht aus den Augen zu lassen. »Die reine Konsequenz«, sagte Barras, »ist als unmenschlich zu betrachten.«

»Als jakobinisch, meinen Sie?« sagte Tallien.

»Laßt fünfe mit dreien im Tanz sich freuen! Es gibt doch so eine Art klassischer Gedichte, in denen Sechsfüßer mit Fünffüßern wechseln.«

Calmelet sagte: »Elegisch, glaub ich.« Der Standesbeamte schnarchte, wie um im Schlaf noch seinen Dienst zu versehn. »Aber sprechen wir nicht von Elegien, heute! Epithalamien allenfalls. Schade nur, daß unsere Monatsnamen so – wie soll ich sagen? – ortsgebunden sind! Neblig, Schneeig, Regnerisch, Windig! In Madames Heimat haben diese Namen keine Geltung.«

»Es gibt dort Regen, Wind und Nebel.« All dies aber schien von der gleichen Mattigkeit zu sein wie Madames Vokale.

»Ja, ja, ich meine nur, als Monatsbezeichnungen –«

»Es kann nicht schaden, wenn unsere tropischen Mitbürger an das Wetter in Paris erinnert werden«, sagte Barras.

»Aber in Madames Heimat wird es immer Thermidor sein.«

»Thermidor!« sagte Tallien. »Wie lange das schon her ist!«

»Ja, ja, Sie haben ihn überstanden, Sie sind sehr standhaft gewesen.« Barras kitzelte seine Nasenspitze mit der Spitze einer Feder. Genüßlich verharrte er im Vorgefühl eines Niesens, ohne ihm nachzugeben, willensstark, wie er war. Schniefend sah er Madame an, die verdrossen auf ihrem Stuhl saß. Den Körper unter dem Musselinkleid kannte er, oder vielmehr erinnerte er sich, ihn gekannt zu haben. Ein Buch kannst du kennen, einen Körper nur in der Erinnerung. Nicht so sehr der Körper ändert sich als vielmehr die Finger, die ihn berühren. Nicht mehr lange, und über Talliens Frau mit ihrem, einstweilen noch, prachtvollen Körper denkst du genauso. Der elektrische Strom fließt nicht mehr, etwas dergleichen. Wissenschaft! *Die Revolution braucht keine Wissenschaftler.* Der reine Unsinn! Sie sagte:

»Ich könnte ebensogut heimgehn.«

»Sie gehen mit ihm zusammen heim«, sagte Barras. »Nur Mut, Geduld! Viel zu tun, unser Freund.«

»Wir haben schon länger warten müssen«, sagte Tallien. »Warten dürfte für uns nicht mehr schwer sein.« Sie sah ihn an, wie er auf seinem Stuhl posierte, als säße er einem Maler. Welker Ruhm in eine Kadenz gebunden. Mach einen Alexandriner draus! Tallien auf der Bühne, Karrengerumpel aus den Kulissen. Laßt des Tyrannen Blut, doch andres Blut nicht fließen! Von ihrem Fenster im Karmelitergefängnis hatte sie ein altes Weib tanzen gesehn, zahnlos jubelnd, in der einen Hand einen Stein, in der andern den schmutzigen Rocksaum.

»Mut, Geduld, Freundlichkeit«, lächelte Calmelet, ihre geschwungene Halslinie bewundernd, »für Ihre neue Republik, in der man ewig Floréal schreiben möge!« Sie trug Blumen in den drei Farben, sie liebte Blumen. Es war noch nicht lange her, da hatte man Hälse wie den ihren rot umbändert auf den sogenannten Überlebensbällen gesehn, die gewöhnlich in Hysterie endeten. Der diensthabende Standesbeamte rief plötzlich im Schlaf einen Namen auf.

»Hörte sich an wie *Joseph*«, sagte Tallien. »Einer Ihrer Namen, derjenige, aus dem er Ihnen einen weiblichen Kosenamen gemacht hat.«

»Vielleicht der Name eines alten Kameraden von ihm«, sagte Calmelet. »Höchst interessant, was jemand im Schlafe redet. Vielleicht ist es auch ein Sohn oder Bruder. Und natürlich heißt so auch Ihr neuer Schwager. Das nominelle Familienoberhaupt.«

»Noch ist er nicht mein Schwager. Mir kommen Zweifel, ob er es je sein wird.«

»Sollte er den Namen *Cathérine* aufrufen«, sagte Barras, »dann wissen wir, daß sein schlummerndes Gewissen von einem kleinen Schwindel beunruhigt wird. Ironische Fügung! Geburtsscheine müssen vorgelegt werden, aber sie befinden sich auf den beiderseitigen Heimatinseln. Und die Inseln befinden sich beide in den Händen unserer britischen Feinde. Ironische Fügung!«

»So bleibt es nicht«, sagte Calmelet.

»Also muß er sich den Geburtsschein seines Bruders ausleihen, sie den ihrer Schwester. Ein harmloser kleiner Schwindel!«

Und zwar, dachte sie, des älteren Bruders und der jüngeren Schwester, was den Altersunterschied vermindert. Ob er daran denkt? Bis auf ein Jahr werden wir angeglichen. Sie spürte ihr Alter, wie sie den Ventôse spürte. Er pfiff nun wieder durch einen Sprung im Fenster herein, der mit einer alten, schlecht gedruckten Proklamation überklebt war. *Bürger!* fing es an. Ich bin durch zu viele Hände gegangen. »Wenn wir schon warten müssen, was tun wir solange? Hätte ich nur meine Tarotkarten mitgebracht! Ich könnte uns allen die Zukunft wahrsagen. Damit haben wir uns schon einmal die Zeit vertrieben.«

»Unser Schicksal kennen wir«, deklamierte Tallien. »Überlebt zu haben genügt uns. Jetzt kommt ein größeres –«

»Ja, ja«, sagte Barras, »darum geht's doch bei all diesem Warten.«

»Joseph«, sagte Calmelet, »hatte einen bunten Rock und rettete Ägypten. Vom Weibe seines Brotherrn ließ er sich nicht verführen. Seit eh und je wird er daher in Frankreich belächelt. Und dann gibt es natürlich noch einen Joseph, den heiligen Hahnrei.« Niemand lächelte. Barras sagte:

»Die Religion haben wir zwar aufgegeben, aber hoffentlich nicht auch den guten Geschmack.«

»Ah, welch adlige Gesinnung!« sagte Tallien. Barras blickte ihn an. Überleben!

»Ihre Zurechtweisung beschämt mich tief, Bürger Direktor«, sagte Calmelet ohne eine Spur von Verlegenheit. »Dennoch, es sind Mythen, die eine ganze Nation irregeführt und in Sklaverei gehalten haben.«

»Derlei Parolen«, sagte Barras, »klingen hohl in einem kleinen Zimmer, wo Leute auf eine Trauung warten. Richtig, gewiß, aber hohl. Wir müssen anfangen, uns über neue Formen des Geschmacks und der Schicklichkeit Gedanken zu machen. Wir sind die Hüter der Kultur.«

»Überleben geht vor«, sagte Tallien.

»Überleben muß die Kultur im höheren Sinne.« Für sich behielt er, dem guten Geschmack zuliebe, den Gedanken an die nordwärts rollenden Fuhren mit dem einschmelzbaren Tafelsilber der gezüchtigten Monarchien. Der Standesbeamte wechselte abrupt die Haltung, schlief aber weiter. Er stieß gereizte Laute aus, aber es waren keine Worte.

»Sein Holzbein liegt jetzt fast im Feuer«, sagte Calmelet. »Ob er wohl noch so etwas wie einen Gedächtnisrest von Sinnesempfinden darin hat, wie wenn das Holz mit der fehlenden Extremität verbunden wäre? O ja, sehn Sie nur, er hat es weggezogen!« Der Beamte rückte brummend vom Feuer ab und schien im Begriff, aufzuwachen. »Schlaf weiter!« sprach ihm Calmelet zu, »der Bräutigam selbst wird dich wecken.« Er blickte verschmitzt in die Runde, um zu sehen, ob jemand den biblischen Anklang bemerkt hatte, aber draußen hörte man nun zwei Paar Füße sich nähern. Alle horchten auf, doch die Schritte gingen vorüber. In Barras stieg das Gefühl auf, daß es, ganz abgesehen von der besonderen Artigkeitspflicht gegen die Braut und der allgemeinen Achtung vor den Vertretern von Staat und Gesetz, noch etwas Tieferes geben müsse, etwas wie, jawohl, Ehrerbietung, die man ihm als dem Schirmherrn schuldig war, dem stärksten Finger sozusagen in der Faust der Autorität, dem richtungweisenden –

»Wie würden Sie eine Fünfergruppe nennen, Calmelet?«

»Einen Quincunx? Nein, ein Quinquevirat.«

Dieser Herr vom Guten Theile hätte ihm aus dem Hauptquartier eine Mitteilung schicken sollen. All dies sah bedenklich nach Insubordination aus, nach dem Selbstgefühl eines Mannes, dem offenbar die Autorität der Kanonen allzu unverschämtermaßen bewußt war. Und obendrein der schwindelerregende Zweifel (aber den mußte man schnell beiseite schieben), ob er denn überhaupt kommen und sich nicht, wie schon so mancher Bräutigam, von der Pränuptialangst würde abschrecken lassen? Aber nein! Der kochte über vor Jünglingsliebe, dem ging es schier in die Hosen ab, wenn er sie nur ansah. Elektrizität hatte er mehr als genug. Und führte nicht der Weg in die Alpen (nun ja, ein Zötchen!) zwischen ihren Beinen hindurch? Sieh es doch von der andern Seite und sei ganz ruhig: Alle drei sind wir schließlich Aristokraten, wenn sie auch aus zwei schäbigen Inselkolonien kommen, die beiden, und ein sehr provinzielles Französisch sprechen, ohne Pfiff in den Vokalen. Alle drei müssen wir doch in gewissem Maße zusammenhalten in einer Welt, wo die Mittelklasse regiert. Eine ausgediente Mätresse, die du in einer anständigen Ehe versorgst, mit einem guten Freund, der tief schnaufen kann und viel von Kanonen versteht. Sozusagen eine Hilfskonstruktion, diese Ehe, damit unsereins überlebt.

Calmelet, um die verdrossene Braut aufzuheitern, spann Phantasien um das Holzbein des diensthabenden Standesbeamten. »Weder aus königlichem Holze noch aus dem Holz des Freiheitsbaumes, sondern schlicht aus nationalem Holze ist es geschnitzt. Frankreich opfert ein Stück seines Holzbestands, so wie dieser Träumer hier ein Stück von sich geopfert hat. In welchem Krieg und für welche Sache? Egal, solche Kreaturen sind unempfindlich wie Holz.«

»Schreiben Sie eine Elegie oder so etwas!« sagte Barras, halb spöttisch. »Ode auf das Holzbein eines Patrioten. Demselben Baume verdanken wir das Papier für die neue Rousseau-Ausgabe. Oder Ersatzmehl für die Bäckereien. Los, Calmelet, vertreiben Sie uns die Zeit!«

»Meinetwegen«, begann Calmelet, in sich hineinkichernd:

Dies Landeskind spielt ohne Schuh und Jacke
Am Königsweg in Königsstaub und Schlacke.
Monseigneurs Kutsche rollt ihm übers Bein.
Verschmerzt ein Glied, streicht einen Louis ein.

»Oder hier, wie wäre das?« fragte Barras und fing an zu improvisieren:

Aus diesem Baume wuchs ein wuchtiger Hammer
Fürs Menschenrechtsvotum in der Kammer.
Sein Dröhnen schlichtete manchen Streit
Bei der Entmachtung von Adel und Geistlichkeit.

»O nein!« sagte Calmelet. »Mit Verlaub, das ist prosodisch allzu frei. Zu revolutionär.« Tallien trug schmetternd seinerseits etwas vor:

Manchen Staatszweck zu erfüllen,
Dient uns besser Holz als Eisen:
Knüppel, die den Aufruhr stillen,
Späne, die den Hunger speisen.

Calmelet fiel ein:

Ein Baum könnt es gewesen sein, der stand
Auf konfisziertem königlichem Land.
Gab einen Krückstock her für Mirabeau,
Konstitutionsentwurfspapier en gros,
Drauf pinselt er Gesetze dünn und dicke.

Tallien fand schnell einen Reim:

Dies Holzbein hier ist die Verfassungslücke.

»Jedenfalls«, sagte Calmelet, wieder zur Prosa zurückfindend, »denen begegnen wir nie wieder auf französischem Boden. Madames verspäteter Bräutigam wird dafür sorgen.«

Tallien drückte auf seine alte Königsuhr, und sie läutete eine neue republikanische Zehn. »Ja«, sagte er, »dieses Luder mit seiner Sippschaft! Keinen Kopf mehr, aber die Krone!«

»Hoffen wir es inständigst!« sagte Barras. »Beten wir darum, wenn uns danach zumute ist!«

»Zum Höchsten Wesen!« sagte Calmelet fromm.

»Immerhin«, sagte Tallien, »der Kultus des Höchsten Wesens hat seinen Zweck erfüllt. Er hat den Konvent zusammengehalten, wobei freilich noch andere, weniger geistliche Neuerungen von Einfluß gewesen sind. Er hat zum Thermidor geführt und zum Ende des –«

»Die Inkarnation des allgemeinen Willens«, sagte Barras. »Ein Buch kann ein Knüppel in der Hand des Befreiers sein. Dasselbe Buch kann eine Waffe des Tyrannen sein. Wer könnte sagen, ob die Wahrheit hier oder dort liegt? Die Girondisten waren von Jean-Jacques' reinsten Motiven beseelt. Sie haben aller Welt den Krieg erklärt und einen König getötet.«

»Dafür haben sie zahlen müssen«, sagte Calmelet und nickte.

»Wir zahlen dafür noch immer. Überleben liegt in der Zukunft – hat Sieyès mir gesagt. Er wünscht sich, daß sein Grabspruch lauten soll: *Er hat überlebt*.

»Ach, mir wird es zu dumm«, sagte sie. »Wie lange sollen –?«

»Ah!« Calmelets flinke Ohren hatten es zuerst gehört. Füße nahten im Eilschritt. Die Tür flog auf. Lemarois, sein Adjutant, der vierte Trauzeuge. Und dann! *»Lui!«* sagte Calmelet.

Mit langen Schritten kam er herein. »Aufwachen! Nehmen Sie Ihr Bein aus dem Feuer!« Der Braut gab er zwei quälende Zwicker, einen in jedes Ohrläppchen. Dann rief er:

»Fangt an!«

1. Satz

Germinal im Jahre vier, doch für uns, Liebste, bricht das Jahr eins an. Der Same drängt und verdorrt vor Enttäuschung. O wie gern nur möchte ich glauben, daß, was Du von dem meinen schon in Dir trägst, sein tiefes Wirken begonnen habe! Albenga liegt an der Küste auf halbem Wege zwischen Nice oder Nizza und Genua oder Genova. Ich habe mit dem Winkelmesser an den Karten zu schaffen; bei mir der Stabschef. Geschworen hätt ich, daß mir aus jenem Band über Piemont und seine Topographie, als ich darin blätterte, der Duft Deines Leibes entgegenschlug. Wie seltsam und zauberisch, daß sich in den öden Wälzern, die mir unsere ach so kurzen Wonnen beschwerten, nun Dein Duft und Schimmer verfangen hat! O wie mir der Mund wässert nach Dir, wie's mich hungert, Dich abzunagen bis auf die Zehen und aus dem seidenen Delta im seligen Tale zu kosten – doch ach, nur Raserei der Erinnerung ist's noch und fernes Versprechen! O wieder Dich zu füllen mit mir, so wie nun ich zum Überfließen mit Deiner Süße erfüllt bin! Ringsum werden die Bienen summen, ich schwör's, wenn wir gemeinsam die Liebeslande erreichen. Hier ist es kalt, und die Truppen murren noch immer. Kuß um Kuß vernutzt das Kristall auf Deinem Bildnis.

Masséna bekam es von Augereau, der es von La Harpe bekommen hatte, und gab es zurück. »Wie ich neulich schon mal sagte, sehr hübsch!«

»Was, hübsch? *Hübsch?* O du mein Ein und Alles, o weltenferne Entrückung, o Frühlingsgöttin, o du Erleuchtung in der Schlacht! Gehn wir, Berthier!« Berthier, an einem Stück Brot kauend, brummte etwas und folgte ihm, als er in den Morgen hinausschritt, nachdem er das Bild zuerst geküßt und dann weggesteckt hatte.

»Schmeckt nach ranzigen Kastanien, dies Brot«, sagte Augereau. »Schaut euch den an, nach so einer ganzen Nacht voller Traumspritzerchen, wie's ihm fast schon wieder in die Hosen abgeht! Barras' ranzige Kastanie, das ist sie gewesen, versteht ihr? Haar kastanienbraun, jetzt ein bißchen getönt, würd ich vermuten. Kommt in die Jahre, die Alte. Froh, daß sie diesen Fotzstumpen von einer Vogelscheuche in den Hafen der Ehe gekriegt hat.«

»Vogelscheuchen sind wir alle«, sagte Masséna.

»Nach ranzigen Kastanien schmeckt es«, sagte Kilmaine, »weil ranzige Kastanien drin sind.«

»Gestern hab ich doch wahrhaftig eine erst ein ganz klein bißchen angefaulte Kartoffel gesehn«, sagte La Harpe.

»Wenn ihr bloß wüßtet, was Pferde sind!« sagte Kilmaine, »solche wie bei uns, richtige Pferde, kastanienbraune Füchse. Ich könnte heulen, wenn ich daran denke, wie –«

»Hast du's wieder mit der Menschlichkeit?« sagte Masséna. »Geh mir bloß mit deinem Rousseau! Sachen sind's, weiter nichts, zum Verbrauch bestimmt. Aufpäppeln kannst du die restlichen, die noch laufen können, wenn wir in die Ebenen kommen. Da hat's gutes, fettes Land. Wie in Irland.«

Draußen, im kühlen Morgen, sahen sie Saliceti auf einem dicken Brandfuchs reiten. »Komische Sache!« sagte Augereau. »Mit der Revolution, mein ich. Schaut euch den an! Turm von Federn auf dem Hut, und die Stiefel, was die schon gekostet haben! Kann euch sagen! Na, Geist der Revolution nennt man das. Kommt der alte Riß wieder durch, wie in alten Tagen. Männer in Lumpen und mit Stroh um die Füße, und so einer in Gold, Silber und Parfüm, daß es zum Himmel stinkt!«

»Wie hätte das denn aber erst gestunken, wenn er nach Genua gegangen wär ohne all den Schmant?« sagte Masséna. »Er wollte doch eine Anleihe herausholen, für die Armee nämlich.«

»Gekriegt hat er sie nicht«, sagte La Harpe. »Immerhin, Stiefel.«

»Und dieses Kotzkastanienzeugs.«

»Müssen Sie mal anders rum sehn«, sagte Augereau. »Sie und mich, uns haben die Leute gewählt, immer schön demokratisch. Klar, Jungs, jetzt wählen wir alle den lieben Hauptwachtmeister Masséna, damit er mal Oberst wird! Ist doch so, nicht?«

»Ich seh nicht, worauf Sie –«

»Aber dann aus mit der Demokratie! *Wir* haben doch bei diesem Feldzug nichts zu sagen. Spritzerchen hat's Kommando. Und wer hat den gewählt? Der dicke Barras in Paris, der Fotzenjockei! Da haben Sie's wieder: Beziehungen, Intrigen, Hurenkommando! Ist kein Zufall, kann ich Ihnen sagen – der mit seiner Kastanienschnalle in der einen Hand und seiner Kartenrolle in der andern. Neulich hat er sie beim Küssen verwechselt. Drückt er doch so einen dicken, fetten Korsenschmatz auf die Karte der Poebene!«

»Bei Toulon hat er sich aber gut gemacht«, sagte Masséna. »Und Murat, der Neue, kann Ihnen die ganze Geschichte von der Sache bei den Tuilerien erzählen. Das Direktorium hat er gerettet – nicht daß sie's verdient hätten, die besoffnen Schweine! Kanonen, so ein paar Kanonen hat er auffahren lassen. Murat hat sie ranschaffen müssen, im Galopp. Es hat schon Schlimmeres gegeben als das Direktorium. Königstreue sind's gewesen, haben um die Tuilerien gebellt. Denen hat er Beine gemacht – pengpengpeng!«

»Und jetzt bellen sie in den Alpen, die Königstreuen. Diese österreichischen Lackel!«

»Und nicht zu wenige! Arbeit wie nach Maß für ihn.«

»Wir werden sehn. Früher gab's das ja nicht, daß wir Fragen stellen durften. Aber jetzt möcht ich wissen, was das alles soll. Spritzerchen sagt, wir bringen denen Gleichheit und Brüderlichkeit – schöne Propaganda müssen wir sein, so zerlumpt und verlaust! Ihr seht ja, was dieser Saliceti draus macht – Gold und Silber und Gemälde für die Schweine in Paris! Was soll das alles? Muß einer nicht ein Idiot sein, wenn er da noch an die Revolution glaubt?«

»Das wichtigste zuerst!« sagte La Harpe. »Die Österreicher machen alles wieder so wie gehabt, wenn wir sie nicht in die Eier treten. In Turin, wo der König seine Zeit verschläft –«

»Dieses Murmeltier!«

»Wach gewesen ist er grad lang genug, um die Streckbänke und Daumenschrauben für die Ungläubigen wieder vorholen zu lassen. Fressen Schweinefleisch, die fetten Pfaffen, und glucksen, wenn so ein armes Luder vor ihnen liegt, das am Freitag Fleisch gegessen hat, und der schneiden sie dann in nomine domine die Titten ab. Holen sich einen runter dabei in ihren – weiß ich, wie die Dinger heißen.«

»Tunikas.«

»Die kommen wieder«, sagte Augereau, »wenn wir nicht aufpassen. Unser Spritzerchen hat's gleich scharf angefaßt, muß man ihm lassen! Diese beiden, weiß nicht mehr, wie sie hießen, die bei der Parade *Lebe der König!* gerufen haben. Gleich ab zum Standrecht, aber Laufschritt! Pengpengpeng, wie Sie gesagt haben.«

»Kanonen hat er hier nicht, aber ein bißchen was hat er schon«, sagte Masséna. »So ein Paar Augen hat er, gut im Gelände! Ich muß es wissen. Sehn wir mal erst, wie's geht, und urteilen können wir später.«

»Mit dem Hut auf sieht er ja wenigstens größer aus«, sagte Augereau. »Zu Pferd sitzt er auch nicht besonders. Also, ich sag das ja nicht gern, sowas, aber –«

»Seht nur den Trupp dort!« sagte Kilmaine. »Nicht einer von den armen Gäulen, der nicht in der Mitte durchhängt.«

»Was wollten Sie sagen?«

»Ich versteh's einfach nicht. Letzte Nacht hab ich wachgelegen und wollte mir drüber klarwerden.«

»Über was denn?«

»Gibt Momente, da hab ich einen Heidenbammel vor dem kleinen Scheißer.«

»Ach, sehn wir mal, ob er –« Masséna rieb sich traurig grinsend den Zinken. Er schaute nach Norden, ungefähr Richtung Cairo.

Buonaparte verwandelte sich in Bonaparte. Wenn Mailand erst eingenommen wäre, könnte er mit dem *u* immer noch ein bißchen jonglieren, bald französischer Eroberer, bald brüderlich italienischer Befreier, je nach Anlaß, je nach Laune. Er beendete das Diktat seines Briefes an das Direktorium und sagte zu Berthier:

»Die Zeit der Menuette ist vorüber. Dies ist die Zeit des Walzers. Nicht, wohlgemerkt, daß ich diese ungenierten Umarmungen auf dem Parkett geradezu billigte. Aber lasziv ist es nicht, zu viel Tempo.« Wie Berthier vorausgesehen hatte, zog er das Bildnis aus der Brusttasche und drückte einen leise lächelnden Schmatz drauf, wie um durch besondere Nutzanwendung das andrängende Gelüst zu läutern. »Tempo!« Nachdem er das Bildnis wieder am Herzen geborgen hatte, behielt er die Hand drauf. »Die Nutzanwendung für die Kriegskunst dürfte klar sein. Bitte noch mehr rote Nadeln!«

Berthier gab ihm die Nadeln eine nach der andern und sah zu, wie er sie auf die feindlichen Stellungen spießte. Wie aus angestochenen Fingern schienen Blutstropfen hervorquellen zu wollen. Lieber er als ich, dachte Berthier. In Paris waren siegreiche Generäle beliebt und auch wieder nicht. Sind sie gefährlich im Felde, sind sie auch gefährlich in der Heimat. Ohnehin, ein Tanz für die Jungen, heutzutage. Den Alten, soweit man sie gnädig am Leben gelassen hat, ist nicht zu trauen. Loyalität zweifelhaft. Alte Köpfe fuhrenweise wie Blumenkohl, weg damit! Bei dir dagegen, in die Offiziersklasse geboren, wie man das früher nannte, mit deinen dreiundvierzig, die man dir auch ansieht, Loyalität eigentlich keine Frage. Schon in einem Revolutionskrieg gekämpft, ehe noch ihre Bastille fiel. Auszeichnung bei Philipsburg. Das sollen die sich mal hinter ihre Revolutionsmützen stecken! Zivilisten, möchten das Blut saufen, weil sie keins in den Adern haben. Den siegreichen General spielen? Halt dich raus! Bleib, was du bist! Bonaparte sagte:

»Wie vorausgesehen keine Antwort von den Genuesern.«

»Sie werden's Bbbeaulieu gesagt haben, seien Sie sicher!«

»Da schaun Sie!« Er klopfte mit der Faust auf die Karte. »Wenn Italien ein Bein ist, dann sind wir in der Mitte zwischen dem Nabel von Nizza und dem Genital von Genua. So müssen Sie's den Truppen klarmachen, Geographie vermenschlicht. Beaulieu, trottelig, wie er ist, wird denken, wir wollten über Genua vorrücken. Er kommt mit seinem Haufen von Alessandria herunter, sozusagen aus den inneren Hohlräumen des Genitals, wenn Italien eine Frau ist. Klar?«

Der schmort ja drin! Man hätte ihm einen längeren Heiratsurlaub gewähren sollen.

»Schérer hat dddiese Tttruppe nach Vvvoltri gebracht, bevor Sie bevor Sie –«

»Wir werden Beaulieu in Voltri etwas zu knabbern geben. Oder, besser, zu klimpern, nämlich La Harpe!«

»Keine Ddd –«

»Nein, keine Division! Aber genug, um Beaulieu zutraulich zu machen. Er wird sich zu weit nach Süden von seinen Piemontesern entfernen, und dort in den Hügeln können wir ihm den rechten Flügel stutzen. Hier, bei Carcare. Bei den obersten Schamhaaren.«

Hat sich die ganze Sache schon überlegt.

»Schließen wir diese Lücke! Massénas Division hier, Augereaus dort! Schandmaul, der Augereau, nebenbei. Vom Gemeinen aufgestiegen, sieht man.«

»Seine Dddisziplin ist ausgezeichnet.«

»Hat er nicht mal in Konstantinopel mit Uhren gehandelt? Muß ihn über Konstantinopel ausfragen, kann nie wissen! Früher war er Tanzlehrer. Sehn wir mal, ob ein Uhrenhändler pünktlich sein kann! Alle Divisionskommandanten sollen auf ihren Meldungen mit dem Datum auch die Uhrzeit angeben. Tempo, Termine! Schluß mit den Menuetten! Augereau weiß, was ein Walzer ist. Wir walzen sie heim nach Wien. Aber zuerst müssen die Piemonteser vom Parkett. Bißchen Befreiung wird ihnen recht sein.«

»Kkk –«

»*Die französische Armee ist gekommen, eure Ketten zu brechen.* Ich muß mir etwas überlegen. Auch auf italienisch.«

Die Bürger Carné, Thiriet, Blondy, Tireux, Hubert, Fossard, Teisseire, Carrère (Jacques), Carrère (Alexandre), Trauner, Barsacq, Gabutti, Mayo, Bonin, Borderie, Verne, Chaillot, Barrault, Brasseur, Dupont, Salou und noch sechzehntausend andere in ihren verwaschenen blauen Lumpen, die alten Jakobinermützen auf dem Kopf oder morsche Tschakos, aber mit Schuhen, die meisten immerhin mit Schuhen, gingen vor zum Angriff. Fällt euch leichter, Jungs, wenn ihr mal dran denkt, worum's geht. Diese österreichischen Lackel wollen uns nicht gönnen, daß wir frei sind und sie in Ketten. Weil wir uns als freie Männer erlaubt haben – ist ein Menschenrecht nämlich –, diesem Aas von einer Königin damals den Kopf abzuhacken, wo die doch selber Österreicherin gewesen ist, und da wollen sie uns jetzt wieder mit ihren scheintoten Königen und gottlosen Bischöfen kommen, und noch einiges mehr, denn rächen wollen sie sich auch noch, kann man ja verstehn! Angreifen tun wir den Argenteau, Österreicher trotz des Namens, oder jedenfalls sagt er, er ist einer, aber da wird wohl ein bißchen französisches Verräterblut mit im Spiel sein, der auf unsere tausend Mann losgeht, die wir in dem Fort da drüben speziell für ihn aufgebaut haben, und den packen wir in der Flanke und von hinten, während General La Harpe mit seinen Leuten von vorn kommt. Noch Fragen? Ja, wann kriegen wir, verdammt noch mal, Urlaub, was ist mit meinem letzten Sold, ich hab doch so einen Schmerz in den Eiern, Bürger Sergeant?

Kaltes Geniesel fiel auf Montenotte und verdichtete sich zu Regen.

Bonaparte beobachtete aus tausend Fuß Höhe. In gewissem Sinne, Herzliebste, ist es ein Liebessymbol, wenn die Heere handgemein werden. Mein Adjutant Marmont sagt, es hat etwas mit elektrischen Atomen zu tun, die zwischen dem männlichen und dem weiblichen Pol überspringen, oder etwas dergleichen, aber ich habe das Gefühl, daß es eine Besonderheit des Herzschlags ist, beim Liebesbeweis genauso wie im Krieg. Die Priester in Ajaccio sagten immer, Salomos Hohes Lied in der Bibel sei ein Gleichnis für die Hochzeit Christi mit seiner Kirche, doch nun wissen wir's besser: Es ist schlicht, aber nicht einfach, die Liebe eines Königs zu seiner erwählten Magd, und mir geht jener Satz nicht aus dem Sinn, daß diese Liebe schrecklich sei wie ein Heer in Waffen. Ich nehme dein Bildnis heraus, und der Regen streut Tränen auf das Kristall. Ich küsse sie fort und blicke nach unten, wo sich die blauen mit den weißen Ameisen verschränken. Drei blaue auf zwei weiße im Nahkampf, meist mit dem Bajonett, keine Mühe für uns. Deinen schmalen weißen Rücken muß ich mir den Musketenwölkchen zugekehrt vorstellen und dem dünnen Lärm, der von unten heraufdringt. Ich berge Dich wieder an der Wärme meiner Brust, sicher vor dem Regen und dem Gemetzel. Es ist unser erster Sieg, und ich muß weiter zu den nächsten. Ich sehe österreichische Fahnen in französischen Händen und große Blöcke Weiß, still wie Schneewehen. Eine Last ist das immer mit den Gefangnen.

»Was schreibt er denn?«

»Ich kann seine Handschrift nicht lesen.« Und wie einen Knochen warf sie den Brief ihrem Mops Fortuné hin, der erst daran schnüffelte und dann hineinbiß.

»Immerhin wäre doch wissenswert, wann er zurückkommt, mein Engel. Mmmmmm!« Leutnant Hippolyte Charles, Erstes Husarenregiment, doch zur Stunde nicht in Uniform, mümmelte an ihrer linken Brustwarze – oder war es die rechte?

»Paul Barras ist ganz außer sich, wegen der Siege. Kannst du nicht die Namen hier lesen?«

Er rangelte einen Augenblick mit dem Hund. Der ließ widerstrebend Millesimo, Ceva und Dego fahren. »Viel zu marschieren«, sagte er. »Lauter so kleine Hügel. Darum heißt es Piedmont, das Land der Fußhügel.«

»Hat mich noch nie interessiert.«

»Und warum auch, du Wonnemäuschen? Mmmmmm!« Er mümmelte jetzt tiefer. »Macht er das auch mit dir?«

»Versucht hat er's. Bei ihm muß alles immer so schnell gehn. Ach, Liebling, was machen wir denn bloß?«

»Jetzt? Zeig ich dir gleich. Jag den verfluchten Köter vom Bett! Ich hab ja bald keine Zehen mehr.«

»Bleibt da! Ooh nicht doch, Schätzchen! Mammis kleiner Bote, ja, wie Mammi im Gefängnis und böseböse Männer Mammi den Kopf abschneiden wollen.«

»Nicht zu weit vorausblicken, wenn du mich fragst! Er hat noch ein Stück Weg vor sich. Mailand kommt noch, Wien, Venedig. Viel Zeit. Wäre nett in Venedig.«

»Bei ihm geht alles immer so schnell. O mach das noch mal! O hör nicht auf! O Liebster, ich bin so unglücklich! O ist das schön!«

»Sie sind zu bescheiden«, sagte Saliceti. Bonaparte, halb angekleidet und unrasiert, an einem kühlen Frühjahrsmorgen in Cherasco, betrachtete ohne Wohlwollen den Regierungskommissar der Alpenarmee. Lauter Rotweißblau, mitsamt dem rotweißblauen Federbusch, turmhoch. Aber eigentlich mehr wie eine Elster, bereit, nach allem zu picken, was glänzte, und es beiseite zu schaffen.

»Hören Sie, Bürger Kommissar«, sagte Bonaparte, »oder weiß ich, wie man Sie anreden muß. Mir ist vollkommen klar, worum es Ihnen geht. Beute, Beute und noch mal Beute!«

»Sie brauchen Geld in Paris. Zum Teil – nicht ausschließlich, das hab ich nie gesagt – aber zum Teil deshalb führen wir Krieg. Die neue Ordnung will finanziert sein. Schaun Sie doch mal diesen verdammten Palazzo an, nur als erstes. Wem gehört der?«

»Dem Grafen Salmatori. Mit dem bißchen Porzellan und den Damastvorhängen wollen Sie die neue Ordnung finanzieren? Vielleicht mit dem silbernen Neptun da – ein paar hundert Franken bringt er gewiß. Sie, Bürger, möchten gern ein paar nette Kleinigkeiten für den künftigen Palazzo Saliceti mitnehmen, aber ich werde keine Plünderungen dulden. Wir sind hier, um uns Freunde zu machen und das Eigentum zu schützen. Was die Direktoren mit Italien vorhaben, weiß ich – erst ratzekahl plündern, dann gegen die Rheingrenze austauschen. Ist Ihnen noch nie der Gedanke gekommen, daß wir so etwas wie eine Pflicht haben könnten, die Revolution in dieses Land zu tragen? Oder bin ich zu naiv?«

Saliceti befühlte die Kaffeekanne und fand sie kalt. »Lassen Sie noch welchen holen, bitte! Viktor Amadeus ist immer noch unser Feind. Er ist pfaffenhörig, tyrannisch und bigott. Außerdem ist er der Schwiegervater des Grafen der Provence. Des Kerls, den man auch Ludwig den Achtzehnten nennt. Er gehört getreten, gewürgt und gekitzelt, das heißt, er muß Gold und Silber kotzen, bis er nicht mehr kann.«

»Oh, daran soll es nicht fehlen. Aber es wird amtlich und rechtmäßig dabei zugehen, mit Verträgen, Vollmachten, Unterschriften und verdammt großen Siegeln drauf. Wenn ich aber Sie, Monsieur, Bürger, dabei ertappe, daß Sie zum Plündern auffordern, dann gibt's das Fallbeil.«

»Ist Ihnen wohl klar, daß ich hier die Pariser Regierung repräsentiere? Ist Ihnen wohl klar, daß Sie nur ein bezahlter Diener sind, der für seine Herren Schlachten zu gewinnen hat? Ist Ihnen wohl klar, daß es nur einen Federstrich braucht, und *Sie* kommen unters Fallbeil?«

»Ach, Christophe, wenn ich Sie noch so nennen darf – denn

wir waren ja einmal Freunde, bevor Sie auf diesen Geschmack mit den Federn gekommen sind –, sehen Sie nicht, wie sich die Zeiten ändern? Diese alten Repräsentanten bei den Armeen – alt, nämlich fast zwei Jahre – wo sind sie geblieben? Schon die taugten nichts. Sie und die andern neuen Kommissare, Sie sind noch eine Stufe tiefer gerutscht. Was wollen Sie hier repräsentieren? Ein guter Revolutionsgeneral braucht keine Weisungen, er braucht Lieferungen. Auf die Revolution hat noch niemand ein Monopol gehabt – was manche erst lernen mußten. Schlicht gesagt, hier befehle ich. Geplündert wird nicht! Und ich an Ihrer Stelle würde mich mehr wie ein Revolutionär kleiden. Herrgott, was für ein Gefieder!«

»Werden wir sehn, wer hier befiehlt! Werden wir sehn.«

Die Bürger Carné, Thiriet, Blondy, Tireux und all die andern, nicht zu vergessen den feuerrotborstigen Riesen Dupas, die Bäuche noch voll mit dem Wein und Fleisch von Mondovi, hörten ihm zu bei seiner großen Szene auf dem Schimmel, wie er die Reihen auf und ab ritt und der große Schwanz hinter ihm peitschte (mehr Fliegen hier, mehr Dung, fruchtbare Ebene, gottseidank nicht mehr diese Scheißberge!) »... haben wir ihre Flanke überholt, sind über den Po, nur noch ein paar Meilen südlich von Mailand ... Und da drüben stehn sie, nur noch dies Flüßchen dazwischen, die Adda, und mir bricht's das Herz, daß ihr nicht rüber könnt ... Aber nein, könnt ihr nicht, liegt euch nicht, drübersteigen, ihr Schlappschwänze, ach was, Fotzen habt ihr zwischen euren Wabbelbeinchen, weil nämlich nicht einer bereit ist, mit seinem General über dies Brückchen zu steigen ... Angst habt ihr nämlich, Angst vor dem Sieg, Angst, eure Pflicht zu tun und diesen italienischen Kriechtieren zu zeigen, daß ihr besser seid als sie, weil ihr nämlich früher mal den Mumm hattet, eure Ketten abzuwerfen ... Nun ja, Mut beweist jeder nur einmal, und ihr habt's hinter euch ... Da ist dieses Tor, seht ihr, und ich muß es nur aufmachen lassen und gute, tapfre Bürgersoldaten durchschicken, und dann mit Hurra drüber weg und drauf auf die Österreicher! Aber nein, nicht mit euch, Gott bewahre ...«

Scharf angerotzt, dachte Dupas, bringt die Wut hoch! Los, knurrt schon, ihr Hunde, dieses Herumstehn hab ich satt!

Sie knurrten nicht, sie brüllten. Die Trommeln ratterten, und die Flöten schrillten *Auf Kinder kommt fürs Vaterland der Tag des Ruhms am Himmel steht* und sie stampften los, hinüber, ein

Gedränge, daß manche über den Rand plumpsten, weil kein Geländer da war, und die österreichischen Kanonen immer mitten voll ins Gewühl, der reine Mord! Ein paar Schritt vor dem Ende der Brücke sprangen manche in die Adda, um ans Ufer zu waten, und die Kavallerie mit blanken Säbeln und großen wiehernden Pferdemäulern fegte sie weg, und nicht ein Kind des Vaterlands stand noch am andern Ufer, aber immer noch strömten sie hinüber. Und der Masséna hat gebrüllt und der Berthier sein Stottern vergessen, und weit und breit nichts zu sehn von unsrer Kavallerie, warum zum Teufel kann er nicht warten, bis er weiß, unsre Kavallerie ist drüben?

Und dann, Herr im Himmel, da warn sie, der Kilmaine mit seinen knochigen Mähren und den johlenden Männern drauf, und den Österreichern voll in die Flanke, daß die Kanonen still wurden und man wieder das Trappsen und Trampeln hörte, als die savoyardische Infanterie über die Brücke ging.

Allmächtiger, war das knapp! dachte Bonaparte. Allmächtiger, diesmal war es kein Plan; er hatte's drauf ankommen lassen, unmögliche Wette, und gewonnen. Schwindel wie von Schnaps; könnte vom Boden abheben, wie im Moment, wenn's losgeht zwischen ihre Schenkel. Weißt du nun doch, daß du lebendiger Geist bist, und was für ein Gebräu, außerdem eine Militärbibliothek, ein Künstler und eine Maschine, mindestens so modern wie ein Semaphorentelegraph oder ein Wasserstoffballon. Angenommen, die Kavallerie hätte keinen Flußübergang gefunden. Beinah hätte sie keinen gefunden, beinah, beinah! In der Zone des Beinah fängt das Blut an zu summen. Gesiegt haben wir, Liebste! Sechzehn Kanonen, fast zweitausend Gefangne. Eine Last ist das immer mit den Gefangnen, Liebste! Der Krieg nährt sich vom Krieg; von was aber nähren sich die Gefangnen?

Und er zog das Miniaturbildnis der Liebsten aus der Tasche, um es zu küssen, vor den Biwakfeuern, im Bratspeckgeruch des verfliegenden Kanonendampfes. Als er es an die Lippen hob, versagten ihm fast die Beine. Marmont war besorgt.

»Sehn Sie, Marmont – das Glas ist gesplittert!«

»Nun ja«, lächelte Marmont, »unsere erste Pflicht in Mailand wird sein, es –«

»Nein, nein, nein! Es bedeutet, daß sie sehr krank ist oder sehr untreu. O Gott, Gott, Gott!«

»Glauben Sie doch das nicht! Etwa in einem Tag sind wir in Mailand, und ein paar Tage später wird sie auch da sein. Murat müßte inzwischen in Paris sein. Er wird sie mitbringen, Sie werden sehn.«

»Einen Brief bekommen Sie später noch«, sagte Saliceti. »Unterdessen habe ich Vollmacht, Ihnen die Absichten des Direktoriums mitzuteilen.«

Bamm, Bamm, Bamm! Aber jetzt war es nur der mittägliche Angelus in Mailand.

»Das Direktorium wird doch keine Schwierigkeiten gemacht haben, ihr den Paß auszustellen?« sagte Bonaparte. »Und was den Brief angeht, Murat hat mir geschrieben – sie schreibt nicht gern, Gott segne das Mädchen! Es scheint, ich werde Vater. Jetzt schaun Sie nicht so finster drein, und lassen Sie uns einen drauf trinken! Dieser amtsflüchtige Erzbischof hat einen guten Keller hinterlassen. Hier ist ein Kistchen feiner –«

»Ich komme in einer ganz anderen Angelegenheit.«

»– Chambertin. Angelegenheit?«

»Nämlich der Absicht des Direktoriums, den Oberbefehl zu teilen. General Kellermann von der Moselarmee –«

Bonaparte setzte sich auf einen prunkvoll unbequemen Sessel. Flink vermerkte er etwas, das nicht hierher gehörte, Mäusekot unter dem Schreibpult.

»– soll den Feldzug im Norden gegen die Österreicher fortsetzen, Sie im Süden gegen ihre Verbündeten.«

»Kellermann ist über sechzig. Er zehrt von seinem Ruhm seit Valmy. Faktisch bin ich abgesetzt.« Er nahm die Stadtschlüssel von Mailand: sehr schwer, sehr massiv. »Unbelehrbar, der Mann; denkt, er ist der Herrgott. Das laß ich mir nicht bieten. Vorher trete ich zurück. Wo haben die Herren ihren Verstand, um von Dankbarkeit nicht zu reden? Nein, den Dank kann man vergessen. Niemand hat ein Monopol auf die Revolution. Hab ich schon mal gesagt, nicht? Jetzt sag ich nur soviel, daß doppelter Oberbefehl alles vermasselt. Die Solostimme muß man hören. Diese Narren! Ein schlechter General ist besser als zwei gute. Sagen Sie ihnen das von mir! Nein, mach ich selbst. Ich werde einen Brief schreiben.«

»Ist das Ihr Ernst mit dem Rücktritt?«

»Es ist meine Pflicht – gegen die Armee. In Paris freilich kümmert sich niemand viel um seine Pflicht. Oder, könnte ich sagen, Pflichten gelten dort nur einseitig. Ich habe den Soldaten gesagt, wieviel Vertrauen ihnen das Direktorium durch mich entgegenbringt. Es sind einfache Leute, sie glauben an so was, sie brauchen das. Und jetzt sollen sie sich von diesem eingebildeten Affen anbellen lassen! Einen österreichischen Namen hat er auch noch.«

»Elsässisch! Ich verstehe. Sie *drohen* mit Rücktritt.«

»Dreckskerle von Politikern! Die Solostimme muß man hören.«

»Das klingt schon wieder nach Drohung.«

Sie saßen in einem Alkoven und tranken Sorbet. Das Rauschen der Ballkleider und das Klimpern der Orden drangen herein, vermischt mit den munteren, lieblichen Geigenklängen.

»Noch einen hab ich gehört: *Nach dem tiefen Eindringen in das Pogebiet ist der General Bonaparte nun mit Säuberungsmaßnahmen beschäftigt.*«

Sie lachte, sorgfältig die Zähne verbergend. Zähne hin, Zähne her, dachte er, sie hat so was ganz Rares, fällt mir bloß das Wort nicht ein. Begnadet? Klingt zu fromm. Das Haar mit Rosen bedeckt, wegen ihres eigentlichen Vornamens, das hochtaillierte Seidenkleid mit Kölnischwasser an die Brüste geklebt, der feingeschwungene Fuß, die Pose einer wonnigen Mattigkeit. Bonaparte schrieb ihr Briefe voll verstiegener Wünsche (»Dir den Hals abnagen, Dir die Brustwarzen abbeißen und neue nachwachsen sehn wie Rosenknospen, Dein Fötzchen wundküssen«), aber die Lust der Erfüllung, fern allem poetischen Überschwang und fern der korsischen Roheit, die hatte er, der Leutnant Hippolyte Charles. Stellvertreterschaft konnte man's nennen, Pflicht des Subalternen gegen den General. Sie hätte das nicht komisch gefunden, sie redete zu viel von Liebe. Und von Geld. Sie brauchte Geld für Blumen, für Kleider und Schuhe. So viele Siegesbälle in diesen Tagen! Er selbst hatte nichts zu verschenken.

»Wie lange denkst du denn«, sagte er, »daß du es noch aufschieben kannst?«

»Man lebt von Tag zu Tag, wie im Karmelitergefängnis. Außerdem bin ich krank, vielleicht auch schwanger – ich weiß nicht genau, was.«

»Außerstande, die Reise anzutreten. Aber Junot und Murat warten immer noch. Und schreiben ihm vermutlich fortwährend. Außerdem, denk an die Zeitungen! Ohne Zweifel bekommt *lui* sie zu Gesicht. Was muß er denken, wenn er liest, daß unsere arme kranke Madame Victoire Königin des Balls im Luxembourg gewesen ist?«

Sie schaute ihn gereizt an. »Willst *du* denn, daß ich hinfahre?«

»Nur die Dichter schreiben, daß man die Welt für die Liebe hingeben könne. Die wahre Liebe, wie nur die wahren Liebenden wissen, baut auf Vorsicht. Außerdem wäre mein General Leclerc für Madame Victoire zu allem bereit. Wir könnten beide hinfahren. Heutzutage gibt es manche sehr hübschen Sachen mitzunehmen aus Italien, hab ich gehört. Früchte der Eroberung! Und Venedig ist ganz reizend.«

»Ach, du bist verrückt!«

»Nicht im mindesten! In Paris sind zu viele Augen, Ohren und Nasen um uns. Lieber nur ein Paar Augen, seine – nur für dich und für nichts sonst.«

»Warum sagst du Venedig? Venedig ist ein ganzes Stück weit von Mailand.«

»Nicht für *lui!* Du sagst doch immer, wie schnell es bei ihm geht. Einer seiner größten Fehler, sagst du immer.«

Tupfen der Sommersonne in den Tuilerien tanzten mit wirbelnden Stäubchen auf der Karte und auf Barras' beringtem Finger. »Nachgegeben haben wir zwar, doch der Gang der Ereignisse gibt uns recht. Sehen wir, was er mit dem einheitlichen Oberbefehl geleistet hat. Da! Die Trikolore über der ganzen Lombardei! Florenz! Livorno – ein schwerer Schlag für die Engländer! Ah, das hab ich vergessen.« Er steckte ein Spielzeugfähnchen auf eine Mittelmeerinsel.

»Was ist das?« fragte Moulins und spähte.

»Korsika. Noch ein Schlag! Das waren die Livorner Korsen. Heimgekehrt in die Nation, immerhin. Abgesehen von den schon vollzogenen Besetzungen, haben wir hier noch etliche Invasionsdrohungen. Toskana, Neapel, der Papst – gute, harte Münze dort! Schon jetzt bezahlt er seine Soldaten in Silber.«

»Ob das wohl klug ist?«

»Hälfte Silber, Rest Papier.«

»Und diese ganzen verdammten Kunstschätze, wie man das nennt!« sagte Reubell. »Geld wär mir lieber.«

»Paris«, sagte Barras, peinlich berührt, »ist das große neue Zentrum der Kultur. Der revolutionären Kultur. Die Revolution, das sind nicht nur Enthauptungen und kreischende Sansculottinnen. Licht und Schönheit sind Aspekte unserer republikanischen Politik!«

»Stopfen uns die Museen mit Heiligen voll und lauter abergläubischem Mist«, knurrte der bucklige Larevellière. »Schönheit, soso! Eine erhabene Mission haben wir, nämlich den Staat gottlos zu erhalten. Wenn ich den hier vor mir hätte, den Papst, ich –«

»Ja, ja, mein Lieber, jeder kennt doch die Unbeugsamkeit Ihrer Gesinnung!«

»Gescheitheit will ich ihm ja zubilligen«, sagte Moulins, »aber was mir zu denken gibt, ist die Anmaßung. Wenn man hört, was er über Saliceti gesagt hat!«

»Er hat eine starke Abneigung gegen alles, was er Plündern nennt«, sagte Barras. »Er macht einen vielleicht etwas überspitzten Unterschied zwischen den öffentlichen und den privaten Formen von, hm, Requisitionen. Das heißt, ethisch. Saliceti, so scheint es, hat Simonie getrieben.«

»Das ist Privatsache«, sagte Reubell. »Jeder nach seinem Geschmack!«

»Sagen Sie's in schlichten Worten«, sagte Larevellière. »Ich bin sehr für Schlichtheit!«

»Saliceti hat Kirchen geplündert, Meßkelche und Ziborien und anderen gottlosen Aufputz des Göttlichen zum Verkauf angeboten. In manchen Fällen Ziborien mitsamt den geweihten Oblaten darin.«

»Ganz recht hat er«, knurrte Larevellière. »Diesen pfaffenhörigen Kretins mal zeigen, was für eine abergläubische Lumperei das alles ist!«

»Sie, mein Herr«, sagte Barras, »tragen eine Verantwortung als Mitglied des Direktoriums. Denken Sie einmal gewissenhaft nach! Geweihte Hostien lassen sich nicht von heute auf morgen entweihen. Diese pfaffenhörigen Kretins sind sehr wohl imstande, sich gegen ihre, hm, Befreier zu kehren. Es gibt so etwas wie Takt, Diplomatie.«

»Ich glaube, dagegen hab ich ein Recht, mich zu verwahren. Ich denke immer gewissenhaft nach. Ich muß Sie bitten, es zurückzunehmen, daß –«

»Ein wenig Takt und Diplomatie gegen das Direktorium wären nicht unangebracht«, sagte Moulins.

»Auf Schritt und Tritt«, sagte Barras, »lebt er nach der Verfassung. Rührend, in gewisser Weise! Doch ein Wort drängt sich mir auf die Zunge, und ohne Zweifel auch Ihnen. Ehrgeiz! Ein Wort, das durch die Tage der Schreckensherrschaft einen recht schlimmen Klang erhalten hat.«

»Sie meinen«, sagte Reubell, »daß wir ihn hier in Paris nicht gebrauchen können.«

»O, ich glaube, er wird sich lenken lassen«, sagte Barras. »Aber er wird noch lange Zeit nicht nach Paris kommen. Er hatte den Wunsch nach einem Herzensurlaub, aber nun ist seine Gattin – seine Braut, sollte ich besser sagen – schon unterwegs nach Mailand. Eine Gattin kann viel Ehrgeiz zum Schmelzen bringen. Zumindest in der Phase der Flitterwochen. Lassen wir ihn seine amtlichen Requisitionen unterdessen fortsetzen!«

»Und die Politik?«

»Lassen wir ihn doch Gleichheit, Brüderlichkeit und dergleichen predigen! Schwesterrepubliken? Ich weiß nicht recht, was ich von den Schwesterrepubliken halten soll.«

Manche von ihnen wußten, was er meinte, freilich nicht Larevellière.

»Doch darüber können wir uns später noch Gedanken machen«, sagte Barras.

Sie verwandelte sich in ein Ding. Schwer war er nicht, aber anstrengend. Die Böllerschüsse und Feuerwerke von Turin waren ein stetig pochender Kopfschmerz; blitzten durch die Stockfinsternis. Und das Essen mit Joseph Bonaparte. Und bald kommt die ganze Sippschaft, korsisch verklammert. O dieses kalte Fett am Fleisch des Hauptgangs! Der Palazzo Serbelloni, rosa Granit, wie Kristallzucker. Nichts war zu gut für sie.

Er durchspült mich wie ein Fluß, dachte sie. Wie Urin.

»O mein Gott o mein. Engel o mein Herz. Blut wie ich dies lange. Warten hab er. Tragen können das. Wissen nur Gott und die. Engel. Ja, jetzt noch, du himmlische Erscheinung, ist es. Wie beim ersten Mal. Ein Stück vom Himmel in deinen Armen, und dann wieder. Zurück dazu.«

»Zu was?«

»Zum Krieg, Wurmser, die Österreicher. Aber jetzt, mein Seraph, jetzt kümmern wir uns nicht um die Österreicher, heute nicht und morgen nicht. Wir gehn nicht fort aus diesem Schlafzimmer.«

»Müssen wir's so dunkel haben? Ich möchte den Mond sehn und dann die Sonne. Hier ist man ja wie blind!«

»Und blind bin ich, bis auf dies Licht im Innersten meiner Seele. Mit den Fingern will ich deine Schönheit bei Nacht erfahren. Au, verflucht! Ich will den Köter nicht hier drin haben, ich schlaf doch nicht in einem Bett mit einem. Verflucht! Mitten ins Schienbein.«

»Ach, mein Schätzchen! Mmmmmm. Ja, Mammis braves

Möpschen. Morgen«, sagte sie aufatmend, »ist Bastillefest. Galaaufführung in der Scala, anschließend Ball.«

»Ach!« Und dann: »Eine Menge Bälle hat's in Paris gegeben. Und du bei jedem. War sehr mutig. Schaff doch endlich diese Hundeschnauze weg!«

»Er kann doch nicht sehn im Dunkeln, nicht wahr, mein Engelchen! Wieso mutig? Ach so, ich versteh. Es war doch nur meine Pflicht, wirklich! Dich konnten sie nicht haben, also wollten sie wenigstens mich.«

»Ach! Und die ewige Tanzerei – kann das womöglich –?«

»Es war nur eine falsche. Das kommt manchmal vor. Aber es hat mich sehr angestrengt. Ach, von Eugène und Hortense soll ich dich grüßen.«

»Wir müssen auch Kinder haben. *Wir werden.*«

Und zielstrebig wie immer, das knurrende Bündel beiseite schiebend, mit frisch und munter nachrückenden Reserven, war er wieder über seinem Engel und Herzblut. Sie versuchte, an Charles zu denken, aber es war schwierig. Der eine paßte nicht recht in den Leib des andern, nicht einmal im Dunkeln.

Und dann: »Wo gehst du denn hin und für wie lange?«

»Nach Mantua. Wir belagern die Österreicher. Und wenn es so aussieht, als ob es eine lange Geschichte wird, du innerste Fackel meines Herzens, dann laß ich dich holen.«

»O nein!«

»Hattu Angst vor viele Blut und böse Bummbumm, mein Liebchen?« Einen Augenblick dachte sie, er spräche mit Fortuné. »Bittu doch so tapfer gewesen in Paris! Außerdem«, sagte er, das Babygeplapper abbrechend, »wirst du ein gutes Stück weit vom Kanonendonner entfernt bleiben. Hören sich wie ein Sommergewitter an, die Geschütze. Die Musketen machen ping, ping.« Ein Ping auf jede Brustwarze.

»Au! O nein!«

In ihrem Traum versuchte ihr Mann, sie nackt auf der Terrasse zu besteigen, vor den Dienern, die den Tisch abräumten: deutlich sah sie einen Kaffeespritzer aus der hochgehobenen Kanne auf den Marmorboden fallen. O nein, nein! Aber lachend versicherte er ihr immer von neuem, daß dies die Stadt Romeos und Julias sei. Dann sahen sie beide weiße Flocken, wie Asche, langsam von den Bergen herabtreiben. »Mein Gott, sie sind durchgebrochen!« sagte er. Dann kamen die

Österreicher an den Weinranken auf die Terrasse geklettert, und sie versuchte vergebens, ihre Blöße zu bedecken.

Ihr Kammermädchen Louise weckte sie; sie war in voller Kleidung eingeschlafen. »Oberst Junot, Madame! Und ein Haufen Soldaten!« Vom Kies draußen drang Gestampf und Gewieher herein. Dies war Peschisowieso. Peschiera. Im Nebenzimmer hörte sie General Guillaume reden: Verantwortung Patrouillenboote auf dem See empfehlen ihr dringend beharren nachdrücklich Verantwortung.

Es gab schlechten Kaffee und altes Brot. »In Castelnuovo haben wir einen Befehlsstand eingerichtet«, sagte Junot.

»Er hat mir gesagt, ich soll dort auf ihn warten. Wo ist denn das, Castel–?«

»Im Innern. An der Straße nach Verona. Sie müssen gestern nacht durchgefahren sein.«

»Das kommt mir so vor, als ob die Österreicher überall sind.«

»Ein kurzes defensives Zwischenspiel, so kann man's nennen.« Junot lächelte, sehr müde, unrasiert, mit Stoppeln, in denen das Seelicht sich fing. »Unser erstes, oder beinah das erste.«

Ihr Schmollen war die unvernünftige weibliche Klage gegen *lui:* Du hast gesagt, das Stück würde mir gefallen, und ich finde es abscheulich; du hast gesagt, es wird schön, und nun hat es den ganzen Tag geregnet.

Louise war es, die zuerst auf das leuchtende Boot auf dem herrlichen, meeresgroßen See zeigte, entzückend an dem italienischen Sommermorgen. Dann stieg ein Rauchwölkchen auf, unter lautem Krachen und Pfeifen; die Kutsche machte einen Ruck zur Seite, schwankte und blieb stehn, quer zur Straße. Junot fluchte, Louise stöhnte och, och, och; dumpfe Aufschläge und wildes Hufgestampf waren zu hören, und dann kamen die zwei Pferde in Sicht, zwischen den Deichseln schäumend und zuckend in der Anstrengung des Sterbens. Ein toter Dragoner hing mit einem Fuß im Steigbügel und wurde von seinem durchgehenden Pferd mitgeschleift, die eine Wange aufgeschlitzt, mit dem Hinterkopf über die Straße schürfend. Junot holte sie aus der Kutsche heraus und ließ sie in einen flachen, trockenen Graben kriechen, mit dem Wagen als Deckung gegen das Feuer; dann drosch er dem Leitpferd auf der andern Seite mit der flachen Säbelklinge eins über, daß die Gäule alle vier mit der leeren Kutsche loszogen, vom Patrouillenboot noch immer beschossen.

Louise lag im Graben und heulte. »Nur Ruhe, Mädchen, nur Ruhe, so ein Abenteuer erleben Sie nicht alle Tage, können Sie den Leuten in Paris von erzählen, das ist der Krieg.«

Krihihihiiiek?« Darauf begann auch Fortuné zu winseln.

Den Leutnant Charles hatte sie in Verona nicht gesehen. Sie hatte gehört, er solle sich im Gefecht gut geschlagen haben. Jetzt würde er wohl nicht an Tuchqualitäten und den Sitz seiner Krawatten denken. Sie strich ihn aus ihren Bedürfnissen. Sie lag im Graben, während die Sonne höher stieg, und hörte die Fliegen über den Leichen summen. Sie wünschte sich nicht in einen Pariser Salon jetzt, mit ihrem witzigen Charles, der ihr sagte, Liebste, was für ein reizender Schal! Jetzt wünschte sie sich den Schutz ihres Generals. Später natürlich, das wußte sie, würde es wieder anders sein. Aus dem Straßengraben geht man nicht schnurstracks in den nächsten Salon.

»Da haben wir einen Bauernkarren«, sagte Junot etwas später.

Auf Stroh, im Getümmel der Flöhe, holperten sie an immer mehr Kriegsabfällen vorüber: summende Hügel von Pferde- und Menschenfleisch, faulige Süße, in scharfem Rauch gebeizt. Sie lag im Halbschlaf, als rauhe Hände sie aus dem Karren zogen. Nachdem sie dem Tod im Kriege entgangen war, schien sie ihn in der Liebe nun finden zu sollen. Seine Liebe, ein Gewinsel mit Tränen, Tränen, die sich mit den ihren vermengten, ging über in die Begierde, sogleich gegen dieses Schwein von einem abtrünnigen Franzosen, den Feldmarschall Wurmser, loszuschlagen, der die angreifenden Österreicher befehligte. *Teuer soll er mir deine Tränen bezahlen!* Krihihihiiiek! heulte Louise, als sie zu ihnen kam. Er brachte sie mitsamt dem Hund in einem kahlen Nebenraum seines Hauptquartiers unter, und sie hörte das Geraschel und Geschiebe mit den Karten, als sie in ein tiefeingegrabenes Schlafloch fiel, zwischen Kanonengeballer, Schatten im Laternenlicht und seinen Worten: *lokale Auflösung der gesamten Front.* Am bbbesten, wir greifen südöstlich von Bbbrescia an.

Merkt, wie der Alexander unsrer Tage
Mit Strategie vergilt der Liebsten Klage.
Schwach seine Truppen, dünn verteilt im Land,
Zu viele bindet Mantuas Widerstand,
Zu viele in den Sümpfen, fieberzitternd,
Zu viele Plünderer, das Land erbitternd

Und Freiheit lehrend, die das Volk schon müd,
Das folgsam noch vor Kirch und König kniet.
Zweimal so viel stehn unter Wurmsers Führung,
Doch während der gemächlich die Massierung
Einleitet, walzt mit allem, was er hat,
Der Korse ihm schon einen Flügel platt,
Dann gleich den andern, und als nächstes knicken
Zentrale Stöße ihm den Rumpf und Rücken.
Nordwestlich, seht, stürmt Frankreichs Freiheit vor,
Frankreichs Kanonen mit der Trikolor!
Der Doppeladler läßt die Köpfe hängen,
Greint, raunzt und rüstet sich zu neuen Gängen,
Doch bei Bassano, Rovereto, Trient,
Zerfranst die Front, und die Reserve rennt.
Wurmser erkennt die Fallen, die nun lauern,
Und sucht sein Heil in Mantuas alten Mauern.
Ach, Mantuas Vergil, sähst du dies Bild!
Kämst wieder aus elysischem Gefild,
Nicht mehr zu werben um Augustens Gunst,
Für einen Größern übtest du die Kunst
Mit stärkern Worten, grell wie diese Feuersbrunst.

»Aber es war entsetzlich«, sagte sie in Brescia, im Bett, wo er sie umarmte. »So herumgehetzt zu werden! Parma, Florenz, und wie hieß das noch gleich? Ich hatte ihm doch gesagt, daß ein Schlachtfeld kein Ort für eine Frau ist. Hatte ich ihm doch schon vorher gesagt.«

»Mein Schätzchen!« Er roch nicht so frisch wie in Paris, aber sie selbst, dachte sie, vielleicht auch nicht. Beide hatten sie Pulverdampf in der Haut. Und er machte schneller, dringlicher, wie wenn *lui* ihn angesteckt hätte. Er war nicht mehr der Salonsoldat; er war in den Heeresberichten erwähnt worden.

»Das ist Irrsinn«, sagte sie. »Er liebt mich nicht, er betet mich an. Barbarisch, ich kann dir sagen! Mein Gott, wären wir bloß erst wieder in Paris!«

»Und auch ich bete dich an. Mehr noch als er, mein Engel!«

»Sag doch nicht sowas, Herrgott, nein! Ich will nicht angebetet werden. Ich will, daß alles ruhig und nett und *vernünftig* zugeht.«

»Liebe ist nicht vernünftig. Liebe ist Irrsinn, Raserei. Heidnisch, finster, urbarbarisch! Da, fühl mal!« Es fühlte sich an wie eine Waffe, wie eine, die gleich losgehen würde.

»Ach, Hippolyte, er sagt das alles so, als ob es ihm ernst wäre.«

»Denkst du, mir ist es nicht ernst, Schätzchen?«

»Nicht doch, aber bei ihm ist es so, als ob es ebenso ernst damit wäre wie mit all diesen andern Geschichten. Ganz Italien erobern, dann auf Wien marschieren und dann die Invasion in England. Er schreibt einen Tagesbefehl, irgendwelche Flanken sollen gewechselt werden, dann schreibt er, er will mir die Haut abziehen, um mich ganz nackt zu haben, und im nächsten Augenblick ist er wieder bei seinen Depeschen und ordnet an, linken Flügel umfassen oder irgend sowas. Er macht mir Angst.«

»Du hast doch mich, mein teurer Engel! Komm zu mir, wenn du Angst hast! Ich mache dir doch keine Angst, oder?«

»Sein Bruder weiß Bescheid, ich bin ganz sicher. Joseph! Einen andern Bruder hat er jetzt hier in seinem Stab. Bald wird die ganze Familie hier sein, wenn er weiter so ein Glück hat mit seinen Schlachten. Und Joseph wird mit seiner Mutter sprechen, und seine Mutter wird mit ihm sprechen, und und und. Eifersüchtig sind diese Korsen! Dich wird er vor ein Kriegsgericht stellen und erschießen lassen, mich vielleicht auch. Verrückt genug ist er.«

»Nein, mein teurer Schatz. Noch nicht! Mmmmmm!«

»Ach, mach keine Witze! Mir ist nicht zum Lachen.«

»Mmmmmm!«

»Chen.« Aus irgendeinem Grund fiel ihr das Wort *diversifizieren* ein. Scharmützel, Finten, den Feind verwirren. Dann wurde alles irr, wirr, verirrt, verworren.

Da bin ich denn, Du Verehrungswürdige, neugeboren. Im Herzen Ruhm und Sieg, nicht mehr den Tod vor Augen. Bei Arcole haben wir den Feind bezwungen; sechstausend Tote, fünfhundert Gefangene. Binnen einer Woche wird Mantua unser sein. Dann, dann, dann komme ich wieder in Deine Arme.

Er saß auf ihrem Schoß, eine Fahne in der Hand, von ihren Armen stillgehalten, zappelig, weil Mantua noch nicht gefallen war. Der junge Antoine Gros, Davids Lieblingsschüler, malte ihn im Vormittagslicht, den Helden auf der Brücke von Arcole. Bonaparte sagte:

»Eine alte Frau in Ajaccio hat es mir gesagt. Die Erde, hat sie gesagt, ist meine Freundin und das Wasser mein Feind. Und ich muß gestehn, es war ein sehr unangenehmes Erlebnis – bis zu den Schultern in Schlamm und Dreck. Und mein armes Pferd war angeschossen; es hat gewiehert und sich gewunden vor Schmerz. Aber auf Mitleid für Tiere darf ich mich nicht einlassen. Ein Pferd ist ein Transportmittel, weiter nichts.«

»Halt doch still!« sagte sie.

»Mit dem Stück bin ich fertig«, sagte Gros. »Sie, Madame«, lächelte er, »werden nun der Erholung bedürfen.«

»Er ist nicht schwer.« Allerdings nicht, Haut und Knochen war er, abgemagert vom Fieber. Bonaparte sprang auf und ging zu der Leinwand.

»Hm! Wer bin ich, daß ich sagen könnte, ob es ähnlich ist? Mehr wie eine Figur aus dem Mythos. Vielleicht das Gesicht Ossians?« Er kniff Gros aus Sympathie bohrend schmerzhaft ins Ohrläppchen. »Ein paar tüchtige junge Männer hast du um dich«, sagte er zu ihr. »Mehr davon, wir brauchen tüchtige junge Männer. Solche wie diesen jungen Charles, den du mitgebracht hast – ein vielversprechender Soldat.«

Sie versuchte, sich die Unregelmäßigkeit ihres Atems nicht anmerken zu lassen.

»Was hielten Sie davon«, sagte er zu Gros, »den Vorsitz der Kunstkommission zu übernehmen? Ich weiß zwar, was mir selbst gefällt, aber Meisterwerke kann ich nicht recht beurteilen. Italiens Dankestribut an seine Befreier. Wie fänden Sie das?«

»Es wäre mir eine hohe –«

»Wasser!« sagte er. »Diese Italiener sind Wasser. Wasser muß man beherrschen, Mühlen treiben lassen, gezähmt in Kanäle leiten, mit Brücken überspannen. Ich bin nicht wasserscheu.«

Sie verstanden nicht recht.

Der erste Vollmond des neuen Jahres, nach dem Kalender des toten Regimes. Tatsächlich aber war es der Nivôse, immer noch im Jahre vier. Zu seiner Rechten der tückische Fluß, nun gezähmt. Er erschauerte wieder; der warme Überrock schien ihm zu groß. Und vor dem Mond sollte er sich auch in acht nehmen, hatte diese Alte gesagt. Der Mondhof pulsierte wie ein sonnenbeschienener See. Er stand mit Joubert auf dem Plateau bei Rivoli. Ringsum sah er Lagerfeuer, weit drunten: fünf Lager insgesamt, jedes eine feindliche Kolonne. Im Norden, außer Sichtweite, an den Hängen des Monte Baldo wußte er den General Alvinczy, der einen Aufmarsch in sechs Kolonnen vorbereitete, doch eine so verwickelte Strategie mußte in solchem Gelände schwierig sein. Die Kolonnen von Liptay, Koblos und

Ocksay würden keine Möglichkeit finden, ihre Kanonen einzusetzen. Im Westen und Osten des Plateaus warteten die Kolonnen von Lusignan und Wukassowitsch auf den besten Augenblick, um den Franzosen in den Rücken zu fallen. Aber zum belagerten Mantua durchzustoßen, würde ihnen schwerfallen, soviel wußten sie. Außerdem war da noch General Quasdanowitsch, der sich bereithielt, die Schlucht von Osteria von Osten her zu stürmen. Es war zu viel, hoffte er, als daß Alvinczy es koordinieren könnte. Er sagte:

»Dieses Dorf da, San Marco, ist einer unserer strategischen Punkte. Nehmen wir es ein, und wir spalten sie auf dem Vormarsch. Viel wird von unseren Verstärkungen abhängen.«

»Wann?«

»Ich erwarte Masséna vor Morgengrauen. Er wird seiner Division vorauseilen. Sie, Joubert, halten mit einer Brigade die Ostseite des Plateaus. Damit dürfte die Schlucht gesichert und Ocksays Kolonne ferngehalten sein. Für eine Weile jedenfalls. Ihre zwei anderen Brigaden müssen im nördlichen Sektor Koblos und Liptay aufhalten.« Es schien ihm, als spürte er die gefährliche Hitze, die Mantua hinter ihm ausstrahlte.

Als Masséna kam, gab er ihm Order, mit nur einer Brigade das Tal des Tasso (o edler Name!) an der linken Flanke zu decken und die übrigen um das Plateau in Bereitschaft zu halten. Der Monduntergang stand bevor. Im Morgengrauen ging es los.

Unwissend, warum Menschen[1] gehn und nahn,
Und dienlich nur[2] zu ihres Schöpfers[11] Plan
Streckt sich[3] die weite[9] Ebne in den Wind,
Ein Hochplateau, wie sie hier selten[4] sind,
Wo zwischen Fels und[8] Schlucht der Adler döst,[6]
Um Gipfel kreisend, eh er niederstößt.[7]
Des Heldenlieds Italien ist fern:
Ein kaltes Land[5] schläft unter kälterm Stern,
Nicht achtend Heer[10] und Fahnen, die es sperrn.

1. Joubert geht mit zehntausend Mann und achtzehn Kanonen (sechs von Masséna) gegen zwölftausend Österreicher vor.
2. Koblos' Kolonne hält.
3. Liptay dringt gegen die Flanke von Jouberts westlichster Brigade vor. Fünfundachtzigste Halbbrigade entehrt: Auflösung, Flucht. Massénas Reserve greift ein.

4. Österreicher bringen Batterien auf dem Ostufer der Etsch in Stellung, beherrschen allmählich Osteriaschlucht.
5. Lusignans Kolonne erscheint auf dem Südsattel des Plateaus. Französische Rückzugs- und Nachschublinie abgeschnitten. Achtzehnte Halbbrigade, eben vom Gardasee eingetroffen, zum Angriff befohlen.
6. Vorteile der Österreicher in der Schlucht. Jouberts Brigade erschöpft. Koblos und Liptay für momentan ungefährlich befunden. Jouberts westliche Brigaden nach Osten gerückt. Leichte Artillerie bestreicht dichtgeschlossene österreichische Kolonne. Glücklicher Zufall: Zwei österreichische Munitionswagen auf einen Schuß. Blutbad und Chaos.
7. Fünfhundert Mann Infanterie und Kavallerie machen sich Panik bei den Österreichern zunutze und vertreiben den Feind aus der Schlucht. Östlicher Sektor gesäubert.
8. 9. Alle Truppen nach Norden verschoben, gegen neu formierte und wieder aktiv werdende Kolonnen Koblos und Liptay. Österreichisches Hauptheer gespalten. Flankenbelästigung.
10. Rey bringt Verstärkung, Zangenangriff mit Massénas Brigade gegen Lusignan. Dreitausend Gefangene.
11. (Bonaparte und Masséna ziehen nach Süden gegen Provera.) Rivoli nun in Jouberts Hand. Drei österreichische Kolonnen flüchten in Richtung La Corona. Murat und Vial besetzen die Schluchten. Joubert zu Bonaparte: »Ihren Plan ausgeführt. Erfolg übertrifft alle Erwartungen. Drei Kanonen, vier- bis fünftausend Gefangene. Alvinczy selbst die Felshänge hinuntergejagt; flüchtet etschaufwärts.« Letzte große Offensive der Österreicher vorüber.

Die Bürger Thiriet, Carné, Blondy, Fossard, Teisseire, Hubert, Tireux, Carrère (Jacques), Carrère (Alexandre), Trauner, Barsacq, Gabutti, Mayo, Bonin, Borderie, Verne, Chaillot, Barrault, Brasseur, Dupont, Salou und all die Tausende und Abertausende von anderen wußten selber nicht, wie zum Teufel sie das geschafft hatten. Die ganze Nacht marschiert, dann den ganzen Tag bei Rivoli gekämpft, die ganze nächste Nacht wieder marschiert, den nächsten Tag auch, dann Provera bei La Favorita aufs Haupt geschlagen. Mantua, die knurrende große Festung, mit Fieberlagunen ringsum, ergab sich gleich darauf. Es war voller Skelette, manche davon noch am Leben, und ein übler Gestank von faulenden Pferdehäuten lag in der Luft.

»Nach Ansicht des Direktoriums«, sagte Bonaparte, »sind Sie Franzose und haben die Waffen gegen Ihr eigenes Volk erhoben.« Er schlug sich unablässig den Knauf der Reitpeitsche hart in die linke Hand.

»Ich verstehe«, sagte Wurmser verständnisvoll. »Es genügt nicht, daß ich für die Sache der Monarchie gegen die Republik kämpfe. Ich nehme an, man will mich der Guillotine zuführen?«

»Nein, erschießen. Sofort. Lautet mein Befehl.«

»Ah, Ihr *Befehl?* Nehmen Sie denn Befehle an?«

»Selbstverständlich werde ich ihn nicht ausführen.« Der süßliche Fäkalgeruch der Totenstadt stach selbst hier herein, in den Palazzo zwischen den verstümmelten Bäumen, deren Laub und Rinde in die wenig nahrhaften, doch ermutigenden Widerstandsragouts eingegangen waren. »Sie sind mir natürlich entkommen. In meinen Augen sind Sie ein guter, tapferer Kommandant.«

»Aber vermutlich nicht so gut und tapfer wie ein republikanischer! Nun ja! Der Weg nach Wien ist weit und steinig.«

»Gar nicht so weit!« Er sah im Geiste die Karte ganz deutlich vor sich. Wieviel Mann waren als Bewachung für Tirol verfügbar? Sorgen machten ihm die Österreicher am Rhein. Um diese Jahreszeit lag noch Schnee, und er getraute sich nicht zu warten. Spilimbergo, San Vito, Laibach, Klagenfurt, Marburg, Graz. Was die päpstlichen Staaten anging, die waren so gut wie unterworfen. Er lächelte und sagte: »Sie wären in allerheiligster Gesellschaft gewesen. Einer unserer Direktoren will auch den Papst erschießen lassen. Die Göttin der Vernunft hat es ihm in einer Vision eingegeben.«

»Und was wollen *Sie*?«

»Ich will nicht, daß die Bourbonen nach Frankreich zurückkehren. Darin bin ich einig mit meiner Armee. Ich bin für die Verfassung.«

»Ja. Was für ein heuchlerischer Unsinn: ein Franzose, der die Waffen gegen sein eigenes Volk erhebt, man denke! Sie und ich, wir kennen die metaphysische Seite dieses Ringens. Und es wird ein langes Ringen sein, wir beide wissen es. Wie wollen Sie gewinnen? Sie können nicht die ganze Welt mit Ihren Truppen besetzen.«

»Durch Bildung! Ausbreitung der Wahrheit. Die republikanischen Klubs in Mailand sind schon sehr stark und aufgeklärt. Das Volk muß zur Freiheit erzogen werden.«

Merkwürdige Augen, dachte Wurmser, ein ganzes Haydn-Orchester. »In Ihrem Direktorium, wenn ich das so sagen darf, scheint es manche recht wirren Köpfe zu geben.«

»Ich bin für die Verfassung.«

»Muß man ihr lassen«, sagte Masséna, »sie bringt die andern Frauen in Rage. Sehn Sie nur, wie Mutter Bonaparte sie anstiert! Kann die Augen gar nicht von ihren Titten lassen!«

»Da ist sie nicht die einzige.« Die siegreichen Generäle nahmen sich neue Champagnerkelche von dem silbernen Tablett des Lakaien. Sie hielten sich beisammen, eingeschüchtert durch die aristokratische Gesellschaft und den erlesenen Prunk von Mombello. Pauline Bonaparte oder Pauline Leclerc, wie sie nun hieß, war eine strahlende Braut, wie es die Pariser Zeitungen zu nennen pflegten, aber die kreolische Matrone wußte sie in den Schatten zu stellen. »Die Augen sind es«, sagte Joubert.

»Wessen Augen?«

»Die ganze Sippschaft! Der Geschlechtstrieb. Dies kleine Luder da konnte nicht erwarten, daß Leclerc es ihr zeigte. *Lui* – wie nennt ihn doch seine Mutter?«

»Nabuliune oder so ähnlich.«

»Er hat die beiden hinter einem Wandschirm beim Ficken erwischt. Aber dem guten Charles Victor ist er nicht bös gewesen, bewahre! Er weiß, wo der Fehler liegt, wenn man's so nennen kann.«

»Also jetzt ist es wieder geistliches Vorrecht«, sagte La Harpe. »Alles wieder wie früher, mit Weihrauch, Kommunion und der ganzen Sauerei. Na ja, wir sind in Italien.« Italien in Sonne und Üppigkeit, mit seinen Leuchtkäfern und Springbrunnen und seinem sommerlichen Triebleben. »Nabuliune hält eine Rede.«

Er hielt sie auf italienisch, und sie verstanden nicht alles. Manche abstrakten Schlüsselwörter erkannten sie – Victoria, Demokratie, Tyrannei, Republikanismus –, aber die Witze, die sich irgendwie unsoldatisch, geradezu schöngeistig anhörten, entgingen ihnen. Erst schien er einen italienischen Dichter zu zitieren, dann einen lateinischen. Manche würdigen älteren Herren lächelten und nickten sich zu. Mußte man ihm lassen! Dann sagte er, wie sehr er sich freue, *tutta la famiglia* bei sich zu sehen, auch Joseph, Giuseppe, seinen ältesten Bruder, bei dem er sich anscheinend dafür entschuldigte, daß er sich ein Amt anmaße, das eigentlich dem älteren gebühre, aber er verstehe sich hier, wenn er so sagen dürfe, als *Giuseppe in Egitto.* Alle applaudierten.

»Was war das für ein Wort?«

»Ägypten.«

Von den anwesenden italienischen Würdenträgern schienen etliche sehr gut französisch zu sprechen, und einer von ihnen, ein sehr alter Mann, sagte etwas von dem trefflichen Sohn einer trefflichen Mutter und zitierte Racine oder irgendsoeinen.

»Da seht ihr, wie er sich das vorstellt mit der Familie«, sagte Kilmaine. »Alles muß in der Familie bleiben. Er wird noch mehr von seinen Schwestern und Kusinen anbringen und uns mit denen verheiraten wollen. Stört ihn gar nicht, wenn einer schon verheiratet ist. Zivilscheidungsgesetze. Familie ist alles. So einem Sizilianer ist nichts recht, wenn's nicht in der Familie ist. Eine Sippschaft sozusagen.«

»Er ist aber Korse.«

»Macht keinen Unterschied.« Wohlwollend sah er dem guten Berthier zu, der neuerdings immer fescher wurde, sich seltener verhaspelte und fast gar nicht mehr an den Nägeln kaute; jetzt sprach er in zögerndem, doch andächtigem Toskanisch mit einer verheirateten Dame aus der Familie Visconti, einer Schönheit. *Lui* würde den armen Teufel wohl bald mit dieser kleinen Caroline dort verheiratet haben, die noch ein Kind war, oder mit irgendeiner andern.

Lui war leicht animiert vom verdünnten Wein; schließlich war dies die Hochzeit seiner Schwester. »Nein«, sagte er lächelnd, »auf alles will ich trinken, nur nicht auf den Frieden. Nicht zu den Bedingungen einer restaurierten Monarchie. Über Pichegrus Intrigen weiß ich Bescheid. Augereau müßte inzwischen in Paris sein, um die Republikaner zu retten, wieder einmal mit Kanonen um die Tuilerien. Ich bin für die Verfassung.«

»Wessen Verfassung?« fragte Miot de Melito.

»Ah!« Er schenkte ihm einen freundlichkalten, komplizierten Blick. »Eine vortreffliche Frage.«

Pauline, obwohl doch nun verheiratet und eine Dame, streckte ihrer Schwägerin die Zunge heraus: die giftige, eifersüchtige kleine Närrin! Und Klatschbase obendrein; immer zog sie über die Guiseppina und ihre *jungen Männer* her. Madame Letizia, ein stattlicher, scharfäugiger Besen, allen Frivolitäten der Mode abhold, schenkte dem tiefen Dékolleté und dem gertenschlanken Körper, an den das griechisch hochtaillierte Seidenkleid angeklebt zu sein schien, einen Blick voll gediegenen Hasses.

Kein Kind und kein Kacks bis jetzt, wo bleibt sein Verstand, verführt von der Pariser Unmoral, hätte Joseph doch ein Machtwort gesprochen, aber der hat zu viel von der Schwäche seines armen Vaters geerbt. Dann lächelte sie jemanden an, der sich verneigte, die glückliche Mutter, wenn auch unglücklich zwischen diesen griechischen Säulen und heidnischen Bildern mit den lüsternen Cherubim an der Decke. Jérôme und Carolinchen spielten ein Abschlagespiel mit Eugène, *ihrem* Sohn. Kinder von ihrem ersten, aber keines von *ihm*. Zeit haben sie doch gehabt, und eilen tut's auch. Ein Fluch, wer weiß, woher, von Gott? Gibt eben doch einen Gott, läßt sich nicht spotten, trotz der Pariser Unmoral oder grade deswegen. Die Zeit bringt vieles an den Tag, aber ein Kind bringt sie nicht.

»Die ganze Provinz San Marco«, sagte er gerade. »Nun, als Verhandlungsgegenstand ist sie nützlich. Die Österreicher können sie haben; die Venezianer wissen, wer die wahren Herren sind.« Plötzlich packte und umarmte er seine Frau, vor aller Augen ungeniert den Geschlechtstrieb verratend. Die wahren Herren. »Und meinem Täubchen soll der Doge ein Fest geben, jawohl, Süße, und in einer Gondel sollst du fahren!« Sie sah sich einsteigen, von Charles' warmer Hand gestützt. Lichter, Lichter! Dann wurde *lui* wieder der Alexander. »Es ist ein Tor gen Osten. Im Osten sollen sie gehetzt und zerrissen werden, Albions intrigante Füchse, diese wäßrigen Könige, Wasserkönige! Indien!« Mit leuchtenden Intrigantenaugen blickte er sich um im Kreis der Familie, mitsamt den Generälen, die alle schon so gut wie verschwägert waren. Saris, Turbane, die Finger flammend von versprengten Saphiren! »Wenn nur Vater noch lebte!« sagte er. Dann wurde getanzt.

Im Namen Allahs des Allmächtigen, Allgnädigen und Allwissenden, des heiliger Wille uns herbeigerufen, so wisset denn, daß wir gekommen, um die Völker des Nils von dem uralten und höchst grausamen Joch der Türken und Mamelucken zu befreien, wir, freie Männer aus Frankistan, Freiheit bringend, den Islam achtend und die Lehren des heiligen Propheten, gepriesen werde sein Name und der Name Allahs, des Höchsten in Ewigkeit.

Die Ausschiffung war ein gottloser Schlamassel, und daß wir Alexandria so schnell eingenommen haben, das war nur, weil wir einen gottlosen Durst hatten und dachten, da gibt's was zu trinken. Er hat auf einem Haufen alter Trümmer gesessen, Säule des Pompejus heißt das, zugeschaut und so mit der Peitsche nach alten Topfscherben gehauen. Die Stadt ist brechend voll gewesen mit halbverhungerten Schwarzen oder Fastschwarzen, könnte man sagen, in dreckigen Lumpen, und die, wie sie uns kommen sehn, heben die Hände zu ihrem gottlos glühenden Himmel und brüllen Allah, Allah undsoweiter. Ein paar alte Fosen mit Schleier vor haben uns eine Kotzdreckbrühe zu saufen gegeben, aber Dreck hin, Dreck her, es war eine Labe und Himmelsgabe undsoweiter. Mitzunehmen lohnte sich so gut wie nichts in der ganzen Scheißstadt, nur halbverhungerte Ziegen undsoweiter, und geredet wurde von nichts als der Scheißhitze und dem Gestank. Jedenfalls, die Scheiche sind gekommen, so heißen die nämlich, und haben ihm die Schlüssel gebracht, und für die Offiziere gab es Präsentchen, irgendwelche Messer und Skimitare mit Juwelen drauf, aber dann mußten wir weiter nach Damanhur und Rahmaniya und weiter gottweißwohin, und sind fast umgefallen in der Scheißhitze.

Die Scheiße, sagte Carné, sind nämlich all diese Scheißlügen. Erst hat es geheißen, wir fahren nach England, dann ging es nach Malta, das haben wir eingenommen, und nun sind wir hier, Gott weiß, warum. Eine Scheißhitze und lauter so Scheißsand voller Fliegen und Skorpione. Weiter, weiter, mit dieser Scheißausrüstung bepackt, zu essen nur trockne Biskuits, keine Wasserflaschen – Wasser, um sie zu füllen, gäb es ja sowieso keins. Der Thiriet ist verrückt geworden, ahahahah brüllt er plötzlich, Mutti, ich seh dich, kasper doch nicht so in der Luft herum, läuft dir ja alles Wasser aus den Titten, und dann muß sie ihm wohl so was zugerufen haben, erschieß dich, mein Junge, ist noch das Beste, und Jesses, das tat er. Blondy und Tireux haben etwas gesehn und wollten schwören, daß es der Nil wär, gleich hinter der nächsten Sanddüne, aber Hubert hat gesagt, das nennt man eine Fata Morgana, und dann wollte er sich die Hosen runterlassen zum Kacken, aber da hieß es weiter, weiter, müssen hinkommen, ehe der Nil über die Ufer tritt, egal, wo er ist, dieser Scheißnil, und dann hat er sich eben in die Hosen geschissen, die ganze Zeit, wie wir alle. *Der Tag des Ruhms am Himmel steht.* Aber der Himmel war ein einziger Backofen, die Türen sperrangelweit offen. Fossard hat gebrüllt, ich bin blind, ebenso Teisseire etwas später, dann auch Jacques Carrère. Für die Fliegen, große schwarze Brummer, wolkenweise, gab es zu trinken genug, nämlich den Schweiß auf unsern Hälsen und Gesichtern. Konnte man mal sehn, wie der Mensch immer noch was zu lachen findet, mitten im schlimmsten Elend, denn mehr Elend konnte's nicht geben. Wir also drei Tage lang durch diesen weißen Sand gestolpert, war wie glühender Schnee, mit der trocknen Kacke in den Hosen, und gewußt, es geht nur immer weiter, weiter, damit sie dich zuguterletzt mit Äxten und Skimitaren zerhacken. Der Mensch ist frei geboren, aber überall liegt er in Ketten, hat irgendsoein Klugscheißer gesagt. Ein oder zweimal sind wir durch Dörfer gekommen, aber die waren ganz leer oder voll mit Leichen, hatten die Beduinen für die Fliegen und Ameisen liegengelassen, und die Brunnen sind mit Steinen zugeschüttet gewesen. Der nächste, der verrückt geworden ist, war Alexandre Carrère; schoß sich eine Kugel durch den Kopf, und niemand hat ihn gehindert. Wie stumme Gespenster sind wir durch den Sand geschlichen, kein Geräusch, bis auf das Brummen dieser elend großen schwarzen Fliegen. Der Himmel war wie reines Metall, Zinn oder Messing oder weißichwas, dröhnte dir auf den Kopf, ohne einen Ton, und die Sonne war ein runder, fetter, feuerscheißender Arsch.

»Was ich da höre«, sagte Bonaparte in seinem Zelt, mit der Peitsche nach den Fliegen schlagend, »klingt ganz nach Meuterei. General Mireur habe ich eine Chance gelassen, die zu nutzen er immerhin genug Ehrgefühl hatte; aber weitere Selbstmorde in meinem Stab wird es nicht geben. General Dumas erschieße ich eigenhändig.«

»Es ggibt aber eine Gggrenze –«

»Ich werde ein Exempel statuieren. Gleichzeitig lassen Sie die Truppen wissen, daß ihre Mühen fast vorüber sind. Das heißt, einstweilen. Wir sind bald in Kairo. Murad und Ibrahim haben

Angst. Rufen Sie jetzt Croisier herein!« Er nahm einen Schluck italienischen Wein, ohne Wasser. Hauptmann Croisier kam fast taumelnd herein, jung, verschüchtert, blaß und schwitzend. Bonaparte sagte:

»Ihr militärisches Verhalten erweist Sie als untauglich zum Adjutanten. Sie sind ein ausgebildeter Soldat und führen ausgebildete Soldaten. Daß Sie diese Bande Beduinen nicht vertilgt haben, ist unentschuldbar. Die sind in einige der äußeren Zelte eingedrungen. Haben getötet und geraubt, sind entkommen.«

»Es war eine sehr große Bande, Herr General. Ich hatte nur eine Handvoll –«

»Unterbrechen Sie mich nicht! Nicht auszudenken, daß ein Offizier der französischen Armee, noch dazu einer, der eine so hohe und vertrauliche Stellung genießt – ich schäme mich! Ein zerlumpter Haufe marodierende Mohren, von Fliegen und Krankheiten aufgefressen –«

»Wie ich schon sagte, Herr General, wir waren in der Minderzahl.«

»Minderzahl? Wir sind immer in der Minderzahl. Zahlen haben nichts zu bedeuten, wie ich in Italien mehr als einmal bewiesen habe. Sie sind ein Makel, ein Schandfleck, die feige Travestie eines Soldaten der Republik. Haben Sie mich gehört?«

»Unvermeidlich, Herr General.«

»Unverschämtheit!« Und er zog Croisier die Peitsche über den Leib.

»Herr General, das ist aber unent –«

»Wollen! Sie! Mir! Sagen! Was!« Diesmal traf der Schlag die linke Wange. Im Nu saßen die Fliegen auf ihrem Fraß. »Ich hoffe nur, Sie wissen, wie man dergleichen wieder gutmacht.«

»Keine Sorge, Herr General! Wenn Sie noch ein Opfer brauchen, sollen Sie es haben.«

»Ich wünsche keinen Selbstmord. Ich wünsche, daß solche Feigheit kein zweites Mal vorkommt. Sie werden Ihre Chance bekommen. Und jetzt hinaus mit Ihnen! Hinaus!« Und die Peitsche zischte.

Die Nerven, dachte Berthier, die Nerven! Ob dies alles wohl die Aufregung wert war? Vor Erschöpfung wußte er kaum mehr, was sie hier eigentlich wollten. Zweifel kamen: *Seine* Jugend, das Durcheinander bei der Landung, die zivilen Wissenschaftler, die man mit herumschleppte, die schlimmstmögliche Jahreszeit in Ägypten. Es sollte etwas mit der Modernisierung dieses Landes zu tun haben und mit Indien, Afrika und dem britischen Handel. Und mit der Rettung der Republik, mitten in diesem gottverlassenen Sand. Berthier sagte:

»Im Interesse der Gggelehrten möchte Monsieur Monge –«

»Diese laschen Zivilisten! Keine Zeit jetzt für die, sollen sie ein bißchen leiden wie die Truppen! Erst erobern, dann zivilisieren!«

Es war kaum zu glauben, aber sie suchten das Weite, all die berittenen Ärsche, Türken oder Mamelucken, jedenfalls Heiden, schrien heidnische Wörter, als sie in Kanonenrauch und Staubwolken abschwirrten, Speere verlierend, Juwelen und gute Birminghamer Pistolen. Und bald darauf gab es Wasser, Wasser, Wasser, eine Welt gesegneten Wassers, der schlammige, stinkende, einladende Nil bei Rahmaniya. Die Bürgersoldaten stürzten sich hinein wie Krokodile, schlürften, soffen das Wasser, durchtränkten sich damit, kauten es wie feste Nahrung oder atmeten es ein wie Luft. Trauner und noch ein paar platzten wie aufgeblasene Frösche; andere, die glücklicher dran waren, erbrachen das Wasser eimerweise, wie die Springbrunnen im Stadtpark. Dann rief Barsacq *Wassermelonen*, und bald quetschten sie alle an den Früchten herum, stachen mit den Bajonetten hinein und rissen sie auf mit blutenden Mäulern. Wie Säuglinge lagen sie da und lutschten den Saft aus. Gabutti schaffte acht Stück hintereinander; dann kam die Ruhr. Mayo und Bonin lagen da und stöhnten, während ihnen die Eingeweide aus dem After troffen. Borderie starb, ohne zu wissen, was das für große, spitze Dinger waren, die ihn durch den Nebel anstierten, vielleicht die heilige Dreifaltigkeit, die gekommen war, ihn zu holen.

Besudeln ihre Schatten, die Ungläubigen, die Verfluchten Allahs, haben ellenlange, dolchspitze Fingernägel, die Münder sperrangelweit offen, wie Kochtöpfe mit Zähnen auf dem Feuer, die Augen flammend, Schaitane, von Iblis besessen, klirren geschlossen in den Kampf wie Kettensklaven. Der Riese Murad Bey, wohl fähig, mit einem Streich einen Ochsen zu köpfen, blickte wenig beeindruckt auf die harmlos aussehenden bleichen Männer in blauer Kleidung. Sie trugen Gewehre und waren in Karrees aufgestellt, jedes sechs Reihen tief, wie Volkstanzgruppen, die Gartenhecken vorstellten. An den Ecken der Karrees standen die schweren Kanonen und die Kanoniere. Berittene schien es nicht viele zu geben. Murad sprach ein stummes Gebet, reckte den Skimitar gen Himmel und stieß ein grimmiges, gottesfürchtiges Wort aus. Es wurde vieltausendfach aufgenommen, und wie ein heiliges Donnerwetter stürzten sich die Mamelucken auf die rechte Flanke der Ungläubigen und hätten sie beinah zerschlagen. Aber die Karrees wuchsen gleich von selbst wieder zusammen, und die Kavallerie der Gläubigen fegte in drei Stoßkeilen durch die Gassen zwischen den feuerspeienden Mauern. Ein schweres Geschütz aus dem Innern eines Karrees sprach sie mit der Stimme des Erdbebens an, die Pferde bäumten sich, und die Reiter, alle Erzengelsflüche des Islam gegen die Unbeschnittenen schleudernd, machten kehrt und schwenkten ab zu ihrem schützenden Dorf Embabeh. Dort wurden sie von etlichen aus der blaugewandeten ungläubigen Horde, die auf den flachen Häuserdächern lagen, mit Musketenfeuer empfangen. Dann aber heulte das Unheil von hinten durch ihre Reihen, als ein Geschoß nach dem andern einschlug. Dem panischen Gebrüll der Mamelucken antwortete das Gewieher ihrer durchgehenden Gäule, denen solche Töne neu in den Ohren klangen. Während ihre Nachhut sich auflöste, bei abgeschnittener Rückzugslinie, nahmen die meisten den einzigen Weg, der ihnen blieb, den Weg durch den Fluß. Sie stürzten sich hinein, ohne Pferde, versuchten hinüberzuschwimmen und sich Ibrahims untätigem Haufen anzuschließen, der drüben auf eine Schlacht wartete, die nun nie mehr kommen würde. Murad Bey, mit den Reitern, die ihm noch blieben, zog ab, landeinwärts nach Giseh.

»Wie ein großer Fleischtopf!« sagte Gallimard vom 32. immer wieder. Im soßenfarbenen Nil schwammen gedunsene Leichen sachte meerwärts, leicht herauszufischen mit den umgebogenen Bajonetten. Man konnte einen guten Fang machen, denn jeder Mamelucke trug sein Gold bei sich. Am Ufer lagen Zierknäufe, Dolche und Pistolen, gespickt mit Diamanten und Perlen, ein Schweinegeld wert. »Ja, nimmt denn das kein Ende?« sagte Gallimard. Alle lachten, als sie ihn sahn, denn er hatte sich aufgeputzt wie so einer von diesen Mamelucken, stand funkelnd in der Sonne, und vierzig Jahrhunderte Geschichte blickten ihm über die Schulter. Verne und Chaillot fauchten sich an und zerrten wie zwei Hunde an einem Gürtel mit einer Münze, anscheinend einer englischen Guinee, auf der Schnalle. »Laßt doch sein, Jungs!« beschwichtigte Gallimard, »das schwimmt doch hier nur so herum wie der Rahm auf der Milch. Da!« Und er machte sich daran, einen teigig aufgeblähten, träumenden Mamelucken, Türken oder weißgottwas zu harpunieren. »Armer Hund, der sitzt jetzt im Paradies und schlürft Scherbett!« Aber hinsehn taten alle nach Norden, wo allerhand Rauch und Flammen aufstiegen. »Die Schiffe! Das kann nur dieser Abraham sein. Wundert mich, daß er Kairo nicht auch ansteckt! Wetten, daß er seine Marmelacken in die Brunnen scheißen läßt? Na, macht ja auch keinen Unterschied.« Sie waren alle glatt und rund vom Nilschlamm.

Die Schreibereien fingen an, alles auf Arabisch. Der Mamelukkenpalast hallte von Stiefeltritten, Musik der Zucht und Verwaltung. Wie ein Schiff, hätte er gern gedacht, geputzt und getakelt auf einem trüben Meer von Syphilis und Kamelmist. Aber ein Schiff war kein passendes Symbol mehr nach den Verlustmeldungen von Abukir. Das Wasser! Der Sphinx sah von allen Seiten wie Nelson aus, und im Traum kamen die Pyramiden als ungeheure Schiffsrümpfe auf ihn losgefahren. Dem jungen Legrand, der früher für die ägyptische Zweigstelle der Kongregation für Glaubensverbreitung gearbeitet hatte, diktierte er: »Warum, o Ihr Bürger von Kairo, ist Eure Stadt arm und baufällig, die doch strahlen könnte vor Wohlstand und Gesundheit? Die Antwort ist einfach: Wegen der Herrschaft derer, die im fernen Konstantinopel sitzen, und wegen der Macht einer nur allzu nahen, doch fremden und hochmütigen Militärkaste, die nicht das Wohl der Bürger, sondern nur die eigenen Vorrechte im Auge hat.«

Legrand kratzte sich mit einem von Contés neuen Bleiminenstiften an der Backe und fing an, den Text zu koranisieren: Ich sage Euch, daß Ihr von den Königen darniedergebracht werdet, die sich auf Stambuls üppigen Sofas mit den Huris wälzen, und von jenen, die einst aus den Ländern gen Sonnenuntergang bei Euch waren, bleichen, doch kriegerischen Männern, die Eure Kamele und Weiber geraubt und Euch das Brot aus den Zähnen gerissen, mitnichten um Euch zu erhöhen unter den Völkern der Erde. Inzwischen kümmerte sich der Oberbefehlshaber um andere Dinge: die Pulverfabrik, die Straßenbeleuchtung, das Pariser Café, die Unterbringung der Heereswäscherinnen, Vorführung eines Ballonaufstiegs.

»Fertig damit?«

»Ja, mon Général, dieser Kasten mit den arabischen Typen ist unvollständig. Keine *Toks,* zuwenig *Nuns.*«

»Improvisieren Sie! Sie können doch sicher ein *Tok* aus einem *Saad* und einem *Alif* zusammensetzen? Die Einzelheiten überlasse ich Ihnen.«

»Wenn wir nach Paris schreiben könnten –«

»Daraus wird nichts.« Legrand wunderte sich, warum nicht. »Wir müssen lernen, alles selber zu machen. Sogar Bleiminenstifte. Monsieur Conté haben wir ja selber bei uns. Das kommt vielleicht später in eine Proklamation. Kugeln einschmelzen, um Bleistifte daraus zu machen.«

»Nicht viele hier haben für einen Bleistift Verwendung.«

»Werden sie lernen, bringen wir ihnen bei! Haben wir diese Notabeln jetzt lange genug warten lassen?«

»Die Augen des Ewigen sind blind für die Zeit.«

»Steht das im Koran?«

»So sagt man das hier.« Sie verließen das Büro mit den schwitzenden Schreibern und stiefelten durch einen langen Korridor bis zu einer Art Versammlungsraum. Imams, Muftis und Kathis saßen auf Kissen, turbantragende Älteste, denen die Nöte des Leibes nicht mehr zusetzen konnten. Die Hitze wurde von großäugigen Knaben mit Federfächern gezähmt. Ein Mufti himmelte einen der Knaben an und streichelte ihm zärtlich den Hintern. Der Geruch der Heiligkeit schlug dem eintretenden Bonaparte entgegen, der geflissentlich sagte:

»Salaam aleikum.«

Dazu nickten sie und warteten. Bonaparte nahm auf einer Art Thronsessel Platz. Legrand tat sein bestes, aber es wurde ein langes, langsames Geschäft. »Wir glauben an Allah, und der Koran gilt uns als heiliges Buch. In unserem Land haben wir die Macht des ungläubigen Ruum gebrochen, und in seinem eigenen Lande haben wir den Sultan niedergeworfen, den die Menschen den Papst nennen. In Malta haben wir die Ordensritter erschlagen, die geschworenen Feinde des Islam. Lehret euer Volk, daß wir von Allah gesandt sind, um den schurkischen Türken zu entmannen und die Völker am Nil aufzurichten.«

»Wie können Sklaven von Allah gesandt sein? Ihr alle habt bartlose Gesichter, das Zeichen des Leibeigenen.«

»Das läßt sich berichtigen, mit der Zeit und mit Gottes heiliger Hilfe. Meine Männer werden sich Schnurrbärte wachsen lassen. Was ich jetzt nur sagen will, ist dies, daß wir Franzosen wie auch ihr Kinder des Islam sind. Wo wäre ein Unterschied, außer in manchen Äußerlichkeiten? Wir glauben an die Brüderlichkeit unter dem einen Gott, an den Lohn des Himmels und die Strafe der Hölle, an die Kraft des Gebets –«

»Ihr trinkt Wein, ihr habt Vorhäute – dies ist nicht unbemerkt geblieben.«

»Es geziemte sich nicht, eure Fahnen auf den Minaretten zu hissen.«

»Das war ein Fehler – aus Übereifer, zu zeigen, daß unsere Sache mit der Sache des Islam eins ist. Sie sind alle wieder heruntergeholt worden.«

»Für eure Beschneidung kann der Obermodin sorgen. Der Wein muß in die Erde zurück, aus der die Trauben gewachsen sind. *Haram!*«

»Jaja, später! Einstweilen möchte ich euch bitten, nächsten Freitag vom Mimbar herab in der Masjid zu verkünden, daß wir Franzosen die Beschützer des Glaubens und Freunde des Propheten sind.«

»Was das Volk bisher gesehen hat, sind gottlose Sklaven, die unsere Frauen am Schleier zupfen und denen das gestohlene Gold am Gürtel baumelt.«

»Was ihr nun sehen werdet, ist Gerechtigkeit. Ihr werdet gedruckte Bücher sehen, aus denen das Volk lernen kann –«

»Die Bücher sind voller Afrits und Schaitane.«

»Häuser, in denen die Kranken geheilt werden. Wir haben gelehrte Ärzte bei uns.«

»Allah verhängt Krankheit und Gesundheit. Alles liegt in Allahs Hand.«

»Nun gut«, sagte er, »von diesen Afrits und Schaitanen höre ich nicht zum erstenmal. Manche eurer frömmsten Mitbürger haben meine Soldaten so genannt. Ihr wißt, was sie getan haben? Ein gottgefälliges Gemetzel! Man hat mir dringend geraten, Vergeltung zu üben. Einer meiner Offiziere hat mich auf den Knien angefleht, eure Moscheen zu verbrennen und etliche von euch aufhängen zu lassen. Als Exempel. Ich habe es nicht getan, ich war gnädig.«

»Allah allein ist gnädig.«

»Ungnädig aber kann auch ich sein.«

Legrand übersetzte es ihnen, worauf sie miteinander zu tuscheln begannen. Etwas zu spät vielleicht bemerkte Legrand, daß sein Oberbefehlshaber an Gnade und Recht in anderen, privateren Dingen dachte.

»Warum denn *Sie*, warum müssen Sie es mir sagen?« Es war der erste Augenblick, die erste Weigerung zu glauben, was er, wie er wohl wußte, zu glauben nur allzu bereit war, denn damit wäre der Zweifel behoben, und der Rückschlag würde gegen den Überbringer der unfaßbar glaubhaften Botschaft geführt. Aber es konnte nicht sein, sie waren abgeschnitten, es kamen keine Briefe aus Frankreich.

»Da sehn Sie!« sagte Junot und zeigte es ihm. »Etwas ist durchgekommen.« Bonaparte stellte ihn sich gemalt vor, so wie dieser junge Bengel ihn malen würde, Gros, den sie mit sich herumschleppte, gefrorene Sandwirbel im Hintergrund und das gnadenlose, sonnenzerfetzte Blau. Dasjenige, woran man sich erinnert, das Schreckliche, das gar nicht so schlimm ist.

»Mein Bruder Joseph«, sagte er. »Hat von so was geredet. Ich habe mich nicht drum gekümmert. Um ihm gefällig zu sein. Hab ich dem Kerl einen Posten verschafft.« Sonne und Wüste tranken seine Wut wie ein Tränchen, unbeeindruckt. Der Sphinx, Nelson, hatte es sich bequem gemacht. »Dieses ganze verfluchte Gezücht! Gockel, Filzläuse, Puderäffchen, Pomadenschnuckis – und alle wollen mal Soldat spielen! O Gott!« Dann fuhr er auf Junot los: »Warum denn *Sie*, warum müssen Sie es mir sagen? Eifersucht, wie? Sie sind doch mit ihr in Kutschen gefahren und in Gasthäusern abgestiegen.«

»Ich versteh gar –«

»Haben Sie nicht mal ein Champagnerfrühstück gegeben, mit einem Punsch, der nach einem, sagten Sie, kreolischen Rezept gemacht war –«

»Das war nicht –«

»– Das Sie, ei sieh da! von einer schönen Kreolin hatten? Wurden Sie abgewiesen? Waren Sie einer der wenigen Unglücklichen, die sie nicht gemocht hat?«

»Das war General Murat, nicht ich.«

»Der also auch! Rufen wir sie doch alle zusammen! Bourrienne! Bourrienne!« Und sein Freund und Sekretär kam durch den Sand gestapft. »Wissen Sie's schon? Wissen's alle?«

»Wissen was?«

»Daß der Oberkommandierende ein jämmerlicher Hahnrei ist? Urkomisch! Der Hahnrei selbst erfährt es immer als letzter, nicht? Können Sie sich etwas so so so *Bizarres* vorstellen? Der Sphinx, die Pyramiden und der heiße Wüstensand als Zeugen für den Knalleffekt einer Pariser Posse! Buonaparte als Hahnrei. O mein Gott!« Er hatte seinen Namen wieder in der alten Weise ausgesprochen.

»Sie mußten es einmal erfahren«, sagte Junot, »früher oder später.«

»Früher oder später, jawohl, und am besten, wenn ich nichts unternehmen kann. Ich kann doch hier nicht losrennen und mich scheiden lassen. Aber wenn ich zurück bin, bei Gott! Das treulose Luder! Und dieses ganze schwule, impotente, hundsfotzige Pariser Gelichter, das bring ich um, haufenweise! O mein Gott, ich werd mit der Armee einmarschieren, ich werd eine Männerstadt aus Paris machen, o du mein Gott!«

»Die Frauen«, sagte Bourrienne bedächtig, »sind eher als die Männer Verleumdungen ausgesetzt. Bei einem Mann ist so was keine Verleumdung. Und eine verheiratete Frau, mit dem Mann im Krieg – sie muß doch einen Begleiter haben! Wir haben nun mal keine verhangenen Sänften in unserm Land, das sich mit der Gleichheit brüstet. Wer hat denn wirklich Madame Bonaparte mit jemandem gesehn, der mehr als nur ein Begleiter gewesen wäre?«

»Reden Sie mir nichts vor, Bourrienne! Die Welt lacht über den Hahnrei, und die Welt hat recht. Sie haben es doch gewußt, Bourrienne, und mir nichts gesagt. Ist das Treue, ist das Freundschaft?«

»Es ist nicht meine Pflicht, den Zuträger für Verleumdungen zu machen. Und wäre es eine Pflicht, ich täte es nicht gerade in einem Moment, wo Sie sechshundert Meilen weit von Frankreich sind.«

»Wenn das«, sagte Junot mit rauher werdender Stimme, »eine Stichelei gegen mich sein soll –«

»Wer hier Stiche austeilt, wenn ich das so sagen darf, sind Sie.«

»Ich verlange, daß Sie das zurücknehmen. Meine Beweggründe waren Freundschaft und Pflichtgefühl, das Herz hat mir geblutet –«

»Dies ist das Ende, was kommt denn noch?« rief Bonaparte dem Nelsonsphinx zu. »Welch eine Lektion! Der wahre Sinn von Ruhm und Ehre! Nun gut, wenn sie ficken darf, darf ich's auch.« Bourrienne verzog den Mund bei dem derben Wort. Lag in seiner Rasse, lag aber auch in seiner Rasse, sie zu erdolchen, und müßte er mit dem Dolch zwischen den Zähnen durchs ganze Mittelmeer schwimmen. Aber immerhin hatte er ›Othello‹ gelesen; in seinen Briefen an sie hatte er bei Gelegenheit schon über Othellos Eifersucht gewitzelt; den Othello würde er jetzt nicht spielen wollen. Aufklärung, Vernunftgebrauch, so etwas tat jetzt not! »Ich habe sie geliebt. Zu sehr!« Er war am Argumentieren, am Unterscheiden; er sagte nicht, daß es falsch gewesen sei, nur eben übertrieben. »Ihr wißt gar nicht, wie das ist, ihr verdammten Hurenböcke, wenn man eine Frau so liebt. Ich hab ihr meine Jugend gegeben, alles. Und nun gibt sie ihre –« Zartgefühl kam ihm wie ein Windhauch dazwischen »– diesen geschleckten Äffchen mit ihren zarten, galanten Zünglein. Ich hab sie angebetet, die Hündin. Aber nur so darf man sie nehmen, wie Hündinnen, wie der Hund die Hündin fickt. Einmal drauf und dann ab!« Er wandte sich wieder zu Junot hin. »Wahr ist es doch? Sie sind sicher, daß es wahr ist? Lassen Sie mich diesen Brief sehn!«

»Bitte, es ist ein persönlicher Brief. Hier steht, sie ist nach Plombières gefahren –«

»Wo das Wasser gut ist für Schwangerschaften, so sagt der dämliche Aberglaube. Weiter, weiter!«

»Und auf der Rückfahrt sind sie in den gleichen Gasthäusern abgestiegen. Und er ist mehrere Male bei ihr über Nacht geblieben, in der – hier haben Sie die Adresse – 6, rue Chantereine.«

»Scheidung!« nickte er. »Eine bezaubernde Scheidung, damit ganz Paris seine helle Freude hat. Aber vorher werd ich's ihr zeigen. Ganz Paris werd ich's zeigen.«

»Von Paris sind wir abgeschnitten«, sagte Bourrienne.

»Ich brauch eine Frau. Nein, mehrere! Nicht diese versyphten Schnallen von hier! Ich will die haben, die nicht hier sein dürfte. Die Frau von diesem Dragoner. Ehefrauen dürfen nicht mit – so war die Vorschrift. Der hat seine Strafe verdient.« Er merkte, daß seine Laune ihnen schon wieder gebessert vorkommen mußte, darum rief er: »Verrat, Verrat – der Gang der Geschichte! Aber wir Männer müssen unser Schicksal hinnehmen und in gewissem Sinne stolz darauf sein. Lest den Plutarch, lest Sueton! Ein würdiges Exempel haben wir hier in Ägypten vor Augen – Antonius und diese Schlange von einem Weib mit ihren Tücken. Und außerdem diesen Märtyrer von Alexandria, Napoleon hat er geheißen wie ich. Aber den hat kein Weib verraten, sondern die Stumpfsinnigen sind's gewesen, die Glaubenslosen, der Mob. Wir stehen fest zu unserm Glauben, wir alle!« Als ob auch Junot und Bourrienne kürzlich verraten worden wären. »Der Glaube an den mißachteten Schöpfer, den Erbauer der Zivilisationen. Diese Hündin, diese unaussprechlich gemeine verräterische Hure! O ich gäbe alles dafür, daß es nicht wahr wäre. Aber ich will nicht zum Gespött von ganz Paris werden. Ich schreibe an meinen Bruder Joseph. Ich schreibe ihm, er soll die Scheidung aussprechen lassen.«

»Aber die Blockade! Es würde abgefangen. Wir sind abgeschnitten.«

»Manches kommt immerhin durch. Wie dieser Dolchstoß, dieser Brief für Junot. Aber der Verrat hat Flügel, wie man ja weiß. Flügel, Flügel!«

Erst nimmt er ein, dann, um etwas zu geben,
Ruft er im Nu ein *Institut* ins Leben.
Wo einst die Huris lockten, duftgetränkt,
Sitzt der Gelehrte nun und forscht und denkt.
Vergessen aus den Schlachten das Gehetze:
»Esel und Philosophen auf die Plätze,
Zur Mitte des Karrees die Geistesschätze!«
Die Pekineser nennt sie der Soldat,
Spielzeug des Feldherrn, der auch Literat.
Und bald schon sieht man unsre Hündchen wittern
Und Fährten nachgehn zwischen Staub und Splittern.
Berthollet müht sich ab, der Natronseen
Chemisches Baugeheimnis zu verstehn.
Saint-Hilaire untersucht das Krokodil,
Den Vogel Strauß und Fische aus dem Nil.
Der Polypterus wird ans Licht gezwungen,
Ein Flossenuntier, doch es hat auch Lungen.
Max Caffarelli kommt ans Rote Meer
Mit seinem Holzbein (mancher seufzt: »Ach, wär
Auch ich mit einem Fuß daheim geblieben!«)
Und dem unmöglichen Kanal verschrieben.
Lancret, der einen Stein fand bei Rosette,
Mehrfach beschriftet, meinte, zum Gespött
Mancher Auguren, damit sei zu deuten
Die alte Schrift der Pharaonenzeiten.
Zugleich wird viel getan, was nützt und nährt,
Kairo beleuchtet und der Nil geklärt;
Turbane drängen um die Montgolfieren,
Chirurgen schneiden Beulen auf und Schwären.
Justitia spricht mit Donnerhall,
Bringt Fron und Tyrannei zu Fall,
Und Alexanders Aug wacht überall.

»Sultan El Kebir« stellte er sich vor, als er in weitem Gewand und mit Turban in ihr Zimmer trat. »Wenn sie mich hier als Sultan anreden, muß ich mich wie ein Sultan kleiden. Tallien sagt, nicht auf der Straße oder im Diwan. Ein nüchterner Franzose muß ich sein, sagt er. Aber hier, bei meiner kleinen Huri –«

Bellitote, die kleine Huri, sah sich sogleich von ihrem Sultan angefallen, dessen Dolch locker in der Scheide saß und im Takt seiner Bewegungen leise auf und nieder platschte. Freilich, wäre er langsamer gewesen, kundiger und bedächtiger in den Regungen der Liebe, so hätte vielleicht gar die Situation einen andern Dolch, und nicht im Scherz, aus der Scheide gerufen, als Fourés hereinkam. Aber als Fourés hereinkam, war sie schon wieder schicklich mit einem Laken bedeckt, und der Sultan El Kebir glotzte unter seinem Turban hervor. »Nein!« sagte er. Fourés erkannte ihn nicht gleich und wollte schon etwas von dreckigen Eingeborenen sagen, doch dann sah er, wen er vor sich hatte. Ein wenig erbittert sagte er:

»Untröstlich, den Bürger General bei seinem Kostümfest zu stören.«

»Wie können Sie's wagen! Hinaus! Anklopfen!«

»Ich wußte nicht, daß man erst die Genehmigung des Oberbefehlshabers einholen muß, ehe man das Zimmer betritt, das Schlafzimmer, mon Général, wo sich die eigene Frau befindet.«

»Sie sollten jetzt doch in Paris sein«, sagte Bonaparte. »Dringende Depeschen ans Direktorium hab ich Ihnen anvertraut. Melden Sie sich sofort bei Ihrem Kompaniechef, mit schönen Grüßen von mir, und bitten Sie ihn um Festsetzung des Strafmaßes!« Er war Herr der Situation, trotz des albernen Kostüms und der nackten Frau im Bett.

»Dringende Depeschen fürn Arsch! Wie David mit Bathseba, haben Sie sich gedacht, wie? Futsch, Bürger General! Die britische Flotte hat unser Schiff aufgebracht und uns freundlicherweise wieder nach Ägypten zurückgeleitet.«

Nur Bellitote sah das Komische an der Sache. Gelächter schüttelte das goldblonde Haar über ihren Schultern. Ihr Gatte rief aus: »Du falsche kleine Hure!« Ihrem Gelächter machte er damit kein Ende. Bonaparte überhörte die ungezügelte Sprache. Statt ihn zurechtzuweisen, kam er ihm metaphysisch. Er sagte:

»Ihre Gattin ist offiziell nicht hier. Von Amts wegen gibt es hier keine einzige Soldatenfrau. Sie haben Ihre Gattin, als Trommlerburschen verkleidet, in Toulon mit an Bord geschmuggelt. Dies ist ein schwerer Verstoß gegen die Disziplin. Sie haben die Degradierung verdient. Mit ihr ist eine entehrende Zeremonie verbunden. Sie wird auf einem öffentlichen Platze vollzogen, vor dem ganzen Regiment. Dann, nachdem Ihnen die Rangabzeichen abgerissen und der Degen weggenommen worden sind, werden Sie auf der Stelle wieder dienstverpflichtet, aber nun als Gemeiner.«

»Sie drohen mir, Bürger General?«

»Was amtlich ist, wird auch wirklich.« Es schauderte ihn, als er das letzte Wort aussprach, aber er wußte, unter dem losen Seidengewand konnte man es nicht sehen. »Sie werden geschieden, und zwar rückwirkend. Die Urkunden können bis morgen früh ausgefertigt sein. Entsprechend zurückdatiert. So daß jeder tun kann, was er will. Madame Fourés kann in Toulon als Heereswäscherin mit an Bord gegangen sein. Und Sie können Ihre militärische Laufbahn fortsetzen, in der Ihnen gewiß noch die schönsten Erfolge beschieden sein werden.«

Leutnant Fourés fluchte ohne Pause, bis die Wörter sich zu wiederholen anfingen. Bellitote versuchte ihn zu unterbrechen, aber Bonaparte hörte respektvoll zu. Schließlich sagte er:

»Ich will Ihnen eine Lektion erteilen, unentgeltlich, nämlich im Métier des Feldherrn. Der gute Feldherr trifft selbst seine Wahl. Er nimmt nicht die Wahl an, die ein anderer trifft. Er wählt den Ort und Zeitpunkt des Angriffs. Und manchmal kann man auch wählen, ob etwas tatsächlich geschehen ist oder nicht. Die Zeit ist ein Kampfgelände, in dem manche Dinge beseitigt werden können, aufgrund einer Wahl. Da haben Sie's. Finden Sie nicht, daß es eine gute Lektion ist?«

Fourés stand bloß da und schien zu schmollen. Dann lächelte er. »Sie armes Schwein!« sagte er und fügte hinzu: »Das heißt, mit Verlaub, mon Général. Angenommen, es kommt in die Zeitungen? Was in der Zeitung steht, können Sie nicht mehr auslöschen, oder? Na, und in den englischen Zeitungen steht es; ich hab's auf dem Schiff erfahren.«

»Was steht in den englischen Zeitungen? Was faseln Sie da?«

»Der britischen Flotte entgeht nichts. Alles, was übers Mittelmeer gehn soll, fängt sie ab. Auch einen Brief, den Sie geschrieben haben. Er war über – Sie wissen schon, Bürger General, um wen es ging. An Ihren Bruder, hab ich gehört, soll er gewesen sein. Nun versuchen Sie mal, ganz feldherrnmäßig Ihre Wahl zu treffen, daß es das nicht gegeben haben soll! Mon Général!«

»Hinaus, hinaus, machen Sie, daß –«

»Geh schon. Mon Général! und nicht zu vergessen, Madame!«

Talleyrand dinierte mit Paul Barras. Sie waren allein. »Dieses Salznäpfchen«, sagte Talleyrand und hob es bewundernd ins helle Kerzenlicht, »hat so etwas Kirchenfürstliches an sich.«

Es war Freitag, und als erstes hatte es eine dicke Schweinsnierchensuppe gegeben. Jetzt wurden Schinkenschnitten aufgetragen, in Madeira pochiert. Dazu gab es eine Schüssel dampfenden Spinat, auf dem Croutons angeordnet waren wie kleine goldene Grabsteine. *»Credite experto!«* sagte Barras. »Aus Bologna stammt es. Saliceti hat mir gesagt, wie die Kirche hieß, aber ich hab's vergessen. Ja, ein paar hübsche Sachen hab ich bekommen. Enttäuscht bin ich nur«, frotzelte er, »daß ich aus dem üppigen Konstantinopel nichts vorweisen kann. Aber auf Sie ist kein Verlaß, mein Lieber!«

»Ob er im Ernst geglaubt hat, ich würde hinfahren?«

»In vollem Ernst. Per Esel, Kamel, Quinquereme oder weiß Gott, wie man zur Hohen Pforte gelangt – so heißt das wohl, glaub ich. Ein Glück für Sie, daß Sie nicht gefahren sind! Die hätten Ihnen dort die Kleinodien abgeschnitten und sie in einem hübschen Präsentkästchen diesem Sir Smith verehrt.«

»Jedenfalls, aus der Traum von Ägypten! Trotzdem, schade! Ein gallifiziertes Kairo wäre nicht übel gewesen für die Winterferien. Nehmen Sie Ihren Apéritif in der Sonne!«

»Und im würzigen Geruch des Kamelmistes! Nein, Ägypten lohnt nicht. Keine kirchenfürstlichen Salzfäßchen dort. Verrücktes Unternehmen! Alles, was aus Ägypten kommt, sind Briefe, in denen er danach schreit, er will sich scheiden lassen. Hat es in der Weltgeschichte so etwas schon gegeben? Die britische Presse druckt alles ab, was dafür spricht, daß unser Freund ein Hahnrei ist, und der Adressat bekommt seine Post mit freundlicher Genehmigung Londons, Frankfurts und der Pariser Presse. Nun, dies dürfte das Ende einer vielversprechenden Karriere sein. Ein solches Gelächter ist schwer zu überstehen.« Er trank einen Schluck Burgunder aus einem fein gehämmerten Meßkelch. Talleyrand schien in den seinen Segensworte zu murmeln, ehe er trank.

»Gloria mundi, gloria mundi.« Dann sagte er: »Wie lange, meinen Sie, wird es noch dauern, bis die Direktoren eingesehen haben werden, was zu tun ist? Und die Alten, die Fünfhundert und das ganze übrige Gesindel?«

»Wenn man ihnen tüchtig Angst macht, werden sie hören. Und nicken. Ja, ja, ja!«

»Ich vermute, die Geschichte wird urteilen, daß es ein interessantes Experiment war. Und nützlich, bestätigend. Die Ärsche der Monarchen werden sicherer auf den Thronen haften denn je.«

»In England war es anders. Kein Absolutismus mehr nach Cromwell. Die Geschichte kennt keine bloßen Parenthesen.«

»Ist das von Ihnen?«

»Man kann nicht früh genug anfangen, seine Reden vorzubereiten. Ich habe noch so ein paar kleine Maximen. Ob *Interregnum* vielleicht besser wäre als *Parenthese?* Ihr Rebhuhn scheint mir allzu scharf gebräunt.«

»Ich mag es knusprig.«

»Armeen«, sagte Barras, als sie beim *Rôti* waren, »sind furchtbar teuer.«

»Sie haben Ihnen aber doch ein paar schöne Stücke aus Italien mitgebracht. Finden Sie nicht, dieser Tiepolo da hängt eine Idee zu hoch?«

Bonaparte schlug sich Gaza mit seiner biblischen Vergangenheit aus dem Kopf, aber das Bild der ausgedrückten Augen wollte nicht weichen. Die Türken stellten mit dem brüllenden Leib eines gefangenen Ungläubigen alles Erdenkliche an – ihn den eigenen Penis fressen lassen, ihm die Hoden in den After stopfen, den ohren- und nasenlosen Kopf langsam und genüßlich absägen. Unter den Skeletten und Blähbäuchen, die den Sinaimarsch überlebt hatten und die jetzt apathisch unter den Zitrus- und Olivenbäumen lagen, waren nicht wenige, die vielleicht die letzten Greuel – zumindest solange andere die Opfer waren – als schicksalsgemäßen ästhetischen Höhepunkt begrüßen würden, mit einem befriedigten Nicken, während die krönende Untat sich anbahnte. Manche erbrachen sich noch im Schlaf, wenn ihre Träume, die mit den baren Tatsachen kaum Schritt hielten, sie an den Biß ins rohe Eselsfleisch erinnerten, an die feuchte Wärme des aufgeschnittenen Dromedarhöckers, an die salzsaure Abscheulichkeit der Kamelpisse. Manche waren tot in den glühenden Schnee gefallen, den Geschmack der zermalmten Früchte fast schon in den lederigen Mündern. Und die Lebenden konnten mit den pelzigen Zähnen kaum mehr die goldenen Schalen durchdringen; manchem wurde schwarz vor Augen beim Schmerz der ausströmenden Würze. Nachdem der blaue

Heuschreckenschwarm die Obstbäume leergefegt hatte, nachdem die Ziegen geschlachtet und bis auf den letzten Blinddarm verzehrt waren, was blieb da noch, um die zweitausend Gefangenen zu füttern? Die Quartiermeister murrten in begründeter Eifersucht über den schwindenden Vorrat an Heereszwieback. Die Türken erwarteten, geköpft zu werden, wurden aber freigelassen, auf Ehrenwort, wie man das nannte: Für euch ist der Krieg vorbei. Sie verstanden nicht: dies war ein heiliger Krieg, und der war nie vorbei. Bonaparte schleppte seine Männer nach Jaffa und peitschte sie in einen weiteren Sieg, bei dem die Regimentspfeifer schrillten:

Der Tyrannei mit Blut und Brand
Geweihte Fahne niedergeht.

Diesmal nahmen sie viertausend Türken gefangen, darunter manche Ehrenwortmänner von Gaza. Niemand konnte mehr ernährt, niemand konnte freigelassen werden. Ein Stabsoffizier sagte mit verklebten Lippen:

»Aber ich hab ihnen Schonung versprochen. Nur unter der Bedingung haben sie sich ergeben.«

»Wer hat Sie dazu ermächtigt?«

»Ich mußte annehmen –«

»Nie etwas annehmen im Krieg!« Und nach zweitägigen Diskussionen mit seinen Stabsoffizieren sagte er, vor ihnen auf und ab gehend, mit leise knirschenden Stiefeln, ein bewegtes Bündel Rot und Schwarz zwischen den Lagerfeuern: »Alles, haben manche gesagt, nur nicht dies, wozu wir, wozu ich mich nun unausweichlich bewogen sehe. Wir haben die Gefangenen von Gaza freigelassen, und sie haben eine Schwäche darin gesehen. Djezzar Pascha und sein Freund Sir Sidney Smith beobachten uns. Was täte Djezzar Pascha, wenn er viertausend französische Gefangene hätte? Und mit den Griechen, die sie unter einer Schreckensherrschaft halten, was hat er tatsächlich getan, begünstigt oder geschehen lassen? Die Antwort kann ich mir sparen. Er kämpft auf seiten der Engländer, aber er kämpft auf seine Weise.« Dieser Vetter von Paul Barras fiel ihm ein, so was wie ein Gelehrter, hatte mal von ihm gehört, ein Fettwanst, der im Irrenhaus saß. Wie hieß er noch? »Wir müssen uns nun entschließen, eine bedauerliche Pflicht zu erfüllen, unter Hintansetzung der humanen Prinzipien, auf denen unsere Revolution beruht, einzig, wie es dem Soldaten geziemt, im Gedanken an die Technik oder Methode.« Das war einer, der von Gemetzeln und Erdbeben träumte und sich dabei genüßlich die Stange rieb. »Also wie? Teilen wir das Grundgesamt der Gefangenen in vierzig Hundertschaften ein, führen jede Hundertschaft hinaus vor die Mauern, wo eine Kompanie Infanteristen sie auf Kommando mit Gewehrfeuer erledigt. Die Aufgabe müßte an einem Tage auszuführen sein.«

Ein anonymer Vizeadjutant übergab sich.

»Bringen Sie diesen Offizier hinaus! Geben Sie ihm Kognak! Leider haben wir nicht allzu viel Munition. Wie Ihnen schon mitgeteilt wurde, werden vielleicht bald die verschossenen Kanonenkugeln auf den Feldern aufgelesen werden müssen, wobei für jede ein geringer Geldpreis auszusetzen ist. Stahl dagegen, Eisen, Hieb- und Stichwaffen verbrauchen sich nicht so schnell wie Kugeln. Wie viele Köpfe hat nicht unsere Guillotine in Paris abgetrennt?« Der eine oder andere Stabsoffizier war für einen Augenblick vor Heimweh den Tränen nah, als er an die Guillotine dachte: eine Tasse Kaffee, ein Kognak (und nicht aus Ekel), ein Spaziergang an jener Todbringerin vorbei, einem Trapezoid gegen das Licht – Paris! »Eisen, Stahl, meine Herren. Wer durch das Schwert etcetera etcetera. Ausführbar wäre es mit einem engen Durchlaß in der Außenmauer – unsere Ingenieure könnten schnell einen sprengen –; die Gefangenen passieren ihn, als ob es in die Freiheit ginge, in einer langen Reihe mit Abständen von mehreren Metern, um einer Panik vorzubeugen; zwei Mann nehmen den hindurchgetretenen Türken in Empfang, der eine mit einer Keule, und dann waltet der Henker seines Amtes – Henker in Schichten, Ablösungsplan wäre aufzustellen, zwei Mann, um die Leiche wegzuschaffen. Die Technik der Exekution? Mit der Axt? Das würde den grotesken Anblick Tausender von abgetrennten Köpfen bedeuten, etwas, das den Zartfühlenden immer mehr beängstigt als die durch ein eingedrungenes Instrument nur minimal verstümmelte Leiche. Mit dem Bajonett also? Hm, das Bajonett sind unsre Männer freilich gewohnt. Vielleicht kann ich die Wahl des Ausführungsmodus aber auch delegieren. General Berthier wartet auf Meldung der Freiwilligen.«

»Aber www –«

»Denken Sie drüber nach, meine Herren!« Er setzte ein Visionärsgesicht auf, Teufels- oder Engelsfratze im Schein der Feuer. »Es wäre denkbar, daß jemand diesem Thema eine kritische Abhandlung widmete, eine vergleichende Studie aller

Möglichkeiten. Die Aufgaben des Heeres weiten sich aus. Unser *Institut* haben wir schon; was uns noch fehlt, sind Theorien, Modelle, Grundlagenforschung, eine Philosophie – alles innerhalb der Armee. Denken Sie sich zum Beispiel die wirksame Vernichtung einer ganzen aufrührerischen Stadt: Abzugslose Räume, dichtgefüllt mit den Delinquenten – an Opfer oder Gefangene dürfen wir nicht denken, denn dies wären emotionale Ausdrücke –, bei Zufuhr eines Inhalationsgiftes durch einen einfachen Pumpmechanismus. Unsere Heereschemiker könnten dergleichen entwickeln. Neue Methoden, meine Herren, für neue Kriege! Vorüber ist die Zeit der Menuette.«

Nach Akkon kamen sie in einer Sarabande. Hauptmann Croisier und die anderen sahen eine Kreuzfahrerburg, weiß im Glast hinter einem breiten Graben und dem starken Bug der Festungswälle. Seeglast und Sandglast. Fast dreihundert Kanonen und wackre englische Teerjacken unter Sir Smith, den der Oberkommandierende schon von Toulon her kannte. Und die Türken. Matrosen- und Derwischtänze, Bier und Scherbet. *Ashkurak, mates. Fackyou, effendi.* Die französischen Kanonen, auf dem Seeweg geschickt, waren unvermeidlich den Engländern in die Hände gefallen. Zwölf Kanonen hatten sie, zwölf, man höre! Es war Wahnsinn, aber Croisier war es recht. *Ich wünsche, daß eine solche Feigheit kein zweites Mal vorkommt.* Kann gar nicht genug betonen, meine Herren, wie wichtig Akkon unersetzlicher britischer Flottenstützpunkt wegnehmen und die Straße frei nach Damaskus und Konstantinopel: Worte sickerten durch von der Armeeführung zur Brigade, zur Division, zur Kompanie und zum Peloton. Also wurde bombardiert, pochten die Vierundzwanzigpfünder an die Mauern, während die Infanterie wartete. Hinter dem Rauch, es war kaum zu glauben, sah man eine Wunde in der Mauer klaffen. Es ging los, und sie trafen auf Skimitare. Croisier sah einen seiner Männer in ein Fabelwesen verwandelt: ein bajonettfechtendes Händepaar unter einem sprudelnden Arterienbrunnen. Ein anderer rutschte fluchend im Blut seiner Kameraden aus, suchte mit den Armen Halt oder Gleichgewicht, trat tänzelnd auf der Stelle, um davonzukommen. Türken fielen, die bartgerahmten Münder verdutzt offen, mit ringbesteckten Fingern die hervorquellenden Eingeweide festhaltend. Überrascht sah Croisier die eigenen Beine davonspritzen, *solche Feigheit kein zweites,* zum sichern Boden hin; er trampelte auf kopflose

Leiber, leiblose Köpfe, *Mal vorkommt,* durch Donner und beißenden Qualm. Doch zuletzt, ohne Hoffnung, tauchte er in jene Mauerwunde ein und fand die Erlösung. Mit einem gewissen Interesse sah er zu, wie der Türke, ein Auge blutend und den Mund voller Worte, die Croisier um alles in der Welt gern verstanden hätte, grunzend mit dem Skimitar ausholte. Dem Leibe nachtrauernd, sich selber nicht, sah er eine endlose Sekunde lang diesen Leib seine Karmesinliter versprudeln, während *er selber* kreiselnd mit seinem Kopf davonflog, der noch in der Luft war, als das Licht ausging und der Körper eben erst in den Knien einbrach.

Am Berg Tabor waren es fünfunddreißigtausend Türken, die mit viel Geschrei auf den rechten Flügel unter Kléber loshackten, und Bonaparte warf seine viereinhalbtausend hinein und hackte zurück, und die Türken suchten heulend das Weite. Doch Akkon wollte und wollte nicht fallen, und Krankheiten fraßen sich fest in der enttäuschten Armee. Monge stöhnte bei den Ruhrkranken, Caffarelli starb an Wundbrand. Bonaparte weinte. »Max, Max, mein teurer Freund, sein Herz soll mit mir nach Frankreich heimkehren, schneiden Sie es nur sacht heraus, Larrey, wir lassen es einbalsamieren und verwahren es in einem schönen Kästchen, keine Freundschaft ist doch wie die unter Männern, Waffenbrüdern, Brüdern im Denken, Wünschen und Wollen, was sind die Weiber, nichts, treulose Puppen, dein Holzbein, mein armer toter Max Caffarelli, ist mehr wert als all das parfümierte Fleisch im Serail des Großtürken, all die feilen Brüste der widerlichen Pariser Salons, wenn ich nur daran denke, was dies geile Luder, Luder mir getan hat, und die lebt noch, lebt, hurt, grinst und suhlt sich in Unzucht, und diese Scheißtrottel vom 69. Kampfbataillon, wie sich das auch noch nennt, schon richtig die Nummer, Neunundsechziger, Schwanzlutscher sind es, ach was, haben die gar nicht, ein Haufen feige, wimmernde Tunten sind sie, wollen mir Akkon nicht nehmen, um keinen Preis, euch werd ich die Hosen ausziehn, und Röckchen kriegt ihr an, Fotzen habt ihr und keine Schwänze, mein armer, armer Max, daß der tot ist, ein Gelehrter, ein Mann, ein Kämpfer!« Eine Granate mit verzögerter Zündung, aus Akkon kommend, fiel ihm vor die Füße, und zwei Grenadiere rissen ihn zurück. Eine Granate schlug in die Geschützfaschinen ein, wo er durchs Fernrohr spähte, und warf ihn rücklings um, so daß er fast Berthier umgeworfen hätte. Er verwünschte die Frauen, das grausame Schicksal, das Caffarelli hingerafft hatte, verwünschte Berthier, das 69., die Beulenpest, das brackige Wasser, den madenzerfressenen Zwieback. Er sah dreißig Schiffe stolz von Rhodos heransegeln, eine anglo-türkische Flotte voller frischer, kampfbereiter Marinesoldaten. Jetzt mußte's sein; er befahl einen Angriff wie noch nie, aber die Teerjacken standen bereit, feste druff, Jungs, Senge für die Frenchies! und trieben seine Leute zurück. Er machte einen Tanz vor dem 69., riß sich die Knöpfe ab und das Haar aus, hatte zur Unzeit eine Entleerung nach längerer Verhaltung und pißte sich in die Hosen schäumte und tobte, daß es eine große, denkwürdige Art hatte.

»Das mach ich mit euch«, schrie er, »ich laß euch eure verfurzten Hosen ausziehn, und dann geht ihr zur Parade, ihr schwanzlosen Windeier, ihr feigen, weibischen, undankbaren Bubis, nicht ein Kubik richtiges Sperma in eurem ganzen Sauhaufen! Den Türken werd ich euch ausliefern, damit die euch mal richtige dicke Männerschwänze in eure süßen kleinen Arschlöcher rammen, das mach ich mit euch, euch pudern und die Lippen rot malen und euch auf dem Markt verkaufen, krieg ich zwei beschissene Türkenpiaster für jeden, mehr nicht, ihr Kichermäulchen, ihr Rotznäschen, ihr Lackärsche, ihr schwulen, blutleeren Promenadenköter, macht, daß ihr mir aus der Schußlinie kommt oder ich muß kotzen, ihr feigen, undankbaren, unsoldatischen Hampelmänner!«

Und dann mußten die Kranken nach Kairo zurückgeschafft werden (wo vielleicht der heilige Krieg auch schon um sich gegriffen hatte wie die Beulenpest, wo sie vielleicht an den Toren schon freudig erwartet wurden von den bärtigen Herren mit den Verschneidemessern), aber wie in Allahs dreimal verschnittenem Namen sollte man mit Männern durch den Sinai marschieren, die nicht einmal mehr auf einem Maultier sitzen konnten? Verdrossen sah er sich die schwitzenden Patienten an, alle entstellt von Geschwülsten, und wenn man schon Gefangene töten konnte und die eine Kriegsregel brach, dann konnte man. Ihrem Leiden ein Ende machen, tat man mit Tieren auch.

»Ihrem Leiden ein Ende machen«, sagte er zu Desgenettes, dem Oberarzt. »Eine starke Dosis Laudanum. Ich glaube, Sie verstehn, was ich meine.«

»Eine Überdosis? Sie meinen, Sie schlagen vor, Sie befehlen mir, daß ich eine –«

»Das Wort habe ich nicht gebraucht, sondern *Sie.* Eine starke Dosis, habe ich gesagt. Eine ungewöhnlich starke. Das ist etwas ganz anderes.«

Desgenettes sah den kaltblütigen Türkenschlächter mit einer eigentümlichen Ehrfurcht an: Töten ist deine Sache, Leben retten meine. »Das könnte wie ein Brechmittel wirken. Wäre sehr schmerzhaft in ihrem geschwächten –«

»Dann spucken sie sich die Pest aus dem Leib, dann – Was willst du denn, he, was suchst du hier?« Er schoß einen Doppelblitz auf den Stallburschen ab, eine unverhältnismäßige Entladung gegen das gute, beflissene Kerlchen. »Welches Pferd, fragst du, welches Pferd ich reiten will, hör ich recht, *Pferd?* Pferde sind nur für die Kranken, hast du mich gehört, alle andern laufen auf ihren zwei Beinen, meinetwegen auch auf einem oder auf allen vieren. Der arme Max, der arme, arme Max! Ja, auch ich, ja ich, ich, ich.« Und er drosch auf den Burschen mit der Peitsche los. Er gefällt sich, dachte Desgenettes, er gefällt sich in der Grausamkeit.

»Darf ich dann gehn, mon Général?« fragte der geprügelte Stallbursche.

»Geh, geh, geh!« Und er zog ihm noch dreimal die Peitsche über den Rücken. »Wer hat dich überhaupt hergerufen?«

Gute Frage, konnte er unterwegs drüber nachdenken, als sie sich aus Syrien davonschleppten, mit tobenden Fliegenschwärmen von Verfolgern. Und Marodeuren um die Nachhut. Gerufen hatte er selbst natürlich, *lui,* aber an Rechtfertigungen war kein Mangel. Auftrag von der Göttin der Republik, schlicht und einfach, Göttin der Vernunft, Humanität, Wissenschaft, Zivilisation – Göttin aller Portefeuilles. Wenn man ein vielbändiges Werk haben wollte, alles über Ägypten, mußte eben einer für blechen, warum nicht der Kerl da? Der Mann hing festgebunden auf seinem Maultier, kotzte unablässig in den Sand und lenkte mit dem Erbrochenen vorübergehend ein paar aus der dichten Meute der schwarzen Fliegen von sich ab, die an ihm fraßen. Aber natürlich nicht der allein, mußt ihn dir multipliziert denken. Und über Akkon wehte die britische Fahne im Wind; auf dem Mittelmeer paradierten die britischen Kriegsschiffe wie Huren auf der Place de la Concorde.

»Das Laudanum hat gewirkt, die Höchstdosis.«

»Wie?«

»Manche von ihnen haben den Krankheitserreger ausgebrochen. Danket Gott oder *lui* oder sonst wem!«

Was Sand ist, bleibt, wie oft soll ich's noch sagen, Sand,
Sand, Sand in Sand mit Sand und Abersand.

Das Heilige Land, sagt der Verstand, ist Sand.
Sand währt am längsten, und wer Sand sagt, sagt auch Sand.
Und so ein Blau darüber, überblechblau, überblaugenau.
Garagorichroninvierevierefon.
Plötzlich war er blind, und blind war blau.
Und ist gerannt sandauf, sandab, ist denn kein andrer Sand?
Nahm Anstand, Abstand, bis er einen Sand vakant
Fand und schwand versandet im Versand.

Murat schrieb: Sie fielen über alles Fleisch Ägyptens her, das nur zu haben war, während *lui*, kaum hatte er gebadet und die Uniform gewechselt, über seine kleine Blondine aus Carcassonne herfiel. Es war notwendig, die See zu beobachten, und bald wurde die erwartete türkische Flotte gesichtet, offenbar auf dem Wege nach Alexandria oder vielmehr nach jener Halbinsel, die man Abukir nennt. Wir ließen ihnen volle zwei Wochen Zeit, ihr Lager aufzuschlagen, während zugleich unsere Männer sich erholen und stärken konnten. In den Meldungen war von etwa zehntausend Türken die Rede, davon viele aus der neuen Miliz, *yeniceri*, wie sie in ihrer Sprache heißen, von *yeni*, neu, französiert *janissaires*, sehr malerisch in ihren roten und blauen Uniformen, gut ausgebildet im Umgang mit Muskete, Säbel und Pistole. Als *lui* ihre Formation in Augenschein nahm – die eine Linie auf flachem Boden, eine andere auf dem Wesirberg –, sagte er etwas, das fürs erste nur schwer zu verstehen war: »Sie hat sich geirrt mit dem Wasser, geirrt, geirrt.« Wir konzentrierten uns auf die Linie in der Ebene. Lannes und L'Estaing sollten die Mitte durchbrechen, während Ihrem ergebenen Diener (den Sie, befürchte ich, nicht ohne Erschrecken wiedersehen werden, denn Sie werden ihn verändert finden, nicht zwar im Herzen und in der Mannhaftigkeit der Liebesbeweise, aber im Gesicht) die Aufgabe zufiel, die Kavallerie gegen die Flanken zu führen. Wie erwartet zog sich die ganze Linie in einiger Unordnung zu den Kameraden auf dem Hügel zurück, und dann galt es, mit einem tüchtigen Reiterangriff mitten unter die wackern Muselmänner zu fahren. Bei dieser Gelegenheit nun büßte Ihr ergebener Diener sein gefälliges Äußere ein. Ich hatte die Ehre, dem türkischen General persönlich zu begegnen, einem stattlichen, aber uralten Herrn namens Mustufa oder Mustafa (denn seiner Vokale ist sich der Muselmann selber nicht recht gewiß), der mich mitten in die Wange schoß und damit unvermeidlich ein gewisses Durcheinander sowohl der Knochen wie auch der

Zähne bewirkte, woraufhin ich nach meines Angreifers Hand schlug und ihn mit einem Säbelhieb der Pistole nebst zweier Finger beraubte. Der Schmerz in meinem Unterkiefer machte sich nur langsam bemerkbar, so daß ich an dem nun folgenden Siege noch Anteil nehmen konnte. Der ritterliche Sieger muß immer ein gewisses Maß an Mitleid für die Besiegten empfinden, besonders wenn ihr Elend durch andere Kräfte als die des Angreifers herbeigeführt wird. So ist der Anblick der Tausende von verängstigten Janitscharen, die in den sichern Ertrinkenstod getrieben wurden, keiner, den ich freiwillig ein zweites Mal erleben möchte. Die etwa zweitausend Hingestreckten, die sich im Nu in prächtig gekleidete Kadaver verwandelt hatten, waren gemeinhin im redlichen Kampfe gefallen, während die zitternden Gefangenen, die sich in der Hoffnung auf neue abgeschlagene Franzosenköpfe getäuscht sahen, die Verachtung wohl verdient hatten, mit deren Beweisen die unteren Dienstgrade sie überhäuften. Man sollte meinen, daß die Türkengefahr damit aus Ägypten verbannt ist, doch weiterhin stellen die britischen Schiffe auf dem Mittelmeer ihre Macht zur Schau, und Akkon bleibt ein Makel und eine Demütigung. Sir Smith, mit der füchsischen Verschlagenheit seiner Rasse, macht die Demütigung vollends unerträglich, indem er dafür sorgt, daß nur ausgewählte Sendungen Alexandria und von dort aus unser Hauptquartier in Kairo erreichen, nämlich ausschließlich Zeitungen mit traurigen Nachrichten aus dem Vaterland, die ich für mein Teil gern für bloße englische Verleumdungen hielte, wenn ich nicht befürchten müßte, daß an diesen unbehaglichen Meldungen nur allzu viel Wahres sein mag.

»Nun leg doch diese alten Zeitungen weg, oder weiß ich, was es ist«, sagte sie schmollend.

»Äh? Wer?« Und er las stirnrunzelnd weiter in der sechs Wochen alten Ausgabe der *Gazette Française de Francfort*. Es schien alles kaum glaublich, was da stand: die Engländer und Russen in Holland, Österreicher und Russen in Zürich, Türken und Russen auf Korfu, und Neapel, mit diesem Aas von einer Königin, Neapel war dem franzosenfeindlichen Bündnis beigetreten. Mit den Russen und ihrem wäßrig verquollenen Lande hatte er nicht gerechnet. Er spürte einen plötzlichen Hunger, mit Stichen im Verdauungstrakt zusammenklingend oder irgendwie artverwandt, nach ein paar Karten von Rußland. Statt dessen hatte er nun die rosagoldene Karte seiner Huri hier, aufs

Bett gebreitet und sich mit einem Federfächer träg des geflügelten Insektenlebens erwehrend. Draußen knisterten die Palmen im Nachtwind.

»Die ganze Zeit bist du fort in deinem blöden Krieg, und jetzt, wo du schon einmal da bist, bleibst du zugeknöpft bis zum Kinn und hast kein einziges Wort für deine kleine –«

»Schon gut.« Er legte seufzend die Zeitung auf einen Feldstuhl. Er bemerkte, daß sie ein paar Stiche an die Wände geheftet hatte – dicke allegorische Akte von unbekannten und auch nicht kennenswerten Künstlern. Sie hatte nicht so viel Geschmack, die hier, wie das betrügerische Luder in Paris. Oder wie die andere, noch ein Vergleich, die es auch mit den Schweinen vom Direktorium hielt. O ja, es wurde Zeit, das ägyptische Unternehmen abzubrechen, denn es war kein Geld da, und ohnehin hatte die Inflation den guten französischen Franken aufgeweicht. Plötzlich brüllte er wütend:

»Und auf den Straßen verkaufen sie Konfekt und geben kichernd *achtzehn für einen Louis.*« Draußen spielte die Kapelle, weil von irgendwoher ein Trupp einmarschierte:

Die wilden Söldner ohn' Erbarmen,
Sie ziehn verheerend durch das Land;
Die Euren würgt der Räuber Hand,
Die Kinder selbst in euren Armen.
Zur Waffe! ...

»Ja, ja. Nun komm schon!«

Mit Hilfe der Akte an der Wand gelang es ihm, ein fahriges Gelüst anzufachen, und dann nahm er sie, in korrekter Generalsuniform bis auf die herabgelassenen Hosen. Die sollte lieber wieder zu ihrem Alten zurück – nein, waren ja geschieden, und ob der überhaupt noch am Leben war? Die Hosen hochziehend, überlegte er, wen er mitnehmen wollte. Admiral Ganteaume, dieses Schwein, das den Seetransport für die Pestkranken von Akkon abgelehnt hatte, sagte, das Mittelmeer sei so gut wie frei von britischen Schiffen, und ein paar Fregatten stünden zur Verfügung. Monge? Berthollet? Berthier? Ja, zunächst mal die. Er brauchte ein Stück Papier, um sich eine Liste zu machen.

»Du kehrst nach Frankreich zurück, stimmt's?«

»Wer hat das gesagt? Wer sagt das? Wer hat davon gesprochen?«

»Du hast mich über, natürlich. Trotzdem, ich fahre mit dir

zurück. Ägypten hab ich satt, warum soll ich hier bleiben müssen? Kleopatra, von wegen! Kleopatra sagen sie hier zu mir, hast du das gewußt? Na, und jetzt will Kleopatra mal Paris sehn.«

»Wer setzt bloß solche Gerüchte in die Welt? Ich werde nach Paris zurückkehren, wenn ich dazu Befehl erhalte, nicht eher. Ein Soldat muß sich an seine Befehle halten.«

»Die Befehle gibst du, das weiß man doch. Du fährst auch ohne Befehl.« Sie klatschte eine Mücke gegen die kariöse Wand. *»Antonius!«* sagte sie.

Außerdem Lannes, Murat, Duroc, Lavalette, Merlin. Und *ihr* Sohn auch, Fleisch von ihrem, Eugène Beauharnais, guter Junge, vielversprechender Adjutant, dem durfte man ihre Gemeinheit nicht weiter anlasten.

»Antonius, der war ein *großer* Liebhaber. Er hat ein Königreich aus Liebe verloren.«

Bourrienne natürlich auch. Und mein Diener, ein Herr braucht einen Diener, mein echter Mamelucke, alles, was man in Paris vorzeigen kann von dem ganzen Abenteuer, nein, nein, kein Grund zu verzagen, viel geleistet, viel bleibt noch zu leisten, Türkei und Indien holen wir später; wenn Frankreich neugeordnet ist, kommst du wieder. Diese Halunken, Lüstlinge, Freidenker, Vielfraße, Stümper!

»Im Bett konnte er einer Frau Lust machen. Deine Stärke ist das nicht. Nicht das Bett.« Sie hieb mit dem Fächer nach einem großen, aufflatternden Käfer.

Andréossy, Marmont, Bessières, ein paar Hundertschaften von den Guiden. Sie? Nein. Auf keinen Fall. Kléber soll die Sache hier in die Hand nehmen, der ruhige, tüchtige Republikaner.

»Nicht das Bett!«

»Ja ja, Augenblick, ich bin gleich wieder bei dir.«

General Kléber behielt den Mund offen. Eine heiße Atembö schreckte die Fliegen ab. »Aber!« sagte er. »Ich meine, das ist doch ein Schock! Ganz ohne Vorbereitung. Ich bin nicht sicher, ob es möglich sein wird, daß. Gelinde gesagt, das ist eine.«

»Überraschung, nicht, eine Überraschung?« Er war munter und guter Dinge. »Ja, im Frieden wie im Krieg erlebt man Überraschungen. Solchen Überraschungen sind Sie mehr als gewachsen, Kléber.«

»Mir war nicht klar, daß Befehle. Ich habe nichts von einem Kurier bemerkt.«

»Die Türken werden uns nicht mehr plagen, dessen können Sie gewiß sein. Sie haben hier eine wohlgeordnete Republik zu regieren. Seien Sie streng im Diwan, lassen Sie dann und wann die bewaffnete Macht sehen! Dem sind Sie mehr als gewachsen. Aber in Frankreich, sollen wir uns da von diesen Spitzbuben alles, was wir geschaffen, verderben lassen? Ich weiß, wo mein Platz ist, Kléber.«

»Aber!« Und dann schrie er all seinen Groll heraus. Bonaparte hörte geduldig zu, ab und zu mit einem Lächeln beiseite, für Rustam, seinen Mamelucken, dem die Lautstärke und der sprühende Speichel Eindruck machten. Tausende von Kranken, ob an Seuchen oder Heimweh, eine ganze Flotte versenkt, für alle Zeiten hierbleiben, in diesem Land voller Fliegen und Kamelmist, die Staatskasse sieben Millionen Franken ärmer, die Verantwortung für diese *Savants,* ich werd' es dem Direktorium schreiben, flagrante Pflichtverletzung, täuschen Sie sich da nicht!

»Schon gut, Kléber, ich verstehe, wie Ihnen zumute sein muß. Sie haben diese harten Worte nie gesprochen, sie kommen nicht zu Protokoll. Seien Sie versichert, daß ich alles tun werde, was in meiner Kraft steht, um Ihre Heimführung zu erwirken. Es wird einige Zeit dauern, ohne Zweifel, aber für immer sollen Sie nicht hierbleiben. Es war doch ein großes Abenteuer, o ja! Die Welt wird um eine neue Wissenschaft reicher sein, die Ägyptologie, wie man sie wohl nennen wird. Macht Sie das denn nicht stolz? Wir werden noch Könige des Ostens werden, aber nun ist das Vaterland in Gefahr und ruft mich. Kümmern Sie sich ein wenig um die kleine Blonde, bitte, um, ha, Kleopatra, wie man so sagt. Halten Sie die Truppen bei Laune, lassen Sie ein paar Stücke von Molière und Racine aufführen, das heißt, Racine nur, wenn die Männer ihn sich gefallen lassen! Und nicht zu vergessen unsere kleine Zeitung, halten Sie die Redakteure in Trab! Tun Sie Ihre Pflicht hier, die meine ruft mich fort!«

»Du Schwein!« schimpfte Kléber ihm nach, als er ihn seinen glattgestriegelten Araber besteigen sah. »Verräter! Ratte! *O du kleines Arschloch!*«

Ein Zehnteljahr sahn wir nur Meer, Meer, Meer,
Verwehrtes Meer gefährlich rings und quer.
Wo ist denn Meer? Ach da! Ich dachte, Meer,

Das wäre Wasser. Nein, Meer
Ist leer. Nein, Meer ist britisch. Nein,
Meer ist Teer. Nein, Meer ist grundehrlich.
Meer ist mehr so etwas sehr, sehr
Geehrtes peripheres kontraqueres
Unbelehrtes Elitäres.
Was hört man denn vom Meer? Derzeit so ungefähr
Hört man und hört und hört,
Daß dieser Bonaparte wiederkehrt.

»Einerseits«, sagte Gohier, »wird er unsern offiziellen Befehl vom Fructidor inzwischen kennen. Andererseits aber hat er jenen Brief nicht vor der Einschiffung erhalten. Dennoch, der Brief existierte. Er war ermächtigt, Ägypten zu verlassen, obwohl er von dieser Ermächtigung nichts wußte. Eine schöne metaphysische Frage!«

»Zum Teufel mit Ihrer Metaphysik!« sagte der aufgedunsene Barras. »Er hatte Befehl, mit seiner Armee zurückzukehren. Seine Armee ist noch dort. Unbedenklich zu guillotinieren. Desertion aus seiner Armee angesichts des Feindes.«

»Wir dürfen nicht unbillig sein. Dieser Feind ist besiegt. Das Glück hält ihm die Treue. Denken Sie, mit Blumen, Früchten und Wein ist er in Saint-Raphaël empfangen worden! Der Sieg bei Abukir hat gewirkt wie eine Fanfare. Schicksalsbotschaft oder sowas!«

»Wo?«

»In Saint-Raphaël. Wo er gelandet ist. Bernadotte empfiehlt seine Verhaftung, der Volksgunst zum Trotz. Soll doch Bernadotte es machen, ist ja Sache des Kriegsministeriums. Standrechtlich erschießen, nicht guillotinieren. Wenn nicht wegen Desertion, dann wegen Verletzung der Quarantäne-Bestimmungen. Womöglich haben wir seinetwegen in ein, zwei Wochen diese Beulengeschichte hier in Frankreich.«

»Und ihn deswegen erschießen?«

»Nun, einsperren. Bis wir entschieden haben, was wir mit ihm anfangen.«

»Wir und darüber entscheiden? Wir?«

O rafft euch aus dem Schlaf und greift zum Schwert!
Ihr Tugenden zu dritt, die dreifach gähnen,
Denn Bonaparte küßt Frankreichs milde Erd.

Ihr, die der Republik den Stuhl beschwert,
In Ämtern, wo sich Bauch und Beutel dehnen,
O rafft euch aus dem Schlaf und greift zum Schwert!

»Und was ist denn mit *ihr?*« fragte Barras.

»Sie war ziemlich ruhig, als die Telegraphenmeldung kam, ruhiger als ich. Nichts zu befürchten, hat sie immerzu gesagt – für sich, hat sie gemeint. Weil sie ja die meiste Zeit über mit meiner Frau zusammengewesen ist. Jedenfalls muß sie zu ihm nach Lyon, ehe seine Brüder ihr zuvorkommen.«

»Die beiden werden sie lebendig in Stücke reißen. Wenn sie gar nichts Böses ahnt.«

Voran, ihr Räder, schüttelt mein Gefährt,
Dem Herzen gebt Elan, dem Auge Tränen!
Denn Bonaparte küßt Frankreichs milde Erd.

»Schau nur, Mutter«, sagte Hortense, als sie nach Süden fuhren, »immer noch mehr Blumen und Girlanden! Ob es wohl für das ist, was er getan hat, oder für das, was er noch tun soll? Ich meine, was denken denn die Leute, was er noch alles tun kann!«

Immer wieder dasselbe, noch einmal und noch einmal wiederholt im Rattern der Räder: außergewöhnlicher Mann, außergewöhnlicher Mann! Vergessen Sie nie, mit was für einem außergewöhnlichen Mann Sie verheiratet sind, meine Liebe, einem außergewöhnlichen Mann! Madame de Montesson, war es die gewesen, die das gesagt hatte?

»Ich befürchte, sie werden zuerst da sein, Hortense, ich befürchte es. Sie können ihm ebensowenig verzeihen wie mir, keiner von ihnen. Und dann erst die Alte, dieser korsische Korsettbesen! Aber vielleicht kannst du ihn erweichen, wenn ich es schon nicht kann. Dich hat er sehr gern, ebenso wie Eugène. Es kommt wohl noch so weit, daß ich meine Kinder für mich muß bitten lassen.«

Ihr Brüder, ahndet, wie's den Korsen ehrt,
Untreues Tändeln, liederliches Frönen!
O rafft euch aus dem Schlaf und greift zum Schwert!

»Wovon man dir viel vorreden wird«, sagte Lucien, »ist das Schandmal der Scheidung. Gesetze kann man ändern, aber Schandmale wird man nicht mehr los. Man wird dir erklären, wie nachteilig die Scheidung für einen Mann des Staates sein werde, der seinen Weg noch vor sich hat. Aber du weißt ja, wie *wir* denken.« Sie kamen Paris schon näher. Blumen und Triumphbögen, Menschenmengen, die mit Fackeln die ganze Nacht gewartet hatten. Gott segne dich, General Bonaparte, du Retter unseres gepeinigten Vaterlands! Schaff' uns Arbeit, schaff' uns Brot! Schaff' uns Geld, das wir ausgeben können!

»So ist sie nun einmal«, sagte Joseph, »und du kannst sie nicht ändern. Abgesehen von dieser ehebrecherischen Affäre hat sie sich auch auf ein paar sehr trübe Geschäfte eingelassen. Heereslieferungen, Bestechungsgelder. Sie hat hohe Schulden gemacht.«

»Ich hab sie geliebt, geliebt, kein Mensch weiß, wie sehr.«

Triumphbögen und Blumen. Schmutzige Willkommenshände an den Kutschenfenstern. Säubre unser Land, gib uns wieder Ehre, Würde, Zahlungsfähigkeit! So oder ähnlich.

»Du wirst unserer Mutter nie mehr ins Gesicht sehn können, wenn du nicht. Es muß sein. Tut weh, klar! Mach einen neuen Anfang!«

Euch lacht die Sonne, euer Land durchquert
  Ein Wind, der tanzt mit Kindern und Fontänen,
Denn Bonaparte küßt Frankreichs milde Erd.

Als sie mit Hortense enttäuscht nach Paris zurückkam, das Herz klopfend in Vorahnungen, fanden sie ihre Koffer und Kisten gepackt und gestapelt. Die Tür zu seinem Arbeitszimmer war verschlossen. Eugène war da und umarmte seine Schwester. Die unglückliche Mutter klopfte und klopfte vergebens, bis sie sich vor Schmerz und Kummer zu Boden warf. Das Schluchzen der Kinder drang durch. Die Diener hörten zu, wie in einem Drama auf der Bühne.

O Gott wenn ich nur daran denke dass eine der ich mein Innerstes anvertraut aber ich schwöre es ist doch alles längst vorbei ich war töricht aber es ist längst aus ein Leben in einsamer Sittsamkeit hab ich geführt ich hab Zeugen frag doch Madame Gohier deine ganze Familie ist gegen mich was die alles über mich sagen Hätte ich nur gleich auf meine Familie gehört ein Mann kann niemandem trauen als dem eigenen Fleisch und Blut o Gott o Gott welch ein Betrug nie wieder will ich einer Frau trauen ich der ich so viel Vertrauen in eine unwürdige Unwürdige *laß uns für Mutter sprechen laß uns für uns selber sprechen laß uns doch wieder eine glückliche vereinte Familie sein denn sie liebt dich doch wir lieben dich du liebst sie* JA EUGÈNE BIST EIN BRAVER TAPFERER JUNGER MANN UND DU HORTENSE BIST O GOTT O GOTT ich war töricht Gott weiß ich war töricht aber ich hab draus gelernt lange bevor diese Verleumdungen ausgestreut wurden HÄTTE ICH DOCH BLOSS NICHTS DAVON aber du mußtest ja GEWUSST GEWUSST *denk doch an uns* belogen werden denn VON MEINER INSEL KOMMT SO MANCH EIN OTHELLO deine Familie haßt mich MIR ABER FEHLT DER die werden alles tun um MUT ZUM TÖTEN mich in deinen Augen ICH BIN EIN MENSCH anzuschwärzen und von DER NUR SEINE RUHE Negerblut haben sie auch gesprochen noch so eine UND SEINEN Verleumdung FRIEDEN WILL und alles wegen eines kleinen Fehltritts *ach du brichst uns das* UND LIEBE am liebsten brächen sie uns allen das UND EINE FAMILIE VOLL LIEBE IM *Herz* Herz HERZEN.

Marthe, die älteste Dienerin, nickte und nickte, mit zahnlosem Munde jedes Bröckchen nachkäuend, wohl wissend, daß ein Wortgefecht Verständigung bedeutet, daß der Mann gegen die Tränen oder die schmerzlich wie beim Harfenspiel gerungenen weißen Arme des Weibes nicht ankommt, schon gar nicht gegen die wogenden weißen Brüste, kein besseres Lösungsmittel gegen Männerzorn als ein Dekolleté; und jetzt im Morgengraun würden sie endlich zu Bett gehn, damit andere auch mal ein Auge zutun könnten in der Rue Chantereine Nummer 6, aber nein, rue de la Victoire hieß sie jetzt, seinetwegen, für ihn, ihihihihn, la victoire! Mit den Botschaften wurden die kleine Marie-Claire und der Stallbursche Antoine losgeschickt, und in der Küche schlang der gräßliche schwarze Mann etwas hinunter, den er aus Afrika mitgebracht hatte, der sprach so gut wie gar kein Französisch. Lucien (Oberhaupt der Fünfhundert, großer Mann jetzt wegen seines Bruders, der nun eine lebhafte Friedenskonferenz im Bett abhielt; große Familie jedenfalls, wenn auch alles bloß Korsen) und Joseph (kleines Oberhaupt der großen Familie, seine Frau soll es sein, sagt man, die ihn verschleißt und kleinmacht) kamen zusammen am frühen Vormittag. Sie wurden gebeten, sich zum Schlafzimmer der Herrschaften zu begeben.

»Hat sie im Bett ermordet, was!«

»I bewahre, so mörderisch ist sein Temperament nicht.«

»Dann wird er todmüde sein nach dieser Entscheidung. Wo er sie wohl hingeschickt hat?«

Der Mamelucke vor der Tür seines Herrn knurrte, aber Lucien, immerhin der Präsident der Fünfhundert, knurrte zurück und klopfte an. Das *Entrez!* klang müde, doch nicht unzufrieden. Sie traten ein und sahen ihn im Bett mit einer nackten Frau. Nun ja, einen Trost mußte er haben. Dann sahen sie, wer die nackte Frau war.

»Wir haben alles ausgeräumt, fratelli. Uns stehen weiß Gott noch genug Streitereien bevor, warum auch noch in der Familie? Setzen wir dem korrupten Staat eine Festung des Glücks entgegen!«

Streitereien? Und in der Familie? Er meinte nicht die wahre Familie, die *famiglia.* Er ließ sich von den Beauharnais vereinnahmen. Aber die Familienhormone spielten unterdessen eine ganz andere Musik. Diese Schultern, diese Brüste, die sie nun erst bedeckte! Da haben wir's wieder, wir schwachen Männer, o Wollust, unser aller Verderben! Lucien hatte eine verschwommene Ahnung, daß ihnen allen noch einiges an Wollust bevorstand, ganz Europa ein einziges großes Lustbett.

Hegt lang die Liebe, die euch kurz gewährt schert gehrt
Gehorcht, ihr Adler, den Trompetentönen!
O rafft euch aus dem Schlaf und greift zum Schwert!
Denn Bonaparte küßt Frankreichs milde Erd.

»Mir eine Ehre«, sagte er. »Eine große.« Sieyès' Wohnung roch nach Junggesellentum, milder Säure mit Staub, dazwischen ein Beiklang von vergessenen Äpfeln, der vielleicht auch nur von seinen alten Büchern herrührte. In einer Nische für sich standen unübersehbar Voltaires Werke, unter einem Wachsrelief des Weisen. Als Sieyès sich wieder setzte, zuckte er leicht zusammen. Bonaparte sagte:

»Hämorrhoiden? Da kenn ich mich aus. Ein variköses Leiden, das sich durch Auflegen von Eisbeuteln lindern läßt. Im Felde ebenso häufig wie im, hm, Studierzimmer.«

Sieyès hatte das Äußere eines Minaretts, dem man ein übergroßes Zwiebeldach aufgesetzt hatte. Dazu kam die Stimme, dünn und klagend wie die eines alten Muezzins.

»Sie haben also mit unserm ersten Direktor gesprochen? Und was hat Gohier gesagt? Daß Sie zu jung sind, ohne Zweifel? Er klebt am Buchstaben, eine Advokatenseele! Keine Direktoren unter vierzig! Wie alt sind Sie?«

»Werde dreißig. Buchstabe kann töten, hab ich ihm gesagt.

Bei Ihrem Kollegen Paul Barras roch es nach Metallpolitur. Wieviel, glaubt er, wird man ihm dafür zahlen, daß er die Kronen blankputzt?«

»Nun«, sagte Sieyès, etwas Schleim hochziehend, »die meisten glauben, daß es nur zwei Auswege gibt. Bedenken Sie, die Zustände im Land! Arbeitslosigkeit, Diebe –«

»Mir wurde auf dem Wege nach Norden das Gepäck gestohlen.«

»Da sehn Sie's. Und im Westen die religiösen Fanatiker, hier die Teuerung – ein anständiges Diner bekommt man kaum mehr unter einer Million Franken. Die einen wollen die Bourbonen zurückholen, die andern wollen eine Schreckensherrschaft. Jakobiner gibt es immer noch genug in den beiden Kammern –«

»Und was wollen *Sie*, Bürger Sieyès?«

»Eine neue Verfassung, was sonst? Wir haben keine Verfassung.«

»Genau, was ich auch immer sage, seit meiner Rückkehr! Man hat mir mit dem Gesetz gedroht, weil ich Ägypten unerlaubt verlassen hätte, aber ich habe erwidert, es gibt kein Gesetz.« Die beiden blickten sich nicht unfreundlich an, und Voltaires bitteres Profil schaute herab auf die Welt voller Neuerungen. »Sie, Bürger, haben unsere erste Verfassung geschaffen. Wird es nun nicht wieder Zeit?«

»Nicht ganz die erste; allerdings kann man vielleicht sagen, daß mein Pamphlet über den dritten Stand einen Anfang – Als was fühlen Sie sich, als Soldat oder Zivilist? Ich sehe, Sie kleiden sich zivil.«

»Ich bin beides.« Sieyès, mit einem plötzlichen Stechen in den Eingeweiden, begriff, was das heißen mochte – General in der einen Sphäre, von gleichem Rang in der andern –, ging aber nicht darauf ein. Er wollte es lieber so verstehen, daß dieser Soldat der politischen Belehrung zugänglich sei. Er sagte:

»Wir brauchen einen Degen. Wir – ich meine diejenigen unter uns, die sich über das weitere Vorgehen, so wie ich es Ihnen nun kurz erklären will, einig sind. Wenn ich sage, einen Degen, so meine ich, nun, sagen wir eine Machtdemonstration, die das Banner der Ordnung aufrichten kann.«

»Ich verstehe vollkommen, ich verstehe wohl, dies ist mir überaus deutlich.«

»Sie werden schon genug Blutvergießen erlebt haben in Ihrer Laufbahn. Mir scheint, das ganze Direktorium muß zurücktreten. In den beiden Kammern wird das eine Panik stiften, aber mit Hilfe mancher Freunde unter den Alten habe ich den Weg schon geebnet. Wir müssen eine Versammlung des ganzen Parlaments außerhalb der Stadt einberufen. Paris ist zu unruhig mit all dem Pöbel und den Arbeitslosen. Der Palast von Saint-Cloud, hab ich mir gedacht.«

»Ich verstehe vollkommen.« Er lächelte in rückhaltlosem Verständnis, als Sieyès abermals zusammenzuckte. »Eisbeutel, vergessen Sie's nicht. Oder Blutegel, blutdurstig, aber gut. Mein Bruder kann bei dieser Verschwörung natürlich von Nutzen sein.«

»Das Wort habe ich nicht gebraucht. Tilgen Sie dies Wort aus Ihrem Sinn; selbst die Luft ist zu öffentlich, um es zu vernehmen. Vorgeschlagen wird nur, daß die beiden Räte die Absetzung des Direktoriums und die Einrichtung eines Dreierausschusses zur Vorbereitung einer neuen Verfassung beschließen.«

»Einrichtung? Das klingt nach einem permanenten Triumvirat?«

»Irgendeine Permanenz ist noch nicht vorherzusehen. Das Wichtigste zuerst. Mein Freund Cornet im Rat der Alten wird seinen Kollegen in einer flammenden Rede die Gefahr ausmalen, in der sie sich befinden, und dann, wenn sie vor Angst schlottern, wird er vorschlagen, daß Sie den Oberbefehl über den Pariser Bezirk übernehmen – selbstverständlich nur, um die Sicherheit beider Kammern zu gewährleisten. Der Antrag, daran ist kein Zweifel, wird angenommen werden, ohne Gegenstimme.«

»Vortrefflich!«

»Ich überlasse es Talleyrand –«

»Ist Talleyrand zu trauen? Es hat sich erwiesen, daß ich ihm nicht trauen konnte, er hat den ganzen Ägyptenfeldzug –«

»– Talleyrand, mit einer anständigen Summe für Barras' Rücktritt zu sorgen – eine halbe Million, in Gold, nicht Papier. Gohier neigt zum Umfallen, er wird keine Schwierigkeiten machen. Und das wäre das Ende des Direktoriums.«

»Talleyrand«, murrte Bonaparte. »Schleimig, unzuverlässig, ein exkommunizierter Bischof, sieht ihm ähnlich!«

»Vergessen Sie nicht, auch ich bin ein exkommunizierter Abbé. Lassen wir das! Sollte in den Tuilerien etwas nicht erwartungsgemäß verlaufen, sollten Barras oder etwa Moulins unerwartete Schwierigkeiten machen, lassen Sie dreihundert Mann in Paris. So wie ich es sehe, ist alles eine ganz einfache Maßnahme. Und eine *vernünftige* Maßnahme, die Absetzung einer schwachen Exekutive. Ich erwarte überhaupt keine Schwierigkeiten.«

»Also ein Triumvirat, wie? Sehr klassisch!«

Sieyès richtete die lange Nase wie eine Spielzeugpistole auf Bonaparte. »Von einem Triumvirat habe ich nichts gesagt. Ich habe nur von der Bildung eines Dreierausschusses gesprochen. Das ist, abgesehen von der rein zahlenmäßigen Übereinstimmung, nicht dasselbe wie ein Triumvirat.«

»Ich verstehe vollkommen, überaus deutlich.«

Augereau sah zu, wie sie hineingingen, während das Streichorchester die Marseillaise spielte.

»Schaun Sie sich diese Affen in Toga an«, sagte er, »wie eine Horde Kulissenrömer! Advokaten, nichts weiter! Je weniger sie drauf haben, um so mehr geben sie an. Und diese Direktoren mit ihren meterlangen Federn, wie das wackelt im Wind! Glatzköpfe ficken am besten, sagt man.«

»Sie hätten mit uns in Gaza sein sollen.« Bonaparte trug eine Trikolorenschärpe, Goldschnüre am Rock und Kniehosen aus schneeweißer Seide. Beide stampften sie auf und ab, wegen der Blutzirkulation; kalter Brumaire, wenn auch heut ohne Nebel.

»Gab genug Dreckarbeit für mich hier. In Paris, mein' ich. So, jetzt scheinen sie alle drin zu sein. All diese roten Togas und diese roten Knautschdinger auf dem Kopf, und meinen Männern hängt die Zunge nach einem Schnaps. Und nichts zu rauchen, keine Pfeife Tabak auf ein ganzes Peloton! Lassen uns den ganzen Vormittag stehn, während sie sich mit ihrem Mummenschanz wichtig machen, Ruhm und Ehre, und der Sonnenkönig strahlt ihnen auf den Buckel. Viermal hab ich schon die Marseillaise wiederholen lassen, und jetzt wird gelabert bis zum Umfallen.«

»Ich glaube, es wird ganz schnell gehn.«

Bourrienne kam zurück mit einer Meldung, die er von jemandem an der Tür der Apollogalerie erhalten hatte. »Sie wollen eine Ernennungsliste aufstellen.«

»Für den Ausschuß?«

»Für ein neues Direktorium.«

»Für ein – Sind Sie sicher, daß Sie richtig gehört haben?«

»War ein Antrag und wurde angenommen. Abgestimmt. Nichts anderes auf der Tagesordnung.«

Bonaparte ging kurz auf und ab. Dann sagte er zu Bourrienne: »Sie und ich, wir gehn hinein. Berthier auch. Holen Sie Berthier!«

Augereau war entsetzt. »Da fallen Sie aber rein, mitten in die dickste –«

»Wissen Sie noch, Arcole? Denken Sie an Arcole! Das war eine echte, ha, Kot! Unsinn, Augereau! Das ist bloß ein Haufen dummer, widersetzlicher alter Männer.«

»Widersetzlicher? *Widersetz* –?«

Die drei stapften klirrend hinein, aber erst mußte Bonaparte noch einen Soldaten begrüßen, den er angeblich kannte. »Sag bloß, Carné! Bei Toulon warste dabei, nicht? Wie wir den Lords auf die Sprünge geholfen haben! Rauch nur weiter!« Berthier brach in ein stummes Stottern aus unter dem Ludwigsprunk. Gold, Gold, der Sonnengott, von Fresken vervielfacht, Alabastersäulen, Gold, Gold und noch mal Gold, kein Zweifel, es war eine Pracht, und dazwischen saßen die Alten wie ein Haufen Weiber in roten Hemden und Baretten; manche unter ihnen, die leise klatschten beim – beispiellosen, unglaublichen – Anblick eines stirnrunzelnden sieggewohnten Generals, während andere ängstlich oder pikiert die roten Hemden an den Leib zogen – ja, es war ein Haufen Weiber. *Lui* verlor keine Zeit, er sagte:

»Freiheit und Gleichheit in Gefahr. Sitzen auf einem Vulkan. Bitte mit soldatischem Freimut sprechen zu dürfen. Ich bin Ihr Degen, muß Sie schützen. Schon allerhand für Freiheit und, ähm, Gleichheit geopfert. Müssen gerettet werden.«

»Darf ich dem entnehmen«, fragte einer, der wie ein Fragezeichen mit Stahlbrille aussah, »daß der Herr General gegen die Verfassung spricht?«

»Im Namen der Verfassung haben gemeine Verschwörer ihr tödliches Werk begonnen. Sie, die Volksvertreter, sind in schwerer Gefahr. Ich bin Soldat, ich weiß Bescheid.« Über das Geschrei nach *wer?* und *was?* und über den Schwerhörigen hinweg, der wissen wollte, *was hat er über das Volk gesagt?* redete er weiter. »Mich selbst haben die Direktoren Barras und Moulins um Hilfe beim Umsturz der Republik und bei der Wiederherstellung der verhaßten Monarchie gebeten. Sie, meine Herren, als besonnene, gerechte und maßvolle Hüter unserer Republik, haben unsere Prinzipien stets hochgehalten, Bourbonen und Jakobiner gleichermaßen verschmähend. Gefahren!« Er begann sich zu wiederholen. Alle sahen ihn an. »Will sagen, ich muß Sie beschützen.« Alle sahen ihn an. »Vor den Gefahren, die Ihnen drohen, meine ich. Sollte einer, der Republiken gegründet hat, nicht die Mutter der Republiken schützen? Mit der Waffe, wenn's sein muß. Ihr alten Kameraden, ich seh euch hinter mir stehn, mit funkelnden Bajonetten in der Sonne des Sieges, will sagen Freiheit.« Alle sahen ihn an, außer denen, die nach den alten Kameraden schauten, die nicht da waren.

»Gotteswillen!« flüsterte Bourrienne.

»Republiken! Lassen Sie mich soviel sagen, nicht mehr! Der Siegesgott und die Glücksgöttin marschieren mit mir. Daß mir keiner versuche, daß mir keiner wage! Ich weiß wohl, ich habe Feinde, manche vielleicht sogar hier, Staatsfeinde, Republikfeinde. Denen sage ich, hütet euch! Blitz, der Blitz des blanken Stahls, und Donner der zornigen Armee werden werden –«

»Um Himmelswillen, General«, sagte Bourrienne, »Sie wissen nicht, was Sie –«

»Die Glücksgöttin und der Siegesgott marschieren mit mir, vergessen Sie das nicht –«

Dann fingen die Alten zu brüllen an. Dünne Arme wurden im Zorn unter den Togen hervorgeschwenkt, hier und da auch ein dicker, wabbliger. *Der General täte gut daran, das Reden den Rednern zu überlassen, wie kann ein schlichter Soldat es wagen, welch eine Unverschämtheit, welch eine Anmaßung, Herr Präsident, weisen Sie ihn ...!* »Was ich nur sagen wollte, in aller Bescheidenheit, ist dies, daß die hohe Versammlung die Gefahr bedenken möge, Schritte erwägen, um ihr zu begegnen, sogleich einen Ausschuß einsetzen, um –« *Hinaus! Hinaus! Hinaus!* Berthier zog ihn, Bourrienne, zaghafter, schob. »Das ist alles, um was ich bitte.«

Als sie draußen waren, schien er nicht sonderlich außer Fassung. »Klar, das hätten wir besser machen können, da drin. Aber Sieyès ist schuld, der hat mehr versprochen als gehalten. Jetzt gehn wir in die Orangerie.«

»In dddie –«

»Ja, ja, wir werden zu den Fünfhundert sprechen. Bourrienne, sein Sie so gut –«

»Aber die Fünfhundert schwören gerade den Eid auf die Verfassung, einer nach dem andern. Dazu sind sie heute hier. Glauben Sie mir, Sie begeben sich in äußerste Gefahr.«

»Wie immer, wie immer. Sein Sie so gut und schicken Sie meiner Frau eine Nachricht, daß ich vielleicht etwas später heimkomme, als ich gesagt hab, daß aber alles gut geht. Haben Sie's?«

Fünfzigtausend im Felde, dachte er, sind nichts gegen fünfhundert dicht an dicht in einem kahlen, finstern Kasten von Versammlungssaal. Er sah seinen Bruder Lucien auf dem Podium präsidieren, aber das war ein schwacher Trost. *Hinaus! Hinaus! Hinaus!* hieß es, kaum daß er drinnen war. *Das Heiligtum des Rechtes wird entweiht, hinaus, sofort hinaus, AUSSERHALB DES GESETZES!* »Diktator!« rief jemand, und andere nahmen das Wort auf. Lucien dröhnte mit dem Hammer und rief: »Meinem tapferen Bruder – Leistungen im Felde – wenigstens Gehör –« Bonaparte sah rings um sich Klauen und Fäuste, hörte schwere Atemzüge, wußte sofort und zum ersten Male, welchen Feind er einzig fürchtete: die Masse, den Angriff mit Zähnen und Klauen. Fast wäre er ohnmächtig geworden, aber er erholte sich, drehte sich um und wollte hinaus, sah seinen Rückzug vom Feinde abgeschnitten, und dann packten ihn die Klauen. Der Salzgeschmack in seinem Munde war Blut; er strich sich mit den Fingern über die rechte Wange, wollte es nicht glauben, aber etwas Feuchtes, Rotes lief ihm in die Hand. Dann war das Emblem der segensreichen Ordnung da: Uniformen, stämmige Soldaten Schulter an Schulter, die Schläge austeilten, er selbst von einem schützenden Ordnungskarree in die Mitte genommen, das sich durchschlug, durch, durch und hinaus.

»Außerhalb des Gesetzes«, sagte Bourrienne. »Sie wissen, was das bedeutet; dieselbe Formel wie vor Robespierres –«

»Was geschieht denn nun da drinnen?« Sie hörten ein Brüllen und Toben, schwaches Hämmern. Das Blut wischte er nicht ab; so übel ihm war, wußte er doch, wozu das Blut gut war.

»Sie wissen schon, was geschieht. Sie wissen doch, was mit Robespierre geschehen ist. Ihr Bruder versucht die Abstimmung zu verhindern.« Ein atemloser Türsteher brachte einen bekritzelten Zettel. Bonaparte las ihn. Er sagte:

»Wir haben zehn Minuten Zeit. Lucien muß hier heraus kommen. Holen Sie mein Pferd! Holen Sie eine Eskorte für Lucien.«

Trommeln, nichts war so beruhigend wie Trommeln, Pappimammi im Crescendo, ein langausgehaltener Wirbel, der die wenigen Brumairevögel aufscheuchte. An den offenen Fenstern der Orangerie sah man schimpfende Gesichter. Lucien sprach zu den Soldaten:

»Diese rechtmäßige Versammlung da drinnen wird bedroht – bedroht an Leib und Leben, mit Dolchen und Degen – von einer Handvoll tollköpfiger Extremisten. Die Armee muß diese rechtmäßige Versammlung retten, Stahl muß dem Stahl begegnen.«

Der Lärm, der aus den Fenstern drang, war wirr, aber die Soldaten verstanden doch die Worte *außerhalb des Gesetzes.* Der General mit dem blutbeschmierten Gesicht sprach:

»Soldaten, habe ich euch nicht wieder und wieder zum Siege geführt? Habe ich nicht wieder und wieder für Frankreich mein Leben gewagt, für unser aller Frankreich, ein Frankreich, das nun wieder von den Franzosen bedroht wird? Der Gefahr habe ich bei Toulon ins Auge geblickt, in Italien, Ägypten, auf hoher See, doch ärgere Gefahr ist mir nun in einem Saal voller tückischer Mordbuben begegnet. Ihr seid mir bis hierher gefolgt, werdet ihr mir auch weiter folgen?«

Manche riefen *vivat!*, viele wußten nicht recht. Lucien zog den Degen, und, Glück wie ein Korse, die untergehende Sonne blinkte auf der Spitze. Er stemmte die Waffe seinem Bruder gegen die Brust und rief aus: »Ich schwöre, wenn er je die Freiheit unseres teuren Vaterlandes bedroht, so schwöre ich –« Brüllen, Toben und donnernder Beifall. Es war wie auf der Bühne, mit der untergehenden Sonne, zwei Brüder zum lebenden Bild erstarrt, Blut und ein Degen. Bonaparte sagte zu Lucien:

»Gut, ich glaube, das reicht jetzt. Wir haben sie. Geh mit Leclerc und Murat hinein, du voran, und wir räumen den verdammten Saal.«

»Freiheit, Freiheit, Sterben für die Freiheit!« Ein paar von den Fünfhundert sprangen aus den Fenstern, als wäre drinnen ein Feuer ausgebrochen.

»Von wegen Sterben«, sagte Augereau. »Wer wird euch Affen was tun wollen?«

Keine Mühe mehr, den Ausschuß durchzubringen.

»Viel lieber«, sagte sie schaudernd, »wäre ich wieder zuhause in der Rue Chantereine.« Bei Sonnenuntergang gingen sie durch die große Galerie der Tuilerien, mächtig, kalt, unheimelig, wo besonders um diese Stunde die Könige spukten, deren strahlendes Licht zu trocknem Blut geworden war. War sie doch schließlich selbst eine Aristokratin, hatte darauf gewartet, in die Demokratie der Geköpften aufgenommen zu werden, und schauderte jetzt nicht allein in der gewaltigen barocken Kälte, sondern auch in der Erinnerung ans knappe Davonkommen.

Der erste Konsul gab ihr einen Klaps auf den Hintern, womit er eine Kette von Echos weckte, und sagte herzlich:

»Nur Mut, Mädchen! Gewiß, ein wenig kahl ist es noch, und zu viele von den unnützen Geistern –« Auch er spürte sie also, kamen sie doch beide von Inseln, wo man es gewohnt war, daß die Toten umgingen. »Aber bald werden wir sie mit Statuen der Unsterblichen vertreiben, der Männer, die durch Verdienst groß geworden sind – keine kümmerlichen Erben des leeren Purpurs. Ein paar Dutzend Statuen, denk ich mir, stellen wir hier auf – Demosthenes, Alexander, Brutus undsoweiter. Und den armen Washington, der nun tot ist, großer General, großer Demokrat. Cato, Julius Cäsar –«

»Neben Brutus?«

»Im Schattenreich sind sie wieder Freunde, einer kennt des andern Schicksal. Marlborough, ein Engländer, aber ein sehr bemerkenswerter, nicht doch, ein überragender, ein gewaltiger –«

»Und *du*«, sagte sie, »bist du auch ein großer Demokrat?«

Er brachte sie zum Halten und schaute sie an. Sie schaute ihn an, sah den roten Samt glühen. »Demokrat?« Es war sonderbar, von diesen Schmachtlippen einen politischen Terminus zu hören; vielleicht hatte sie im Bewußtsein seines neuen staatsmännischen Ranges etwas zu lesen vorgenommen, *Montesquieu für die reifere Jugend* oder etwas Ähnliches. »Ja und nein. Der ganze Vorgang, kann ich wohl sagen, war demokratisch. Freie Wahl etcetera. Gott segne die Wähler, die von Verfassungen nichts wissen, nichts wissen wollen und nichts wissen sollen. Ich glaube an den dunklen Sinn der Verfassungen, aber kurz müssen sie sein, damit sie einfach erscheinen.«

»Das klingt machiavellistisch.« Sie hatte etwas gelesen, kein Zweifel. Sie ging weiter, und er mußte ihr folgen. »Der gute Sieyès! Ich bin sicher, er hatte keine Ahnung, daß es dahin kommen würde.«

»Das Triumvirat – kennst du das Wort? – war seine Idee. Die Bezeichnung *Konsul* auch. Über Verfassungen weiß er Bescheid, aber nicht übers Regieren. Kommt natürlich auf die Persönlichkeit an. Er mit seiner piepsigen Stimme, seinen Krampfadern –«

»Anders ausgedrückt«, sagte sie, »glaubst du denn an das Volk?« Er lächelte nachsichtig; sie wußte, er war im Begriff zu sagen: *Ich glaube, das Volk existiert, wenn du das meinst.* »Ich meine, magst du das Volk, *liebst* du es?«

»Lieben kann man nur Personen«, sagte er und wog ihre Brüste in der Hand. »Wenn ich das Volk sehe, als eine Menschenmenge, und nur bei solchen Gelegenheiten sieht man wirklich das Volk, dann weiß ich, wie mir zumute ist. Vor dem Volk werde ich zu Stein, wie in einem Alptraum. Aber ich sorge für die Disziplin, die das Volk braucht und im Grunde auch wünscht, stelle Offiziere an die Spitze, gebe den Leuten statt der Pflastersteine Gewehre in die Pfoten, und dann macht das Volk mir keine Angst mehr, auch nicht, wenn es auf mich losmarschiert.«

»Aber was wollt ihr denn jetzt *tun?* Du und die beiden andern, mein' ich.«

»*Hic, haec* und *hoc* nennt uns Talleyrand. Witzig und grausam ist er. Siehst du den Blutfleck da an der Wand? Der könnte von der armen Marie Antoinette sein. Muß ihn abscheuern lassen, ist doch kein Museum hier! *Tun* hast du gesagt, *tun?* Mit dir in das große vergoldete Bett steigen, auf ein Viertelstündchen vor dem Essen, ein paar Königsgespenster austreiben.«

»Mach keine Witze!«

»Nie war es mir ernster. Komm! In diesen andern Geschichten, nicht im Bett, sondern im Beet, könntest du sagen, eines voller Unkraut nämlich, das einen Gärtner braucht, was ich da tun will, ist regieren. Damit das Volk keine Menschenmenge mehr ist.« Die beiden schlenderten zurück, sie lautlos auf seidenen Pantoffeln, er in festen, hallenden Schuhen. »Friedrich der Große auch, Cicero. Gustav Adolf. Hannibal. Der hat die Alpen überschritten«, sagte er mißmutig. Zivilist, reif, sich im Dienste des Vaterlands einen Bauch anzufressen! Nach der neuen Verfassung durfte der erste Konsul kein Kommando im Feld innehaben. Nun, Verfassungen konnte man ändern. Momentan keine Eile. »Scipio Africanus. Diese armen Teufel in Ägypten. Kléber und der verrückte General Menou. Ist Moslem geworden, mit Beschneidung und allem Drum und Dran.« Er seufzte. »Mancher hat keinen Sinn fürs rechte Maß. Ach ja, es gibt viel zu tun.«

Im Namen Allahs des Gnädigen, des Allerhöchsten. In diesem Jahr der Hedschra geschah in den Ländern am Nil nichts Erwähnenswertes, abgesehen von einer Unterbrechung der alljährlichen Wallfahrten nach Mekka.

Germinal im Jahre sieben, und ist es auch ein Frühling der Macht, so doch nicht mehr der Liebe. Darin laß mich offen sein. Und mein Same wird in Dir nicht aufgehen und, so befürchte ich, auch in keiner andern. Doch den Duft Deines Leibes hab ich noch in den Nüstern, während ich hier sitze, vorsitze, und mit einem Ohr den Unsinn anhöre, den ich zur rechten Zeit mit einer Breitseite Vernunft zersprengen werde. Denn auch in Ägypten wollte mein Same nicht aufgehen, und es scheint, als könne ich meinem Namen nur durch Leistungen Dauer geben, durch Monumente und Kapitel in den Geschichtsbüchern. Werden wir nun also zu jener Liebe finden, die man die reife nennt, der Liebe, die von den Wunden zehrt wie die Fliegen Ägyptens, der Liebe, um derentwillen man dem Tod des wirren Frühlings nicht nachtrauern darf? Und doch, jetzt noch, bei dieser Sitzung um zwei Uhr früh, in Staub und Überdruß zwischen den Räten, von denen manche eingenickt sind, verwirrt mich Dein Duft wie einst, als er aus den Karten Piemonts und der Toskana aufstieg. Aufschreckend sehe ich, was ich geschrieben habe, vollkommen unwillkürlich und immer wieder von vorn: *Herrgott, wie ich dich liebe!* auf dem Orderpapier. Mein Innerstes spricht aus meinen schlafenden Fingern, und das Innerste spricht die W –

»Bürger«, rief er, »in Gottes Namen, wir müssen unsere Gehälter verdienen. Es ist erst halb drei.« Er pochte mit der Faust auf das Tischchen, das man ihm auf das Podest der Konsuln gestellt hatte. Um den grüngedeckten Hufeisentisch schreckten graue Köpfe hoch. Cambacérès, der Zweite Konsul, konnte mit offenen Augen dösen, eine große Begabung, aber nun begann er etwas von Trüffeln zu murmeln. Lebrun, der Dritte und älteste, schlief niemals. Für einen Augenblick sah sich der Erste Konsul in seiner lächerlichen Jugendlichkeit, umringt von Graubärten. Er mußte bescheiden tun, sich den Anschein der Belehrbarkeit geben.

»– die Prinzipien der Revolution«, sagte Jodelet. Ein Neuer unter den Räten stand auf und pumpte sich die Lungen voll, um eine Rede zu halten. Der Erste Konsul sagte:

»Bleiben Sie sitzen, Bürger! Keine Auftritte hier! Müssen wir nicht, bei allem Respekt, den wir Herrn Jodelets Eifer für die Prinzipien der Revolution schulden, dennoch zugeben, Bürger, daß der Glaube an einen Gott, es mag ihn nun geben oder nicht, etwas so Weitverbreitetes ist, daß wir die Augen nicht davor verschließen dürfen – weder im buchstäblichen noch im übertragenen Sinne?«

Laut grollte es durcheinander, die Wörter *Klerus – Korruption – Aberglaube – Mönche* waren herauszuhören.

»Ich spreche als Soldat«, rief der Erste Konsul. »Wir können nicht dulden, daß die Elite unseres Heeres im Bürgerkrieg vergeudet wird. Ich meine die Vendée. Zu viele Märtyrer dort! Ich bin für eine Befriedung. Und wenn dort die Messe gelesen werden darf, warum dann nicht auch anderswo?« Zu laut, zu diktatorisch! »Ich wäre dankbar, wir alle wären dankbar für die abgewogenen Meinungen unserer Räte. Herr Rat Cathelineau?«

Draußen, im dämmernden Morgen gingen Cambacérès und Lebrun davon, auf der Suche nach einem ersten Frühstück. Cambacérès kannte ein kleines Restaurant, wo es ein vortreffliches Kräuteromelett gab. Auch das Brot würde dampfend frisch sein um diese Zeit. Es hatte doch etwas Gutes, wenn man die ganze Nacht aufblieb.

»Was meinen Sie denn?« sagte Lebrun.

»Über *lui*? Ich meine, er ißt verflucht schlecht. Ich hatte ihn eingeladen, und er verlor doch wahrhaftig die *Geduld*. Ein vorzügliches Diner, Jean hatte sich angestrengt für den Ersten Konsul, aber er wollte wissen, wie lange es noch dauern würde. Ein bißchen ungezogen, nicht? Sagte, mit einem Stück Wurst und einem Glas verdünntem Chambertin wäre er auch zufrieden.«

»Die kahle Zweckmäßigkeit!« Der Ausdruck gefiel Lebrun, und er wiederholte ihn. Er gefiel ihm noch besser, und er sagte: »Vielleicht eine ganz neue Art Mensch. Natürlich ist er noch sehr jung, wird sich vielleicht ändern, könnte menschlicher werden.«

»Ja, da ist etwas dran. Er ist nicht so recht menschlich. Intellekt mit Tiernatur. Eine Maschine auf ein Tier geschraubt. Einen Brustkasten hat er wie ein Orang-Utan, haben Sie gesehn, wie er Luft holt? Natürlich, Sie haben's gesehn. Wenn er eine Wut hat, hüpft er auf und nieder wie ein Affe. Diese Wutanfälle sollte er beherrschen lernen. Und bei der Umarmung, so sagt man mir, verzappelt er sich, schnell wie ein Rammler! Stimmt schon, wie ein Tier ist er, und das Gehirn ist auch nicht menschlich.«

Sie blieben einen Augenblick am frühmorgendlichen Fluß stehen und schauten die Kähne an, die betautes Gemüse vom Lande brachten. »Nicht schlecht, die Steckrübchen dort. Ich esse sie gern, wenn sie langsam, stundenlang, zu einer Art Schaum verkocht sind.«

»Aber«, sagte Lebrun, »wo soll uns das hinbringen, dieses neue mechanische Tier? Zu etwas Neuem doch wohl nicht! Die Religion kehrt wieder, die Zentralisierung, die Begünstigung seiner Freunde.«

Cambacérès betrachtete durch sein Lorgnon ein paar Kohlköpfe. »Ganz frisch, knacken einem unter den Fingern. Nun, wir sind seine Freunde nicht. Keine Günstlingswirtschaft, was uns angeht! Wahrhaft verrückt, meine ich. Ich, ein Königsmörder, und Sie, ein Royalist, und da stehn wir beide und schaun zusammen die Sellerie an.«

»Aus Sellerie mach ich mir nicht viel. Na ja, vielleicht wenn sie ganz frisch ist, mit einem Stückchen Käse. Ich bin kein Feinschmecker. Was Sie sagen, ist richtig, und es bedeutet, die Revolution ist vorbei. Jakobiner und Bourbonentreue werden zusammen in die Truhe gepackt, mit Lavendelzweigen, als Andenken an alte Zeiten. Alles kommt einem ganz neu vor, und man kann's nicht definieren, wenn man mitten drinsteckt. Aber auf gut Glück würde ich sagen, das Neue ist *lui*, Bonaparte. Will sagen, er vertritt nicht irgendeine benennbare Idee, verstehn Sie? Er ist nicht da, um einen neuen Begriff zu personifizieren: Absolutismus, Demokratie oder was Sie nur wollen. Er ist da, um die Epoche in seiner Person darzustellen.«

»Eine Maschine, mit einem Tier vermählt. Er liebt Frankreich, sagt er, er spricht immer von seiner Liebe zu Frankreich. Aber was meint er mit Frankreich? Gewiß nicht die Küche eines unserer Landstriche. Die Sprache? Sie ist nicht einmal seine Muttersprache. Vielleicht ist Frankreich bloß ein anderer Name für Bonaparte.«

»Es macht mir ein wenig Angst.«

»Mir macht nichts Angst, es sei denn ein zu stark durchgebratenes Lendenstück. Aber ich verstehe, was Sie meinen. Ein System, das auf einer Persönlichkeit beruht, das Gegenteil einer Verfassung. Kein Konjugationsparadigma, sondern das Verbum selbst. Doch gibt es genug Gegengewichte. Nicht zuletzt uns beide.«

»Wir haben keine Armee.«

»Ich jedenfalls habe Hunger. Kalbsnierchen wären eine Idee, zart in Butter geschmort, mit einem Spritzer Weißwein.« Der Morgen, schön wie Eigelb mit Austernschalen, stieg über Paris auf.

Der Erste Konsul drehte noch einmal den Hahn auf und ließ frisches kochendes Wasser einlaufen. Er lag in Dampf gehüllt. Constant, der Kammerdiener, konnte kaum genug sehen, um zu lesen. »Es hat keinen Sinn, Monsieur«, sagte er schließlich. »Es ist wie im Nebel.«

Eine lachende Götterstimme kam aus den Schwaden. »Dann machen Sie die Tür auf. Stellen Sie sich an die Tür.« Constant trat mit dem ›Moniteur‹ ins Licht, das von draußen her den Dampf anfocht, und begann laut und ernsthaft mit seinem belgischen Akzent zu lesen:

»Der Erste Konsul befahl, für die schon lodernden Kamine der Tuilerien noch mehr Holz herbeizuschaffen. *Diesen Damen muß wohl kalt sein,* sagte er mit einem vielsagenden Blick ringsum auf die elegante Gesellschaft.«

Aus den Wolken kam eine röhrende Lache. »Das wird ihnen eine Lehre sein, was, Constant? Was müssen sie hier auch ihre Titten vorzeigen? Sogar den Nabel sieht man durch die Seide. Überhaupt, Seide wird zu viel getragen, kommt doch aus Indien! Profitiert der englische Handel von. Nein, Constant, so eine Schamlosigkeit wie unter dem Direktorium lassen wir uns nicht bieten, nicht solange ich da bin!«

»Jawohl, Monsieur!«

»Elegante Züchtigkeit, züchtige Eleganz! Schluß mit der Weichlichkeit! Führen wir ein herberes Motiv ein! Zeltplanen, Trommeln, Militärmärsche!«

»Wünschen Monsieur, daß ich weiterlese?«

»Aber nicht aus dem ›Moniteur‹, den schreib ich ja ohnehin selber! Nichts Deftiges heute morgen? Keine Pamphlete, Flugblätter, Plakate?«

»Aber Sie werden aufgebracht sein, Monsieur.«

»Ach was, Mann! Lesen Sie's vor, egal was es ist!«

»Bitte, Monsieur! Monsieur, hier steht:

Weil Barras' Hure ihn betrügt,
Geht er an andre Türen klopfen.
In Eile nimmt er, was er kriegt,
Und ganz Paris kennt seinen Tropfen.

»Hm! Gefällt mir nicht besonders, Constant.« Er war nun aus seiner Wanne gestiegen, breit, klein, ebenmäßig in gedrungener Nacktheit, eine rosige Skulptur auf einem Alpenpaß, von wallenden Nebeltüchern drapiert. »Neid und Niedertracht gibt es, aber darauf muß man gefaßt sein. Meine Stellung, Constant, die Eifersucht enger Seelen! Es wird noch schlimmer werden.«

»Jawohl, Monsieur.«

Rustam hielt den Spiegel, während sein Herr sich selber rasierte, mit einem Messer aus Birmingham, rasch und glatt, ohne jeden Kratzer. Er ließ sich mit Kölnischwasser einreiben, dann Brust und Rücken abklopfen. In der grünen Uniform eines Chasseurhauptmanns, den Dreispitz in der Hand, die Schnupftabaksdose in einer Tasche, eine Bonbonnière in der andern, ging er an die Arbeit, ein Stück Lakritze lutschend. Der große Mahagonischreibtisch war dicht mit sorgfältig gestapelten Papieren bedeckt. Bourrienne war schon da. »Es ist soweit«, sagte er. »Eine große Offensive in Norditalien. Wenn nur General Moreau –« Er hielt ihm die Depesche hin.

»Zeigen Sie her, Mann!« Er las, lutschte, dann hob er den Kopf; große Augen, die alles sahen, vom Rhein zur Donau und bis zum Po hinunter.

»Wenn doch nur die Rheinarmee –«

»Nun, den Rhein müssen wir für diesmal beiseite lassen. Alles wie im Jahre vier. Gar nicht dumm, dieser Melas! Vermutlich – nein, nicht nur vermutlich – Was würden Sie an seiner Stelle tun, Bourrienne? Sie sind hier der Soldat, ich bin bloß Erster Konsul.«

»Ich würde Masséna zerschlagen, Genua nehmen, Toulon belagern. Die Flotte Seiner britannischen Majestät könnte dann eingreifen.«

»Nicht schlecht. Ja, Genua ist der Schlüssel.« Er sah die Karte im Kopf vor sich. »Der arme Masséna. Schreiben Sie, Bourrienne!« Er schloß die Augen, machte sie wieder auf, begann hin und her zu gehen. »Dies ist für Masséna. Sind Sie soweit? Die Rheinarmee beginnt ihre Operationen Anfang Floréal. Der rechte Flügel unter General Lecourbe besetzt die Schweiz und schützt so die rechte Flanke des Korps, das in Schwaben einmarschiert. Darauf wird Lecourbe dem Befehl General Berthiers unterstellt und geht über den St. Bernhard nach Italien. Gleichzeitig besetzt ein Teil der Reservearmee das Wallis und geht nach Italien über den Simplon- oder – wie heißt der andere? – ja, St.-Gotthard-Paß. Wenn Berthier in Italien einrückt, müssen Sie, Bürger General, den Feind auf sich ziehen und ihn zwingen, seine Kräfte zu teilen. Sorgen Sie dafür, daß er eine übertriebene Vorstellung von Ihrer Stärke gewinnt, streuen Sie das Gerücht aus, daß große Reserven unterwegs seien. Haben Sie's soweit?«

Weiß genau Bescheid, hat sich alles schon überlegt.
»Hannibal, was?« sagte Bourrienne. »Wie Hannibal!«

Die Bürger Carné, Thiriet, Blondy, Tireux, Hubert, Fossard, Teisseire, Carrère (Jacques), Carrère (Alexandre), Trauner, Barsacq, Gabutti, Mayo, Bonin, Borderie, Verne, Chaillot, Barrault, Brasseur, Dupont, Salou und noch achtzehntausend andere sahen sich nach Genua zurückgeschlagen, ohne Nachschub und vor allem mit nichts zu beißen, denn die Verpflegungsdepots waren so gut wie leer. Tatsache ist, Jungs, daß diese Hunde in Marseille einen Riesenreibach gemacht haben und die Armee beschissen, diese vollgefreßnen Zivilisten, wo die ihr verfluchtes Leben doch nur uns verdanken, also schnallt mal schon den Gürtel enger! Pferdefleisch ist gar nicht so schlecht, wißt ihr ja schon, bißchen süßlich, aber sehr nahrhaft; aushalten müssen wir, darauf kommt's an, und laßt euch nichts gefallen, wenn die Genueser frech werden. Passiert ist folgendes, daß nämlich dieser General Melas den Haufen von General Masséna, das sind also wir, von General Suchets Haufen abgeschnitten hat und General Suchets Haufen zum Var zurückgedrängt hat. Na, wo das ist, wißt ihr ja, Jungs, und dann wißt ihr auch, was das heißt. Es heißt nämlich, wenn wir hier nicht aushalten, bis General Berthier über die Alpen kommt und diesen Lackeln seine Bajonette in den Arsch rammt, dann marschieren die ein in Frankreich und vögeln unsere Frauen und Söhne und Töchter – wißt ihr ja, wie's in der Marseillaise heißt. Also ausgehalten muß werden. Noch Fragen? Ja, verdammt noch mal, wann kriegen wir endlich mal Urlaub, was ist mit unserm letzten Sold, ich hab doch so einen Schmerz in den Eiern, Bürger Sergeant!

Kaltes Geniesel fiel auf Genua und verdichtete sich zu Regen.

Masséna schaute auf das verregnete Meer hinaus und sah durchs Fernrohr die Schiffe der britischen Kriegsmarine, die die Straße von Genua blockierten. Hinter sich wußte er den General Ott, der ihn mit rund vierundzwanzigtausend Mann dicht einschloß. So sieht's aus. Du wirst Frankreich retten, wenn du das hier in Genua durchstehst. Er las noch einmal die kühle Depesche, die ihn erreicht hatte – Lecourbe unter Berthiers Befehl über St. Bernhard, Reserve über Simplon – und fühlte seine Eingeweide wie von Bleiplatten beengt, als er an den guten, stotternden Berthier dachte; als Stabschef der beste der Welt, aber im Felde, mein Gott! Mit Groll und Widerwillen dachte er an *lui*. Politiker war der jetzt und in Paris, latschte in seidenen Pantoffeln auf weichen Teppichen herum, aalte sich auf dem Teppich mit seinen Karten, heißen Kaffee auf dem Tisch in Reichweite, kroch gähnend zu seiner Rothaarigen ins Bett, dem untreuen Luder, aber er hat ihr ja verziehen. Weich geworden, wie? Na, in dieser Sache soll er lieber nicht weich werden. Zusehn, daß man irgendwie eine Nachricht durchbekommt: Bürger Erster Konsul, Fortsetzung des Widerstands maximal fünfzehn Tage lang möglich. Soll er sich das überlegen!

»Was hast du gesagt?«

»Erstes Departement volle Steuern besten Pariser Platz nach benannt.« Redet im Schlaf. Muß immerzu an meinen armen kleinen Fortuné denken, bester Freund in alten Zeiten.

»Krieg! Schatzamt gegen Finanzministerium. Opposition weckt Vertrauen. Sechzehn Prozent Zins ist zu viel, elender Wucher!«

Und was wohl aus dem armen Hippolyte geworden ist? Aber er war anständig gewesen, *lui,* hätte ihn zugrunde richten können bei seiner Stellung. Mein armer Fortuné! Scheußlich, diese Stockfinsternis!

»Land darf nicht über seine Verhältnisse leben. Familie desgleichen. Schändliche Extravaganz!« Und dann, mit so etwas wie Befriedigung im Schlafe aufseufzend, wälzte er sich über sie. Sein Atem schlug ihr schwer ins Gesicht.

Mundgeruch. Er ißt zu schnell. Magenschmerzen.

»Trawwagnz!«

Mein Gott, wenn der wüßte, aber er merkt es ja doch! Irgendwann marschiert er mir wieder durch die Garderoben und fängt an zu rechnen. Sechshundert neue Hüte in einem Monat. Und die Armeelieferungen, *meine Armee zu beschummeln!* Aber machen doch alle.

Der arme kleine Fortuné mit seiner feuchten Schnauze im Dunkeln. Ob ich jetzt glücklich bin? Fade Besucher in den Tuilerien mit blauen Eintrittskärtchen in der Hand, wie im Museum. Und Thérèse Tallien lebt jetzt mit diesem Mann zusammen, seh sie überhaupt nicht mehr. Alles so anders.

»Alles anders werden! Anständige Mädchen großziehen, kochen, nähen, gute Ehefrauen! Charme und Faszination sind zu wenig. Die solide Französin bis zum Hals hinauf bedeckt.«

Meint er mich, wie? Wär zu überlegen, könnte ganz reizend aussehen, weichere Figur, Puffärmel, mehr ahnen lassen als zeigen.

»Scheidung? O nein, zu leicht, der Ausweg! Zu viele Scheidungen seit der Revol. Stabile Ehen, Toleranz.«

Er wurde plötzlich wach. Wäre der kleine Fortuné dagewesen, er hätte zu bellen angefangen. Schmerzen. Ugch, aaarch, au!

»Fluchtes Rebhuhn! Wie, wo's der?« Er fing an zu belfern. »Heh, heh!« Kerze an der Tür. »Spät is?«

Sie ließ ihre Uhr aufspringen, fünf, Herrgottsfrühe!

»Rustam, du schwarzer Schuft, weck mal alle! Heißes Bad. Zu arbeiten.«

Sie fiel wieder in Schlaf, träumte von Hippolyte, dann von Fortuné, der sie leckte und kläffte: Recht so, recht so? Biste glücklich? Recht so?

»Manchen wird das gar nicht recht sein«, sagte Bourrienne, »was Sie hier in diesem Bericht von General Marescot lesen.« Er reichte ihn dem Ersten Konsul herunter, der auf dem Bauche liegend von Karte zu Karte robbte.

»Noch zu früh im Jahr für die Hauptpässe. Schnee, Eis, Gletscher. Faszinierend, Bourrienne, nicht? Erste Mal in der Geschichte, daß sie mit Artillerie, Munitionswagen et cetera überquert werden. Lawinen begraben sekundenschnell ganze Bataillone. Kanonenschüsse abfeuern, um sie herunterzuholen, sagt er. Marschieren bei Mondschein. Auswirkungen des Schneewassers auf die Verdauung der Truppen. Empfiehlt Essig. Guter Mann, Marescot. So!« Er setzte sich auf seine Fersen, ächzte leise. Zugenommen hat er, sah Bourrienne. Bourrienne wartete ab; fast war ihm, als hörte er die Kugeln eines verborgenen Abakus' klicken. Der Erste Konsul kroch zu einer Karte hin, schaute sie fünf Minuten lang an, ohne ein Wort zu sagen, dann stieß er mit dem Zeigefinger zwischen die blauen Adern und grünen Flecken hinab. »Hier, hier werd ich ihn stellen. Wenn wir die Alpen überschritten haben, stell ich ihn *hier.*« Bourrienne spähte hinab.

»Marengo«, las er. »Nie gehört.« Und dann: »Sie selbst, sagen Sie? Sie wollen hin? Aber, mit Verlaub, denken Sie an die Arbeit hier! Die Schätzung der Kunstgalerien muß durchgegangen –«

»Das kann warten, bis ich zurück bin. Was sagt die letzte Meldung aus Genua?«

»Nichts Neues. Fünfzehn Tage, hat Masséna geschrieben. Das macht, von heute an, lassen Sie mich rechnen –«

»Er muß länger durchhalten. Ich brauche einen Monat.«

»Sie schießen schon auf die Genueser. Jede widersetzliche Ansammlung von mehr als dreien wird sofort unter Feuer genommen.«

»Na, noch essen sie keine Genueser, bis jetzt noch nicht. Arme Teufel!« sagte er, aber er gab sich keine Mühe, Mitgefühl zu bekunden. »Pferdedärme und Häckselbrot. Senden Sie Masséna Nachricht, daß er noch länger aushalten muß. Und fügen Sie diese Worte hinzu: *Ich reise um Mitternacht ab.*«

»Mitternacht heute?«

»Sehn wir später. Wichtig ist das *um Mitternacht*. Zeigt ihm, wie dringend es ist; wirkt dramatisch. Jetzt sehn wir doch mal schnell diesen Prospekt an, Bank von Frankreich!«

Die Bürger Thiré, Carniet, Blondaux, Tiry und all die andern, nicht zu vergessen den schwarzwuschligen Riesen Armoire, waren am Nordufer angetreten, den Genfer See vor sich, eine Reihe Infanterie, Artillerie und Kavallerie nach der andern, hörten ihm zu, als er auf seinem tänzelnden Fuchs vor ihnen auf und ab ritt, hörten sich an, was er ihnen zu sagen geruhte, mußten blinzeln im See- und Gletscherlicht (riecht nach Eis da vorn, all diese Scheißgerüchte, aber jetzt sagt er, es stimmt nicht, und er muß es ja wissen). »... Und ich spreche zu euch nicht als euer Oberkommandierender, sondern als schlichter ziviler Berater, obwohl ich mich nicht erinnern kann, degradiert worden zu sein ... Eure Aufgabe, Soldaten, und jetzt würde ich lieber flüstern, nur könntet ihr mich dann nicht hören, liegt unserm teuren Vaterland näher, als mir lieb ist (flüstern, weil der Feind immer mithört) ... Die Österreicher haben den Var überschritten und bedrohen die Heimat ... Wie froh wäre ich, könnte ich euch sagen, daß wir dem Feind in Italien entgegenzutreten gedenken, aber ach, das Vaterland ist in Gefahr ... Nachrichten haben mich vor kurzem erreicht, daß eure tapferen Kameraden, die in Genua hungern, an den Grenzen ihrer Standhaftigkeit angelangt sind ... der Weg steht offen, die Horden werden hereinströmen ... Mut, Todesverachtung, schützen wir Frankreich ...!«

Schöner Auftritt, dachte General Lannes, ein Prachtstück von einer Lüge. Den Österreichern geht das glatt herunter.

Von den Soldaten riefen manche *vive! vive!*, andere, mit mehr Erfahrung, meinten, *glaub doch kein Wort, was die reden!* Die Bataillone marschierten ab, die Trommeln ratterten, und die Flöten schrillten *Auf Kinder kommt fürs Vaterland der Tag des Ruhms am Himmel steht,* und er machte, daß er ins Hauptquartier zurückkam, wo ein Berg Papier wartete, die echten Befehle. Botschaft, um Masséna aufzumuntern, ein Adjutant von ihm sollte sie mit zurückbringen: Ganze Armee ist schon auf dem Marsch, Sie sind in schwieriger Lage, aber wenigstens werden Sie in Genua nicht in Stücke gehauen, gönnen Sie den Männern viel Schlaf, probates Mittel gegen Hunger. Und dann:

»Herrgott, ein Brief von Desaix!«

»Desaix?«

»Alter Kamerad aus Ägypten. Die armen Teufel! Er ist durch die britische Blockade gekommen; können ihn hier gut gebrauchen. Schreiben Sie ihm, wir erwarten ihn in Ivrea – nein, lassen Sie, ich schreibe selbst.«

Fünfzigtausend Mann Reservearmee über die Alpen zu bringen. Lage auf dem Großen Sankt Bernhard? Steil, tief verschneit. Problem sind die Kanonen. General Marmont? Kanonen ziehen, sagt er, hundert Mann für jede, auf improvisierten Schlitten aus hohlen Baumstämmen. Die Schlitten auf Rollen. Lafetten auseinandernehmen und in Einzelteilen transportieren. Männer und Maultiere für die Montierungen der Achtpfünder. Wagen leer vorausschicken. Gut! Neun Tagesrationen und vierzig Schuß pro Mann. Bei Mondschein aufbrechen.

Es wurde eine mörderische Kletterei auf den Col, bei einer verfluchten Kälte, Eis am Schnurrbart, Atem stach wie mit Nadeln in die Lungen und fror dir die Spucke fest, ein Wind wie tausend Trillerpfeifen, und der Mond hat so blöd gekuckt; hätt er nicht gedacht, daß es hier unten auch so einen Fladen Mondwüste gibt. Aber oben auf dem Gipfel kamen wir zu so einer Art Kloster, drei alte Meilen überm Meeresspiegel, und die Mönche kein bißchen fett und nirgends eine Frau zu sehn, aber wer weiß, wo sie die versteckt haben, und die uns ihren Segen gefingert, aber ein Stück Käsebrot und einen Becher Wein gab's auch, nichts drin für sie, sollte man denken, aber die werden schon wissen, wo sie bleiben, weiß doch jeder. Und so große, wuschlige Hunde hatten sie da, keuchten durch die Gegend mit kleinen Fäßchen um den Hals – haben wir gelacht, als wir die gesehn haben, war Schnaps drin für die Leute, die sie halbtot aus dem Schnee ziehn, muß wohl das erste sein, was denen dann einfällt. Jedenfalls, weiter ging es bergab, und den Schnee hatten wir bald hinter uns, aber dann kamen diese verdammten Gießbäche und die glitschigen Steine, und wir uns auf den Arsch gesetzt und da runter. Und da unten haben sie schon auf uns gewartet, diese österreichischen Lackel, in so einem kleinen Fort bei Bard, wie das heißt, oben auf einem Felsen genau an der schmalsten Stelle vom Tal, vierhundert Grenadiere, haben wir geschätzt, und weißgottwieviele Kanonen, und da hätten wir nachts dran vorbeikriechen sollen, ging aber nicht, ein paar von uns haben sie erwischt, und dann mußten wir rennen, daß wir zurückkamen, und dann ging es über einen Maultierpfad, wir mit den Fingernägeln an der Felswand. Werd Soldat und du kannst was erleben!

»Mit diesem Fort Bard haben wir überhaupt kein Glück. Die Besatzung ließe sich natürlich vertreiben. Schon mal dasselbe erlebt, Berthier, wissen Sie noch, in Syrien? Mit dem geruhsamen Belagern ist es vorbei, Zeitverschwendung, müssen irgendwie drum herumkriechen. Sehn Sie, Lannes hatte doch recht, stimmt's? Der Maultierpfad, Monte Albaredo. Den andern Divisionen den Weg freimachen. Schon gut, der Lannes, finden Sie nicht?«

»Sss –«

Berthier hatte voll Befremden den Ersten Konsul auf dem Hintern bergab rutschen gesehen, mit ein paar Unteroffizieren, die ihm sein Maultier nachzogen. Durchnäßt und mit zerrissenen Kleidern, aber bei bester Laune kam er zum Lagerfeuer des Hauptquartiers, rund sechs Meilen nördlich von Bard, und zog sich die klatschnassen Handschuhe von den Fingern.

»Berthier, Alter, ist das nicht was anderes als in Paris sitzen? Ein glorifizierter Bürodiener! Kommando im Felde, und schon sind Sie ein paar Pfunde los!« Und Berthier bekam einen liebevollen Hieb in die Wampe.

»Ich weiß, woran Sie denken, Berthier, wie wir die Geschütze durchkriegen sollen. Na, sehn Sie's mal logisch! Maultierpfad geht nicht, klar? Also müssen wir damit über Bard, durchs Dorf, unter der Nase der Österreicher. Aber wie? Natürlich nachts. Viel Mond scheint nicht, und Wolken hat's genug. Müssen wir also die Geschütze nachts durch das Dorf schleppen.«

»Aber der Lll –«

»Klar, der Lärm! Lassen Sie die Männer Pferdemist sammeln, Kuhmist oder Stroh, gibt genug davon, hab ich gesehn. Das auf den Straßen ausbreiten, Berthier. Räder mit Lumpen umwikkeln. Denken Sie doch mal!« Mit visionärem Strahlen: »Die größte Armee, die jemals in der Geschichte, und das *mit schwerer Artillerie!*« Er bohrte Berthier dreimal den Finger in den

Bauch, einmal bei jedem Wort. Dann lächelte er die Stabsoffiziere an, die um den Kartentisch standen. »Die Alpen«, sagte er treuherzig, »hab ich schon immer einmal überqueren wollen.«

Das Essen war dürftig, Bergziegenragout, aber der Wein war gut. Der Erste Konsul trank seinen ohne Wasser. Er saß mit Berthier allein beisammen und monologisierte über Ägypten. »Was, Alter, wir haben die Extreme kennengelernt! Wüste, die Berge, alle Grade des Thermometers! Wissen Sie noch, den kleinen Heiligenschrein, den Sie gebaut haben für Ihre Giuseppina? Damals, als meine Giuseppina –« Die großen Augen wurden dunkel, der Mund schlaff. »Ach, sie war ganz keusch damals, bloß die Enthüllung, die verspätete, widerliche Enthüllung! Sowas vergißt man am besten, Berthier.« Er schlug ihm aufs Knie, als ob es Berthier wäre, der von der Erinnerung nicht lassen wollte. »Desaix, wissen Sie noch, Desaix? Guter Mann, nicht?«

»Ein sss –«

Aber wenn er so ein guter Mann war, warum hatte er ihn in Ägypten gelassen? Berthier erinnerte sich, daß man *lui* den Großen Sultan genannt hatte und Desaix den Gerechten Sultan – *Sultan El-Adel.* Hatte nie viel von sich hergemacht, ein gewissenhafter, bescheidener Schinder der Türken und Mamelucken, immer mit zu wenig Kanonen, nie mehr als rund dreitausend Mann, brillanter Soldat, sicher. War er zu gut gewesen, um ihn aus Ägypten herauszuholen? Jedenfalls jetzt war er dort losgekommen und unterwegs nach Italien. *Lui* konnte ihn brauchen. Leicht benebelt von dem starken Wein in der dünnen Luft, fragte sich Berthier, ob es in der neuen Sprache, die *lui* aufbrachte, einen Unterschied zwischen *brauchen* und *verbrauchen* gab.

»Ich kann ihn brauchen, Berthier.«

Der Arzt Corvisart ging mit ihr durch den Garten von Malmaison. »Ein Idyll«, sagte er, »soviel sehe ich. Bis hierher kann der Kopfschmerz aus den Tuilerien Sie nicht verfolgen.«

»Ach, er hält leider an. Manchmal ist er zum Verzweifeln. Ihre Tabletten helfen ein wenig.« Corvisart nickte in sich hinein: Brotpillen, weiter nichts als Brot! Hypochondrie, Melancholie – nach einer Krankheit des Geistes muß man suchen. Wissen wir heute doch, daß aus einem Schuldgefühl Zuckungen, Gelenkschmerzen und Migränen erwachsen können.

»Der Duft Ihrer Rosen ist köstlich.«

»Eins müssen wir noch lernen«, sagte sie, plötzlich lebhaft werdend, »nämlich Duft und Farbe mit Langlebigkeit zu verbinden.«

»Ja, ja, ich verstehe – schöpferische Betätigung, ein großartiges Mittel gegen Melancholie. Und reizvoll dazu, jaja! Rose ist ihr eigentlicher Name, nicht wahr? Sie pflanzen sich fort, in gewissem Sinne.« Sie schaute ihn an. »Mit mir können Sie offen reden, Madame, wie Sie doch wissen. Ihnen ist so wenig wie mir verborgen geblieben, daß in den Wassern von Plombières keine luperkalische Magie steckt –«

»Luper- Wie heißt das?«

»Nach dem römischen Luperkalienfest. Die rituelle Geißelung der Unfruchtbaren, Fortpflanzungsmagie. Cäsars Gemahlin, wie Sie aus Ihrer Lektüre wissen –«

Der Himmel war vom zartesten Blau. Sie schaute hinauf, er bewunderte das feine Kinn, den schlanken Hals. Eine noch junge Frau. Myriaden Blüten nickten im Gleichtakt.

»Ich weiß«, sagte sie, »ganz Paris weiß, daß ich ihm Grund zur –«

»Das Wort ›Untreue‹ sollten wir nicht gebrauchen. Er ist ein Mann, ein Soldat, rastlos, verfolgt von zudringlicher Verehrung. Er liebt Sie aufs innigste – so sagt er zu jedermann. Ihr Gefühl jedoch sagt Ihnen, daß er mit einem Kinde, einem, das zugleich seines und Ihres wäre – obwohl er selbstverständlich, wie man weiß, seine Stiefkinder vergöttert –, daß er, wenn er Vater würde –«

»Ich habe das Gefühl«, sagte sie, während sie stehenblieb und ihm mit fraulichem Ernst ins Auge blickte, »daß er vielleicht herausfinden möchte, ob der Fehler, ob die Unfruchtbarkeit, wirklich bei ihm liegt. Er ist wohl in der Lage, wie der Dichter sagen könnte, des Samens Überfluß ins Land zu streuen.«

Corvisart grinste innerlich bei der Vorstellung. Der Erste Konsul als Fruchtbarkeitsgott, ein reisender Priapos. Doch es stimmte: Von einem großen Manne erwartete man, daß er Bastarde im Land verstreute, in diesem Falle sogar im Ausland – Italien, Ägypten. Der Krieg, so hatte ein verrückter Philosoph geschrieben, ein schon längst guillotinierter, der mit gelehrtem Wohlgefallen in einer seiner eigenen kleineren Schriften gelesen hatte, als er zu der fallbereiten Klinge hintrat, der Krieg mochte ein Werkzeug im Dienste der – welches war doch sein Terminus? – *Exogamie* sein.

»Sie haben bewiesen, Madame, Ihr Sohn und Ihre Tochter sind der greifbare und entzückende Beweis –«

»Ich bin immer noch im gebärfähigen Alter, nicht wahr? Ich habe, so sagen Sie, noch kein Symptom einer vorzeitigen – wie heißt das?«

»Wir nennen dies die ›Menopause‹, ein Wort aus zwei griechischen Elementen. Nein, wenn die Menses, wie Sie mir sagen, weiterhin regelmäßig eintreten.« Dann fragte er sich, wieviel er noch sagen könne. Die Folgen einer ehelichen Pflichtverletzung, als wäre die Moral in der Natur und nicht in den willkürlichen Dekalogen der Theokraten begründet, konnten in einer unvermuteten körperlichen Erkrankung liegen. Du sollst dich nicht betrinken, sagte der Kater. Du sollst dich nicht dem schneidigen Husaren an den Hals werfen, an dem schon zu viele gehangen haben, sagte – sagte wer? Sagte jene geringfügige Erkrankung der Zeugungsorgane, die, beim Manne eine vorübergehende Unannehmlichkeit, bei der Frau eine Ursache verfrühter Sterilität sein konnte. Oder jedenfalls vertraten manche diese Hypothese. Am besten, er behielt die Hypothese für sich. »Jetzt gilt es, den heitern Sinn zu bewahren«, sagte er, während er sie sacht am Ellbogen zu einem leuchtenden Nelkenbeet hinlenkte, »und den Glauben, daß alles gut enden wird. Zwar wissen wir, daß der Glaube nicht immer oder nicht einmal oft Bestätigung findet, doch ist eine optimistische Haltung hier unsere beste Stütze. Ich meine freilich, daß es wenig Sinn hat, wenn Sie Ihre Ausflüge nach Plombières fortsetzen.« Die Ironie war, wenn die Geschichten stimmten, und sie stimmten natürlich, und ob sie stimmten! daß es der Weg nach Plombières und zurück gewesen war, der sie in diesen Zustand versetzt hatte.

»Er ist nicht treu, und das macht mich unglücklich. Ein Gatte sollte treu sein, wie hoch sein Rang im Staate auch sein mag.«

Und eine Gattin, eine Gattin sogar rückwirkend. »Das Tier in uns, Madame!« seufzte er. »Die Natur, von der Rousseau uns gelehrt hat, daß sie ausschließlich gut sei. Er meinte vermutlich, gut für ihn selbst.«

Wieder in Mailand: Es schien ein Jahrhundert her zu sein, seit diese messingnen, silbernen und vergoldeten Glocken demselben Sieger das Willkommen gehämmert hatten. Eingeschlagen wie ein Donnerkeil, hat er an Joseph geschrieben, und wie Donnerkeile von Tönen (diese brummenden Partikel, welches war ihre Ursache? Die Wissenschaft der Akustik war offenbar im *Institut* noch nicht zu ihrem Recht gekommen) schlugen und schlugen die gravitätischen Glocken, verspottet von den Myriaden hingestreuter Blumen, dem polychromen Regen der Blütenblätter. Jedenfalls, Donnerkeil war schon richtig. Sechsundsechzigtausend Mann in Norditalien jetzt, nachdem sie die Torturen der Alpenpässe überstanden hatten, und der Feind konnte es noch immer nicht glauben. Melas' Linie war überdehnt, ein zerbrechlicher Bogen um Turin, und da standen wir und wurden immer mehr, sammelten uns, ein immer dickerer, brodelnder Sud, im Begriff, überzukochen und auszuströmen. Warum Mailand, hatte Berthier gefragt, warum nicht gleich weiter, um Genua zu entsetzen? Weil es im Krieg, mein Lieber, darum geht, nicht seinen Freunden zu helfen, auch den besten und ältesten nicht, sondern die Feinde in Atem zu halten. Außerdem würden die Österreicher Genua schnell genug aus ihrer Umklammerung freigeben, wenn sie erst wüßten, daß ihre Nachschubverbindungen längs dem Po zerrissen waren. Aus Mailand waren sie ganz schnell abgezogen; nur in der Zitadelle hinterließen sie eine kleine Garnison, die Murat sogleich auszuräuchern begann. Und was für einen Schatz an Kanonen und Vorräten sie uns dagelassen haben! Nicht nur in Mailand, im ganzen Sektor: Sogar in Pavia hatte Lannes drei- bis vierhundert Kanonen gefunden, teils Feld- teils Belagerungsgeschütze mitsamt Lafetten. Vier Kanonen bei Ivrea genommen, auch die von der Belagerung des Forts Bard müßten bald hier sein, klar, daß die Garnison sich inzwischen ergeben haben würde. Der Erste Konsul richtete sich im kühlen Barockprunk ein und verströmte Befehle, daß den Schreibern die Bleistifte qualmten.

»– und Duhesme besetzt die Brücke von Lodi – wieder einmal diese Brücke, scheint mir eine Ewigkeit her zu sein –, und Murat und Boudet gehen weiter nach Piacenza und schlagen einen Brückenkopf über den Po, und Lannes marschiert nach Belgiosi, sucht einen geeigneten Flußübergang, über den die Armee nach Stradella gelangt; das ist der eigentliche Schlüsselpunkt, Stradella, und wenn Monceys Korps hier ankommt, wird es der Division eingegliedert, die wir unter Gardanne neu aufstellen.«

»Meldung, daß Bard gefallen ist, mon Général.«

»Wird auch Zeit! Gut, bedeutet mehr Artillerie. Schicken Sie General Lannes Nachricht, sagen Sie ihm, ich bin überzeugt, daß die Österreicher auf Stradella vorrücken werden, ich bin nicht eher zufrieden, als bis ich weiß, daß wir mindestens zwanzigtausend Mann bei Stradella haben.«

»Es ist jetzt fast Zeit für Ihre Konferenz mit der Mailänder Geistlichkeit.«

Und feierlich wie ein Kaplan stand er gleich darauf vor zweihundert mißtrauischen Geistlichen in einem überwölbten Saal voller Heiligenstandbilder. Er sagte:

»Unsere unmittelbare Mission, wie Sie wohl verstehen werden, hochwürdige Väter, geht dahin, hier in diesem schönen Lande, dessen Sprache ich die meine nennen darf, einem österreichischen Einfall in unsere französische Heimat vorzubeugen. Daß Sie ebenso wie Ihre Mitbürger für den arroganten Österreicher wenig Zuneigung hegen, kann für unser ungezwungenes Beisammensein hier als nebensächlich gelten. Ich, als ein Kind der Revolution, unterliege naturgemäß dem Verdacht, ein Anwalt des Atheismus, Deismus, Rationalismus, der Pantisokratie oder irgendeiner anderen frechen Negation oder Perversion des Glaubens zu sein, den ich ebenso wie Sie, hochwürdige Väter, schon mit der Muttermilch eingesogen habe. Möge man denn wissen, daß unser Frankreich, dem ich recht und schlecht als sein Erster Konsul diene, die Kirche bald in ihrem ganzen hierarchischen Aufbau wiederhergestellt sehen wird, denn ohne Gott kann der Mensch nicht leben. Sehen Sie in mir einen Anhänger Ihres Glaubens, einen ernsthaften Förderer –«

Applaus, Applaus, Applaus! So ermutigt, sprach er weiter:

»Alle sind wir Kinder des einen Gottes. Zwar haben wir in Frankreich so manche Veränderungen vorgenommen – einen Staat begründet, in dem das Privileg geächtet, das Talent belohnt und die Wissenschaft für das Wohl und die Aufklärung des Menschen eingesetzt werden –, doch sind wir nicht eine neue Art weltverbessernder Ungeheuer. Nach einer Zwischenzeit begreiflicher Verwirrung halten wir fest an –« Ein Adjutant mit bedeutungsschwerer Miene erschien am Ende des Saales, grüßte und blieb stehen. Schlechte Nachricht, eilt. Einen passenden. »Achtung vor dem heiligen Propheten Allahs, den wir verehren –« Er fing befremdete Blicke auf. Länder und Religionen verwechselt. »– Auch die heidnischen Ägypter werden das Licht des Herrn noch erblicken.« Etwas hart, die Überleitung, aber so mußte's gehn. »Sehen Sie in uns vor allem Missionare! Frankreichs Heere werden dieses Licht in die Finsternis tragen. Und hier, im Lande des Lichtes, sind wir alle

Soldaten Christi.« Applaus, aber auch manches Geraune. Er schritt hinaus, hinter dem Adjutanten drein, in den übelriechenden Tag von Mailand.

»General Murat hat Depeschen von General Melas aufgefangen. An den Kaiserlichen Hofrat in Wien. Genua ist gefallen.«

»Unsinn, ein Irrtum! Übersetzungsfehler.«

»General Masséna hat im gleichen Augenblick um Unterhandlung nachgesucht, als General Melas beschlossen hatte, die Belagerung abzubrechen.«

»Mein Gott, nein, nein! Dieser Esel von Masséna! Er hätte noch ein bißchen aushalten können. Menschen fressen, wenn's sein muß! Ein Akt des Verrats! Herr Jesus!« Ein paar Geistliche, die hinter ihm aus dem Saal traten, nickten beifällig zu der frommen Äußerung. »Und das bedeutet, daß sie Genua jetzt zum Operationszentrum nehmen. Mit der verdammten britischen Flotte dort. Machen wir, daß wir nach Stradella kommen! Dies gottverfluchte Arschloch!« Mit Rücksicht auf die Geistlichen senkte er die Stimme.

Nach ihrem Auftritt in der Scala nahm er die Grassini ins Bett. Eine Frau, die prachtvoll im Fleische stand, wenn es auch eine Idee mehr geworden sein mochte, seitdem er vor vier Jahren, damals ein brünstiger Jungvermählter, sich mehr oder weniger – oder vielleicht sogar ausschließlich, schwer, es jetzt noch zu sagen – mit ihrer optischen und akustischen Anbetung begnügt hatte. Sie sagte:

»Ipocrita. L'ultimo volta che eri a Milano combinavi l'ateismo con una riverenza superstiziosa per il sacramento del matrimonio.« Das letzte Wort wiederholte sie noch einmal mit einer schöneren Kadenz. Sie erprobte gern die Sangbarkeit ausgefallener Wörter, auch wenn es im Gespräch nur um die Fischpreise ging. Er spürte, wie das Fleisch in seinem Arm sich der Vibration hingab. *»Adesso fai il pio, predichi ai preti e ti abbandoni agli adulteri del soldato. Ipocrita.«*

»No, amore mio.«

»Ipocriiiiiiiiiiita!« Portamento bis hinauf zum hohen *es*, dann wieder abwärts.

»No«, sagte er, *»imparo a essere«*, und lächelte, *»politeista. A Parigi ho la mia dea ufficiale e qui qui qui –«* Das *qui* bedeutete zunächst Mailand, dann das Bett, dann ihre Person, ein Tupfer mit dem Zeigefinger für jedes.

»– l'ogetto vero della mia venerazione amorosa.«

Sie machte eine Schnute und kuschelte sich in seine Achselhöhle. »*Perché perdo il mio tempo con te? Con teeeeeeeee? A letto non vali molto.*« Nicht im mindesten beschämt, lächelte er in ihr Haar. »*Nessuna tenerezza, non un briciolo di pazienza. Sarà che raccolgo la sfida. Devo insegnarti a amare. Venere ha insegnato a Marte.*« Hübsche Idee, wenn auch ein bißchen opernhaft. Oder etwas für einen Maler wie diesen David. »*Ma tu sei troppo instabile. Vattene pure a Stradella a sconfiggere gli austriaci, e subito dopo tornatene pure in Francia.*«

Für den Hahnrei gab es immer eine Belohnung, für den großen Mann eine Mätresse. Oder viele. Er küßte sie auf den Nakken und sagte:

»*Tornarmene in Francia, sì, ma non senza di te.*« Bourrienne sollte sich um alles kümmern, gleich morgen früh als erstes wollte er's ihm sagen. »*Non ti tenterebbe di andare a Parigi?*« Sie kehrte ihm das Gesicht zu, großes Auge in großem Auge. »*Un appartamiento in rue de la Victoire?*« Denn schließlich wohnten sie dort ja nicht mehr, wie geschaffen für eine Mätresse.

»*Acetto.*« Sie lächelte und küßte ihn.

Der Akt, der nun folgte, war eher kürzer als sechzehn Takte einer Arie in gemessenem Tempo.

»Essen Sie noch etwas!« sagte General Ott auf französisch. »Gulasch, Brathähnchen, gebackene Kartoffeln!«

Masséna sagte: »Ich kann nicht. Der Magen schrumpft. Der Magen revoltiert. Zuerst nur ein klein wenig. Etwas Zuckerwasser vielleicht noch.«

»Sie haben sich gut gehalten, das möchte ich Ihnen sagen. Wir wissen einen tapferen Feind zu ehren. Sie sollen über mangelnde Großzügigkeit nicht zu klagen haben.«

»Sie sind jetzt schon sehr großzügig.« Und er überblickte noch einmal den reich gedeckten Tisch, ein Traum für den Hungernden, der er noch immer war. Und ein alter Mann war er jetzt auch. Mit einem jugendlichen Haarschopf war er zu Bett gegangen, grau war er aufgewacht. Aber von seinen Männern waren viele schlimmer dran, groteske Gestalten für einen *Totentanz*, wie es in der Feindessprache hieß, heulend vor Wut, wenn sich die Nahrung, über die sie herfielen, gegen die bloße Berührung der Zähne und des Speichels zu wehren schien und wieder heraussprang, als lebte sie noch. Und dann lagen dort die echten Kadaver, mit dicken, geblähten Bäuchen. Die einrükkenden Österreicher hatten mit gutgemeinter Grausamkeit ihre Rinderseiten und Kartoffelsäcke herangekarrt. Vom Hunger erholt man sich nur langsam. Dringender nötig hatte man jetzt begütigende Sanitäter, die Bouillon und schwachen Sirup austeilten. Er trank selbst etwas schwachen Sirup. Das Zeug blieb unten, ohne zu murren.

»Zurückbeförderung in die Heimat«, murmelte Ott, aus einer Depesche vorlesend, *»Repatriierung*. Wir werden Ihre Truppen über den Var abziehen lassen.«

»Es wird ein Weilchen dauern, bis meine Männer fähig sind – das heißt, die Übriggebliebenen.« Und dabei dachte er sich, so schwach, wie er war, daß dies immerhin von Vorteil für diese sogenannte Reservearmee sein mochte, wo immer sie steckte, denn während der ganzen umständlichen Verhandlungen würden Otts Truppen hier festgehalten bleiben.

»Sie können etwas Ironie darin sehn«, sagte Ott, »daß wir Ihnen gestatten, nach der Rückkehr in Ihr Heimatland wieder den Kombattantenstatus anzunehmen. Sie haben keine Kombattanten mehr. Ihre Leute sind auf jeden Fall kampfunfähig.«

»Sie sind Soldat wie ich«, sagte Masséna. »Sagen Sie mir als Soldat, wie Sie unsere Aussichten einschätzen!«

»Sie werden von dieser Reserve gehört haben«, sagte Ott, »als ob es eine neue, erlösende Großmacht wäre. Glauben Sie mir, sie ist eine Katastrophe. Generäle ohne Talent –«

Den guten Berthier wird er meinen.

»– alte Donnerbüchsen als Artillerie, Bajonette an Stöcken, Kavallerie auf Eseln. Ich sage dies nicht, um Sie zu demoralisieren. Frankreich ist belagert – die britischen Schiffe im Kanal, unsere Truppen am Rhein. Ihr habt nichts mehr, ihr seid bankrott. All dies wissen Sie sicherlich schon.«

»General Masséna«, sagte Masséna bitter, »der Oberbefehlshaber der Italienarmee *repatri* – Wie hieß das doch auf deutsch? Diese verfluchte Verschwendung, jetzt stehn wir wieder da wie vor fünf Jahren!«

»Ach, machen wir uns nichts draus! Uns gehen nur die Kampfhandlungen an, nicht die Politik. Wenn es sein muß, können wir dieselbe Stadt fünfzig mal erobern und wieder verlieren. Es ist ein Gewerbe, nichts weiter!«

Ihr werdet's nie lernen, dachte Masséna, und dann fühlte er sich munterer. Zucker brachte behutsam das Blut in Bewegung.

Es ficht der Stabschef mit gespitztem Blei
Und bohrt dem Feinde Fähnchen in die Flanken.
Wenn Bonaparte das Korn, ist dieser Spreu.
Kein Marmor hier, doch reichlich Gips und Planken.
Stockt sein Verstand, so stottert er sich frei
Und schwellt sich auf im Schweiße der Gedanken.
Das ist Louis Alexandre Berthier,
Papier- und Bleisoldat seit eh und je.

Nach der bewährten Karte, die vielleicht
Vor Zeiten stimmte, der vergilbte Lappen,
Deucht ihn der Po ein Flüßchen schmal und seicht,
Mit einem Brückchen leicht zu überklappen.
Sappeure kommen schwerbepackt gekeucht
Und sehn ein Binnenmeer ans Ufer schwappen.
Was sie drauf sagen, zügellos im Ton,
Vertuscht die Flut in nasser Diskretion.

Lannes und Murat verlangen mehr Rationen,
Weil ihren Leuten so verfl ... der Magen knurrt.
Boudet mit bittrer Miene zählt Patronen:
Nur dreißig Schuß hat jeder Mann im Gurt.
Und Zähneknirschen in den Bataillonen
Hört man, zum T ... auch, wer da nicht murrt!
Allein des Feldherrn Würde macht verstummen
Protestgebelfer oder Magenbrummen.

Auf Stradella fiel starker, jahreszeitwidriger Regen. Der Erste Konsul hatte einen Schnupfen, mit roter Nase und Triefaugen. Er kaute Anis- und Lakritzenkonfekt gegen seinen rauhen Hals, hinterließ Lakritzenfingerabdrücke auf den Depeschen. Mit leicht denasalisierter Stimme begrüßte er Desaix, der, schmal und sonnenverbrannt, den dunklen Geruch Ägyptens um sich verbreitete, so wie Dante nach der Hölle gerochen haben soll. »Bei lieber Freudd«, sagte er, oder so ähnlich, »Sie kobbe gerade ib rechte Bobedd.« Rustam kam mit Salz, erkannte den Gerechten Sultan und begrüßte ihn unter Vorweis aller zweiunddreißig Zähne. Der Erste Konsul oder einfach der Große Sultan löste das Salz in Wasser auf und zog etwas davon durch die Nase hoch, machte aaaaarch und chrrrrra, spie und schnaubte. Die Schockbehandlung zwang die Nasale wieder herbei.

»Ägypten! War es also nur eine Vergeudung von Zeit und Geld, Menschenleben und Talenten?« Für sein Teil wußte er eine Antwort. »Nein, es war mehr. Und wenn sonst nichts dabei herauskommt, ein schönes Buch wird es jedenfalls geben, ein vielbändiges Werk, gewissermaßen mein Kind. Und die ganze vergessene alte Sprache wieder erschlossen!«

»Von den Engländern«, sagte Desaix. »Von denen!«

»Nun, die Wissenschaft kennt keine Grenzen. Und die Geschichte wird die Wahrheit festhalten.«

»Wessen Geschichte, wessen? Und«, sagte Desaix, »will denn irgendwer die reine Wahrheit wissen? Wem nützt sie letzten Endes?«

Der Erste Konsul wußte, was Desaix im Sinn hatte; er schaute ihn bedächtig an. »Darauf müssen wir's ankommen lassen«, sagte er. »Für mein Teil habe ich das Gefühl, die Geschichte muß sich nach mir richten. Gewissermaßen. Ich habe mir etwas zu den Schullehrplänen überlegt. Im Reiche Karls des Großen gibt es doch sicherlich genug, was jedes Kind lernen sollte – sozusagen, um ein Bild von der wahren Natur und dem Schicksal Frankreichs zu gewinnen. Habe ich nicht recht?«

»Kreuzigungen auf Kartuschen«, sagte Desaix. Es gehörte nicht hierher; anscheinend eine Formulierung, die er sich aufgespart hatte und die er jetzt loswerden mußte, eine gute Formulierung, herangepäppelt auf dem blockierten Meer und dem steinigen Weg nach Stradella. Der Erste Konsul sagte:

»Sie sind zum Dichter geworden, ein *Bulbul* oder wie es bei denen heißt. Immerhin sind Sie kein Moslem geworden« – er lächelte – »wie der gute Menou.«

»Abdullah haben sie ihn genannt. Er hat eine Barbierstochter geheiratet.«

»Nichts dagegen zu sagen«, lächelte der Erste Konsul. »Er hat wohl alles ein bißchen zu ernst genommen – die Demokratie ebenso wie den Islam.«

»Wie ernst«, und Desaix war sehr ernst, »darf man die Dinge denn nehmen?«

Der Erste Konsul wog seine Antwort ab; der Kopf neigte sich zu einer Karte hin, die Augen richteten sich auf Desaix. »Strategie«, sagte er. »Man spielt, um zu gewinnen.«

»Mit Lug und Trug?«

»Aber natürlich!« Der Erste Konsul war erstaunt. »Jede Strategie beruht auf Lügen. Der Feind wird mit einer Lüge in Schlaf gewiegt, und beim Erwachen findet er die Wahrheit vor. Im

Krieg kommt es darauf an, daß man etwas zu sagen hat, ob wahr oder gelogen. Diese Österreicher haben nichts zu sagen. Sie sollten uns mittlerweile angreifen. Ich weiß nicht, was Melas vorhat. Das macht mir Sorgen.«

»Sie werden ihn provozieren müssen.«

»*Provozieren* – genau das rechte Wort! Hören Sie nun, welches Ihre Aufgabe in unserm Plan ist. Ich gebe Ihnen ein Armeekorps – Boudets und Monniers Divisionen. Victor übernimmt Gardannes Division, ub sei Korps deu aufzufülle.« Die Salzspülung verlor ihre Wirkung. »Verdabbter Schdupfe!«

Und der verdammte Regen, Regen, Regen, als sie zum Ufer der Scrivia vorrückten und sie überquerten, ohne daß die leichte Kavallerie irgendeine Spur vom Feind fand, Regen, Regen, Regen! »Vermeiden das Gefecht«, sagte er. »Diese österreichischen Schweine!« Der Schnupfen hatte sich vor den ständigen Schikanen zurückgezogen. Aber der Regen war entmutigend. Er schickte eine Salve Befehle aus – Desaix geht mit Boudets Division gegen Rivalta vor und blockiert die Hauptstraße von Genua nach Alessandria: Für Melas durfte keine Rückzugsmöglichkeit nach Genua bleiben; Monnier rückt auf in die zentrale Reserve; Lapoype hält sich bereit für einen Marsch auf Valenza, vereinigt sich mit Chabrans Truppen, verhindert Abschneiden der französischen Nachschubverbindung durch feindlichen Vorstoß in Richtung Mailand. Aber nichts zu sehen von Melas, Melas weicht der Schlacht aus. Bei Marengo bloß ein paar tausend von der österreichischen Nachhut; machten sich in aller Eile nach Alessandria davon, als Victor und Gardanne gegen sie vorgingen. Er brüllte, bekam einen Hustenanfall, brüllte noch mal:

»Diese Scheißebene ist die einzige im ganzen Scheißitalien, wo dieser Scheißer seine Kavallerie einsetzen kann. Warum kommt er nicht? Zum Teufel, wo steckt er?«

Da ist er, sagte ein schöner Sonntagmorgen, nachdem sie die Nacht über nach österreichischen Lagerfeuern ausgespäht hatten. Die Männer hörten im Schlaf Kanonen. Sie erwachten: Es war kein Traum. Kanonen hämmerten, Lerchen flogen auf. Der Erste Konsul, mit Lakritze gegen ein leichtes Magendrücken ankämpfend (Huhn, Öl, Flußkrebse, Eier: das gestrige Abendessen, eine bizarre Trophäensammlung der Fouragierer), stand in heller Aufregung bei Torre-di-Gafoli. »Da greift er an, und ich hab drum gefleht, daß er angreift, daß er sich meldet, ein Wort von sich hören läßt, aber so hab ich es nicht erwartet.

Diese Österreicher verhalten sich gar nicht wie Österreicher.« Hundert Kanonen, schätzte die galoppierende Aufklärung, drei Kolonnen, jede rund zehntausend. Schmaler Brückenkopf allerdings auf dem rechten Ufer der Bromida; Melas hatte Kavallerie hinbeordert, nach falschen Meldungen über Franzosen bei Cantalupo. Aber ganze fünf Kanonen für Gardanne und Chambarlhac von Victors Korps, die hinter der Fontanove Marengo abschirmten. »Eine Finte«, brüllte er, »ein Ablenkungsangriff! Melas zieht sich nach Genua zurück.«

»Oder zum Po.«

Oder zum. Lapoypes Division nach Norden in Richtung Valenza –«

»Entzieht uns dreieinhalbtausend.«

»Ich weiß, was ich tu, hol Sie der Teufel! Einen Eilboten an Desaix! Boudets Division nach nach nach Pozzolo Formigioso. Klingt, wie der Käse riecht, wenn man's schnell ausspricht.« Beruhigt sie, Humor!

Als die Sonne höher stand, ritt er aus, das Feld inspizieren, und sah die Gefahr deutlicher. Hatte seine Intuition getrogen? Lannes und Murat unterstützten jetzt Victor – fünfzehntausend, etwa halb so viele wie die Österreicher. Eine Division unter Watrin, rechts von dem Dorf, wurde von Melas' eigener Kolonne bearbeitet. Ott, von Genua herangerückt, hatte Castel Ceriolo im Nordosten so gut wie in der Hand. Blieb nur eines, Lapoype und Desaix Adjutanten nachzuschicken und sie zurückzurufen. *Um Gottes willen kommen Sie, wenn Sie noch können!* Die Österreicher formierten sich neu, zogen sich zusammen, schöpften Atem. Watrins Division lag in Scherben. Die Konsulargarde rückte auf, alle neunhundert Mann. Die letzte Reserve, eine Division unter Monnier, ging gegen Ott und Castel Ceriolo vor. Es ging um Zeit, Zeit, Zeit. Der Erste Konsul hieb sich wieder und wieder mit der Reitpeitsche aufs Bein. »Aushalten, es geht um Zeit!« Dreiundzwanzigtausend Franzosen wurden in wackliger Ordnung nach San Giuliano zurückgedrängt, meilenweit östlich von Marengo. Es war drei Uhr nachmittags.

»Er muß glauben«, ahnte ihm, »daß er den Sieg in der Tasche hat. Wer hat gesagt, daß er verwundet ist?«

»Melas? Ist aus den Linien durchgesickert. Sie wissen, wie sowas herumgeht.«

»Sie formieren sich neu. Kolonnen. Dieser verdammte Rauch!«

»General Desaix, Herr Konsul!«

Die massige Brust des Ersten Konsuls zog einen ganzen Ballon Luft ein und stieß sie wieder aus. Desaix, abgehetzt, lehmverschmiert. Verstärkung.

»Der Fluß hatte Hochwasser. Ich bekam Ihre Nachricht um ein Uhr. Drei Minuten, bevor –«

»Gott sei Dank für das Hochwasser! Wie sehn Sie die Lage?«

»Ruhig, ominös ruhig. Sie haben eine Schlacht verloren.«

»Wir«, sagte der Erste Konsul, »*wir* haben eine Schlacht verloren.«

»*Wir*«, sagte Desaix, »haben noch Zeit, die nächste zu gewinnen.« Und das Herz rutschte ihm tiefer. *Wir*, das sind die Überlebenden. Eine Sekunde lang sah er etwas voraus, er konnte's weder genau bezeichnen noch sich selber erklären; *ich* und *du* still aus einem Marmorfeld weggetragen von Weibsbildern in Tüchern und Tränen. Ist das Wir nur das überlebende Gespenst des Ich? Ist das Ich eine Kopfschuppe oder ein ausgerissenes Haar des Wir?

»Schluß mit dem Zurückweichen! Ich muß zu den Truppen sprechen.« Und er saß auf mit seinen einssechzig, ein Männlein, der mächtige Lufttank unter den Rippen nur mythisches Beiwerk, und ritt los, Zauberparolen ausgeben, Wörter wie *Kameraden, Tapferkeit, Frankreich* und *wir*, die schlichte Rhetorik des Antreibers.

Lapoype hatte seine Nachricht also nicht bekommen, aber es mußte auch so gehn. Marmont mit seinen achtzehn Kanonen ballerte auf die dichtgeschlossene Kolonne los, die Melas, müde, verwundet und zuversichtlich, seinem Stabschef Zach überlassen hatte. Die Kolonne ächzte und wankte. Desaix führte seine Brigaden in die Rauchwolken hinein, wo sie mit einem weißjackigen Bataillon frischer und kampfbereiter Grenadiere zusammenstießen. Aber Marmont feuerte aus kurzer Distanz vier Salven ab, und, unverhofftes Glück, ein Munitionswagen explodierte unter Gebrüll und Panik. Kellermann fegte mit vierhundert Mann Kavallerie in die linke Flanke der Kolonne von sechstausend. Sie bebte, wackelte, brach entzwei. Zeit, Geschichte, bebte, wackelte, *eine Minute früher oder drei Minuten später, und es hätte nicht*, brach entzwei, *gelingen können.*

Seht! Ist das grüner Rauch dort, sind es Bäume?
Vorn rechts die Offiziere, schmuck und wichtig,
Lejeune, ein Adjutant, Gefangene führend.

Hinfällig lehnen abgesprungne Räder
Von Protzenwagen hinter starken Kruppen.
Ein Rohr bewölkt sich, und das Maul des Pferdes
Gefriert im kalten Dunst, für immer offen.
In Schmerzensposen knien Verwundete.
Der Konsul, links, zeigt seinen Generälen,
Was jeder sehn kann: ausgefranste Reihen
Der Feinde, Nahkampf, Flucht und Waffenstrecken,
Verknäulte Pferde, lautloses Gebrüll.
Hoch aus dem linken Eck, in schattenhaften,
Doch höllisch dicken, parallelen Quadern,
So weit der Blick reicht, kommen die Franzosen.
Und dort nun, was da hängt, dies zierliche
Gammadion vor dem Schwaden einer Salve,
Das ist Desaix, wie er die Arme hochwirft.
Und augenblicklich fällt er oder nie.
So kunstvoll sind die Massen angeordnet,
Daß sie den Blick auf ihn, der leicht entbehrlich,
Gesichtslos ist und nur Silhouette, lenken.
Was braucht er ein Gesicht? Er stirbt doch gleich.

»Carnot vielleicht?« sagte Germaine de Staël, »oder Moreau?« Ihr Salon war wundervoll, Rahm und Honig, aber zum Beißen fest, nicht hinschmelzend.

»Aus irgendeinem Grund sprechen sie die Einbildungskraft nicht an«, sagte Talleyrand. Er hinkte rastlos im Saal umher, die Hände auf dem Rücken. Ab und zu schoß ein Arm vor, wie eine Eidechsenzunge, und die langen, flinken Finger schlossen sich um ein Figürchen. Ein paar Sekunden lang hielt er es sich vor die Augen – einen Porzellancherub, einen silbernen Hermes –, schnüffelte es mit den Blicken ab und stellte es ärgerlich wieder weg, so als wäre er nur unter Zwang bereit gewesen, es anzufassen.

»Der Herzog von Orléans?«

»Sehen Sie«, sagte er und schaute ihr geradezu und dennoch schielend ins Gesicht, »die Anomalie der Situation ist schon daran zu ermessen, daß jetzt ganz Frankreich das Herz klopft vor Aufregung darüber, ob er lebt oder stirbt. Die Solidität seines Charismas gründet in der Unsolidität seiner leiblichen Zukunft. Setzen Sie dagegen irgendwen auf den Thron und umgeben ihn mit Mätressen und Meisterköchen – ein Fettwanst in einer goldenen Kutsche, kauend, mit Huldbezeigungen für jedermann – Sie sehen die Schwierigkeit?«

Sie sah sich selbst für einen Augenblick in einem goldgerahmten Spiegel – hübsch, vierunddreißig, das Gesicht zauberhaft zermartert im Zwiespalt von Vernunft und Leidenschaft –, und weil der Spiegel groß genug war, dachte sie sich das Bild des Ersten Konsuls neben dem ihren. Welch ein Paar würden sie abgeben, hätten sie abgegeben! Aber solchen Männern sah es ähnlich, der launischen Sinnlichkeit einer Frau wie jener anderen zu erliegen, die ganz hohl war bis auf die paar Träume von Blumen und Liebhabern. Sie sagte:

»Ich sehe sie nur allzu deutlich.« Die Stimme ein wenig tief und gurrend. »Unerträglich! Alles soll vom Ausgang einer Schlacht abhängen. Aber wenn er stirbt, wenn er vielleicht schon tot ist –«

Ich traure um ihn wie um einen Bruder. Vorbildlich in der Schlacht, gut und gerecht als Mensch, ein Muster an Bürgertugend. Lebte er, wer weiß, zu welchen Höhen er aufgestiegen wäre?

Sieyès sagte: »Daß davon die Rede ist, ihn zum Ersten Konsul auf Lebenszeit zu machen, setzt schon eine Abkehr von der republikanischen Philosophie voraus. Alles liest über Cromwell nach heutzutage. Und dann stirbt so ein Cromwell, und man steht da mit einem unfähigen Erben. Warum nicht aus Bonaparte einen General Monk machen, solange wir oder andere, die es interessieren könnte, noch eine Hand im Spiele haben? Ich sage Ihnen, wir kehren wieder zu einer Art Monarchie zurück.«

Die ihm zuhörten, zumeist Männer mit den alten Aufklärungsperücken, nickten und schenkten sich von seinem Weine nach. Manche von ihnen interessierte noch, an welchem Punkte sein geradliniger Aufstieg zur Macht so merkwürdig abgebogen worden war, daß er heute trotz alledem im Grunde nichts darstellte. Einer von diesen sagte:

»Aber wenn er nun getötet wird? Ich meine, in der Schlacht fällt?«

Zum höchsten Rang in der Armee der Republik, und wer weiß, ob er mit solcher Tugend, solcher Lauterkeit, wie er sie in Ägypten bewiesen, nicht einen unvergleichlichen Sinn für die zivile Staatskunst an den Tag gelegt hätte? Jedenfalls sei es wohl vermerkt, daß ich ihn beweine, ehe ich nun dazu komme, mich des Sieges zu erfreuen, den er in so glänzender Weise zu erringen geholfen, und sollte je eine malerische Darstellung dieses traurigen Momentes versucht werden, so möge der Künstler die Tränen nicht vergessen, die mir über die Wangen rinnen.

Die Telegraphen blitzten und funkelten über den französischen Sommerhimmel; sie setzten die Glocken in Bewegung, soweit sie nicht zu Kanonen umgeschmolzen waren. Marengomarengomarengomarengo. Über die Wiesen bei Auteuil kam die Botschaft in silberfeinen Hosiannas, fast übertönt von den Sonnenuntergangsschwalben. Talleyrand grinste.

»Lauter Konditionalsätze! Wenn, wenn wenn. Und nun kommt er zurück und zertrampelt unsere Wenns.«

»Fünfzehn österreichische Fahnen erobert«, las jemand aus dem ›Moniteur‹ vor. »Vierzig Kanonen.«

»Achttausend österreichische Gefangene«, sagte er über die Schulter. »Sechstausend Tote.«

»Wieviel französische Tote?«

»Davon steht hier nichts«, lächelte er. »Ohne Zweifel so gut wie gar keine.«

»Schweigen wir«, sagte ein Feinsinniger, »im Salon einer Dame von derlei Greueln und Bluttaten! Der Krieg ist wahrhaft abscheulich.«

»Ich«, sagte Germaine, »sehe eine Periode der repressiven Autokratie voraus. Der Pöbel wird auf den Knien darum bitten, niedergetreten zu werden.«

»Ach, dem Pöbel wird es nicht schlecht gehn«, sagte Talleyrand. »Zweifelhaft aber ist die Lage der Intellektuellen. Derjenigen«, fügte er mit einem Anflug von Schadenfreude hinzu, »die sich nicht auf die eine oder andere Weise unentbehrlich gemacht haben. Blaustrümpfe«, sagte er nun mit unverhohlener Bosheit, »sind in seinen Augen –« *eine Art hermaphroditischer Anomalie,* hatte er sagen wollen, bedachte man aber die Gerüchte über ihre *longitudo clitoralis,* so wäre dies, gelinde gesagt, indiskret gewesen.

»Mir hat er einmal versichert«, sagte sie, »und zwar ganz laut und herausfordernd, die Frauen gehörten ins Schlafzimmer und in die Küche. Für mich selbst« – sie betrachtete mit Bedauern ihren erlesenen Salon, mit geringerem Bedauern die erlesene Gesellschaft, die ihn füllte – »sehe ich eine Periode des Exils voraus.«

»Eines konstruktiven Exils, möchte man hoffen«, sagte Talleyrand.

»Die Schweiz ist immerhin ein angenehmes Land. Geheiligt durch das Andenken Rousseaus und Voltaires.«

»Ich werde bleiben«, sagte Talleyrand. »Ich werde hier im Lande bleiben, länger als er. Einen altgewordenen Bonaparte kann ich mir schlecht vorstellen.«

Das Wasser war sein Feind. Im Traum setzte er mit der Kutsche über jenen italienischen Fluß, und der Fluß war tiefer, als er gedacht hatte, und die Pferde glitten auf dem schlammigen Grund aus und scheuten, als sie tiefer einsanken, und das Wasser begann in die Kutsche zu laufen – ein stupides, belangloses Ärgernis, aber mußte es denn sein, daß die Kissen mit Schlingpflanzen und Entengrütze beschmiert wurden? – und er selber bekam es mit der Angst. Er schlug sich durch, hinaus aus dem Traum, und fand sich in seiner trocknen, sauberen Kutsche wieder, die über die Place du Caroussel donnerte. César, der Kutscher, fuhr heute wie ein Irrer – natürlich war er betrunken. Der neue Kalender hatte den alten nie ganz verdrängen können. Seit eh und je und der Göttin der Vernunft zum Trotze wußte jedermann, daß heute Heiligabend war.

Es fiel ihm wieder ein, wo sie hinfuhren. So verflucht schläfrig. Ein langer Tag, ein Weilchen am Kamin dösen und früh zu Bett. Aber in der Oper gab es Haydns ›Schöpfung‹. Ein religiöses Oratorium, kann man sehn, wie weit es gekommen ist, können wir jetzt wieder dulden, undenkbar unter den Jakobinern, zur Feier der göttlichen Welterschaffung aus dem Nichts. Er hatte eines Tages hineingeschaut; es gab nichts, das außerhalb seines Interesses oder seiner Patronage gelegen hätte, und er hatte das Orchester etwas proben gehört, das nicht umsonst das Chaos hieß. Moderne Musik. Er fand, Musik mußte eine Melodie haben. Eine Klarinette oder irgend so ein Instrument wand sich aus den Tiefen empor, sozusagen das Leben, wie es dem Urschlamm entsteigt. Jedenfalls, sie hatte es hören wollen, Hortense auch. »Ach, Liebling, du kannst doch nicht immer nur am Kamin dösen wie ein alter Mann. Sieh doch, wie Hortense und ich uns schön gemacht haben!« Von ihrem Wagen hörte er jetzt nichts und sah ihn auch nicht, als er aus dem Rückfenster blickte. Nach Frauenart war ihr in letzter Minute noch eine Änderung ihres Schmucks oder Schals eingefallen. Er, der Erste Konsul auf Lebenszeit, mußte vorauspreschen, mitsamt seiner Eskorte von Grenadieren.

Rue Saint-Nicaise. Manche Leute erkannten die Kutsche, winkten und ließen ihn hochleben. Er lehnte sich hinaus, lächelte und winkte zurück. Die Straßenbeleuchtung könnte hier besser sein; irgendwo hatte er mal so eine Art Schätzung gesehn, was es kosten würde, die Straßenbeleuchtung zu verbessern. Gute Beleuchtung schreckt von Verbrechen ab. Hinausgelehnt sah er mit Ärger und Überraschung ein Pferdefuhrwerk mitten auf der Straße stehn; versperrte ihnen teilweise den Durchgang. Nötig war eine Art Straßen- oder Verkehrspolizei: Straßen und Wege waren die Pulsadern des gesitteten Lebens. César, dieser besoffene Irre, hielt nicht an, wie er es auch hätte tun können, um den Besitzer des Fuhrwerks zu beschimpfen. Stattdessen riskierte er eine Karambolage und raste durch die enge Stelle weiter zur Rue de la Loi. Auf dem Fuhrwerk stand etwas wie ein Bottich oder eine Tonne.

Die Straße explodierte. *Das Chaos:* In einer winzigen, durchscheinenden Gasblase seines Hirns wurde der Zusammenhang hergestellt, durfte die Einheit in Bausch und Bogen aufblitzen. Versäumen wir auch die Ouvertüre, so haben wir doch die Wirklichkeit statt der Kunst erlebt. Der Zusammenhang mit der Folge der Schlachten wurde nicht hergestellt, obwohl es immerhin ein behelfsmäßiger Artillerieangriff war. Es lag daran, daß der Raum und die Luft fehlten. Die Sekunde unmöglichen Krachens versiegelte seine Ohren gegen die Geräusche, die nun folgten – Schreie von Frauen und Kindern, die ganze Straße in qualmendem Schutt, das Pferd vor diesem Wagen mit dem Bottich unerkennbar ins Chaos gemischt, Splitter und Fetzen warmer, weicher Gedärme, die hoch durch den Rauch schwebten und widerstrebend herabsanken. Er war ganz ruhig, merkte er, als er aus der Kutsche stieg, deren Tür aufgesprungen war. César wie durch ein Wunder unverletzt, sag nie wieder etwas gegen den Suff, viel zu sehen und nichts zu hören. Die Grenadiere saßen noch im Sattel, gaben den durchgehenden Pferden die Sporen, bis das Blut kam. Eine Frau mit einer großen schwarzen Blutlache da, wo die Brüste gewesen waren, lebte noch und schrie. Die Kutsche dahinter war in Sicherheit, Gott sei Dank für die Eitelkeit, derenthalben Frauen sich verspäten, aber die angsttollen Pferde waren von den Deichseln losgeschirrt worden und tanzten nun auf der Straße herum wie in einem Zirkus, unter dem brrr! tonloser Münder. Sie war tot, nein, ohnmächtig, unverletzt, Gott segne und erhalte ihre Eitelkeit. Hortense war an der Hand verletzt; sie starrte auf das Blut, das hervorquoll. Caroline mußte sich ihnen in letzter Minute angeschlossen haben, mit dickem Bauch, ihre Zeit rückte schon nahe; stoßweise schluchzend, mit dem Entsetzen verzweifelt an sich haltend, denk nicht nur an die Toten, auch an die Ungebornen. Gehör und Gefaßtheit kehrten wieder, die Straße erblühte im Lärm, die Arme zitterten ihm nicht, als er sie nach seiner Frau ausstreckte, aber dann ging die Gefaßtheit im Irrsinn unter.

Voll Überraschung hörte er, wie ihm der Dialekt seiner Kindheit auf die Zunge kam, und in dieser Sprache fluchte und schwur er mit furchtbarer Deutlichkeit. Niemand verstand, und doch verstanden ihn alle.

Mit furchtbarer Deutlichkeit. Cambacérès und Lebrun hörten zu. Sie wußten, es war der Korse, der zum Vorschein kam, Vendetta etcetera, Blut muß fließen, egal welches, wenn es nur rot ist, furchtbare Rache, neun unschuldige Opfer getötet, und neun erklärte oder mutmaßliche Royalisten oder neun erklärte oder mutmaßliche Feinde des Ersten Konsuls auf Lebenszeit müßten summarisch hingerichtet werden. Lebrun sagte:

»In unserem gerechten Zorn wollen wir doch die Verfassung nicht vergessen –«

»Zum Teufel mit der Verfassung! Und ich sehe nicht allzu viele Anzeichen gerechten Zorns in Ihren Ihren Ihren. Wie die Ölgötzen sitzen Sie da, wie die Ölgötzen.«

»Mit diesen Verbrechern werden sich die Gerichte befassen«, sagte Cambacérès. »Man wird ihnen den Prozeß machen und sie guillotinieren. Dazu sind sie da, die Gerichte.« Ja, wie die Ölgötzen! »Sie sind die jurisdiktive Gewalt«, erklärte er ihm geduldig, »wir die exekutive. Die Exekutive ist von der Verfassung nicht dazu ermächtigt –«

»Dies ist Krieg. Dies ist ein Schlag der Bourbonen gegen die Republik. Auf dem Schlachtfeld kann man sich nicht auf die Verfassung berufen. Und Generäle sind auch darein verwickelt. Was machen wir mit Pichegru, diesem Schwein? Mit Moreau, dem Schoßhund dieser emanzipierten Ziege, die noch immer gegen mich intrigiert? Was machen wir mit all denen? Warten, bis sie noch mehr unschuldige Frauen und Kinder umgebracht haben? Warten, bis sie meine Familie in die Luft sprengen?« Seinen beiden Mitkonsuln fiel auf, daß er nicht daran zu denken schien, er selbst könne tatsächlich ermordet werden; immer würde jemand anders dazwischen stehen.

»Wenn ich das sagen darf«, sagte Lebrun, »in gewissem Sinne ist es verfassungsfremd, daß Sie anscheinend Ihre eigene Polizeitruppe aufstellen. Ihre Besorgnis erkennen wir zwar an –«

»Hören Sie, meine Herren –« Er schnauzte, er zischte sie an, schwenkte den Kopf vom einen zum andern, versengte sie beide in raschem Wechsel mit seinem glühend vernünftigen Irrsinnsblick. »Das Wesen einer geheimen Polizeiorganisation ist Geheimhaltung. Sie muß schnell zugreifen können, ohne richterlichen Befehl. Nennen Sie es verfassungsfremd, wenn Sie wollen, doch was ist das schon, gemessen an dem gemeinen, mordgierigen Undank der Bourbonen? Ich habe doch alles, alles getan! Vierzigtausend Emigranten wieder aufgenommen, ihnen Geld gegeben, mein Geld und das meiner Frau, alles für Frieden und Versöhnung! Und was tun sie? Hören Sie, meine Herren, ich will jedem von ihnen offen und redlich gegenübertreten, aber ich dulde nicht dieses Hinschlachten von Unschuldigen. Es macht mir nichts aus zu sterben, aber jetzt noch nicht, noch nicht, meine Uhr ist noch nicht einmal aufgezogen. Vielleicht noch fünf Jahre, und sie können mich haben, wenn sie wollen. *Aber jetzt nicht.*«

»Englisches Geld«, sagte Cambacérès. »Tausende Pfund sind in Umlauf. Die Engländer finanzieren diese kleinen –«

»Kleinen? *Kleinen?* Vierzig Mordbuben laufen frei in Paris herum. Die sollen mir Blut schwitzen, die Schweine! Die werd ich's lehren, die Schufte, den Mord zu legalisieren!«

»Irgendwann müssen wir über die Frage«, sagte Lebrun, »der Nachfolge reden. Wir müssen realistisch sein.«

»Wessen Nachfolge? Was für eine Nachfolge? Wir haben eine Republik, keine Monarchie.«

»Realistisch sein«, wiederholte Lebrun mit mehr Nachdruck. »Das Erste Konsulat ist kein Wahlamt mehr. Den nächstliegenden Präzedenzfall zu unserem Regierungssystem finden wir in England –«

»England, immer wieder das perfide England!«

»Dem England Cromwells. Eine erbliche Exekutive, nicht monarchisch, eine Republik, die sich in einer Familie verkörpert. Denken Sie nur an die Alternativen – Rückkehr der Bourbonen, militärischer Staatsstreich, Jakobinerherrschaft.«

»Sie nehmen an, ich wäre tot. Nehmen Sie das nicht an! Ich baue einen präventiven Apparat auf, der mein Überleben sichert. Und die Bourbonen, seien Sie dessen gewiß, meine Herren, werden nie mehr zurückkehren. Der Apparat wird zuschlagen. Warten Sie ab! Sie werden sehn.«

»Dennoch«, sagte Cambacérès, »die Möglichkeit besteht immer. Die Möglichkeit zum Beispiel« – er lächelte – »daß Sie an einem Hühnerknochen ersticken.«

Der Erste Konsul auf Lebenszeit war wieder guter Laune. »Vielen Dank für die Warnung. Also keine Hühnerknochen mehr! Ich werde meinen Koch diesbezüglich instruieren. Soso, Huhn ohne Knochen!«

Louis Antoine, Duc d'Enghien, Prinz des Hauses Bourbon, nagte das letzte Fleisch von einem Stück Truthahn und warf den Knochen seinem Stöberhund Max hin. Dann ging er im Speisezimmer umher, ein Glas Rheinwein in der Hand, das im Kerzenschein funkelte, und ab und zu sah er in den getrübten Spiegeln einen drahtigen, langnäsigen jungen Offizier. Die Nachricht, die er aus Straßburg erhalten hatte, beunruhigte ihn nicht weiter. Georges Cadoudal war in Paris verhaftet worden, nachdem er zuerst einen der ihn verhaftenden Polizisten erschossen hatte. Er hatte geredet, ob unter der Folter war noch nicht sicher, aber natürlicherweise mußte man's annehmen. »Mein Auftrag war, den Ersten Konsul zu ermorden, doch erst dann, wenn ein Prinz aus dem Hause Bourbon persönlich in Paris anwesend wäre. Kein Prinz dieses Hauses ist bislang eingetroffen.« Nun, das hieß Vertagung auf unbestimmte Zeit, in Deckung bleiben. Ihm konnte's recht sein. Sein Leben gefiel ihm nicht übel; tagsüber Schnepfenjagd in den Wäldern um Ettenheim, abends meistens ein fleischiges deutsches Mädchen, und dann in aller Ruhe mit einem französischen Roman zu Bett gehn – alles auf englische Kosten. Hier in Deutschland war er sicher. Wenn die Zeit kam, würde er dasein. Wenn sie kam. Und dann würde es nicht darum gehn, Bonaparten aus der Welt zu schaffen, den dann schon andere umgebracht hätten, sondern darum, einer gelähmten Regierung die sofortige Hinnahme der bourbonischen Restauration aufzuzwingen. Er mußte auf vieles vorbereitet sein.

Im Bett las er noch ein paar Seiten in ›Paul et Virginie‹, einem der Romane, die ihm am meisten zu Herzen gingen. Er schlief ein und träumte, eine Armee hätte sein Schlafzimmer erobert; er erwachte, lächelnd über die Absurdität der Vorstellung. An seinem Bett stand ein General in Uniform mit einigen Bewaffneten; von der Treppe hörte man die Geräusche anderer. Er sah mehrere Male hin, blinzelte in die neu angezündeten Kerzen, und dann sprach die Erscheinung. »General Ordener, Bürger.« Enghien riß den Mund auf. »Oder Euer Gnaden, wenn Ihnen das lieber ist. Seien Sie so gut, sich für eine Reise fertigzumachen. Ihr Kammerdiener ist schon wach und angekleidet.«

»Franzosen? Was wollen die Franzosen hier? Wir sind nicht auf französischem Boden.«

»Wir bedauern die kleine Unregelmäßigkeit. Wir haben alles Aufsehen vermieden. Wir werden ebenso unauffällig zurückkehren.«

»Zurück? Wohin?« Er lag immer noch wie gefesselt unter der dicken Daunendecke.

»Nach Vincennes, ins dortige Schloß. Ich bitte Sie, Bürger Euer Gnaden, sich als verhaftet zu betrachten.«

Als man ihn, inzwischen angekleidet, die Treppe hinuntergeführt hatte, fand er dort all seine privaten Papiere säuberlich gestapelt von einer Art Schreibstubensergeanten, der sie mit roten Bändern umwickelte. Von den Bediensteten nichts zu sehen, nur sein angstschlotternder Kammerdiener. Die Papiere wurden von einem Hauptmann einem Meldereiter übergeben, der grüßte, die Dokumente verstaute und hinausging. General Ordener geleitete Enghien höflich zu einer in der Einfahrt wartenden Kutsche. Überall auf dem Anwesen schienen Dragoner zu sein.

»Ich verstehe. Sehr umsichtig. Sie haben den Pferden die Hufe umwickelt.«

»Kein Aufsehen, wie schon gesagt.«

In der Kutsche sagte Enghien: »Ich vermute, ich brauche Sie nicht zu fragen, wessen man mich anklagt.«

»Störung der staatlichen Ordnung durch Bürgerkrieg und Bewaffnung der Bürger gegeneinander und gegen die rechtmäßige Regierung. Artikel zwei des Verschwörungsgesetzes.«

»Das ist natürlich Unsinn.«

»Der Bürger Herzog ist nicht gezwungen, jetzt etwas auszusagen. Dazu wird vor dem Militärgericht genug Gelegenheit sein.«

»Militärgericht?«

»Ein Tribunal von sieben Obristen.«

»Das ist Unsinn.«

»Wie Sie wollen.«

Später, viel später, als sie sich schon Vincennes näherten, sagte Enghien: »Wie wäre Ihnen in meiner Lage zumute, als Sproß eines hingeschlachteten Königshauses? Ich habe diesem Bonaparte Haß geschworen, und mit Recht. Andernfalls wäre ich ein Verräter der Meinen. Man muß den Franzosen ihren Irrtum vor Augen führen. Wenn die Waffen das einzige Mittel –«

»Können Sie gleich mitschreiben«, sagte Ordener zu seinem Adjutanten, der in der dunklen Ecke gegenüber saß. Der Mann schrieb: *Unversöhnliche und ewige Feindschaft geschworen gegen die rechtmäßige*

»Gerechte Vergeltung!« brüllte er und ließ sein Essen stehen.

»Aber er ist doch noch gar nicht verurteilt«, sagte sie.

»Halt du mit deiner dummen Weibernase dich da raus!« Er lutschte ein Stück Anislakritze gegen sein Sodbrennen und drückte fette schwarze Daumenflecken auf die Papiere vor ihm. Er las etwas über Straßburg, wo Enghien sein Verbindungsnetz hatte, über einen gewissen Francis Drake (ein britischer Seefahrer, hieß der nicht auch so?), Geheimagent in München, über Moreau, den Liebling der emanzipierten Ziegen und Salonverschwörer, über Auflehnung und Eifersucht, *Beseitigung Bonapartes unerläßlich,* Wechselbriefe auf englische Pfunde, und in ihm schäumten die Säuren und stachen ihn wie mit Messern in den Hals.

»Verrat, Verrat, Verrat! Diese undankbaren Scheißer!«

»Es gehört sich nicht, daß du dich in meiner Gegenwart einer solchen –«

»Überall Verrat! Auch deinen hab ich nicht vergessen, Weib!«

»Wir waren uns doch einig, daß – Du kannst es nicht lassen! Und deine dicke italienische Diva in der Rue de la Victoire?«

»Ich tu, was ich tun muß. Wie es mir paßt!«

»Die Diener kichern schon über mich.«

»Hast du dir selber zuzuschreiben. Außerdem ist sie jetzt abgereist. Trägt ein Kind von mir, nach allem, was ich weiß.«

»Das ist grausam. Das ist nicht zu entschuldigen. Das ist.«

»Ich bin nicht streng genug, bin immer viel zu nachgiebig gewesen, zu mitleidig, zu leicht zu erweichen. Diesmal nicht!«

Regierung und auch gegen das ganze französische Volk, dem er

»Ich verstehe Sie besser, als Sie denken«, sagte Cambacérès. »Sie folgen einer Logik, die für Ihre Vorfahren außer Zweifel stand, der jedoch Sie, nachdem Sie sich über Ihre, wenn ich so sagen darf, bescheidene Herkunft erhoben haben, kritisch prüfend und objektiv begegnen, die Sie im kühlen Lichte der Gerechtigkeit transzendieren –«

»Verschonen Sie mich mit Ihren großen Worten, Cambacérès! Seine Familie führt einen Schlag gegen meine Familie, ich schlage in gerechter Vergeltung zurück. Lassen Sie ihn laufen, und die Fraktionen werden ermutigt. Am Ende werde ich dann alle Welt umbringen müssen.«

Cambacérès hörte mehr heraus als nur die korsische Rhetorik. Ihn schauderte.

Krieg bei jeder sich bietenden Gelegenheit angesagt hat.

»Angesagt hat«, las der Obrist, der den Vorsitz führte, mit

lauter Stimme. Es war ein schöner kalter Märztag in Vincennes; im scharfen Licht, das durch die hohen Fenster im Speisesaal des Schlosses hereinprallte, schmerzten Enghien die Augen, die er in den letzten Nächten kaum mehr zugetan hatte. Das blau uniformierte Tribunal verschwamm und löste sich in Augenwasser, nicht in Tränen, niemals in Tränen.

»Dies habe ich nicht ganz so gesagt. Sie müssen meine Stellung berücksichtigen, meine Geburt –«

»Unerheblich. Sie sind ein Verschwörer wie alle andern. Uns ist als besondere Pflicht aufgetragen worden, Sie daran zu erinnern.«

»Aufgetragen von wem?« Er bekam keine Antwort. »Da Sie zögern, erlauben Sie mir, die blanke Rechtswidrigkeit meiner Verhaftung zu Protokoll zu geben. Erlauben Sie mir, gegen Ihren Gebieter den Gegenvorwurf einer hinterhältigen und verächtlichen Feigheit zu erheben. In ein Land einzumarschieren ist eines, sich hineinzustehlen wie eine Diebesbande etwas anderes.« Er wußte, seine Sache war verloren. »Das Vorgehen sieht ihm ähnlich. Ihr Gebieter ist ein Feigling, ein Betrüger und Menschenschinder.«

Die Aussage kam nicht zu Protokoll, aber ein Mitglied des Tribunals, ein junger, knollennasiger Oberst, herrschte den Gefangenen an, er solle sich in acht nehmen.

»Aha! Das Haupt der Exekutive steht über aller Kritik. Dies klingt mir sehr nach dem altehrwürdigen Despotismus.«

»Gehört nicht hierher«, sagte der Vorsitzende. »Um zusammenzufassen. Sie haben Geld von einer ausländischen Macht genommen, dem geschworenen Feinde Frankreichs –«

»Deshalb bin ich für mein Teil noch kein Feind Frankreichs. Frankreich ist mein Vaterland, ich habe keinen Streit mit Frankreich –«

»Erklärter Feind der Republik. Sie haben einen Sold von viertausendzweihundert Guineen jährlich erhalten. Geben Sie das zu?«

»– nur mit der jetzigen Regierung.«

»Ist demokratisch gewählt. Sie haben Frankreich den Krieg erklärt.«

»Wenn dem so ist, dann verlange ich die Rechte eines Kriegsgefangenen.«

»Warum glauben Sie, daß man Ihnen diese Rechte verweigert?«

»Kriegsgefangene werden gewöhnlich nicht hingerichtet.

Doch nein, warten Sie, unter diesem neuen Regime hat es freilich Beispiele für die Hinrichtung, ach was, Abschlachtung von –«

»Nach dem Artikel zwei des Verschwörungsgesetzes –«

»Dem muß ich mich fügen. Die Geschichte wird urteilen. Die Ungerechtigkeit wird nicht vergessen werden.« Draußen auf dem Kiesweg ahmte jemand ein Hornsignal nach, dann einen Furz, der sich anhörte, wie wenn ein nasser Lappen platzt. Zwei oder drei Obersten mußten lächeln.

»ergeht das Urteil des Gerichtes, daß –«

Daß er zu erschießen war. Der erste Frühlingstag, sagte er sich, als man ihn hinausführte. Der Kaplan murmelte Gebete für seine sündige Seele, aber er bat ihn, den Mund zu halten. Die Hoffnungslosigkeit, die er fühlte, als er vor dem Peloton stand, gehörte, dessen war er sicher, einer neuen Ordnung an. Nichts kam mehr nach diesem, keine Märtyrerkrone. Der Himmel war abgeschafft, Gesetz aus dem Jahre eins, Gott eingeschläfert wie ein altersschwacher Hund. Keine Geschichte, keine Berufungsinstanz. Er annullierte sich aus freien Stücken, vereinte seinen Willen mit dem Feuerbefehl, der auslöschenden Salve. Das letzte, was er deutlich sah, war eine feingetupfte Wolke voller Kaps und Buchten, wie die Karte einer Gegend, die er einmal besucht, aber seither vergessen hatte. Eine Mauerschwalbe flog mit einem schweren Zweig herbei und ließ ihn fallen. Dies Bild kam ein wenig zu spät, um es festzuhalten und zu bedenken. Dann riß man ihn aus seinem Traum. Es war zwei Uhr früh. Mit dem Feind erlebte man Überraschungen.

»Besinnen wir uns«, sagte der Herr Rat Regnault, »auf die wahre Bedeutung des Wortes *imperium*!« Manche stöhnten auf. »Oder, besser, des Wortes *imperator.*« Er deutete flüchtig eine leichte Verbeugung in Richtung des Konsulatspodiums an. Nur Lebrun und Cambacérès waren heut anwesend; den Stuhl zwischen ihnen konnte man indessen, wenn man ein wenig Phantasie walten ließ, wie ein Tabernakel ansprechen. Ein Tabernakel, das war doch etymologisch das Zelt eines Heerführers oder Imperators. »Was ich sagen will«, sagte Regnault, »ist dies, daß zwischen dem Begriff der Republik und dem des Imperiums kein Widerspruch besteht. Wir sprechen nicht von der Restauration eines *rex*, sondern von der Einsetzung eines *imperator*. In der römischen Geschichte haben wir die Beispiele. Dem *imperator* wird das *imperium* anvertraut im Namen des Volkes.«

»Und was ist mit dem Vertrag?« rief jemand dazwischen, den man nicht genau sehn konnte. Irgendwer machte sich immer Sorgen um den Vertrag. Die Frage wurde nicht beantwortet, aber Regnault sagte:

»Was das hereditäre Element des Kaiseramtes angeht, so wissen wir, daß der Erste Konsul dem Tribunat gegenüber darauf bestanden hat, daß die Weitergabe des Titels durch eine Volksabstimmung bestätigt werden müsse.« Es kamen ein paar Beifallsrufe *(gesprochen wie ein echter Republikaner!)*. »Hierin wäre vielleicht die Crux zu sehen.«

»Stark numinosen Beigeschmack das alles heute«, sagte Lebrun murmelnd zu Cambacérès, über den leeren oder vielleicht auch nicht leeren Stuhl hinweg.

»Der Wille des Volkes, nicht, wie nach der alten, unglaubwürdig gewordenen Metaphysik, der Wille Gottes.«

»Da Sie gerade von Gott sprechen«, sagte Tronchet, »ich kann mir eine republikanische Krönung nur schwer vorstellen. Ich meine, er muß doch von jemandem gekrönt werden, und wer soll das sein? Er selbst doch wohl kaum. Es muß irgendeine Art Priester sein, ein Repräsentant sozusagen des fortlebenden Geistes der Republik. Doch haben wir keine Priesterhierarchie. Wir haben die Freiheit der Religion.«

Cambacérès sagte: »Eins nach dem andern! Essen wir nicht aus allen Schüsseln gleichzeitig! Sonst kommt es bald noch so weit, daß einer der ehrenwerten Räte uns eine Rede über die Speisenfolge beim Krönungsbankett hält.«

»Bleibt Ihnen vorbehalten«, murmelte einer der ehrenwerten Räte.

»Ach«, sagte Regnault, »ist nicht dies alles heute nur mehr eine Verfahrensfrage? Ganz Frankreich ist sich einig über die Notwendigkeit, das Leben unseres *dux* oder *imperator* durch den schlichten Akt einer Unsterblichkeitsverleihung zu schützen.« Hübsch formuliert, besagte das Gemurmel. »Doch freilich gibt es noch immer manche Uneinsichtigen, denen man erst vor Augen führen muß, daß ein Kaiser nicht notwendig ein König ist. Diesen rate ich abermals, die römische Geschichte –«

»Krönen Sie ihn«, sagte ein Uneinsichtiger, Barsac oder jemand anders, einer aus dem Westen, der den linken Bügel seiner Brille mit so etwas wie einem flohbraunen Wollfaden festgebunden hatte, »und er wird ein König! Notwendig ist bloß noch, daß darüber ein Stück Papier unterzeichnet wird, irgendwas ganz Feierliches und streng Republikanisches.«

»Ein Vertrag!« sagte dieselbe Stimme wieder.

»Denken Sie an meine Worte«, sagte der Uneinsichtige, »bald wird wieder alles wie früher sein. Die Regierung kann auf einen Erben übergehen, das Talent nicht. Es kann wieder irgendein sabbernder Idiot auf den Thron kommen, einer, der Köpfe rollen läßt oder seine Huren reich macht – egal, wenn er nur den richtigen Familiennamen hat. Er müßte einen Sohn haben, nebenbei gesagt –«

»Woher wissen Sie, ob er nicht einen hat?« sagte der Rat, der neben ihm saß.

»Eine Bande Korsen, die sich um Frankreich zanken wie um ein buntes Tuch. Denken Sie an meine Worte!«

Es kamen laute Proteste: *Widerrufen! Widerrufen!* und der Zweite Konsul mußte die Versammlung zur Ordnung rufen. Bald darauf hatte Cambacérès etwas über den Papst zu sagen. Er nahm einen Zettel zur Hand, und es war deutlich, daß er nach den Stichworten eines anderen, der nicht anwesend war, sprach. »Es muß eine Krönung stattfinden, und ohne einen Priester geht es nicht. Dieser Priester muß der bestmögliche sein oder, wenn Sie so wollen, das Oberhaupt der Priester. Wer anders könnte dies sein als der Papst? Bedenken Sie auch, daß auf diese Weise die Republik offenkundig den Segen und die Anerkennung des Papsttums erhielte, was dem ganzen katholisch-monarchistischen Europa einiges zu denken gäbe. Den Engländern übrigens auch. Sozusagen ein französischer Sieg über England.«

»Aber wird der Papst denn kommen?«

»Gewiß doch! Seit dem Konkordat kann er kaum mehr nein sagen. Er liebt Frankreich aufrichtig, sagt er.«

Einige murrten gegen den Papst. Ein gesinnungsfester Atheist, der etwas begriffsstutzig war, fragte:

»Heißt das, der Vertrag wird *in einer Kirche* unterzeichnet werden?«

»Ein feierlicher Eid, kein Vertrag. Selbstverständlich in einer Kirche. Wo dachten Sie denn? In der Oper? Auf dem Marsfeld? Und zwar nicht nur in einer Kirche, sondern einer Kathedrale. Mit Weihrauch und Musik, Chorälen und Trompeten, päpstlichem Hochamt und allem Drum und Dran. Wir müssen die Monarchien mit ihren eigenen Waffen schlagen.«

Bei den älteren unter den Räten dauerte es ein Weilchen, bis sie ihrer Bestürzung Herr wurden. Sie erinnerten sich noch an die Zeit, als die gekrönten Häupter gefallen waren und nackte

Weiber, welche die Vernunft oder irgend so eine vernünftige Abstraktion vorstellten, in Notre-Dame paradiert hatten (wohlgemerkt: nackt). Nun ja, der Stachel des Neuen! Fortschritt konnte man's nennen. Die Welt durfte nicht stehenbleiben.

Bei der Aussicht auf ein Diner mit der Familie Bonaparte, soweit deren Angehörige zu kommen geneigt waren, entschuldigte sich die Gemahlin des Ersten Konsuls mit Kopfschmerzen. Die Kopfschmerzen aber waren echt, sie waren sogar schlimm: die Gatten hatten Streit darüber gehabt, ob er die höchste Ehre annehmen sollte. Du bist im Unrecht, hatte sie gesagt, und er hatte erwidert, das sagst du doch nur aus Angst, ich lass' mich scheiden, jetzt, wo ich so hoch im Kurs stehe, und such' mir eine andere, die noch nicht durch so viele Hände gegangen ist und von der ich vielleicht mal einen Sohn kriege. Aber nein, Scheidung brauchte sie nicht zu befürchten (dabei zwickte er sie ein paarmal sehr schmerzhaft in die Ohrläppchen, riß ihr einen Ohrring ab, den sie später nicht mehr wiederfand, und gab ihr einen warmen Doppelklaps, ahahah! auf den Hintern), er würde bei ihr aushalten, obwohl er doch nun ein großer Mann war, denn er hatte trotzdem ein ganz normales Gefühl für Anstand, komm doch aufs Bett, nur fünf Minuten! Sie entschuldigte sich mit Kopfschmerzen.

Er wartete nicht erst bis zum Kaffee und Kognak, bevor er mit der Familie zur Sache kam. Er war nicht Cambacérès, der aus dem Diner eine stumme Zeremonie machte; und Kognak wurde gar nicht serviert. Ohnehin waren sie eine ungeduldige Familie mit ziemlich schlechten Manieren, und der Zank um die Erbfolge begann gleich bei der Suppe (etwas zu klar, wie warmes Salzwasser). Die meisten Bonapartes, besonders die Männer, wurden rundlich, wie der Erste Konsul angewidert bemerkte. Während sie auf den nächsten Gang warteten, fraßen sie alles Brot vom Tisch.

»Ich kann Ihnen sagen, warum nicht«, sagte er zu Joseph und deutete zugleich mit der Gabel auf ihn. »Weil Sie nur Töchter haben. Das Reich von einem Mädchen regiert? Kommt mir nicht in Frage!«

»Sie reden ganz so, als ob ich schon im Sterben läge. Als ob ich nicht noch mehr Kinder haben könnte.«

»Vielleicht, aber es werden alles nur Mädchen sein. Kommt drauf an, welches das stärkere Element ist. Wissenschaftlich erwiesen. Madame Julie sorgt schon dafür, daß Sie nur Töchter bekommen.«

»Sie vergessen anscheinend, daß ich das Oberhaupt der Familie bin.«

Der Erste Konsul strahlte ihn an und flezte sich für einen Augenblick auf seinem Stuhl weit zurück. »Das ändert nichts daran, daß Sie nur Töchter haben.«

»Ich meine, ich habe Rechte.«

»Rechte? *Rechte?* Nach welchem Gesetz, System, Vertrag oder Pakt haben Sie Rechte? Gibt es vielleicht irgendeine altkorsische Tradition, derzufolge man seinen jüngeren Bruder *rechtmäßig* beerben kann, wenn er zufällig Kaiser von Frankreich wird?«

Joseph schaute finster drein, und Lucien grinste. Der Erste Konsul sagte:

»Oh, ich weiß, Lucien, daß Sie sich seit dem Brumaire für einen sehr hohen Herrn halten, aber Sie wissen auch, was ich von Ihnen halte, von Ihrer sogenannten Ehe und Ihrer sogenannten Gattin, die heute nicht unter uns ist.«

»Meine Ehe ist meine Sache.«

»So, Ihre Sache? Diese unsoliden Verhältnisse passen mir nicht, das kann ich Ihnen nur sagen. Ich hatte mir schon überlegt, wen Sie heiraten sollten, das wissen Sie genau.«

»Mit Verlaub, Sire, oder weiß ich, wie man Sie anreden muß, wenn unsere Frau Mutter keine Einwände –«

»Das geht Mutter nichts an, Mutter soll doch nicht Kaiser der Franzosen werden.«

»So würden Sie nicht von ihr reden«, sagte Joseph, »wenn sie hier mit uns am Tisch säße.«

»Mutter wird nicht aus der Reihe tanzen und auch niemand anders«, brüllte er. Er dämpfte die Stimme auch nicht mit Rücksicht auf die Diener, die nun das Hauptgericht auftrugen.

»Brrr, was ist das denn?« Elisa machte ein Gesicht wie ein Kind vor dem Erbrechen. Es gab Huhn, in Öl geschwenkt, mit Flußkrebsen und Spiegeleiern, auf Croutons gebettet. »Gräßliche Mischung, irgend so ein Soldatenfraß!«

»Dieses Gericht«, sagte der Erste Konsul höllisch liebenswürdig, »wurde am Vorabend der Schlacht von Marengo aufgetragen. Es ist also schon ein großes historisches Gericht. *Es wird gegessen!*« brüllte er. Lucien sagte:

»Also, für mein Teil habe ich keinen Appetit. Bitte entschuldigen Sie mich!«

»Sie bleiben, wo Sie sind, Monsieur! Ich bin mit Ihnen noch nicht fertig.«

»Lassen Sie mich noch soviel sagen«, sagte Lucien, »bevor ich mit Ihnen fertig bin, Eure Majestät oder weiß ich, was Sie sind! Liebe kennt keine Vorschriften. Sie haben kein Recht, einem Manne zu befehlen, wohin er seine Herzensneigungen wenden soll. Sie haben auch Jérômes Heirat mißbilligt. Ist Liebe denn ein Verbrechen?«

»Allerliebst gesagt, Monsieur, Rousseau gelesen und so weiter! Rührseliger Bockmist! Paß auf, du Schnösel, ich laß mir deine Unverschämtheit nicht bieten!«

»Bitte nennen Sie mich nicht Schnösel!«

»Gut, also nicht Schnösel! Setzen Sie sich wieder hin und essen Sie. Aber Ihre Unverschämtheit laß ich mir nicht bieten.«

»Dann kann ich Ihnen meine unverschämte Anwesenheit nicht länger zumuten. Wenigstens einer aus unserer Familie fühlt sich nicht verpflichtet, Ihrem ekelhaften Mummenschanz beizuwohnen. Für die Abschaffung der Monarchie haben wir einst gekämpft, nicht für ihre Erneuerung in einer verkommenen und heuchlerischen Form.« Er war aufgestanden, bereit, in eine Rede auszubrechen. Der Erste Konsul pochte laut mit dem Messergriff auf den Tisch.

»Allzuviel haben Sie nicht gekämpft, Monsieur. Nehmen Sie zurück, was Sie gesagt haben, oder machen Sie augenblicklich, daß Sie hinauskommen!«

»Ich wäre längst draußen, wenn die räudigen Köter, die Sie Ihre Geheimpolizisten nennen, mich nur ließen.«

»Ah, über die Grenze, wie? Gute Freunde unter den Verschwörern, wie? Also, lassen Sie sich gesagt sein –« Böse Worte fielen; währenddessen Joseph und Louis trübsinnig ihr Huhn verzehrten, und die Damen sondierten behutsam mit den Gabeln. *Manigoldo – farabutto – mascalzone – ingrato – vigliacco* – Lucien stieß einen der schweren Stühle um, als er wutschnaubend hinausging.

»Kommen Sie zurück, Monsieur! Stellen Sie den Stuhl wieder hin, verdammt noch mal!«

Aber die Doppeltüren fielen hinter ihm zu, und alle senkten sie nun die Augen auf ihre Teller. Josephs Teller war leer. Zu Louis sagte der Erste Konsul:

»Also gegen Ihre Heirat kann ich gar nichts sagen, Bruder. Ich bin hochzufrieden. Ich bin aber ganz froh, daß unsere liebe Hortense nicht da ist. Sie ist so empfindlich. Nur gut, daß sie diesen Ausbruch nicht – natürlich, sie kann ein bißchen Italienisch.«

Louis wußte nicht, was er sagen sollte; er wartete, einen Schnitz Eiweiß auf der Gabel.

»Meine Hoffnungen, wie Sie sich denken können, richten sich auf Ihren lieben Sohn. Ein Sproß aus den beiden Familien, die mir teuer sind.« Caroline rümpfte die Nase. »Sie, mein lieber Louis, wie wir ja alle wissen, befinden sich nicht allzu wohl.«

»Mein Befinden ist vortrefflich.«

»Nein, nein, alles andere als das! Sie haben diese Ohnmachtsanfälle, Sie taumeln manchmal, wie würde das aussehn? Außerdem, um es brutal zu sagen –«

»*Brutal*, und ob das brutal ist!«

»Ach, das ganze Leben ist brutal.« Er strahlte vor Gesundheit und aß ein Stück Huhn. »Jedenfalls, ob brutal oder nicht, Sie müssen übergangen werden. Natürlich werden Sie alle Prinzen, Herzöge oder irgendwas. Machen Sie sich darüber keine Sorgen! Aber ich habe mich entschlossen, mangels eines legitimen leiblichen Kindes –« Julie, Josephs Gattin, machte bei dem *legitimen* ein säuerliches Damengesicht. »Ich meine, ist das nicht logisch?«

»Ich lasse mich nicht übergehn«, sagte Louis totenblaß. »Das ist ja so, als wollten Sie in aller Welt bekanntmachen, ich wäre ein Sterbender. Und ich *bin* doch nicht am Sterben!«

»Im Moment nicht. Aber wir müssen an die Zukunft denken.«

»Das ist ein unerträglicher –« Und Louis begann in seine Serviette zu husten.

»Da sehn Sie, was ich meine«, sagte sein Bruder gütig.

»Von Prinzen haben Sie gesprochen«, sagte Elisa, »aber von Prinzessinnen haben Sie nichts gesagt.«

»Nun, selbstverständlich«, sagte er voll Güte und Geduld, »Hortense und Julie hier, als Gemahlinnen meiner Brüder, müssen den Titel *Hoheit* erhalten. Was Mutter angeht, so wird sie einfach *Madame la mère de l'empéreur* oder so ähnlich heißen. Sie hat in der Hinsicht keinen Ehrgeiz. Sie ist hauptsächlich aufs Geld aus – womit sie wieder einmal ihren überlegenen Verstand beweist.«

»Und warum sollen Elisa und ich keine Prinzessinnen werden?« sagte Caroline.

»Na, und warum sollten Sie welche werden?« fragte er, sich wieder verfinsternd. »Seit wann bekommen denn Frauen einen Titel direkt verliehen? Gebrauchen Sie doch Ihren Verstand, lesen Sie die Geschichte!«

»Hören Sie«, sagte Louis, nachdem sein Hustenanfall vorüber war, »ich lasse mich nicht übergehn!«

»Ah, doch, muß sein.«

»Sie können mich nicht zwingen, Ihnen meinen Sohn als Thronanwärter zu überlassen, oder wie man das nennen soll.«

»Sie werden tun, was ich sage.«

»O nein, das werd ich nicht.«

»Caroline und ich verlangen, daß Sie uns zu Prinzessinnen machen«, sagte Elisa.

»Jetzt hört mir mal zu, Schwesterchen!« zischte er. »Meine liebe Frau, die in diesem Augenblick mit einem Kopfschmerz zu Bette liegt –«

»Mit wem?« sagte Caroline dreist. Der Erste Konsul blitzte sie lange an und war sich nicht sicher, ob er aufstehen, um den Tisch gehn und sie ohrfeigen sollte. Er zog es vor, ihre Dummheit zu überhören. Er sagte:

»Meine liebe Frau hat als einzige von allen kein Verlangen, mir die Kaiserwürde übertragen zu sehen. Dank ihrem reinen Herzen hat sie überhaupt keinen Ehrgeiz. Sie läuft nicht herum und probiert Anredeformeln wie *Eure Majestät* und *Kaiserliche Hoheit.*«

»Ich empfinde die ganze Angelegenheit als einen unerträglichen Affront«, sagte Louis dazwischen.

»Aber sie wird Kaiserin von Frankreich sein, und sie wird von meiner Hand in Notre-Dame gekrönt werden. Halten Sie bitte den Mund«, brüllte er seinen Bruder an, »mit Ihren unerträglichen Affronts! Nun gut, dann hab ich eben keinen Erben, hören Sie, keinen! Und euch kann ich nur sagen«, wandte er sich wieder an seine Schwestern, »werdet meinetwegen Prinzessinnen! Wer weiß, wozu's gut ist! Und meine liebe Hortense wird Ihnen zeigen, wie man sich zu benehmen hat als Prinzessin, und alle vier werden Sie der Kaiserin die Schleppe tragen. Da, sind Sie nun zufrieden?«

»Sie meinen«, sagte Julie, eine kleine dicke Hausfrau mit aufgeworfenen Lippen, »ich soll helfen, der, Ihrer Frau die Schleppe zu tragen?«

»Sie müssen aber einen Erben haben«, sagte Louis. »Darum geht's doch bei der ganzen Sache, das hereditäre Prinzip nennt man das.«

»Schluß!« brüllte er. »Ich werd es mir überlegen, hören Sie, in Ruhe überlegen, wenn diese maulende, raffgierige, undankbare Familie mich nicht mehr davon abhält. Aber Sie werden's nicht sein, Monsieur, und Sie auch nicht, Monsieur, also sehn Sie zu, ob das in Ihre flachen Schädel hineingeht!«

»Das wird mir etwas schwerfallen«, sagte Julie. »Ich meine, ich bin immer eine anständige Frau gewesen. Der die Schleppe tragen? Ich weiß nicht!«

Der Erste Konsul fluchte zur Decke hinauf.

»O ja«, sagte Pius. »Sehr aufmerksam, mein Sohn! Es ist, als ob ich den Quirinal gar nicht verlassen hätte. Jedenfalls, heute morgen beim Erwachen wußte ich gar nicht, wo ich bin. Ich habe mich an eine Reise nach Frankreich erinnert, aber nicht an die Rückreise nach Rom.« Er lachte ein bißchen albern, ein netter Kleriker, einer vom frommen Schlag. »Jede Einzelheit im Zimmer genau gleich, sogar manche Bücher. Allerdings, auch den ›Zadig‹ von Voltaire habe ich da bemerkt – gewiß ein Versehen. Meine liebe Tochter«, sagte er unbestimmt zu der Gemahlin des Ersten Konsuls.

»Ich bin froh, daß es Eurer Heiligkeit gefällt«, sagte der Erste Konsul. Ein Trupp Kardinäle saß um den Tisch; sie zeigten Neigung, nach römischer Sitte über ihrem Mahle auszuharren, und ließen sich von den vielerlei Klosterlikören nachschenken, die für sie herbeigeschafft worden waren. Einer oder zwei bemängelten die Qualität des Kaffees. »Ich nehme an, Eure Heiligkeit haben schon Zeit gefunden, sich den Hergang des Gottesdienstes anzusehen?«

»Es ist irgendwie ein sehr gemischter Gottesdienst. Ich habe mich natürlich beraten lassen. An Beratern fehlt es mir nicht.« Der Erste Konsul nickte verständnisvoll. Etwa hundert von diesen Beratern krochen jetzt in den Tuilerien herum. »Es ist so eine merkwürdige Verschmelzung des Neuen mit dem Alten, des Geistlichen und des Weltlichen, mein lieber Sohn. Eigentlich kann man doch von mir nicht erwarten, daß ich einen Kaiser kröne, der dann sogleich schwört, die sogenannte, hm, Freiheit der Religionsausübung zu achten.«

»Ach, Sie brauchen sich über die Krönung gar keine Sorgen zu machen, Heiliger Vater. Das mach ich schon selbst. Erst mich, dann sie« – er deutete mit dem Daumen auf seine Gemahlin.

»Nein, nein, ich wollte, will nur sagen –«

»Ja, ich versteh Sie vollkommen. Was glauben Sie denn, wie mir zumute ist«, und er schlug groß und ehrlich zu Pius die Augen auf, »ich als Sohn der wahren Kirche, und dieses Gesindel von Deisten und so weiter zwingt mich, jawohl, zwingt mich, Bethäuser aus Holz und Blech, ja, sogar Synagogen neben unserem ehrwürdigen Glauben und seinen Tempeln zu dulden?«

»Es bedeutet im Grunde, daß Sie schwören, das Recht zum Atheismus zu wahren.«

»Ja, das leider auch. Ich bin nicht in Ihrer Lage, Heiliger Vater. Ich bin nur ein Mensch, ein sehr gewöhnlicher und sündiger, mit der undankbaren Aufgabe, ein brüchiges Reich zusammenzuhalten. Was den Atheismus angeht, so hat man ihn mir als eine Art Aufrichtigkeit im negativen Glauben hingestellt.«

»Im neg, neg –«

»Es bedarf einer gewissen Frömmigkeit, einer Art theologischer Standfestigkeit, um unbeirrt von den Sirenen des Zweifels an dem Glauben festzuhalten, daß Gott nicht existiere. Meinerseits –« Er schlug bescheiden die Augen nieder, und Pius war es, als hätte die Sonne sich vorübergehend hinter Wolken verzogen. »– sehe ich darin einen göttlich verfügten Zustand der schieren Leere, eine Art dunkle Nacht der Seele, in die das höchste Licht unversehens einfallen wird, das den Unglauben in Glauben verwandelt. Ich sehe es so, so sehe ich es. In aller Demut meine ich daher, Heiliger Vater, daß es Ihrerseits ein Akt von höchster Bedeutung für die Christenheit wäre, wenn –«

Aber sofort fuhren die mißtrauischen, luchsäugigen Kardinäle dazwischen. Sie befürchteten, daß dieser Bonaparte seine Heiligkeit überreden könne, eine Krönungspredigt über die Tugenden der Toleranz, die Vorzüge des Protestantismus und den christlichen Wesenskern des Atheismus zu halten. Als sie später hörten, wie Bonaparte in den Tuilerien zu Pius über die Aspekttheorie der Dreieinigkeit sprach, da waren sie sicher, daß Pius, wenn man ihm nur die Zeit ließe, sich in aller Unschuld zum Sabellianismus bekennen würde. Päpste, so seufzten sie, erhielten ihr Amt nur allzu selten wegen ihrer Verdienste als Theologen.

»Jedenfalls«, sagte der Erste Konsul beim Diner am Vorabend der Krönung, »wir sind bereit.«

»Ja, ja, wir sind es«, sagte Pius voller Zweifel.

»Alles, was noch geschehen mußte, ist erledigt.«

Die mißtrauischen Kardinäle nickten über ihrer Pasta. Pius sagte zur Gemahlin des Ersten Konsuls:

»Sind Sie nervös, meine liebe Tochter?«

»Ich habe ein wenig Kopfschmerzen, nichts weiter.« Sie lächelte hold, auf ihre kunstgerechte Art: Alle Zähne blieben verdeckt, doch in der Nachwirkung behielt der Angelächelte das Bild eines warmen, perligen Schimmers.

»Morgen wirst du erst Kopfschmerzen haben, mit der Krone auf deinen Kastanienkringeln, ha ha«, sagte der Erste Konsul mit zähem Humor. »Das Gewicht der kaiserlichen Verantwortung!«

»Ach, ich dachte –«

»Jajaja, nur ein Späßchen. Lorbeer in Gold, sehr geschmackvoll, gute Pariser Handarbeit. Ach ja«, sagte er strahlend zu allen ringsum, »ist doch etwas Gutes, dieser Wohlstand wieder und dies Zeremoniell! Eine Nation braucht Zeremonien, sie braucht das Mystische, ein Ritual, in dem sie sich zu ihrer ruhmreichen Vergangenheit bekennt und in die ruhmreiche Zukunft vorausblickt.« Ein dicker Kardinal hielt beim Essen inne, so daß die Nudeln auf seiner Gabel sich entrollten, während er den möglichen Sinn dieser Worte, sofern sie einen hatten, bedachte.

»Unser aller aufrichtige Hoffnung ist doch«, sagte Pius, »daß ein kleiner Prinz, ein künftiger Kaiser – ich bete darum«, fügte er schlicht hinzu. Eine zum Greifen dicke Wolke zog über das kauende Gesicht des Ersten Konsuls. »Wie lange sind Sie denn schon verheiratet, meine liebe Tochter?«

»Seit dem Germinal im Jahre vier«, sagte der Erste Konsul. »Ich machte einen schlechten Anfang, kam zu spät. Alle mußten warten – der Standesbeamte, Tallien, Barras, dieser Advokat, den du mitgebracht hattest, mein Engel. Und du natürlich auch, mein Schatz. Trotzdem, als ich erst einmal da war, ging alles ganz schnell. Paar Minuten. Zwei Federstriche und erledigt.«

An der ganzen langen Tafel gingen Münder auf, manche mit unzerkautem Essen darin. Pius begann zu zittern. »Ich kann nicht«, sagte er. »Ich kann nicht. Ein weltlicher Kontrakt. Sie sind nicht verheiratet. Sie leben in Sünde. Warum«, fragte er die ganze Tafel, »hat niemand daran gedacht?«

Niemand wußte, warum. Alle hatten angenommen. Es war natürlich als selbstverständlich erschienen. Niemand hatte verständlicherweise an die Möglichkeit gedacht, daß. Eine natürliche, wohlbedachte, verständliche Annahme.

»Die Krönungszeremonie«, sagte Pius. »Ein Sakrament! Und mit meiner Teilnahme! Ohne den Segen der Mutter Kirche!«

Der Erste Konsul aß die letzten Bissen von seinem Teller, betrachtete den Teller, wischte die Soßenreste mit Brot auf, aß das Brot und sagte:

»Wenn Sie meine Frau und mich entschuldigen würden, Eure Heiligkeit, Eminenzen –«

Sie besprachen es in ihrem Boudoir. Er lag auf einem Sofa aus Konstantinopel, sie saß vor ihrem Ankleidespiegel, lauter vergoldete Putten. »Dir ist doch klar«, sagte sie, »daß es dann kein Zurück mehr gibt, wenn wir das hinter uns haben.«

»Scheidung, du meinst Scheidung? Ja, ja, riesige rechtliche Probleme, Verärgerung des Papstes, das Volk!«

»Ich habe nicht vor, dich noch weiter zu binden, wenn du nicht gebunden sein willst. Ich halte es heute für gänzlich unwahrscheinlich, daß wir Kinder bekommen.«

»Ich bin schuld, mein Fehler, aber nimm einmal an, es wäre nicht –«

»Sei darin bitte ehrlich zu mir! Diese Italienerin, dieses ägyptische Hühnchen und die anderen, ich weiß, daß es noch andere gibt –«

»Nicht viele. Nein, ehrlich bin ich immer, glaub ich. Ich glaub, ich bin immer ehrlich.«

»Meine Frage war als Liebesfrage gemeint, nicht anders.«

»Ja«, sagte er mit großer Entschiedenheit, »ja!« Er stand vom Sofa auf. »Daran kannst du doch nicht zweifeln, oder? Ich liebe dich. Ich bete dich an. Du bist meine Kaiserin.«

»Um die Kaiserin geht es mir nicht.«

»Liebe, Liebe, Liebe! Kannst du daran zweifeln? Morgen soll es die ganze Welt wissen. In unserer Zeit ist es noch nie geschehen, außer für Maria von Medici, ich glaube, die war's. Ich setze dir die Krone auf dein reizendes Häuptchen. Es ist eine heilige und feierliche Umarmung.« Er machte Anstalten zu einer weniger feierlichen und mit Sicherheit unheiligen Umarmung. »Wir sind noch heute abend verheiratet, kurz vor dem Schlafengehn. Kardinal Fesch kann es machen.«

»Müssen wir dann nicht erst zur Beichte?« Sie machte sich los, mit dem weiblichen Sinn für Anstand.

»Wenn du willst! Vielleicht wird es dein Gewissen erleichtern, wenn du so ein paar Dinge loswirst.«

»O mein Gott! Und du?«

»Mein Gewissen ist rein, denk ich. Ich denk, mein Gewissen ist rein. Ein paar läßliche Sünden vielleicht. Nichts weiter.«

Der Dezembersonntag, klar und kalt, sah die beiden, Mars und Venus in schimmernden Mänteln, unter Jubel und Glockengedröhn die Kathedrale von Notre-Dame betreten, er in Purpur, mit seinem Initial bestickt, einem von Eichen-, Oliven- und Lorbeerzweigen umschlungenen N. Fünfunddreißig Jahre alt war er und ein schönes Stück weitergekommen in der kurzen Zeit (und weiter geht's ja wohl nicht, oder?), hatte das Beste vom Leben noch vor sich. Die Bürger Carné, Thiriet, Blondy, Tireux, Hubert, Fossard, Teisseire, Carrère (Jacques), Carrère (Alexandre), Trauner, Barsacq, Gabutti, Mayo, Bonin, Borderie, Verne, Chaillot, Barrault, Brasseur, Dupont, Salou mitsamt Frauen und Kindern, Witwen und Waisen, ruhenden oder spukenden Seelen und die Tausende und Abertausende anderen hatten vom frühen Morgen an gewartet, um es alles mitanzusehen. In dem weiten steinernen Hochwald der Kathedrale warteten die Würdenträger des neuen Reiches, manche mit nervöser Blase, im Glanze der Myriaden von Kerzen, welche die gotischen Schatten zerstreuten. Talleyrand, im prunkvollen Hermelin eines Kammerherrn, gefaßt auf das bevorstehende stundenlange Geprunke, dachte, als er N durch den Gang kommen sah: Geschieht dir recht, deine Blase wird es dir heimzahlen. N sah sie alle, die alten Waffengefährten, nun zu einer mythischen Heerschar in Samt, Seide, Satin, Silber, Gold, Himmel- und Marineblau versammelt, mit Palmen und Adlern, Bienen und Tauben, Hunden, Löwen und Leoparden als Wappen und mystischen Rätseln, sah auch den Korporal Gallimard in der Menge, dem man doch wirklich mal sagen mußte, daß es nicht so weiterging mit dem Saufen, und den Sergeanten Pichou, den er eigentlich hatte befördern wollen, aber dann war etwas dazwischengekommen (er nahm sich vor, dran zu denken, als er durchs Kirchenschiff zu Seiner Heiligkeit ging, der ihn zwischen Degen und Amtsinsignien erwartete). Zu seiner Gemahlin, der göttlich strahlenden und auch göttlich einherschreitenden, die sich nicht zu dem eher kriegerischen Gang antreiben ließ, der ihm, dem Imperator, angemessener schien, sagte er:

»Erinnerst du dich noch an diesen Notar Raguideau? Der dir damals abgeraten hat, mich zu heiraten?«

»Was?« Der Krönungsmarsch mit Blech, Trommeln und Klarinetten war sehr laut. »Ach, Raguideau!«

»Der gesagt hat, ich würde nie mehr haben als Mantel und Degen. Hab ihn heute morgen kommen lassen.«

»Was?«

»Hab ihn gefragt, was er heute darüber denkt. Na?« Alle lächelten, weil sie N so gut aufgelegt sahen. Ein verabschiedeter einbeiniger Sappeur rief dazwischen: »Ja, lach nur, du kannst lachen, du Hosenscheißer!«, aber es ging unter im Gebrüll *Es lebe der Kaiser!* Und so näherten N und J sich dem Hochaltar. Es war der erste Adventssonntag, doch die Messe wurde zu Ehren der Heiligen Jungfrau gefeiert. Talleyrand sagte zu dem Staatssekretär, der neben ihm stand:

»Das feminine Thema, da sehn wir's. Frankreich muß man als eine Art Heilige Jungfrau betrachten. *La patrie.* Vaterundmutterland. Die Heilige Jungfrau«, kicherte er und bewunderte J in ihrer Seidenpracht. »Der Geist des Rittertums. Der armen Germaine würde dies alles sehr gefallen.« Und dann bemerkte er, daß niemand, und mochte er noch so emanzipiert oder gescheit sein, mehr willens war, in ein Lachen einzustimmen, wenn es nicht von N ausging. Ein korsischer Niemand war größer geworden als Karl der Große.

N und seine nun beinah schon kaiserliche Gemahlin wurden zu goldenen Thronsesseln hingedienert, von einem langnäsigen Kleriker, nicht unähnlich dem Kustos des Louvre, der vorgestern (die Tatsache hatte er im Kopf notiert) das Museum mit zwanzig Minuten Verspätung geöffnet hatte.

»Dein Papagei! Er muß fort.«

»Warum?«

»Ich kann's nicht mehr hören, wie er immerzu *Bonaparrrrrte* krächzt.« Ihr kamen Tränen. »Ist ja schon gut, mein Engel! Ich kann ja auch in den Flügel für die Dienstboten ziehn.«

»Ich mußte gerade«, schniefte sie, »an den armen kleinen Fortuné denken.«

Die Karolinger geben ihm die Ehre,[1]
Gespensterglanz[2] auf neuer Adelsgröße,
Und[3] *Vivat Imperator* schrein die Heere,
Trompeten stoßen in des Himmels Blöße.
Die Orgel[4] hört[5] man an die Säulen pochen,[6]
Trommeln und Pfeifen[7] machen Kriegsgetöse.
Ein Alter geht, eines ist angebrochen,[8]
Der Morgen glänzt im Ruhm, die Nacht hat sich verkrochen.

1. Seine Heiligkeit segnet die kaiserlichen Regalien, dann überreicht er N Schwert, Zepter, Gerechtigkeitshand, Weltkugel.

2. Seine Heiligkeit schickt sich an, ihn zu krönen, aber N setzt sich den goldenen Lorbeerzweig selbst auf.
3. J geht mit zusammengelegten Händen zu den Altarstufen, aber die Schleppenträgerinnen (unter denen Madame Julie durch Pauline ersetzt wurde) scheinen durch absichtliches Ungeschick ihre Schritte zu behindern, um sie trippeln zu machen. N verfinstert sich und fährt sie im Flüsterton barsch an. Sie sind eingeschüchtert; J kniet anmutig nieder.
4. N krönt sie behutsam, setzt ihr das federleichte Gold auf ihr Kraushaar, konzentriert wie ein Pariser Coiffeur.
5. Fortgang der Messe. Weihrauch, Waschung, Kuß, Sanctus.
6. Der Kaiser döst einen Augenblick ein. Ein Mamelucke watschelt auf ihn zu, verbeugt sich, der Kopf fällt ab, sein Besitzer fängt ihn geschickt auf, gießt daraus Blut in einen wie eine große hohle Hand geformten Becher, fordert ihn auf zu trinken. Der Kaiser schreckt hoch.
7. Seine Heiligkeit erteilt den Segen und zieht sich diskret zurück.
8. Der Kaiser schwört, die Freiheit, Gleichheit etc. zu bewahren und zu Frankreichs Glück und Ruhm zu mehren, in der von der Gemeinde momentan geteilten Annahme, daß all dies miteinander bestens vereinbar sei.
9. Der Wappenherold holt tief Luft.

Der Wappenherold holte tief Luft und rief mit hallender Stimme: »Nun ist er geweiht und gekrönt, der zuhöchst gloriose, edle und durchlauchtigste Napoleon, Kaiser der französischen Republik.« Hallende Stimmen von Gold, Bronze, Nickel und Silber sprühten, schmetterten und barsten wie Jubelraketen, Kanonen brüllten in den Stadtparks, die Bürgerschaft brüllte. Der Fötus im Mutterleib mußte's hören, die Gräber der Berühmten und der Unberühmten, derer, die Glück gehabt, und derer, die Fehler gemacht hatten, bebten ein ganz klein wenig. Er aber kam aus der Kirche, bescheiden, liebenswürdig, Kaiserin am Arm, ein Republikaner, der bereit war, morgen um sieben wieder zur Arbeit zu gehn; hatte auch viel zu tun. *Te Deum laudamus.* Ich bin Sonne und Wind, ich bin euer bestes Zahlungsmittel. Die im Gebrüll aufgerissenen Münder schienen nach Ruhm zu brüllen. Ruhm sollten sie haben, die Mäuler gestopft mit Ruhm, Ruhm war schon bestellt, *Te Deum laudamus,* in Hülle und Fülle.

2. Satz

Hingestreckt
Dort seht ihr den Tyrannen
Den blutigen Tyrannen
Seht
Wie's ihm rinnt vom Kinn
Dünnes Karmesin
Dahin
Geht sein sündiger Sinn

Unsinn natürlich. Und die ganze Situation war zwar nicht geradezu Unsinn in diesem Unsinne, doch lag ihr unverkennbar ein Irrtum zugrunde, in den er selber niemals verfallen wäre. Wenn irgendeiner den Unterschied zwischen dem lebendigen Leib und dem toten kannte, so war er es. Die Gelehrten des Reiches wußten zwar vieles, aber hinsichtlich der Sondereigenschaften von Götterblut, Götterfleisch et cetera waren sie merkwürdig begriffsstutzig. Unerklärlicherweise war auf diesem Gebiet die Forschung vernachlässigt worden. Ein Gott konnte zwar zusammengehauen werden, so daß sich das reichlich fließende heilige Blut und der nicht ganz so abundante heilige Same mit Taschentüchern aufwischen ließen, aber die Folge war nicht der Tod, sondern ein Schlaf von eigentümlicher Tiefe. Über den schlafenden Gott mußte man ein immergrünes Beet breiten, und beim ersten Trompeten der Veilchen würde er sich dann strecken und lächelnd erwachen.

Ja, sie hatten alle einen kaum glaublichen Fehler gemacht, und da lag er nun wach (zur Unzeit allerdings, mußte man zugeben) unter einem brodelnden Himmel und holperte dem Herd eines schneidenden Windes entgegen. Sein Leib, lose in ein schmutziges Totenhemd gehüllt, war auf ein splittriges Brett von, wie ihm schien, Mahagoni gebunden. Den Kopf konnte er bewegen, sonst hätte er nicht gesehn, daß das Brett auf mehreren Stapeln Säcke lag, locker gestopfte Jutesäcke, wie ihm schien, an denen es mit geteerten Tauen befestigt war, etwa so dick wie ein weibliches Handgelenk, eins um seine Fußknöchel, eins über den Nabel. Die Säcke lagen auf einer Art Leiterwagen, der von vier Eseln gezogen wurde. Mit der Klarheit müßiger Erinnerungen fiel ihm ein, wie er sich als Kadett einmal beim zu schnellen Lesen eines Gedichtes über einen *Concetto* gewundert hatte: eine Seele, die *ia* schreit. Diese vier Seelen aber trotteten stumm dahin, mit der Geduld ihrer unvordenklichen Asinität, grau, zottig und ungepeitscht.

Seht
Wie's ihm rinnt vom Kinn
Dünnes Karmesin

Kapriolenschlagend auf dem Kopfsteinpflaster einer Straße, die er nicht kannte, mit großen näselnden Maultrommeln und mit Blechinstrumenten, auf denen sie abgerissene militärische Signaltöne furzten, tiefer allerdings als jeder Hornruf der *Grande armée,* waren da Männer, die er sogleich mit Befremden als Karikaturen seiner selbst erkannte, lebendig, doch nur flächig, als hätten Linien und Farbflecken sich beseelt. Sie trugen eine veralberte Chasseur-Uniform. Manchmal wuchs ihnen die zum Vollbesitz organischer Realität erforderliche dritte Dimension an, doch nur in Form von Bauchkissen, mit denen sie in obszönem Hohne rhythmisch wackelten. Zu beiden Seiten standen Scharen von Lachern und Lästerern. Er schrie sie an, aber niemand hörte. Er rief zum wallenden Himmel hinauf. Gewiß konnte man doch zumindest seinen bewegten Kugelkopf sehen, ebenso die Augen, die, wie er wußte, durch den Chemismus der Verzweiflung vergrößert waren, die rufenden Lippen? Nein. Er war ein Leichnam, also mußte man annehmen, daß Augen, Mund und Kopf leichenstarr waren.

Erschöpft ließ er sich wieder zurücksinken. Er bemerkte eine stetige Zunahme des scharfen Windes. Aus irgendeinem Grund schmeckte der Wind nach Gärung, Trebern, schalem Bier oder irgend so etwas. Dann hob er den Kopf voll Entsetzen. Man hatte ihn an den Rand eines Meeres gebracht. Kalt und nördlich zwar, schien es doch ein Meer zu sein, das er kannte, nur nicht (o Jesus, o Herrgott, hilf uns!) von diesem Ufer her. Ein Kai mit Pollern, hochmastige Kriegsschiffe vor Anker liegend.

Wiie's iihm rinnt ims Kiinn
Dinnes

Irgendwo spielte eine hohe Querpfeife. Er sah die Fahne und schrie laut auf. Johlende Buben, Schiffsjungen kletterten barfuß, vorwärts, feste druff, Jungs, auf die Säcke und befreiten ihn mit tobaksgelben Klappmessern von den verknoteten Tauen. Steif vor Schrecken und von der Fesselung, konnte er sie doch noch alle verblüffen, indem er die Glieder schwenkte, wie der Hampelmann, mit dem er als Kind in Ajaccio gespielt hatte. Als man ihn zum Pflaster hinschob, blieb er mit den Nägeln an einem Sack hängen und sah mit Trauer, wie man seine schönen Hände hatte verwahrlosen lassen; fast hätte er geweint, als ihm der Nagel des rechten kleinen Fingers abbrach. Der Sack riß auf, und ein Wust feuchter, verdrückter Zeitungen, alle französisch, kam zum Vorschein. In einem Sekundenbruchteil las er: LA LUTTE ETAIT TERMINEE. IL AVAIT REMPORTE LA VICTOIRE SUR LUI-MEME. IL AIMAIT ... Er stand nun aufrecht in Boxerhaltung auf dem glitschigen Kai, und schon rief er: *Ich bin gekommen, euch zu befreien.* Kein Mensch verstand die Sprache, und er wunderte sich selbst, daß er sie kannte. Es war eine Art Altmittelmeerisch, älter als Latein. Er mimte Freiheit (ein Mann, der tanzt und johlt); er mimte Befreiung (Abreißen von Ketten und Handschellen), aber die Menge schien angewidert. Ein Herr, der aus einer Tabaksdose schnupfte und wie Talleyrand aussah, rief: *Un sorcier. Donnez-le au feu!* Dutzendfach nickend wollte er schon Zustimmung äußern und sagen *ja doch, ja, Feuer, Feuer kenn ich, das Feuer hab ich in der Gewalt, hab ich im Feuer nicht immer die Oberhand behalten?* aber kräftige Matrosenarme mit blauen Tätowierungen, BEI MUTTERN IST'S AM ALLERBESTEN und ENGLAND SCHÖNE HEIMAT, packten ihn, hoben ihn hoch und schleuderten ihn, ho ruck, Jungs! auf die gierige Dreckbrühe hinaus, die an die Kaimauer schwappte. Als er, ob mit einer Wut oder mit einer Heidenangst, jedenfalls bereit, die Zähne hineinzuschlagen, auf das schwankende Dach des Kanals aufschlug, ertönte ein einziger Aufschrei. Keuchend tauchte er wieder empor aus der dreckigen Welt des Schlamms und der grünen Schleimfäden. Ein Ruderboot war da, mit einem uralten Bootsmann und ein paar Lümmeln von Seekadetten, und dankbar wollte er nach den Dollen greifen. Aber die Ruder schlugen nach ihm aus, und vor den frech grinsenden Gesichtern im Hintergrund sah er einen Fleck von seinem eigenen Blut, wenn auch in Salzlösung verdünnt, auf einer verquollenen Zeitung, die im Wasser trieb. ET A PROPOS PENDANT QUE NOUS EN SOMMES A CE SUJET VOICI UNE CHANDELLE POUR ALLER VOUS COUCHER VOICI UN COUPERET POUR COUPER VOTRE TETE. Die Wachtkapellen auf dem Kai spielten, und Hallelujachöre sangen:

Hingestreckt
Dort seht ihr den Tyrannen
Den blutigen Tyrannen
Seht

Wie's ihm rinnt vom Kinn
Dünnes Karmesin
Dahin
Geht sein sündiger Sinn

Er erwachte in Moskau, mit einer gewissen Resignation und zugleich Verärgerung. Sein Herz pochte nicht, wie man hätte denken sollen, nach dem Alptraum, sondern schlug ruhig im Takt des Trauermarsches, desselben, den er im Traum gehört hatte, aber jetzt gereinigt von dem läppischen Text. Es war sogar ein Thema von großer Würde, das nun die Kapellen seiner Armee spielten, doch kam es von fern, aus einer Stadt hervorpulsierend, die viele, viele Werst weit hinter diesen vereisten Ebenen lag. Vereist? Nein, noch nicht. Er nahm zu viel vorweg, vielleicht war noch Zeit. Er ließ die Töne mitten im Takt abbrechen. Resignation, nämlich Sichabfinden mit der Wahrheit, daß er dies weibische Element nicht hatte erobern können. Weiter hatte der Traum nichts zu bedeuten. Das Meer war nicht sein und würde es nun nie mehr werden. Ihr Meer, denen ihres! Wasser ist trügerisch und in einem gewissen verrückten Sinne widernatürlich. Es läßt sich nicht formen. Zwar läßt es sich dazu herbei, in Fontänen zu spielen. Zwar läßt es sich zu einem Einverständnis herbei, wenn auch nur spröd, hinter einer metallenen Trennwand zu dulden, daß man es dafür zu gewinnen sucht, die Schmeicheleien des Feuers über sich ergehen zu lassen. Man kann in ihm einen Aspekt des Landes oder einen Diener des Leibes sehen. Aber Fluß, Quell und Bad sind nur entfernt mit den unauslotbaren Höhlen der Tiger mit den Salzzähnen verwandt. Was ist denn das Reich? Kinder, was ist ein Reich? Alles, wo das Meer ringsherum ist, Herr Lehrer. Es wird vom Meer eingegrenzt.

Die Verärgerung kam daher, daß sich nun seine eigenen Elemente, Land und Feuer, wenn auch nur vorübergehend, gegen ihn wandten. Vorübergehend, wohlgemerkt. Land wollte nicht Schlachtfeld werden, und Feuer wütete in den Straßen von Moskau. Doch Feuer kann man immer löschen. Und morgen wird das Land unter Schlachten beben oder sich in neue Verteilungen und Umgrenzungen auf der Karte fügen. Seine Finger (sauber, gepflegt, ohne gebrochene Nägel) verlangten nach der Arbeit mit den Winkelmessern wie die Finger eines Pianisten (diese Pianistin, die ihn einmal angekichert hatte, wer war sie?) nach der Klaviatur. Er faltete die Hände hinterm Kopf und blieb verdrossen nachdenkend liegen, im Nachthemd, den Kopf auf dem Fingerfloß, um nach diesem Ertrinkenstraum nun nicht in die Tiefe der Kissen zu sinken. Das riesige Schlafzimmer war noch immer tropisch heiß von dem Feuer, das nun ebenfalls sank, vorher aber eine brüllende Lohe von Baumstümpfen mitsamt Laub und Gezweig gewesen war. Die Kamine im Kreml waren pompös verziert, mit Proszeniumsbögen, die das Feuer wie eine Bühne umrahmten. Kein schöneres Schauspiel auf der Welt als die Aufführung des Feuers in einem großen Kamin. Aber nicht sinken lassen! Er stieg aus dem Bett und ging über etliche Meter weißes Bärenfell und italienischen Marmor. Er richtete zwei Kiefernscheite vom Boden auf, die so lang waren wie er selbst, und stieß sie keuchend ins Feuer. Eine Apokalypse von Funken, ein Aufbrüllen. Eben noch rechtzeitig sah er davon ab, die Scheite tiefer in die Flammen zu treten. Er war barfuß.

Dem Feuer den Rücken kehrend, empfand er die Hitze als ganz und gar freundlich, beschützend wie eine Armee. Doch dann, als er zu dem Bild über seinem Bett hinschielte, gewissermaßen aus dem Blickwinkel des Kanoniers auf die obskure Fernansicht einer obskuren Moskowiter Prinzessin, kam der Stich. Der plötzliche Hohn eines Feuerstichs hinter dem Brustbein. Sodbrennen, ein nervöses Aufstoßen nach schlecht gekochtem Wildfleisch, das roh und verbrannt zugleich gewesen war. Sonderbar, roh und verbrannt waren zwei Aspekte derselben Sache; das Gekochte war etwas ganz anderes. Er klatschte die flache linke Hand auf den Schmerz, und als er auf die Steine an den Ringen herabsah, die eben im Feuerschein aufgeblitzt hatten und nun in dem großen Schatten schliefen, den er warf, entsann er sich, dieselbe Bewegung zum ersten Male damals gemacht zu haben, als sich die Vorstellung dessen, was dieser unfähige Attentäter beabsichtigt hatte, in sein Bewußtsein brannte. Der Stich war unausgeführt geblieben, doch schon die bloße Absicht bewirkte einen beharrlichen Schmerz, den das Magenstechen nun schien nachäffen zu wollen. Daß die Befreiten ihren Befreier umzubringen versuchten, war dies nicht gegen alle Vernunft? Er hörte ein blödsinniges Lied irgendwo am teutonischen Horizont, ein pflaumenblauer Abendhimmel klang davon wider:

Wach auf! Es nahet gen den Tag!
Ich hör' singen im grünen Hag
Ein' wonnigliche Nachtigall ...

Oder irgend so ein sehnsüchtiger Unsinn. Den Text hatte er sich sagen und erklären lassen. Deutsch hatte er damals überhaupt nicht verstanden; auch jetzt war es noch wenig genug. Eine lächerliche Sprache, ungefähr wie Englisch, nur von einer noch rauheren und wehmütigeren Naivität, nicht zu gebrauchen für die Heuchelei.

In Schönbrunn bei einer Truppenparade nach dem Sieg von Wagram: ein Student mit flammendem Haarschopf in der Oktobersonne. Eine Bittschrift, Sire. Und gleich darauf der flammende Dolch in der Sonne und Rapps Hand, die dazwischenfuhr. Stapps hatte der Student geheißen. Stapps contra Rapp. Mörder und Retter vereint im traulichen Geblödel des Gleichklangs. Rapp Stapps Rapp Stapps – der Rhythmus, ein so krasser Rhythmus, war in seinem Kopf zum Pochen einer Begräbnistrommel geworden, gedämpft und tonlos. General Rapp, ein tüchtiger Adjutant, aber kein Kopf, der um die Ecke denken konnte. »Wenn ich mir vorstelle, der Sohn eines lutheranischen Geistlichen! Eines lutheranischen Geistlichen aus Sachsen. Ich kann es nicht glauben.« Er hatte dem Bürgermeister von Schönbrunn geschrieben: »Er hat Seiner Majestät dem Kaiser alles gestanden. Die Hinrichtung ist morgen. Wenn ich mir vorstelle, der Sohn eines lutheranischen Geistlichen aus Sachsen! Ich kann es nicht glauben.«

Die deutsche Sonne mit glänzenden Tagen
Lenkt über die Häupter der Völker den Wagen.

Noch so ein Unsinn! Studentenlieder. Sollen lieber machen, daß sie ihr Scheißstudium hinter sich bringen!

»Sie sind der Sohn eines lutheranischen Geistlichen aus Sachsen«, sagte N. Sie waren allein in einem kleinen Besprechungszimmer des Schlosses. Er hatte darauf bestanden. Er mußte wissen, *warum*. »Sie sind in den guten christlichen Lehren aufgewachsen. Du sollst nicht töten und dergleichen.«

»Manche muß man töten. Sie müssen es wissen. Sie, Bonaparte, haben genug Menschen getötet.« Er sprach ein gutes, langsames Französisch, frisch aus den Büchern. Alles, was er sagte, klang zu papieren, als daß es hätte verletzen können, wie der

Dialog aus einem Roman, den er geflissentlich auf Französisch gelesen hatte, um sich in der Sprache zu verbessern.

»Sie reden mich mit meinem Familiennamen an. Ich finde das ganz erfrischend. Kein Getue mit Sire oder Eure Majestät. Sie sind gegen das Königtum, nicht wahr? Auch ich bin gegen das Königtum – in gewisser Hinsicht. Aber natürlich gibt es Könige und Könige. Sie sind Republikaner? Auch ich bin Republikaner. Zumindest dies haben wir gemein.« Und er hatte die große, warme Herzlichkeit vorscheinen lassen, unter der verbürgtermaßen alles dahinschmolz. Dieses Bürschlein, ein braver deutscher Trottel, war nicht geschmolzen.

»Ich bin gegen die Fremdherrschaft. Möge Deutschland von seinen angestammten Fürsten regiert werden! Die Anmaßung der fremden Herrscher ist es, die ich hasse und verabscheue.«

»Ah, Sie sind also nicht nur gegen mich?«

Stapps verzog höhnisch die Spitze seiner langen Nase. »Für den patriotischen Attentäter sind Sie ein Geschenk des Himmels. Wer Sie aus dem Wege räumt, macht wenigstens einer Dynastie ein Ende. Ich habe auch schon daran gedacht, den österreichischen Kaiser zu töten. Aber sein Geschlecht würde fortdauern. Er hat Erben.«

Setzen wollte er sich nicht, eine Erfrischung nahm er auch nicht. Er stand mitten auf dem Teppich wie ein aufrechter kleiner deutscher Zinnsoldat. Aber Soldat war er nicht. N dachte ihn sich in Uniform und ließ es gleich wieder sein. Keine zehn Kilometer könnte der marschieren. Dann sah er kurz Josephine vor sich, wie sie einen ganzen Salon voller Verehrer in Grund und Boden lächelte, mit den verdeckten Zähnen, das feine Luder, tat ihre Schuldigkeit nicht; nichts regte sich in ihrem Bauch. Rastlos stapfte N rings um den dünnen, aufrechten, hochnäsigen Stapps. Den Absatz in die Teppichblumen drükkend und die Hände auf dem Rücken, sagte er:

»Ich bin Ihnen als eine Art Tyrann hingestellt worden, nicht? Das machen die Engländer mit ihren verdammten Lügen. Nicht das einfache Volk, sondern die Regierenden in England. Wessen sie durch Gewalt nicht fähig sind, das versuchen sie mit dem Gift der Verleumdung zu erreichen. Seien Sie jetzt ehrlich zu mir!« Er sprach zu dem dünnen geraden Rücken. Der linke Ärmel der schmutzigen grünen Jacke war in der Schulter halb ausgerissen, vermutlich bei der Überwältigung. »Welcher Agent hat Sie beredet? Wie viele englische Pfund hat man Ihnen gezahlt oder versprochen?«

»Ich muß beide Fragen zurückweisen. Ich habe es für Deutschland getan. Es ist mißlungen. Und ich bedaure, daß es mir mißlungen ist.« Das Bedauern klang so zuinnerst aufrichtig, daß N beinah mit einem zerstreuten *Macht nichts!* geantwortet hätte. Der Bursche sagte: »Jetzt will ich es entgelten. Bringen wir es hinter uns!«

»Ich verstehe ja, wie sehr es Sie zum Martyrium hinzieht, ja doch! Nieder mit der Tyrannei, ruft man, wenn die Gewehre angelegt werden. Ein Schulknabentraum, den ich selbst einmal geträumt habe.« Er trat rasch vor ihn, um ihm in die wasserblauen Augen zu sehn. In Stapps' gradgestutzter Gegenwart kam er sich klein und fett vor. Ein Junge, langgezogen zu einer patriotischen Kerze. »Mir liegt viel daran, Sie laufen zu lassen, Sie frei aus diesem Zimmer und diesem Schloß fortgehn zu lassen.«

»Damit ich« – wieder diese knabenhafte Hochnäsigkeit – »überall von der Großmut des Franzosenkaisers erzählen kann.«

»Großmut ist nicht das Schlechteste. Nichts, dessen man sich schämen müßte. Ich wäre allerdings froh, wenn Sie das erzählten. Aber nein, dies ist nicht der Grund. Und glauben Sie auch nicht, daß ich vor Ihrem Martyrium Angst hätte! Ach nein! Für welche Sache sollte es sich hier zu sterben lohnen? Wollten Sie zum Märtyrer für die Sache des Glaubens an die flache Erdscheibe werden oder für das Recht, Kuhmist zu essen?«

»Was zu essen?« Stapps kannte das französische Wort nicht, es war ihm noch nicht begegnet. Ein bißchen war er nun aus der Fassung gebracht.

»Ist egal. Sehen Sie nicht, daß ich die Sache bin, um die es geht, ich und all das, wofür ich stehe? Ich stehe gegen die alte Tyrannei, ich stehe für Gleichheit, Gerechtigkeit, Anstand, Gnade und Schonung. Für die Menschlichkeit. Ich will nicht, daß Sie sterben. Und warum nicht? Weil ich will, daß Ihnen ein Licht aufgeht. Ich will, daß Sie ins Licht hineinwachsen. Können Sie das nicht sehn, Sie deutscher Idiot?« Er wurde zu laut, er wurde ärgerlich, so viele Papiere zu unterschreiben, und so viele Leute wollten ihn sprechen, und dieser gottverfluchte deutsche Idiot sollte sich endlich setzen. »Warum zum Teufel«, brüllte er, »wollen Sie sich nicht setzen?«

»Sie hadern mit sich selbst, Bonaparte«, sagte Stapps milde. »Sie sind nervös und reizbar. Außerdem sind Sie ein welscher Tyrann. Nieder«, sagte er in ruhigem Gesprächston, »mit der Tyrannei! Es lebe das freie und vereinte Deutschland!«

»Das ist doch der, der –« N betrachtete erbittert eine große

Leinwand mit irgendeinem alten Sieg der Österreicher an der Wand. Nackte Göttinnen tauchten vom Himmel herab, um einem gestrengen, doch katzenäugigen Monarchen um den Bart zu gehen. »Was hat denn Deutschland damit zu tun? Politisch existiert es ohnehin nicht, Ihr Deutschland. Was haben Österreich, Frankreich, Korsika oder all die andern faulen und falschen Abstraktionen damit zu tun? Ich bin nicht Frankreich, das Österreich erobern will oder diese deutschen Staaten, für die Sie schwärmen. Ich bin der Geist der französischen Revolution, der amerikanischen Revolution und jeder andern gottverdammten Revolution, die Ihnen nur einfallen mag. Die Nation ist ein falscher Begriff, Sie deutscher Idiot! Es ist Sünde, für eine Nation sterben zu wollen. Was ich will, ist ein vereintes Europa, nicht dieses Gekläff und Gefurz der kleinen Nationen. Jemand muß das Oberhaupt dieses vereinten Europa sein, und das bin nun eben ich. Nicht von Geblüt, sondern durch Wahl. Durch Verdienst. Ich tauge dazu am besten. Wen in Europa wollen Sie denn sonst haben? Einen von Ihren lieben kleinen Landesvätern? Tags sind sie auf der Jagd, nachts bei ihren Huren, diese schmerbäuchigen kleinen Potentaten!« Mußte *er* sagen! Hätte er sich gleich denken können, wie ungeschickt das war. »Das sind echte Tyrannen, nur eben jämmerliche, schinden aus –«

»Redensarten, hohles Geschwätz, das wissen Sie selbst! *Bobards, verbiage, phrases vides!«* sagte er, um es ganz deutlich zu machen. »Ihr Fehler ist, Bonaparte, daß Sie in der Vergangenheit leben.«

»Ich? Ich lebe – ich soll in der – Herrgott im Himmel, heilige Mutter Maria, meine Fresse! Ich lebe in der –« Er mußte sich setzen. Er setzte sich auf ein vergoldetes, krummbeiniges Meisterwerk an Unbequemlichkeit und starrte hoch zu dem glatten, jungen, dümmlichen, stolz erhobenen Kinn. Stapps, das konnte er sehn, konnte sich in dem blauen, puttenbesetzten Spiegel über dem winzigen Feuer sehn, mit grünem Holz, das nur langsam brannte; mit den Augen der Nachwelt blickte Stapps auf Stapps, wie er gegen den Franzosenkaiser kühn das Maul auftat. »Soso, ich lebe in der Vergangenheit?« sagte N lächelnd. »Nicht schlecht, die Vergangenheit. Nun denn, Freundchen, ich will von Ihnen nur eines: Geben Sie mir eine schriftliche Erklärung, eine Entschuldigung oder etwas dergleichen. Schreiben Sie, daß Sie betrunken oder krank waren, im Fieberwahn, daß es ein Studentenulk war und nicht ernst gemeint! Oder, noch besser,

Sie wollten unsere Sicherheitsvorkehrungen prüfen. Irgend so etwas und nichts weiter. Und dann sind Sie ein freier Junge.«

»Sie verstehen mich nicht.« Der Ton war der eines gütigen, müden, aber geduldigen deutschen Schulmeisters. »Es war mein Ernst und ist noch immer mein Ernst und wird mein Ernst bleiben, in jeder Sekunde, die ich noch zu leben habe. Es war mein Ernst und ist mein Ernst und mitnichten nur meiner. Wir leben im neunzehnten Jahrhundert, nicht im achtzehnten. Ich will nicht wieder die *alte* Zeit. Es kümmert mich auch nicht, daß man den französischen Schulkindern jetzt weismachen will, in der Geschichte habe sich von Karl dem Großen bis zu Ihnen nicht viel ereignet. Die Dinge sind im Wandel. Die Wissenschaft!«

»Erkenntnis? Bildung? Wenn Sie bedenken, was wir, ich – *Stehen wir nicht auf Seiten des* –«

»Ihre Träume stützen sich nicht auf die *richtigen* Erkenntnisse. Was wissen Sie von der Kommunikation zwischen den beiden Flügeln einer Armee, von den großen Produktionszentren, von der Forschung? Die Engländer verstehen viel von all dem.«

»Die Engländer, die Engländer, die –« Er war aufgesprungen, bereit, über Stapps herzufallen, als ob der eine englische Armee wäre. Stapps bestärkte ihn noch in dieser Vorstellung, indem er sagte:

»Sie vergessen, daß die Engländer wie wir Deutschen vom germanischen Stamme sind.«

N führte zischend und fauchend hinter Stappsens Rücken einen höllischen Zornestanz auf. Stapps beobachtete ihn gleichmütig im Spiegel. Dann sagte er: »Wandel und Wissenschaft, das *Folque*!«

N trat wieder vor ihn, das eine Auge geschlossen, das andere giftig für zwei. »Das was? Was war das für ein Wort?«

»*Folque*. Unübersetzbar. Das deutsche Volk wird seines Schicksals gewahr.«

»O du mein Gott!«

»Sie können's nicht verstehn, Sie sind kein Deutscher. Sie kennen unsere Sprache, unsere Dichtung und unser Volkstum nicht. Ihnen treten keine Freudentränen in die Augen beim Anhauch des deutschen Waldes oder beim Aufgang der deutschen Sonne über Deutschlands Gebirgen.«

»O du mein Gott im Himmel!«

Ekstatisch wechselte Stapps für einen Augenblick in die eigene Sprache über:

»Habt Acht! Uns dräuen übel Streich':
Zerfällt erst deutsches Volk und Reich,
In falscher wälscher Majestät
Kein Fürst bald mehr sein Volk versteht . . .«

»Ach um Christi willen«, stöhnte N, »hören Sie auf! Hören Sie auf« – viel lauter – »mit Ihrem verfluchten Gekrächz, verstanden!«

»Baragouin?« Der Bursche kannte das Wort oder erriet die Bedeutung. Sehr kalt sagte er: »Da sehn Sie, was ich meine, wenn ich sage, daß Sie das Volk nicht verstehen. Wir sind die einzige reine Rasse in Europa und müssen es bleiben. Unsere Sprache ist die reine alte Sprache der Arier. Frankreich ist ein Mischlingsland voller Juden. Wir müssen uns rein erhalten. Sobald unser Blut sich mit dem der niederen Rassen mischt, trifft uns Gottes Fluch, und Jesus Christus kehrt uns den Rücken.«

»Der war doch Jude, Mensch! Was zum Teufel reden Sie da?«

»Er hatte das echte Blut der Arier in sich.«

»Sie sind wahnsinnig«, sagte N. »Echt und nachweislich wahnsinnig. Ich kann nicht dulden, daß Sie im Wahnsinn sterben. Ich lasse Sie in irgendeine Anstalt bringen.«

»Wir wollen kein vereintes Europa«, sagte Stapps, nun wieder besonnener. »Wir wollen ein vereintes Deutschland. Sie, Bonaparte, würden uns allen eine unveränderliche, in Paris erdachte Ordnung geben. Die klassische Stagnation, Ruhe und Frieden. Eine *Pax Gallica.* Aber der Zwang zu Ruhe und Frieden widerstreitet der Entwicklung der germanischen und das heißt der menschlichen Rasse. So hat Stein gesagt.«

»So, der? Ich weiß Bescheid über Ihren Stein, diesen verdammten Imitationspreußen. Was glauben Sie übrigens, was das für ein Name ist, Stein?«

»Arisch.«

»Jaja, natürlich, und wie!« Er war sarkastisch. Aber dennoch, dieser Stein hatte die Leibeigenen befreit und die preußische Verwaltung reformiert. N hatte eine Eingebung, die sich als ein nagendes Hungergefühl vor der Mittagsmahlzeit ankündigte, daß er sich für Europa insofern nützlich machte, als er ihm die besten Methoden zeigte, wie es sich gegen ihn auflehnen konnte. Aber konnte denn irgendwer dieses nationale Getue ernst nehmen? Wie hieß doch dies Wort, *Folque* oder so ähnlich? Junge Männer, die sich vom Lichte dessen, was sie ihre Vernunft nannten, blenden ließen, eigentlich eine verderbte Nachahmung des echten französischen Erzeugnisses. Illuminatentum. Er sagte:

»Sie sind Student, also bereit, etwas zu lernen. Lassen Sie sich daher von mir sagen, um was es in der modernen Geschichte geht. Es geht nicht um einen Kampf zwischen den Nationen. Es ist ein Kampf innerhalb der Gesellschaft. Angefangen hat er 89 mit dem Aufstand der Unterdrückten gegen den Unterdrücker. Das war in Frankreich, doch damals war nicht die Rede davon, daß ein goldenes Zeitalter speziell französischer Prägung wiederkehren sollte oder daß alle deshalb frei werden müßten, damit sie in den herrlichen französischen Wäldern Freudentränen vergießen könnten – oder was dergleichen Unsinn mehr ist. Von einer Nation war nicht die Rede. Es ging darum, Sklaven zu befreien – nicht nur in Frankreich, sondern überall. Denn in ganz Europa war die Unterdrückung dieselbe – gefräßige Könige und Fürsten, Fettwänste von Priestern, alle Macht und Herrlichkeit in ihren Händen, in Ewigkeit, Amen! Sie reden jetzt von Ihrem deutschen *fouque* oder weiß ich, wie das heißt, und seinem Schicksal. Das Schicksal der Franzosen nun war das Schicksal einer Gruppe von Menschen, die zuerst das Licht gesehn hatten, nicht die Wiederauferstehung irgendeiner Nationalhorde. Und ihr Schicksal war es, die erste Musterrepublik freier und gleicher Menschen zu gründen und zu erhalten und gleichzeitig ihre Prinzipien unter denjenigen zu verbreiten, die das Licht noch nicht gesehen hatten. Nicht gegen die Österreicher und gegen die Deutschen haben wir gekämpft, nein, sondern gegen die Heere ihrer Unterdrücker. Mensch, geht das denn nicht in Ihren dicken Germanenschädel? Und dieses ruhmreiche Stück moderne Geschichte ist noch nicht zu Ende, Freundchen. Europa muß frei werden von seiner schmutzigen Vergangenheit.«

»Manche Teile Europas«, sagte Stapps nun wieder spöttisch, »scheinen aber an ihrer schmutzigen Vergangenheit zu hängen. Spanien zum Beispiel. England zum Beispiel.«

»Wenn ich mit meinen Armeen morgen in England landen könnte, die unterdrückten Engländer würden uns vollstopfen mit Bier und Beefsteak und uns ihre Frauen anbieten.«

»Und die unterdrückten Spanier?«

»Denen wird das Licht noch aufgehn mit der Zeit. Im Weg sind nur die verfluchten Engländer.«

Stapps tat etwas Überraschendes. Er trat einen Schritt nach links. Dann sagte er: »O Sie Narr, Narr, Narr! Die Völker wollen nicht annehmen, was nach Ansicht der Franzosen gut für sie ist, sie wollen alles selbst und auf ihre Weise herausfinden. Für die Spanier ist Spanien etwas Größeres als Freiheit und Gleichheit und der Haß auf die vollgefressenen Bischöfe. Sehen Sie denn nicht, Sie Narr, daß Deutschland zuerst einmal Deutschland sein will? Alles weitere kommt später, wenn es Deutschland so will.«

»Einen Narren laß ich mich nicht nennen«, sagte N. »Sie treiben die Respektlosigkeit zu weit. Sie werden den Narren zurücknehmen!«

»Ich werde nichts zurücknehmen. Ich sage, was ich will. Ich sterbe ohnehin gleich.«

»Sie sterben nicht!«

»O doch!«

»O nein!«

»O doch!«

»O nein, Sie werden noch verdammt lange leben«, sagte er mit gedämpfter Stimme. »Hier bestimme ich, wer stirbt und wer nicht. In den Grenzen der Vernunft natürlich« – immer noch gedämpft. »Sie sterben nicht!«

»O doch!«

»Ich will dir was sagen, du Lümmel«, sagte N, stand auf und trat vor das Feuer, »du unterschreibst mir ein Dokument, daß du dies alles zurücknimmst und dich entschuldigst, und dann verschwindest du hier als freier kleiner Junge.« Trotzdem war er verwirrt. Er nahm ein Kügelchen Lakritze aus seiner Konfektdose, um seinen rumorenden Magen zu beruhigen. »Vielleicht ist dies alles ein Sprachproblem«, sagte er. »Französisch ist ja nicht Ihre Sprache. Französisch ist die Sprache der Vernunft.«

»In jeder Sprache kann ich Ihnen sagen, was reine Vernunft ist.«

»Da sehn Sie, das klang nicht recht französisch. Wir lassen es alles in Deutsch aufsetzen. Dann unterschreiben Sie, und dann fort mit Ihnen. Rustam«, brüllte er, »Rustam, schwarzer Halunke!« Rustam stand sofort in der Tür, als ob er dahinter gelauscht hätte. »Gruß an General Rapp, und er möchte bitte sofort herkommen.«

Zu Stapps sagte N: »Das ist der Offizier, der Ihren Dolch abgefangen hat. Er spricht Deutsch.«

»Was wahr ist, bleibt wahr in jeder Sprache.«

»Ach was, deutscher Unsinn! Reine Vernunft und lauter

solch trockner Kot! Ach!« Er gab den zäh schwelenden Scheiten einen grimmigen Tritt. »Was Sie mir sagen, ist, daß ich auf dem falschen Weg bin. Ich glaub es nicht, es ist zu unwahrscheinlich. Wie soll ein junger Bengel mir sagen können, was ich falsch mache?«

»Irgend jemand muß es sagen. So jung und unbedeutend er auch sein mag. Irgend jemand, der vom Mond ist, muß es Ihnen sagen, weil die andern zu töricht oder zu feig sind. *Ich kann nicht anders.«*

»Wenn Sie Deutsch sprechen wollen, warten Sie, bis General Rapp da ist!«

»Dies ist ein Deutsch, das sogar ein Korse kennen sollte. Dies hat Luther gesagt. Ich kann nicht anders handeln, als ich jetzt handle.«

»Ah, Luther, soso? Luther wollen Sie sein. Wenn Ihnen nur klar wäre, was dieser Scheißer alles angerichtet hat.« Er sprach ganz vertraulich, wie wenn Luther eben jetzt draußen mit seiner Bibel herumfuchtelte und gegen die vernünftigen Wahrheiten des lateinischen Christentums randalierte. »Luther, Luther!« Und dann machte er »aaaaah«, denn Rustam öffnete die Tür und General Rapp trat ein, ohne Hut, mit Verbeugung und Strammgestanden. »Sehen Sie, Rapp«, sagte N, »dieser Junge hier möchte sterben und zum Märtyrer werden für Deutschland, wie er das nennt. Was machen wir mit ihm?«

»Besser er ein Märtyrer als, mit Verlaub, Sire, Sie selbst.«

»Er sagt, ich bin auf dem falschen Weg, Rapp. Lassen Sie sich's in seiner widerlichen Muttersprache von ihm erklären!«

»Jawohl, Sire!« Und sofort war Stapps in einem großen, tiefdunklen deutschen Wald voller Knurr-, Bleffz- und Krächzlaute. Rapp hörte bekümmert zu und sagte schließlich: »Er sagt, wenn Sie ihn laufen lassen, versucht er es noch einmal, Sie zu töten, im Namen der deutschen Seele oder weiß ich was. Er will keine Gnade annehmen von einem – mit Verlaub, sagt er, nicht ich – blutbefleckten Caligula. Er ist zwar gescheitert, sagt er, aber er weiß, daß irgendein andrer wackrer Patriot, der ans Schicksal der deutschen Rasse glaubt, das Messer mit mehr Erfolg in Ihre, mit Verlaub, vom blutigen Fleisch der Unschuldigen gedunsenen Eingeweide stoßen wird. Dies ist nur, mit Verlaub, eine Frage der Zeit.«

»Ja, ja, das kenn ich schon, ja doch!« N stampfte brummend einmal durchs Zimmer, als ob er es für neue Teppiche ausmessen wollte. Dann sog er am Kamin eine Lunge voll rauchiger

Luft ein und stieß sie fast dreißig Sekunden lang aus, Eichmaß eines Kaiserseufzers, daß der Rauch bläulich flimmerte. Stapps nahm dies auf wie einen neuen Tyrannendiskurs, dem er sogleich ein stachliges Dickicht von Gliedsätzen, Komposita und Kadenzen im Ton bedauernden Rechthabens entgegensetzte. Rapp paraphrasierte:

»Es ist das Kennzeichen – mit Verlaub, seine Worte – eines Narren, nicht in die Zukunft zu blicken und nicht zu sehen, was sie bereithält. Mit Verlaub, Sire, Sie, sagt er, blicken nicht in die Zukunft. Nur die germanischen Völker, wie die Deutschen und die Engländer, haben den Sinn für die Zukunft. Während Sie, während wir große, schwerfällige Armeen durch ganz Europa führen und von Ruhm und Ehre reden, entwickeln die Engländer Dampfmaschinen und mechanische Webstühle. Das ist alles, was er sagen will, außer, mit Verlaub noch einmal, nieder mit der Tyrannei und es lebe das freie und vereinte Deutschland, und nun ist er dies alles müd und wünscht hinausgeführt und erschossen zu werden.«

N packte Stapps bei seinen dünnen Armen. »Ich bin Ihr Vater«, rief er. »Ich bin jedermanns Vater.«

»Vermutlich deshalb«, sagte Stapps schlagfertig, »weil Sie niemandes Vater sind, es sei denn illegitim.«

»Ein Vater tötet seinen Sohn nicht« – er überhörte die Bemerkung –, »auch wenn der Sohn den Vater mag töten wollen.«

»Mein Vater ist ein lutheranischer Pfarrer in Sachsen. Er ist Deutscher und Patriot.«

»Nun ja, lassen Sie mir einen Monat Zeit, Deutsch zu lernen, und ich bin auch ein deutscher Patriot. Und Lutheraner obendrein, wenn Ihnen daran liegt. Wenn man erst einmal Moslem gewesen ist, kann das nicht mehr so schwer sein. Immerhin beinah ein Moslem, jedenfalls haben es die Ägypter mehr oder weniger geglaubt. Aber zu allererst, merken Sie sich das, zu allererst bin ich Europäer.«

»Sie werden mich nie verstehn. Fassen Sie mich nicht an! Sie umarmen mich wie ein russischer Bär. Es ist die gehässige Umarmung, mit der Sie ganz Deutschland umschlingen.«

»Mit Verlaub, Sire«, sagte Rapp, »Sie sind stärker, als Sie glauben.«

N ließ ihn los. »Ich fühle mich für Sie verantwortlich«, murmelte er, »wie ein Vater.«

Stapps, wie in einer Parodie des militärischen Drills, hob den rechten Unterarm und machte die Geste des Ausdrückens einer

Kerze. Er grinste säuerlich. »Ein bißchen Respekt bitte, verdammt noch mal!« rief Rapp auf Französisch. N stampfte mit den Füßen auf, schrie und schäumte:

»Los denn, Sie dickköpfiger Idiot mit Ihrem beschissenen germanischen Gekrächz und Gehuste und Ihren Wortwürsten, gehn Sie, verrecken Sie als Märtyrer für Ihr nicht vorhandenes Deutschland! Aber eins sag ich Ihnen, Sie Kretin«, zischte er ihm grad ins Gesicht, »nämlich daß niemand davon erfahren wird und daß ein gefälschter Reue- und Entschuldigungsbrief hinausgeht; General Rapp wird sich sogleich daranmachen, bitte Rapp, und außerdem ein gefälschtes medizinisches Attest, daß Sie geisteskrank sind, unterzeichnet von den Chefärzten der *Grande Armée,* die Unterschriften mach' ich selbst, gleich hier und jetzt, und daß die Geschichte von meiner Großmut berichten wird, die General Rapp selbst miterlebt hat und die durch Ihre verdammte dumme deutsche Dickköpfigkeit vereitelt worden ist. Lassen Sie ihn abführen!« sagte er zu Rapp. »Lassen Sie ihn erschießen! Passen Sie auf, daß er von niemand mehr gesehn wird!«

»Nieder mit der Tyrannei!« sagte Stapps, als ob er still für sich einen Luthertext zitierte. »Es lebe das freie und vereinte Deutschland!« Und als Nachtrag: »Sie haben Mundgeruch. Ihr Atem stinkt über ganz Europa.«

Hatte es damals eine Begräbnisprozession gegeben, überlegte N nun in seinem Schlafzimmer im Kreml, oder hatte er das nur geträumt? Wenn man älter wurde, fiel es immer schwerer, die Erinnerung an einen Traum von der Erinnerung an Tatsächliches zu unterscheiden. Er legte sich die beiden mittleren Finger der Rechten auf die Nase und wölbte die Handfläche um den offenen Mund, ausatmend und gleichzeitig schnuppernd. In der Tat, Mundgeruch. Was hülfe es dem Menschen, so er die ganze Welt gewönne und hätte doch Mundgeruch? Über die Wand, die weit war wie eine Bühne, schritt ein Trauerzug, der tote Stapps von zwei sächsischen Karrengäulen gezogen, mit einem lutheranischen Pfarrer, der irgendwelchen Quatsch aus der Lutherbibel las, voller Wörter wie *geschlossen* und *unaufgeknöpft* und ähnlichem nordischen Gerülps, mit Studenten, die aus rauhen Kehlen *Ein feste Burg* sangen, eine Melodie, von der N zugeben mußte, daß sie ihm gefiel. Was war eigentlich mit der Leiche geschehen? Er rief der Vorstellung ein Buuuuuh entgegen, und sie verschwand. Da er schon einmal dabei war, Töne abzugeben, sprach er nun auch laut, während er barfuß vom einen Ende des Kamins zum anderen tappte: »Kontinentalsystem mußte sein, nicht? Auch wenn der russische Holzhandel ruiniert wurde.« Dann blieb er stehn und blickte hoch zu der Zuckergußglasur an der Decke: »Scheidung mußte sein, nicht?« Rustam war zu hören, wie er sich auf seiner Matte draußen vor der Tür in seinem leichten Wachhundsschlaf regte. »Schlaf nur, schlaf, du schwarzer Halunke!« sagte N mit bitterer Zuneigung.

Noch ein Begräbnis, diesmal nicht im Traum, aber wessen? Eine Schar weinender Frauen, manche aus seiner, manche aus Josephines Familie, ein klarer, windfrischer Tag auf einem Friedhof in einer Stadt irgendwo im Norden. Wessen Begräbnis war das nur? So viele Begräbnisse in letzter Zeit, und so viele standen noch bevor! Aber der Redner, ein Zivilist in Schwarz mit rotgeweinten Augen, ein dünner, humpelnder Mann, hatte sich offenbar durch den Trauerfall in der eigenen Familie dazu hinreißen lassen, das Maul weit aufzutun und den Wert des Todes fürs Vaterland in Zweifel zu ziehen. Der Friedhofsweg war lang; N mußte eine lange Rede mit tausend Trauerschnörkeln über sich ergehen lassen.

Er blickte auf die Uhr, sah, daß es vier Uhr einundfünfzig war, und ging seufzend zum Bett zurück. Ein langer Tag stand allen bevor.

»Ja, ja doch, glauben Sie mir, ich bin auch nicht für das Sterben.«

»Warum können die Kriege nicht aufhören? Jedes Jahr kostet uns neue Söhne, und zu welchem Zweck? Mir scheint, dem Menschen sollte gestattet sein, in trägem Behagen alt zu werden, bei echtem indischem Tee oder bei Hochlandkaffee, in warme Yorkshirewolle gekleidet, gutes Schuhwerk aus Northampton an den Füßen, frohlockend vor Langeweile, jawohl, vor *Langeweile.*«

»Nein, nein, nein!«

Er befahl sich in den Schlaf hinüber und hörte es weiterquatschen: »Und auch Gamaschen vom feinen Paisley-Purpur braucht der Mensch, und das schmackhafte Fleisch der Lämmer von Sussex soll er essen.«

»Nein, nein, nein!«

Aber schon fiel er wieder in den Traum, fiel, flog auf das feindliche Wasser zu, unter dem Hohngeschmetter der Blaskapellen und dem Jubelgesang der Feinde:

Hingestreckt
Dort seht ihr den Tyrannen
Den blutigen Tyrannen
Seht
Wie's ihm rinnt vom Kinn

Dünnes Karm

Seht die neu-
Geborne Kleopatra
Liebkost von ihren Rosen.
Hell
Schimmernd fährt ihr Floß,
Ruderknechte, groß und bloß,
Ruhn, das Ruder im Schoß.

Unsinn natürlich, aber ganz reizend gespielt auf Flöten und Oboen. Und alles hier wirkte so niedlich absurd und doch so ganz natürlich und *passend,* sogar daß sie fast vollkommen nackt war, bis auf die Tüllschleier, die in der würzigen Brise wehten, und den goldenen Schlangenkopfputz, den ihr die lieben kleinen braunen Dickerchen immer wieder, wenn sie es verlangte, aus allen erdenklichen Blickwinkeln in ihren wirklich hübschen Goldbronzespiegeln zeigten. Die Frage war nur, dachte sie, ob man sie als Königin oder als Göttin verehrte. Nur letzteres konnte es sein, denn sie wußte ja, mit diesem so ganz feinen, gewissermaßen *geschichteten* Wissen der Träume, daß sie im wachen Zustand schon *Kaiserin* war und sich wohl kaum die Mühe gemacht hätte, so reizend die Einzelheiten auch angeordnet waren, gerade in diesen verwickelten Traum, trotz all dem wirklich schmucken Dekor, einzusteigen, wenn sie nicht einen bestimmten Wunsch gehabt hätte – vielleicht ungehörig, sicher ein bißchen selbstgefällig, aber eigentlich doch *ganz harmlos* –, nämlich sozusagen nach der Erhebung auf die nächsthöhere Stufe. Also war sie jetzt eine Göttin, streckte einen langen, lieblichen Arm aus, als Gruß und Dankeszeichen für die andächtige Menge, lehnte sich lächelnd zwischen die Rosen zurück und hörte vom Ufer her die Geigen und Trompeten gellen.

Aber mochte sie auch noch so sehr Göttin sein, es war nichts Unstoffliches oder, wie hieß das, *Ätherisches* an der strahlend makellosen Haut der langen Fleischesschmiegung, die vom Ansatz ihrer wahrhaft köstlichen Brüste abwärts zur Sichtbarkeit erblühte (nämlich zur Sichtbarkeit ihrer selbst vor sich selbst). Ah, wie zart und *fest,* und keine Unze Fleisch zu viel – ein Wunder nach dem Bankett gestern abend mit der absoluten *Überfülle* erlesener Leckereien, die man nach dem getrüffelten Eber aufgetragen hatte, und nach den Pfauen, die mit einer Mischung aus dem Mus des eigenen Hirns und der Leber gefüllt gewesen waren, mit Pilzen und sehr milden Zwiebeln. So hatte es zum Beispiel einen vielfarbigen Kuchen aus reiner Butter, Vanille und Schokolade gegeben, *versenkt* zwischen Parmaveilchen und duftend nach einem feinaromatisch geharzten Wein aus Alexandria. Eine Scheibe nach der andern hatte sie sich von dem lächelnden intellektuellen Nubiersklaven auftun lassen, der sie bediente.

> Ruderknechte, groß und bloß
> Ruhn, die Rose im Schoß

Die Rose paßte natürlich nicht so recht in all diese Morgenlandwürze, aber schließlich stand sie doch in ihrem Namen. Marie-Josèphe-Rose, Marie-Rose Detascher – doch in diesem Augenblick wurde es nötig, daß sie den Befehl gab, mit derben Ruderstößen vom Rand der Barke eine triefende, wahrhaft abscheuliche Kreatur zu verjagen, einen *Satyr* vermutlich, der immer aufs neue versuchte, ihr höchst ungehörige Dinge zuzurufen, die freilich von den Flöten und Oboen an Bord und den Geigen und Trompeten am Ufer recht wirksam übertönt wurden. Bald sah man den schrecklichen *Schmutzfinken* im flachen Wasser am Ufer hüpfen und fuchteln, und obgleich ihn große braunhäutige Männer von *einwandfreier* Muskulatur mit Schilfruten bearbeiteten, geiferte er immerfort; und in wahrhaft schamloser Weise, mit heftigem Rucken des widerwärtig *zottigen* Leibes, verhöhnte er die heilige Handlung der Liebe. Im Gesicht sah der Unhold höchst merkwürdigerweise Tallien ähnlich.

Die Nymphen, Damen ihres Gefolges, die ebenfalls fast *vollkommen* nackt in lächelndem Hingeschmiegtsein rosenstreuend und rosenbestreut rings um ihren Thron lagerten (dessen Armlehnen zwei sehr fein und wahrhaft herrlich geschnitzte Sphinxe waren), stellten die reinste Rosenblüte der Schönheit dar, und die rudernden Sklaven, die einen köstlich nach Rosenessenz duftenden schwarzen Schweiß verströmten, konnten die großen

Kulleraugen nicht abwenden von der *nicht übervollen* Üppigkeit ihrer Brüste und Hüften.

Schiiehimmernd fähärt ihr Floß
Ruhuder puhudern Schoß um Schoß

Die prachtvoll verbildete Stimme gehörte Edmée Renaudin, wunderbarerweise in eine schlanke, wohlgestalte *Odaliske* verwandelt, doch wie alle dienstbaren Nymphen durch einen geringen Makel ihrer unvergleichlichen Herrin unterlegen: Auf dem linken Schulterblatt hatte sie ein rosiges Muttermal, aus dem ein Härchen, freilich ein *winzigkleines,* hervorwuchs, das im Zimthauch des Windes zitterte. Und sogar Thérèse Tallien, vor derem *schieren* Liebreiz selbst eine liebreizende Frau den Atem anhalten und erblassen konnte, hatte auf der herrlichen Oberlippe den allerallerzartesten Flaum, der, wenn sie ihn mit eisenhaltigem Weine benetzte, schimmern konnte – nun ja, wie ein *richtiges Bärtchen.* Und wie um ihre *göttliche* Vollkommenheit zu bestätigen, hielt ein kleiner Junge mit Grübchen auf den Pobacken ihr nun abermals seinen goldbronzenen Spiegel hin. Zu ihrem Verdruß und Befremden aber, und aus irgendeinem Grunde, den nur die Spiegelgötter kennen mochten, zeigte das blitzende blaue Metall nicht ihr Gesicht; vielmehr erschien ein Text darauf, von schierer, törichter, *unverschämter* Sinnlosigkeit: LA LUTTE ETAIT TERMINEE. IL AVAIT REMPORTE LA VICTOIRE SUR LUI-MEME. IL AIMAIT ... Aber sogleich verblaßte der Text, und ihr Gesicht war da, voll edlen Unmuts. Und da saß doch rechts von ihr ein Silen, der wie Talleyrand aussah und, obwohl er im übrigen nackt war, etwas wie einen seidengeflochtenen Gurt um den Leib trug, an dem eine Schnupftabaksdose aus Porzellan hing. Ohne daß sie es gesehen und gewiß auch ohne daß sie es erlaubt hätte (es war eine *häßliche* Angewohnheit; es auch nur mitansehen zu müssen, machte sie immer ganz unwirsch), hatte er eine Prise genommen, und nun nieste er, ihren rechten Unterarm mit einem Sprühregen netzend, so daß sie schon *wirklich bös* werden wollte, doch gleich darauf, weit davon entfernt, sich zu entschuldigen, sagte er: *Une sorcière! Donnez-la au feu!* Sie rümpfte allerliebst die Nase. *Mais le feu ne me plaît point.*

Sogleich hoben ihre köstlich duftenden und lächelnden Nymphen sie von ihrem kaiserlich-göttlichen Thron und warfen die Lachende, Scheltende und Widerstrebende in den Fluß. Dies, so begriff sie, als sie ins Wasser tauchte (ohne jedes *bißchen* Angst!), war die wahre Vergöttlichung, obwohl es doch eher wie eine Erniedrigung aussah. Ganz leicht konnte sie im lieblich duftenden Wasser atmen, und die Fische, die zu ihrer Begrüßung herbeigeschwommen kamen, hatten alle so ein kaltes Schnäuzchen wie ihr armer kleiner Fortuné. Als sie auftauchte, fand sie an der Oberfläche alles verändert: Fort waren die Barke, ihr Gefolge und das feinwürzige Ägypten. *Doch nun erst war sie Aphrodite geworden.* Ihr Haar war eine goldene Flamme, und ihr Leib, das spürte sie, war nun so unbeschreiblich köstlich, daß man große Stücke hätte herausbrechen und verspeisen können, denn im Handumdrehen wäre er nachgewachsen, und nun war sie *wahrhaftig* eine Göttin. Sie schwebte auf den obersten Bläschen eines prickelnden geeisten Champagnerschaums, und vor dem Wind schützte ihren liebreizenden Rücken ein wirklich hübscher muschelartiger Pavillon, der wunderbarerweise auf den wilden, doch milden, kühlen, doch lauen Wassern schwamm. Am Ufer sah sie muskulöse Männer mit hochintelligenten, aber doch so irgendwie *animalischen* Gesichtern, die ins Wasser sprangen und diensteifrig herbeigeschwommen kamen, um ihr jeden Wunsch zu erfüllen, denn das hieß Anbetung. Aber hinter ihrer Muschel tauchte ein Triton aus den Wellen, stieß einmal schwach und mißtönend in sein Muschelhorn und sang mit heiserer Stimme auf sie ein, während am Ufer ein schöner Chor in weißen Gewändern Aufstellung nahm: ET A PROPOS PENDANT QUE NOUS SOMMES A CE SUJET VOICI UNE CHANDELLE POUR ALLER VOUS COUCHER VOICI UN COUPERET POUR COUPER VOTRE TETE. Zu all dem sang am Ufer der Chor zu den Flöten und Oboen, Geigen und Trompeten:

Seht die neu-
Geborne Aphrodite.
Heil, Königin der Liebe!
Schmelz
Kühler denn die Ros
Weicher denn das Moos
In dem rosigen Schoß.

Sie erwachte in Malmaison und sah im Schein der verhüllten Lampe mehrere Ungeheuer herbeikriechen, die japsten und winselten. Sie unterdrückte einen Schrei; es waren nur die jungen Hunde, die aus ihrem Korb gekrochen waren, während die

Alten (deutsche Zwergschäferhunde) im Schlafe lagen. Die niedlichen Kleinen, wie sie krabbelten und schmusten, nur daß sie ihr vor Aufregung nicht selten die rosa Steppdecke verunreinigten. Aus diesem gewiß doch recht netten Traum war sie mit einem leichten Kopfschmerz erwacht, und deshalb (sie entschuldigte sich bei jedem von den Kleinen mit einem Küßchen) war sie jetzt nicht aufgelegt, mit ihnen zu spielen. Außerdem war es nachtschlafende Zeit, vier Uhr dreißig, besagte die Goldbronzeuhr auf dem Kaminsims, früh am Morgen und noch dazu im Winter. Claire hatte vor dem Schlafengehen den kleinen Ofen mit Kohlengrus aufgefüllt, so daß es im Zimmer noch warm war. Sie überlegte, ob sie Claire herbeiläuten sollte, damit sie ihr eine Tisane machte und sich ein bißchen zu ihr ans Bett setzte, aber bei dem Geplauder käme nur wieder *pauvre Madame!* heraus und dergleichen mehr. Sie stopfte die Hündchen wieder in den Korb, einen Armvoll nach dem andern, eine Arbeit, seufzte sie, die kein Ende nehmen wollte, aber dann wurde die Alte wach und stürzte mit einem Laut viehischen Behagens herbei, um sie abzuschleppen; dann streckte sie sich auf die Seite, um sie zu säugen. Der Rüde, ganz nach Männerart, schlief weiter. Ihr Papagei krächzte unter seiner Nachtdecke hervor, ein, zwei gnomische Silben; *lutte* und *couperet,* etwas, das sich wie *pendantquenous* anhörte, und dann *hahaha.*

Die Wärme jenes Traumwassers war noch um ihre Glieder, als sie sich mit nachlassendem Kopfschmerz wieder in ihr seidenes Bett legte. Die Pirogenfahrt von Les Trois-Îlets nach Fort-Royal, zum Kloster der Damen von der göttlichen Vorsehung auf der anderen Seite der Bucht: Wie schön war es doch gewesen! Wie hatte sie die Inseln des ewigen Sommers geliebt, mit den Sandburgen am Strand, dem Kindergeschrei und dem Keuchen beim Wettlauf mit den Wellen, dem Planschen im warmen Blau und dem fernen Getrommel der Eingeborenen abends, wenn man es sich nach dem gewürzten (Ketzerei, hatte der dicke Beamte aus Paris zuerst gesagt, aber bald aß er's wie alle andern) *coq au vin* auf der Veranda bequem machte. Inselleben, was konnte schöner sein als ein Inselleben, abgesehen natürlich von dem *erträumten* und sozusagen *nach den Erinnerungen anderer erinnerten* Pariser Leben? Das Meer war nie das große trennende Ungeheuer gewesen, sondern vielmehr eine Straße von Insel zu Insel, so war es ihr als Mädchen vorgekommen, und letzten Endes waren das Meer und der Wind, der von ihm aufstieg, auch die Verbindung nach Frankreich, obgleich nicht direkt nach Paris. Nach Paris kam man nur durch dieses furchtbare Geholper über Land, irgendwie so richtig *männlich* in seiner Roheit. Das Meer, das warme, würzige Meer, nie hatte sie es gefürchtet, es war ihr Element, das Meer, eine Frau war es, *la mère la mer,* es schnappte sich seinen Mann, umschlang ihn und zwang ihn, bis er alles, ja, alles preisgab. Und doch hatte jetzt das Meer sie im Stich gelassen.

Der Kopfschmerz kam wieder, und sie hatte fast einen *Vorgeschmack* seiner Besonderheit: eine echte Migräne. Es war eine Migräne von bezwingender, fast *majestätischer* Eindringlichkeit gewesen, die sie an jenem Abend vor dem Essen gepackt hatte, wie ein eigenartiges Gedicht, in dem sie ein Meer war und den Schmerz *fühlen* konnte, wenn ein eiserner Schiffsbug ihre Stirn durchpflügte. Ach, diese entsetzlichen zwei Inseln mit der Treppe dazwischen, ihr Boudoir und sein Arbeitszimmer, und nie, nie kam er und klopfte! Als die Essensglocke läutete, hatte sie sich einen ihrer großen weißen Hüte so zurechtstecken lassen, daß er ihre schmerzenden Augen beschattete, und das Essen war ein Alptraum gewesen, nur zehn Minuten lang und doch *endlos;* beide hatten sie nur ein paar Löffel Suppe und ein Stückchen Huhn hinuntergewürgt, und dann, als der Kaffee kam –

Oh, er nahm sich die Tasse selbst vom Tablett, zog sie rasch weg, ohne zu warten, wie sonst immer, daß sie ihm Zucker hineintat und für ihn abschmeckte, nicht zu süß, nicht zu bitter, aber eigentlich hatte er noch nie viel Sinn dafür gehabt, schien manchmal gar nicht zu merken, ob Zucker drin war oder nicht, und dann!

Winkte er den Lakaien hinaus, und der Conte de Bausset, der diensthabende Kammerherr, ging auch sehr rasch hinaus, ohne einen Wink abzuwarten, denn er wußte, was nun kam, alle wußten's, und da war es nun, da kam es. Aber ihm würde's auch nicht leichtfallen, das merkte sie an dem Klirren der Tasse auf der Untertasse, eine Art musikalisches Zähneklappern, hatte sie benommen gedacht, und nun kam es, und er zitterte vor dem Kamin. Zitternd sagte er:

»Deine Tochter. Das heißt. Hortense wird. Dir schon etwas gesagt haben.«

»Nein. Nein. Hortense? Nichts!«

»Verstehst du mich? *Mußt* mich verstehn. Denkst du, ich will's? Kannst du, ehrlich, dasitzen und denken, ich will's?« Er zitterte.

»Du meinst. Du bist verliebt in. Diese. Christine de Mathis.«

»Nein. Nein. Nein, nein, nein, wen auch immer, wer ist die denn, ach so, Freundin von Pauline, nein, nein, das ist es nicht. O du närrisches Weib, ach, wie kannst du das glauben, daß, ach, läch – nein, nein, niemand!«

»Du bist in niemand verliebt?«

»In dich, Weib, in dich, du dummes Luder, ahuuuuu!« Und er jaulte und schlug sich mit dem linken Unterarm an die Stirn, die rechte Hand in die Jacke geschoben, nach dem Herzen greifend oder nach dem Sodbrennen, aber *Herzbrennen,* metaphorisch, wäre wohl der richtige Ausdruck gewesen.

»Also, wenn du mich liebst. Ist ja alles gut. Aber du darfst nicht so was zu mir sagen wie.«

»Oh, damit hab ich gemeint, und jetzt bin ich doch der Dumme, ganz dumm vor Schmerz deswegen, eine russische Prinzessin hättest du sein sollen oder eine österreichische und mir einen Sohn schenken. Die Dummheit steckt in, in, wo steckt die Dummheit drin? Schicksal? Vorsehung? Macht der Geschichte?« Diese großen Worte, die doch ganz *abstrakt* waren, beruhigten ein wenig sein Zittern. »Jetzt sprech ich das Wort lieber aus, oder? Also, das Wort heißt, heißt. O du mein Gott! Heißt Scheidung.«

Das entsetzliche Wort! Beide konnten sie jetzt nichts weiter tun, als das Wort abschmecken, wie Kaffee, sehn, ob es süß genug war, kosten, wie es schmeckte. *Divorce.* Es schmeckte gar nicht so schlecht, wie man hätte denken sollen, wo es doch das schlimmste Wort der Welt war. Am schlimmsten war wohl, daß es einen Klang wie bei einem *Kuß* in sich hatte, wenn man es, wie sie mit ihrer kreolischen Aussprache, ein wenig in die Länge zog. *Divoooooorce.* Auf ihn wirkte es ganz sonderbar, wie so ein Aphro- Aphrodisium, denn er ging auf sie los, die rechte Hand nicht mehr in der Jacke, beide Arme ausgestreckt und mit glitzernden Augen. Dem freilich widersprachen seine Worte:

»Das nationale Interesse Bündnis Anschlag auf mein Leben in Schönbrunn ein männlicher Erbe du siehst doch ein, mußt du, wird dir schwerfallen, aber.«

Und da war ihr eingefallen, was jetzt das Richtige wäre, obwohl ihre Migräne wunderbarerweise verflogen war und sie das verrückte Gefühl hatte, die Stärkere zu sein, stark wie das Meer, nämlich laut aufzuschreien, daß die ganzen Tuilerien es hörten, und sodann, aber mit Anmut, alles mit Anmut, sehr, sehr wichtig, auf dem Teppich zusammenzubrechen. Wird dir schwerfallen. Also fiel sie schwer, die Augen geschlossen, und hörte alles, hörte die ganzen Tuilerien hochschrecken, so wie ein Schwarm Fledermäuse in einer Höhle auffahren würde, wenn jemand so schriee, wie sie schrie. Sie konnte seine Schuhe sehn, spiegelblank, unruhig, und dann waren sie im Nu fort aus ihrem Blickfeld, als er, wie sie aus den Geräuschen und seinen Worten entnahm, zu der Tür ging, die in den Salon führte, sie aufmachte und ganz gelassen sagte:

»Kommen Sie bitte herein, Bausset! Machen Sie die Tür zu, wenn Sie.« Als Bausset drinnen war (sie hörte, wie er nach Luft schnappte), mußte sie nun schreien:

»Nein! Nein! Ich kann nicht! Ich will nicht!«

»Sie tragen. Ihre Majestät. Zu ihr.« Auch er hatte nicht viel Luft.

»Ja, Sire, ich werde.« Sie wurde völlig schlaff, ihre Lider schlossen sich flackernd. Er zog sie hoch, ächzend, hätte lieber erst den Degen abschnallen sollen. Dann, während sie getragen wurde, keuchte Bausset immer wieder *ja, Sire,* als Antwort auf sein steifes Gerede: »Gebietet das nationale Interesse, Bausset, wahren Gefühlen Gewalt antun, Staatsrücksichten gegen Gebote des Herzens, Bausset, Scheidung eine politische Notwendigkeit, traurig, aber wahr, hab ich nicht erwartet, muß ich gestehn, Bausset, daß die Kaiserin es so heftig aufnehmen würde, ich hatte angenommen, doch irrig, wie sich herausstellte, daß sie durch ihre Tochter, Bausset, auf die Neuigkeit vorbereitet wäre.«

»Ja, Sire. Ja, Sire.« Der freute sich schon drauf, alles breittreten zu können, trotz der Schwierigkeiten, sie zu. Eine Frau getragen hatte er wohl noch nie. N mußte verrückt gewesen das, das alles diesem *Heuchler* und *Schlüssellochgucker,* dieser *Klatschbase* anzuvertrauen, wie er Bausset immer genannt hatte, aber jetzt würde die ganze Welt es schnell genug erfahren. Sie fragte sich, ob ein tiefer Seufzer angebracht wäre, aber es gab Schwierigkeiten, sie über die enge Treppe nach unten zu schaffen, und Bausset wäre augenscheinlich, sie riskierte einen Blick, beinah über seinen dämlichen Säbel gestolpert, denn er packte sie noch fester, vor Schreck vermutlich. Sie sagte ihm leise ins Ohr:

»Sie zerquetschen mich ja.«

Und dann lag sie auf der Ottomane in ihrem Schlafzimmer, und Hortense war da, und dann war Hortense ein zweites Mal da, nachdem er sie hatte zu sich *bitten* lassen, und erzählte ihr alles brühwarm.

»Ja, ja, meine Gute, und was hat er gesagt?«

»Ach, Mutter, zuerst war er so steif und hat etwas von einer unwiderruflichen Entscheidung gesagt, so große Worte, *du weißt ja,* und daß weder Tränen noch Bitten oder Drohungen ihn mehr umstimmen könnten.«

»Was denkst du, was er mit den *Drohungen* gemeint hat?«

»Daß du, ich denke, du weißt schon, dir etwas tun könntest –«

»Aus Verzweiflung? Aber das wäre doch eine schlimme Sünde. Ich mir aus Verzweiflung etwas tun? Er muß aufs äußerste erregt gewesen sein.«

»Und ob er das war! Jedenfalls, ich, genauso steif, habe gesagt, Sie sind der Herr, Sire, redete ihn die ganze Zeit mit *Sire* an, erinnerte ihn aber daran, daß er sehr, sehr grausam gewesen ist, mit all diesen Festen, die erst richtig angefangen haben, wenn du zu Bett gegangen warst, und seine Schwester Pauline hat immerzu Frauen angebracht wie in einem –«

»Bordell! Laß uns die herben Worte nicht scheuen! Und sie selber ist überhaupt nichts anderes als.«

»Und dann hab ich gesagt, ganz Frankreich würde einen herzlosen Tyrannen in ihm sehn, nur die Bonapartes würden sich in den Armen liegen vor Freude, und da sind ihm die Tränen gekommen.«

»Ah!«

»Du, hab ich gesagt, du würdest tun, was er und die Bonapartes wünschen und wovon er denkt, daß Frankreich es wünscht, und wir, wenn wir ihn verlassen – du und ich und Eugène, hab ich natürlich gemeint –, wir würden die Erinnerung an all die Freundlichkeiten mitnehmen, die er uns erwiesen hat.«

»Und da hat er dann *richtig* geweint, nicht?«

»Geschluchzt hat er und geschluchzt und wollte gar nicht mehr aufhören, ob wir ihn denn alle verlassen wollten, und ob ihn denn keiner mehr liebhätte, und wenn es bloß um sein eigenes Glück ginge, darauf könnte er ja verzichten –«

»Wie er das wieder gemeint hat, möcht ich wissen!«

»Aber Frankreichs Glück und Sicherheit stünden auf dem Spiel, und eigentlich müßte er uns leid tun, denn er müßte alles aufgeben, was ihm auf der ganzen Welt am meisten bedeuten würde. Dann hab ich gesagt, wir würden auch Mut brauchen, denn wir müßten aufhören, uns als seine Kinder zu fühlen – *Stiefkinder* hab ich nicht gesagt –, aber was er auch für Pläne hätte, wir würden ihm nicht im Wege stehn.«

»Ach, Hortense, das ist *wirklich* traurig, das ist herzzerreißend! Ach, Hortense, gib mir doch mal das Taschentuch herüber, Kind, nein, das große! Nimm du das kleine! Ach, Hortense!«

»Ich darf ihn nicht verlassen, hat er gesagt, weil ich doch eine Pflicht hab gegen meine Kinder und auch gegen ihn, aber, hab ich gesagt, meine erste Pflicht ist gegen meine Mutter, die mich so schwer nötig haben wird. Er hat geweint und geweint, und ich hab auch geweint.«

»Ach, das ist doch wirklich alles so furchtbar traurig, mein armes Kind, komm an meine Schulter und weine mit deiner armen Mutter!« Und dann, später: »Warum muß er sich alles so *schwer* machen? Die Männer sind alle gleich, aber er ist einer von den schlimmsten.«

»Es ist wegen Frankreich und der Bündnisse undsoweiter. Sogar Monsieur Talleyrand soll vorher etwas davon gesagt haben, daß es ein schwarzer Tag für Frankreich sein würde, wenn er schließlich wahrmachen würde, was er anscheinend vorhabe.«

»Du meinst, die haben das alles schon vorher besprochen?«

»Mußten sie doch, Mutter, glaub ich. Ist doch eine Staatsaffäre undsoweiter. Jedenfalls, mir haben sie's gesagt, aber ich bekam es nicht übers Herz –«

»Und hast nicht so viel *Anstand*, mir ein Wort zu sagen!« Und dann: »*Talleyrand* hat das gesagt? Das hätt ich nie gedacht, daß Talleyrand mich leiden kann. Ich weiß genau, ich hab mir immer solche Mühe gegeben, ihm zu gefallen, aber der war immer so streng oder so *sarkastisch*.«

»Das kommt daher, weil er mal Bischof gewesen ist, Mutter.«

»Ach!« Und sie wischte sich die Augen, und dann, weil sie das Taschentuch schon in der Hand hatte, wischte sie auch eines von Hortenses Augen. »Ich bin froh, daß du davon sprichst. Scheidung kann ja nicht sein, nicht? Der Papst würde's nicht erlauben.«

»Aber der Papst soll doch sein Gefangener sein oder irgend sowas.«

»Kann schon sein, ich verfolge das nicht so genau, passiert so viel auf der Welt, und das meiste so gehässig und *dumm*, aber ich würde doch meinen, daß es für das, was richtig und was falsch ist, keinen Unterschied macht, ob er *jetzt* ein Gefangener ist, denn *damals* war er doch keiner. Und, auf jeden Fall, daß er den Papst gefangen nimmt, kann doch nicht heißen, daß die Wahrheit nicht mehr wahr ist, das wäre ja so, als ob man sagen wollte, wenn so ein Chemiker, der bewiesen hat, daß Wasser Sauerstoff vermischt mit diesem andern Zeug ist, und wenn der nun ins Gefängnis kommt, dann wäre Wasser nicht mehr, was er *bewiesen* hat, daß es ist. Verstehst du, was ich meine, Kind?«

»Zu mir hat er gesagt, der Gemeindepfarrer sei nicht dabeigewesen, und nach dem Gesetz hätt er dasein müssen.«

»Ah! Also hast du ihn danach *gefragt*, sieh mal an! Nun, aber ein Kardinal war da, und sogar der Papst war nicht weit. Und bloß weil der Gemeindepfarrer nicht da war? Ich versteh schon, und da werden sie alle nicken und sagen, ja, *stimmt*. Die halten eben zusammen, die Männer. Ich glaube, dagegen könnten wir uns wehren.«

»Da käme doch nichts Gutes bei heraus, Mutter.«

»Und wie ich ihn geliebt hab, Hortense, geliebt, natürlich, weißt du doch, nicht? Mein ganzes Herz hab ich ihm geschenkt, aber jetzt weiß ich, nur damit er's brechen konnte.«

»Du hast ihm nicht genug geschenkt. Du weißt, was du ihm nicht geschenkt hast, Mutter!«

»Was kann denn ich dafür? Diese Dinge kann man nicht befehlen, Hortense, das weißt du doch! Die Natur läßt sich nicht befehlen. Die Frage ist, was soll aus uns nun werden?«

Später, als sie allein im Bett lag, trat er selbst ein, nachdem er zuvor demütig geklopft hatte. Er war im Morgenrock, und seine großen Augen standen randvoll. Er humpelte zum Bett wie ein Kriegsversehrter und setzte sich schwer darauf nieder. »So ein Greuel, das Ganze!« fing er schluchzend an. »Und ich hab das doch alles nicht so gewollt.«

Sie war entschlossen, beide Augen trocken zu behalten. Eine geschlagene Stunde lang hatte sie die Arkana der Kosmetik gegen die Verwüstungen in ihrem Gesicht aufgeboten – und alles seine Schuld! Es kam nicht in Frage, daß er sie abermals zum Weinen brachte. Bei einem Mann war das etwas anderes, aber natürlich, wie in allen Dingen. Wenn ein Mann weint, sieht er nachher nur um so jünger aus. »Wenn ein Mann seine Frau liebt«, sagte sie, »sucht er nicht nach einer Entschuldigung, um sich von ihr zu trennen.«

»Ist keine Entschuldigung, nein, o mein Gott, Gott, Gott, Gott weiß, daß es keine Entschuldigung ist. Es ist zwingende Notwendigkeit, Frankreichs Zukunft.«

»Wen«, fragte sie, »gedenkst du denn zu heiraten?«

»Ist noch nicht sicher. Wird noch drum verhandelt, entweder Rußland oder Österreich. Und egal welche, sie muß mir einen

Sohn schenken, einen Erben, einen Thronfolger. Man hat versucht, mich umzubringen, verdammt noch mal! Einstweilen muß alles noch so in der Schwebe bleiben. Wir können's noch nicht bekanntgeben, nur die Gerüchte können wir schon in Umlauf bringen, um zu sehn, wie das Volk es aufnimmt. Und in ein paar Tagen haben wir die Siegesfeiern –«

»Soll ich vielleicht mit dabei sein, wenn du einen *Sieg* feierst?«

»Ja, wirst du müssen, mit all diesen deutschen Königen, Fürsten und Großherzögen, die nach Paris kommen! Du bist immer noch die Kaiserin, denk dran, bis es mit der Scheidung losgeht!«

»Divoooorce.« Sie wollte nicht weinen, sie sperrte sich dagegen, nein, nicht schon wieder! Er aber weinte für zwei. Außerdem reizte ihn das Wort *divorce,* und er machte sich über sie her, küßte ihr Gesicht, tränkte sie mit Güssen von frischer Salzlake.

»Das ist keine Art für eine.«

»Ach, was verstehn die denn davon, die alle, das ändert doch nichts, für Liebe und Leidenschaft gibt es keine Gesetze.« Sein Gelüst nach ihr war wilder, als sie es seit Jahren erlebt hatte, nichts konnte anscheinend ein Paar enger zusammenbringen als das Wort *divorce,* oder vielleicht war es auch ein korsischer Aberglaube, daß man durch Aussprechen dieses Wortes die genetischen Vorgänge aufschrecken könnte, sie in Trab bringen, damit sie sofort anfingen, für einen männlichen Nachfolger zu sorgen, aber viel geholfen hätte es ja auch nicht, weil sie nun mal weder Russin noch Österreicherin war. Nachher lag er keuchend da und sagte: »In drei Tagen haben wir dieses Te Deum in Notre Dame.« Da wollten ihm wieder die Tränen kommen, und er versuchte sie damit zu ersticken, daß er das entsetzliche Wort durch die Zähne stieß. »Und die Stadt gibt uns ein Bankett und einen Ball am Tag darauf.«

»Wie furchtbar! Und nachher, was wird aus mir und Hortense und Eugène?«

»Na!« Er überlegte, wischte sich die Augen mit der pummligen Faust. »Du kannst vieles haben, kannst dir's aussuchen, eigentlich unbeschränkt. Ein italienisches Fürstentum, wär das nichts, mit Rom als Hauptstadt? Allerhand Paläste dort, schöne Stadt eigentlich, ich laß es natürlich vorher für dich säubern.«

Sie verstand nicht recht, warum gerade dies sie so wütend machte. Sie hämmerte mit den Fäusten gegen seine Brust und sagte: »Ich laß mich nicht in Rom einmauern, ich bleib hier in

Frankreich, in Paris oder in der Nähe. Italien kannst du Eugène geben.«

»Vielleicht will er Italien gar nicht. Kann ich einen von den Treibhauspfirsichen da haben?«

»Nicht, bevor du nicht. Ah ja, schon gut!«

Er biß genüßlich in den Pfirsich, vermischte den Saft mit der immer noch stetig strömenden Salzlake und sagte: »Also schön, Malmaison kannst du haben und den Élysée-Palast, wirst weiterhin mit Kaiserin und Majestät undsoweiter angeredet, behältst in allem die kaiserlichen Ehren. Und, ja, drei Millionen Franken im Jahr. Sind gut die Pfirsiche, bin doch hungriger, als ich dachte, ist natürlich heroische Tradition, daß Kummer hungrig macht, und zu Abend haben wir ja nicht viel gegessen, weiß Gott:« Dann: »So ein *Kummer!* O lieber Gott, was für ein *Kummer*!« Sie überlegte einen Augenblick, ob dies Wort auch wieder so eines war, aber als nächstes fragte er, fast so rücksichtsvoll, wie wenn er sich nach einer Krankheit erkundigte: »Und deine Schulden, wie steht's mit denen inzwischen?«

»Und *acht* Pferde will ich vor der Kutsche.«

»Ja, ja! Keine Sorge!« Pferde gab's genug. »Aber die Schulden. Bin in letzter Zeit nicht dazu gekommen, mir deine Rechnungen anzusehn, hatte doch mit den Österreichern zu tun undsoweiter, aber ich würde denken, sie.«

»Rund zwei Millionen, glaub ich. Es war eine teure Zeit.«

»O du lieber Herr Jesus, was *machst* du bloß mit dem Geld? O heilige Mutter Maria, wie kriegst du so eine Summe klein? Heiliger Josef und alle Märtyrer, wofür denn bloß? Lieber Gott, ich glaub, ich werd eine Anleihe auf deine späteren Einkünfte aufnehmen müssen.« Jetzt schien er ganz vergnügt zu sein, obgleich er immer noch ein bißchen weinte. Es gelang ihr nun, darauf zu achten, mit einer gewissen Erleichterung darüber, daß es ihr gelang, ihre Gedanken darauf zu richten, daß sein Mundgeruch so schlimm war, daß sie schon eine gewisse Erleichterung darüber verspüren konnte, daß ihr Leben von dieser Seite her erleichtert würde, obwohl sie ihm dazu unbedingt noch etwas sagen mußte, bevor er sich wieder verheiratete. Was machte man da? Pillen und Pfefferminz undsoweiter? Nein. Er schlang sein Essen zu schnell hinunter, er hatte furchtbare Schmerzen, der Arme! Aber das war etwas, das man wohl mit dem Kaiserpurpur in Kauf nehmen mußte. Er wollte ganz Europa, und da mußte ganz Europa sich eben mit seinem Mundgeruch anblasen lassen.

Als sie nun in Seide auf ihrem Bett in Malmaison lag, blinzelte sie nach der Uhr auf dem Kaminsims: vier Uhr einundfünfzig, der soundsovielte Dezember 1809. Er sah auf die Uhr, und es war vier Uhr einundfünfzig, der soundsovielte Oktober 1812. Ein langer Tag stand allen bevor. Ein langer Tag für alle.

Wen würde er heiraten? Irgendeine Prinzessin oder Erzherzogin, gab's genug in Europa, und die Regel bei dem albernen Spiel, typisches Männerspiel, besagte, wenn er eine davon heiratete, dann hieße das Frieden, Freundschaft und sonstiges dummes, *abstraktes* Zeug mit dem Land, zu dem das dumme Ding gehörte. Denn ein dummes Ding mußte's ja sein, und er würde's auch wissen. Eines immerhin konnte er dabei lernen, nämlich, daß es auf der ganzen Welt keine mehr gab wie sie, die jetzt in Seide in Malmaison lag und sich aus ihrem Kopfschmerz schon in den Schlaf hinüberbefahl, zur Fortsetzung ihres rosigen Triumphzugs nilabwärts. Warum sollte er nicht, schlug verrückterweise eine kichernde Dämonenstimme vor, die aus den dunkleren Korridoren ihres sich zum rosigen Schlaf ausstrekkenden Hirns kam, warum sollte er nicht den Kaiser aller Reußen heiraten? Der verehrte ihn, dieser Alexander, hatte er gesagt, und so ein attraktiver, so ein *adretter* junger Mann! Seelenbruderschaft, Umarmungen, Geschenke (o mein Lieber, wie erlesen)! O ja, dicke Freunde! So was Blödes wie die Männer mit ihren albernen Spielchen!

Ungebeten kam ihr die Erinnerung an ein Begräbnis, aber wessen? Eine Schar weinender Frauen, manche aus ihrer Familie oder aus seiner, ein klarer, windfrischer Tag auf einem Friedhof in einer Stadt irgendwo im Norden. Wessen Begräbnis? So viele Begräbnisse in letzter Zeit, und so viele standen noch bevor. Ein Herr in Schwarz, kein Offizier, ein dünner, humpelnder Mann mit rotgeweinten Augen hatte aus seinem Kummer heraus zu ihr gesprochen:

»Warum können die Kriege nicht aufhören? Jedes Jahr kostet uns neue Söhne, und zu welchem Zweck? Mir scheint, dem Menschen sollte gestattet sein, in trägem Behagen alt zu werden, bei echtem indischen Tee oder bei Hochlandkaffee, in warme Yorkshirewolle gekleidet, gutes Schuhwerk aus Northampton an den Füßen, frohlockend vor Langeweile, jawohl, vor *Langeweile.*«

Das mit der Langeweile mochte sie nicht zugeben, aber im übrigen glaubte sie zu verstehen, was er sagen wollte, obwohl es auch wieder sehr männlich gedacht war. Und dieser Mann hatte später noch mit N gesprochen und mußte auch zu ihm etwas dergleichen gesagt haben, denn sie hörte N laut protestieren und mit dem Fuß aufstampfen:

»Nein, nein, nein!«

Er befahl sich in den Schlaf hinüber und hörte es quatschen. Auch sie hörte es: »Und Ihre neuen Hüte seien mit Quasten vom feinsten Paisley-Purpur besetzt, und die Schwänze der guten Lämmer von Sussex mögen daran baumeln.«

»O nein, nein, nein!«

Aber schon war er wieder im Sog seines Traums, aber schon war sie wieder im Sog ihres Traums, im Sog des feindlichen Wassers, im Sog des rosenduftenden Wassers, wozu die Blaskapellen höhnten, wozu die Liebeschöre sangen:

Hingestreckt
Dort seht ihr den Tyrannen
Den blutigen Tyrannen
Seht
Wie's ihm rinnt vom Kinn
Dünnes Karm

Seht die neu-
Geborne Kleopatra
Liebkost von ihren Rosen.
Hell
Schimmernd fährt ihr Floß,
Rosenschoß.

Eins, zwei, drei, und er war im Boot, muskulöse Marinesoldaten der Garde ruderbereit. Er schaute über die Memel und sah, durchs grelle, flußsilberne Junilicht blinzelnd, was am andern Ufer geschah: Eins, zwei, drei, und er war im Boot, nicht ganz so muskulöse Marinesoldaten seiner Garde ruderbereit. So! Beide hatten sie nun abgelegt, wurden zur Flußmitte gerudert, genau zur Mitte, wo sie sich treffen wollten. Riesenversammlungen an beiden Ufern natürlich.

Die hatten ihre Sache gut gemacht, sah N, als er blinzelnd den Pavillon mitten im Fluß ins Auge faßte. Ein großes Floß war dort verankert, das einen Aufbau von erlesenster Handarbeit trug, nach den erlesensten kaiserlichen Sonderwünschen erlesen entworfen und ausgeführt. Auf dem Dach zwei Wetterhähne, jeder mit einer Fahne, jede Fahne mit einem Adler, einem für Rußland, einem für Frankreich. Vielleicht hatten sie etwas Possenhaftes, die Wetterhähne, einfach, weil sie da waren und auch noch zu zweit; als sei zu erwarten, daß man über die Windrichtung reden werde, wobei dann jeder nach dem eigenen Wetterhahn schaun und dem andern lächelnd bestätigen könnte, ja, unsre Wetterhähne, die sind sich vollkommen einig. Immerhin, auch die Wetterhähne waren erlesene Handarbeit.

N konnte die Außentür sehn, durch die er eintreten würde und über der ein schön geschnitzter französischer Kaiseradler schwebte. N konnte sehn, daß auch A die Außentür sehn konnte, durch die er eintreten würde und über der ein schön geschnitzter russischer Kaiseradler schwebte. Genau zur gleichen Zeit hatten sie die Boote bestiegen, und eigentlich müßten sie auch genau zur gleichen Zeit ankommen, aber, erkannte N, das hieße die Symmetrie zu weit treiben. »Los, schlaft nicht ein!« sagte er aufmunternd zu seinen Ruderern. Sie grinsten ihm aufgemuntert zu, blinzelten ins grelle flußsilberne Junilicht und ruderten schneller.

N bestieg das Floß, verschmähte abwinkend die angebotene Hilfe. Er machte seine Adlertür auf und befand sich in einem erlesenen kleinen Vorraum. Er machte die Innentür auf, die sich nun in ihrer ganzen Erlesenheit darbot, und befand sich in einem wirklich hübsch eingerichteten Salon mit quadratischen Fenstern, die das tanzende Flußlicht einließen, aber auch mit rasch und fein in Tilsit zurechtgeschnittenen Vorhängen, um es erforderlichenfalls fernzuhalten. Alexander, der Kaiser aller Reußen, war vielleicht dem Lichte abhold, kein Wunder, wenn man wie er im düstern Lande des Schnees, der Muschiks und Samoware aufgewachsen war. Holt mir den Samowar rein, und, bittschön, Iwan Iwanowitsch, ich hätt so eine Lust auf einen Buttermuschik! War womöglich gar nicht komisch. Er mußte diese postviktoriale Euphorie im Zaum halten. Die Russen hatten nicht viel Sinn für Humor. Bequeme Sessel standen da, eine Chaiselongue und eine Anrichte mit Erfrischungen: französischer Wein, weißer und roter, in tänzelnden Karaffen, Tilsiter Schinken, kalter Memellachs, Törtchen vom Kaiserlichen Heereskonditor. Zwei Soldaten, die abkommandiert waren, sie zu bedienen, verbeugten sich. »Heute«, erklärte N ihnen feierlich, »werden der Kaiser von Rußland und ich über die Zukunft der gesamten zivilisierten Welt entscheiden. Sie sind doch Joubert, nicht?« sagte er zu dem dickeren von den beiden. »Ich seh's doch an Ihren Fingernägeln.«

»Nein, Sire, bedaure, Sire, Prévost.«

»Ach«, nörgelte er, »ich dachte, Sie wären Joubert. Na, macht nichts!« sagte er verzeihend, dann schritt er zu der anderen Tür, machte sie auf, befand sich in einem erlesenen kleinen Vorraum, machte die Außentür auf und stand lächelnd im Flußlicht. Unter dem kaiserlich russischen Adler wartete er, zog sogar die Uhr hervor und sah nach der Zeit, während das Boot des russischen Kaisers am Floß anlegte. Ein erlesenes Kerlchen, ein bißchen weibisch vielleicht, in einer gutgeschnittenen Uniform sprang herauf, verschmähte abwinkend die angebotene Hilfe. N ergriff eine der abwinkenden Hände. Alexander sagte:

»Ich konnte soeben Ihre Gedanken lesen. Sie haben gedacht, meine Uniform ist von einem Londoner Schneider. Aber Sie irren. Sie können die Engländer nicht mehr hassen als ich.«

Er sprach ein wirklich erlesenes Französisch, in mancher Hinsicht besser als N selbst, wenn man davon absah, natürlich, daß N die eigene Aussprache als die maßgebliche betrachten konnte. N sagte:

»Wenn dem so ist, haben wir unseren Frieden schon geschlossen. Treten Sie ein!«

Sie betraten den hübschen Salon, von dem Alexander sagte, daß er wirklich erlesen sei, in erlesener Handarbeit tue es doch niemand den Franzosen gleich, und die Bediensteten nahmen Haltung an und schienen bereit, die Erfrischungen wie mit der Kanone auf sie abzufeuern.

N sagte: »Setzen wir uns doch!« Aus irgendeinem Grunde wäre es ihm lieber gewesen, Alexander hätte sich behaglich auf die Chaiselongue gestreckt – so ein erlesener junger Mann! In seinen Augen sah er einen Schimmer von Bewunderung. Jung, leicht zu beeindrucken, ein bißchen weibisch. Überrascht, doch nicht ganz unangenehm berührt, bemerkte N ein erstes Prickeln in seinen Lenden. Es war immer nützlich, sich *körperlich* angezogen zu fühlen. Alexander nahm in einem Sessel Platz und sagte:

»Seine Majestät der Preuße sitzt in einer Mühle, gleich draußen vor der Stadt.«

»Soso, eine Mühle? Vielleicht will er die Wirkung der großen Mühlsteine erforschen. Nun ja, es war ein schöner, sauberer Feldzug. Natürlich werden wir ihn da herausholen müssen, Seine mehlige Majestät, wie? Ihn tüchtig abklopfen und ihm sagen, daß wir aus Preußen ein für allemal keine Dummheiten mehr hören wollen. Aber seine Königin«, sagte er, »die ist nicht leicht zu beuteln, könnt ich mir denken. Erstaunliches Weib, erstaunlich!« brummte er widerwillig.

»Die ist in keiner Mühle«, sagte der Czaar oder Zar.

N blickte von seinem Sessel aus zu den beiden Diensthabenden, die immer noch mit ihrer Breitseite Tilsiter Schinken und

Memellachs warteten, und sagte: »Sie beide, vielen Dank für Ihre Hilfe, Sie können jetzt gehn, glaub ich«, und strahlte auf jeden eine Ladung Charme ab. Tief getroffen gingen sie hinaus. Zu Alexander sagte er: »Wir sind doch hier vor allem *persönlich* beisammen, hab ich nicht recht? Zwei Männer können doch einmal für ein Weilchen Rang und Pflicht vergessen und sich auf dem Fluß einen guten Tag machen. Das muß doch ab und zu sein, nicht wahr?«

»Ja, ja, freilich, ja. Ich brauche wohl nicht zu sagen, wie sehr ich Sie. Ach, sogar in meiner Niederlage habe ich Sie so *bewundert* –«

»Sprechen wir nicht von Niederlage, lieber Freund! Was haben Sie oder ich mit einer Niederlage zu tun? Preußen ist besiegt, und das genügt. Doch wer wollte je davon sprechen, er habe Rußland besiegt?« Dieser junge Mann allerdings schien mit Rußland gar nicht viel zu tun zu haben, täuschend in gewisser Weise, wenn man einen zottelbärtigen Riesen in speckiger Kutte und mit schwarzen Fingernägeln erwartet hätte, einen, der über Gott und die Sünde wetterte, Köpfe abhackte und Weiber hernahm, beides mit ziemlich beliebigen Opfern. Elegant, erlesen, beeindruckbar: Man mußte sehn, daß man so schnell wie möglich so viel wie möglich zu Papier bekam, bevor das *echte* düstere Rußland ihn wieder verschluckte und irgendein vollbärtiger Halunke im Kreml Gottes Stimme vernahm. »Sprechen wir lieber von unserer Mission in Europa!«

»In Europa? Unsere Mission?« A begann die Chaiselongue zu betrachten, wie in dem Gefühl, daß dort sein Platz bei einer Verführung wäre, denn daß er verführt werden sollte (unsere Mission!), das wußte er, aber er blieb auf seinem Platz, während N die großen Augen in ihn hineinbohrte.

»Sie und ich«, sagte N, »wir halten Europa umschlossen, geographisch gesehen. Ihre ehemaligen Freunde, die Preußen, werden es Ihnen anders dargestellt haben, mit Rußland als einer Art Vorhof zum eigentlichen Europa, aber die Preußen haben schon viele irregeführt. Sie jedenfalls wurden irregeführt. In gewissem Sinne haben sie uns aber einen Dienst erwiesen, denn zumindest haben sie uns endlich zusammengeführt.«

»Zusammengeführt, ja, ich verstehe. Einer unserer Philosophen hat einmal gesagt, der tiefere Sinn des Krieges sei nichts Schlimmeres als die Erfüllung des Wunsches, miteinander in Verkehr zu treten.«

»So? Interessant.« N sah Alexander vorsichtig an. So was wie ein Intellektueller also, ein bißchen lästig, da waren auch noch andere geflügelte Worte zu erwarten, *Wer Polen beherrscht, beherrscht die Welt* und dergleichen. Er sagte: »Sie und ich, wir haben es mit Realitäten zu tun, nicht mit den Theorien der Bücherwürmer.«

»T.S. Tschewotnoje«, sagte Alexander. »Ah ja, Realitäten, auf jeden Fall!«

»Also«, sagte N, »wo jetzt Preußen und Österreich ihre, wie ich meine, selbstverschuldeten Wunden lecken, können Sie und ich, die wir heil und gesund sind und den offenen Blick für die Realitäten haben, uns daran machen, Europa von den beiden Seiten der Karte her einen wirklich schönen, dauerhaften Ruhezustand zu geben. Sie, wenn ich das, ohne Sie zu verletzen, sagen darf, der Bonaparte des Ostens, ich der Alexander des Westens.« Unglücklicherweise klang es doch verletzend, denn Alexander war nun einmal ein *geheiligterer* Name als Bonaparte. Die Geschichte ließ sich über Nacht ändern; mit einem Mythos mußte man geduldiger sein. »Probieren Sie diesen Schinken, er sieht köstlich aus!«

»Später vielleicht. Was, mein lieber Freund, gehört für Sie eigentlich alles zu Europa?«

»Ich weiß doch, woran Sie denken«, lachte N und klatschte sich spitzbübisch aufs Knie. »Wir verstehn uns, so viel ist klar. Die Türkei, wie? Sollen Sie haben, gar kein Problem!« Zum Teufel mit den türkischen Interessen, einstweilen jedenfalls. »Nehmen Sie nur die europäische Türkei in Besitz, zu jeder Zeit, die Ihnen beliebt!«

»Danke!« sagte Alexander. »Und was nimmt Frankreich?«

»Ach, nicht viel«, sagte N und strich sich übers Herz, unter dem es zu brennen anfangen wollte. »Die Ionischen Inseln vielleicht. Ein Stück dalmatinische Küste möglicherweise auch noch. Ach, mein lieber Freund, so sollte man Friedensverträge immer schließen. Unter Freunden auf einem Floß den Schlamassel bereinigen, in den Europa sich offenbar verrannt hat.« Er sah, wie sich auf Alexanders Lippen das Wort Polen bildete, darum warf er rasch dazwischen: »War das Ihr Ernst, was Sie über England sagten?«

»Wie ich es hasse! Ein Land voller Heuchler und Spitzbuben! Was geht sie Asien an? Eine entlegene Insel im nebligsten Westen, und will sich in Asien einmischen.«

»Ich habe schon immer gesagt«, sagte N, doch sagte er's zum ersten Mal, »daß allein Rußland geographisch und, wenn ich so sagen darf, *mystisch* für eine Mission im Osten ausersehen ist. Wie froh wird Frankreich sein, wenn es Rußland sein asiatisches Schicksal erfüllen sieht!«

»Aber wir sprachen gerade von Europa«, sagte Alexander, gar nicht so dumm.

»Wir sprachen von England, das nicht ganz zu Europa gehört. Wir sprachen von den beiden Vordertatzen dieses räudigen Löwen, die eine in Asien, die andere in Südeuropa. An welche heilige Mission in einem der beiden Kontinente Sie auch denken, immer wird dieses Inselvolk von Heuchlern und Intriganten im Wege sein.«

Er war sehr laut geworden.

»Nun«, sagte Alexander, »wenn es darum geht, die Engländer aus Gibraltar zu vertreiben, so wird die russische Kriegsmarine zur Stelle sein.«

»Ah, mein lieber Freund, die unbezwingliche russische Marine! Und bitte kein russisches Holz mehr für die Schiffe des dicken George! Rußland geradezu als Sprachrohr des Kontinentalsystems, herrlich! Wir werden ihn noch aushungern, das fette Schwein, bis er sich unterwirft. Kann ich Ihnen ein Tellerchen von diesem Memellachs auflegen?«

»Ein Häppchen vielleicht. Ich habe ein ganz klein wenig Appetit.«

N schnitt ihm ein Stück ab, ein wenig blindlings, denn lebhafter als alles andere in diesem lichtdurchpulsten Salon sah er nun die Karte des Baltikums vor sich, wo die Russen Dänemark und Schweden zur Räson bringen konnten. »Und Finnland«, sagte er, als er ihm das Scheibchen Fisch reichte, »die russische Mission in Finnland! Wie klingt das, mein lieber Freund?«

»Wir sollten eigentlich, wissen Sie – danke, das sieht aber köstlich aus –, ein Wort über Polen reden.«

»Was soll *ich* Ihnen über Polen sagen?« sagte N stirnrunzelnd und ließ die Ringe an seinen wegwerfenden Händen blitzen. Bei Gott, aber wer denn sonst? »Hatte ich nicht schon gesagt, daß Frankreichs Interessen von nun an im Westen liegen, während ich den Osten bei Ihnen, mein lieber Freund, in guten Händen weiß?« Er stöberte auf der Karte umher, die in seinem Kopf leuchtete; alle Flüsse und selbst die unbeträchtlichsten Ortschaften meldeten sich gehorsam zur Stelle. »Spanien, Portugal! Sie haben keine Einwände, darf ich wohl annehmen, gegen die Beseitigung der dortigen Bourbonen, sehr abstoßende Menschen, nebenbei gesagt, und gegen die Entfernung dieser ziemlich unnützen Braganzas aus Portugal, lieber Freund? Natürlich nicht. Meine Leute, so darf ich wohl annehmen, sind sehr gut imstande, die ganze Iberische Halbinsel in Obhut zu nehmen.«

Einen Hauch von frischem Leinen und Pariser Parfüm verbreitend, brachte Alexander seinen geleerten Teller zu der Anrichte, wo N noch stand. So ein adretter, wohlerzogener junger Mann, köstlich! Obwohl N, ein wenig übereifrig den Gastgeber spielend, ihn bedienen wollte, schenkte A sich selber ein Glas Weißwein ein und nippte. »Hm, nussig!« Dann ging er zu der Chaiselongue und machte es sich bequem. N sah es mit Freuden. Er sagte:

»Diese Einsamkeit der höchsten Verantwortung! Sie spüren sie gewiß auch. Wo wäre ein aufrichtiger Freund? Und die Weiber, pah!« Mit einer Handbewegung verwies er alle Frauen in die Memel. »Diese Preußin«, sagte er, »die wird alle Register weiblicher List und Tücke ziehn. Lachen, weinen, beten, schmeicheln, den Busen lüften und wer weiß was noch! Aber wir werden standhaft bleiben, Sie und ich, o ja, bis zum Äußersten. Wir bleiben unbeirrt durch die Verführungskünste, nicht wahr, eines bloßen Weibes, auch wenn sie sich Königin von Preußen nennt.« Mit männlichem Schritt trat er ans Fußende der Chaiselongue und ließ sich fast geistesabwesend auf ihrem Rande nieder, das Gesicht zerfurcht von Gedanken an die früheren und künftigen Attacken skrupelloser Weiber. »Mein lieber Freund!« brummte er.

»Wie fängt man es an?« fragte Alexander. »Kann man es lernen? Könnte zum Beispiel ich es lernen? Ihre wahrhaft *unglaubliche* Reihe militärischer Erfolge –«

»Nun«, sagte N bescheiden, »etwas Talent muß man haben. Kein Zweifel, lieber Freund, daß auch in Ihnen dieser Funke glüht und nur ein klein wenig genährt werden müßte. Seien Sie unbesorgt, wir werden uns noch viel zu sagen haben, drüben in Tilsit. Aber«, und er klammerte in rauher Frömmigkeit die Hände zusammen, »gegründet sein muß Ihr Heer auf die *Liebe.* Klingt Ihnen dies Wort nicht sonderbar angesichts von Pulverdampf und Gemetzeln?«

»O nein! Eigentlich nicht. Ich glaube, ich verstehe, was Sie vielleicht –«

»Sie müssen wissen, es gibt keine innigere Liebe als die zwischen einem General und seinen Soldaten. Sie geht weit hinaus über die Liebe zwischen Mann und Weib. Es ist ein mystischer

Bund, etwas Himmlisches jenseits der rohen Sinnlichkeit. Zwar schadet es nichts, wenn der Heerführer die Ekstase des fleischlichen Umgangs mit einem Weibe kennt, viel wichtiger aber ist, daß er die Tücke und Verräterei des Weibes durchschaut hat, damit er sein ganzes glühendes Herz ungeteilt den Männern zuwenden kann, die er führt.« Er riß die Hände auseinander und legte die Rechte auf Alexanders Knie. Es war knochig, wie bei einem kleinen Jungen. »Können Sie das verstehn, mein lieber Freund? Auch Sie, des bin ich gewiß, sind von weiblicher Tücke nicht unverwundet geblieben.«

»Ich würde nie glauben, daß mich eine nur um meiner selbst willen lieben könnte.«

»Genau!« N tätschelte Alexanders Bein oberhalb des Knies, als wollte er ihn zu der erlesenen Formulierung einer gemeinhin verkannten Wahrheit beglückwünschen.

»Meine Männer dagegen! Was kann ich ihnen versprechen als den Tod in der Schlacht und den Ruhm, den sie selber erringen müssen? Eine solche Liebe ist, wie soll ich sagen, *interesselos.* Mann zu Mann. Liebe, interesselos. Ah, wie gut wir uns verstehn, wir beide!«

Etwa eine halbe Stunde später traten sie ins Freie und schritten die Seiten des Floßes ab, unter wechselseitigem Schulterklopfen – wobei allerdings N mehr Eifer als A bewies – und lautem Beifall der Menschenmengen an beiden Ufern. Sie dankten über die weite Wasserfläche hinweg und ließen die Zähne in der Sonne blitzen. Ein Treffen zweier Kaiser und *Freunde*. Europa stand vor ihnen wie ein gedeckter Teetisch zwischen Busenfreunden. Probier doch mal ein Scheibchen Adriaküste! Hm! Wie verlockend, dieses Herzogtum Magdeburg! Hochrufe schallten, hoch, hoch, hoch! übers Wasser. N hatte ein gutes Wochenpensum Briefe im Kopf schon fertig, mußten nur noch niedergeschrieben und überbracht werden. *An den Herrn Minister des Äußeren: Morgen wird mir dieser Czaar oder Zar den König von Preußen vorstellen. Tilsit habe ich zu diesem Zweck für neutral erklärt. Kommen Sie her, so schnell Sie können!* Salutschüsse wurden abgefeuert, erst am einen Ufer, dann am andern. *Für Hundert-Kanonen-Salut sorgen, wenn dieser Czaar oder Zar morgen in Tilsit an Land steigt. Spalier der Kaiserlichen Garde, drei Reihen tief, vom Landesteg bis zu meinem Quartier und von da bis zum Quartier des Zaren. Müssen diesen Scheißer einwickeln.*

Der nächste dieser Scheißer, König Friedrich Wilhelm von

Preußen, hatte schon von Natur ein sehr langes Gesicht, aber es wurde mit jedem Tage noch länger. Die Königin Louise hingegen wußte die verführerische Rundung des ihren zu wahren. Ohne Zweifel war sie eine höchst gefährliche Frau und paradoxerweise auch der einzige echte Mann in Preußen. Zur ersten Konferenz kam sie mit einem verwegenen Tschako über den braunen Locken, in einem straff gegürteten Kleid, das wie ein Waffenrock aussah, doch am Kragen mit Pelz und Rüschen besetzt war. Der Streifen mattweißen Halses, den es freiließ, machte gespannt auf das Weitere, welches die große Abendtoilette beim Diner offenbaren mußte. N saß mit Alexander so nahe beisammen, wie N es schicklicherweise hatte einrichten können. N sagte munter:

»Was Sie gesehen haben, Madame, war erst der Anfang. Wir haben ein recht vielseitiges Programm von Paraden und Manövern. General Berthier hier hat es bei sich.«

»Abbb –«

»Vortrefflich! Morgen die Garde-Infanterie – vier Uhr, allen angenehm? Vortrefflich! Davouts Korps übermorgen, versteh ich recht, Berthier? Ah so, zwei Tage für Davout. Dann die Garde-Artillerie, dann die Garde-Kavallerie –«

»Die Ggg –«

»Meinen Sie nicht«, sagte die Königin Louise in gefälligem Französisch, »daß Sie uns Besiegten die Stärke des Siegers schon zur Genüge verdeutlicht haben?« Tränen traten ihr in die großen blauen Augen. N sah, daß Alexander nicht ungerührt blieb; er griff ihm unter dem Tisch ans rechte Knie. Der König von Preußen sagte:

»Die Frage ist, die Frage ist –«

»Ich weiß, was die Frage ist«, sagte N brüsk. »Magdeburg. Magdeburg wollen Sie behalten. Ich will Ihnen eins sagen: Sie haben diesen Krieg gewollt, ich nicht. Sie haben gesehen, wie es ausgehen würde. Ansbach, Eylau und so fort. Wie mein lieber Freund hier, der Kaiser aller Reußen, gesagt hat« – dieser hatte nichts dergleichen gesagt –, »kennt der Krieg keine Strafen, nur Konsequenzen. Und eine Konsequenz dieses Krieges ist, daß Sie Magdeburg verlieren.«

»O Magdeburg!« rief sie. »Welch eine Grausamkeit! Sie können's nicht ahnen, denn Sie sind kein Preuße.«

»Hören Sie, Madame«, sagte N, »verschonen Sie mich mit deutscher Mystik! Allzu viel davon hab ich in Schönbrunn gehört, wo man mich ermorden wollte. Nur ein Deutscher oder meinetwegen Preuße, für mich ist das eins, kann den herrlichen deutschen Sonnenaufgang verstehn, die heiligen Steine von Magdeburg und dergleichen. Ich sage Ihnen jetzt, was wir mit Ihnen anfangen werden – korrigieren Sie mich, wo ich irre, Talleyrand, Sie haben's alles schriftlich vor sich –, also wir lassen Ihnen vom Herzogtum Magdeburg alles, was rechts von der Elbe liegt –«

»Ach!« sagte sie. »Ach!« hauchte sie.

»Aber die Festung Magdeburg behalten Sie nicht. Schlesien können Sie behalten, Brandenburg, Ostpreußen –«

»Ein Teil davon«, sagte Talleyrand.

»Richtig, ein Teil davon. Und diese andre Gegend, wo die Hunde herkommen, können Sie behalten.«

»Pommern«, sagte Talleyrand.

»Das heißt aber«, sagte der König, »das heißt aber, nicht wahr, wir hätten wieder die Grenzen von –«

»Ja, 1772«, sagte Talleyrand. »Eine sehr großzügige Regelung!«

»Machen Sie sich mit dem Gedanken vertraut«, sagte N, »und alles Weitere besprechen wir nächstes Mal. Berthier sagt mir eben, daß jetzt ein Militärkonzert auf uns wartet –«

»Ein Kkk –«

»Richtig. Schöne, laute Musik, Oper und dergleichen.«

»Sie haben Schlimmes mit uns vor, ich weiß es doch«, sagte die Königin Louise mit halberstickter Stimme. »Warum müssen Sie mich so quälen? Warum quält er mich so, lieber Freund?« wandte sie sich an Alexander. N griff Alexander abermals ans Knie. Berthier brachte stotternd die ganze Versammlung auf den Weg zu dem Militärkonzert.

N hielt die Königin Louise zurück, blickte ihr tief und groß in die Augen und sagte:

»Madame, Sie sind eine sehr schöne Frau.«

»Alle Schönheit, die manche einst so gütig gewesen sind, mir zuzubilligen«, bekannte sie mit versagender Stimme, »ist durch dies Trauerspiel nun verwüstet. Ich fühle für mein liebes Preußen wie andre Frauen für ihre Kinder.«

»Ergreifend! Haben Sie viel Umgang mit diesem Czaaren oder Zaren gehabt, Madame?«

»Er ist unser Freund, unser Verbündeter –«

»Nein, das meine ich nicht. Menschlichen Umgang. Haben Sie männliche Neigung bei ihm gefunden?«

»Ich glaube nicht, und mögen Sie auch unser Überwinder sein, daß Sie ein Recht haben –«

»Denn, was ich Ihnen sagen wollte, all Ihr Tränentupfen und Busenflimmern ist bei ihm vergebens. Es hat keinen Sinn, daß Sie bei ihm einen Schutz vor mir suchen, vergeuden Sie also nicht Ihre und unsre Zeit damit!«

»Mein Herr, Sie sind ein Ungeheuer!«

»Wie alle Welt weiß«, sagte er gelassen. »Persönlich bin ich weiblichen Reizen nicht abgeneigt. Versuchen Sie immerhin die Ihren an mir, aber Ihre Festung, wie heißt das, Magdeburg, gewinnen Sie damit nicht wieder. Unser lieber Herr aller Reußen – ich kenne ihn, ich war einige Zeit mit ihm allein – ist für die Damen verloren. Anders als die andern, wenn Sie mich verstehn wollen. Wenn Sie einen hübschen Knaben hätten, der ihm eine große Szene wegen der Vergewaltigung des lieben, ruhmreichen Preußen machte, dann könnten Sie ihm Eindruck machen. Ich hoffe, Sie verstehn mich, Madame.«

Ihr Busen wogte prachtvoll. »Nicht nur ein Ungeheuer sind Sie«, keuchte sie. »Sie sind *niederträchtig.* Sie korsischer Strauchdieb!«

»Ah!« machte N, »nur ein korsischer Strauchdieb kann es würdigen, wenn die herrliche korsische Strauchdiebssonne hinter den jüdisch-mystischen korsischen Strauchdiebshügeln untergeht, Madame.«

»Ich muß ja nicht bleiben, um mir Ihre Unverschämtheiten anzuhören«, sagte sie und blieb. »Ich kann gehn und dies alles meinem Gatten überlassen. Das heißt, es sei denn, ich wäre Ihre Gefangene.«

»Ah, das möchten Sie wohl, wie? Eine prächtige Idee wäre es auch, wenn Sie verlangten, nackt auf einem Schimmel vor den Truppen zu paradieren, und dann ab ins Kloster oder sonstwohin! Mitleid für das arme kleine Preußen! Ein schlimmer Verlust wäre dies jedoch für Ihren majestätischen Gatten. Wenn Sie nicht die ganze Zeit dabeisitzen und aufpassen, wird er uns noch Städte abtreten, die er nie besessen hat. *Auf Toulouse müssen Sie leider verzichten, Majestät. Toulouse? Toulouse? Ja, ist das denn unser?* Haha! Hahahaha!«

»Jetzt wollen Sie meine Wut erregen. Doch dazu müßte schon ein Besserer kommen, als Sie es sind.«

»Sie hegen schon lange die tiefste Empfindung für mich – nämlich Haß, Madame. Und das Schlimme ist, daß Sie bei all Ihrem Haß sich nun anstellen möchten wie eine *Hure.* Das kommt dabei heraus, wenn die Frauen in der Politik, in den Staatsgeschäften und dergleichen mitreden dürfen. Sie sind nicht meine erste Bekanntschaft von dieser Art. Unsere Madame de Staël, wenn Sie von der je gehört haben –«

Im rechten Augenblick wurde sie ohnmächtig, nach einem Aufstöhnen: »Ich kann nicht –« Sie tat einen anmutigen Fall und lag auf dem nicht allzu harten Teppich in einem Raum des Schlosses, wo die Konferenzen stattfanden. N stand da, lächelnd, mit allen Wassern gewaschen. »Bittschön«, sagte er, »nun stehn Sie wieder auf! Es war sehr eindrucksvoll, lassen Sie es genug sein!« Sie rührte sich nicht, anscheinend wirklich bewußtlos. Natürlich, kein Zweifel, bei einer Frau kann man nie wissen. Die nehmen sich Dinge zu Herzen. Ist sie womöglich schwanger? Das geht natürlich nicht, daß ein königlicher Fötus durch dich zu Schaden kommt. Der Tschako war ihr von den dichten braunen Locken gefallen. »Stehn Sie auf, Majestät!« sagte er, nun über ihr hockend. »Vielleicht bin ich etwas zu weit gegangen. Zu persönlich vielleicht. Nicht genug edlen Anstand wie ein echter Eroberer.« Sie lag in tiefer Betäubung; schöne lange Wimpern. »Ist jemand da draußen?« rief er und ging zur Tür, die Hände auf dem Rücken. Wachsoldaten mit Gewehren standen im Korridor. »Kommen Sie herein! Die Königin von Preußen ist ohnmächtig geworden.«

Zwei Mann, die ihn zuerst einmal entsetzt anschauten – oder vorwurfsvoll, verdammt, was ging es die an? –, hoben sie schwerfällig auf wie einen Mehlsack und legten sie auf ein Sofa im Vorzimmer, nachdem N ihnen die Tür aufgemacht hatte. Verdammt peinlich, schwer, die Oberhand zu behalten gegen eine Frau. Einer der Männer ging ihre Kammerfrauen suchen, die Ehrendamen, wie man sie nannte, und fand sie in einer Art Garderobe, in deutschen Klatsch vertieft. Sie kamen herbeigestürmt, schleuderten anklagende Blicke gegen N und zeterten um ihre arme Königin. Er ging fort, seinen Freund Alexander zu suchen. Allzu gut hatte er hier nicht abgeschnitten.

Trotzdem, am nächsten Tag (bei dem Diner, zu dem er am ersten Abend eingeladen hatte, war sie nicht erschienen) benahm sie sich sehr damenhaft, wie wenn nichts geschehen wäre, und die Zerstückelung Preußens nahm ihren Fortgang. »Die Karte bitte!« sagte er zu Talleyrand, und sie wurde auf dem Mahagonitisch entrollt. Gegen die Stiche im Magen hatte er soeben ein Lakritzenkügelchen nehmen müssen, und nun hinterließ er einen braunen Daumenabdruck am Rande der Karte. Macht nichts, korsischer Strauchdieb! »Westlich der Elbe«, sagte er. »Hessen-Kassel, ja, mit allem, was auf dieser Seite des

Flusses liegt, und daraus, schlage ich vor, machen wir ein neues Königreich. Eines für meinen Bruder Jérôme, das Königreich Westfalen. Ich denke, die Leute dort werden ihn mögen; er hat ein schönes Talent, sich beliebt zu machen.«

»Ach Gott!« stöhnte der König von Preußen.

»Mein Bruder Jérôme«, vertraute N der Konferenz an, »ist ein Weltbürger, ein Mensch von der neuen Art. Bis jetzt ist er mit einer Amerikanerin verheiratet, aber das wird natürlich noch bereinigt – muß alles seine Grenzen haben, wie auch der Papst wird einsehen müssen; wir leben nicht mehr im achtzehnten Jahrhundert. Was kommt als nächstes Talleyrand? Ah ja!« Er blickte in die Tagesordnung. »Mein lieber Freund Alexander, der Kaiser aller Reußen, sollte meiner Ansicht nach die große und blühende Provinz Bialystock erhalten.« Niemand schien je davon gehört zu haben, und mehrere Köpfe beugten sich über die Karte. »Da ist es«, sagte N und tupfte mit dem Finger irgendwohin. »Alle übrigen preußischen Provinzen in Polen müssen zu einem neuen Begriff verschmelzen. Ein neuer Begriff für eine neue Epoche. Das Großherzogtum Warschau! Was halten Sie davon?« Er strahlte die Versammlung an und sah Murat am Tisch, der besorgt und geschäftig dreinschaute; was zum Teufel wollte Murat hier? Muß etwas mit ihm vorgehabt haben, wenn ich nur noch wüßte, was. Könnte der nicht die preußische Königin verführen? Ob sie dann friedlicher wäre? »Im Augenblick scheint es vernünftig, wenn wir es dem König von Sachsen übertragen, diesen Begriff eines neuen Polen zu verwirklichen, und ich weiß, daß Sie alle mit mir in ein tiefempfundenes *Gottseidank!* einstimmen werden, daß die polnische Frage, ein Stachel in unser aller Fleisch, damit einstweilen gelöst ist.« Er bestrahlte sie alle mit Blicken, die alten Gefährten, denen er diese so lange gemeinsam getragene Last nun abnahm. Alle waren wie betäubt, bis auf Murat, der selbst mit den Augen gegen die Mittagssonne anblitzte. »Sie wollen etwas sagen, Murat?«

»Kann warten, Sire. Ich erinnere nur an ein gewisses mündliches Versprechen hinsichtlich des Herzogtums Warschau.«

»Hab ich's Ihnen versprochen? Tut mir leid, kann mich nicht erinnern, hätt ich mir notieren sollen. Aber da gibt's ja noch vieles, Murat, seien Sie unbesorgt!« Dann sagte er zu Talleyrand: »Haben wir die Höhe der Kriegsentschädigung schon berechnet?«

»Ich könnte Ihnen die vorläufigen Zahlen nennen, wenn Sie

es wünschen, aber ich habe das Gefühl, daß für den Augenblick, Sire –«

»Verstehe, Talleyrand, zu viel auf einmal. Natürlich wird Preußen bis zur vollständigen Bezahlung von französischen Truppen besetzt bleiben müssen – ist mir eher lästig, ich sehe die Truppen nicht gern untätig, aber ich weiß, unser Bruder und unsere Schwester von Preußen werden rückhaltlos kooperieren. Wir können eigentlich jetzt gleich zu einer Sache kommen, die, wie Sie alle zugeben werden, eine reine Formalität ist, und dann können wir uns ein wenig Zerstreuung gönnen. Wie auch ich freuen Sie sich bestimmt schon alle auf unsere Infanteriemanöver um vier, und für die Zeit gleich nach dem Mittagessen hat unser lieber Freund Berthier, glaube ich, ein neues Großkonzert unserer Regimentskapellen anberaumt. Hab ich recht, Berthier?«

»Ggg –«

»Etwas Lebhaftes und Aufrüttelndes, das uns alle auf andere Gedanken bringt. Reine Formalität, hab ich gesagt. Ah ja, danke, Talleyrand, Seine Majestät von Preußen wird eine förmliche Anerkennung der Bonaparteschen Königreiche aussprechen – nennen wir sie so, mangels eines besseren Ausdrucks, Neapel, Holland und natürlich das neue meines Bruders Jérôme, Westfalen; außerdem wird er ein für alle Mal den Rheinbund als staatliche Realität anerkennen. Und, dies versteht sich von selbst, Sie werden sich wieder dem Kontinentalsystem anschließen.«

Die Königin von Preußen trug heute etwas Ehrbares, Nonnenhaftes, Enganliegendes. »Ihr Kontinentalsystem«, sagte sie, »bringt nichts Gutes. Die Engländer haben neue Märkte in Südamerika gefunden. Und es wird von Ihrem eigenen Volke nicht ernst genommen. Französische Einkäufer treten in Manchester und Huddersfield auf, auch in, wie heißt das noch, in Northampton. Frankreich kann nicht einmal die eigenen Armeen kleiden. Hab ich nicht recht, lieber Freund?« fügte sie für Alexander hinzu.

»Lügen!« knurrte N, »das sind doch alles Lügen, nicht wahr, Talleyrand? Das sind alles Lügen, mein lieber Freund«, versicherte er Alexander und zerquetschte ihm schier das Knie mit der Hand.

»Sind es denn auch Lügen«, sagte sie, »daß Sie die französischen Getreideüberschüsse an Großbritannien verkaufen?«

»Das war ein politischer Geniestreich«, sagte Talleyrand mit plötzlicher Loyalität. »Um London das Gold zu entziehen.«

»Mein armes Magdeburg!« sagte der König, um die entstandene Pause zu füllen. Die Königin blickte ihn scharf an, doch da sie auf ihre Weise ebenfalls loyal war, begann sie in ihren himmlischen Augen nun die Tränen zu stauen. Auch dem Zaren Alexander wurden die Augen feucht. Er sagte:

»Ach ja, der Krieg! Er ist furchtbar.«

»Bbb –«

»Sie haben recht, Berthier! Wir brauchen etwas Ablenkung. Kommen Sie, alle, die Regimentskapellen warten!«

Beim abschließenden Bankett saß die ganze Gesellschaft bis auf N wie betäubt vom Lärm. In so einem Lärm, darin könne er baden, baden in so einem Lärm, rief er seinen Tischnachbarn zu und strahlte, als die Spiegeleier mit Huhn und Flußkrebsen aufgetragen wurden. Der König von Preußen, die eine Hand ums Ohr gewölbt, rief:

»Pardon, ich habe nicht recht –«

»*Der Lärm! Drin baden!*« Das Abendkleid der Königin war betäubend, und er war nur allzu geneigt, sich betäuben zu lassen. Es erinnerte an eine frühere Periode, an die Zeit des Direktoriums; es erinnerte an die Josephine früherer Zeiten. Kein Zweifel, es war schwer, die Oberhand zu behalten gegen eine schöne Frau. Vor dem Doppelargument der Brüste mußte sozusagen alle Staats- und Kriegskunst kapitulieren. Gut, auch er wollte sich nicht ungalant erweisen. Er hatte noch etwas in petto, eigentlich schon die ganze Zeit. »Ich nehme an«, sagte er, ein Glas verdünnten Chambertin erhebend, »daß niemand von uns es ablehnen wird, auf die Freiheit der Meere zu trinken?«

»Der was?«

»*Meere*, mein Guter!«

Alle standen gehorsam auf und tranken. N spürte, wie ihm der verdünnte Chambertin sauer auf den Magen schlug. Verdammte Meere, verfluchtes Weibselement, unverrückbare Grenze seines Reiches! »Mein lieber Freund, der Kaiser aller Reußen«, sagte er, »besitzt eine große Überredungsgabe.« Alexander blickte verdutzt auf. »Durch seine Liebenswürdigkeit und echte Großmut hat er mich zu einem Zugeständnis bewogen, zu dem ich mich andernfalls nicht leicht verstanden hätte. Danzig!« rief er aus, »Danzig wird zur freien Stadt erklärt.« Er schwenkte sein Glas ringsum, als übermütige Aufforderung, auf Danzigs freies Stadttum zu trinken. Da sie alle noch standen, mußten sie ihm Bescheid tun. »Natürlich«, fügte N hinzu, als man sich wieder setzte, »bleibt es weiterhin in dem beruhigenden Genuß einer französischen Garnison.«

Nachher sprach er mit Talleyrand.

»Ich muß gleich fort nach Königsberg«, sagte er, »und dann heim nach Paris. Ich finde, alles ist recht gut gegangen. Sie haben gewiß bemerkt, daß dieser Czaar oder Zar mich geradezu verehrt.«

»Ich wäre dessen nicht allzu sicher. Denken Sie an die Handelsinteressen in Moskau und Sankt Petersburg, an die reaktionären Elemente im Kreml! Seien Sie auf der Hut vor den leicht Beeindruckbaren, denn sie sind durch alles leicht zu beeindrukken!«

»Ich habe die Möglichkeit meiner Scheidung angedeutet und vorgefühlt, ob es nicht zu machen wäre, daß ich seine Schwester heirate. Er war ganz sprachlos, so sehr hat ihm diese Aussicht geschmeichelt.«

Talleyrand blickte ihn mehrere Sekunden lang an. »Geschmeichelt? Sind Sie wohl sicher, seine Worte, Gesten oder was immer es war richtig gedeutet zu haben?« N.

»Mir schien, er war geschmeichelt.«

»War das, als Sie dort in der Ecke mit ihm Kaffee tranken?« No.

»Ah, Sie haben uns beobachtet! Sehr aufmerksam, Talleyrand!«

»Ich dachte, Sie hätten gerade in letzter Minute noch ein Zugeständnis von Rußland verlangt. Ganz sprachlos schien er, ja.« Noi.

»Die Türkei, Talleyrand, diese Sache mit der Türkei. Lassen sie die Leute in Konstantinopel lieber wissen, daß meine Politik gegenüber der Pforte zur Zeit – nun, sagen wir *zwiespältig* ist. Aber Sébastiani muß ja seit der Ermordung dieses Sultans, wie hieß er, Selim, auf etwas Neues gefaßt sein.«

»Also haben Sie ihm die Türkei überlassen, einfach so?« Nois.

»Können Sie denn nicht sehn« – seine Augen glühten und weiteten sich vor Überredungseifer –, »daß uns große Dinge bevorstehen? Mit diesem Jahr 1807 geht der Vorhang hoch zu unserm letzten und prächtigsten Akt. Mit einem neutralisierten Preußen –«

»Das bedeutet nicht notwendig ein stillhaltendes Preußen.« Noiss.

»– Und Alexander als einem getreuen Freunde Frankreichs – das heißt natürlich mein Freund – nun, da werden die Briten bald um Frieden betteln. Und was glauben Sie, wo wir die endgültigen Friedenskonferenzen abhalten? In London, Talleyrand! Gibraltar wird unser, Indien auch. Wen sollen wir in den Buckingham-Palast setzen? Und noch ein Grund, warum ich möglichst schnell geschieden werden muß. Die Romanoffschen Mädchen waren schon immer sehr fruchtbar, mit vielen Söhnen. Ein kleiner König von korsischem und slawischem Stamme, genau der Richtige, um dieser Puddinginsel einzubleuen, daß sie zu Europa gehört!«

»Und worüber haben Sie sonst noch mit ihm gesprochen?« Noissi.

»Mit Alexander? Der hat mit offnem Mund und großen Augen zugehört, brannte drauf, etwas zu lernen. Über Führungsmethoden, Einsatz großer Armeen, moderne Formen der Nachschubversorgung. Er war aufrichtig interessiert. Diese Russen sind so weit zurück, Talleyrand. Eine unserer Missionen heißt doch Erziehung. Merken Sie sich aber das eine, schreiben Sie sich's auf: Frauen sind vollkommen unerziehbar. Eine Frau kann man nicht erziehen.«

»Sie meinen vielleicht Ihre Majestät von Preußen.« Noissim.

»Es gab einen Moment, Talleyrand –« Er besann sich, belustigt, benommen. »Sie hat in ihrer Kutsche gesessen und auf den König gewartet; der redete noch ein paar Worte mit Alexander. Die Augen hat sie voll Tränen gehabt, aber tapfer gelächelt, so schön und so *allein* – denn dieser schafsgesichtige Trottel, mit dem sie verheiratet ist, taugt nicht für Mensch und Tier, Weib, Preußen oder was auch immer. Es gab einen Moment, hab ich gesagt, da wäre ich fast zu ihr hineingesprungen und hätte ihr gegeben, was sie so offensichtlich braucht – leidenschaftliche Küsse auf Mund, Hals und Busen, ein Paar starke Arme um den Leib. Und dann, natürlich, hätte sie mir weiter zugesetzt mit ihrem lieben leidenden Preußen, und dann hätt ich gesagt, da, nimm's, mein armer Engel, was ist ein Königreich gegen die Tränen einer Frau? Alles leichten Herzens wegschenken, gibt ein Drama darüber, glaub ich. Aber ich bin standhaft geblieben, Talleyrand, ich hab nicht nachgegeben. Da sehn Sie, was ich meine, wenn ich sage, *die Frauen sind vollkommen unerziehbar.«* Noissime.

Noissimed. Demission.

Seht den fünf-
zig Meilen langen Heerwurm
von
Borowsk nach Wereja

Warm genug hatte er's in seinem Feldbett im Lager bei Loschnitza, hörte das Gehuste draußen um die Lagerfeuer, war aber nicht imstande, sich das Stündchen Schlaf anzubefehlen, das er brauchte. Nicht so sehr das Gewicht seiner Gedanken hielt ihn wach als vielmehr die Kompliziertheit, mit der sie verfugt waren: War man um einen Hügel herumgekrochen, in der Hoffnung auf ein kahles Fleckchen, wo nichts vom Einschlafen abhielt, so wartete dort schon wieder der nächste Hügel, ganz ähnlich, aber von anderer Farbe, Gestalt und geologischer Formation. Borodino zum Beispiel, zurück nach Borodino, eine fünfzig Meilen lange Kolonne, die sich hindurchwand und die eigene Schande besichtigte. Dreißigtausend Leichen mußten dort gelegen haben, und die Wölfe hatten sich über sie hergemacht. Knochenarbeit verschmähend, hatten ihre Zähne sich nur an die weichen Teile gehalten, Bäuche aufgerissen, um an die dicken Beutel zu gelangen, in denen die Verdauung abrupt zum Stillstand gekommen war, Genitalien abgebissen und wieder ausgespien: zu schwammig, nicht nahrhaft genug. Herrgott, Allmächtiger, da fällt einer in die Furche einer Kanonenkugel, stößt mit dem Kopf an einen rostigen Helm und will nicht mehr aufstehn, die Augen sperrangelweit offen für das Grauen, das Leben heißt, will nicht mehr aufstehn, denn wozu, was kommt noch? Vielleicht noch eine Restzeit, angefüllt mit der ewigen Wiederkehr nach Borodino, immer und immer wieder. Nein, so ging's nicht, und N in seinem warmen Bett hätte die Worte fast laut ausgesprochen, denn die quantitative Sicht von Tod, Elend und dergleichen beruht auf Illusionen. Was ist schlimmer, hatte er einmal zu einem Unteroffizier der Ordonnanzgendarmen gesagt, dem schlecht geworden war, als er zum erstenmal die vielen Toten sah, zehntausend sauber Erschossene oder ein einziges Kind, anal vergewaltigt, Kehle durchgeschnitten, Augen aus den Höhlen gerissen und durch Herausziehen und Verzwirbeln der Stiele zu einem einzigen grotesken Diophthalm verbunden? Zahlen täuschen, mein Junge!

Seht den fünf-
zig Meilen langen Heerwurm

Viel mehr Grauen, viel mehr Grund zum Selbstmord lag zum Beispiel im Abfall eines einzelnen als im Anblick einer ganzen niedergemetzelten Brigade. In dieser reinen russischen Luft konnte er das Parfüm, das Alexander in Tilsit getragen hatte, viel deutlicher riechen als die Holzfeuer, die die Nacht über brannten. Der Junge, oder eher der Mann, denn jetzt hielt er sich für einen, war in die Hände schlechter Lehrer geraten, und N hatte eine Ahnung, daß einer von ihnen Talleyrand war (wecken Sie keine grandiosen Ideen in ihm, Monsieur, der Napoleonische Ehrgeiz muß eine Grenze haben). Ach, Tilsit, wo der preußische Monarch auf den Knien gelegen hatte, und Alexander, wie der ihm zugehört und zugeschaut, wie der ihn verehrt hatte! Er, N, war zu freundlich, zu entgegenkommend gewesen. Warum lernte man nie die eine große Lektion, daß es beim Lehren nur darum ging, den Schüler seinerseits zum Lehrer zu machen, daß die Haltung andächtigen Schülertums für den Lehrer ein kurzes Glück war, vergänglich wie der Frühling oder die Jugend? Sehn Sie, mein Junge: hier ist Ihre eigentliche Sphäre – das östliche Baltikum und der ganze gesichts- und grenzenlose Osten; mein Gerede von einer Rolle im Mittelmeer war bloße Großmutsgeste, Troubadoursgepränge. Habe ich nicht darauf verzichtet, das alte Königreich Polen wiederherzustellen, und es bei einem harmlosen Großherzogtum in Ihrem Vorhof belassen; habe ich es nicht vorgezogen, meine Truppen nach Iberien zu schicken, wo sie, wie Sie wissen, genug zu leiden hatten unter Obskurantismus, Aberglauben und britischer Heimtücke? Ah, und die Schmach, um einen Waffenstillstand zu betteln, einen Herbst hindurch in Moskau an den Nägeln zu kauen und auf einen Brief zu warten, der nicht kommt! Warum mußten Sie mir das antun?

Andere Bilder trafen sich mit diesem einen, das eine Art belebtes Porträt Cäsar Alexanders war. Aus seinem Duft in Tilsit wurde der süßliche Gestank halbgaren Pferdefleischs zwischen den reißenden Zähnen eines Artilleristen mit blutenden Handknöcheln. Die zehn- oder zwanzigtausend toten Gäule am Weg wurden zu einem einzigen Tablett mit pferdegestaltigen Fleischstückchen, *Canapés*, die man zum Scherz bei einem Empfang in den Tuilerien servierte. »Ach«, sagte Marie Louise auf Deutsch, »das ist ja ein Pferdchen«, und aß drei Stück hintereinander. Diese Sprache also war nun bis in sein Schlafzimmer vorgedrungen, die Sprache mystischer Berggipfel und Morgenröten. Aus dem nackten Mann, den die Kosaken von Kopf bis Hintern in zwei fast genau symmetrische Längshälften gespalten hatten, wurde das zerrissene Spielzeughündchen, an dem sein lieber Sohn, der König von Rom, der jetzt in Paris die ersten Silben plapperte, seine Wut ausgelassen hatte. Er sah die lachenden Katzenaugen seiner Frau vor sich, wie sie es gleich noch einmal wissen wollte, ohne Erholung, ohne Waffenstillstand. Unter der Decke spürte er einen Phallus schwellen, gewiß der einzige heut abend, grinste er traurig, in der ganzen Großen Armee. Oder dem, was davon noch übrig blieb. Oder was

Was noch bleibt
das bleibt von der Grande Armée
von
Borowsk nach Wereja

Kusch, eitles Gemächte! Wähle, schlafloses Hirn!

Die Beresina-Linie bei Borisow durchstoßen, die Armee weitertreiben bis nach Minsk, um sich dort mit Schwarzenbergs Truppen zu einem letzten, massiven Angriff zu vereinigen. Aber das schied nun aus, denn es gab mit Sicherheit keine Möglichkeit mehr, über die Beresina zu setzen, jedenfalls nicht dort, denn Tschitschagow hatte die Brücken genommen und zerstört. In aller Eile waren die Ufer der Beresina fast bis nach Bobruisk abgeritten worden, aber kein Übergang bot sich an. Also blieb noch, und er entrollte im Kopf die Karte (bestenfalls ein ungenaues Bild des Geländes, schlimmstenfalls des letzten mythischen Höllenschlunds), also blieb noch die Möglichkeit, nach Norden zu marschieren, dahin, wo Wrede stand, und dann weiter nach Wilna. Aber Rußland, von dem er als Kind geträumt hatte, daß es im Sommer voll Pflaumen und süßer Birnen und gleich darauf tief verschneit sei, hatte auch seinen Herbst, und im Herbst war alles ein Schlamm. Kein Weg, kein Damm, Schlamm, Schlamm. Männer fielen in den Schlamm und blieben gleich liegen im Schlamm.

Er drehte sich auf den Bauch, der ihn piesackte, schniefte ins Kissen, mit einem Geruch in der Nase, als ob dieser verdammte Schnupfen wiederkäme, und dann sank er in den tiefen Frieden eines Schlamms, der nach dem Tilsiter Sommer roch. Tiefer und tiefer sank er in den tiefen Frieden und belauschte eine Friedenskonferenz der im Schlamm lebenden

Insekten. *Keineswegs sicher, ob totale Vernichtung Bonapartes für Rußland erstrebenswert. Vakuum würde sofort durchs perfide Albion gefüllt, den Schrecken der Meere.* Er sah Alexander auf einer Chaiselongue liegen, die von erlesener französischer Handarbeit aus raffiniertem Schlamm geformt war. »Dieser Schlamm ist ganz köstlich«, sagte Alexander lächelnd und kaute einen Bissen. »Wer bin ich, mein lieber Freund, daß ich gegen die Natur anzukämpfen vermöchte? Wir werden mit unsern Muschiks und Samowaren daheim am Herd sitzen und draußen den Winter sich austoben lassen. Wir werden traurige Lieder von den armen Männern singen, die durch die tobenden Schneestürme heimgehen wollen. Gehn Sie nur heim, lieber Freund! Niemand wird *ernstlich* versuchen, Sie aufzuhalten.«

Er erwachte noch rechtzeitig, um die nächste Fortsetzung des Traums von der Begräbnisprozession zur Kanalküste zu unterbinden. Diese Wahnsinnskapelle mit den papierbespannten Kämmen und Maultrommeln hatte schon wieder ihr *Hingestreckt dort seht ihr den Tyrannen* angestimmt, und das ließ er sich nicht mehr bieten, nein, nicht den Tod im Wasser. Er erwachte im Bewußtsein lächerlichen Vertrauens auf ein bevorstehendes Wunder; dann begriff er, daß es im nachhinein um Marschall Neys unverhofftes Eintreffen in Orscha ging, mit beträchtlichen Resten des schon verloren geglaubten Dritten Armeekorps. Er hatte seine Adler gerettet. Und dann, immer noch in Orscha, war die Nachricht gekommen, daß Dombrowski den Beresina-Brückenkopf verloren hatte. Die Adler aller Korps hatten vernichtet werden müssen, die Wagen verbrannt, eine heilige Schwadron mit Generälen als Truppenoffizieren gebildet – alles, was irgend die Flucht erleichtern konnte. Ein zweites Feuer – zuerst die Beute-Konvois, dann aber auch, wer hatte das nur zugelassen, die Pontonzüge. Er fand, er hatte sein Bestes getan, und jetzt hatte er wieder einmal ein Wunder verdient. Zu seiner eigenen Überraschung betete er um eines, ganz schlicht und bescheiden: »Bitte, Gott, laß ein Wunder geschehen, damit diese Männer sicher nach Frankreich heimkommen, und dann will ich mich damit begnügen, Frankreich zu regieren, und keine wilden Abenteuer mehr beginnen.« Dies bewirkte das Wunder, daß sein Kopf von der ganzen Last frei wurde, und sofort fiel er in traumlosen Schlaf.

Berthier schüttelte ihn sacht und stotterte etwas. »Was?

Was?« N starrte wild um sich und hielt zuerst den anderen Offizier, der dabei war, für den Czaaren oder Zaren aller Reußen. Aber es war Marschall Oudinot. »Was ist denn, Oudinot?«

»Gute Nachricht, glaub ich, Sire! Bei Studienka scheint eine Furt zu sein, etwa acht Meilen nördlich von –«

»Borisow, ich weiß, ich weiß. Eine *Furt,* sagen Sie?«

»Drei bis vier Fuß tief, Sire.«

»Selbst entdeckt, Oudinot?«

»Brigadegeneral Corbineau von der leichten Kavallerie des Zweiten Korps, unter General Wredes Kommando, hatte Befehl erhalten, zu seiner Haupteinheit zurückzukehren, und fand einen Bauern auf dem Westufer der Beresina, der ihm die Furt bei Studienka zeigte, Sire.« Oudinot hatte etwas von einem Polizisten an sich. »Glücklicher Zufall, Sire!«

»Allerdings!« Er war hellwach, schlang die Arme um die zugedeckten Knie. »Schreiben Sie mit, Berthier! Ablenkungsangriffe an verschiedenen Stellen längs des Flusses – sagen wir bei Stachow, Borisow und dieser Ort weiter südlich –«

»Uuutscho –«

»Ja, Utscholodi! Tschitschagows Aufmerksamkeit muß von Studienka abgelenkt werden. Lassen Sie etwas Kavallerie und leichte Infanterie auf Flößen oder zu Pferde übersetzen und bauen Sie auf dem Westufer, gegenüber von Studienka, eine Deckstellung auf. Wird eine Heidenarbeit.«

»Der Brr –«

»Ja, den Brückenbau mein' ich. Holz. Müssen alle Häuser in Studienka einreißen. Lassen Sie mir *gleich* die Pioniere kommen. General Chasseloup. General Eblé. Wird *interessant* werden, Berthier. Der menschliche Erfindungsgeist, Oudinot! Oudinot, meinen Glückwunsch und Dank an diesen Offizier –«

»Corbineau, Sire?«

»So heißt er? Und sagen Sie ihm, er soll die Einheit Kavallerie und leichte Infanterie befehligen, die über den Fluß setzt. Schließlich kennt er den Weg. Also, meine Herren, ich werde aufstehn.«

Und er stand auf und trällerte:

La la laaaah
la la la la la LAH LAH
LAAAAH
Lilla lilla LAH LAH

Vergewärtigen Sie den Männern die unvermeidlichen Schwierigkeiten der bevorstehenden Bautätigkeit, unter besonderer Betonung der Erfordernisse höchster Improvisationsfähigkeit, sagte General Eblé, raschester Durchführung und Bewahrung der Kaltblütigkeit angesichts fast mit Sicherheit zu erwartender feindlicher Störangriffe. Der Sergeant Rebour sagte: Los, Jungs, ihr wißt ja, diesen verdammten Pontonzug haben wir bei Orscha verloren, und alles, was wir noch haben, sind ein paar Feldschmieden, ein paar Karren Holzkohle und sechs Wagen Nägel. Drei Brücken will er haben, sagt er, aber ich seh nicht, wie wir ihm mehr als zwei hinstellen sollen. Das primäre Erfordernis, sagte General Eblé, ist die Beschaffung der nötigen Baumaterialien, und dies wird den Abriß ziviler Wohnhäuser in der benachbarten Ortschaft erzwingen. Als erstes, sagte der Sergeant Rebour, brauchen wir mal Bretter, und die kriegen wir nur, wenn wir diese Hundehütten da drüben einreißen. Das Nest hier heißt Studienka, wenn ihr's wissen wollt, aber der Name interessiert keinen Schwanz mehr, wenn wir erst durch sind. Ich glaub zwar nicht, daß ihr in den Häusern noch viele Russkis finden werdet, aber wenn ihr einen seht, dann Arschtritt und verdufte, mein Junge! Hier befinden sich feindliche Infanterie- und Artillerieverbände in starker Konzentration, sagte General Eblé, unter dem Befehl des Admirals Tschitschagow. Dieser Russkiadmiral (aber weiß der Teufel, was ein Admiral beim Heer zu suchen hat!) Schittentopf, oder wie der heißt, daß der Ärger machen wird, könnt ihr euch denken, aber dafür haben wir ja die Infanterie und die Kanoniere. Ich muß wohl nicht eigens hervorheben, daß der Geist der Geschichte in diesem Augenblick mit gespanntester Aufmerksamkeit und wir sind Sappeure, Jungs, und müssen sehn, wie wir das hier hinkriegen, und sollen die andern sehn und unerschütterlichen Mut und unbezähmbare Tatkraft des Pionierkorps.

Abends hatten wir schon Frost, wenn auch nicht viel, grad so viel, daß dieser Scheißschlamm fest wurde, und gegen Abend waren wir auch so weit, daß wir dieses Studienka auseinandernehmen konnten. Die verfügbaren vierhundert Sappeure rissen in einer wohlvorbereiteten und rasch ausgeführten Operation die hölzernen Bauten der Zivilhäuser ab, die zumeist von ihren Bewohnern schon vollständig geräumt waren. Rumms und rumms und rumms, und was noch da war, machte sich in die Hosen und rannte, das ganze Nest eine Staubwolke, und wir uns die Lungen aus dem Hals gehustet und angefangen, die

Bretter zu stapeln, daß sie auf den Karren abtransportiert werden konnten. Die nächste Aufgabe war die Konstruktion der Brückenböcke, von denen bei hundert Metern zweifach zu überbrückender Stützweite schätzungsweise etwas über zwanzig erforderlich waren. Es sprach sich rum und stimmte sogar, daß der Schittentopf gehört hatte, wir würden alle bei Borsadingsda übersetzen, und am 25. gab es ein Mordsgetöse nach Borisow zu, hörte sich an wie Brückenbau, und er da runter. Bei Erhalt der Nachricht vom Gelingen unseres Diversionsmanövers zeigte der Kaiser sich freudig bewegt. Johlen und Lachen und Tanzen undsoweiter, aber wir weiter drangeblieben an den Scheißbrücken.

Der gemischte Stoßtrupp unter Brigadegeneral Corbineau zählte etwa vierhundert Mann und bewerkstelligte den Flußübergang ohne Mühe; anschließend wurden die Patrouillen der Kosakennachhut zurückgeschlagen. Wir hörten sie rüberplatschen, und Jesses, sagt einer, friern dir die Eier ab, denn inzwischen war's hundekalt, und dann sind die Kanonen uns decken gekommen. Etwa vierzig um das Baugebiet verteilten Feldgeschützen gelang es mit geringer Mühe, die wenigen in der Nachbarschaft noch tätigen feindlichen Geschütze zum Schweigen zu bringen. Peng, peng, peng, und den Russkis war schnell das Maul gestopft. Also, wir fast die ganze Scheißnacht über an den Böcken rumgehämmert, mit einem Löffel salziger Pferdesuppe zwischendurch zum Aufwärmen, und natürlich haben wir die Feuer stark und heiß brennen lassen. Die Aufstellung der ersten Brückenböcke im Flußbett der Beresina wurde zweckmäßig, obgleich nicht ohne augenfällige Schwierigkeiten durchgeführt. Was das für ein Scheißgefühl war, ins Wasser zu waten, wie flüssiges Eis, rein bis zum Kinn, kann man gar nicht sagen. Außer mir waren's Rastel und Lagrange, Perottin, Renault, Le Bellec und all die andern Säcke, weiß nicht mehr, wie sie hießen, und wir haben die Dinger da reingeschleppt, mitsamt vorstehenden Nägeln, die dir Haut und Fleisch abrissen, und das Blut fror gleich an, aber trotzdem steckten wir die Dinger da rein. Ich weiß noch, wie der junge Saytour untergegangen ist und keinen Boden mehr fand, und Frere kriegte Wasser in die Lunge und kröchte und kröchte. Tissot und Guennec gingen drauf. Zahlreiche Probleme traten auf, die der wackere Sappeurtrupp unverzagt und erfinderisch allsogleich überwand.

Wir hatten die ganze Nacht geschuftet, bis es hell wurde, und fingen schon an, die Planken zu legen, und dann ist er selber vorbeigekommen. Der Kaiser kam in eigener Person, um die Pioniere mit Scherzworten und sachkundigen Fragen aufzumuntern, wobei er der eigenen früheren Neigungen auf dem Gebiete der Wissenschaften und Techniken gedachte und sich in der Terminologie der Sappeure als beschlagen erwies. Ohne daß er uns in die Hacken trat, wären wir eher fertiggeworden, aber er hat's gut gemeint. Trotz mancher Anzeichen körperlicher Erschöpfung wurde die Arbeit fast ohne Unterbrechung bis um ein Uhr mittags fortgesetzt, als die erste Brücke von General Eblé für fertiggestellt erklärt wurde und man die Männer aufforderte, die Mützen in die Luft zu werfen, wobei allerdings die meisten für diese Geste einer wohlverdienten Selbstbeglückwünschung zu erschöpft waren. Sogleich wurde mit verdoppelten Kräften die Arbeit an der zweiten Brücke fortgesetzt, der größeren von beiden, und Vorkehrungen für die ersten Übergänge wurden getroffen. Ein verflucht wackliges Dings war es, und alle haben wir die Luft angehalten, als Marschall Oudinots Haufen rüberging, *ohne Tritt!* wurde immerzu gerufen. Elftausend Mann gingen rüber, unter Marschall Oudinot und General Dombrowski, dem polnischen Arschgeiger, und die Kürassierdivision unter General Dumerc. Und dann hieß es *Jesses, das geht in die Hose!* als diese zwei Kanonen anrollten, aber sie kamen rüber, und dann wurde der Bau in aller Eile auf Zeichen unvermeidlicher Beschädigung inspiziert und die erforderlichen Reparaturen sogleich wir kletterten runter und flickten mit Hämmern, Hämmern, Hämmern und Nägeln, alles wieder zusammen.

Die verbleibende Gefechtsstärke der Großen Armee wurde zu diesem Zeitpunkt auf etwa neunundvierzigtausend geschätzt, mit einer Artillerie von rund dreihundert Geschützen und einem unübersehbaren Gefolge von Bagagewagen, aber außerdem mußte auch der Haufen der rund vierzigtausend unbewaffneten Nachzügler mitgezählt werden, ein Schwarm von entgeisterten, desillusionierten und demoralisierten Leuten, die nahezu mechanisch hinter der Nachhut der Gefechtstruppen herliefen. Wir machten uns an die Arbeit in zwei Gruppen, die eine, um die ständigen Reparaturen an der N-Brücke, wie manche sie nannten, zu besorgen, und die andere, um die J-Brücke für den Übergang der Artillerie um drei nachmittags fertig zu machen (J, warum J? Andenken an seine Verflossene, sagte jemand, ich glaube, es war Chabenat). Es wurde geschätzt, daß der Feind zu diesem Zeitpunkt mindestens fünfundsiebzigtausend reguläre Soldaten und Kosaken zur Verfügung hatte, alle in geringer Einsatzdistanz zur Beresina. Um drei nachmittags war die J-Brücke fertig, wie versprochen, und von da an ging's darum, sie Tag und Nacht offen zu halten, denn so hatte er's gewollt; obwohl, als er selber erst drüben war und sein Hauptquartier auf dem Westufer hatte (*ohne Tritt! ohne Tritt!* das war die Garde, die rübermarschierte), interessierte es ihn keinen Fatz mehr; hat alles Weitere uns und natürlich Eblé überlassen, und einer oder zwei haben gesagt (ich weiß noch, Duvivier, Eglenne und Tixier spuckten auf das N, das sie in den Schnee gepißt hatten – der Schnee kam am nächsten Morgen, kurz vor der Dämmerung –, mit der Krone drauf und allem Drum und Dran), daß wir alle, Scheiße noch mal, bloß ein bißchen Anerkennung wollten, wo all die Schweine drüberwegstiefelten und in Sicherheit galoppierten, und wir bis ans Kinn im Wasser, mit immer mehr Eisschollen drauf, konntest sehn, wie die auf dich losgeschwommen sind, aber wir immer weitergemacht und kein Gefühl mehr in den Fingern.

Um vier Uhr nachmittags, am 27. November, gab es einen unglückseligen Zwischenfall, nachdem bis dahin der Übergang der Truppen über beide Brücken reibungslos verlaufen war. Der für den Artillerietransport vorgesehene Bau brach plötzlich zusammen. Wir standen dabei, schauten nach Rissen, und die Böcke unter der J-Brücke gefielen uns gar nicht mehr, als Cornevin losbrüllte *o Scheiße!* weil er als erster gesehn hatte, wie eins von den Dingern ins Wackeln kam, und dann war alles eine Panik, ein Kreischen und Brüllen, und gleich drei von den Dingern sind weggekippt, und die Leute da drauf rückwärts gedrängt und sich festgeklammert, um sich geschlagen und gebrüllt *allmächtiger Himmel!* denn die sahn plötzlich die Planken vor sich verschwinden; und Leute wollten die Sergeanten und sogar Offiziere zerreißen (Hauptmann Roeder wär beinah draufgegangen, nur sein Hauptfeldwebel hat ihn herausgehaun), und alles zurückgeschoben, zu Tausenden, die armen Hunde, alles nur noch Arme, Beine, brüllende Mäuler, alles durcheinander und wollten zurück ans Ufer. Und mittenmang die Kanonen, die abschüssigen Planken runtergerollt oder seitwärts über die Ränder ins Eis gekracht, den Leuten auf die Köpfe, die da um Hilfe schrien. Leider versagte in diesem Augenblick jede Disziplin, und es kam zu manchen sträflichen Gehorsamsverweigerungen, die angesichts der außergewöhnlichen

Umstände und des Schocks, der die Truppen bereits in einem Zustand hoher Erschöpfung traf, selbst dann, als disziplinarische Maßnahmen wieder in den Bereich des Möglichen rückten, keinen Schwanz interessierten. Jeder für sich und scheiß auf uns alle! Hunderte von brüllenden Halbtoten auf dem Ostufer, einer überm andern, die untersten zu Brei gedrückt, konntest das Blut spritzen und sofort festfrieren sehn, Schädel eingetreten, Augen rausgesprungen, und ich weiß noch, wie der eine arme Hund so die Hände hochgehalten hat, alle Finger gebrochen, da seht doch dies oder jenes! und gebrüllt, als ob er der einzige wär, dem was wehtat.

Und gleich drauf, was machten sie, soweit sie nicht zerstampft worden waren? Sie rannten los zur N-Brücke, die zu dieser Zeit noch voll in Betrieb war und wo der Übergang des Infanteriepersonals reibungslos und in raschem, gleichmäßigem Rhythmus vonstatten ging, brüllten wie am Spieß und hieben um sich, so daß es hier bald genauso aussah wie am Zugang zur andern. Jetzt waren's nicht mehr bloß zuckende Körper, Leute, die schimpften und sabberten, *Allmächtiger!* sondern auch die Pferde geschäumt und gewiehert, und Wagen wollten durch mit Rädern, die sich in der Luft drehten. Aber wir waren nicht als Wachen da, sondern die Pioniere begannen sofort mit anerkennenswerter Schnelligkeit und ohne jede Panik die zusammengebrochene Artilleriebrücke zu reparieren, indem sie die umgestürzten Böcke wieder aufrichteten und die Planken befestigten, so daß der Übergang fortgesetzt werden konnte. Schwierig wurde's, als es darum ging, das Erste und Vierte Korps erst einmal so weit an die Brücke heranzubringen, daß sie hinübergehn konnten, denn vor beiden Brücken war alles verstopft mit Leibern, haufenweise, wie die schmutzige Wäsche von zwei ganzen Regimentern, und dazwischen Räder, Achsen, Wagengestelle, Pferde, manche davon noch nicht tot, nur benommen, mit Augen, die einen groß anglotzten. Was wir machen mußten, Befehl von Eblé, da es allzu viel Zeit erfordert hätte, die den Zugang versperrenden Leichen und die beschädigten oder unbrauchbaren Ausrüstungsgegenstände zu entfernen, erteilte General Eblé den Befehl, statt dessen, sondern was wir machen mußten, war hacken. Hacken, einen Weg da durch! Hacken mußten wir, hacken, hackt nur, Jungs, hackt! Sergeant Rebour vorangehackt und wir hinterdrein. Stell dir vor, du hast ein großes Tablett mit Schnitzeln und Koteletts und Spiegeleiern vor dir stehn, und weil du so einen Heißhunger hast, da nimmst du nicht hier ein bißchen Ei und da ein Stückchen Fleisch, sondern tust einfach reinhacken, daß Saft und Soße und Eiweiß und Dotter alles nur so durcheinanderspritzt, und hackst und hackst. Gontier fing an zu schrein, sagte, er hätt grad auf einen losgehackt, und da hatte der die Augen aufgeklappt und ihm zugenickt, und dann hat er ihm den Bauch zerhackt, bis er tot war. Also, wir so ein paar Wege freigehackt, was tut man nicht alles fürs liebliche Frankreich, und zu beiden Seiten an den Wegen war sowas wie eine Wand aus Fleisch, Knochen, Eingeweiden und zerhackten Uniformen. Dann sind das Erste und das Vierte gekommen, mit vielen, denen viel zu schlecht war zum Kotzen, gingen da durch zur N- und zur J-Brücke und machten hinüber. Dann wurde's ein bißchen ruhiger, und das Ostufer entlang brannten lauter so kleine Feuer, die die Nachzügler sich gemacht hatten, die nicht rüber wollten, kein Wille mehr in denen, und dann kam der Frost runter wie ein großes kaltes Plätteisen. Das ganze Ostufer lang, so weit man sehn konnte, überall diese Kerle, bibbernd und in Lumpen, machten sich ihre Feuerchen an und hockten sich davor, ohne den Nerv oder die Courage oder das lausige bißchen Verstand, irgend etwas zu tun. Sozusagen stillverrückt waren die geworden, konnte man nur sagen. Als General Eblé bemerkte, daß einstweilen, bis zum erwarteten Eintreffen des zurückhängenden Neunten Korps, keine der Brücken zu Transportzwecken diente, bemühte er sich, die nicht mehr kampffähigen Anhängsel der Armee durch Überredung und selbst durch Androhung harter Strafen zur Nutzung der Gelegenheit zum nächtlichen Übergang auf das Westufer zu bewegen, doch zeigten die angesprochenen Elemente sich apathisch und ließen selbst jenen Rest an moralischer Stärke vermissen, dessen es bedurft hätte, um die Notwendigkeit einer solchen Rettungsmaßnahme auch nur einzusehen. Stillverrückt, konnte man sagen.

Die Pioniere biwakierten, und kurz vor Tagesanbruch fiel Schnee auf die leeren Brücken. Schaut mal, was da für ein Schnee runterkommt! Überall sind Leute um die Feuerchen gehockt, schmissen Stiefel, Uniformfetzen, vielleicht auch mal ein Bein oder eine Handvoll Zähne hinein, irgendwas, und keiner hat mehr viel sehn können. Schaut mal, was da für ein Schnee runterkommt! Was heißt hier Schnee? Was heißt hier Neuntes Korps? Wieso Neuntes? Wo sind wir überhaupt? Rußland. Was heißt hier Rußland? Wo ist Rußland? Was solln wir da, in Rußland? Warum sind wir nicht in Frankreich? Was heißt hier Frankreich? Wo oder was ist Frankreich? Na, *Frankreich!* Da dämmerte manchen denn doch etwas. Wenn ihr über diese Brücken geht, kommt ihr nach Frankreich. Was für Brükken? Wieso sind es zwei? Von den rund vierzigtausend verließen manche ihre schwachen Feuerchen und irrten unschlüssig zwischen den beiden Brücken herum. Über welche sollen wir gehn? Über welche kommt man nach Frankreich? Die Pioniere sagten: Wir erwarten das Neunte Korps. Nichtkombattanten haben letzte Nacht ihre Gelegenheit gehabt. Wir erwarten jetzt jede Minute das Neunte Korps. Nein, nein, wir wollen auch rüber, wir wollen nach Frankreich. Der zerlumpte Haufen schob sich auf die N-, dann auf die J-Brücke zu, er schwoll an, begann hinüberzugehen.

Weiter drüben auf dem Westufer sah N in seinem Hauptquartier in Brilli den Schnee fallen. Ein Reiter, ganz vereist vom eiligen Furtübergang, kam mit Nachricht vom Neunten Korps angekeucht. Marschall Victor, Herzog von Belluno, der mit der Nachhut längs der Hügelkette bei Studienka steht, hat so gut wie keine linke Flanke mehr. Wittgenstein rückt in drei Keilen gegen ihn vor.

»Um Gottes willen, Mann, warum hat er keine linke Flanke mehr? Wo ist General Partonneaux mit seiner Division?«

Hat den falschen Weg genommen, als er Borisow verließ, mit Befehl, sich auf Studienka zurückzuziehen, den Russen genau in die Arme marschiert, nur hundertsechzig Mann durchgekommen zum Hauptquartier des Herzogs von Belluno.

»Was ist das für ein Divisionskommandeur, dieser verdammte Partonneaux? Viertausend Mann, und die läßt er sich von den Kosaken enteiern, in dieser Minute! Falschen Weg genommen. Wie viele Wege gibt's denn in so einem gottverlassenen Kuhfladen von einem Land wie hier? Hat er gedacht, er ist auf der Place des Vosges?«

»Ggg –«

»Was ist mit dieser Badener Brigade? Wo ist sie?«

»Zzz –«

»Wieso zurück, wer hat mich die zurückziehn lassen? Hat denn niemand so viel Verstand zu sehn, daß jetzt nicht die Zeit ist, irgend etwas zurückzuziehen? Also, diese Badener sollen gleich wieder zurück über die Brücken, wie der Teufel im Galopp, und machen, daß sie zur linken Flanke des Neunten kommen. Galopp, auch die Infanterie, keine Zeit zu verlieren!« Schnee mischte sich auf seiner Nase mit Schweiß.

Ich denk, mich laust der Affe, als ich die gesehn hab. Kommt da so ein ganzer Haufen mit Artillerie und allem und will wieder zurück, dahin, wo doch alle eben erst hergekommen sind, bis auf das Neunte Korps. Wozu haben wir diese Scheißbrükken denn gebaut, haben wir uns gefragt, aber so geht's bei der Armee. Alles hat gestaunt, auch diese Brigade selbst hat gestaunt, wie sich rausstellte, die aber mehr darüber, daß sie beide Brücken von diesen hirnlosen Lumpenkerlen verstopft fanden, die sich rüberdrängten und nach Frankreich schrien, als ob es auf der andern Seite ein warmes Frühstück gäbe. *Ach du dicke Scheiße!* und *ach du lieber Himmel!* hörte man aus dieser Brigade, denn die sprachen alle deutsch, und die schoben und trampelten und droschen nun los, und dann, wie man sich ja denken kann, fielen die ersten an den Seiten runter, mit Gezappel und Gebrüll ins Eis und ins eisige Wasser, Muttimuttimutti! und platsch und knacks und gluckgluck, weg warn sie. Den ganzen Weg mußten die Badener drängeln, und die Geschütze bekamen sie nicht mit hinüber. Die Geschichte ging rum, und es stimmte sogar, schon wieder, als ob es gar nicht mehr möglich wäre, daß etwas nicht stimmte, denn was einer sich nur ausdenken konnte, war dann doch nicht so verrückt wie das, was bei diesem Wahnsinnsfeldzug alles passieren konnte, jedenfalls es ging rum, daß sie die linke Flanke des Neunten machen sollten, das die Arrièregarde war. Nach dem Gerummse zu urteilen, war auch drüben auf dem Westufer an verschiedenen Stellen einiges los, und wir hörten, unsere Kavallerie sollte auf Draht gewesen sein und der Schittentopf hätt bald die Hosen voll. Die ganze Zeit kam weiter Schnee runter, und wer Zeit hatte, drauf zu achten, wie kalt es war, fror sich den Arsch ab.

Mittags begann die feindliche Artillerie gezielt die Schar der unbewaffneten Flüchtlinge zu beschießen, die über die Brücken gehen wollten. Offenbar erfolgte der Beschuß aus der Position, wo die linke Flanke des Neunten Korps hätte stehen sollen. Diese Umfassung wurde schnell durch einen überwältigenden Sturm von Flankenfeuer aus den Batterien am Westufer beseitigt, die der Kaiser in aller Eile dort hatte postieren lassen, außerdem durch einen denkwürdigen Kavallerieangriff unter Führung des Generals Fournier, mit dem Ergebnis, daß am Spätnachmittag das Neunte Korps noch immer seine Stellung behauptete und die Brücken deckte. Aber ein gottloses Durcheinander gab es, als die Menge bei der ersten Salve der Russkis zu toben und zu schreien anfing, wie ein einziges wildes Tier, das mit Millionen Krallen sich selbst zerfetzte. Es wird geschätzt, daß sich aus der Masse der Flüchtigen eine disziplinlose und wahnwitzige Horde von etwa zweihundert Meter Breite und fast einer Meile Länge bildete. Geradezu selbstmörderische Dimensionen gewann die Panik durch Versuche mancher Kutscher, mit ihren Fahrzeugen die Durchfahrt zu erzwingen, wobei unvermeidlich eine unabsehbare Zahl der den Weg versperrenden Personen unter Rädern und Hufen zermalmt wurden. Viele Tausende wurden von den Brücken gedrängt und in den Fluß geschleudert, wobei viele den Tod nicht erst durch Ertrinken, sondern bereits durch die Konkussionen beim Aufprall auf die Eisschollen fanden, die nun zunehmend das Wasser bedeckten.

Mir fehlen die Worte, mir fehlen einfach ganz hundsfottsmäßig die Worte für das, was passierte, als die J-Brücke einbrach. Irgendwas ist gebrochen, und dann ist sie eingestürzt, und da waren immer noch Leute drauf und haben gebrüllt und geklammert und gestoßen, wollten immer noch rüber, als sie schon am Einstürzen war. Wer so ein armes Schwein vor sich über den Rand geschubst hat, ist gleich hinterhergeflogen, denn ihn schubste der nächste, und so ging's den ganzen Weg von vorn nach hinten. Nie wieder, nie wieder in diesem Kotzleben! Diejenigen am Zugang zur Brücke, die sehn konnten, was passierte, sind losgerannt in einem Knäuel, sich geprügelt und niedergetrampelt, um zur N-Brücke durchzukommen, und dann fing dort dasselbe von vorn an. Als wir angefangen haben, die beiden Brücken zu reparieren, sind wir einfach auf die Leichen getreten, die allmählich sowas wie einen Damm im Fluß bildeten, und später mußten wir an beiden Brücken wieder die Zugänge freihacken, wie schon einmal, denn das Neunte Korps war im Rückzug, und wir konnten schon die Hornsignale hören, die uns sagten, daß es im Anmarsch war. Also, wir mit unsern Hacken hack, hack, hack durch Tot und Lebendig, damit das Neunte Platz hatte, wenn es da war, und es kam um halb zehn. Um ein Uhr nachts marschierten sie immer noch rüber, und erst gegen Morgen wurde die Arrièregarde erwartet.

Komisch war, daß der Flüchtlingshaufen, als es Nacht war, ganz schlapp und totensteif wurde; kein Glied konnten die mehr rühren, als ob da drüben nur am Tage Frankreich wäre. Da hockten sie wieder um ihre Feuerchen, saßen auf Leichen, manche, wie auf Stühlen. General Eblé verbrachte einen großen Teil der Nacht mit Versuchen, den apathischen, zerlumpten

Gruppen, die weder für schlichte Worte noch für die einfachsten Gesten mehr zugänglich zu sein schienen, die Situation zu erklären, insbesondere daß vom kaiserlichen Hauptquartier Befehle gekommen waren, die Brücken sofort zu verbrennen, wenn die Arrièregarde des Neunten Korps auf dem Westufer wäre. Die ganze liebe Nacht hat er mit denen herumgestritten und fiel doch selber fast um vor Müdigkeit, während wir andern uns zum Biwak hinsetzten, nachdem wir Eis geschmolzen und das gefrorene Pferdefleisch gekocht hatten, das beim Hack, Hack, Hacken abgefallen war. Manche von uns konnten zuerst nicht gut schlafen, weil wir nämlich die Zahlen über die Pioniere gehört hatten. Vierhundert waren wir gewesen, und rund vierzig waren noch übrig; kein Wunder, daß es uns so vorgekommen war, als ob die Arbeit immer schwerer wurde. Jesses, ganze vierzig!

Als es Morgen wurde, weiß, weiß, weiß, soweit das Auge glotzen konnte, kam der Rest vom Neunten angedackelt und machte hinüber, und um neun hat Eblé befohlen, die Brücken anzuzünden. Wie die Leute drüben die Flammen hochklettern sehn, gibt es wieder eine Kotzpanik, und alles rennt auf die beiden Brücken los und will schnell noch rüber, schiebt und zieht und klammert (wer zum Klammern noch Finger hatte). Geschrien haben sie und uns beschimpft wegen des Feuers, und eine ganze Menge ist sogar noch rübergekommen, brüllend und alle mit einem Feuerschweif. Lange hat es nicht gedauert, bis die Brücken ausgebrannt waren, und dann sind sie runtergekommen, ganz zugedeckt mit einem Gewimmel von Leuten, die gebrüllt und gebrannt haben, sah aus wie Fliegenpapier, wenn man's ins Herdfeuer wirft. Der Fluß war nicht mehr Eis und Wasser, sondern Menschen, tote und sterbende, stell dir das vor, vollkommen verstopft, ganz was Neues, ein Fluß von Leichen. Und das war das Ende des Übergangs über die Beresina. So endete diese Episode, der Rückzug der Großen Armee über den Fluß Beresina, eines der ruhmreichsten Kapitel in der Geschichte des Rußlandfeldzugs. Ruhmreich fürn Arsch, der reine Mord war's. Insbesondere das Pionierkorps bedeckte sich mit Ruhm. Mit Scheiße.

Von Schnee zu Schnee im wehenden Schnee sie gehn
Der Schnee die Schneen wer kann den Schnee verstehn
Wer dreht den Schnee daß wir den immer wieder sehn
Ach Béranger ach Beaumarchais erfrorne Zehn

Und Stehcafé und Busenschnee und Kopfverdrehn
Am fünften Zwölften einundzwanzig Grad und Schnee
Am achten Zwölften sechsundzwanzig Grad und Schnee
Und so ein Schnee wird ohne Weh verwehn
Soldaten geht im Kreis und bleibt nicht stehn

Manche starben kopfschüttelnd. Sergeant Huppe wußte noch in manchen Augenblicken, daß sie Rußland verlassen wollten und zu diesem Zweck einen breiten Fluß überschritten hatten, und wenn sie nur erst die Memel wiedersähen, dann ginge es wirklich nach Hause, aber, hatte er gehört, der Hauptfeind war doch England, und warum in Gottes Namen hatten sie nach Rußland marschieren müssen, um gegen England zu kämpfen? Weil Rußland bei der Kontinentalsperre nicht mitmachte. Und was hieß das, die Kontinentalsperre? Es hieß, daß alle gezwungen waren zusammenzuhalten, damit England die Sachen, die es fabrizierte, nicht mehr nach Europa exportieren konnte, und Europa, das hieß sozusagen das Franzosenreich. Also mußte man mit über einer halben Million Leute nach Rußland einmarschieren, damit der Zar bei der Kontinentalsperre wieder mitmachte. Wenn aber die Kontinentalsperre das wichtigste von der Welt war, warum kümmerte dann die Große Armee selbst sich nicht drum? Noch bis vor kurzem hatte Sergeant Huppe den untrüglichen Beweis dafür, daß die Armeestiefel aus England kamen, an den eigenen Füßen getragen – nämlich in Form eines Schildchens mit der Aufschrift NOTTINGHAM, doch jetzt war das Schildchen mitsamt dem ganzen Stiefel in Auflösung, und N und TT und NGH und M muhten wie Gespensterkühe durch den Steppenwind. Sergeant Huppe legte sich in der gefrorenen Haut eines Pferdekadavers zum Sterben nieder. Ich bin dein kleines bibberndes Fohlen, bring mich zur Welt, huppe huppe, hottehüh, brrr! das Kontinentalsystem!

Leutnant Ratiano sah sein linkes Bein unterhalb des Knies einfach abbrechen, ohne jeden Schmerz, wie ein morscher Ast, und dann beweinte er's, als es im Schnee lag: mein Kleines, bist doch ein Stück von mir, und ich hab dich umkommen lassen! Er machte sich aufs Sterben gefaßt, kopfschüttelnd, daß Gott gegen diese Riesenquälerei einer sterbenden Armee nichts unternommen hatte, doch dann begriff er die unglaublich schöne Durchtriebenheit des ganzen Universalsystems, in dem nämlich Gott sich des Kaisers nur bediente, um unwiderlegliche Zeugnisse für die Unsterblichkeit der Seele zu schaffen. Es war eigentlich alles so einfach: Das eine Teilstück des menschlichen Systems, das nicht abbrechen und im Schnee liegenbleiben konnte, war der menschliche Geist. Ekstatisch machte der Leutnant Ratiano sich darauf gefaßt, alles abzubrechen, auch den Kopf, und was dann übrigblieb, wäre das Wesen des Leutnants Ratiano, das unsichtbar seine abgebrochenen Teile zählte und sah, daß sie alle noch da waren. Hallelujah, hallelujah! Und dann starb er, mit einem Kopfschütteln, daß man dazu erst einmal geboren sein mußte.

Major Cordaillet schüttelte den Kopf über allzu vieles – den verspäteten Abmarsch aus Moskau, den Fehler, daß man für den Rückweg nicht die wärmere Route weiter im Süden genommen hatte, die Verbrennung des Pontonzuges (jemand hatte gesagt, die Flüsse würden zugefroren sein, so daß man den Zug nicht brauchte), doch aus der dichten Wolke von Rätseln blitzte eine Maxime hervor, und er spürte einen unbezähmbaren Drang, sie den stutzköpfigen, klapperdürren Kadetten einzuschärfen, seinen andächtig lauschenden Schülern auf der Militärakademie, irgendwann kurz vor Ende des Vormittagsunterrichts, und dann ab ins Quartier zur Zwiebelsuppe und der Kalbskeule mit Knoblauch: *Meine Herren, kein Heer kann in Rußland siegen.* Der Winter brachte die Soldaten um. Schon der Sommer hatte viele umgebracht: Wer war nicht schon alles tot gewesen, ob durch Ruhr, Malaria oder Hunger, ehe man die Kuppeln von Moskau zu Gesicht bekam? Den Tod gibt Rußland selbst, meine Herren; Rußland findet immer das eine oder andere Mittel. Aber schlagen Sie sich um Gottes willen jede romantische Vorstellung vom General Winter aus dem Kopf, als ob er der große Todbringer wäre! Dann entließ er die Schüler, grüßte den General Winter und starb finster entschlossen.

Hauptmann Boutteau, der aus der Landwirtschaft im Midi kam, weinte um das Vieh, das mit der Armee nach Rußland marschiert war. Es war verschwunden, muhte, grunzte und blökte auf ewig in einer Art homerischer Hölle. Für die Pferde hatte er wenig Mitleid: Die waren schnaubend mit einmarschiert, willige Ausweitungen des Menschen, hochnäsig wiehernd zwischen den Trompetenstößen. Aber über die neugeworfenen Kälber hatte man geflucht, weil sie nicht schneller gingen. Er starb lächelnd, zwischen warmen Mäulern.

Der Gefreite Cornu war einer von denen, die sich zwischen Smogorni und Wilna nicht aus der Kolonne verdrückten. Wie viele andere waren verschwunden, zwanzig-, dreißig- oder vierzigtausend? Zahlen hatten nichts zu bedeuten. Neben Cornu gingen auf der einen Seite Grandjean und auf der anderen Sauveur, als die Geschichte über den Schnee geflogen kam, daß Wilna voller Rationen steckte, der übliche Schlamassel bei der Armee; Leute verhungern in Rußland, während die Rationen geduldig in der Etappe warten. Cornu sagte zu seinen Kameraden: Hört auf den Rat eines alten Soldaten, schlagt nicht drein, sondern wartet! Sie begriffen, was er meinte, als sie an die Stadttore kamen (Stadt, Tore, Laternen, Mauern, Straßen, Leute in Pelzmänteln, *Weiber*!), denn die Wilden und Dußligen fingen gleich an zu lärmen, daß man sie hereinlassen sollte: Macht auf, verflucht noch mal, wir sind kotzelend am Verhungern, wenn ihr wüßtet, was wir durchgemacht haben, ihr Scheißkerle ihr, würdet ihr ganz schnell aufmachen! Da habt ihr's, sagte Cornu, paßt bloß auf! Kotzjesus, sagte Grandjean. Männer wurden an den Toren totgequetscht, lagen zu Hunderten da, brüllten und wurden niedergetreten. Die Garnisonsoffiziere in ihren Pelzmänteln, eine kleine Armee mit angelegten Gewehren hinter sich, wollten nicht aufmachen, erst wenn ein Anschein von Ordnung hergestellt wäre, wer hat denn das Kommando da drüben? *Da!* – eine große Dampfwolke aus der vollgefressenen Gosche. Gegen das Gehämmer und Gerüttel an den Toren ließ sich nur eins machen, den Vordersten eins verpassen, voll in die Brust. Seht ihr? sagte Cornu. Da werden die armen Irren gleich stiller. Dann wurde aufgemacht, und man ließ sie grüppchenweise hinein. Der Ärger war nur, daß niemand mehr die Offiziere und Unteroffiziere von den übrigen unterscheiden konnte, alles ein und dieselbe zerlumpte, johlende Horde. Manche bekamen beim Eintreten gleich eines mit dem Gewehrkolben, zur Beruhigung. Erst mal ins Quartier mit euch Säcken, geht vor! Erst mal ins Hospital mit den Verwundeten, geht vor! Unteroffiziere brüllten herum und manchmal prügelten sie auch, sieht ihnen ähnlich, den Schweinen, haben sich hier vollgefressen, und wir gekämpft bis zum Gehtnichtmehr! Sie brachten zwanzigtausend (oder auch dreißig oder vierzig) in Hospitälern unter, zu mehreren in einem Bett oder auf den Fußböden. Die Unverletzten (aber eigentlich hatten sie alle irgendwas), die vor Hunger halbtoll waren, schoben sie ab in große, kalte Säle und Kasernenräume, auch in die Häuser verängstigter Zivilisten (schon gut, Madame, vergewaltigt wird nicht; fallen um, wenn wir bloß ein Bett sehn). Dann kamen die Quartierfritzen, brachten Decken, neue Uniformen und Verpflegung.

Cornu, Grandjean und Sauveur hätten heulen können, als sie Brot, Biskuit und Wurst sahen. Macht langsam, Jungs, langsam, sagte einer von den Q-Männern, hier, nimm mal einen Schluck Kognak, aber langsam, langsam! Braucht nicht so zu schlingen, keine Eile, fehlt doch an nichts hier in Wilna. Man rechnet, es gibt vier Millionen Biskuitrationen und genausoviel Fleisch, nur so ungefähr. Ach du lebendiger Himmel! keuchte Sauveur, den Mund schon ganz voll. Übliche Schlamassel bei der Armee, sagte der Q-Mann, nichts da wo's nötig ist, sonst überall alles. Und flüssige Nahrung auch? fragte Cornu feinsinnig; er war schon fast blau von dem einen Schnaps. Kognak, sagte der Q-Mann, Rum und Wodka, das ist dieses Russkizeugs, Wodka. Erzähl du mir nichts von Russkis, sagte Grandjean, schon ganz glasig. Hör auf den Rat eines erfahrenen Soldaten, sprach Cornu, law die Wäcke nich we vill wlüwwje Nahrung wawwen!

Als sie am nächsten Morgen aufwachten, jeder warm eingewickelt in zwölf Decken, aber wie mit Stroh im Maul und einem hämmernden Sargtischler im Schädel, hörten Cornu, Grandjean und Sauveur, daß in der Nacht die Hölle los gewesen war; so ein paar arme Irre, erzählte ihnen ein Kerl, der schon nüchtern und angekleidet in der Kaserne herumlief, waren in die Vorratslager eingebrochen, hatten die Wachtposten überwältigt, ein paar Flaschen geköpft und angefangen sich vollaufen zu lassen. Es dauerte nicht lange, und sie waren stockbesoffen, zogen durch die Straßen und brüllten, wo ist er? – nämlich seine kaiserliche Majestät – oder suchten nach Weibern, und manche waren auf der Straße umgefallen, liegengeblieben und erfroren. Jesses, sagte Cornu, hab ich's nicht gesagt, gestern abend? Wie die Kinder, manche! Wo gibt es denn Frühstück?

Zum Frühstück, an einem Tisch zusammen mit Camous, Matheron und einem Österreicher namens Eichler, tranken sie eine Menge Kaffee mit Rum, gut gegen den Strohgeschmack, aßen Hafermehlbrei mit Sirup und Sahne, ein paar Koteletts und kleine Rinderschnitzel mit Bratkartoffeln, etliche hartgekochte Eier (gut gegen den Dünnschiß, sagte Matheron), ziemlich scharfe Wurst mit Brot, noch etwas Brot mit Butter und Himbeermarmelade, ein Stückchen kaltes Brathuhn, außerdem pro Nase einen halben Liter Rotwein, noch etwas Kaffee mit Rum, ein sehr leckeres Sahnetörtchen, eine Art Hasen- oder Kaninchenpastete und anschließend ein oder zwei Glas Kognak mit Wasser. Nicht schlecht! Es gab auch etwas Pfeifentabak und Tonpfeifen, und sie steckten sich eine an, fürs erste mal gesättigt, und Eichler sagte: Wie lange wir hierbleiben? Camous, der am Morgen in seinem neuen Pelzmantel herumgelaufen war und zugeschaut hatte, wie die Leichen, mit gefrorner Kotze bedeckt, von den Straßen weggekarrt wurden, sagte, der Befehl laute, acht Tage Ausruhen, mindestens, hier in Wilna, ehe es weiterginge. Befehl von wem, wollte Cornu wissen. Von *ihm* natürlich. Er selbst hatte den Befehl Murat gegeben, dem König von Neapel, jetzt der oberste Chef hier. Ja aber, sagte Cornu, da wäre doch die Frage erlaubt, wo ist denn Seine kaiserliche Kotzmajestät, Gott segne und beschütze ihn und beiß ihm die Eier ab? Ach, der ist weg, sagte Matheron. Ganz Paris ist in Aufruhr, weil es geheißen hat, er wär im russischen Schnee abgeschnieft, und da ist er nun los und hin, um ihnen zu sagen, seht mal, da bin ich, lebendig und putzmunter, und tret jedem in den Arsch, der etwas dagegen hat. Hätt er nicht tun dürfen, sagte Grandjean, erste Pflicht des Kommandeurs ist, bei seinen Männern bleiben, steht im Gesetz, ein Grundsatz des Heeresrechts. Die Scheißgesetze macht doch er, sagte Sauveur. Diesem Murat trau ich nicht, sagte Camous, der und König von Neapel, der eingebildete Affe! Der scheucht uns wieder in diesen Scheißschnee hinaus, bloß um zu zeigen, wie scheißtapfer er ist. Seinem Eugène hätt er's Kommando geben können, doch, der ist in Ordnung, Sohn aus erster Ehe von der guten alten Jojo. Die war auch in Ordnung, besser als seine Neue. Eichler sagte: Du nix sagen gegen sie, sie österreichische Dame. Schon gut, schon gut, behalt dein Scheißösterreich, mein's ja nicht so, was gibt's denn zu Mittag?

Kaum hatten sie sich in der Kaserne aufs Ohr gelegt, jeder in seinen zwölf Decken trotz des Ofens, der tüchtig bullerte, weil der Frühaufsteher, der die Neuigkeit von den Besoffenen und Erfrorenen gebracht hatte, wie verrückt Holz draufschmiß, als Sergeant Brincat hereinkam, schnieke und frisch rasiert, den Ranzen voll guter Sachen, und brüllte: Achtung, Jungs, Marschbefehl, los, aufgepaßt und Arsch aus dem Bett! Es gab wütende, ungläubige Zwischenrufe, hau ab! Schnauze! denk dir war andres aus! bis sie merkten, daß es sein Ernst war, und dann setzten alle sich auf, bißchen verschwiemelt vom Essen, vom Schnaps und vom Pennen. Die Kosaken kommen, sagte Sergeant Brincat, um euch jedem einzeln die Eier in Scheibchen zu schneiden, wißt ihr ja, worauf die scharf sind, geht eure Rationen fassen, zieht euch warm an, und dann auf der Straße angetreten! Jesses, sagte Grandjean, immer wieder dieselbe Scheiße bei der Armee! Was hab ich euch gesagt, sagte Matheron. Hab ich euch nicht gesagt, erste Regel bei der Armee ist, im Zweifelsfall nichts übriglassen?

Schnee schneit auf Schnee und schippt den Schnee
zu Schnee
Soldaten gehn durch zähes Schneegeweh
Schleppend und stöhnend o weh o Schnee o je

Schließlich kamen wir nach Ponarskaja, wo es sich als notwendig erwies, über einen Berg hinwegzusteigen, der wie eine einzige Hindernisbahn von spiegelglattem Eise war (schrieb Hauptmann Gontier später an seinen alten Lateinlehrer Auguste Longevialle am Lycée von Lyon). Unter gewaltigen Schwierigkeiten nur vermochten die Offiziere und Mannschaften sich voranzutasten, wobei sie nicht selten an abgestorbenen Wurzeln, Steinen und Dornbüschen Halt suchen mußten. Die Pferde aber glitten immer wieder aus, schnoben und scheuten, und nach stundenlangem fruchtlosem Bemühen beugten wir uns der Notwendigkeit, die unglückseligen Tiere im Schnee zurückzulassen, wo ihnen, wie nur zu hoffen war, ein rascher Tod bevorstand. Weniger rasch und weitaus entsetzlicher, so wußten wir, würde der Tod sein, der die zwanzigtausend in den Lazaretten von Wilna zurückgebliebenen Verwundeten von der Hand der Kosaken erwartete. Grausam ist die Natur, doch grausamer ist der Mensch. Mit den Pferden mußten auch alle Kutschen, Karren, Geschützprotzen und daher auch alle noch vorhandene Artillerie und alle Vorräte zurückgelassen werden. In der nun unabweisbaren Erkenntnis, unseren Verfolgern wehrlos preisgegeben zu sein, verspürten wir alle sogar eine gewisse Erleichterung.

Was aber Sie, Monsieur, vermutlich am meisten interessieren und Ihnen, wie ich mir lebhaft vorstellen kann, einen Sturm demokritischen Gelächters entlocken wird, ist der Umstand, daß wir auch den gesamten Restschatz der Großen Armee auf jenen ungastlichen Hängen zurücklassen mußten. Bei mir als dem einzigen noch übrigen Vertreter der Abteilung lag die Entscheidung. Manche habgierigen Dummköpfe unter den Feldoffizieren schlugen vor, das Geld, alles in Gold, proportional nach Diensträngen unter die Leute zu verteilen, doch mir kam eine Ahnung davon, wie sich die Männer in den eisigen Schneestürmen auf den Hängen um den Besitz des nutzlosen Metalls schlagen und die Taschen nicht voll genug bekommen würden, bis die Überlebenden unter der schieren Last ihrer Gier zusammenbrächen. Nach meiner Berechnung steckten in den nun nicht mehr transportablen Geldkoffern etwas über zehn Millionen Franken in Gold. Fr. 10,000,000 – eine Zahl, daß einem die Augen schwimmen. Was aus diesem unnützen Reichtum geworden sein mag, weiß ich nicht, doch ob er nun unseren Verfolgern oder im russischen Frühjahr den umherziehenden Nomaden in die Hände gefallen ist, ich bin sicher, daß er die Ursache von Streit und Tod oder Elend in einer jener vielen Formen sein wird, die das Gold bekanntlich auszubrüten pflegt. Ergebenste Grüße an Madame. Es freut Sie vielleicht zu hören, daß ich wieder einmal im Juvenal lese.

Weit ist der Weg nach Kowno, tief und zäh,
Rucksack und Taschen schwer bepackt mit Schnee.

Da hockten sie, über vierzig Kanonen, und grinsten uns an, aber kein einziges Pferd, um sie zu ziehen! Vorräte jede Menge, aber wie soll man sie tragen? Die Stadt kaum zu verteidigen, der Feind im Anmarsch, um uns den Rest zu geben. Siebentausend nur noch unter Waffen, meine Herren! Siebentausend unter Waffen jetzt, Jungs! Unter Waffen, Jungs, es sind nur rund siebentausend! Siebentausend unter Waffen, alles, was noch übrig ist, allmächtiger Jesus! Es wird empfohlen, nur solche Vorräte mitzunehmen, bei denen fahrzeugloser Transport durchführbar scheint, und die vom Feinde bedrohte Stadt in aller Eile zu räumen. Nehmt mit, was ihr könnt, und haut ab!

Ich sing Euch ein Lied vom Marschall Ney,
Des Ruhm noch lange glänzt wie neu.
Piesackte Österreich und Preußen
Und kam als Letzter zurück aus Reußen.

Bei Smolensk da sah es trübe aus,
Der Kaiser wollt' mit dem Heer nach Haus,
Und Ney befiehlt er: Bleib du und warte
Hier mit der Arrièregarde.

Doch als es in Rußland so schneit und friert,
Da war der Kaiser arg pressiert.

Der brave Ney und dessen
Männer wurden vergessen.

Und als das ganze Heer schon weit
Voraus ist, denkt Ney, jetzt wird es Zeit.
Ich mach' mich auf die Beine,
Sonst bleib ich hier ganz alleine.

Und abmarschierte sein Drittes Korps,
Kam nichts mehr dahinter und nichts davor.
Unterwegs ernährten ihn
Nur gefrorene Kalorien.

Die Russen befehligt ein General
Achkratzmichsonstwo Juckdumichmal.
Der kommt gleich, Ney zu packen,
Mit Kanonen und Kosaken.

Der freche Russe fordert schon
Von Ney die Kapitulation,
Vergißt nur, daß in solchen Fällen
Ist das Feuer einzustellen.

Drum erwidert Ney dem Parlamentär:
Ein Marschall ergibt sich nimmermehr.
Und im Feuer ich kein Verhandeln kenn'.
Betrachten Sie sich als Gefangenen!

Aber im grimmigen Bombardement
Dem wackern Ney kein Durchbruch gelang.
Bei einem Dörfchen abends biwakiert er
Und viele große Feuer schürt er.

Da lachte der Feind aus vollem Hals,
Nichts anderes vermeinend, als
Morgens in aller Frühe
Da hätt' man sie ohn' Mühe.

Doch die Rechnung war ohne Ney gemacht,
Der marschierte ab durch die eisige Nacht
Und seine Leute schleppt er
Zurück bis an den Dnjepr.

Und als der Russe kommt nachgeschwenkt,
Ein Schlachtkarree ihn dort empfängt.
Ney mit den müden Resten
Der Truppen zieht weiter nach Westen.

Ein kühner polnischer Offizier
Galoppiert zu Eugène bis ins Hauptquartier.
Verstärkungen holt er herbei
Für den erschöpften Ney.

Nun stellt Euch des Kaisers Freude vor!
Hatt' er doch Ney und sein Drittes Korps
(Wovon nun manches geblieben)
Längst in den Schnee geschrieben.

Dreißig Millionen aus meiner Schatull'
Oder (wenn's sein müßt') noch eine Null
Tät ich (wenn ich's hätte) gewähren
Ihm, dem Tapfersten der Tapferen.

Zuletzt, als Ney an die Memel gelangt,
Rief er: Ihr Tapfern, dem Himmel dankt!
Und sie riefen: Gönn' dir der Himmel
die Ehren,
Dir, unserm Tapfersten der Tapferen!

Nie wieder sieht man so wie ihn
Einen Marschall stolz und kühn.
Ruhm bleib ihm ewig treu!
Und wir trinken auf Marschall Ney.

Ein großes Floß schwamm dort, mit einem Aufbau von erlesenster Handarbeit, ausgeführt und entworfen nach den erlesensten kaiserlichen Sonderwünschen. Eine Fata Morgana auf dem Eis, o Gott, o Gott! Eine Brücke reicht auch, weiter und hinüber. Hinüber!

Dumdi DUM
di dum di dumdi
DUM

DUM
DUM didum didum
DUM
DUM

Er hörte auf mit dem Hinundherlaufen und dem unmelodischen Gedumse, als sie in seinem Quartier in Smorgoni einzutreffen begannen. Murat, Eugène, Lefebvre, Bessières, Mortier, Ney, der Tapferste der Tapferen (aber bei Tarragona hatte er Mist gemacht), Davout. Berthier war schon da, grinsend, als ob er gute Nachrichten hätte, dicker geworden. Er sagte, erstaunlicherweise ohne zu stottern, voller Überraschungen, das Leben, »Bitte nehmen Sie doch Platz, Messieurs!« N sagte, während sie noch nach Stühlen suchten:

»Ich habe hier ein paar Befehle diktiert, die letzten dieses Feldzugs. Außerdem habe ich das hier geschrieben« – er schwenkte ein Bündel vor ihnen, das wie das Manuskript eines ansehnlichen Buches aussah. »Das neunundzwanzigste Bulletin der Grande Armée, Messieurs.« Wo zum Teufel nahm er die Zeit her? »Darin wird, mit dem Blick auf Paris, die gegenwärtige Lage der Grande Armée in den Abschlußphasen eines Feldzugs erläutert, der, wie wir nur freimütig zugeben wollen, nicht der erfolgreichste von all den vielen gewesen ist, in denen Sie mit mir gemeinsam den Ruhm gesucht und gefunden haben.« Lefebvre grinste über den Scherz, aber dann sah er in den großen grauen Leuchten, die sich eiskalt brennend auf ihn richteten, daß es kein Scherz war. »Paris, Messieurs«, sagte N. »Diese Zivilisten, launisch, labil, kopflos, immer bereit, das Schlimmste anzunehmen.« Und mit Recht, dachte Davout, mit Recht konnten sie annehmen, daß. »Panikmache!« sagte N. »Ich darf doch wohl annehmen, daß niemand von Ihnen hier pessimistische Briefe nach Hause geschrieben hat.« Überhaupt keine Briefe, dachte Lefebvre, keine Zeit. »Keine Zeit für Briefe, wie?« sagte N und schaute Lefebvre ins Gesicht. »Ist auch gut so. Sie wären ohnehin zensiert worden, können Sie ganz sicher sein.«

Er ging auf und ab; ein kleiner, aber saurer Rülpser kam ihm hoch. Er sagte: »Ich sage die Wahrheit, selbstverständlich. Man muß immer die Wahrheit sagen. Oder doch etwas Wahres. Für die Menge ist die Wahrheit ein starkes und gefährliches Gebräu, wir dagegen sind zur Wahrheit verpflichtet. Ich will also hier ganz offen zum Beispiel von der Unfähigkeit unter den Marschällen sprechen.« Er strich mit einer grauen Doppelsalve über sie hin. »Mangel an Initiative, wo Initiative erforderlich, zu viel Initiative, wo schlichte Ausführung von Befehlen, ah, angebracht ist, Sie kennen das alle.« Er machte eine wegwerfende Handbewegung, als ob sie die Notwendigkeit einer gelegentlichen Zurechtweisung ohnehin alle einsähen. »Die Hauptschuld aber gebe ich dem Wetter, Messieurs. Dem Wetter.«

»Sire«, sagte Eugène. N sah ihn an, bekümmert, wohlwollend; Augen wie seine Mutter, das arme Luder. »Das schlechte Wetter begann doch eigentlich erst nach dem Übergang über die Beresina.« Alle hörten sie draußen vor der beschlagnahmten, unscheinbaren Datscha das schlechte Wetter toben. N nickte gütig und sagte:

»Sie sind ein tapferer Junge, Eugène, sieht Ihnen ähnlich, die Realität der Entbehrungen verkleinern zu wollen. Ah, hören Sie nur, was für ein Schneesturm, ein Orkan! Er zieht nach Westen, Messieurs.« Er sah sie stirnrunzelnd an; sie wußten, was er meinte. »Schlechtes Wetter in ganz Europa. Schornsteine stürzen ein, Fensterscheiben splittern, Dachziegel fallen herunter. Da muß der Hausherr drinnen nach dem Rechten sehn. Das Bulletin endet mit diesen Worten: *Die Gesundheit seiner Majestät ist niemals besser gewesen.*« Er schüttelte ein wenig den Körper und setzte ein dünnes Lächeln auf, wie um ihnen seine glänzende Gesundheit pantomimisch vor Augen zu führen. »Sie haben natürlich«, sagte er, nun wieder stirnrunzelnd, »von diesem verdammten Mallet und seiner Verschwörung gehört. Ein Irrer, ist in Paris herumgelaufen und hat behauptet, ich wäre tot. Ich«, wiederholte er voller Verachtung, »und tot! Und idiotischerweise gab es sofort eine Panik, statt daß man sofort den König von Rom zum Kaiser der Franzosen proklamiert hätte.« Ney behielt wohlweislich die todtraurige Wahrheit für sich, daß ausgerechnet daran wohl nie einer denken würde; aus irgendeinem Grunde wurde der König von Rom immer vergessen, und N wußte es selbst. Nicht eine Familie beherrschte Europa, nur ein einzelner Mann. Alle wußten's. Alle wußten daher schon, was N als nächstes sagen würde:

»Ich fahre zurück nach Paris«, sagte er. »Europa kann ich nicht von einem Schlitten in der russischen Wildnis aus zusammenhalten. Europa braucht die lenkende Hand in den Tuilerien.« Er blickte sie finster an. Sie sollten's nur wagen zu antworten, was manche ihm geantwortet hatten, als er vor so vielen Jahrhunderten beschlossen hatte, Ägypten den Rücken zu kehren. Doch die Augen der Marschälle verrieten um eine Idee zu schnell, daß nur eine Frage sie beschäftigte, nämlich, wer den Oberbefehl übernehmen sollte. »Sie begreifen?« rief er. »Sie begreifen die Notwendigkeit meines Entschlusses?«

O ja doch klar kein Zweifel selbstverständlich der bestmögliche ist unbezweifelbar Ihr Platz ist in es ist ganz selbstverständlich das Selbstverständlichste von der Welt, wenn Sie –

»Ich wünsche kein Geschrei von *Verrat*«, schrie er. Und dann, in gemäßigtem Ton: »Den Heimweg kennen Sie alle. Wilna, Ponarskaja, Kowno, und dann sind Sie schon über die Memel. Tilsit!«, er verdüsterte sich. »Wenn schon von Verrat gesprochen werden muß«, schrie er gequält, »dann soll das Wort wie Donnerhall dort zu hören sein, wo es angebracht ist. Sie können alle, wenn Sie bei Tilsit über die Memel gehen, das Wort *Verrat* herausschreien. Alexander!« flüsterte er, wie um einen Geist zu beschwören. »Welches Anrecht hat er auf einen solchen Namen? Wo hat er je etwas erobert? Uns hat die Natur besiegt, Messieurs, nicht dieses süße, schmollende Potentatenpüppchen, das Soldat spielen will. Nur auf eines versteht er sich, auf Verrat. Gut! Jetzt sind wir drauf gefaßt, daß sein Verrat den Zaunkönigen von Preußen und Österreich neue Hoffnung einflößt – eine Hoffnung, muß ich das eigens sagen, der die Enttäuschung vorbestimmt ist. Ich kehre zurück nach Paris, um die Nation auf neuen Ruhm vorzubereiten, neue Armeen auszuheben, Geld aufzutreiben. Geben Sie gut acht«, sagte er, sie alle scharf ansehend, »auf die Kasse der Großen Armee! Zehn Millionen Franken in Gold. Könnte sein, daß Sie Mühe haben werden, sie über den Buckel bei Ponarskaja zu schaffen. Baron Caulaincourt, wie er gewiß zugeben würde, wenn er hier wäre, hat die Frage der Hufbeschläge für das Eis zu nachlässig angefaßt.«

Warum zum Teufel sagte er nicht, wer den Befehl übernehmen sollte?

»Ohne Zweifel fragen Sie sich jetzt«, sagte er und fing von neuem an, auf und ab zu gehen, *»warum zum Teufel sagt er nicht, wer den Befehl übernimmt?«* Er lächelte sie an, und es war, als ob Tauwetter eingesetzt hätte. »Ich komme gleich darauf zu sprechen. Zunächst meine Abreise. Ich fahre um zehn – das sind etwa noch drei Stunden –, nur mit Caulaincourt, Duroc, Lobau und dem armen Rustam. Rustam sieht geradezu blau aus in diesem Schnee, Messieurs. Ich nehme auch noch jemanden mit, der für uns dolmetscht, wenn wir ins Herzogtum

Warschau kommen, und, ah ja, ich werde inkognito reisen, als erster Sekretär des Barons Caulaincourt. Zwei Kaleschen und eine Schlafkutsche, mehr nicht. Und, als Huldigung an seine Majestät von Neapel hier, eine Eskorte neapolitanische Kavallerie.« Er lächelte Murat lange an, und nun wußten alle, wer den Befehl übernehmen würde. Eine schlechte Wahl, zu arrogant, ganz gut beim Angriff, katastrophal beim Rückzug, unbeliebt bei den Truppen, dachten alle bis auf Murat. »Die Nachricht von der kaiserlichen Abreise ist mehrere Tage lang geheimzuhalten und dann zusammen mit dem kaiserlichen Dekret bekanntzugeben, welches besagt, daß der König von Neapel zum Generalleutnant ernannt wird und in meiner, unserer, Abwesenheit den Befehl über die Große Armee führt. Nicht bekanntgegeben wird natürlich, daß ich nach Paris unterwegs bin. Sondern Warschau, Messieurs. Ist keine Lüge. Ich werde auf dem Heimweg in Warschau haltmachen.«

Auf dem Heimweg. Gefühlshafter Ausdruck; manche spürten, ihnen wollten die Tränen kommen. Berthier schniefte ganz laut: vermutlich erwartete er, mitgenommen zu werden, *mit heim!*

»Sire«, sagte Mortier und hob eine Hand wie in der Schule.

»Ich glaube, das ist alles, Messieurs – meine Herren Fürsten, Herzöge, Marschälle, könnte ich sagen, meine Edlen, Soldaten! Ja?« sagte er überrascht zu Mortier.

»Was wird aus uns, Sire?«

»Was aus Ihnen wird?« Er war immer noch überrascht. »Sie bringen die Armee heim. Oder Sie fallen. Sterben. Was aus jedem Soldaten wird. Eine sehr sonderbare Frage, mein lieber Herr Herzog Euer Gnaden!«

»So hat er's nicht gemeint«, sagte Ney. »Er hat gemeint, was wird aus dem Reich? Ich gebe zu, und er wird's auch zugeben, dies ist vielleicht nicht der Augenblick, eine solche Frage zu stellen –«

»Allerdings«, sagte N. »Aber, Messieurs«, er begann wieder herumzulaufen, »lassen Sie mich soviel sagen, etwas, das Sie sich überlegen sollten, während ich zum Zentrum, ja, zum Herzen des Reiches unterwegs bin, nämlich dies: daß wir nie, *nie* nach etwas anderem gestrebt haben als nach Frieden, Sicherheit und Wohlstand daheim. Frankreich, nur Frankreich ist das Kaiserreich. Wir haben gegen Frankreichs Feinde gekämpft und wir werden weiter gegen sie kämpfen, aber dabei haben wir nie mehr im Sinn gehabt, als sie von unserem Gebiet zu verscheuchen – wie bösartige Hunde, könnte man sagen. Nach Vergrößerung haben wir nie gestrebt, wir wollten nur unbehelligt gelassen werden, um in Ruhe und Frieden die Prinzipien der Revolution zu verwirklichen.«

Es war lange her, seit zum letzten Mal jemand von der Revolution gesprochen hatte: Das Wort traf sie sonderbar – peinlich wie ein öffentlich verlautbarter Kosename, eine Obszönität, etwas sehr Rührseliges oder Altmodisches.

»Ist es denn unsere Schuld«, sagte N, die Arme beschwörend ausgebreitet, »wenn die verfluchten Engländer das Licht nicht sehen wollen? Gott weiß, der ewige Geist der Vernunft weiß, daß wir versucht haben, es ihnen zu zeigen. Diese morschen Tyrannenreiche, für die England typischer ist als jedes andere, diese gewalttätigen Oligarchien – sie alle haben sich gegen das heilige Prinzip der Gleichheit aller Menschen verschworen. Sie fragen mich nach der Zukunft des Reiches. Sie wird sein wie die Vergangenheit, wie vor zwanzig Jahren, wenn Sie, wie ich annehme, mit dem Reich das Reich des Menschen meinen, das wir bestrebt gewesen sind, an die Stelle des faulen, feudalen, tyrannischen Europa zu setzen. Wir fordern nur so wenig, Messieurs, so sehr sehr wenig.« Seine Augen erloschen langsam wie zwei Leuchten. Dann blitzten sie in voller Stärke wieder auf. »Doch dies wenige ist alles, was die Geschichte, mit unserer Hilfe, unter schweren Geburtswehen zur Welt gebracht hat. Brüderlichkeit!« Er mimte die Idee: ein korsischer Bruder, brüderlich seine Brüder umarmend. »Gleichheit!« Die Arme schlaff an den Seiten herabhängend, plötzlich mit einem Gesicht voll gutmütigen Schwachsinns. «Und, Sie wissen ja, noch so eine Idee«, sagte er. Er klirrte heftig aufstampfend über den kahlen Fußboden. »Nein, nein, Messieurs, nein!« Es war nicht recht klar, was er verneinte. »Unser Werk ist noch nicht beendet. Wir haben einen Eindruck von den ewigen Kräften des Bösen gewonnen, das gegen unsere schlichte, reine und, ja, ich darf sagen, *christliche* Lehre zu Felde zieht. Der Antichrist steht an unsern Grenzen, Messieurs! Aber, so Gott uns helfe, soll der Antichrist nicht siegen.«

Allen war es, als ob sie applaudieren müßten. Er blieb noch einen Augenblick in der Pose des Redners stehen, der sein letztes Wort nachhallen läßt, und nahm dann rasch Abschied im Namen der heiligen Prinzipien, für die sie alle kämpften. Er umarmte den Prinzen Eugène, Vizekönig von Italien. Er umarmte Joachim Murat, König von Neapel, Großherzog von

Kleve und Berg. Er umarmte François-Joseph Lefebvre, Herzog von Danzig. Er umarmte Jean-Baptiste Bessières, Herzog von Istrien. Er umarmte Adolphe-Édouard-Casimir-Joseph Mortier, Herzog von Treviso. Er umarmte Michel Ney, Herzog von Elchingen, Tapferster der Tapferen, nur daß dieses Versagen in Spanien doch manche Vorbehalte – Er umarmte Louis-Nicolas Davout, Herzog von Auerstedt und Fürst von Eggmühl. Brüder unter den Waffen der Republik, Hüter der Freiheit. Zuletzt umarmte er Louis-Alexandre Berthier, Fürst von Neuchâtel und Fürst von Wagram. N sagte:

»Ich weiß selbst nicht recht, warum ich dies jetzt tue, Berthier. Im letzten Augenblick, bevor ich in die Kutsche steige. Trotzdem, macht nichts!« – während er ihn umarmte.

»Abbb –«

»Und jetzt singen wir eins, alle zusammen«, lächelte Murat, »sehr passende Hymne zu diesem Anlaß. Fertig?« Er stimmte an:

Ausgerückt
Dort seht ihr den Tyrannen
Den blutigen Tyrannen

N fuhr vor Schreck aus dem Schlafe hoch, als er das hörte. Er wunderte sich, daß sein Bett bebte und wackelte, aber dann begriff er, wo er war – in der Schlafkutsche, durch die schneeweiße Mondnacht, die nur die Vorhänge fernhielten, zum Memelland holpernd. Er begriff auch, daß ihn das Fieber nun doch erwischt hatte, nach all den strengen Monaten, wo er der ewig lächelnde eherne Mann hatte sein müssen; diese Fürsten und Marschälle des Reiches würden ihn nicht mehr in Frieden lassen, bis das Fieber vorrüber wäre. »Entscheidend ist«, sagte Murat, »daß die Legende futsch ist. Der Mythos der Unbezwinglichkeit ist nicht unbezwinglich. Die Briten beherrschen die Meere, in Spanien schleppt der Krieg sich hin, und nun sehen Sie bloß noch diese ganz unsäglich klägliche Vorstellung in Rußland!« Er lächelte. Alle lächelten. Lefebvre sagte:

»Zu weiträumige Verteilung der Kräfte. Verdammt schlechte Strategie. Aber er wollte nicht hören, i bewahre, der und einem zuhören!«

»Jetzt hören *Sie mir* mal zu!« keuchte N, den rechten Zeigefinger am linken Daumen, um die Argumente abzuzählen. »Vergessen Sie nie, daß es vom Erhabenen zum Lächerlichen nur ein sehr kleiner Schritt ist. Ich weiß noch genau, wie ich das als Kadett gelernt habe. Ein Mann ist ein Mann, aber sechshundertfünfundfünfzigtausend Mann sind entweder erhaben wie ein Sternbild, oder sie sind ein Witz. Sie marschieren, sie greifen an – wie wenn der Himmel selbst in Bewegung geriete. Sie weichen zurück, sie haben alle Durchfall – ah, wie komisch!«

»Erzählen Sie das mal denen zu Hause«, sagte Bessières und kam sehr nahe, so daß man seine Zähne sah, die an den Wurzeln faulten. »Rufen Sie alle Witwen und Waisen zusammen und erzählen sie denen, wie komisch es war.«

»Aber«, sagte N aufrichtig, »Witwen und Waisen *en masse* sind ihrerseits, jawohl, komisch. Bühnenanweisung: Auftritt der Chor der Witwen und Waisen. Gelächter. Verstehn Sie, was ich meine?«

»Ah nein«, sagte Bessières und spuckte einen fungösen Zahn aus.

»Jedenfalls«, sagte Eugène, der gute Junge, vernünftig wie immer, »ist die Zahl auf dem Rückzug immer kleiner. Auftreten von links eine halbe Million, überqueren die Bühne, gehen ab. Auftreten von rechts zehntausend, überqueren die Bühne, gehen ab. Das wäre vermutlich komisch.« Er lächelte, ohne Hoffnung auf Beifall.

»Menschen sind sich wenigstens halbwegs darüber im klaren, was sie tun«, sagte Ney. »Ein Mensch weiß, daß ihm vielleicht die Klöten weggeschossen werden. Was aber ist mit den armen, elenden Gäulen? Nach meiner Rechnung, und ich denke, Caulaincourt würde mir zustimmen, haben Sie ungefähr zweihunderttausend von den armen Viechern verloren – den ganzen Troß, Kavallerie, Artillerie, Transporte. Und darum sind wir wirklich am Ende: *keine Pferde mehr!* Gehn Sie doch und reden Sie den Stuten auf Europas Wiesen zu, daß sie zum Ruhme Frankreichs mehr Fohlen werfen! Obendrein liegt der Schwerpunkt Ihrer Pferdeproduktion in den deutschen Ländern, und die sollen sich wohl darum reißen, wie, unsere Kavallerie gegen ihre eigene zu versorgen? *Ach ja, ja, Herr Kaiser, hier gibt es Tausende und Abertausende Pferdestärken!* Manchmal könnte einem schlecht werden, wenn man Ihnen zuhört.«

»O, dies alles sehen wir ein«, sagte N würdevoll, »und wir möchten Ihnen aus tiefstem Herzen danken für all Ihre uns erwiesene Freundlichkeit und für die Bereitschaft zu Ihrem so außerordentlichen Freimut. *Merci tausendmal!*«

Lefebvre hatte angefangen, mit einem spitzen Granatsplitter

zwischen seinen mehr als vierzig Zähnen zu stochern. »Nun sagen Sie mal, alter Knabe«, sagte er vertraulich, »was wollen Sie denn machen, wenn Sie wieder zu Hause in Paname sind?«

»Nun!« N lächelte und faltete die feisten Hände über dem feisten Bauch. »Als erstes machen wir mal einen glücklichen und zufriedenen Eindruck. Sprechen von dem triumphalen Abmarsch und dem ruhmreichen geordneten Rückzug. Moskau in Flammen – wer die Flammen gelegt hatte, müssen die Leute ja nicht wissen. Dann ein Ball nach dem andern, Tanz bis zum fröhlichen Morgen, ohnehin ist bald Weihnachten. Ein bißchen Goldanstrich auf die Kuppel des Invalidendoms, damit man in den Cafés etwas zu reden hat. Und dann machen wir einen saftigen Sittenskandal! O ja, zauberhafte Enthüllungen aus der Schweiz! Germaine de Staël mit der berühmten Klitoris, das Luder, ewig am Intrigieren, würde mich nicht wundern, wenn sie hinter all dem Verrat stünde. Pamphlete. Vertrauliche Mitteilungen über Bonapartes Impotenz. Warum Bonaparte nicht mit mir schlafen wollte. Vortrefflich, Feuer frei für die Batterien der Rache! Wie das Kaiserliche Büro für Sittenskandale aus allerhöchster Quelle erfährt, zelebriert Madame de Staël allwöchentlich eine Schwarze Messe mit Menschenopfern. In ihrer Verruchtheit schreckt Madame de Staël auch nicht davor zurück, sich jeden Dienstag von den Geißböcken aus der berüchtigten Herde des seligen Monsieur de Voltaire decken zu lassen. Damit, so meine ich, dürften alle mehr oder minder zufrieden sein, bis die Jubelglocken das Ruhmesjahr 1813 einläuten. Und dann« – die feisten Hände trocken ineinander reibend, »dann fangen wir erst richtig an.«

»Ach, armer Yorick!«, getraute Davout sich nervös zu sagen.

»Yorck meinen Sie? General Yorck? Da ist nichts zu befürchten, kann ich Ihnen versichern. Treue Seele, obwohl Preuße. Wie oft muß ich euch noch sagen, ihr ungläubigen Hunde, daß die Prinzipien der napoleonischen revolutionären Demokratie international sind? Es gibt preußische Bonapartisten ebenso wie russische. Alles nur eine Frage der Zeit! Noch etwas, Messieurs?«

»Oooooooch!« gähnte Lefebvre raumgreifend, »was für eine endlose Begräbnisfahrt! Erzählen Sie uns was, alter Knabe, um uns die trägen Stunden zu kürzen!«

»Oho, um eine Geschichte war ich noch nie verlegen«, lächelte N. »Im Winter, wenn wir in Ajaccio um den Ofen saßen, konnte ich alle schaudern machen, wenn sie meinen Geschichten von Geistern und kopflosen Reitern lauschten. So lauschet denn, ihr alle! Es war eine dunkle und stürmische Nacht im tiefsten, bitterkalten Winter, und der Wind heulte, und der Hagel prasselte hernieder, und der Schneesturm türmte den Schnee auf wie Schinne aus Gottes verlausten Locken. Leo, so wollen wir einen Jüngling nennen, dessen vollständiger korsischer Name *der Löwe vom Tal* bedeutete, lag im warmen Bette, als ihn eine unirdische Stimme wachschreckte, die durch den heulenden Kamin geradewegs an sein Ohr drang. Rache, rief die Stimme, Rache! Wisse, du edler Jüngling, daß nicht das Toben eines Sturmes wie des heutigen mich von der Klippe gestürzt hat, sondern von derselben hat mich in seinem hirnlosen Zorne der schurkische Graf Paoli gestoßen, weil ich es gewagt habe, wie er mir zurief, die Keuschheit seiner jüngsten Schwester zu besudeln; in Wahrheit aber hatte mein ganzes Verbrechen allein darin bestanden, daß ich sie in die Geheimnisse der Trunkenheit und der Liebe einweihte. Rache, sag ich drum, Rache! Die Stimme verstummte, und der Jüngling Leo, der Löwe vom Tal, erhob sich sogleich von seinem Lager, mit weit aufgerissenen Augen, denn, wie man sich wohl denken kann, es war seines Vaters Stimme gewesen. Er kleidete sich an, und sobald der stürmische Morgen heraufdämmerte, ging er fort, um an seines Vaters Mörder Rache zu nehmen. Doch kaum war er aus der Hütte getreten, worinnen er mit seiner Mutter, seinen Brüdern und Schwestern wohnte, als ihm die Erinnerung kam, daß jener schurkische Graf Paoli nicht mehr unter den Lebenden hauste. Im Trunke und mit einem lästerlichen Fluch auf den Lippen war er umgekommen, als er in seinem großen Saale zum Herde torkelte, um sich mit dem glühenden Schüreisen eine Kanne Würzwein zu wärmen, wobei seine Kleider Feuer fingen. Aber dennoch mußte unser Jüngling seine Rache üben, und so machte er sich auf den Weg zur Burg der Paolis. Dort angelangt jedoch, fand er die Tore verriegelt und die Burg gegen jeden Eindringling sicher verwahrt.«

Davout gähnte. »Waaaaarschau!«

»Ja, wir sind bald in Warschau«, beschwichtigte N. »Aber bitte, hören Sie weiter! Wie fleißig er es auch versuchte, in die hohe Burg vermochte unser junger Held keinen Eingang zu finden; zu den Ställen aber in den Hinterhöfen konnte er sich schleichen, wo der Stallknecht wie gewöhnlich am frühen Morgen noch vom Wein oder Biere betäubt lag. Ohne Müh stahl er eine schöne scheckige Stute, die andern Pferde aber machte er zuschanden, indem er ihnen die Flechsen durchschnitt, und weil er das Messer schon einmal in der Hand hatte, so stach er's auch dem schlafenden Stallknecht in den Rücken. Seine Rache hatte begonnen. Und während er noch dabei war, den Stallknecht zu töten, dämmerte ihm plötzlich die Erinnerung, daß jener schurkische Graf Paoli auf der andern Seite der Insel einen sehr armen Vetter dritten Grades hatte, einen kleinen Geistlichen mit einer winzigen Gemeinde, ein frommer Mann, der ganz dem Gebet und seinen Büchern lebte. So ritt er und ritt auf seiner Scheckenstute, bis er zur Behausung des armen Predigers kam. Herein, nur herein, mein Sohn, müde bist du vom langen Ritt! Ich will dir eine Schüssel Brot mit heißer Milch bereiten, drum setz dich nur her und raste! Und dann, als sich der Pfarrer, Leo den Rücken kehrend, an dem kleinen Herde zu schaffen machte, da zog der brave und gottesfürchtige Jüngling sein nun schon blutbeflecktes Messer und versetzte dem Vetter des schurkischen Mörders seines Vaters viele, viele Stiche, bis daß er tot umfiel. Nun durchsuchte unser Held das kleine Pfarrhaus, doch fand er nichts als Bücher. Diejenigen mit den schönsten Einbänden stopfte er sich in die Satteltaschen, und dann ritt er heim, nachdem er sich zuvor mit dem Brot und der nun heißen Milch gestärkt hatte.«

»Das soll eine Geschichte sein?« murrte Eugène. »Wenn es eine ist, dann eine abscheuliche.«

»Warten Sie nur, ich bin noch nicht fertig! Die Bücher, wie schon gesagt, nahm er mit heim für seine Mutter, seine Brüder und Schwestern, eines für jeden. Danke, Leo, danke, sagten sie alle, aber ach! wir können nicht lesen. Schadet nichts, sagte Leo, so wollen wir mit ihnen Feuer machen. Und er lächelte, denn er war doch ein braver Bursch und froh, seine fromme Sendung erfüllt zu haben. Das war's. Gefällt sie Ihnen nun, meine Geschichte?« Er strahlte sie alle der Reihe nach an.

Manche lachten, manche schimpften, manche spien aus. Caulaincourt, der auf ungeklärte Weise in den Wagen gelangt war, sagte: »Jedenfalls eine sehr korsische Geschichte.«

Murat sagte: »Was Sie uns eigentlich erzählen sollten, ist eine Geschichte darüber, was Ihr österreichisches Luder zuhause in Paname treibt. Bei Gott, wetten will ich, die läßt sich die Kur machen! Ganz abgewetzt ist sie schon, meiner Treu, von vorn und von hinten, tobt und lästert und kann nicht Genüge finden!«

»Dasselbe wie mit Mutter«, sagte Eugène. »Er konnte sie zum

Wahnsinn treiben mit seiner, wie sie es ganz treffend nannte, korsischen Einfalt. Ihre Theorie war, daß die meisten Korsen von Natur homosexuell sind, aber nur die wenigsten wollen es wahrhaben.«

»Das würde einiges erklären«, sagte Lefebvre, der immer noch in seinen Zähnen stocherte, mit bedenklichem Nicken. »Die Wut des verlassenen homosexuellen Geliebten – zwischen ihm und diesem Alexander, mein' ich. Erst auf den weibischen Wassern und dann auch auf dem männlichen Festlande zu versagen – was bleibt ihm denn noch, traun, das er unbesorgt tun kann? Nicht einmal sein Wasser abschlagen kann er mehr, ohne daß ihm der Zorn aufwallt, und dann, strapp, strull, pißt er sich in die Hosen.«

»Wenn er über sein Wasser nur eine Brücke schlagen könnte!« sagte Davout. »Denn die Brücken, meiner Treu, haben bis heute zu ihm gehalten, aber, denkt an meine Worte, am Ende wird es eine Brücke sein, die ihn verrät und uns alle mit ihm.«

N hörte zu, schweratmend, sah von einem Gesicht zum andern, wurde zuerst immer fassungsloser, dann wütend. »Meiner Treu!« keuchte er, »ihr redet von Treue, ihr ach so Treulosen. INRI. Imperatorem Napoleonem Regem Interfaciamus. Ich weiß wohl, was in eurer Rottenseele vorgeht, ihr Verräterrotte! Eure Vettern dritten Grades will ich getreulich abstechen lassen, seid unbesorgt! Es geht euch nicht in die dicken Schädel ein, was ich euch von der hauchdünnen Membran zwischen dem Erhabenen und dem Lächerlichen gesagt habe. Fett, ja, fett seid ihr geworden über den Königreichen und Herzogtümern, die ich euch geschenkt habe, als wäret ihr meine Brüder und Vettern. Nicht übel hätt' ich Lust, eure ganze verfettete Bande durch junge, strebsame Männer zu ersetzen, die ihren Weg noch vor sich haben. Doch dann werdet ihr gewiß nach der Vendetta schrein, und bringt mir den König von Rom um. Mein leiblicher Sohn, mein armer kleiner Junge!«

»Dessen sind Sie sicher?« sagte Davout gewichtig. Er schlug ein Bein über das andere und ließ das obere sacht im Kniegelenk wippen, den Rumpf gewichtig vorgebeugt. »Sie sind sicher, daß er Ihr Sohn ist? Sie haben Beweise?«

»Jetzt schaun Sie sich mal das an!«, sagte N stillwütend zwischen den Zähnen durch, »und dann erzählen Sie mir was von Beweisen.« Er hatte etwas Mühe, die Hosen herunterzulassen. Warum war dieser schwarze Halunke nicht da, um ihm zu helfen? »Muß sie aufschneiden«, keuchte er. »Dieses Messer«, sagte Murat, »dünkt mich scharf wie eine Rasierklinge, vendettascharf, möchte man sagen. Seien Sie vorsichtig!«

Den Schrei, den die Vorhänge des Schlafwagens und das Rattern, Bimmeln, Quietschen und Trappeln erstickten, hörte der Kutscher, der nur die Achseln zuckte. Rustam, der mit auf dem Bock saß, hörte ihn auch, aber er zuckte nicht die Achseln. Vielmehr nickte er, in dunkler mameluckischer Befriedigung. Kismet etcetera. Fatmahs Hand. Die Stadt dort in der verschneiten Ferne hieß allem Anschein nach

بارسوبي.

Seine Gnaden der Herzog von Tarent sang bitterlich in der bitteren Kälte eine der älteren irischen Melodien von Thomas Moore:

Sweet the groves
Where love and I lay dreaming
Swans on the waters gleaming

Er, Étienne-Jacques-Joseph-Alexandre, trug den Familiennamen MacDonald, für die beleseneren unter seinen Offizierskollegen ein Name von romantischer Exotik, der sie zu der Zeit, als Ossian beliebt gewesen war, an Ossian erinnert hatte. Ja, Schotte sei er, hatte er sich anfangs bemüht, ihnen zu erklären, von Gesinnung aber Ire. Egal, sie machten sich den Namen ohnehin ihren französischen Zungen gerecht, und seit langem wurde er nun schon für einen reinen Franzosen gehalten. Er war Reichsmarschall mit einem schönen Herzogtum. Ohnehin ein Reich aus vielen Rassen, allein schon die Große Armee, oder was davon noch übrig war und jetzt in die Heimat schlurfte, wo immer die liegen mochte. Franzosen neben Polen, Holländern, Hessen, Schweizern, Mecklenburgern, Kroaten, Bayern, Württembergern, Portugiesen, Illyriern, Italienern, Sachsen, Westfalen, Österreichern, Neapolitanern, Badenern, Preußen und abermals Preußen. In seinem Zehnten Korps, dem linken Flügel der Armee, gab es kaum einen Franzosen – fast lauter Polen, Bayern und Westfalen. Und bis vor kurzem auch Preußen. Bis vor kurzem – jetzt nicht mehr.

Er ritt, nur mehr mit dem halben Korps, durch Schnee und Eis in Richtung Königsberg. Das neue Jahr hatte eben angefangen, und den Befehl zum Rückzug aus der Rigaer Gegend hatte er am 18. Dezember erhalten. Flanken zurücknehmen, wir räumen Rußland. Es hatte lange gedauert, bis er die Geschichte glauben konnte, die in kleinen Tröpfchen nach Riga zu ihm durchgesickert war. Nicht möglich, es schien ihm einfach nicht möglich! Er hatte immer geglaubt, die Russen würden verhandeln, er hatte die Russen immer gemocht, sie waren nicht viel anders als die Iren – durstig, tränenreich, tollköpfig, fromm und unberechenbar. Ah, aber die Unberechenbarkeit, daran mußte es liegen. Jedenfalls, er war am 19. Dezember in zwei Kolonnen aus Riga abmarschiert, zuerst nach dem verräterischen Tilsit. Mit Weihnachten war nicht viel, mit Neujahr auch nicht. Am Weihnachtstag hatte der russische General Diebitsch die zweite Kolonne, die preußische unter General Yorck, isoliert – siebzehntausend Preußen, sechzig französische Geschütze. General Yorck, ein Preuße mit englisch klingendem Namen – MacDonald hatte ihn wegen seiner rosigen Beleibtheit manchmal den *Jambon de Yorck* genannt –, hatte kein Hehl aus seiner Verdrossenheit gemacht, auf Befehl seines feigen Monarchen in einen Krieg ziehen zu müssen, den er verabscheute. Also hatten die Russen und die Preußen einander lange Zeit Auge in Auge gegenübergestanden – vom Weihnachtstag bis Neujahr –, und General Diebitsch hatte unermüdlich mit General Yorck gesprochen, und dann kam es: Die Preußen erklärten sich für neutral. Einstweilen neutral. Siebzehntausend Mann und sechzig Geschütze. Die Konvention von Tauroggen. Er, MacDonald, Herzog von Tarent, hatte ja immer gewußt, daß es so kommen würde.

Bei einem Fest für die höheren Offiziere hatte Yorck in Riga über dreierlei Treuepflichten gesprochen. Als erste nannte er die soldatische Treue – ganz schlicht der Gehorsam gegen Befehle, ja, Herr Hauptmann, nein, Herr General. Dann gab es die Treue zum Monarchen, nämlich, wie in seinem eigenen Falle, die Bereitschaft, sich trotz inneren Widerstrebens einem Heerführer zu unterstellen, dessen politische Ziele ihm verhaßt waren. Und schließlich gab es noch eine dritte Art Treue, die einzige, die wirklich zählte – eine Treue jenseits der Rücksichten auf Kaiser und Könige.

»Ja, ich verstehe«, hatte Marschall MacDonald gesagt, durchschauert von einem der landesüblichen Feuerwässer, das sie tranken. »Treue zu einer Idee. Zu einer Philosophie oder einer Verfassung.«

»Nein, nein und abermals nein! Die mystische Treue. Zum Lande, ohne die Verkörperung in der Person eines bestimmten regierenden Monarchen oder einer Staatsverfassung. Zum Lande als seiner Sprache. Zum Lande als den Landesgöttern, die in den Wäldern und Flüssen wohnen, im Sonnenaufgang und im Abenddämmer.«

»Eine neue Idee, eine gefährliche Idee!«

»Gefährlich? Gefährlich für wen? Gefährlich nur für jene fremden Mächte, welche die Mystik einer Nation schmälern, verspotten oder vernichten wollen.«

»Sie meinen Preußen? Sie meinen Preußen, wenn man von seinem König absieht? Sie meinen, Gott ist mit Preußen?«

»Es kommt sehr darauf an, welchen Sinn Sie dem Wort Gott beilegen. Es ist schwer, sich einen Gott zu denken, welcher der Gott der Preußen wäre und zugleich der Gott der Franzosen. Oder gar der Juden.«

»Ist es ein eigener preußischer Jehovah, an den Sie denken?«

»*Jehovah!* Sie scherzen. Und sprechen wir auch nicht mehr von Preußen! Sprechen wir lieber vom deutschen Volk!«

»Vom deutschen was? *Folque?*«

»Preußen ist es, das die deutsch sprechenden Völker Mitteleuropas zur Erkenntnis ihres besonderen Schicksals hinführen wird.«

»Und was ist mit den anderen Nationen in Europa? Wollen Sie die auch zu ihrem Schicksal hinführen?«

Der lange, blauäugige, vom Schnaps ein wenig verschwommene Blick. Mußte er sich überlegen. »Daß wir uns nicht mißverstehen«, sagte er. »Manche Nationen sind menschlich, andere hündisch. Wenn eine Nation lernen kann, sich der einmaligen Mysterien ihres Bluts, ihrer Götter und ihrer Sprache zu erfreuen, – wohlan denn, wenn sie nur auch das Volk nicht vergißt. Europa kann nicht voller Nationen sein, die einander anknurren. Friede und Eintracht müssen herrschen, und diese müssen von den Menschen gegen die Hunde behauptet werden, wenn nötig, mit einem Tritt. Dies wird das Zeitalter der Deutschen werden.«

»Und die Franzosen sollen die Hunde sein?«

»Was reden Sie von den Franzosen, der Sie doch Ire sind? Und drüben –« Er streckte plötzlich den linken Arm vor, und ein paar Gläser zerschellten auf dem harten Fußboden. Ein Diener kam herbeigerannt. »So ist's recht«, sagte Yorck, »was für ein Hund einer auch ist, seinem Schicksal muß er getreu sein.« Und er versetzte dem Hintern des Dieners, während der die Scherben auflas, einen gelinden Fußtritt. »Drüben, sag ich, auf Ihrer unschuldigen Insel, bleiben Sie nur bei Ihrer Sprache, Ihren Göttern und Sonnenuntergängen und befreien Sie sich von der englischen Fremdherrschaft! Die Engländer«, hickste er, »sind immerhin keine Hunde.«

»Sie selbst verstehen sich als bissige, breitbrüstige Bulldoggen. Eine hassenswerte Nation.«

»Sie sind keine Hunde, doch wehe, wenn sie dem Schicksal des Volkes im Wege sind!«

»Wollten wir nicht, daß in Europa Friede und Eintracht herrschen?« fragte MacDonald ein wenig traurig. »Das napoleonische Ideal, auch für Irland. Der Franzmann geht an Bord, heißt es im *Shan Van Vocht.* Und die Orange verdorrt.«

»Ich weiß nicht, was Sie mit dieser Orange meinen, die verdorren soll. Aber das eine kann ich Ihnen sagen, daß Ihr glorioser Kaiser in der Vergangenheit lebt. Er meint, ganz Europa sei voll feudaler Monarchen. Nun, dem ist nicht so. Europa geht der Offenbarung des Volksschicksals entgegen.«

Seine Gnaden, der Herzog von Tarent, ritt traurig über das trügerische Eis. Hinter ihm glitten Pferde aus, wurden beschimpft und an den Zügeln gerissen. Seine eigenen Pferde hatte er vorsichtshalber gegen die Eisglätte beschlagen lassen. Das Pferd, auf dem er jetzt ritt, kam aus Irland, aus dem schönsten Pferdeland der Welt. O grünes Gras, o liebliche Mundart, o sahnige Butter! Entwurzelt, eine Art Franzose mit Landbesitz in Tarent, dessen Herzogswürde er trug. Eine Treuepflicht hatte er früher gegen die katholische Monarchie anerkannt, denn auch die Kirche war ihrerseits ein Reich des Geistes gewesen, mit Irland als einer geachteten und uralten Provinz. Doch nein, hatte nicht ein englischer Papst Irland einem englischen Monarchen ausgeliefert? Aber zumindest stand hinter all dem bis zur Reformationszeit ein gemeinsamer Glaube. Und jetzt war Seine Heiligkeit Gefangener des Kaisers. Wie mochten die Iren das aufnehmen? Wie die Spanier es aufnahmen, wußte er zur Genüge. Sollte er sich nur einem zeitlichen Monarchen verpflichtet fühlen, der die Engländer haßte? Noch wichtiger, wie war *Verrat* nun zu definieren? Yorck hatte die Kader einer bewaffneten preußischen Revolte für neutral erklärt – neutral nicht für immer. Im Interesse dieses *Folques*schicksals. Als das

Fest zu Ende ging, hatte Yorck im Suff irgendwelchen *feulquischen* Unsinn gesungen:

Die deutsche Sonne mit glänzenden Tagen
Lenkt über die Häupter der Völker den Wagen.

War Yorck ein Verräter? Im engsten Sinne ja. Er hatte sein *sacramentum* oder den Soldateneid gebrochen. Aber durfte man einen Mann, der sein Vaterland liebte, einen Verräter nennen? MacDonald stellte sich mit Mühe vor, er wäre wieder in Irland und bildete Armeen aus, die zugleich Einrichtungen politischer Schulung wären, vertriebe die Engländer, eine Welle der bissigen Bulldoggen nach der andern, bis die Herren der Zwinger keine Meuten mehr loszulassen hätten oder es müde würden. Friede, ein Vertrag, ein unabhängiges Irland. Dafür bist du zu alt, und die Zeit ist noch nicht reif. Er würde mit der napoleonischen Zeit sterben, nach einem ruhigen Alter, so hoffte er, in seinem Herzogtum. Aber das Jahr machte ihm Angst, das bevorstand. Vor ihm, er sah es an der ersten Spreu der Vororte, lag Königsberg. Eins nach dem andern! Gefährlich, zu weit vorausblicken zu wollen. Er wünschte, ihm wäre nicht so erbärmlich niedergeschlagen zumute.

»Yorck«, schrie N, »ist ein Verräter, ein verurteilter Verräter. Ich werde eigenhändig die Erschießung dieses Verräters Yorck leiten.« Er stapfte ein Weilchen im Spielzimmer umher, schrie *Verräter! Verräter!*, und sein kleiner Sohn, der König von Rom, lachte dazu. »Recht hast du, daß du lachst, mein Engelchen«, sagte N und bekam weichere Augen, »lach du nur, in deinem Paradies kindlicher Unschuld, wo es keine Verräter gibt! Aber sie werden kommen, die Verräter, sie kommen zu uns allen. Erst mit grünen Zweigen wedeln, dann zuschlagen, *zuschlagen*!« Er hieb mit der Faust auf die große Pappmachéplatte, aus der Europa nachgebildet war und die er im Spielzimmer hatte aufstellen lassen. Ein Trupp bleierner Kavalleristen fiel um. Durch das Beispiel ermutigt, schlug der König von Rom mit beiden Fäustchen zu, und die Grenadiere und Infanteristen vom Tejo bis zum Ural purzelten durcheinander.

Die Kaiserin Marie-Louise saß geruhsam in einem Sessel und naschte aus einem Schächtelchen sahnige Spezereien, die erst vor kurzem den weiten Weg von Wien her gemacht hatten. Mit ihren Katzenaugen lächelte sie dem kaiserlichen Gatten zu und sagte: »Mein Süßer, ausruhn müssen Sie, ausruhn, zu Bett, und ausruhn will ich mit Ihnen, und machen Sie nicht so ein Geschrei andauernd von wegen Verrätern. Sogar im Schlaf schreien Sie noch, denn ich hab es gehört.« Mit einem gewinnenden, gewinnlerischen Lächeln steckte sie sich ein weißbepudertes Pfefferminzplätzchen in den Mund. Der Familienmund, dachte N, als er ihr zuschaute, der Mund, den er auf Hunderten von Porträts in Schönbrunn gesehn hatte. N sagte:

»Und was sagen Sie dazu, wenn ich Ihnen sage, daß in diesem Augenblick so etliche Verrätereien auch in Wien im Gange sind? Daß das englische Geld seinen Weg dorthin findet, eine Million Pfund, wie man mir sagt, daß Ihr lieber Herr Vater sich in Mhmmms und Ahas über die Ratsamkeit von diesem und die Unklugheit von jenem ergeht, was heißt, er wird morgen den eigenen Schwiegersohn angreifen, wenn der Preis ihm zusagt? Was halten Sie davon, he?«

»Zu schnell für mich sprechen Sie manchmal, Liebster. Wollen Sie schlecht von meinem Vater reden, dann bitte sprechen Sie es nicht aus!«

»Herrgott, wie soll ich gut von ihm reden, wenn er schlecht von mir redet? Und würden Sie bitte aufhören, diese widerlichen Klöße Wiener Verrätereien in sich hineinzustopfen!«

»Schon wieder von Verrat sprechen Sie. Aber es ist dieses Mal komisch.«

»Spezereien, hab ich gesagt, oder gemeint. O Gott o Gott, o Gott!« Sein kleiner Sohn fing an *goggoggogg* zu machen. N wandte sich liebevoll zu ihm und dem Pappmaché-Europa hin, mitsamt allen Gebirgen und Flüssen und den entsetzlichen Ebenen im Osten. »Da siehst du, mein Kleiner, was sie machen werden. Dieser Czaar oder Zar aller Reußen und die Deutschen und die Schweden und die Österreicher, da kommen sie alle und wollen auf Pappi los, und die haben Geld noch und noch von den bösen Engländern, damit sie stärker sind, aber Pappi haut sie alle zusamm, pflatsch, peng, wumm!« Und seiner Kaiserin rief er gequält zu: »Mit wem halten Sie's denn, mit wem? Muß ich wissen. Was hat Ihnen Ihr Vater geschrieben, was rät oder befiehlt er Ihnen, was sagt er, was Sie *tun* sollen?«

»Immer sagt mein Vater«, und ein weiterer kremiger Kloß wurde eingefahren, »baf eine Frau erfe Flich gegen ihren Gaffen.«

»Was war das? Hören Sie auf, diesen verfluchten Mist zu futtern! Ich kann nicht verstehn, was Sie sagen, wenn Sie sich so die Fresse verstopfen.«

»Fresse? Was für ein Wort! Soll es komisch sein? Die erste Pflicht einer Frau ist gegen ihren Gatten, sagt mein Vater.«

»Ich will Sie etwas fragen«, sagte er, mit der einen Hand den Rockschweif umklammernd, mit der andern forensisch in die Luft deutend, den Oberleib vorgebeugt, »hypothetisch, rein hypothetisch. Wenn durch irgendeinen dummen Zufall, aber es wird nicht so kommen, seien Sie ganz sicher, wenn durch Zufall Ihr kaiserlicher österreichischer Vater stolz und an der Spitze seiner siegreichen Truppen hier nach Paris hereinkutschiert käme und sagte: *Ach ja, dieser Napoleon muß sein ein* prisonnier –«

»Es ist so komisch, wenn Sie deutsch zu sprechen versuchen!«

»Wenn man Ihnen also, sage ich, Ihren lieben Gatten wegnähme und ihn an ein stilles Plätzchen schickte, wo er dem armen gequälten Europa nichts mehr zuleide tun könnte –«

»Zu schnell sprechen Sie immer.«

»Würden Sie dann mit ihm gehn – mit mir gehn, heißt das? Mit Ihrem Gatten? Durch dick und dünn, bis daß der Tod uns – würden Sie *treu* bleiben?«

»Treu, aber natürlich, Ihnen, mein Liebster, ewig treu. Und meinem lieben Söhnchen auch, ewig treu.« Sie strahlte liebevoll, doch ein wenig unbedarft den König von Rom an, während sie zugleich Kuß- und Schnalzlaute abgab. Der König von Rom betrachtete sie fasziniert.

»Ich glaub's nicht«, murmelte N in sich hinein, marschierte zur europäischen Westflanke hinüber und sah die Iberische Halbinsel voller Rotröcke und tückischer iberischer Gebirgskrieger. »Ich glaube nicht, daß irgendjemand wirklich treu ist.«

»Was haben Sie gesagt, Liebster?«

»Es wird so allerhand Unsinn geredet«, sagte er und kam zu ihr zurück, »von der deutschen Selbstbestimmung. Verstehen Sie den Ausdruck? Die deutsche Selbstbestimmung, das soll heißen, die deutsch sprechenden Völker müßten sich alle zusammentun, und dann nieder mit Bonaparte und mit Frankreich! Haben Sie davon gehört?«

»Ich höre von nichts, mein Süßer.«

»Nein, Sie nicht, ich glaub es wohl! Jetzt sagen Sie mir eins – lieben Sie Österreich? Eine schlichte Frage, selbst Sie müßten sie verstehen. *Aimez-vous l'Autriche? Lieben Sie Austria?«*

Sie vergaß ihre Wiener Spezereien und legte die Hände sittsam in den grünseidenen Schoß. »Es ist nicht wie Frankreich. Als ich ein kleines Mädchen war, sind wir im grünen Walde herumgetollt und haben juchhe gerufen, und wenn die Sonne hinter den Bergen unterging, haben wir die alten Lieder gesungen. Es war eine schöne Zeit. Die Franzosen sind so kalt.« N sah, ihr standen jetzt die Tränen in den Katzenaugen. Er stöhnte, als er das von dem Sonnenuntergang hinter den Bergen hörte. Er ging wieder zu seinem Kleinen, dem König von Rom, der noch viel zu jung war, um an Verrat zu denken, und sah ihn die ganze französische Armee im Atlantik ersäufen.

»Nicht«, sagte er freundlich, »nicht so, mein Kleiner! Die müssen alle dorthin gehen, siehst du, an Land. Zu diesem Ort hier, siehst du, Leipzig heißt das. Hier bei Leipzig, ja, bei Leipzig, wenn es soweit ist!« Er versank völlig in der Aufgabe, auf diesem Kindereuropa den Grundplan für die letzte strafende Schlacht zu entwerfen, mit jedem Bleisoldaten für ein Armeekorps. Der König von Rom zupfte ihn immerzu am Ärmel, um beachtet zu werden, aber der Kaiser von Frankreich war zu tief in Gedanken. Die Kaiserin in ihrem Sessel hauchte zarte Heimwehlaute vor sich hin: *Jagdschloß – Morgenrot – wunderschön.* Der König fing an zu schreien, und der Kaiser, stirnrunzelnd, nicht recht zufrieden mit gerade dieser Zweifrontenstellung, brach sein einsames Spiel ab. Der König schlug um sich, und der Kaiser nahm das Kind auf den Arm und küßte und küßte es wutenbrannt. »Dich vergessen. Die haben. Vergessen sich um. Meinen kleinen Jungen zu. Sammeln den. König von Rom. Als der böse, dumme Mann. Gesagt hat, Papa ist tot. Aber. Wir schlagen sie alle. Noch. Diese Schufte!«

Für die Kaiserin wurden jetzt von zwei livrierten Dienern Kaffee und Kuchen hereingebracht – feines Meißner Porzellan und dampfbeschlagenes Silber, ein zierliches Gedeck mit den schaumigen Waren eines echten *Kuchenbäckers.* Dazu gab es Schlagsahne oder *Schlagobers* in einem besonderen silbernen Schüsselchen, und die Kaiserin steckte genüßlich den Finger hinein, bevor das Tablett noch auf dem Tischchen neben ihrem Sessel abgestellt war.

N schnüffelte und schnüffelte, als ob er den Pulverdampf einer Schlacht röche. »Das riecht ja wie Bohnenkaffee«, sagte er. »Woher haben Sie ihn?«

»Aus Wien. Vater geschickt.«

N nahm den Deckel von der Kanne und steckte schnüffelnd die Nase in den würzigen Dampf. Köstlich! »Ihr Vater«, begann er zu toben, »hat kein Recht dazu. Das hier ist Bohnenkaffee. Hat er noch nie von der Kontinentalsperre gehört? Kennt er das Gesetz nicht? War das denn nicht der Sinn der ganzen verdammten Strafexpedition? All diese Germanenschweine zum Anschluß ans Kontinentalsystem zu bringen?«

»Von meinem Vater dürfen Sie so nicht sprechen.«

»Hat er noch nie davon gehört? Bei Gott, er wird davon gehört haben, wenn ich erst mit ihm fertig bin.«

»Sie dürfen nicht so sprechen von meinem lieben Vater.«

»Ich spreche von Ihrem lieben Herrn Vater, wie es mir paßt, Madame. Denen stehen verflucht schwere Zeiten bevor, Ihrer lieben Familie, das versprech ich Ihnen.« Zu den Dienern, die zuhörten und sich im Geiste Notizen für ihre Memoiren machten, sagte er: »Schaffen Sie diesen aromatischen Mist hinaus und bringen Sie den Ersatz. Und trinken Sie ihn nicht etwa selber, ich erfahr es doch! Ach, hier ist niemand zu trauen.« Er nahm die Kanne, schritt zu einer Topfpalme und überschwemmte die Erde mit dem starken, heißen Gebräu. Die Kaiserin weinte.

»Sie sind grausam. Sie grausamer Mensch. Hat Vater immer gesagt.«

»Ach, du bist gehässig.« Charles-Maurice de Talleyrand-Périgord, weiland Bischof von Autun, jetzt Fürst von Benevento, Minister des Äußeren, bis ihm manche kaum vernehmbaren Obertöne in der Tilsiter Euphorie seines Herrn die Ratsamkeit des Rücktritts bedeutet hatten, im Augenblick nur noch Großkämmerer des Reiches, brachte die kleine Gruppe zu schallendem Gelächter, als er eine seiner berühmten Parodien auf den häuslichen Alltag des Kaisers zum besten gab. Die wienerisch glucksende Kaiserin traf er recht gut: *Ah gää, du host gnu gsogt, s'longt* et cetera. Normalerweise spielte er dergleichen nicht in Anwesenheit der anderen, der entlassenen Kaiserin vor, bei der er heute zu Gast war, doch diese führte im Augenblick die polnische Fürstin im Garten herum. Auch Frauen waren anscheinend dem Gedankenaustausch über einen gemeinsamen Geliebten nicht abgeneigt.

Er stand in einer Ecke des großen Salons von Malmaison, hatte seine Freude an der Freude der Damen und an dem freundlichen Krümelspucken des Kardinals Maury. »Hier versteht man noch Gäste zu bewirten«, sagte Talleyrand, »viel besser als jemals in den Tuilerien. Nur ein gaumenloser Potentat konnte auf die Idee einer permanenten Fastenzeit verfallen und diese dann als ein Kontinentalsystem bezeichnen.« Der Kardinal Maury, den Mund voll mit Kuchen von Ruccieri, deutete einen Segen über dem herrlichen Buffet an, das an und für sich schon ein Kunstwerk war, voller üppiger Exotika aus den Treibhäusern von Malmaison, eine Schande eigentlich, es zu verwüsten. Schließlich sagte er, während er von einem sich verbeugenden Lakaien ein Eis nahm:

»Dieser Ruccieri, der für Madame arbeitet, ist ein Genius. Laguipière war auch einer, aber der ist hin. Auch ich habe mich einmal um seine Dienste beworben. Der Ärmste! Manche Verluste des Rückzugs von Moskau sind in der Tat zu beklagen. Requiescat et cetera.«

»Sagen wir requies*cant*«, sagte Talleyrand, »da wir uns schon einmal so trostreichen Gebeten widmen.« Er sprach in einem Ton, wie er ihn früher, als er noch Bischof war, manchmal angeschlagen hatte. »Und wegen ihrer futurischen Bedeutung kann sich diese Tempusform sowohl auf die *morituri* als auch auf die *mortui* beziehen.« Die Damen, die sich aus dem frommen Exkurs, ob er nun dem Buffet oder den Gefallenen galt, nicht viel machten, waren froh, zu einer zärtlichen Begrüßung Henri de Guennecs enteilen zu können, des schönen Helden von der Beresina, der soeben eingetroffen war, den linken Arm in einer blütenweißen, irgendwie erotisch anmutenden Binde. Er war nicht zu einem der *mortui* ausersehen – jedenfalls nicht *in bello*.

»Die *morituri*«, sagte der Kardinal Maury, »grüßen noch immer beflissen ihren Cäsar, wie eh und je. Wie lange wird das noch so bleiben, mein Fürst?«

»Nicht mehr lange, Eminenz. Als ich zusah, wie er 1804 sich selbst und unsere liebenswürdige Gastgeberin krönte, habe ich mir gesagt: *Zehn Jahre sind genug*. Und man kann sogar sagen, mehr als genug für ein so bizarres Abenteuer. Ich weiß noch, wie ich – es war kurz nach dem Sieg bei Marengo – zu der guten Germaine de Staël sagte – ich glaube, sie wird sich jetzt auf das Ende ihres Exils vorbereiten –, daß ich mir einen altgewordenen Kaiser Napoleon nicht vorstellen könne. Ein sehr wichtiges Moment seines Charismas war immer sein baldiger Tod in der Schlacht. Zu einer Zeit befürchtete ich ein endloses Martyrium, das uns einen fetten und talentlosen Bonaparte nach dem andern auf den Thron setzen würde, doch jetzt glaube ich, die

Bourbonen werden uns nicht mehr lange warten lassen. Nicht doch, ich *weiß* es. Und ich kann mir einen komischen Bonaparte vorstellen, wie er hinter Gittern schnattert, sehnlichst sterben möchte und doch unfähig ist, den eigenen Quietus zu vollziehen. Sein Reich geht zu Ende in einem Gemisch von Aberwitz und Schande.«

»Schande?«

»Für viele wird es so etwas wie eine Schande sein, in der eigenen Hauptstadt den siegreichen Fremden huldigen zu müssen – den Preußen, Kosaken et cetera. Vielleicht auch den Engländern. Aber es ist eine Art Schande, die ironischerweise durch seine Verbohrtheit und seinen Stolz herbeigeführt werden wird. Er wird keinen Kompromißfrieden und keine alten Grenzen annehmen. Alles oder nichts. Und daher werden wir Froschtanz und Stechschritt bald in Paris sehen. Auf den Straßen, nicht in den Variétés.« Er grinste dem Kardinal Maury zu, während er noch einmal wiederholte: »Aberwitz und Schande.«

»Es gab eine Zeit, als Sie Ihren Verrat nicht so öffentlich bekundeten.« Der Kardinal Maury lächelte bei diesen Worten. Der Terminus *Verrat* hatte keine tödlichen Anklänge mehr. Früher hatte man ihn für die Agenten der Bourbonen gebraucht, aber jetzt mußten offenbar, logischerweise, die Bourbonen wiederkehren. Dann würde man anfangen können, dem *Verrat* wieder seinen dumpf gefährlichen Klang zu geben. Denn Verrat gab es nur gegen den echten Gesalbten des Herrn.

»Ich bin von meinen ersten Loyalitäten nie abgewichen, Eminenz. Aber der Mensch muß überleben. Sie, Eminenz, wenn ich das ohne Despektierlichkeit sagen darf, haben die Kunst des Überlebens ebenso beharrlich geübt wie ich. Es ist die einzige Kunst, die es sich zu erlernen lohnt. Wo«, fragte er boshaft grinsend und mit dem plötzlichen Absprung in die schockierende Unverschämtheit, für den er allmählich berühmt wurde, »wo hat wohl der heilige Geiz seine Dukaten versteckt? Unterhält er, wie so viele Patrioten, ein pseudonymes Goldguthaben bei der Zentralbank des Erzfeindes?«

»Ah! Sie also auch? Nun, der Mann der Kirche muß ein halbwegs internationales Geschöpf sein, wie der Diplomat oder wie diese edlen Täubchen da draußen!« Er schaute in den Garten hinaus, wo eine ehemalige Kaiserin und die Fürstin eines Großherzogtums von Frau zu Frau miteinander sprachen. Der Herbst machte sich bemerkbar. Der Kardinal Maury lächelte Talleyrand zu und deutete mit seinem Eis ein Gläserheben an.

Seine Gnaden der Herzog von Parma trat zu ihnen, sich den wohlgesättigten Bauch streichend, Erzkanzler des Reiches, ehemals Justizminister und zur Zeit noch Senatspräsident – Jean-Jacques Cambacérès, rüstig und chronisch überernährt. Er sagte:

»Dieses honigblonde Haar der Madame Walewska – wahrhaft lecker! Und daß unsere liebe Gastgeberin sie so freundschaftlich aufnimmt: sehen Sie nur, die beiden möchten sich schier *fressen!* Sonderbare Geschöpfe, die Frauen.« Er musterte sie durchs offene Fenster, als dächte er darüber nach, wie man sie am besten kochen solle.

»Frauen«, sagte Talleyrand, »sind *dauerhafte* Geschöpfe.«

»Wie?« Cambacérès hatte nicht verstanden, wollte es aber auch nicht unbedingt. »Das Sonderbare, so würde ich meinen, in diesem speziellen Zusammenhang nämlich, liegt in der Tatsache, daß die Walewska den überaus greifbaren und sichtbaren Beweis für die Tatsache erbracht hat, daß – Die Wurzel und der Anlaß, in anderer Hinsicht, der – dürfen wir es Scheidung nennen, Eminenz, oder gibt die Heilige Kirche einem anderen hm euphemistischeren, kirchengemäßeren hm –«

»Eine Nichtigkeitserklärung hat man's genannt«, sagte Talleyrand, den alten Bischof durchschimmern lassend, »aber ich denke, im allgemeinen betrachten wir es als eine Scheidung, unverwässert und in voller Ausprägung. Sie sprechen von dem Walewska-Bastard, Euer Gnaden?«

»So könnte man's nennen, ich selbst würde nicht – Nun ja, sie ist das goldhaarige Banner, welches die bedauerliche Unfruchtbarkeit unserer armen Josephine proklamiert hat.«

»Es hat noch andere gegeben«, sagte der Kardinal in sehr weltlichem Tone. »Versteckte und Nichtsahnende. Dennoch, ich behaupte, daß eine Vaterschaft zu beweisen immer noch das Schwierigste von der Welt ist. Ich kenne Menschen«, fügte er in spröder Weltklugheit hinzu, »die ein *Deo gratias* dafür sagen würden.«

»Unsere *arme,* sagen Sie«, sagte Talleyrand zu Cambacérès. »*Arme* haben Sie gesagt. Auch ich, Gott sei mir gnädig, habe es oft genug gesagt –«

»Verzeihen Sie, ich kann nicht ganz folgen – o ja, doch, ich verstehe –« Er nickte energisch, und seine Wangen zitterten wie Pudding. »Unsere arme – Ja.«

»Worin aber hat für uns das Fortdauernde gelegen? Sie ist der wertbeständige Mythos gewesen, die Göttin, die von den angefroren aus Rußland zurückhumpelnden Soldaten angerufen wurde. Sie ist der Herd eines Aberglaubens, dem ganz Frankreich huldigt. Es ist etwas sehr Bedenkliches an dieser Familie –«

»Bedenkliches?«

»Ja, an ihrer Tochter Hortense, dem einzigen echt aristokratisch leuchtenden Schimmer in den Tuilerien. An ihrem Sohn Eugène, dem einzigen fähigen und ergebenen Marschall, der ihm noch bleibt – oder beinahe. Sie werden überleben, und ohne Betrug. Es muß im Blut liegen.«

»Das Beauharnaissche Blut war stark«, sagte Kardinal Maury. »Ist, sollte ich sagen. Ich dachte an den General Beauharnais, einen der Nichtüberlebenden. Fünfzig Köpfe am Tag im Karmelitergefängnis.« Ihn schauderte. »Nun, Robespierres Zeit liegt weit zurück, Gott sei Dank! Dergleichen werden wir nicht mehr erleben.«

»Es muß im Blut liegen«, wiederholte Talleyrand. »Früher habe ich mich über die Vorstellung, derlei Eigenschaften könnten erblich sein, lustig gemacht. Aber jetzt hören wir allerlei von der Überlegenheit des einen Blutes über das andere. Das Prinzip der aristokratischen Familien ist auf die Nationen ausgeweitet worden. Nicht freilich auf unsere Nation. Von irgendwelchen prächtigen Eigenschaften der Franzosen haben wir noch nie gesprochen – nur bestimmter einzelner Franzosen.«

»Einschließlich der Ehrenbürger«, sagte Cambacérès. »Franzose ist, wer Französisch spricht und in Frankreich lebt. Wie der arme gepeinigte MacDonald zum Beispiel.«

»Gepeinigt?« fragte der Kardinal Maury erschrocken. »Ah, ich verstehe. Seelisch –«

»Es war nicht seine Schuld, daß Yorck eine Sondervereinbarung mit den Preußen schloß. Und ich glaube, mein Fürst, an die Preußen denken auch Sie, wenn Sie von diesem neuen Prinzip sprechen – wie haben Sie es genannt?«

»Ich bin noch nicht dazu gekommen, ihm einen Namen zu geben«, lächelte Talleyrand, »da Sie mich aber fragen, möchte ich den Terminus *Herrenrasse* in Vorschlag bringen. Behaupten soll sich die ganze Rasse, nicht nur ihre exzeptionellen Vertreter. Wir Franzosen in unserem nachnapoleonischen Katzenjammer können vielleicht dem wahnwitzigen Anspruch einer so hoch hinausgreifenden Religion nicht genügen. Doch das deutsche Volk, unter preußischer Führung ist bereit, in dergleichen Parolen einzustimmen. Nicht mehr lange, und wir werden sie auch in Paris hören.«

»Ah!«, sagte Cambacérès, »haben Sie diesen Alptraum also auch schon gehabt? Ich werde oft davon wach – meistens nach gekochtem Hecht, merkwürdigerweise – und werde ihn dann nicht mehr los. Fette, teigige Wurst, Bier aus Literkrügen und patriotische Lieder. Die deutsche Sprache hat so etwas Verheultes – schon dieses trällernde L in Wörtern wie, Moment, *kalt* oder *Geld* ist eine Hymne der Rührseligkeit. Messieurs, ich habe zwar schon gegessen, gut gegessen, denn Madame bewirtet ihre Gäste vortrefflich, aber ich darf es nicht versäumen, noch von diesen *biscuits glacés* zu kosten. Dieser Ruccieri ist ein Genius der leichten Muse.«

»Und wie steht es mit Ihrem Genius?« fragte der Kardinal lächelnd.

»Jaja, wird Zeit, daß Sie mal wieder kommen«, sagte Cambacérès kauend. »Es ist lange her, seit Sie meine Tafel beehrt haben. Morgen, warum nicht morgen? Sie auch, mein Fürst, wenn Ihre so viel wichtigeren Geschäfte Ihnen ein wenig Zeit lassen. Ich gebe ein Diner für – egal wen, etwas kompliziert – einen gesichtslosen Herrn aus St. Petersburg. Aber, ah ja, dabei gibt es ein sehr interessantes Problem. Ich habe zwei gewaltige Störe, zwei Riesen, die mir lebendig in großen Behältern gebracht wurden, in denen sie jetzt noch schwimmen, in seligem Unwissen um ihren baldigen, ah, Quietus. Ein Geschenk, ein Geschenk, doch eines, das mich in eine nicht geringe Verlegenheit bringt, denn der eine Fisch ist etwa um fünfzig Pfund – oder, ah, dreiundzwanzig Kilogramm, wie wir das heute lächerlicherweise nennen müssen – schwerer als der andere. Ich kann nicht gut bei einem Essen beide auftragen lassen, denn der größere würde den kleineren in den Schatten stellen. Und wie könnte ich den Solözismus begehen, zwei Fische gleicher Art an zwei aufeinanderfolgenden Tagen servieren zu lassen? Ihnen, Fürst Talleyrand, würde ich eine diplomatische Lösung zutrauen.«

»Hm!« Talleyrand dachte ein Weilchen nach. Während er nachdachte, kamen die Gastgeberin und die Fürstin Walewska aus dem Garten herein. Ein bißchen kühl draußen, schien Josephine mit einem graziösen Schulterbeben anzudeuten, die Arme vor die Brust gelegt. Mit ihrem Lächeln, das die Zähne verbarg und dennoch jenes nun schon legendäre Nachbild von Perlmuttschimmer hinterließ, sagte sie:

»O verzeihen Sie, aber ich bin eine sehr nachlässige Gastgeberin. Ihre Hoheit will morgen früh abreisen, und ich wollte ihr unbedingt noch, bevor es dunkel wird, die Anordnung der Beete zeigen.«

»Welch ein Fest für das Auge!« schwärmte die honigblonde Fürstin mit einem reizenden slawischen Beiklang in der Stimme. »Welch eine Fülle und Vielfalt! Ihre Majestät hat hier der ganzen Welt etwas geschenkt – die Kunst, die vollkommene Rose zu züchten.«

»Sie sind fast verblüht, die meisten«, sagte Josephine. »Sie müssen im Juni wiederkommen und Ihren Sohn mitbringen.« Kein bißchen verlegen, die vollkommene Rose, kunstvoll gezüchtet. »Euer Gnaden«, sagte sie zu Cambacérès, »müssen mein Buffet ein wenig primitiv finden –«

»Es ist eine sehr kultivierte Neuerung«, sagte der Erzkanzler unter mehreren Verbeugungen. »Plaudernd umherzugehen und dabei solche Delikatessen aus diesem eßbaren Eden herauszugreifen, diesem Gegenstück zu Ihrem gefiederten Paradies dort draußen.« Lächeln, Lächeln, Verbeugungen, und dann erblickte sie den schönen verwundeten Krieger und sagte:

»Mein lieber Henri –«

Der Erzkanzler hatte alle *biscuits glacés* vom Teller geputzt. Talleyrand sagte: »Versuchen Sie es doch so, Monsieur! Lassen Sie den kleineren Stör hereinbringen – im Triumphzug, mit Flöten und Streichern. Dann lassen Sie den Träger stolpern und das Tablett hinwerfen. Der kleinere Stör endet also in einem schuppigen Fischbruch, einem *Ichthyofragium* – darf man diesen Neologismus gebrauchen? Ist egal. Wehgeschrei und Bedauern. Und siehe da – der größere wird in noch lauterem Triumph, mit Pauken und Trompeten, hereingetragen. Stellen Sie sich vor, die Begeisterung, der Applaus!«

»Mit Ihnen mußte es schon immer sehr weit kommen«, sagte Cambacérès, tiefernst nickend, als hätte Talleyrand eine Todsünde gebeichtet. »Sie hatten schon immer diese Erfindungsgabe, etwas wie einen Kunstsinn der Zerstörung. Ich bewundere Sie, Monsieur. Ich kann Sie nicht nachahmen, nicht in allgemeinem Sinne. Aber Ihr *Ichthyofragium* – glänzend, wahrhaftig!«

»Sind es baltische Störe, Monsieur?« fragte der Kardinal.

»Ja freilich. Sie sind mir in großen Behältern über Land geschickt worden, heute noch so frisch wie an dem Tag, als sie ihre heimischen Gewässer verlassen mußten.«

»Darf ich vermuten, darf ich mir einstweilen vorstellen, daß sich der Czaar oder Zar aller Reußen«, sagte Talleyrand, »um solche, wie soll ich sagen, delikaten Verständigungsformen bemüht hat? Bitte, antworten Sie mir nicht, wenn Sie nicht mögen!« Er lächelte mit unerschöpflicher Liebenswürdigkeit.

»Ein gewisser Herr – nicht eines von diesen wurstverzehrenden – oder, welcher Neologismus wäre hier angebracht, *panticivoren?* – teutonischen Bierfässern – obgleich sein Schicksal in nächster Zeit mit dem ihren verbunden ist – ein gewisser slawischer Herr – Können Sie mir folgen?«

»Wenn es soweit ist«, sagte Talleyrand, »wird es eine ganz gesittete Begegnung werden. Er hat den dringenden Wunsch geäußert, hier in Malmaison empfangen zu werden. Da sehn Sie's, hier hat alles den langen Atem des Dauerhaften. Ich frage mich – eine Verbindung zwischen den Romanoffs und den Beauharnais – eine interessante Möglichkeit, die wiederum Nichtigkeitserklärungen einschließen würde.« Er schaute den Kardinal an, der belustigt die Achsel zuckte. Und dann lächelte Talleyrand und sagte: »Kosakentänze zwischen den Spätherbstblumen.«

»Entzückend.« Cambacérès leerte einen Kelch mit exquisit gekühltem Champagner. »Exquisit gekühlt«, sagte er, »dieser Champagner. Viel Interessantes werden wir noch erleben. Nach dem Gemetzel. Die armen jungen Männer! Die armen jungen Männer! Ein Jammer, daß die Bourbonen – nun ja –«

»Ach, die Lebensqualität, oder wie man dies neuerdings nennt«, sagte Talleyrand, »wird nicht vom Chef der Exekutive verordnet. Dies eine haben wir doch gelernt. Wir müssen unsere eigene Lebensart ausbilden. Die zartesten Teeknospen kommen aus Ceylon, ich hätte gern einen Londoner Schneider, und wie sehnt man sich doch nach einer Tasse Bohnenkaffee *ohne Schuldgefühl!*«

»Wie vollkommen richtig!« sagte Cambacérès mit zutiefst aufrichtigem Empfinden. »Das ist eine wirklich erstaunliche, glänzende Methode, dieses Problem mit den beiden Stören zu lösen. Ich bin Ihnen tief verbunden. Ein *Ichthyofragium*, meiner Treu! Sie werden morgen mitansehen, wie es dabei zugeht.«

Aufschreie hingerissenen Entzückens brachen plötzlich los; vor allem die Damen riefen: »Ach, wie süß!«

»Entzückend, entzückend!« sagte der Kardinal Maury und blinzelte den drei kleinen Gestalten entgegen, die aus dem Garten hereinkamen. »Ich glaube nicht, daß ich den einen in der Mitte schon kenne«, sagte er, denn er war kurzsichtig. »Sehr eigenartig sieht er aus, wer kann das bloß sein?«

Talleyrand lachte. Napoleon-Louis und Charles-Louis-Napoleon, die kleinen Prinzen, Hortenses Kinder, führten ihren Liebling aus der Privatmenagerie der Großmutter herein, einen kleinen Orang-Utan, hübsch in Musselin gekleidet. »Aber ich bitt euch, ihr Schlingel!« rief Josephine und rannte zu ihnen; sie war nicht wirklich böse, wirklich zu allerliebst, die kleine Gruppe. Der Mawas aber sah das exotische Arrangement der Südfrüchte auf dem Buffettisch. Er winselte, kläffte den kleinen Prinzen etwas wie eine Entschuldigung zu und riß sich energisch von ihren Händchen los. Ehe es jemand verhindern konnte, war er auf den Buffettisch gesprungen, und schon pflückte er Ananasfrüchte von ihrem künstlichen Baum. Lächelnd versuchten ihn die Diener zu packen, doch vergebens. Schnell noch ein paar Treibhauspfirsiche mitnehmend, hüpfte er davon. Er musterte den Kronleuchter, fand ihn zu hoch, also machte er, daß er mit seiner Beute zu einem türkischen Sofa kam, und ließ sich geruhsam darauf nieder. Allerliebst, wirklich! Die Gastgeberin brachte es nicht übers Herz, ihn hinauszujagen. »Du frecher Bobo!« sagte sie mehrmals und lachte.

»Sehen Sie nur die massige Brust!« sagte Cambacérès, fast wie ein Fleischbeschauer. »Und die Augen sind erstaunlich – wild und doch geduldig, genau beobachtend und doch wie aus großer Entfernung.«

»Der Sauerstoff, den er so reichlich inhaliert«, sagte Talleyrand, »treibt keinen sehr hochentwickelten Apparat. Das Untermenschliche und das Übermenschliche gleichen sich darin, daß sie beide nicht menschlich sind.«

Nachsichtig belächelten sie alle das entzückend bizarre Tableau – ein Emigrant aus dem Dschungel in seinem hochzivilisierten Exil zwischen Gold und Rosa.

Klapp klapp. Klapp klapp. In dem schlichten Einspänner ohne Hoheitszeichen, der die endlose Ausfahrt vor den Tuilerien entlangrollte, saß ein einzelner Zivilist – ohne Titel, ohne Identität, sogar ohne Namen außer einem für befristeten Gebrauch erfundenen: Monsieur Léon Laval. Er war dunkelbraun gekleidet, und die Krempe eines unauffälligen Hutes beschattete Stirn und Augen. In der Hand hielt er ein großes rotgetupftes Taschentuch, das erforderlichenfalls dazu dienen konnte, die untere Gesichtspartie zu verbergen, so als hätte er Zahnschmerzen. Klapp klapp. Am Haupttor hielt der Wagen, und ein Wachtposten hatte die Unverfrorenheit hereinzuschauen. »Ich bin's, Sie Idiot«, sagte Monsieur Laval. »Und ich steige hier aus.« Der Wachtposten, dem fast das Gewehr aus der Hand gefallen wäre, hielt ihm die Tür auf und stammelte Entschuldigungssilben. Monsieur Laval stieg aus. Er nickte dem Kutscher zu und begutachtete noch einmal das Pferd. Keine guten Pferde mehr. Die Zeit der guten Pferde ist vorbei. Sie hat aber immer noch acht, acht gute, Araber, bloß damit sie in der kaiserlichen Kutsche in Malmaison ausfahren kann. Furchtbar, furchtbar, diese Verschwendung! Brauchen doch jeden Gaul, der noch laufen kann. »Ich bleibe ein, zwei Stunden fort«, sagte er zum Hauptmann der Wache, der nun stammelnd und den Schnurrbart glattstreichend aus der Wachstube kam. »Sollte jemand versuchen, mir nachzugehen, vom Palast aus, meine ich, so halten Sie ihn fest! Ich möchte *alleingelassen werden.* Alles klar?«

»Jawohl, Sire!«

»Jawohl, Sire!«

»Gut denn!« Und die Hutkrempe tief über Stirn und Augen, Taschentuch hinten in der Hose, ein paar Francs in einer Seitentasche klimpernd, ging er los, links rechts, links rechts, Richtung Place de la Concorde. Links von ihm lag die Seine, *sein* Fluß. Verdrossen betrachtete er die Damen und Herren, die zu Fuß über den Pont Royal kamen, um sich von der *fraîcheur* des späten Nachmittags anhauchen zu lassen. Innerlich sah er Sappeure vor sich, wie sie die Brücke sprengten, feindliche Fleisch- und Uniformfetzen krawumm! in die Luft schleudernd. Aus irgendeinem Grund dachte er sich einen dußligen Sappeur hinzu; hatte Befehl, die Brücke zu sprengen, nachdem die Franzosen hinüber wären, bekam aber Nervenflattern, der verdammte Idiot, und sprengte, als sie noch mitten drauf waren. Nicht mehr wie früher, die Armee. Zu viele junge, ungedrillte Äffchen, Marielouisen sagt man zu denen, nicht ohne Grund; meinen es gut, aber zu viel Nerven.

Formationen des rechten Flügels. Er ging, die Hände hinter sich auf dem Rücken, in Richtung Place de la Concorde. Drittes Korps. Fünfzehntausend Infanterie. Achte Division. Lefol? Tausend Kavallerie, die Zehnte. Habert, ja. Einhundertfünfzig Sappeure, achtunddreißig Geschütze.

Früher, als Erster Konsul, hatte er regelmäßig solche Ausflüge ins Pariser Volksleben gemacht, inkognito und still die Ohren spitzend; man muß wissen, was los ist, Führungsprinzip, Stimme des Volkes hören. Einmal hatte er das Geld vergessen gehabt, Kaffee bestellt und nicht zahlen können. Mordstheater, ohne das Inkognito zu lüften. Das hier ist meine Stadt. Ich hab den Kerlen erst gezeigt, wie man die Häuser numeriert, zum Beispiel. Am Fluß anfangen, alles kommt vom Fluß her. Die öffentlichen Springbrunnen. Die Namen. Und doch ist es möglich, immerhin möglich, daß du Paris nicht wiedersiehst. Morgen ab ins Feld, aus mit dem Inkognito. Entscheidender Feldzug, letzter Feldzug. Bei Gott, diesmal wird dir was einfallen müssen, Herr Jesus, wie noch nie! Deutsch sprechende Horden Europas, vereinigt euch gegen den gemeinsamen Feind! Hingestreckt dort seht ihr den Tyrannen. Den blutigen. Er spähte mißbilligend nach links, zum Pont de la Concorde; eine schicke Kutsche kam drübergefahren, zwei dicke Prunkpferde. Er legte die Ladung ein, gab Befehl zu zünden, trat zurück und wartete. Krawumm! Fleisch, Kleiderfetzen, Korsettstäbe.

Links rechts, links rechts. Er erregte keine Aufmerksamkeit; allerdings hatte er den Eindruck, ein Leutnant auf Krücken, mit einem halben Holzbein, betrachtete ihn mit dem plötzlichen Aufmerken vor dem Erkennen: Weiß nicht, aber den hast du doch schon mal gesehen. Monsieur Laval bekam ganz schnell einen Anfall von Zahnschmerz. Er setzte sich an einen Tisch vor einem Café, welches das Saint Dizier hieß, sonderbarer Name für ein Café, vielleicht weil der Besitzer in diesem Nest geboren war, und da wartete er, daß jemand käme und nach seinen Wünschen fragte, die in einem kleinen schwarzen Kaffee bestehen würden – nicht eben ein Herzenswunsch. Einstweilen horchte er und beobachtete aus seinen großen beschatteten Augen. Zwei recht dußlige Jünglinge lümmelten an einem Tisch über ihrem *Eau sucrée,* spielten ein faules, stupides Spiel, bei dem es darum ging, dem andern auf die rechte Hand zu schlagen, sobald sie auf den Tisch herabkam, ehe er sie wieder wegzog. Faule Bengels, warum sind die nicht bei der Armee, wo doch jeder Mann gebraucht wird, sogar solche jungen Esel. Eine dicke Frau in Schwarz saß weinend bei einem großen Glas Rotem und einem Teller mit Keksen. Kriegerwitwe vermutlich. Nein, zu alt, wenn der Kummer neueren Datums war, wahrscheinlich Sohn verloren. Monsieur Laval hörte mit Überraschung, wie die Frau zu sich selbst sagte:

»Dieser verdammte Mensch, dieser verdammte, dammte Schlächter!«

Sie sagte es allerdings, wenn auch mit feuchten Augen, mit einer Art Befriedigung, vor sich hin maulend. Der Kellner kam zu Monsieur Laval an den Tisch und fragte nach seinen Wünschen. Ein kleiner schwarzer Kaffee.

»Eine kleine Tasse Kontinentalplärre für den Herrn, aber gewiß doch!«

So also nannte man's. Monsieur Laval konnte es sich nicht verkneifen, den Kellner an seinem schmuddligen Ärmel festzuhalten und zu sagen: »Das Kontinentalsystem, Freund, muß doch sein, wegen der schuftigen Engländer mit ihrer schuftigen Seeherrschaft!« Der Kellner sagte:

»Kontinentaler Dünnschiß, wenn Monsieur einen skatologischen Ausdruck verzeihen wollen! Mit Freuden gäb ich meinen linken Hoden für eine anständige Tasse Mokka.«

Gehn Sie zu meiner Frau, hätte Monsieur Laval gern unwirsch erwidert, und lassen Sie sich von der ein Schälchen illegale Wiener Melange geben, in den verriegelten Toiletten der Tuilerien. »Ich hätte lieber«, sagte er lieber, »ein Glas Wasser und ein kleines Maß Rotwein zum Mischen.« Der Kellner sah ihn stirnrunzelnd scharf an, Monsieur Laval hatte einen neuen Anfall von Zahnschmerz und schützte sich mit seinem getupften Taschentuch vor der milden Winterluft. Der Kellner entfernte sich. Nachdem der Schmerz sich gelegt hatte, sah Monsieur Laval mit milderen Augen zwei narbige Veteranen an den Nachbartisch humpeln. Sie winkten dem Kellner nach, und der eine rief barsch:

»Zwei Humpen Blut!« Monsieur Laval sagte:

»Gestatten die Herren, daß ich zahle! Es ist ein zwar unzulänglicher, doch ehrlicher Ausdruck des Stolzes und der Dankbarkeit, die jeder gute Franzose angesichts Ihres Heldentums, Ihres Leidens und Ihrer Leistungen empfinden muß.«

»Gottchen, das ist aber nett, Monsieur«, sagte der eine, der viel Nikotin am Schnurrbart hatte.

»Bringen Sie lieber zwei doppelte Kognak!« rief er, aber der Kellner war schon nach drinnen gegangen. »Was wir getan haben, Monsieur, klar, würden wir wieder tun, wenn wir nicht so zerhackt wären, wie Sie ja sehn.«

»Ganz genau, Monsieur«, sagte der zweite heiser.

»Welche Schlacht, Messieurs?« fragte Monsieur Laval.

»Es war die Schlacht bei Borodino in Rußland«, sagte der Nikotinbärtige, »und eine schöne Patsche war's, was Jules, mit diesen Kosakenreitern, wie die den Leuten die Eier abgehackt haben, rein so zum Spaß! Und wir wie angefroren in dem Schnee, und das ganze Schlachtfeld eine Rauchwolke, mit dem gefrorenen Atem der Leute mittenmang. Furchtbare Sache, Monsieur, sein Sie bloß froh, daß Sie gesund und munter in Paris geblieben sind, während wir den Kaiser, Gott segne ihn, vor seinen grausamen Feinden in Rußland beschützt haben. Sind nämlich mehr Tiere wie Menschen, stimmt's, Jules?«

»Da lag aber kein Schnee«, sagte Monsieur Laval. »Die Schlacht bei Borodino war im September.«

»Müssen *Sie mir* sagen, waren Sie da oder ich? Der Schnee kommt in Rußland schon ganz früh, Ende August schon alle Felder gefroren. Und die Wölfe nachts um die Biwaks geheult, aber für unsern Kaiser mußten wir da durch, und bei Gottes heiligem Muttchen, wir sind durch. Stimmt's, Jules?«

»Stimmt, Louis.«

»Und um was ging's bei der ganzen Sache?« fragte Monsieur Laval. »Verzeihn Sie, daß ich nicht Bescheid weiß, aber aus den Zeitungsberichten bin ich nie schlau geworden.«

»Kein Wunder! Alles ein Scheißhaufen Lügen, was in der Zeitung steht, macht die Regierung.« Die Getränke kamen. »Hören Sie, zwei Kognaks haben wir doch bestellt, weil dieser Herr hier so nett war und zahlen will.«

»Müssen Sie eher sagen, meine Herren Soldaten! Renn mir hier die Hacken ab, wie Sie ja wohl sehn.«

»Na und wir, Freundchen, Füße erfroren und blutig, und die Zehen abgefallen im Schnee von Borodino? Jetzt trinken wir erst mal das hier, aber dann kriegen wir auch noch zwei Kognak, wenn Ihre zarten Hufe Sie wieder tragen können, Freundchen. Prost!«

»Prost!« tat Monsieur Laval ihm mit verdünntem Wein Bescheid. »Sie sagten gerade?«

»Ich sagte gerade, glauben Sie kein Wort von dem, was Sie lesen, Monsieur! Wir also nach Rußland marschiert, eine Million Mann, um es den Russkis mal zu zeigen. Der Kaiser hat dem König von Rußland seine Schwester heiraten wollen, und der König von Rußland hat gesagt, was, meine blaublütige Sippschaft, und da soll sie so einen hergelaufenen Kerl aus Korsika heiraten? Klar, Rache mußte sein, Vendetta sagt man dazu bei den Korsen. Also wir Moskau in Brand gesteckt und ab nach Hause, aber die feigen Russkis haben uns alle Vorräte geklaut und die ganze Kavallerie umgebracht. Ein großer Mann, der Kaiser, und darum trinken wir jetzt auf ihn.« Monsieur Laval tat ihnen Bescheid, als sie auf ihn tranken. Monsieur Laval sagte:

»Und was glauben Sie, was jetzt kommt?«

»Die Zukunft meinen Sie?« Der Nikotinbärtige redete am liebsten die ganze Zeit allein, und der Heisere, vielleicht weil er heiser war, ließ ihn am liebsten reden. »Die Zukunft?« Dies Wort schien er zu lieben. »Die Zukunft, das gibt den reinen, nackten Mord. Der Kaiser ist nicht schuld, aber was soll er machen mit den Äffchen, die sie jetzt einziehn? Haben ja noch nicht mal ein Rasiermesser im Tornister, manche. Die guten Männer sind alle hin seit den großen Schlachten in Rußland. Die große Zeit ist um, Monsieur, und wir müssen's nehmen, wie's kommt – ein bißchen haben wir unsern Spaß ja gehabt. Und keine Pferde mehr für die Geschützprotzen. Ich weiß ncoh«, sagte er, »was der Kaiser fürn trauriges Gesicht gemacht hat – *Le Tondu,* so haben wir immer zu ihm gesagt, manchmal auch, wenn er dabei war, wenn er gute Laune hatte, hat er sich schier in die Pantalons gepißt vor Lachen – was der Kaiser fürn trauriges Gesicht gemacht hat, und zu mir hat er ganz traurig gesagt – kannte mich beim Namen, kannte alle beim Namen. ›Raybaut‹, hat er gesagt, denn so heiß ich, ›wir werden alle alt so langsam, aber beim Herrn Jesus und seiner Heiligen Mutter, wir haben doch schöne Zeiten mitgemacht zusammen. Waffenkameraden, für Frankreichs Ruhm gekämpft, aber Zeiten ändern sich, aus der Traum! Darum gib mir die Hand, Raybaut, alter Kamerad, und Gott soll dich schützen!‹« Tränen traten ihm in die Augen, und er wischte sich mit dem Handrücken die Nase. »Hat seine Männer geliebt, er, obwohl er sie zu Hunderten und Tausenden losgeschickt hat, daß die Kosaken sie kastriert haben. So ist's gewesen, Monsieur, lassen Sie sich's gesagt sein von einem alten Soldaten. Und da kommen unsre Kognaks, also noch mal auf Ihr ganz Spezielles!«

Monsieur Laval tat nun etwas, das er, wie er wußte, eigentlich nicht tun durfte, aber er konnte es sich nicht verkneifen. Er nahm den breitkrempigen Hut ab und zeigte den Veteranen sein nacktes Bonapartegesicht. Sie starrten ihn ein Weilchen verwundert an, und dann sagte der Heisere:

»Sehr nett und patriotisch, was Sie da machen, Monsieur! So den Hut abnehmen vor zwei alten Soldaten. Danke Monsieur, und wenn wir wieder mit Ihnen anstoßen sollen, jederzeit, Monsieur.« Ihre Gläser hatten sich geleert, wie es die Trinkgefäße der unteren Dienstränge so an sich haben, scheinbar ohne berührt worden zu sein. Monsieur Laval setzte den Hut wieder auf, warf ein paar Sous auf den Tisch und sagte:

»Herrgott, wenn ich euch bei Borodino gehabt hätt, ihr Taucher, Drückeberger, Jammerlappen!« Er streifte rasch mit einem bösen Blick über sie hin und ging, bevor sie ihre Protest- und Schimpfworte noch auf der Zunge hatten. Er ging weiter, links rechts, links rechts. Die Dirnen paradierten schon, obwohl es noch früh war, und die eine sagte zu ihm: »He, Schnäuzchen, einen auf die Schnelle?« Ein Blinder, den ein Kind führte, tapste bettelnd vorbei, ein Schild um den Hals, auf dem stand VERSEHRT BEI AUSTERLITZ. Er kam, links rechts, zu einem Café, welches *Das trojanische Schaukelpferd* hieß. Draußen standen keine Tische – die Gäste hier schienen gegen die milde Winterluft empfindlicher zu sein als die im Saint Dizier –, und als er eintrat, sah er in Rauch und Dunkelheit etliche schlaffe Brüder, die durcheinander kicherten und quäkten. Intellektuelle – so ein Café also! Er bestellte Wasser mit Pfefferminzessenz und nahm verdrossen Platz. Fünf Mann an einem Tisch mit vier leeren und einer vollen Flasche Rotem, aus der sie zittrig etwas in alle Gläser gluckern ließen, ergingen sich in intellektuellem Geblök und Gehüstel über etwas, das ein sechster, blaßblond und ohne Kinn, aber ansonsten annehmbares Kanonenfutter, laut vorlas:

»Wie in allen Tyranneien ging höchsten Ortes die sexuelle Ausschweifung Hand in Hand mit der Unterdrückung der freien Rede. Als der Tyrann in der Schlacht von Paris sein Ende fand, blieb die Gelegenheit nicht ungenutzt, seine geheimen Schubladen und andere Verstecke zu durchforschen, und eine Fülle der erlesensten sodomitischen Phantasiewerke kam zum Vorschein, manches davon in Bildern, manches pseudoliterarisch. Die echte Pornographie, dies war offenbar seine Ansicht gewesen, bestand in allem Geschriebenen, welches die Wahrheit aussprach. Bekanntlich liebt der Perverse die Dunkelheit –«

»Unbezahlbar ist sie!« krähte einer.

»Hören Sie weiter! ›Die Kriegführung war für ihn eine Form ausschweifender Selbststimulierung. Denkbar wäre, daß ihm Austerlitz zu einer bescheidenen Ejakulation verhalf, doch das massenhafte Leiden und Gemetzel des Rußlandfeldzuges muß ihm einen wahrhaft befriedigenden Orgasmus bereitet haben – so darf man hoffen, denn, andernfalls, welch eine Verschwendung!‹«

»Was«, fragte Monsieur Laval, »was«, aber es war nicht leicht, zu Wort zu kommen in all dem Gegacker und Gewieher und Ich-kann-nicht-mehr, »was war das mit der Schlacht von

Paris?« Er beruhigte sienen Atem, lächelte sogar, auch er ein Intellektueller. »Von Paris?«

Tränenfeuchte Augen wandten sich ihm zu. »Noch nicht«, sagte der Blaßblonde ohne Kinn, »das Vergnügen« – mit vom Lachen zerfetztem Gesicht – »gehabt, Monsieur!« Ein anderer, weniger förmlich, sagte: »Stück satirische Historie, spielt in der Zukunft.« Monsieur Laval sagte: »Von Madame de Staël?« Ach, natürlich war es von der lieben Germaine, der geistreichen Stimme des gebildeten Geschmacks. Wo, fragte sich Monsieur Laval, steckte die Geheimpolizei dieser Tage? Warum wurden die Grenzen nicht aufmerksamer überwacht? Solchen Kot exportierte nur die Schweiz. Genüßlich überlegte er einen Augenblick, ob es nicht lohnen würde, dort einzumarschieren, um die Dame zu verhaften und sie, vor geladenen Gästen natürlich, die eigenen Exkremente fressen zu lassen, verrührt mit dem Urin auserwählter Mitglieder der Alten Garde. Tapfer sagte er nun:

»Und was für strategische Ideen hat sie für die Verteidigung von Paris?«

Ach, kaufen Sie sich's selber, Monsieur, lesen Sie's, natürlich verboten, aber es gibt Exemplare unterm Ladentisch in der Librairie Clochard. Esel, dachte Monsieur Laval. Verraten sich gegenseitig. Lassen zu, daß ein völlig Fremder die Polizei rufen kann. Den Intellektuellen ist in keiner Hinsicht zu trauen. Würden die eigene Mutter verkaufen für ein Witzchen. Die Intellektuellen am Tisch kehrten nun in ihrer dümmlichen Intellektuellenmanier Monsieur Laval den Rücken und fingen an, über etwas zu reden, das ihn ungemein interessierte:

»Aber, mein Guter, gerade zu der Theorie hat Schnitzelbank sehr gute Ideen. Eine Kultur muß zu ihrem eigenen Besten ab und zu *vergewaltigt* werden. Gewaltsame Auffrischung mit neuen Ideen, neuen Empfindungsweisen.«

»Ich bezweifle, daß die Russen viel zu bieten hätten. Ich seh sie schon vor mir, die trübsinnigen Iwans, wie sie in unseren Cafés heulen und nach ihren Muschiks und Samowaren schreien, egal was das sein mag.«

»Aber stell dir vor, die Ikonen, die byzantinischen Wandmalereien! Eine neue Mode, stell dir mal vor, die Weiber in Pelz und Stiefeln – hinreißend, kann ich dir sagen!«

»Ihre Küche ist langweilig –«

»Sie haben den besten Kaviar von der Welt. Grad neulich bekam ich ein prima Rezept, ich glaube, man nennt das *blinis* –«

»Und die Deutschen?«

»Muffige Bande, aber langsam werden sie doch ein bißchen lockerer. Jacob Grimm, schon mal was von dem gehört? Hofbibliothekar soll er sein von unserm affigen Jérôme in Westfalen. *Folques*märchen – Fayotte kann deutsch lesen und hat aus Berlin ein Exemplar mitgebracht. Mythen, kann ich dir sagen, von einem Blutdurst, unfaßbar, und so seelenvoll – faszinierend!«

Monsieur Laval legte ein paar Sous neben sein Getränk und stand auf. Vielleicht war es besser, dachte er, aus dem Hutabnehmen eine Art Ritual zu machen. Verzögerte Wirkungen, vielleicht sogar Alpträume. Er nahm den Hut ab und sagte:

»Danke, Messieurs, für die, hm, kurze intellektuelle Befriedigung, die Sie einem Manne gewährt haben, der sonst von der großen Welt ein wenig abgeschnitten ist. Ich werde nicht versäumen, jemanden in die Librairie Clochard zu schicken und alle dort vorfindlichen Exemplare einsammeln zu lassen.« Sie schauten alle zu ihm auf. Der Blaßblonde ohne Kinn ließ ein Kichern los, das wie ein Rülpsen klang, und sagte:

»Sie haben, aber sicher ist Ihnen das schon oft gesagt worden, Monsieur, eine verblüffende Ähnlichkeit mit dem blutigen Tyrannen.«

»Er meint unseren Ersten Mitbürger«, sagte ein anderer grinsend. »Bitte machen Sie sich nichts draus, Monsieur, er will Sie nicht wirklich beleidigen.«

Monsieur Laval ging, begleitet von Intellektuellengelächter. Alter Trottel, was will der hier, dies ist ein *literarisches* Café. Links rechts, links rechts. Und angenommen, es liefe darauf hinaus, daß du eine Stadt verteidigen müßtest, die es nicht wert ist? Na ja, man denkt eben nur an die Methode, da die Reservelinie, sagen wir in Montmartre, Ketten über die Straßen spannen, die besten Stellungen für Scharfschützen festlegen – können wir von den Spaniern was lernen. Der Wert der Bürgerschaft tut nichts zur Sache. Er ging weiter, links rechts, und sah mit einiger Befriedigung die Polizei an der Arbeit. In einer Nebenstraße war ein zerlumpter Fanatiker auf eine mittlerweile umgestürzte Kiste gestiegen; der Kerl wand sich in starken Armen und brüllte schnell noch ein Fragment aus seiner vereitelten Rede in die Welt: »Und ich sage euch, Bürger, dies hat der gütige Gott nicht gewollt, als er Mann und Weib mit Leben begabte. Gibt es denn nur noch den Krieg, nur noch eitlen Ruhm? Sollen unsre Söhne davongeschleppt werden wie die Kälber zur Schlachtbank? Und *für was?*« Die Männer der kleinen Polizeistreife grinsten breit und droschen mit ihren Knüppeln auf ihn los; ein altes Weib, das dazwischenschrie: »Und was hat er denn gesagt als nur die reine Wahrheit, soll ein Mensch denn verprügelt werden, weil er die Wahrheit sagt?« bekam, eher spielerisch, auch ein paar auf den dicken Hintern. Dem spärlichen Publikum wurde energisch das Ende des Spektakels bedeutet. Monsieur Laval blieb stehen und schaute zu, bis einer von den Polizisten kam und sagte: »Sie auch, Meister, hier stehn wir nicht rum, wenn wir wissen, was zu unserm Besten ist!« Er streifte ihn mit seinem Knüppel sacht am Ellbogen, und Monsieur Laval sagte sich: Keinen Zweck, daß ich mir sage, *wenn der wüßte, wenn der wüßte!* denn vor dem Gesetz sind alle Menschen gleich. »Pardon, Wachtmeister!« brummte er und ging weiter, links rechts, links rechts.

In einem Café, das anmaßenderweise *Le Fontainebleau* hieß, nahm Monsieur Laval zwischen Glas und Vergoldungen Platz. Am Nebentisch saßen Geschäftsmänner, nicht merklich dünner geworden unter dem Kontinentalsystem, erzählten sich Zoten bei Kognak und Selterswasser. »Sagt Naps zu so einem strammen Grenadier: Hör mal, mein Wackrer, das Vaterland braucht einen Thronerben, und wie wär's, wenn du das machst? Tausend Louis verdienst du auch noch dabei. Sie wartet da oben, du gehst zu ihr rauf, und ich warte solange hier unten. Also er wartet und wartet, und so nach drei Stunden kommt der Grenadier ganz abgebrunstet die Treppe runter, und Naps sagt: ›Na, hast du's ihr gemacht?‹ ›Klar, Sire‹, sagt der Grenadier, ›zehn Mal.‹ ›Prima, prima‹, sagt Naps. ›Und ich hätt's noch öfter gemacht‹, sagt der Grenadier, ›wenn ich noch mehr Kondome gehabt hätt.‹« Gelächter. »Moment, bin noch nicht fertig! Sagt Naps: ›Aber ich hab dir doch klipp und klar gesagt, daß wir auf einen Thronerben scharf sind.‹ Der Grenadier kuckt ein bißchen verlegen und sagt: ›Klar, ich weiß, Sire, aber in letzter Sekunde hab ich mir gedacht, da bist du doch lieber vorsichtig. Kann man nie wissen, was man sich da holt, bei diesen ausländischen Schnallen.‹« Lachen und Husten und Schulterklopfen.

Monsieur Laval saß über seinem kleinen schwarzen Ersatzkaffee und bebte. Was wäre komischer als jetzt aufzustehn und zu sagen, Sie Dreckschwein, wie reden Sie von der Kaiserin! O dies lausige Paris, die undankbare Stadt, die für den Ruhm nur ein Gähnen hatte, die jede Strafe verdiente, welche die Alliierten ihr nur zumessen konnten, die sich schon verzehrte in Sehnsucht nach der Peitsche. Gut, er konnte den Regierungssitz verlegen, zum Beispiel nach Orléans. Aber dort wäre es dasselbe, sie würden zittern vor Freude bei der Aussicht auf *das Ende.* Flüchtig, diese Franzosen, launisch, schnell gelangweilt, immer wieder scharf auf was Neues. Herrgott, er hätte Lust, die Schreckensherrschaft zu erneuern, aber denen wäre auch die recht, jedenfalls nicht langweilig, immer jemand, auf den man aufpassen muß, der atemberaubende Tratsch, der sich vielleicht zur Anekdote verdichtet. Einer der Trinkenden sah ihm die düstere Laune an und rief: »Nur Mut, Freund, es muß ja nicht zum Schlimmsten kommen!« Dann versenkte er sich in einen ernsthaften Gedankenaustausch über Methoden der illegalen Gütereinfuhr. Monsieur Laval legte Geld auf den Tisch, stand auf, nahm den Hut ab – keine Spur von Erkennen. Ganz unnötig, sich zu verkleiden, dachte er. Ich bin Ihr Kaiser, Messieurs. Ach so, der! Wann hören Sie endlich auf mit Ihrem Kontinentalgefurz, ist nicht gut für den Handel, müssen Sie wissen. Und wie geht's der Frau Gemahlin, der österreichischen Schnalle?

Als Monsieur Laval ging, wurde es schon dunkel, und die Dirnen traten vermehrt auf. Ein zahnloser Betrunkener mit grauen Bartstoppeln hielt ihn, eine leere Flasche schwenkend, am Ärmel fest, um Geld zu erbetteln, aber Monsieur Laval schnauzte ihn an wie einen seiner Marschälle. Er kam zu einem Café namens *La Jolie Brunette* und fand es voller zeitunglesender Studenten. Die Zeitungen, mit der Rückfalte zwischen Holzstäben, lehnten um ein Gestell wie Gewehre. Allzuviele Zeitungen waren es nicht, nur die Regierungspresse. Monsieur Laval spürte eine Aufwallung plötzlichen Ärgers – *warum kann ich nicht lesen, was ich will* – doch dann erinnerte er sich, wer er war. *C'était lui.* Zwei Studenten spielten mit arthritischer Langsamkeit Schach. Monsieur Laval wurde darüber ungeduldig; er gab schnellen Spielen voller Tücken den Vorzug. Ein Herr in den besten Jahren saß allein an einem Tisch, säuberte sich immens gründlich mit Federkiel und Watte die Zähne und beäugte Monsieur Laval mit einem allem Anschein nach professionellen Argwohn. Ein Spitzel offenbar; gut so, die Polizei schlief also nicht. Monsieur Laval bestellte bei der hübschen brünetten Kellnerin ein Glas Wein, Wasser, Brot und Wurst. Dann erkannte er verblüfft am Nebentisch einen Mann, der keinesfalls hätte hier sein sollen, der eigentlich tot sein mußte. Ein Junge eher, in fadenscheiniges Grün gekleidet, ernst und knochig. Rapp! Nein, Stapps! Er saß vor einem Glas Zuckerwasser und las in einem Buch. Monsieur Laval sagte:

»Stapps! Was zum Teufel machen Sie hier?«

»Woher«, fragte der Junge, überrascht mit kurzsichtigen Augen nach ihm ausspähend, »kennen Sie meinen –« Und dann: »Großer Gott! Das kann doch nicht sein.« Er machte eine Bewegung, als ob er aufstehen und Haltung annehmen wollte, aber Monsieur Laval sagte: »Bleiben Sie sitzen, Mann! Ich heiße Léon Laval, verstehn Sie! Léon Laval. Setzen Sie sich zu mir!« An Monsieur Lavals Tisch war ein Stuhl frei; der junge Mann nahm sein Zuckerwasser und sein Buch, in dem Monsieur Laval nun einen Band Essays von Montaigne erkannte, und setzte sich zu ihm. »Ich hatte allen Grund anzunehmen, daß Sie tot sind«, sagte Monsieur Laval. Der Junge machte große Augen. »Schönbrunn.« Der Junge begriff. Er sagte:

»Ein Cousin von mir.« Dann sagte er: »Das war früher einmal etwas ganz Normales, daß sich der Herrscher inkognito die Vox pop anhören geht. Nichts dagegen, sehr prickelnd! Ich bin verpflichtet, keine Ehrerbietung zu zeigen. Haben Sie Bewaffnete dabei, die draußen auf und ab gehn? Hat dieser Spitzel da drüben Anweisung gehabt, hier drinnen zu warten? Ist er bewaffnet? Er spielt seine Rolle gut, sehn Sie! Gegen Sie hat er eine volle Ladung konzentrierten Verdacht im Auge.«

»Ich bin Monsieur Laval«, sagte Monsieur Laval. »Monsieur Laval ist irgendjemand, der durch die Cafés streift. Also sein Cousin sind Sie, soso! Natürlich müssen Sie jünger sein. Sie sehen jetzt fast genauso aus, wie er damals, als er den Pardon ablehnte und erschossen werden mußte. War sehr bedauerlich. Aber er wollte zum Märtyrer werden. Verdammt lästig war der Bengel.«

Wurst und Brot, Wein und Wasser wurden gebracht. Die Kellnerin schelmte Stapps mit den Augen an. Monsieur Laval biß hungrig in den zähen Knoblauchschwamm und machte *uch!* »Pferd«, sagte Stapps. »Oder vermutlich Esel, vielleicht auch Katze. Man ißt nicht mehr gut im ruhmreichen Imperium heutzutage.« Sein Französisch war sehr gut, viel besser als das seines zum Märtyrer erhobenen Vetters. »Nicht einmal mehr im ruhmreichen Heer des ruhmreichen Imperiums, habe ich gehört. *Ichabod, ichabod.*«

»Sie studieren hier? Was glaubt ein Deutscher in Paris lernen zu können?«

Stapps zuckte die Achseln, kratzte sich unter einem Arm und sagte: »Französisch ist eine gute Sprache für klares Denken. Deutsch ist so schwer und bodenständig, riecht nach Kohlsuppe und Kuhmist. Die Philosophie sollte auf eine elegante Weise tiefgründig sein. Unsere einheimische Philosophie ist auf tiefgründige Weise unelegant. Vielen Dank übrigens für das Stipendium!«

»Was für ein Stipendium?«

»O, Entschuldigung, alles können Sie nicht wissen. Das Kaiserreich hat bei seinem unaufhaltsamen Durchmarsch durch die teutonischen Königreiche großzügig ein paar Groschen unter die Armen gestreut. Danke jedenfalls! Paris gefällt mir. Die Sprache und die Frauen sind von einzigartiger Eleganz.«

»So«, sagte Monsieur Laval nach einem Schluck verdünnten Weins, während er nach seinen Lakritzenkügelchen suchte, um das Hündchen zu beruhigen, das in seinem Magen zu kläffen begann, fand aber keine, weil Monsieur Laval auch einen ganz anderen Magen hatte, »dann sind Sie ja überhaupt nicht wie Ihr Cousin. Reden Sie nicht über die *fouque* oder wie das heißt –«

»Folque.«

»Haben Sie keinen Sinn für die herrliche deutsche Morgenröte, für die wehmütigen Sonnenuntergänge und die alten Götter in den geheimnisumwobenen deutschen Wäldern?«

»Ach, das alles ist nicht schlecht, aber doch ein bißchen beschränkt. Die Zukunft gehört der Synthese.«

»Der was?«

»Synthese. *Zusammenfassung.*«

»Klingt furchtbar! Schon der Name verheißt nicht Gutes.«

»Allerdings, aber so ist es nun einmal. Goethe zum Beispiel, kennen Sie Goethe?«

»Ich habe keine Zeit, den je allerneuesten Klug –«

»O bitte, Goethe ist, Moment, immerhin zwanzig Jahre älter als Sie. Die herrlichen deutschen Sonnenuntergänge und Gebirge, all das gibt es bei ihm, aber er kennt auch Griechenland und Italien. Ich kann sagen, ich glaube an ein goethesches Europa, aber ich weiß, mit eigenen Augen werde ich's nicht mehr sehen.«

»Gibt es denn nichts«, fragte Monsieur Laval halb spöttisch, »wofür Sie zum Märtyrer werden möchten? So wie Ihr nun vollkommen vergessener Vetter, der dumme Junge?«

»Oho«, sagte Stapps überrascht und kratzte sich unter dem andern Arm, »er ist keineswegs vergessen. Und er wird auch nie vergessen werden. Aber natürlich wird man an ihn nur Ihretwegen noch denken. Der erste Keim eines Zweifels bei Ihnen, Verständnislosigkeit, etwas dergleichen. Trotzdem, ein Jammer! Er hätte nicht sterben müssen, hätten Sie etwas mehr von der

Geschichte gewußt. Es ist klar, große Feldherrn müssen große Despoten werden – sie machen Eroberungen, und nachher müssen sie das Eroberte beherrschen. Sie improvisieren. Es ist zu spät, Sie haben keine Zeit mehr, die Geschichte zu studieren. Die protestantischen Nationen brauchen keine Revolution – das hätten Sie wissen sollen. Frankreich und Italien hatten ein anachronistisches Feudalsystem, aber in Spanien ist der Katholizismus ein Aspekt des Nationalgefühls – sie halten dort den Papst für eine Art in Italien lebenden Spanier, dumm von Ihnen, daß Sie angefangen haben, den Papst herumzukommandieren, das hätten Sie wissen sollen – und was war doch noch gleich, ach ja, die deutsche Reformation hatte den Feudalismus schon beseitigt. Ganz einfach, nicht?«

»Für einen Studenten«, sagte M. Laval, nun nicht mehr nur halb spöttisch, »ist alles ganz einfach. Ihr vergeßt aber, ihr Studenten, daß es die Monarchien waren, welche die Revolution angegriffen haben. Was zum Teufel hätten wir denn tun sollen, die Hände in den Schoß legen?«

»Ihr Franzosen geht immer zu weit«, sagte Stapps, seiner Sache jetzt ganz sicher und mit dem Zeigefinger, dessen Nagel bis aufs Fleisch abgenagt war, vor seinem Kaiser herumfuchtelnd. »Na schön, ich weiß, Sie sind Korse, aber ich meine die Franzosen, bevor Sie gekommen sind. Der Monarchie die Köpfe abzuschlagen, war dumm, um so dümmer, als sie in ganz Europa Verwandte hatten. Die Engländer haben ihre Revolution viel besser abgewickelt. Die sind nicht so gescheit wie ihr, nicht so intellektuell und logisch wie Ihr Volk, und müssen nicht unbedingt alles auf die Spitze treiben. Sie sind von einer Art erleuchteter Dummheit. Eine glorreiche Revolution ohne Guillotine, König und Königin bleiben auf dem Thron, aber die tatsächliche Macht bei der Mittelklasse. *Perfide*«, sagte er. »Ich hätte schon immer gern gewußt, was Sie mit diesem *perfide* meinen. Was soll das heißen, *perfide?*«

»Hören Sie!« sagte Monsieur Laval, »ich weiß, ich bin hier inkognito, aber ich bin, wer ich bin, und Ihre Unverschämtheit laß ich mir nicht bieten.«

»Dann gehn Sie doch!« sagte Stapps. »Trinken Sie aus, was Sie da in Ihrem Glas haben, werfen Sie Ihre Wurst der Katze hin – vermutlich leisten Sie damit dem Katzen-Kannibalismus Vorschub – und machen Sie, daß Sie in Ihren herrlichen Palast kommen, wo alle zu Ihnen sagen, jawohl, Eure Omnipotente und Nihilisciente Majestät –«

»Wie hieß das? Dieses Wort?«

»Ein Neologismus. Nichtswissend. Also, warum sind Sie noch nicht fort?«

Ehe Monsieur Laval sich zwischen einer verbalen und einer handgreiflichen Erwiderung entscheiden konnte, ergriff der Polizeispitzel das Wort: »Wenn Sie denken, ich hätte keine Ohren, dann haben Sie sich aber geirrt.« Zu Monsieur Lavals Ärger sprach er ausschließlich zu Monsieur Laval. Ein Student war womöglich ein zu gefährlicher Fang; dem war zuzutrauen, daß er dann auf der Polizeiwache beweisen konnte, patriotische Grundsätze verkündet zu haben, die zu verstehen der Spitzel nur zu dumm gewesen sei. Dies dagegen war ein Fremder in den besten Jahren, einer, den man noch nie hier gesehen hatte. »Ich habe wohl gehört«, sagte der Spitzel, »was Sie von der herrlichen deutschen Morgenröte gesagt haben und von den angreifenden Monarchien. Sie sehen mir wie ein anständiger Mensch aus, der an Orten wie diesem nicht verkehren sollte, unter hitzköpfigen Studenten, die ja noch Kinder sind; daher will ich mich für heute damit begnügen, Sie zu verwarnen, aber lassen Sie sich das eine Warnung sein!« Dann stand er auf, nickte Stapps ganz freundlich zu und trat zu den Schachspielern an den Tisch, die seit langem über einem schwierigen Bauernzug brüteten. »Versuchen Sie, seine Dame zu blockieren«, sagte er hilfsbereit und ging hinaus, der Gesellschaft freundlich zuwinkend. Der Lokalspitzel, den jeder kannte, ein Glied der Gemeinschaft, harmlos.

»Ich meine, perfide gegen wen?« sagte Stapps.

»Gegen die Sache der europäischen Einheit, gegen die neue Ordnung und gegen rationale Gesetze. Sie haben diese tückische Seeherrschaft.«

»Was hat Sie gehindert, eine tüchtige französische Flotte zu bauen?« fragte Stapps. »Und noch etwas. Um ein Haar wären Sie selbst ein Engländer geworden.«

»*Was?*«

»Jedenfalls ein Brite. Wenn die Briten Korsika genommen hätten. Die Gelegenheit hatten sie, aber es interessierte sie nicht. Vielleicht wären Sie britischer Marineoffizier geworden. Kein schlechter vermutlich«, fügte er großzügig hinzu. »Und statt dessen sind Sie nun der Kaiser der Franzosen.« Als ob er sich vorstellen wollte, wie Monsieur Laval mit den Staatsregalien aussähe, lehnte er sich weit zurück und ließ den dünnen rechten Arm hinter der Stuhllehne baumeln. »Ich muß fort«, sagte er.

»Verzeihn Sie, daß ich die kaiserliche Beurlaubung nicht abwarten kann. Verabredung mit einer kleinen Midinette an der Place des Vosges.«

»Den Platz habe erst ich so genannt«, sagte Monsieur Laval. »Die Wasgauer waren die ersten, die ihre Steuern bezahlt hatten. *Ihr verdammten jungen Bengels scheint vergessen zu haben* –«

»So ist die Geschichte«, sagte Stapps, hob den linken Arm und streckte Monsieur Laval die geöffnete schmutzige Innenhand entgegen, als ob Monsieur Laval andernfalls bestreiten könnte, daß die Geschichte so sei. »Ein Strom, der nie zur Ruhe kommt. Jetzt beginnt die Zeit der germanischen Völker. Ob zum Guten oder Schlimmen, wer soll das wissen? Aber so ist die Geschichte. Und hier steh ich, einer von der Avantgarde, schon in die Hauptstadt eingerückt – ein schönes Geld werd ich verdienen als Dolmetscher, wenn es soweit ist. Sie sehen, wie's zugeht, oder? Eine Synthese. Ihre Kaiserin haben Sie sich aus den germanischen Stämmen geholt, Ihr Sohn, der König von Rom, hat keinen Milliliter französisches Blut in den Adern. Korsisch-österreichisch. Interessant, nicht? Sie selbst schwimmen mit im Strom und können an seinem Lauf nichts ändern, abgesehen von ein paar winzigen Besonderheiten.«

»Das Leben«, sagte Monsieur Laval, »besteht aus lauter winzigen Besonderheiten.«

»Das ist gut, das ist wirklich gut, ja! Nichtswissend das Deutschtum in die Hauptstadt des moribunden französischen Kaiserreichs einschmuggeln! *Germanicité*. Und wie sie die Deutschen hassen, die Franzosen! Aber das ist natürlich Liebe, Liebe! Verzeihn Sie, ich muß fort.« Und er stand auf, nickte Monsieur Laval freundschaftlich zu und sagte: »Er wollte übrigens sterben. Ein sehr starker – wie soll ich sagen – *Todeswunschtraum?* So ähnlich, ich kann kaum mehr Deutsch. *Vive la France* undsoweiter!« Er ging, seinen Montaigne unterm Arm.

Kaum war er zur Tür hinaus, als ein Offizier hereinkam, einer ohne Kriegsverletzung, mit Degen und Schärpe, vermutlich nie einen scharfen Schuß abgefeuert in seiner ganzen elenden Laufbahn, mit ihm ein kränklicher, hinkender Sergeant mit schief herabhängendem Schnurrbart. »Ausweise, Ausweise!« rief der Offizier. Ausweise kamen aus den Brusttaschen zum Vorschein. »Ausweise! Tauglichkeit für den Heeresdienst, Rekrutierungsjahrgang 1815! Keine Taucher? Zeigen Sie mal her, mein Junge! Freigestellt, soso! Theologiestudium, soso! Alles Quatsch, mein Junge, Soldaten brauchen wir, keine Himmelsmatrosen. Sie, Monsieur? Schon gut, Sie sind übers Alter raus.« Monsieur Laval nahm den Hut ab, damit die beiden Soldaten ihn richtig sehen könnten.

»Sie kennen mich doch?« sagte er. »Kennen Sie mich nicht?«

»Wüßte nicht, daß ich Sie schon mal gesehen hab«, sagte der Offizier, dessen Rang nun klar als der eines Leutnants zu erkennen war, lächerlich, könnte mittlerweile Oberst sein in dem Alter. Dem Sergeanten fiel der Unterkiefer herab; schwarzbraune Zähne kamen zum Vorschein. Er sagte:

»O du mein Gott, lieber Gott, das ist er, Herrgott!«

»Etwas mehr Bewegung wäre gut für Sie, glaub ich«, sagte Monsieur Laval und stupste den Leutnant in eines der oberen Knopflöcher. »Melden Sie sich morgen bei Ihrem Kommandanten, bitten Sie um Versetzung zum aktiven Dienst, berufen Sie sich auf mich. Lassen Sie sich nicht einfallen, es zu vergessen! Ich vergeß es bestimmt nicht.«

»Machen Sie weiter, Sergeant!« Er ging, fühlte sich nun viel besser. Er hörte, links rechts, links rechts, noch an der Tür:

»O du mein Gott, wissen Sie, wer das war? O lieber, lieber Gott!«

Noch bist du nicht am Ende, noch lange nicht!

Monsieur Laval betrat das finstere Hinterstübchen einer Wahrsagerin. Sie war eine Frau mit dickem, fettigem Grauhaar; der Busen hing ihr wie ein Sack unter einem Bombasinkleid mit vielen Speiseflecken; ihr Atem ging pfeifend und roch nach Käse, Knoblauch und einem unbekannten Getränk mit Zimt und Nelken, insgesamt ein stinkender Luftzug, während sie über den Hügeln, Ebenen und Flüssen zuerst beider Handflächen, dann nur noch der rechten brütete. »Sie haben ein schweres Leben gehabt«, gab sie dann von sich, »behindert durch mangelnde Bildung. Selbstunterricht ist kein Ersatz für das Fachstudium an einer Akademie oder Hochschule. Sieht nach Auf und Ab aus, aber mehr Ab als Auf. Halten Sie Ihr Geld zusammen, essen Sie nicht so viel! Kann sein, daß jetzt eine Wende zum Besseren eintritt, und Sie können eine Periode der Ruhe erwarten. Leidenschaftliche Natur – sehn Sie, hier, der Venusbuckel –, aber nein, wenn Sie's mir verzeihn wollen, kein echtes Verständnis für Frauen. Ich kann erraten, daß Sie im Augenblick mit einer Frau zusammenleben, aber nicht mit ihr verheiratet sind. Sie haben viele Feinde, vor allem Rivalen im

Beruf. Gehen Sie ihnen aus dem Weg! Das Glück ist auf Ihrer Seite: Wenn die nach Paris kommen, werden Sie anderswo sein. Nichts zu befürchten vom Wasser, soweit ich sehe, jedenfalls nicht vom *großen* Wasser. Ach ja, ich sehe eine kleine Brücke irgendwo, Vorsicht, wenn Sie über kleine Brücken gehn! Keine Angst vor Reisen, lernen Sie ein bißchen mehr von der Welt kennen! Sie können mit einem angenehmen Lebensabend am Meer rechnen, und da werden Sie anfangen, sich um einen Garten zu kümmern. Es ist nicht leicht zu sagen, wie viele Kinder Sie haben. Das ist alles, Monsieur.«

»Und danach«, sagte N, »ging ich noch in einen – na, sagen wir, so eine Art Bierlokal. Ein Soldat hat mich erkannt und ist gleich aus seiner – Also, ich hab doch gar nichts gemacht, bloß zugehört. Dieser Soldat jedenfalls war nackt und fing an loszubrüllen, der Kaiser, er hätte seinen Kaiser gesehn. Später, auf dem Heimweg zu den Tuilerien haben drei Mann mich angegriffen, um mich auszurauben. Ich hatte nichts bei mir, was sie hätten nehmen können, bis auf ein paar Francs. Dann habe ich mir eine Kutsche genommen und bin hierher gefahren.«

»Aus einer Laune heraus«, sagte sie. Sie gähnte, schien aber eigentlich eher zu lächeln. »Es ist wirklich schon sehr spät, nicht?«

»Ich habe einen Begräbniszug gesehn«, sagte er, »ein Begräbnis am Abend, ein bißchen ungewöhnlich. Pferde mit Trauerflor, ein weinendes Gefolge. Dann hat eine zerlumpte Alte einen Stein nach dem Leichenwagen geworfen. Und einen Laden hab ich gesehn, wo weiße Mützen verkauft wurden. Restbestände vom Karneval, haben sie gesagt, aber ich weiß verflucht genau, wozu sie gut sind. Also« sagte er, »habe ich nur bestätigt gefunden, was ich längst wußte. Daß die Leute sind, wie sie sind. Daß ein angebrannter Rinderbraten eine größere Tragödie ist als der Rückzug aus Moskau. Sie leben in einer anderen Welt. Denk dran!« sagte er eindringlich, »was auch kommen mag, für dich hast du nichts zu befürchten.«

»Und dafür bin ich dankbar, selbstverständlich. Kaffee?«

Er lachte lauthals, das lauteste Lachen, das in Malmaison zu hören gewesen war, seitdem Talleyrand beinah an einem Pflaumenkern erstickt wäre. Hätte er näher bei ihr gesessen, er hätte sie schmerzhaft in beide Ohrläppchen gezwickt. »Bohnenkaffee, du Hexchen, wetten? Hier gibt es keine Kontinentalsperre, der einzige Ort in der zivilisierten Welt, wo sie nicht gilt. Ja, ich trink eine Tasse.« Wie in alten Zeiten tat sie den Zucker hinein und kostete, ehe sie ihm die Tasse reichte. »Hm, geht doch nichts über eine gute Tasse Bohnenkaffee! Ich hätte dir die acht Pferde nicht lassen dürfen«, sagte er, »Pferde sind knapp.«

»Meine acht würden euch auch nicht retten.«

»Ich will offen mit dir reden«, sagte er, »obwohl ich ja weiß, daß du mir nie zuhörst, nie zugehört hast. Immer nur die Garderobe im Kopf. Diesmal wird's schwierig.«

Sie lächelte strahlend, das hieß, sie gähnte und sagte: »Ah ja?«

»Deutschland, Österreich, Rußland, Schweden und das englische Gold. Und keine Loyalität mehr unter den Marschällen. Die wollen nur noch in Pantoffeln in ihren Fürsten- oder Herzogtümern oder weiß ich wo sitzen und saufen. Fehler von mir. Ich hab sie verwöhnt. Mit ein paar neuen Männern, die sich ihren Marschallstab noch verdienen müßten, wär ich besser dran. Aber jetzt ist es zu spät.«

»Wäre es nicht besser –« Er hörte ihr angespannt zu. »– wenn du sagtest, kein Krieg und keine Schlachten mehr, und schließt Verträge undsoweiter? In den alten Grenzen, so daß alle sich gegenseitig in Ruhe lassen.«

»Talleyrand hiergewesen in letzter Zeit? Hm, dachte ich mir. Eine Schlange, dieser Mann, war früher mal Bischof, weißt du ja, kommt immer wieder raus! Nein, so geht's nicht. Ist Sache des Métiers. Weißt du noch, die Zeit, als ich in Italien war und die ganze Zeit dein Porträt geküßt hab und dir Briefe geschrieben, die, ha, so kam es mir vor, unter meinen Augen in Flammen aufgingen? Das war eine Zeit! Du hast mich nicht geliebt, dir war es egal, aber das machte nichts. Ich hab dich geliebt, darauf kam's an. Frühjahrsoffensiven mit dir als Schlachtengöttin, die Truppen barfuß, mit einem rostigen Gewehr auf zehn Mann. Aber ich hab sie geschlagen, diese mümmelnden alten Säcke – entschuldige, Soldatensprache, bist eben zuguterletzt doch eine Soldatenfrau –, und ihnen gezeigt, was Krieg heißt. Krieg ist Métier, Gewerbe, Handwerk, Kunst. Und bei Gott, ich zeig's ihnen noch mal. Es wird ein *brillanter* Feldzug. Hast du vielleicht eine Karte von Europa da und einen Stift? Na, macht nichts! Aber ich kann dir sagen, das wird jetzt das brillanteste strategische Lehrstück, das Europa seit der guten alten Zeit des Direktoriums gesehn hat. Das kommt in die Schulbücher. Nicht genug Pferde, und mit diesen Marielouisen, wie man die nennt –«

»Die jungen Rekruten? Süß, die Idee! Wie geht's ihr denn, nebenbei gesagt? Dein Kleiner ist reizend. Wie schade, *welch* eine Schande –«

»Ihr geht's gut«, sagte N. »Aber ihr *Pappi,* wie sie zu ihm sagt, braucht nur einmal mit dem Finger zu schnalzen, und sie macht, daß sie zu ihm nach Hause kommt und erzählt ihm, *ja, ja, er war so ein* terribler *Mann, Pappi.* Eine Schande, gewiß, und schade auch. Hoffen wir, bei Gott, irgendwer schießt mir eine Kugel durch den Kopf, wenn es je soweit kommt!«

»O nein! Du hältst dich doch aus dem Feuer, nicht? Hast du nicht die kaiserliche Garde und die Hofkavallerie undsoweiter die ganze Zeit um dich herum?«

»Ich meine, wenn einmal alles schiefgeht. Denn möglich ist es. Ein guter Kommandant kennt die Voraussetzungen der eigenen Niederlage besser als der Feind. Vielleicht muß ich ins Exil – ich frage mich nur, wo zum Teufel sie mich hinschicken würden. Nach Sardinien? Zu groß. Korsika? Ich hätte in fünf Minuten eine Armee auf den Beinen. Die Kanalinseln? Ist auch egal, denken wir daran, wenn, falls es soweit kommt. Was ich nur sagen will, wer ginge mit mir?«

Trotz der späten Stunde strahlte er sie an wie der frühe Morgen. Sie schlug die Wimpern nieder und goß Kaffee nach.

»Ich habe Besuch gehabt«, sagte sie, »von deiner polnischen Freundin. Sie hat mir gefallen.«

»Ganz mit Recht! Sie ist eine feine Frau. Ach, was für ein verdammter Schlamassel ist das alles gewesen! Es tut mir leid, ich hab immer gesagt, daß es *mir leid tut,* mußt du zugeben. Und jetzt kümmert Österreich sich keinen Dreck mehr um die dynastische Ehe, hat sie niemals ernst genommen, und mit Rußland wär es dasselbe gewesen. Ich habe das Kind, ja, ein guter Junge, aber einen guten Jungen hatte ich schon.«

»Du meinst Eugène.«

»Ich meine Eugène. Ich muß morgen früh auf sein. Zurück zum Métier. Macht es dir was aus, wenn ich –«

»Es ist schon so gut wie Morgen.«

»Ja ja. Dir ist klar, wir sehn uns vielleicht nie mehr? Dir ist klar, ich komme vielleicht nie mehr nach Paris. Unsere Scheidung war Schwindel, unsere erste Heirat war Schwindel – republikanische Posse –, und unsere zweite Heirat war Schwindel –

beide waren wir nicht im Stand der Gnade –, aber am Ende halten wir es so, wie Gott es gewollt hat, wer Gott auch sein oder gewesen sein mag. Ich möchte die Nacht bei dir im Bett sein. Es ist mein Ernst.« Er hob beschwichtigend die Hände. »Ich will nichts ausnützen. Ich möchte nur da sein, wo ich hingehöre. In der Nacht vor einem großen Krieg.«

»Alle werden's erfahren. Alle werden reden.«

»In den Memoiren werden noch viele Lügen verbreitet werden. Unzuverlässige, selbstsüchtige Schweine – entschuldige den Ausdruck, Soldatensprache. Außerdem bin ich ja Monsieur Laval. Schlecht gewählt, als Pseudonym, wirklich! De la Vallée hätt ich mich nennen sollen. Léon de la Vallée. Selbe Bedeutung wie Nabuliune, nicht? Tallöwe. Warum es schlecht ist? Weil der Mann, der gestorben war, bei diesem verdammten Begräbnis heute abend, auch Laval hieß. Und sie haben mit Steinen nach seinem Leichenwagen geworfen. Er soll ein Mann gewesen sein, der gefallene Mädchen gerettet hat. Sonderbares Zusammentreffen.«

»Warum? Nach *deinem* Leichenwagen wird niemand Steine werfen. Ach, nein, das hätt ich nicht sagen sollen, ich hab nicht gemeint –«

»Ich nehme an, deshalb war sein Begräbnis am Abend. Dunkelheit, die alles deckt. Ich könnte ein bißchen kaltes Huhn vertragen. Hast du etwas da? Dieser schwarze Teufel von Rustam stiehlt es mir immer – mindestens eine Keule. Ich esse immer kaltes Huhn nach der Nachtarbeit. Einmal hatte er die Rotzfrechheit zu sagen, es wäre ein einbeiniges Huhn gewesen. Ausgenützt zu werden, das ist meine Sorge. Die Leute *fressen* mich auf. Aber ich bin noch nicht am Ende, noch lange nicht!«

Später lagen sie zusammen in der Dunkelheit. Ihr Papagei unter seinem Nachtbehang schien zu wissen, wer da war, denn er versuchte immer wieder den alten Namen hervorzubringen – Brnpt Brrrnprrrrte –, bis er sich mit den blinkenden Nachtgedanken zufrieden gab, die ihm den Schlaf ersetzten. Ihre Leiber berührten sich nicht, aber sie hielten sich bei den Händen. Die Träume kamen.

Hingestreckt
Dort seht ihr den Tyrannen
Den blutigen Tyrannen
Seht
Wie's ihm rinnt vom Kinn

Dünnes Karmesin
Dahin
Geht sein sündiger Sinn

Er träumte, er sei in Moskau, Antwort auf den Brief erwartend, den er diesem Czaaren oder Zaren Alexander geschrieben hatte, seinem Tilsiter Busenfreund, und soeben sei er aus einem Traum erwacht, in dem man ihn mit Chorgesang und Kapellen zum Ärmelkanal schleppte, um ihm im feindlichen Element ein groteskes Ende zu bereiten. Der Traum hatte nicht den Ton des Schreckens oder der Klage, denn der Träumer wußte, daß es ein Traum in einem Traum war. Die Sprache der Hymne war viel zu literarisch, als daß man sie hätte ernst nehmen können. Sie ließ an Madame de Staël denken, an Benjamin Constant, Talleyrand und all die andern Neidischen und Mißratenen.

Seht die neu-
Geborne Kleopatra
Liebkost von ihren Rosen
Hell
Schimmernd fährt ihr Floß
Ruderknechte, nackt und bloß,
Ruhn, das Ruder im Schoß

Sie träumte, sie tröste sich mit einem Traum, aber nach allem, was sie über Ägypten gehört hatte, von *ihm* und von anderen, war sie doch froh, nicht wirklich jene dicke, gelbliche, fliegenstichige Gräko-Afrikanerin zu sein, eine debile Frucht königlichen Inzests. Besser, sie blieb, was sie war, eine Träumerin, die der Traum nicht beirrte, Mutter einer Königin und eines Fürsten, Großmutter von Prinzen. Und die Königswürde war kein von diesen entsetzlichen Bonapartes widerwillig abgetretenes Geschenk: Sie lag im Blute. Überdies war sie Kaiserin von eigenem Rechte, nicht durch angeheirateten Titel, eine Kaiserin, die man als Frau zur höchsten Würde erhoben hatte. Zum Teufel mit dem ganzen Gelichter! Zum Teufel mit dem ganzen Gelichter!

Das Begräbnis war im Grunde eine recht lustige Sache. N saß aufrecht in seinem Sarg, das Kinn in der Faust, den Ellbogen auf dem gepolsterten Sargrand, und bis auf die Leichenredner wußten alle, daß er noch am Leben war, jung, rundlich, gesund, voller Appetit auf Asien, nachdem er mit Europa nun fertig war. Talleyrand, in purpurrotem Senatorengewand, hatte nach dem Verlust etlicher Zähne gewisse Artikulationsschwierigkeiten. Und obendrein, »obendrein«, mümmelte er, »habe ich anscheinend meine Notizen verlegt. Gestatten Sie daher, daß ich frei vom Herzen weg ausspreche, was immer man mir in den Mund legt. Durchlauchtigste Herrscher, meine Damen und Herren, Eure Heiligkeit nicht zu vergessen, hochwohlgeborne Herzöge und Fürsten! Er war ein Mensch. Kein Mensch wird keine Sekunde lang daran zweifeln, daß er keine Sekunde lang kein Mensch war. Unvorstellbares hat er geleistet. Stellen wir uns dagegen seine unvorstellbaren Vorstellungen vor, so konstatieren wir konsterniert die kontroverse Konstanz seiner Konsternationen. Und, nicht zu vergessen, Konstellationen. Da droben sehn wir sie am Nachthimmel, trotz der morgendlichen Stunde zur Kondolenz erschienen. Und nun ist es mir eine Ehre, Ihnen meine liebe Freundin, Kollegin und weiland Mätresse, die fabelhafte Sternschnuppe der Emanzipation, Madame Germaine de Staël vorzustellen, die ich nun bitten darf, diese fadenscheinigen Konfabulationen weiter zu paraphrasieren.«

Madame de Staël trat aufs Podium, und ein starker Wind wehte ihr Kleid hoch. Die unglaublich maskuline unbehoste Länge ihrer Klitoris erregte sogleich allgemeine unstumme Verwunderung. »Das Männliche ging ihm ab«, rief sie. »Er hat mich verschmäht.« Schmähende Zwischenrufe. »Er hat ein rein männliches Imperium proklamiert«, schrie sie. »Den illegitimen Priapismus. Aber, bei Gott, welch ein Paar hätten wir sein können!«

Dann wurde der Traum bitter. Der Traum wurde bitter. N berührte sie sacht; er wußte, daß sie wach war, und sagte: »Dir ist nicht gut, Liebste?«

»Ach, mir ist ganz gut. Besser kann man's nicht erwarten. Du hast im Schlaf gestöhnt. Hast du Schmerzen?«

»Der Kopf gibt den Ausschlag, was zählt, ist der Kopf.« Das Morgengrau wurde heller. Der Kaffee, die Kutsche, die Völkerschlacht. Zwölfte Division – Pécheau. Vierzehnte – Bourmont, vielleicht aber auch Hulot. Der Papagei, obgleich immer noch künstlich umnachtet, erinnerte sich an den alten Namen und verkündete ihn schallend:

»Bonaparrrrrte. Ahahahaha, Bonaparrrrrte. Booonapaaaaaaaahaha!«

3. Satz

Von Biwak zu Biwak zu Biwak zu Biwak zu Biwak, und überall Fackeln und *Lang lebe der Kaiser!* und *Dies ist der Jahrestag seiner Krönung* und *Gott segne Sie, Sir!* und die rauhen Krieger in Freuden- und Liebestränen, wenn er vorbeiging, und knisternde Strohfackeln ringsum, von Biwak zu Biwak zu Biwak. Er winkte ihnen zum Dank, hatte selber Tränen in den Augen, *Gott segne euch, Kinder!* und er kam zu den Biwaks der Artillerie. *Danke, Dank euch!* rief er, fast weinend ob der Soldatentränen und der grimmigen Segenswünsche, und dann sprach er:

»Fort mit diesen Scheißfackeln von den Munitionskisten!«

Und wieder waren es Fackeln, nur nicht von Stroh, die den Weg zum großen Ball in den Tuilerien erhellten, wo Tausende und Abertausende der besten Walratkerzen den Glanz von Jérôme Bonaparte beschienen, Prinz von Frankreich und König von Westfalen; von Joseph Bonaparte, Erster Prinz von Geblüt, König von Neapel, König von Spanien; von Louis Bonaparte, König von Holland; von Lucien Bonaparte, Fürst von Canino. Und mit eigenem Sternenlicht leuchteten Caroline Bonaparte, Großherzogin von Kleve und Berg; Elisa Bonaparte, Fürstin von Lucca und Großherzogin der Toskana; Pauline Bonaparte, Herzogin von Guastalla und Fürstin Borghese; Madame Mère persönlich, die Kaisermutter Marie-Letizia Bonaparte. Die Fürsten des Reiches drehten sich im Walzertakt mit Göttinnen ganz von rosa Fleisch und Juwelen. Da tanzten Bernadotte, Fürst von Ponte-Corvo, dermaleinst Kronprinz von Schweden, dermaleinst König von Schweden; Berthier, Fürst von Neuchâtel und Fürst von Wagram; Davout, Herzog von Auerstedt und Fürst von Eggmühl; Masséna, Herzog von Rivoli und Fürst von Eßling; Ney, Herzog von Elchingen, noch nicht Fürst von der Moskwa; Poniatowski, der polnische Fürst, dermaleinst Marschall des Reiches; Talleyrand-Périgord, ehemals Bischof von Autun, jetzt Fürst von Benavente, Minister des Äußeren und Großkämmerer des Reiches.

Und nach ihnen die Herzöge – von Castiglione, Istrien, Parma, Vicenza, Feltre, Frioul, Otranto, Gaeta, Abrantes, Valmy, Montebello, Danzig, Tarent, Bassano, Ragusa, Conegliano, Treviso, Reggio, Rovigo, Dalmatien, Albufera und Belluno. Unter der Pracht der Titel und Galauniformen, mit klimpernden Sternen und Kreuzen, verbarg sich solides, schlachterprobtes Fleisch, nur nicht bei Fouché, dem Oberpolizisten, bei Cambacérès, dem Senatspräsidenten, und den beiden Staatsministern Gaudin und Maret. Nicht um die Künste und Wissenschaften oder um zarte Amouren ging das Gespräch, sondern um die optimalen Geldanlagen, und wie der Kerl sich rausgemacht hat, hab ihn schon gekannt, den Rotzbengel, als er noch Fähnrich war, und Jesses, hat die'n Paar Knubbeln, nein, nein, ich sag dir doch, das war gleich nach Wagram, als er sich diese Geschichte geholt hat, hat ihm der Pimmel gebrannt, daß er im Dunkeln mit leuchten konnte, und jedenfalls, ich mir gesagt, der Alte ist doch auch nicht blöd, der weiß schon, was läuft, und dann hab ich zu ihm durchsickern lassen, mir wär bei Austerlitz was abgeschossen worden, kannst du sagen, was du willst, Pfanne Knollibollis in Tran am Biwakfeuer schmeckt doch besser als der Mist, den sie dir bei Nicalas vorsetzen, und verlangen ein Wahnsinnsgeld für, und lieber Himmel, da drüben, das ist doch, ich könnt schwören, die Schnalle aus dem Puff in Vicenza! Und dann, begleitet von tausend Trompeten und tausend Posaunen und einem Gewitter der Hunderte und Aberhunderte von Trommeln, trat N selbst in den Saal, schon etwas kahl geworden, und einen Bauch bekam er, und seine Kaiserin führte er am Arm. Die Hochrufe stießen an die Kronleuchter und ließen die Tausende von Kerzenflammen zittern, der Boden dröhnte unter dem Gestampf der Füße, die Seine vernahm die Hosiannas, und Salve um Salve um Salve bebte auf das gezähmte, überbrückte Wasser hinaus.

Und seine Majestät der Kaiser Napoleon der Erste, ehedem Erster Konsul der Republik, ehedem Erster Konsul auf Lebenszeit, Kaiser der Franzosen und König von Italien, unser aller Regen und Sonnenschein und bestes Zahlungsmittel, grüßte und grüßte die grüßenden Grüßer, grinste und hatte ein grantiges Grußwort für jeden. Augereau, altes Giftmaul, den Orden da tragen Sie verkehrt rum. Na, Bessières, weite Reise gewesen, was? Tag, Cambacérès, alter Tafelwüstling, hoffentlich ist die Entenpastete was für Ihren verwöhnten Rachen! Das Zeug ist vielleicht gut zum Einreiben gegen Verrenkungen, Caulaincourt, aber brennt einem ja das Haar weg, Mann! Clarke, von Ihnen krieg ich noch fünf Sous, vom Domino, wissen Sie noch, damals? Wie geht's uns, Duroc, alter Knabe, weich in den Knien? Bißchen abgebrunstet, was? Lassen Sie Ihre Leute auf diesen Kerl aufpassen, Sie wissen schon, Fouché! Noch Geld beim Fiskus, Gaudin? Wenn das Ihre Frau wär, würd ich sie kennen, Junot. Kellermann, Ihre Freundin ist ein bißchen jung für Sie, würd ich sagen. Hallo, Lannes, mit Ihnen red ich ja nicht mehr; weiß aber im Moment nicht, warum. Sind wohl Ihre Danziger

Pumps, die Sie heut anhaben, Lefebvre? Je später der Abend, MacDonald! Gegen Herzstiche Pfefferminz *cordial,* Maret! Nächstes Mal beim Rasieren lassen wir den Barbier etwas näherkommen, Marmont. Neuerdings mit kleinen Jungen, Moncey? Pardon, Pardon, Sie sind ja Mortier. Ach, Oudinot, Oudinot, daß Ihren Namen immer noch keiner vertont hat, Ouuuuuuudinot, Oudinoooooooot! Mademoiselle Savary, klar, wie soll man einen sonst anreden, Sie Arschgeige, wenn er Anne-Jean-Marie-René heißt? Was machen Ihre Dalmatiner, Soult? Gott sei Ihnen gnädig, Suchet, Sie sind ja jetzt schon blau! Claude-Victor Victor, Marschallstab im Tornister, Trommler wird Herzog und säuft wie'n Minister.

Und jetzt tanzen wir, meine Herrn! Tanzen und tanzen, Aufmarsch, und wieder ein Walzer! Kohorten, Schwadronen, Karrees, weiße Bohnen, Ballistik, Logistik, Lafetten, Protzen und Sappen. Sperrfeuer, Streufeuer, Säbel und Lanzen, Kartätschen, Kartoffeln, Schrapnelle und Brot keinen Happen. Stinkendes Pferdefleisch, Füße in Lappen. Doch Mantua, Rivoli, Lodi, Legnano; Austerlitz, Jena, Caldiero, Milano. Auerstedt, Bautzen, Borghetto, Liebertwolkwitz, Schubra Khit, Walcheren, Kairos Diwan. Sechs Morgen pro Mann war sein Wort und sein Plan. Doch Adel und Bergpartei, Bauern und Klerisei, Bürokraten, Minister und Schranzen. Zivilrecht, Verfassung, Verschwörungen, Presse, Zensur, Polizei, Polytechnikum, Heereserneuerung, Ehrenlegion, Kolonien, Konkordat, Allianzen und Staatsfinanzen. Alles nach seinem Pfiff, für den Zufall nicht allzu viel Chancen. Im großen und ganzen lernte Frankreich das Tanzen.

Das Buffet war monumental. Trüffelferkel Arcis-sur-Aube. Rippenschnitz Arcole. Kräuterlamm Bassano. Entenpastete Castiglione. Pâté Château Thierry. Dürrensteiner Knoblauchwurst. Wachteln Großbeeren. Kalte Wildsuppe Hohenlinden. Hasenpfeffer Katzbach. Mille Fleurs Millesimo. Hammelhaschee Montebello. Taubeneier Mondovi. Ravioli Rivoli. Kalbspyramide mit Zwiebeln, Möhrchen und Endivienspitzen. Truthahnschlegel Mont Tabor. Huhn, unvermeidlich, Marengo. Gepfeffertes Kaninchenfrikassee Sultan El Kebir. N brüllte auf vor Vergnügen:

»Kaninchen, Berthier! Kaninchen!«

Der Reichsmarschall Louis-Alexandre Berthier, Fürst von Neuchâtel und Fürst von Wagram, wurde puterrot. In seiner Eigenschaft als Kaiserlicher Oberjagdmeister hatte er einst die große Kaiserliche Kaninchenjagd organisiert. Bei der Bestellung der Kaninchen, Hunderte und Aberhunderte waren es gewesen, hatte er einen Fehler gemacht. Träger und Treiber waren versammelt, ein monumentales Buffet wartete, es war prächtiges Herbstwetter. Die Kaninchen aber, als man sie losließ, tollten herum vor Freude. N nahm die Flinte zur Hand, um das Gemetzel zu eröffnen. Leider waren die Kaninchen zahme Kaninchen; sie verkannten N als ihren Wärter oder einen alten Freund und Wohltäter. Eine Armee, Hunderte und Aberhunderte, stürmten sie auf ihn los. N war verblüfft. Die Hofbeamten unternahmen einen wirren Gegenangriff. N war verblüfft. Verblüfft zog er sich zu seiner Kutsche zurück. Die Kaninchen spalteten sich mit strategischem Feingefühl in zwei Flügel und vollführten eine Umfassungsbewegung zu beiden Seiten der Jagdgesellschaft. In die Kutsche stürmten sie gleichzeitig mit N, ihrem vermeintlichen Gönner und Ernährer. In Panik brauste die Kutsche ab nach Paris, und Bündel um Bündel um Bündel flog aus den Fenstern.

»Eine schmähliche Flucht war es«, sagte N. »Besiegt von einem Bataillon Kaninchen. Schlechte Stabsarbeit, Berthier. Sie haben schon Besseres geleistet.«

»Aber, mit Vvverlaub, es war nicht meine Schuld, daß Sie Marschall Masséna ins Auge gesch –«

»Massénas Augenverletzung? Was hat die denn damit zu tun? Das war bei einer Wildschweinjagd oder weiß ich was. Zu einer ganz andern Zeit.«

»Abbber Sie haben mir dafür die Schuld gegeben, wegen der Kkk –«

»Ist Ihnen nicht wohl, Berthier?«

»Sie haben Masséna verwundet, als ich im Speisezzz. Ich war überhaupt nicht in der Nähe. Und trotzzzdem haben Sie mir die Schuld gegeben, wegen der Kkk –«

»Kaninchen. Ich kann das nicht mehr hören, von Ihren verdammten Kaninchen, Berthier!«

»Mit Vvverlaub, Sie haben selbst angefangen von den Kkk –«

»Ich will nichts mehr hören von Ihren Kaninchen. Sie haben unrühmlich versagt, Berthier, und Sie sollten sich alle Mühe geben, es vergessen zu machen.«

»Abbb –«

»Hab ich mich nicht klar ausgedrückt, Berthier? Sie mit Ihren Kaninchen!«

Zuckerveilchen Vendémiaire. Pfirsiche Montenotte. Petits fours Leoben. Coupe Stradella. Bombe Mombello. Pauline Bonaparte, die Fürstin Borghese, hauchte Vanille- und Kümmelduft ins Gesicht ihres jungen Begleiters – eine Nachbildung Byrons, nur daß er nicht hinkte –, und dann, die himmlischen Augen tief in die seinen gebohrt, machte sie eine Geste von vollkommen unzweideutiger Schamlosigkeit. Kandierte Birnen Senatus Consultum. Eine dicke Herzogin, rundum beringt und mit Kettchen behangen, sagte: »Keine Sekunde kann ich das Schwein aus den Augen lassen, ohne daß er irgendsoeinem Luderchen unter die Röcke faßt. Und je ordinärer, desto besser!« Himbeerauflauf Fructidor. Talleyrand dachte: Ist es wohl möglich, eine neue Aristokratie zu schaffen? Worauf kommt es an, auf die Geburt? Genügt das Talent? An den guten Manieren liegt es gewiß nicht. Die Manieren am alten Hof waren oft abscheulich. Letzten Endes ist es wohl ein Gefühl göttlichen Rechts. Nichts dergleichen ist hier vorhanden. Auch Genie ist zu wenig; es dauert nicht. Ein Tisch mit Zuckerwerk – der Geruch ein Vorbote der Verwesung. Schweizer Tee statt indischem, Zichorie statt Kaffee. Es ist eine belagerte Kultur, angetrieben vom Krieg. Schau dir diese Fürsten und Herzöge an, einäugig oder mit zerhackten Ohren wie Kater, hinkend, narbig, laut und zänkisch. Unsere Möbel haben goldene Litzen, unsere Betten sehn wie Zelte aus, diese Stühle dort wie Heerestrommeln. Aber tanzt nur! Jetzt ist die Zeit zu tanzen.

Masse de décision, bataillon carré. Fantassins, fantassins, corps d'armée. Grosses-bottes, grognards, grenadiers à cheval. Corps d'observation, grand quartier général. Voltigeurs, voltigeurs, levée-en-masse. Congé, une poule dans un hôtel de passe.

Vor einer Ansammlung von Gästen, die mit ihren Getränken abseits vom Tanzparkett standen, sprach N, als einziger ohne ein Glas in den Händen, die Hände vielmehr auf dem Rücken gefaltet, über Kunst, Politik und menschliche Größe. Voltaire soll kein Dichter sein? Unsinn, mein Lieber! Beste Probe für ein Gedicht ist, ob man's unter freiem Himmel laut vortragen kann, ohne sich zu schämen. ›Mort de César‹ – kennen Sie das Stück? Müssen Sie lesen! Ich weiß noch, wie ich am Abend nach der Schlacht von Marengo diese Verse in den Sonnenuntergang sprach: Gedient, geherrscht, gesiegt hab ich in vierzig Jahren, konnte das Weltgeschick aus meiner Hand erfahren, und weiß von je her, daß, was Staaten heilt und kränkt, stets und bei jedem Schritt an der Sekunde hängt. Aber was wußte Voltaire vom Orient? Er war auf Mutmaßungen angewiesen. Sitzt einer in der Schweiz und schreibt über Kamele, Huris und Muftis, stellen Sie sich das vor! Der klassische Geist gründet in der Exaktheit, in der exakten und zutreffenden Wiedergabe der exakt beobachteten Welt. Sehn Sie sich die Bilder von Gros an (eigentlich hab ich dem erst auf die Beine geholfen): Fünfhundert Pferde auf einer Leinwand, und man sieht noch die zerrissene Fessel eines einzelnen. Kunst, Messieurs! Und warum sollte ich nicht Crescentini in die Ehrenlegion aufnehmen? Ich weiß, klar, er ist Sänger, kein Soldat, kein Mut in der Schlacht bei ihm, weiß ich, aber, Messieurs, dafür ist er doch ein Kastrat. Wenn das keine Verwundung ist! Ja, die Oper! Nichts geht über die Oper. Die einzige Kunst, die der Kriegskunst nahekommt, gar kein Grund zu lachen, Messieurs! Chöre werden massiert und entfaltet wie Bataillone, Einsatz auf die Sekunde genau. Meine Kapellen spielen Opernarien während der Schlacht. Diesen Terminus *Tragödie,* gebrauchen Sie mir den nicht leichtfertig! Wenn die Götter mit den Menschen ihr Spiel treiben, das ist die Vorsehung. Das Schicksal ist nicht da droben, sondern hier, hier, hier! Hab ich mal diesem Deutschen gesagt, Dichter, weiß nicht mehr, wie der hieß. Politik ist Schicksal – da haben Sie's, soll mal jemand aufschreiben – nein, nicht gleich Sie alle, nur mal jemand. Kampf, Zusammenprall starker Charaktere, Idealisten und Zyniker, Kluft zwischen dem unmöglich Idealen und dem real Möglichen. Und denken Sie immer daran, was ich dem Benjamin Constant schon mal gesagt hab, diesem Esel, in der Tragödie darf es auf der Bühne niemals einen Stuhl geben. Tragische Charaktere sitzen niemals. Wenn sie sich setzen, werden sie komisch. Denken Sie drüber nach, Messieurs! Wir leben im Stehn, sterben im Liegen. Ja, ja, auch bei der Liebe natürlich, wenn das Ihr Geschmack ist, aber wir sprechen jetzt nur vom Darstellbaren. Jedenfalls, in der Tragödie schneiden wir gar nicht so schlecht ab in unsrer Zeit: Raynouard, Brifaut, Lancival! ›Tippo-Saib‹ wird sich halten, solange das Kaiserreich dauert – ja, von Jouy ist es. ›Les Templiers‹. ›Don Sanche‹. Unsterblich wie die Menschenseele. Chateaubriand. Die Staël, dieses Luder mit der abnormen Klitoris. Hat etwas sehr Ungesundes, antirepublikanisch, nicht klassisch. Bringen sich selbst hinein in ihre Bücher, als ob die einzelne Persönlichkeit wichtiger wäre als die ganze Gesellschaft! Schottische Nebel, verquollene Farben, nichts Kühnes, Positives! Wo bleibt der große Schwung des Scharlachs, der Erzengelschrei von Gold? Gefallen mir nicht, Messieurs, diese glotzäugigen, zügellosen, ungezügelten und unzügelbaren Helden. Dieses Wäßrige gefällt mir nicht, die stürmische Formlosigkeit. Alles gehört in Schranken gehalten, auch die Natur. Die Natur darf nicht mit uns durchgehn. Was ist Größe? Ein großer Mann? Einer, der sich selbst nicht wichtig nimmt, die eigenen Neigungen dem Dienst an der Gemeinschaft unterordnet. Unbestechlich, gütig, sogar ein wenig quichotisch. Und anfangen tut alles bei der Familie, Messieurs. Sie ist die Grundgemeinschaft. Wer nicht zuerst einmal seiner Familie dient, kann auch der größeren Familie nicht dienen, dem Staat, dem Reich oder Vaterland.

Staat, Reich, Vaterland und. Staat, Reich, Vaterland und. Madame Mère schaute von ihrem vergoldeten Thron den Tänzern zu und wedelte mit dem Fächer, mundartlichen Gedanken nachhängend. Alles ein großes Kinderspiel für sie, werden erst aufwachen und erwachsen werden, wenn es zu spät ist, und dann sind sie noch froh, daß sie ihre Mutter haben, froh über Mutters Goldstücke in Matratzen und Sparstrümpfen. Da ist Jérôme, König Lustig, schenkt alles weg an diese Deutschen in Westfalen oder wie das heißt, die Taschen voller Jérômes, wie er sie nennt, rein zum Verschenken. Gib's doch deiner Mutter, sag ich, solang du noch an der Quelle sitzt! Der wird noch froh sein, wenn der Thron erst wackelt, denn ewig kann das ja nicht so weitergehn. Pauline ist eine Schande, schläft mit jedem hübschen Kerl, der ihr gefällt, aber das ist eben dies Feuer im Blut, liegt in der Familie, weiß ich, müssen sie eben beherrschen lernen, die Natur darf nicht mit uns durchgehn, und ihre Schönheit, die liegt auch in der Familie. Bei Elisa nichts davon! Was muß sie diesen saftlosen Fiedler heiraten, aber sie hat's wohl mit Fiedeln, die mit ihrem Pagadingsda an ihrem Hof, Hof, man denke! in Lucca, so ein Nest, wo gutes Olivenöl herkommt, aber sonst nichts, Fürstin von Lucca, so ein Quatsch! Trotzdem, gute Geschäftsfrau, aber das sollen Frauen eben nicht sein, und all diese Büsten von Nabuliune aus Carraramarmor. Vierhundertfünfzig Francs das Stück, ob man in Paris wirklich so viel dafür kriegt? Und Louis ist ein richtiger Holländer geworden, König von Holland, alles ein Riesentheater, aber mein armer Louis macht's nicht mehr lange, mit dieser Schwäche im Blut. Der arme Junge, letzte Woche erst hab ich von ihm geträumt, lag seiner Mutter in den Armen. Und Joseph, was muß der den Spaniern Religions- und Gewissensfreiheit geben, wie er das nennt? Na, peng, da hat er's, die wollen nur den katholischen Glauben, und recht haben sie, soll man nicht mit scherzen, mit der Religion. Zu Seiner Heiligkeit, ja, stell dir vor, zum Papst hab ich gesagt, ihr kommt alle noch wieder zurück, wenn ihr euer bißchen Theater von wegen Atheismus und Freidenkerei undsoweiter erst ausgespielt habt, ihr kommt alle zurück auf dem Totenbett. Na, das wird ganz gemütlich zuhause in Ajaccio, mit der ganzen Familie um mich, wenn Nabuliune erst ein bißchen zur Vernunft gekommen ist und sie alle über das große Theater reden, das sie hinter sich haben. Denn Theater ist es doch alles bloß und nichts sonst, vielleicht alles, was sie können, aber da kommt eben das adlige Blut raus, zu gut für gewöhnliche Arbeit. Aber trotzdem, die *Ehre*, wovon Nabuliune ihnen jetzt soviel erzählt, die ist nicht bloß Theater, denn ohne Ehre sind wir nichts. Alles für die Ehre! Sagte man immer in unsern Familien, in beiden, die Ehre eines Korsen. Und wie ich als kleines Mädchen immer gefragt hab, was das denn ist, die Ehre, da haben sie mir gesagt, ich soll nicht so fragen, denn wenn man sehn will, woraus die Ehre gemacht ist, dann nimmt man sie auseinander und kann sie nicht wieder zusammensetzen. Die Ehre ist einfach da, damit man sie ehrt, weil sie das einzig Ehrenwerte auf der Welt ist.

Ehre, tönten die Trompeten; Ehre, dröhnten die Trommeln. Der Pariser Winternachthimmel bekam zu seinen Ehren Feuerwerk verordnet, hingekrakelte Unterschriften auf schwarzem Pergament oder aufgedrückte flammende Siegel. Er saß in der Kutsche mit seiner Kaiserin, acht Braune davorgespannt, auf dem Weg zum Theater, zur Premiere von Enuilubans mythologisch-heroischem Drama, zu seinen Ehren geschrieben und aufgeführt. Die Kutsche fuhr an Fontänen vorbei, Wasser, heroisch gezähmt, mit Steinelefanten, die dicke Strahlen aus den Rüsseln trompeteten, Tigern, die das Wasser anfauchten und es zugleich erbrachen, Bären, die Bäume mit silbernem Gezweig von Wasser umarmten, Fruchtbarkeitsgöttinnen, denen die Ewigkeitsmilch des Wassers aus den Brustwarzen strömte. Fakkelschwenkend erwiesen die Bürger von Paris ihm Ehre, und sein Gedächtnis surrte wie eine geölte Maschine, spuckte Namen aus, die sich hier und da einem im Hochruf aufgerissenen Maul anheften ließen. Montreuil, Korporal außer Dienst mit Holzbein; Cambrai, ein Schneider mit krummem Rücken; Montdidier, Unterquartiermeister, war nach einer Unterschlagung begnadigt und in Pension geschickt worden; Vervins, dessen Tapferkeit nur eine Seite seiner Dummheit war; Vouziers, ein Goldschmied, der feine Arbeit leistete; Rouen, der auf zwei Meilen Entfernung Wasser riechen konnte; Lisieux, der Zähne wie Mühlsteine hatte und Heu zermahlen konnte wie ein Pferd; Bernay, der einmal klinischen Alkohol getrunken hatte und eine Meile weit geradeaus gerannt war; Avranches, der ihm seine pockennarbige Huri angeboten hatte, als Trost für die schlechten Zeiten in Ägypten; Mortagne mit den zwei Haken statt der Hände; Fourgères, ein notorischer Schwuler; St. Brieuc, ein ehemaliger Leutnant, der seitenweise Horaz aufsagen konnte; Morlaix, ein Konditor mit besonderem Flair für Marmelade; Pontivy, der Pferde so genau kannte wie andere Leute Maschinen, und den die Pferde haßten; Laval, das Palindromedar, wie er ihn einmal genannt hatte, ein Witz, den in Kairo niemand verstanden hatte; La Flèche, ein Kurzsichtiger mit scharfer Zunge; Cholet, der Käsemann; Ancenis mit der grell eintätowierten Kreuzigung auf dem Rücken; Loches, der Zuckerschlecker; Romorantin, der sykophantische Bankier kurz vor dem Ruin; die Witwe Auxerre, deren Mann allzu nachsichtig gewesen war; Montbard mit seinem Dijoner Senf im Tornister; Langres, der im Traum geschrien hatte, die Mamelucken kämen ihm den Kopf abschneiden; Vesoul, Verfasser einer kleinen Broschüre über die Möglichkeit, einen mobilen Telegraphen zur Verwendung in der Großen Armee zu entwikkeln; Pontarlier, ein Trommlerbursche ohne besondere Verdienste, mit einer Warze einen Zoll über dem Nabel; die ganze Familie Charolles, betrunken mitsamt der achtjährigen Tochter; der blasse, schmale Belley vom mit Schande bedeckten 69. Bataillon; Montluçon, der Spielzeugmacher; Confolens, der in Cognac (wo übrigens die besten Flaschenkorken der Welt herkamen) einmal einen Priester getötet haben sollte; Montmorillon, Spielzeugwindmühlenverkäufer unweit der Tuilerien; Jonzac, der Witzbold –

Ein Mann in Lumpen, anscheinend unbewaffnet, durchbrach das Spalier der Soldaten und rannte auf die kaiserliche Kutsche los. Starke Arme packten ihn und zogen ihn fort, aber er brüllte:

»Ich bin verliebt in die Kaiserin. Ich bete sie an, die Kaiserin.«

»Freund«, sagte N gelassen, »Sie vertrauen Ihr Geheimnis dem Falschen an.«

Fontenay, der Armenanwalt; Sarlat, der beim Angriff immer geschrien hatte *Reculez pas, drollos!;* Parthenay, der seine Jungfräulichkeit beschwören wollte; Dax, ein Beamter aus dem Büro für Statistik; Bayonne, Kurator eines sehr kleinen, auf die Bienenzucht spezialisierten Museums, das N gegründet hatte;

Condom-Mirande-Castelsarrasin, ein Mann, der nicht hielt, was sein Name versprach; Florac, ein Koch von genialischer Unfähigkeit, dem es aber einmal gelungen war, als es in Frankreich noch indischen Tee gab, eine wirklich starke und belebende Kanne Tee nach englischer Manier zu brühen; Tarbes, der Satiriker, der einmal ein Sonett auf den kaiserlichen Furz gedichtet hatte, mit den Zeilen: *Dein süßer Abwind tönt, wie Memnons Standbild klingt: Ein Meer von Weisheit, dem ein warmer Hauch entspringt;* Draguignan, der am liebsten im Var angelte; Le Vigan mit seinen ewigen Kartentricks; der große Albi und der kleine Castres, die unzertrennlichen Freunde; Limoux aus Narbonne; Narbonne aus Limoux; Céret, der für das Jahr IX das Gelingen der Invasion in England prophezeit hatte; Gourdon-Figeac, Möbeltischler; Brive, feine Seidenstoffe; Mauriac, die denkbar beste Singstimme im 47., oder war es das 74.? jetzt entlassen wegen eines brandigen Fußes; Isère, der schwören wollte, daß seinem Vetter halb Grenoble gehöre; Nyons, für den jedes Stündlein das letzte war, der aber immer noch lebte; Issoire, Ambert und Riom, die ein verwickeltes sexuelles Verhältnis hatten; St. Julien, ein großer Freund der Alpen, der immer von seiner Auberge sprach, die er bei Briançon aufmachen wollte; Brioude, ein Sergeant, der zu ungelegenen Zeiten Gespenster sah; Nérac, der Hutmacher; Montbrison, Lieferant edler Weine, vermischt mit edlem Brunnenwasser, überführt und zu einer Geldstrafe verurteilt; Marmande, Gourdon, Vesoul, Saunier und andere, andere, viele, viele Millionen andere.

Der Regen brach los, drei Minuten vor dem Ende der Fahrt. Er war ungewöhnlich stark und ließ viele Fackeln zischend ausgehen; schutzsuchend zeigten ihre Träger dem Kaiser die Hacken. Reinaus, Lousev, Nodruog, Ednamram. Kaninchen! dachte N, während er ihnen zuschaute. Aber nein, die Kaninchen waren ja in freudiger Erwartung auf ihn und seine Flinte losgerannt, die unschuldigen Kerlchen. Nosirbtnom, Eduoirb, Moir und Trebma und Eriossi. Als man ihm unter den schmetternden Willkommensgrüßen der Trompeten aus der Kutsche half, beharrte er darauf, barhäuptig in dem Gusse stehenzubleiben. Snoyn, Erési, Cairuam. Blitze spalteten den schwarzen Himmel: sie machten das Feuerwerk lächerlich. N sah sich selbst dastehen, aufrecht dem Unwetter trotzend. Gutes Motiv für Gros womöglich. Der Donner folgte, übertrumpfte die Kesselpauken. Ein paar Trotzige, die nicht gewichen waren, standen noch vor dem Theater. Triefend naß brachten sie weiter

Hochrufe aus, geschwärztes Stroh in den Händen, von dem schwacher Protest gegen den Regen aufqualmte, und N mußte sich eingestehen, daß er von diesen keinen beim Namen kannte.

»Sire, mit Verlaub, Sie werden ja durchgeweicht.«

»Ein großer Feind, der Regen«, sagte er und ließ ihn sich in den Mund rinnen. »Morast. Wie da die Geschütze einsinken, Männer fluchen und ausrutschen!« Und dann ließ er sich bewegen hineinzugehen. Lichter, Hofknickse. Von Gruppe zu Gruppe zu Gruppe zu Gruppe, und auf dem ganzen Weg leuchteten über ihm die Kerzen, und *Es lebe der Kaiser!* hieß es, *Dies ist der Jahrestag seiner Krönung* und *Gott segne Sie, Sire!*, die glatten Höflinge in Liebes- und Freudentränen, als er vorbeiging, überall flammende Kerzen vom besten Walrat, von Hofknicks zu Hofknicks zu Hofknicks. Er winkte dankend, selber Tränen in den Augen. *Gott segne euch, Kinder!* und dann wurde er zu seiner glitzernden Loge eskortiert. *Danke, danke!* rief er weinend von dort den stehenden Reihen zu, die ihn ehrten, und dann flüsterte er in das geneigte Ohr eines Sekretärs:

»Wecken Sie mich rechtzeitig! Muß den Applaus anleiern.«

Nach einer Ouvertüre im klassischen Stil ging der Vorhang hoch und man sah den Olymp mit sehr überzeugenden Gazewölkchen, die Drähte, an denen sie schwebten, kaum sichtbar. Die Götter standen in Vollversammlung herum, statuarisch, altersschwach, übellaunig in Togen und Perrücken mit Silbertalkum. Jupiter sprach als erster, mit zittriger Stimme, das greise und gebeugte Haupt eines abgewirtschafteten und vom Schicksal verworfenen Regimes. In offiziösen Alexandrinern erklärte er gereizt, daß diese Titanen zu frech würden, insbesondere dieser Sohn des Japetos und der Klymene, oder war es Themis? Jedenfalls war er auf irgendeinem fernen Eiland gezeugt worden. Auf die schrullige Mnemosyne, weiland eine der jovialen Buhlschaften, die auf einen Wurf alle neun Musen geboren hatte, war auch kein Verlaß mehr. Das Gedächtnis des Göttervaters war nicht mehr wie früher. Wie hieß doch gleich dieser verfluchte Titan, der die gottlose Frechheit auf die Spitze trieb? Mars, in zerbeultem Panzer und humpelnd wie ein Gott der Kriegsversehrten, sagte ihm, Prometheus heiße der, ja, Prometheus heißt er, Prometheus. (Hier applaudierte das Publikum. Die Möglichkeit tückischer Satire witternd, blieb N wach, applaudierte aber nicht.) Ah ja, Prometheus! Dieser Prometheus also entblödete sich nicht, aus Lehmklumpen lebendige Geschöpfe zu verfertigen (wieder Applaus, wieder ein gefährlicher Unterton!), und jetzt stand er im Begriff, sie die Kriegskunst zu lehren – seine, die martialische Kunst, man denke! Krieg? sagte Jupiter. Kämpfen? Gegen wen lehrte er sie denn kämpfen? Ohne Zweifel, sagte Mars, verfolge dieser Prometheus das Ziel, eine Armee die Hänge des Olymp hinaufzuführen und die unsterblichen Götter das Sterben zu lehren, damit er selbst, ein hergelaufener Titan mit seinen selbstgemachten Lehmsoldaten die Welt erobern und regieren könne. Saturn, der Gott des Greisenalters, kam die Bühne herabgeschlurft, um zu fragen, wie denn das möglich sei. Mit Feuer, wie denn sonst? brummte Mars. Das Feuer haben sie, ja, das Feuer. Das ist doch der Gipfel der Gottlosigkeit, sagte Jupiter tief befremdet. Das Feuer ist göttlich, himmelsgeboren, die Waffe der Götter. Wo haben sie bloß das Feuer her? Gemacht haben sie's, sagte Merkur. Oder vielmehr, Prometheus hat eine Methode entdeckt, Feuer zu machen, indem er nämlich herausgefunden hat, daß der Same des Feuers nicht nur dem Himmel, sondern auch der Seele roher und himmelsscheuer Stoffe innewohnt. Jupiter brachte nun eine Lobrede auf das Feuer zum Vortrag, das Feuer der Sonne, das allverzehrende, das mildere Feuer der Sterne, das vernichtende Feuer, wenn der gottgeschleuderte Blitz herabschlägt. Feuer ist unsere Waffe gegen niedere Geschlechter wie die Titanen; niemals, und der Himmel sei davor, daß man auch nur davon träume, darf es gegen die Throne der Götter gebraucht werden. Alt mögen sie sein, die Götter, doch ungeschmälert bleiben die göttlichen Kräfte; und keinesfalls werden wir dulden, daß man im größten oder geringsten unserer spotte. Was machen wir also mit diesem Prome – Prome – ach, Mnemosyne, warum hast du mich verlassen? (Gelächter im Publikum. »Na!« sagte N unwillig, »was soll das sein, eine Komödie? Ohne Stühle auf der Bühne?«)

O vertilge sie, die ganze Brut der Titanen, und weil du schon einmal am Donnern bist, so vertilge auch ihr aufgezogenes Spielzeug, die ganze Brut der Menschen oder wie man sie heißet! So sprach Uranus. Doch halt! sprach Jupiter, warum vertilgen, was zu quälen den Göttern Wonne bereitet? Denn nicht zufrieden sind wir zu zechen; nicht zufrieden sind wir, lange über der zenalen oder prandialen Ambrosia zu verweilen; nicht zufrieden sind wir, da denn auch dies der Erwähnung bedarf, in zoomorpher Verkappung auf eine unglückliche Nymphe herabzustoßen. Die Macht, meine Herren, ist wesentlich eine Macht, Wunden zu schlagen. (*La puissance, Messieurs …:* sprach da nicht ganz der Hofrat?) Und daher laßt uns diesen frechen Emporkömmlingen die Macht rauben, Feuer zu machen! Um aber für unser Teil mild, was sag ich, großmütig zu erscheinen, wollen wir vom Himmel eine Braut für diesen Titanen – Prometheus heißt er, sagte Neptun und kratzte sich mit einer Spitze seines Dreizacks die Perücke. Pandora soll zu ihm herniedersteigen. Bringt mir gleich Pandoren herbei! Merkur, seiner knackenden Gelenke nicht achtend, setzte schwerfällig seine Flügel in Bewegung. Halt! gebot ihm Jupiter. Daß sie mir ihre Büchse nicht vergißt! (»Wollen wir doch mal sehn«, sagte N, »ob es die Kaiserin ist, auf die sie's abgesehen haben –«) Merkur nickte, und mit einer beifallsheischenden Abfluggeste, die vom Publikum unbelohnt blieb, verschwand er.

Neptun, um die Wartezeit bis zu Merkurs Wiederkehr mit Pandora zu füllen, hielt eine Rede, die N gar nicht gefallen wollte.

NEPTUN

Gestehn wir nur, es mag so kommen, daß die Erd
Bald dem Geschlecht, das bloß vernünftig ist, gehört;
Das legt die Flüsse grad, geht auf den Bergen kucken,
Türmt Bauten in die Höh, daß sich die Himmel ducken,
Macht Wüsten blumenbunt und holzt die Wälder kahl,
Berechnet Jahr und Tag gleichmäßig dezimal.
Doch eins bleibt, wie es ist, und dies wird ewig währen,
Eins spottet ihrer Zucht, eins läßt sich nicht belehren,
Ein Königreich ist stark, unfrommer Macht zu wehren.
An des gewaltgen Ozeans tosender Wucht
Hat kein Eroberer noch seine Hand versucht.
Wähnt man mich schlummernd auch in meinen
  tiefsten Höhlen,
Kann ich doch jeden Kahn zu jeder Stunde quälen,
Stürz mich auf ihn und werf ihn wirbelnd aus der Bahn,
Kürz ihm den frechen Mast und tret ihm in die Rah'n.
Und so ergeht's noch jedem, wenn mich dünkt, ich höre
Von einem, der sich rühmt, er sei der Herr der Meere.
Ihr Inselherrn, samt Ungebornen, habet Acht!
Göttlich ist die Gewalt, die euer Volk verlacht.
Sturm sollt ihr ernten, wenn ihr pflügt auf diesem Raine.
Der Ozean ist mein und ewig bleibt der meine.

(N überlegte mißtrauisch, auf wen das gehn sollte; recht klar war es nicht. Irgendwie schlechter Geschmack. Und stimmen tat's auch nicht. Die Geschichte läßt nicht mit sich spaßen, wie die Götter, kann man drehn, wie man will. Es paßte auch nicht recht auf Trafalgar. O mein Gott, o mein Gott, Trafalgar! Nur Zivilisten lästern über den Feind. N war jetzt nach einem Nikkerchen zumute, aber er war unruhig, was wohl als nächstes kommen würde.)

Auftritt Pandora, begleitet von einem hämisch grinsenden Merkur. Sie wurde von einem hübschen, doch, wie N von seinen Garderoben- und Hintertreppenausflügen wußte, naseweisen und etwas wabbelärschigen Mädchen aus Châteauroux gespielt, ein durchscheinendes Hemd auf den Leib geklebt, Busen dezent freigegeben, Reminiszenz an das verrufene Direktorium. Jupiter erklärte, wie sie von Vulkanus zusammengebastelt worden war, genauer gesagt, aus Lehm geknetet und geformt, aus demselben Stoff also wie die unverschämten Geschöpfe dieses Prometheus, dem sie nun vermählt werden sollte. (Dazu bedurfte es keiner Magie, denn wer hätte ihr widerstehen können? Sah man nicht die unsterblichen Götter selbst in seniler Lüsternheit nach ihr schielen?) Er, Jupiter selbst, hatte ihr ein Geschenk gemacht, eine Büchse, als eine Art Mitgift. Der Bräutigam würde in seiner Neugier, den Inhalt zu sehen, der Versuchung erliegen, sie zu öffnen, und dann, dann – Knarrende Bühnenmaschinen ließen nun diese Büchse oder vielmehr eine ihrer Seiten oder Wände ein Stück weit von dem himmlischen Cyclorama herabtrudeln, und die Wand sprang auf, um die lebende Fracht zu entlassen. Diese bestand aus maskierten Schauspielern, die in üppiger Auswahl die Ursachen irdischen Ungemachs darstellten – Armut, Krankheit, Aberglaube, Hunger, Erdbeben, Tyrannei und dergleichen. Jeder hielt eine lange Rede, und N wurde ganz dösig. Die Götter, denen N weiterhin eine etwas zerstreute Beachtung schenkte, schienen allgemein der Ansicht, daß Prometheus und seine Geschöpfe für den Besitz des Feuers und der Intelligenz vielleicht allzu hart bestraft seien (das Feuer besaßen sie sowieso nicht mehr, denn die Götter hatten es ihnen gelöscht; die Intelligenz freilich war auch von den Göttern nicht mehr aus der Welt zu schaffen: Zwar konnten sie mit Leichtigkeit Lebewesen in Sternbilder, Kontinente oder Gewächse verwandeln, doch nicht so leicht in Dummköpfe, denn die Natur der Dummheit blieb ihnen verborgen). Moment, sagte Jupiter, gleich sollt ihr sehn, wie gnädig wir auch wieder sind. Er klatschte in die Hände, und zu leiser Musik kam ein schönes Weibsbild, keusch geziert in einer Art Nonnenkostüm, aus dem innersten Schatten der Büchse hervorgeschwebt. Hoffnung, sagte Jupiter, ihr Name ist Hoffnung. Tableau. Als der Vorhang fiel, gab es mäßigen Applaus, soviel wie Verfasser und Schauspieler vernünftigerweise erwarten konnten.

Prometheus, von Beaumard gespielt, begann die nächste Szene solo. Hatte nichts Napoleonisches an sich, fand N, als er die dünnen Arme gestikulieren und den vorstehenden Kehlkopf steigen und fallen sah. Prometheus erklärte dem Publikum, daß er diesem angeblichen Versöhnungsgeschenk des Himmels nicht recht getraut und Pandoren seinem Bruder Epimetheus gegeben hatte, damit er sie heiratete. Neugierig auf die Mitgiftbüchse, hatte Epimetheus die riesige Horde der Übel auf die Erde losgelassen und dazu eine winzige Hoffnung. Trotzdem war er, Prometheus, entschlossen, die Hoffnungsfülle des Menschenlebens zu betonen, und deshalb hatte er sich auf den

Olymp geschlichen und das Feuer gestohlen. Er zeigte dem Publikum eine Art Monstranz, worin der Zündsamen verschlossen lag wie eine Hostie. Der Weg hierher sei schrecklich gewesen, wegen all der herumstreunenden Übel, und der Rückweg würde noch gefährlicher werden, aber schließlich trage er, Prometheus, eine Verantwortung für seine Geschöpfe. (Applaus.) Jetzt hörte man Hörnerklang: Die Götter machten Jagd auf ihn. Die Hörner bliesen lauter, zugleich von links und von rechts. Seine Monstranz ans Herz drückend wie ein Priester in der Schreckenszeit, wollte Prometheus verschwinden, aber alle Wege waren ihm abgeschnitten. Und dann kamen die Götter, manche von links, manche von rechts, Jupiter selbst von oben mitte, wo er mit anklagend ausgestrecktem Zeigefinger auf einem zackigen Felsen stand, und alle schrecklich in ihrem beherrschten Zorn. Prometheus, der da ist's! Durch welche schmutzige Titanenlist war es ihm gelungen, den Olymp zu ersteigen und das heilige Feuer zu entführen? Der Reihe nach hielten die Götter jeder eine Verdammungsrede, worauf jeweils Prometheus die trotzige Antwort nicht schuldig blieb. (N nickte, mäßig angetan, wußte, was nun kommen würde, und dann nach Hause zum kalten Huhn und ins warme Bett. Dieser Prometheus würde ja wohl, wie die neue, lebenstüchtige Art seiner Geschöpfe mit dem Feuer etwas anzufangen wissen; eine einzige blendende Detonation, Schießpulver versetzt mit Strontiumnitrat, würde genügen, um diese Götter zu Paaren zu treiben.)

Die Monstranz wurde dem Titanen entwunden; unter Marsens Aufsicht wurde er von einer Art göttlicher Leibwache gefesselt und angeschmiedet. Jupiter rief:

Der Kaukasus, so heißt die frostgequälte Wand,
Und hierher sei der Schuft, der gottlose, verbannt.
An dieses Felsgezack laßt uns den Lästrer schließen,
Und endlos soll er hier die Simonie uns büßen.
Nie werd' ihm Antwort, wenn er winselt himmelwärts!
Schmiedet ihn fest, und niemals roste dieses Erz!
Niemals soll ihn der Tod befrein vom Todesschmerz!
Und Adler sollen sich von seiner Leber nähren,
Des Nachts, was sich bei Tag erneuert hat, verzehren.
Schon seh ich ihrer großen Schwingen Schattenkreis,
Herbei, ihr Adler, kommt und tut, wie ich euch heiß!
Und gleiche Strafe treff', ich schwör' es und beteuer's,
Jedweden Donnerdieb und Fälscher unsres Feuers!

Darauf zogen die Götter feierlich ab und ließen Prometheus wehklagend und in Fesseln zurück. Er rief den Adlern zu, die unsichtbar über ihm schwebten, daß er gedacht habe, sie seien seine Freunde – sterblich, hochfliegend, wagemutig –, aber an ihren grausamen Augen und Schnäbeln sah er nun, daß sie seine Freunde nicht mehr waren, vielmehr rücksichtslose Verbraucher seiner Körpersubstanz. Wer soll mich befreien? rief er. Wer mir helfen? Der Vorhang fiel bei etwas unschlüssigem Applaus. N sagte zu seiner Kaiserin:

»Es gefällt mir nicht.«

Ein Lakai brachte Sorbet herein, geeisten Champagner und, für die Kaiserin, ein Tablett mit Canapés. Sie sagte: »Die Verse sind sehr schlecht, deucht mich, schlecht, schlecht, ja ja!«

»Ich meine nicht die Verse. Ich meine die Handlung. Gefällt mir nicht, Duroc«, sagte er zu Duroc. »Ich meine, ich bin doch Prometheus, oder nicht? Haben Sie den Text nicht gesehn? Was passiert denn jetzt?«

»Er hält sich an den Mythos«, sagte Duroc. »Herkules kommt, den Prometheus zu retten, und beide zusammen verkünden sie dann, daß die Herrschaft der alten Götter zu Ende ist.«

»Wer sollen die beiden dann also sein?«

»Es muß im Grunde gar nicht allegorisch sein. Aber Prometheus ist vermutlich der menschliche Geist, und Herkules, mit Verlaub, Sire, sind Sie.«

»Ich Herkules? Aber Herkules ist ein Gott. Ich bin kein Gott. Ich bin ein Titan«, sagte er schlicht. »Es hätte doch genügt, wenn Prometheus selber ihnen allen heimgeleuchtet hätte. Vielleicht unterstützt von so ein paar Lehmsoldaten. Mir gefällt das nicht. Ist ein schlechtes Omen. Diese Sache mit dem Kaukasus auch. So geht's nicht, sag ich Ihnen.«

»Soll ich dafür sorgen, daß die Aufführung für beendet erklärt wird, wegen Indisposition des einen oder anderen Schauspielers? Ouvrard, Pécriaux oder sonst jemand?«

»Nein, nein, nein, wo sie doch dem Prometheus grad so an der Leber picken! Gehn Sie hinter die Bühne und sagen Sie denen, sie sollen Prometheus seine Ketten selber brechen lassen – titanische Kräfte, der Mann! – und den Fluch von den Adlern nehmen. Gefällt mir gar nicht, dieses Herumspielen mit den Adlern. Sind schließlich meine. Und dann findet er das Feuer, das die Götter aus Versehen irgendwo liegengelassen haben, und damit kämpft er gegen sie und verbrennt sie alle. Und zum Schluß die Kaiserhymne.«

»Sie meinen, das sollen sie improvisieren? Das werden sie nicht recht mögen.«

»Herrgott, Mann, ich hab siegreiche Schlachten improvisiert. Man könnte so weit gehn zu sagen, ich hab eine ganze Zivilisation improvisiert. Und da werden die doch wohl einen Schlußakt improvisieren können. Die Leber!« Er rieb sich die eigene, sah säuerlich zu, wie seine Kaiserin in ein Stück Torte biß. »Sagen Sie ihnen, es ist ein Befehl des Kaisers.«

Als der Vorhang wieder hochging, sah man Prometheus noch immer an die Felsen geschmiedet, doch im Hintergrund nun einen Meeresprospekt. Das Publikum johlte. Prometheus war recht kahl geworden, und ein Hängebäuchlein war ihm zugewachsen. Er stöhnte unablässig, au, au, au! »Jo, die Leber«, erklärte er dem Publikum. »Foie gras. Faul und verfolln. Net emol die Oadler wollen's mehr anrührn. Zu feete Ernährung, Weaner Küchn. Gulasch, Bauernschmaus. Guglhupf mit Schlag. Topfenpalatschinken. Butterteigpastetchen mit Geflügelragout. Tafelspitz.« Es sollte wienerisch klingen, war aber schlecht imitiert. »Ihr Oadler!« rief er, »verlost mi net! Ihr seids mei einzign Gfährten. Ein Wunder«, erklärte er dem Publikum, »doß die Oadler mi net auch schon im Stiech glossn hoben, wie alle andern.« Das Publikum johlte. »Wie die Herzöge von Castiglione, Istrien, Parma, Vicenza, Feltre, Frioul, Otranto, Gaeta, Abrantès –« Der weitere Katalog ging in Johlen und Wiehern unter. »Und me voici auf einer Felseninsel.« Er bewegte die Arme, und die Ketten fielen von ihm ab. »Sind wohl überflüssig. Kann sowieso nicht fort. Zu weit zu schwimmen. Klar, untergehn könnt ich nicht mit all dem Speck.« Ein Stück seiner Ketten erwies sich als eine Schnur mit Würstchen. »Wienerwürstchen, ja prima! Und jetzt mal ein Liedchen, une chansonnette.« Sein Französisch hatte einen englischen Akzent. Das Orchester spielte etwas, das wohl korsisch sein sollte, in Wirklichkeit aber neapolitanisch war. Der Schauspieler, der große Littlehampton, so nannte man ihn (woher er den nur kannte?), schwenkte grinsend seine Würstchenschnur und sang:

Bevor die Erfolge mein Schicksal erhöhten,
Zerschlug ich gewisse Pariser Emeuten.
Bei Lodi und Rivoli rupft' ich die Weaner,

Erwies mich als feuriger Republikaner,
Bei Campo Formio dann schloß ich einen
Gesunden Frieden für mich und die Meinen.
Nun schenkt mir der Brite 'n Stück Felsen im Meer,
Und da bin ich heut Kaiser,
(Vive l'Empereur!)
Kaiser von Elba, und was will man mehr?

Das war in London. In Wien standen die Götter in Vollversammlung herum, manchmal statuarisch, manchmal aber auch lockere Lebensart andeutend. Gulasch, Bauernschmaus. Guglhupf mit Schlag, Topfenpalatschinken. Butterteigpastetchen mit Geflügelragout. Tafelspitz. Köstlich, sagte Kardinal Consalvi, der Delegierte des Vatikans, der fleißig aß, aber natürlich nicht tanzte. Ganz schönen Wirbel, sagte Castlereagh, hat er gemacht in Europa, unser Titan, aber jetzt sitzt er still auf so einer entlegenen Insel, wo er kein Unheil mehr anrichten kann. Traun Sie dem verfluchten Kerl, diesem Talleyrand nicht, brummte ihm Wellington ins Ohr, auch so ein Franzose und immer auf seiten der Sieger, hängt sein Mäntelchen nach dem Wind. Von den wichtigen Sitzungen jedenfalls fernhalten! England, Österreich, Rußland, Preußen, und niemand sonst hat bei den Entscheidungen mitzureden. Dieser österreichische Wein ist tückisch, Castlereagh. Samtweich, aber am nächsten Morgen lag er mir elend auf der Leber. Kann mir nicht merken, wie dieser widerliche Russe da drüben heißt. Capodistrias, soso! Muß aufpassen, daß ich nicht immer Aspidistras zu ihm sage.

Dann fahr' ich, entbehrlich nach allzu viel Siegen,
Zu Schiff nach Ägypten und zähle die Fliegen.
Mein Weib geht mir fremd, und Paris schickt kein Geld mehr,
Da sitz' ich im Sand, ein verlassener Feldherr.
Zurück übers Meer wie ein Kriegsgott mit Schwimmfuß,
So komm' ich nach Hause und bau auf mein' Nimbus,
Und dank meinen Freunden beim Militär
Werd' ich Konsul und Kaiser,
(Vive l'Empereur!)
Kaiser von Elba, und was will man mehr?

Der Preuße Friedrich von Gentz, kaiserlicher Rat in Metternichs Diensten, war stillzufrieden, daß Preußen Posen und

Danzig zurückbekam, nebst einem schönen Bissen Sachsen, Bröckchen von Pommern aus dem vormals schwedischen Besitz und ein gehöriges Stück Westfalen. Erlauben Sie mir, sagte Talleyrand, für den Geist der deutschen Einheit zu sprechen. Der Vorschlag, neununddreißig deutsche Staaten in einem Bund ohne Zentralgewalt zusammenzufassen, mußte unvermeidlich auf eine Vorherrschaft Preußens hinauslaufen. Nicht seine Sache, soll sich da heraushalten! Verschieben wir dies alles auf später, schlug Hardenberg (Preußen) vor, und regeln wir zuerst die kleineren Gebietszuweisungen. Vereinigtes Königreich der Niederlande: Belgien, Holland, Luxemburg – kann nicht schaden. Was wird aus Krakau, sagte jemand (Nesselrode?). Erklären wir Krakau zur Freistadt, schlug Talleyrand vor. Krakau, wo zum Teufel ist Krakau? wollte Wellington wissen. Dieser unverschämte Franzos soll seine Nase da nicht reinstekken. Brauchen ihn für die Abstimmungen, sagte Castlereagh; nützlicher Mann, wenn es ans Abstimmen geht. Ich beantrage, sagte Stein, daß wir die Versammlung nun vertagen. Heute abend ist der Große Ball mit der vornehmsten Wiener Gesellschaft, und da scheint es mir nicht unangebracht, ein wenig Zeit auch der Erholung, der Toilette und der weiteren Vorbereitung zu widmen. Wir sind hier, um zu arbeiten, meine Herren, sagte Metternich, nicht um zu tanzen. Österreichs Ansprüchen hat der Ausschuß bisher allzu wenig Zeit gewidmet.

Alles wieder auf den früheren Stand bringen – Spanien, Neapel, Piemont, Toskana, Modena. Restauration der legitimen Dynastien. Alles ein bißchen fad, dachte Wellington. Permanente Neutralität der Schweiz garantiert. Nichts dagegen zu sagen, schon immer eine neutrale Art Leutchen, sogar der Schweizer Käse schmeckt irgendwie neutral. Rückkehr des legitimen Herrscherhauses nach Spanien. Gut, dafür haben wir gekämpft. Fade Leute, häßlich und harmlos. Norwegen mit Schweden vereinigt. Auch nichts gegen zu sagen; gleiche Art Leute, starkknochig, hellhaarig, leben von Fisch und Aquavit. Sprachen klingen auch gleich, eine so unverständlich wie die andere. Für uns, sagte Castlereagh, für die britische Krone, sollte ich sagen, fordern wir sehr wenig. Bestätigung unseres Besitzes in Malta, am Kap der guten Hoffnung, Helgoland, Ceylon, Tobago, Santa Lucia, Mauritius. Hier sitzen wir, sagte Talleyrand ganz plötzlich, und teilen die zivilisierte Welt unter uns auf. (Als ob *ihn* jemand gefragt hätte, den verdammten Wichtigtuer! Schleimiger Kerl, fällt immer auf die Füße!) Hier sitzen wir, uns in der Annahme sicher wähnend, Elba sei ein zuverlässiges Gefängnis. Meine Vertrauensleute (Spitzel meint er, warum kann er nicht Spitzel sagen?) melden mir, daß er bereit ist, sich die Unzufriedenheit der aufgelösten Armee zunutze zu machen. Unsinn! Schlecht geträumt hat er. Weiß, daß er ein Verräter ist und undankbar obendrein. Schuldbewußtsein, weiter nichts! Von Bony hören wir nichts mehr.

Die Kontinentalsperre sperrt' nur die Zölle,
Und Spanien, das war eine brodelnde Hölle.
Der Zar wollt' mein Freund sein und hat mich verraten,
Drum mußt' ich nach Moskau mit all mein' Soldaten.
Kaum bin ich zurück, nun ganz friedlich und milde,
Da führen die Preußen schon etwas im Schilde.
Bei Leipzig geht einfach alles verquer,
Aber noch bin ich Kaiser,
(Vive l'Empereur!)
Kaiser von Elba, und was will man mehr?

Ein festeres Gefängnis ist vonnöten, beharrte Talleyrand, den Walzer übertönend. Ich kenne doch diesen Menschen (freilich, und wie du ihn kennst!), und keine Sekunde lang glaube ich, daß er sich mit dieser Schmach für immer abfinden wird (ah, Schmach, haben Sie das gehört? Verrät sich selber). Metternich klopfte mit dem Fuß den Takt zu der Musik und strahlte (Österreich würde die ganze Lombardei und Venezien bekommen, außerdem Dalmatien, Carniola, Galizien und Salzburg).

Dann kam die Nachricht, und die Musik brach (neueste Meldung, unsern alten Kummer betreffend) mitten im Takte ab.

Von Cannes (küßt Frankreichs milde Erd) nach Grasse, Séranon, Digne, und das Bataillon aus Elba hatte keinen Kaiseradler, um seine Schwingen über den Weg von Kirchturm zu Kirchturm zu Kirchturm zu breiten, bis hin zu den Zinnen von Notre-Dame, aber schließlich hämmerten sie aus Teilen eines alten Himmelbetts einen heraldisch zur Not vertretbaren Vogel zusammen. Fréjus berührte er auf dieser Rückreise nicht, denn dort hatte niemand *Es lebe der Kaiser!* gerufen oder *Gott segne Sie, Sire!*, keine Frau hatte geweint und Männer schon gar nicht, als er unterwegs gewesen war, um sich nach Elba einzuschiffen; statt dessen hatte ihn der Pöbel beschimpft und sogar *in effigie* verbrannt. Über die Alpen also, mit *Danke, danke, Kinder!* und *Gott segne euch, Kinder,* für diejenigen, die ihm in der Hoffnung auf einen zweiten Frühling Frankreichs Veilchensträuße darbrachten. Zu dem Bauern, der ihm ein Pferd für tausend Francs verkaufen wollte (achtzigtausend hatte er bloß für die ganze Expedition), sagte er:

»Leck mich am Arsch, Freund, und deinen elenden Gaul soll der Spat holen!«

Die Nachricht, von Lyon mit dem Telegraphen weitergegeben, erreichte die Tuilerien, wo Seine Gallische Majestät König Ludwig XVIII. an Gicht und Wassersucht dahinsiechte. Talleyrand, so dachte der König, hätte ihn auf diese Eventualität vorbereiten sollen, aber vielleicht hatte er's getan, es gab ja so viel zu bedenken, wenn man Frankreich seine vorrevolutionäre Pracht und Stabilität wiedergeben wollte. Überlassen wir das unserm Kriegsminister Soult, der wird schon wissen, was da zu tun ist, vielleicht ihn mit ein paar Kanonen verscheuchen, vielleicht genügen auch schon die Knüppel der ländlichen Gendarmerie. Umgeben war Seine Majestät von all jenen, die aus dem Exil heimgekehrt waren, um sich von neuem des Ihren zu erfreuen: der Duc de Grandéjeuner, der Duc de Grandîner, der Duc d'Ivresse, der Duc de Droit-de-Seigneur, der Duc de Faireletour du Cadran, der Duc de Lever-une-Dîme, der Comte de Pressurer-les-Pauvres, der Comte de Veaudor, der Comte d'Ecraser d'Impôts. Auch der Comte d'Artois fehlte nicht, der mutmaßliche Thronerbe, der zu der Erwartung berechtigte, er werde erst die wahrhaft gute alte reaktionäre Zeit wiederbringen, die Aufmüpfigkeit der Bauern dämpfen und das Land seinen rechtmäßigen, einst schändlicherweise enteigneten Besitzern zurückerstatten. In den Cafés saßen zwölftausend mit halbem Sold entlassene Offiziere, tranken ihren Absinth und sagten, klar, den Schlamm gab's auch, zerfetzte Eingeweide und Knochen, wimmelte nur so von Maden, aber trotzdem, es war doch noch sowas wie'n Leben, was für Männer, kann man nur sagen, und soll mir mal einer kommen und spucken, wenn es heißt Ruhm und Ehre, dem beiß ich die Eier ab mit meinen paar Zähnen, immer noch mehr als dieser Fettwanst von einem Bourbonen (ach was, mach ich mir einen Dreck draus, ob das ein Spitzel ist, da hinter seinem ›Moniteur‹, dem verlogenen Fetzen!), der läuft doch schier aus, der, mit seiner Syph und seiner Wampe bis auf die Zehen von der elenden Fresserei. Kannst du sagen, was du willst, Pfanne Knollibollis in Tran am Biwakfeuer schmeckt doch besser als der ganze Mist bei Nicalas. Jesses, die Kleine da drüben, sieht aus wie die Tochter von der alten Schnalle aus dem Puff in Vicenza. War doch sowas wie'n Leben, kannst du sagen, was du willst! Wenn so die Trompeten geschmettert haben und die Trommeln ihren Pappimammi gemacht, und dann er, N selber, wie er langsam kahl geworden ist, pummlig, aber immer ein Wort hier und ein Wort da, und hat nie ein Gesicht vergessen.

Weiter über den Alpenschnee, Richtung Grenoble. Bei Laffrey, fünfzehn Meilen südlich vor der Stadt, das fünfte Linienregiment, siebenhundert geladene Musketen, warteten auf den Befehl zum Anlegen. Zu den Klängen der *Marseillaise* (unter den zurückgekehrten Bourbonen verboten), gespielt von der kleinen Kapelle seiner Leibwache, stieg er aus der Kutsche und ging voraus. Die Musketen wurden angelegt. Er knöpfte den grauen Mantel und den blauen Waffenrock auf, entblößte die Brust. Hauptmann Randon vom Fünften rief »Feuer!« N sagte: »Soldaten vom Fünften! Kennt ihr euren Kaiser nicht mehr? Seht ihr nicht, daß euer alter General vor euch steht? Nun, wenn ihr mich töten wollt, was zögert ihr? Wenn ihr euren Kaiser töten wollt, hier steh ich.« Hauptmann Randon rief »Feuer!« N sagte: »Wenn ihr denkt, ich bin zu euch gekommen, bloß um meinen alten Ruhm blankzuputzen und neue Scherereien zu machen, dann seid ihr im Irrtum. Drei europäische Großmächte unterstützen meine Rückkehr aus Elba. Fünfundvierzig der fähigsten Köpfe aus der Regierung in Paris haben mich gerufen. Frankreich braucht seinen Kaiser wieder. Und hier steht er, euer Kaiser, in Gehorsam gegen den Willen des Landes, das wir alle lieben.« Hauptmann Randon überlegte sich's, ob er noch einmal »Feuer!« rufen sollte. Er rief es, und siebenhundert Musketen krachten. Pistolenschußweite. Der ehemalige Kaiser Napoleon der Erste von Frankreich lag tot zu ihren Füßen. Nicht auszudenken! Schreiend brachen die Soldaten aus den Reihen aus. Sie ließen die Käppis auf den Bajonettspitzen wirbeln. *Lebe der Kaiser!* Sie holten die alte Trikolore aus den Tornistern. »Wir marschieren gemeinsam, um die Prinzipien wiederherzustellen, für die so viele Kameraden gefallen sind. Die Bourbonen regieren euch ohne jedes Recht, ohne Wahl durch das Volk. Wo ist ihr Vertrag, wo sind die Plebiszite? Seht ihr nicht, wie sie schon anfangen wollen, die Uhr zurückzudrehen, die feudale Ungerechtigkeit wieder durchzusetzen und Renten aus euch herauszupressen? Wir werden das nicht erlauben, niemals. Wir verhöhnen die toten Kameraden, wenn wir solche Tyrannei zulassen. Auf, auf, auf nach Grenoble und dann auf den Weg nach Paris zu Sieg und Ruhm und.« Wilder Jubel, und Käppis flogen in die Luft, und Trikoloren über Trikoloren über Trikoloren wehten im Winde.

Hätte auch schiefgehn können, war verdammt knapp.

Weiter ging's nach Grenoble, mit Marschmusik und viel Getrommel. Das 7. Regiment wurde ihnen entgegengeschickt, um sie aufzuhalten und gefangenzunehmen, aber der Oberst, der es befehligte, übergab die Regimentsfahne und durchstach die Trommel zum Zeichen der Kapitulation. Pappimammirattatapp, der Bourbone brummt ab. Der Garnisonskommandant in Grenoble wollte ihnen die Tore nicht öffnen lassen, aber manche seiner Soldaten sprangen schon von der Stadtmauer herab, um sich dem Kaiser in die offenen Arme zu werfen. Bei Anbruch der Dunkelheit kamen Bauern mit Strohfackeln und Heugabeln, bereit, es mit dem pflichtvergessenen Militär aufzunehmen. Die Argumentation war nicht schwierig. In welcher Volksabstimmung war der Bourbonenlouis gewählt worden? Während der Garnisonskommandant noch immer unschlüssig an seinem Schnurrbart nagte, brachen stämmige Handwerker die Tore auf. Auf breiten Arbeiterschultern wurde N in die Stadt getragen. Frankreich hatte ihn wieder, Frankreich gehorchte ihm wieder, Frankreich verwünschte ihn wieder.

Beim Essen im Gasthaus verbrüderten sich Biwak und Hausmannskost. Kopfsalat Marie Sarrazin mit Ohrwürmern. Bratkartoffeln Jeanne Louise Sautarel mit Augen. Zwiebeln in Lehm und Schale gebacken, Spende von der Familie Auque. Ein Stück Rindfleisch, ein Bund Hühner, goldgelb, aber die

Keulen etwas sehnig. Trockner Kuchen, Spende von Maurice Lisnards Großmutter, mit einem Klacks alte Butter leichter herunterzubringen. Gepfeffertes Kaninchenfrikassee.

»Kaninchen!« lästerten die Leibwächter in den Tuilerien, als sie sahen, wie die gepackten Koffer auf anonyme Wagen verladen wurden. »Da hoppeln sie ab nach Belgien.«

Seine Majestät König Ludwig XVIII. wurde noch um einen Ton röter, wenn er an diesen neuerlichen Schimpf dachte, den man ihm angetan hatte. Ein Pariser Spaßvogel hatte an einem öffentlichen Orte angeschlagen: »Bonaparte an Ludwig: Lieber Bruder, machen Sie sich nicht die Mühe, weitere Truppen zu entsenden, habe inzwischen genug.« Seine Majestät war durch einen jahreszeitgemäßen Platzregen gefahren, um die beiden Kammern zu unterrichten, die Fackel des Bürgerkrieges sei entfacht worden von diesem leibhaftigen Teufel, und die Truppen, die seinen Weg säumten, hatten *Lebe der König!* gerufen, mit dem leiseren Zusatz *von Rom.* Er hatte es gehört, sein Gehör war noch scharf genug. Ney war bei Lyon übergelaufen, Ney! Rings um sich her hörte er den Dschungel fauchen. Nichts wie weg!

»Schmählicher Rückzug«, murrten seine Minister. »Nicht dran zu denken. Fahren Sie im offenen Wagen hin, treten Sie ihm entgegen! Gottesgnade des echten Königtums. Er wird ganz blaß werden. Er wird sich davor verneigen und abhoppeln wie ein Kaninchen.« Es schien doch etwas unwahrscheinlich.

»Schmählich, meine Lage!« sagte Ney in Auxerre. »Ich gebe zu, ich hatte versprochen, Sie in einem Käfig zurückzubringen. Meine erste Pflicht, dachte ich, galt unserm kranken, müden, geschundenen Frankreich und dem Arzte, der ihm, so ungeschickt auch seine Hände, die Gesundheit wiedergeben sollte.«

»Ja, ja, ja, ich verstehe, Ney. Keine Vorwürfe, keine Strafen! Loyalität ist eine heiße Ware. Sie sind für mich noch immer, was Sie bei Borodino waren. Nichts hat sich geändert.«

Alles kam nun hervorgesprudelt. »Sie können sich das nicht vorstellen. Diese Hochnäsigkeit! Wir werden geduldet, weil wir nützlich sind. Diese Demütigung bei Hofe! Meine Frau besonders, wegen ihrer bescheidenen Herkunft. Die haben sich über sie lustig gemacht. Wie geht's der Zofentochter, Ihrer lieben Gattin? Hat der König selber mir ins Gesicht gesagt.«

»Damit ist es vorbei, grämen Sie sich nicht, Ney! Das französische Volk sitzt wieder im Sattel. Nicht ich führe die Truppen nach Paris, ich werde von ihnen geführt.«

»Diese Schmach!«

»Genug davon, Ney!«

Guglhupf mit Schlag. Bauernschmaus. Topfenpalatschinken. Marie Louise, seine abtrünnige Gattin, saß in Schönbrunn mit ihrem einäugigen Geliebten, dem General Grafen Neipperg. So einfach. Ein kurzer Ferienaufenthalt im Oberland, und schon war es geschehen: Ein mehr oder weniger treuer und gewiß zärtlicher Gatte war vergessen. Neipperg mit seinem durch die schwarzseidene Augenklappe nur vermehrten Charme sang sich den Weg in ihr Bett frei. Sein eigener Verrat, dachte Talleyrand, war doch etwas anderes: Ein metaphysischer Verrat, strenger als der ihre, der von Geturtel und Händchenhalten und Komplimenten für ihre mongolischen Katzenaugen begleitet war. Er, Talleyrand, hatte bei seinen Verleumdungen gegen N auch den schlüpfrigsten Klatsch nicht verschmäht – Inzest mit seiner Schwester Pauline habe er getrieben, seine Leber sei zerstört, er triefe vor Syphilis, und Elba habe er in eine Folterkammer verwandelt, an der Monsieur de Sade sein Vergnügen hätte –, doch dies alles war Teil einer kühlen, intelligenten Politik gewesen. Jedenfalls, abermals die Fahnen zu wechseln, war nun nicht mehr möglich. Also mußte er der lauteste Denunziant sein: Verbrecherischer Akt ohne Beispiel in den Annalen der Infamie; ein Feind der Zivilisation; die Großmächte müßten sich vereinen und keine Kosten scheuend den unholden Tiger dorthin vertreiben, wohin er gehörte, zur Hölle als der gerechten Strafe für die Hölle, die er geschaffen. Eine Ungereimtheit allerdings hatte Wellington zu denken gegeben. Wer hat diesen alten Trottel von Ludwig aufgefordert, sich aus dem Staube zu machen? Ist aus eigenem Ermessen ausgerissen, abgehoppelt nach Belgien wie ein Kaninchen. Das Volk will seinen alten Bony wiederhaben, kein Zweifel. Also führen wir Krieg gegen das französische Volk. Trotzdem, muß sein. Demokratie kann zu weit gehn.

Dann wurde getanzt. Vereinigtes Königreich Benelux, Benelux, England kriegt Malta, das Kap in Südafrika, Preußen kriegt dieses und Österreich jenes, der Papst überhaupt nichts, ist kaum noch was da. Rußland kriegt Polen, wieder einmal. Santa Lucia, Mauritius, Tobago, die Ionischen Inseln, die Schweiz wird neutral. Doch Rußland und Preußen, England und Österreich schwören fürs erste zu kämpfen, bis der Störenfried fällt. Nationale Armeen gemeinsam im Kreuzzug für die monarchische Welt. Alles in allem gehn siebenhunderttausend ins Feld.

In den Tuilerien, wo er beim Ordnen der Papiere auf seinem

Schreibtisch herumliegende Gebetbücher und Rosenkranzperlen fand, die er mit freundlichen Empfehlungen vom Kaiser seinem ehemaligen König, nun als bourbonischer Usurpator zu titulieren, nachsenden ließ, erklärte N den Leuten seine Einsicht, daß sich die Zeiten gewandelt hätten. Wandel, Messieurs, ist der Urkeim des Lebens. Solange er nicht rückwärts führt, wohlgemerkt, zur Restauration einer grausamen und ungerechten Vergangenheit. Freiheit, Gleichheit et cetera gehören noch immer der Zukunft an. Ihnen müssen wir entgegenstreben. Und zu allererst bedürfen wir einer neuen Verfassung, wozu ich bereits einen bewundernswerten jungen Mann, Herrn Benjamin Constant, um einen Entwurf gebeten habe. Um Frankreich geht es uns, allein um Frankreich. Wir sind zufrieden mit den 1814 vereinbarten Grenzen, nach Gebietserweiterungen verlangt es uns nicht. Natürlich dürfen wir aber nicht verkennen, daß im Ausland eine angriffslustige Stimmung herrscht, die insbesondere in Wien geschürt wird, und jede Verletzung unserer Grenzen erfordert eine sofortige und wenn es sein muß auch vorgreifende Vergeltung. Doch niemand kann im Augenblick sagen, daß ich nicht versucht hätte, für ewige Freundschaft zwischen Frankreich und seinen früheren Feinden zu werben. Ich habe Montrond zu Metternich entsandt, ich habe an den Prinzregenten von England einen persönlichen Brief geschrieben. Doch von keiner dieser Seiten erwarte ich ein Wort der Versöhnung. Wir werden uns verteidigen müssen, Messieurs. Ich freue mich, Ihnen berichten zu können, daß Freiwillige die Armee auf über dreihunderttausend Mann haben anwachsen lassen. Ich habe einen Plan – sehen Sie, hier ist er – für die Befestigung von Paris entworfen. Doch unser tiefster Wunsch ist Friede.

Friede, dachte Madame Mère auf der Reise zu ihrem Sohn. Nun, was er an Frieden vertragen kann, hat er gehabt. Elba war letzten Endes nicht soviel anders als Korsika, und mein Traum vom beschaulichen Alter, fern von all dem Unfug bei Hof, mit den Verbeugungen und dem Kratzen an der Tür, ist also wahr geworden. Ich bin froh, daß er nicht länger gedauert hat. Er hat gesagt, es ist Ehrensache, und er hat recht. Er tut das Rechte. Es gibt nicht viele, die das Rechte tun, schon gar nicht dies kleine österreichische Luder. Liebt sie immer noch, sagt er, bleibt ihretwegen allein, findet die Tuilerien zu groß, um allein dort zu wohnen, und ist ins Elysée umgezogen. Immerhin hat sie ihm einen Sohn geschenkt, da hat sie ihre Pflicht getan, was die andere, Gott hab ihre Seele gnädig, niemals konnte. Es hat geheißen, als sie da gestürzt ist, der Balkon soll nachgegeben haben, aber es war das liederliche Leben – Gottes Strafgericht! Aber diese Österreicher werden ihn seinen Sohn nicht sehn lassen. Was ist das für eine Welt, wo ein Mann den eigenen Sohn nicht sehn darf? Und solange er seinen Sohn nicht sehn kann, solange kann man sagen, er ist in der Lage eines Besiegten und hat seine Ehre verloren. Also muß er jetzt seine Ehre wiedergewinnen, und dazu hat er meinen Segen.

»Ehre«, sagte N. Er sah, daß der Regen nachließ. »Was wissen oder was halten die von der Ehre? Das Drängen der Kaufleute von Manchester und Birmingham kann ihre Soldaten nicht zum Siege begeistern. Die haben kein Feuer, keine Ehre im Leib. Wir werden unseren Donner auf sie schleudern, wir werden sie mit dem Blitz erschlagen. Gute Seeleute, gewiß, doch schlechte Soldaten. Die Engländer sind schlechte Soldaten.«

»Dieser Villainton«, sagte Bertrand, »ist ein Ire. Iren haben wir auch schon gute gesehn.«

»Er ist ein miserabler General an der Spitze miserabler Truppen. Es wird eine Bagatelle, ein sommerliches Picknick.«

»Ich empfehle«, sagte Drouot, »daß Sie mit Ihrem Picknick bis zum Mittag warten. Damit der Boden trocknen kann. Wir brauchen festen Grund für die Zwölfpfünder.«

Nachmittags. »Die Kolonne da auf der rechten Flanke sind Preußen. Wir können Villainton erdrücken, ehe die Preußen heran sind. Himmelherrgott, was ist mit Grouchy? Wo sind die Kavallerie-Detachements, die ich angefordert habe? Er muß doch mit dem Hauptquartier in Verbindung bleiben. Was zum Teufel denkt sich dieser Grouchy?«

Zwei Uhr. »Nachricht von Grouchy«, sagte Soult. »Er ist immer noch bei Gembloux. Er schreibt, ein preußisches Korps hat sich nach Wavre zurückgezogen.«

»Direkte Bewegung gegen Wavre, schreiben Sie ihm! Und um Himmels willen, die Verbindung zum Hauptquartier herstellen!«

Später: »Dieser Grouchy ist ein Katastrophenmacher. Das grenzt doch an Hexerei, daß einer es fertigbringt, mit vierunddreißigtausend Mann und hundertundacht schönen Kanonen nichts Entscheidendes auszurichten! Dieser Blücher ist gar nichts. Dieser Blücher sollte inzwischen völlig aufgerieben sein.«

»Mit Verlaub, Sire, unterschätzen Sie nicht –«

»Ich sage, er ist nichts, dieser Blücher. Und unser lieber Grouchy ist eine Memme. Wo bleibt seine Initiative? Wo bleibt seine Energie?«

»Mit Verlaub, Sire, aber er hat nur seine Befehle befolgt.« *Die Inspiration geziemt im Kriege nur dem Oberbefehlshaber.*

»Nun, sehn wir mal, wie Ney an seinem Platz vorankommt! Und jetzt müssen wir uns um die Garde-Artillerie kümmern. Drouot sollte hier sein, aber was können wir da tun? Mortier, der Scheißtrottel, muß gerade jetzt krank sein, und wer, wenn nicht Drouot, könnte die Garde befehligen? Das ist doch zum Katzenficken!«

Halb drei. »Ney meldet Beginn des ersten Hauptangriffs.«

Vier massierte Kolonnen Infanterie ins Gefecht geworfen. Zurückgeschlagen, schwere Verluste. Keine Zeit zum Ausschwärmen. Satte englische Salven. Lord Uxbridges Kavallerie unternimmt zu gut gewählter Zeit einen Gegenangriff.

Halb vier. »Ney sagt, englische Linie allgemein im Rückzug. Er schickt die Kavallerie allein vor.«

»Was?« schrie N. »Erst Infanterie ohne Kavallerieunterstützung, jetzt Kavallerie ohne Inf – So kriegt er diese Karrees nie auf. Und da kommt jetzt dieser Blücher mit seinen verdammten Preußen. Wir müssen die allgemeine Reserve hineinwerfen. Vierzehntausend Mann. Das müßte reichen.«

Halb sieben. »Ney meldet, La Haye Sainte genommen. Fordert Garde-Infanterie an. Letzter Sturm aufs englische Zentrum.«

N hüpfte vor Wut. »Truppen? Er will von mir Truppen? Denkt er vielleicht, ich kann sie aus diesem Scheißlehm stampfen? Denkt er, ich bin dieser Scheißprom –«

Halb acht. Fünf Bataillone der Garde zu Ney geschickt für seinen letzten Sturmangriff.

»Sie weichen zurück, Sire. Es ist vorbei.« Flucht, Auflösung. N konnte es nicht fassen, dann schien es ihm nur allzu glaubhaft. Erklären konnte man immer alles.

»Ich bin fertig. Ich bin zum Umfallen müde.« Man half ihm aufs Pferd. Was man noch nie gesehn hatte – er ließ sich aufs Pferd helfen. Rückzug nach Charleroi. Als er nach Charleroi ritt, konnte er alles erklären. Strategie hatte sich eigentlich nie geändert, von seiner allerersten Schlacht an. Kannte man jetzt überall, gehörte zur Allgemeinbildung. In ihren Berichten nun würde *Bonaparte erwartungsgemäß* – Und alt geworden, wenn auch erst in den Vierzigern, richtig alt geworden. Körper schlafft ab, Hirn schlafft ab. Wir sind nicht mehr die Alten. Keine Initiative, die Generäle, aber ich hab's ja auch nie anders gewollt. Initiative war meine Sache. Eine vernünftige Erklärung ist jedoch immer eine Art Sieg. Ich bin gegen Aberglauben. All diese Doppelvaus. Zu Soult sagte er:

»Was bedeutet dieser Name? Waterloo mein ich.«

Soult sagte es ihm. Ich bin gegen Aberglauben. Noch ist nicht alles verloren. Hundertfünfzigtausend Mann bekomm ich immer noch auf die Beine. Schnell nach Paris. Kann mir denken, was in Paris geschieht. Die Legislative auflösen? Mit der Axt regieren? Nein. Und inzwischen werden die beiden Kammern bekanntgegeben haben, daß ein Auflösungsdekret Verrat sein soll. Die Nationalgarde wird sie schützen. Zweites Mal abdanken. *Ich proklamiere meinen Sohn Napoleon II. zum Kaiser der Franzosen.* Aber der Junge ist gefangen bei den Österreichern. Ministerium für Verrat neu zu besetzen mit einem würdigen Nachfolger für Talleyrand. Fouché ist geeignet. Der wartet jetzt in Paris, empfiehlt sich den siegreichen Alliierten.

Die siegreichen Alliierten marschierten in Paris ein, Bataillon für Bataillon für Bataillon, gleichmäßig hämmernde Achtelnoten der Infanterie, darüber die weniger prägnanten Viertelnoten der Kavallerie. In der Anfangjulisonne blitzten die Helme und Steigbügel, das Messing der Hörner und Trompeten. Blücher schaute mordlustig drein; der Krieg wäre erst gewonnen, könnte er diesen geächteten Feind der Menschheit eigenhändig erschießen. Wellingtons strenge, knochige Nase deutete in die finstere Zukunft. Niemand streute Blumen. Aus mancherlei Gründen war es kein Ruhmestag. Die Worte seines eigenen Berichts, untermalt von den Hufen seines Pferdes, klapperten dem Herzog ins Ohr. Gefährlichste Sache, die ich je mitgemacht habe mitgemacht habe. Niemals so viel Sorge um den Ausgang so viel. Niemals der Niederlage so knapp entgangen. Verluste gewaltig, besonders Infanterie. Sonders Infanterie. Hinter der Infanterie, der Kavallerie, den Kanonieren und Pionieren kam der Troß.

Und hinter dem Troß kam Seine Gallische Majestät Ludwig XVIII., gichtig und gedunsen, zurückzufordern, was sein war. (Louis Philippe, der Herzog von Orléans, wäre mir offen gesagt lieber gewesen, sagte Fouché, der vertrauenswürdige Polizeichef, auf Talleyrands Spuren wandelnd; nur war keine Zeit zu verhandeln.) Der König der Franzosen kam, um zu restaurieren, was sich noch restaurieren ließe. Hörner und Trompeten in hohlen, weidmännischen Harmonien. Trommeln. Alles aus, aus, aus.

4. Satz

»Noch ist nicht alles aus«, schrie er das heisere Meer an. »Noch lange nicht! Dieses verrückte, verzweifelte Wüten laß ich mir einfach nicht bieten.« *Bastille tuiler massak schweizergaaaaaar siebt massak.* »Bertrand, Sie müssen, ich sage dies mit aller geziemenden – hm, hm, Ihre Gattin beobachten. Ich wünsche nicht, daß sie über Bord zu springen versucht.« *Natkonv proklam 1. rpblk exek ludw 16 schreckensherr marie antoin 9. thermidoooooor.*

»Sire, Marchand sagte etwas davon, daß Sie vorhätten –«

»Mich umzubringen? Hören Sie nie auf das, was ein Kammerdiener sagt, Bertrand!« *Robes fall pierre ende regime vom 13. vendem putsch einsetz direktooor.* »Ich hatte nur gesagt, daß ein Mann sich jeden Tag so verhalten sollte, als ob es sein letzter Tag wäre.«

Aber versucht hatte er's. Besser als abdanken. Das Gift hatte aber nicht gewirkt, war schal geworden oder irgendwas.

»Gibt dem Leben die Würze. Wer weiß, was die Zukunft noch bringt! Ich werde nun zwar als Gestalt von der europäischen Bühne entfernt, doch vielleicht nur, um als ein *Prinzip* die Weltbühne zu betreten. Lesen Sie nur die Apostelgeschichte! Sie verstehn. Bertrand, nicht daß ich die Lästerung begehen möchte –«

»Keine Sekunde, Sire, habe ich daran gedacht, daß Sie denken könnten –«

Aber lauter Judasse, die ganze Bagage! Sogar dieser Mamelucke, die Taschen vollgestopft mit Gold und Silber.

»Dennoch, die Parallele ist reizvoll.« *Heirat jsphn jsphn general buon bon kampagne italien in liebe.* »Ich habe es ihnen gezeigt, daß eine Auferstehung möglich ist. Und was jetzt zählt, ist das Wort, Bertrand, die Schrift. Außerdem wird man mich vielleicht noch rufen. Sogar in England. Die Whigs wollen mich haben. Das Volk will mich haben, hat man doch gesehn auf der *Bellerophon,* am Kai von Portsmouth oder Plymouth, oder weiß ich, wo das war. *Ägypten putsch 18. brumaire 3. kons 1. kons. 1. kons auf lebens exek duc denghien.* »Und auch wenn man mich nicht ruft, kein Gefängnis ist vollkommen dicht. Wie Elba gezeigt hat. Wir werden noch schöpferische Tage über unsern Plänen zubringen, Bertrand.« *Kaiser kaiser kaiserkaaaiser.* »Es ist noch lange nicht alles vorbei.«

Nur, diesmal ist es nicht Elba. Tausend Meilen von nirgendwo. Keine Gefängnismauer ist so stark wie das Meer. Das von den Briten beherrschte.

»Trägt den Namen einer großen Frau, Bertrand.« *Krön ksr ksrn krön kng italien mailand 3. koalition engl östr russl schwed franz einmarsch wien austerl friede preßburg.* »Eine Dame aus Britannien, damals noch nicht perfid, außerdem die Mutter eines großen Kaisers.« *Rheinbund 4. koalit preuss russl jena auerstedt eylau friedland tilsit tilsit TILSIT tlst tls tl t.* »Der Legende nach soll sie das wahre Kreuz Christi aufgefunden haben.«

»Nicht eben, wenn man's recht bedenkt«, sagte der Großmarschall Bertrand, »die hoffnungsvollste Gedankenverbindung.«

Allerdings, das wahre Kreuz. Kein Zweifel!

»Lassen Sie nur, Bertrand, bedenken Sie lieber, daß dies Werkzeug, das den heidnischen Römern zur schändlichen Hinrichtung diente, ein Symbol des Ruhmes geworden ist. Auch hier wieder möchte ich nicht den Anschein einer Läst –« *Fr besetz rom halbins krieg spanien portug kongr erfurt.*

»Natürlich nicht.«

»Aber man könnte sagen, daß seine vier Extremitäten die siegreichen Alliierten darstellen, welche die Nägel einschlagen.« *Alexander alxndr lxndr xnd krieg östr franz besetz wien 2. mal annekt papststaaten pius vii exkommun pius vii gefangen.* »Recht merkwürdig und poetisch. Aber sie werden doch nicht wagen, eine Spottinschrift anzubringen. INTERFECIMUS NAPOLEONEM REGEM IMPERATOREM. Der Gedanke, ich könnte zum Märtyrer werden, macht ihnen Angst.« *Wagram, schönbrunn sch sch scheidung.* »Eine Krone habe ich verloren.« Er kicherte. »Jetzt habe ich eine andere gewonnen.« *Marie louise König von Rom einm russl borodino rückz moskau malet verschw übergang beresina eintr paris 6. koalit leipzig leipzig lpzg.* Er kicherte. »Ich will wie gesagt keine Lä –«

»Gewiß doch, gewiß nicht.«

»Worauf ich nur hinweisen möchte, Bertrand, auch dies kann eine Erobererkrone sein.« *Kapitu paris provis reg talleyrand schlang abdank bourbon rück graf von provence ludwig xviii vertrag fntnbleau exil nach.*

»Das seh ich wohl.«

Tod tod tod des des. Flucht elba übers wasser 100 tage wasser water 100 leau loo. Und so.

Und so sah er nun finster zu diesem Inselchen hinüber, das auf dem südlichen Ozean tanzte. Vulkanischer Felsen, Granit, wahrhaftig wie für Prometheus. Und wie dieser irische Arzt gesagt hatte, war es ein schlechtes Klima für die Leber.

»Ich weiß, was Sie denken, Bertrand. Nichts scheint hier zu

wachsen. Sehr felsig. Nicht mal ein Dornbusch, wie?« Erstaunlich gut aufgelegt, wie es schien, robust trotz allem, vielleicht von den drei Monaten Seeluft. Er stieß Bertrand in die Rippen, daß der fast aufs Deck gefallen wäre. »Wir werden dafür sorgen, daß etwas wächst hier. Wir werden die Insel auf unsere Seite bringen, ein Werkzeug draus machen, eine Waffe. Wissen Sie noch, was ich aus Elba gemacht hab?«

»Sie haben dort viel geleistet. Viel.«

Den Boden grün werden lassen durch intensiven Anbau, Scheiße weggeräumt, Mineralwasser auf Flaschen abgefüllt, ein Theater gebaut, das faule Pack zur Arbeit getrieben.

»Dies wird vielleicht noch mal der Mittelpunkt der freien Welt.«

Bertrand schaute ungläubig drein. Die Insel, die nun ganz nahe war, die kahlen Umrisse klar in der knalligen, blechernen Sonne, schien der Freiheit wie eine mit nachtwandlerischer Sicherheit ausgewählte Negation entgegenzustehen. Die britische Fahne, die über ein paar finsteren Kanonen flatterte, hatte nicht nur ein Kreuz, sondern drei, eines für jeden Nagel. T. Auch N schaute einen Augenblick ungläubig drein. Dann aber fing er zu trällern an. Tilsit tinrit. Es war, als ob er nach vielen Jahren Exil nun endlich heimkehrte. Titsil. Er sang ein Lied, das zur Zeit des Direktoriums populär gewesen war, über die reizenden *tétons* irgendsoeiner. Armes Schwein, keine Frau wollte bei ihm bleiben. Egal, mit dem Gesellschaftsvertrag hatte Rousseau längst auch die Masturbation zu Ehren gebracht. Restvergütung für das Kaiseramt. Aber sie wäre vielleicht, sie, wenn sie nicht vorzeitig gestorben wäre. Nur sechs Wochen nach Antritt seines ersten Exils. Sie hätte die Insel zu einem Vorposten der französischen Kultur gemacht, trotz all dieser Sir Hinces und Milord Cunces. Die Leute wären von überall her zusammengeströmt, um ihre Rosen zu sehn.

I. N. R. I.
IMPERA
NAP
REGEM
INTERFEC
I. N. R. I.
TOREM
OLE
ONEM
IAMUS

Since sixt week I leave the english and y do not any progress. so

I. N. R. R. I.

Sixt week do fourty
and two day. If might
have lern fivty word, for day, I could know
it two thousands and hundred, so

I. N. R. R. I.

Ich möchte wissen, was R. R. nur ist?
Nicht etwa Reiner Rost, der an ihm frißt?
Regem rusticatum – das vielleicht?
Ist's Rauher Reif, der ihm zur Krone reicht?

Im Inselboden nichts von Rost,
Nicht eisenhaltiger Kompost.
Ruß allerdings, aus dem Vulkan,
Im Garten regt das Wachstum an.

Ach, wir
Iren sind besser als
Napoleoniforme
Rustifizierte korsische
Imperatoren
Innerlich dazu gerüstet, als
Nationaldichter des
Rauhen, bittren Exils
Inselvölker zu unterhalten.
Und darum laß dir vom
Iren MacDonald, vom
Noblen Kilmaine und dem
Rest unseres
Internationalen Keltischen
Marschallsordens
In einem
Nicken unser Verständnis bedeuten.
Rex Imperator,
In pace requiescas.

Es war ein kühler, angenehmer Garten, in dem er saß, dem Gesang der Vögel lauschend, fremder Vögel zumeist, die man in Europa nicht kennt, und von wo er hin und wieder traurig auf das Meer tief unten hinabschaute. Der Garten gehörte Herrn Balcombes, dem Agenten der Ostindischen Gesellschaft auf der Insel, und hier, so träumte er manchmal, müßte er nach dem schmutzigen Inferno von Jamestown und vor der ewigen Leere und Einsamkeit, die ihn in Longwood erwarteten, sein kleines Paradies nun endlich gefunden haben. Den Garten, als man ihn zuerst dort einließ, hatten insbesondere noch zwei kleine englische Blumen geziert, nämlich Betsy und Jane Balcombes, die zuerst erschrocken, dann aber mit einer Art Freude den Anblick eines Mannes aufnahmen, den sie zuvor nur als einen Unhold aus den Karikaturen der englischen Zeitungen gekannt hatten. Hier sah man ihn nun, wie er umherschlenderte und dabei sogar lächelte, in einer grünen Uniform und einem spitzen Hut, die eine Hand, genau wie auf den Zeichnungen, in den Rock geschoben. Mit welchem Vergnügen ernannten ihn nicht die beiden reizenden Wildfänge zu ihrem Onkel, unserm Onkel Napoleon, der dennoch, wie herrlich, noch immer ein Unhold blieb. Denn in der Natur der Kinder liegt es, daß sie das Böse nicht fürchten und in ihrer Unschuld selbst jenen wohlwollen, die es verüben oder verübt haben. Klein-Jane hatte in der Kirche von Jamestown einmal dafür gebetet, daß auch der Satan gut und glücklich gemacht werden sollte. Und da sah man ihn nun, und sein Liebling war Betsy, die ein wenig Französisch konnte. Was das Erlernen des Englischen anging, so schimpfte er, daß es eine unmögliche Sprache sei. »Ein ödes Land«, so hatte er einst gesagt, »voller Dornbüsche und voller Vögel, die mit seltsamen Rufen darüber hinfliegen.« Und so traf es sich, daß er eines schönen Nachmittags mit Betsy beisammensaß und sie französisch miteinander sprachen, sie naturgemäß nicht so gut wie er, aber ebenso naturgemäß lernte sie es mit jedem Tag besser.

»Ich war Militärkadett in Brienne«, erzählte er ihr. »Wissen Sie, was das ist? Wissen Sie, wo Brienne sich befindet?«

»Das ist nicht wichtig«, sagte sie ungeduldig. »Erzählen Sie mir die Geschichte, lieber Onkel!«

»Jeder von uns Kadetten«, fuhr er fort, »erhielt ein kleines quadratisches Stück Land zugeteilt. In Korsika hatte ich vieles über die Landwirtschaft gelernt und über die Kunst, Pflanzen zu hegen. Die anderen Jungen in der Militärschule wußten davon nichts und wollten nichts wissen, und so erlaubten sie gern, daß ich ihre kleinen Fleckchen Land zu dem meinen hinzunahm. Ich zog ringsherum einen hölzernen Zaun, und dann pflanzte ich Büsche. Büsche – kennen Sie das Wort?« Es war natürlich das französische Wort, das er meinte.

»Wie kleine Bäume«, sagte Betsy.

»Sehr gut!« Er lächelte. »Ich pflanzte also Büsche, außerdem auch Gemüse und Blumen. Der Garten gehörte mir und niemand anderem, und dort saß ich oft, träumte friedlich von meiner Heimat oder las den Tasso.«

»Wer oder was«, fragte Betsy, »ist Tasso?«

»Welch eine Frage!« rief er aus. »Ah, natürlich, Sie sind Engländerin, und ihr Engländer kennt nicht den großen Tasso. So hören Sie denn, daß Torquato Tasso ein großer italienischer Dichter war, der eine sehr schöne Erzählung in Versen geschrieben hat, und sie heißt ›Gerusalemme Liberata‹. Viele haben behauptet, daß Tasso wahnsinnig gewesen sei, aber natürlich war er so vernünftig wie Sie oder ich, wenn nicht vernünftiger. Schließlich«, so sagte er mit traurigem Lächeln, »mußte er seine Zeit nicht auf St. Helena zubringen.«

»Und dieses Gedicht haben Sie auf italienisch gelesen?« rief Betsy aus. »O wie klug müssen Sie gewesen sein!«

»Ah, liebes Kind, Sie vergessen«, sagte er, »daß Italienisch meine Muttersprache gewesen ist. Französisch mußte ich ebenso lernen, wie jetzt Sie es lernen. Nun gut! Auf Korsika singen die Soldaten und sogar die Banditen Verse aus dem ›Gerusalemme Liberata‹. Es handelt vom Krieg der Christen gegen die Heiden, und ein Zauberer kommt darin vor, der König von Damaskus ist. Er hat eine Nichte, Armida, und diese lockt – Sie kennen das Wort? – lockt die christlichen Ritter in ihren Zaubergarten.«

»Erzählen Sie mir die Geschichte!« sagte Betsy ganz wie ein Kind.

»Ein andermal will ich sie Ihnen erzählen«, sagte er scherzhaft erzürnt. »Was ich Ihnen jetzt doch erzählen will, ist meine eigene Geschichte. Auch mein Garten war vermutlich ein Zaubergarten, wenngleich sein Zauber nicht zu vergleichen war mit dem der bösen Armida. Denn, müssen Sie wissen, ich konnte ihn in meine Heimat verwandeln, wann immer ich wollte. Und natürlich wollte ich immer. Versuchte ein anderer Junge, in meinen kleinen Garten einzudringen, so verjagte ich ihn sofort. So hab ich ihn behütet«, sagte er und deutete mit den Händen die beschirmenden Fittiche einer Glucke über ihren gefiederten Schützlingen an.

»Und da waren Sie ganz im Recht«, sagte Klein-Betsy, vergaß aber für einen Augenblick das Französische und sprach englisch. Zugleich nickte sie jedoch so lebhaft, daß er sie zur Genüge verstand.

»Zum Sankt-Ludwigstag nun«, fuhr er fort, »an dem wir frei hatten, weil es der zeremonielle Geburtstag des Königs war – nicht der wirkliche, sondern der zeremonielle, Sie verstehen –«

»Ist es wahr«, fragte Betsy in ihrer vorwitzig kindlichen Art, »daß Sie gesehen haben, wie dem König der Kopf abgeschlagen wurde?«

»Nein. Und das hat auch mit meiner Geschichte jetzt nichts zu tun«, sagte er. »Lassen Sie mich weitererzählen! Zum Sankt-Ludwigstag durfte jeder von uns Kadetten ein Feuerwerk machen. Er konnte ein wenig Schießpulver kaufen und es in eine Papphülse füllen. Dann brachte er eine Lunte an, entzündete sie, und es gab ein großes Getöse. Zur Feier, Sie verstehen, des Sankt-Ludwigstags.«

»Ich würde befürchten, das muß sehr gefährlich gewesen sein.«

»Sie müssen bedenken, wir waren junge Soldaten«, sagte er, »und daher mußten wir mit Schießpulver umgehen können. Nun, und wie es sich traf, hatten einige Kadetten eine große Pyramide gebaut –«

»Pieramüde«, fragte sie, »was ist das, Onkel?«

»Pyramide, Pyramide« wiederholte er und begann mit seinen sehr schönen Händen eine in die Luft zu bauen. »Sie werden sie sehen, wenn Sie je nach Ägypten kommen.«

»Ist es wahr«, fragte sie, immer geneigt, ihn von seiner Geschichte in der Hoffnung auf eine schönere abzulenken, »daß Sie die Sphinx aus dem Sand gegraben haben?«

»Das erzähle ich Ihnen ein andermal. An Zeit ist kein Mangel. Alles, was ich noch habe, liebes Kind, ist Zeit.« Und sein trauriges Lächeln kam wieder, so sanft und traurig, dachte sie in ihrem mädchenhaften Sinn, wie sie noch niemals einen Menschen lächeln gesehen. »Sie machten, wie gesagt«, fuhr er fort, »eine große Pyramide aus Feuerwerkskörpern. Die Kadetten legten das Feuer an, und es gab einen solchen Blitz, so viel Rauch und Getöse, und die Funken flogen in alle Richtungen, daß es ihnen angst und bange wurde. Also rannten sie fort, stürmten in meinen Garten und trampelten alles nieder.«

»So eine Gemeinheit!« sagte sie, erneut ins Englische verfallend, doch wieder verriet ihr Ton all ihr Befremden und Mitgefühl.

»Den Zaun, die Büsche, die Blumen, alles! Da nahm ich eine *bêche,* und damit jagte ich sie hinaus. Es kümmerte mich überhaupt nicht, ob ich einen verletzte oder gar tötete. Wenn man meinen Garten angreift, etwas, das ich mit eigener Hand geschaffen habe, dann, merken Sie wohl, muß ich bereit sein, alles zu tun, um ihn zu schützen. Ich wiederhole: alles!«

Aber Betsy blätterte in ihrem kleinen Wörterbuch der französischen und der englischen Sprache nach dem Worte *bêche.* »Ich kenne das Wort nicht«, sagte sie. »Was ist eine Bäsch?«

»Nun, ein Hilfsmittel zum Graben«, sagte er. Und mit seinen Händen, die so weich und zart aussahen, schien er aus der Luft einen Schaft zu greifen und die Bewegung des Grabens vorzumachen. *»Bêche.«*

»Ach, ein Spaten ist es!« Und sie zeigte ihm das englische Wort neben dem französischen. »Da sehn Sie, *spade*!«

»Spade«, sagte er, ein wenig überrascht und das Wort zweisilbig aussprechend. »Nun, dies wäre das italienische Wort für Schwerter. Ist das nicht merkwürdig? Also verstehen selbst die Engländer, daß ein Garten etwas ist, für das man kämpfen muß. Ist das nicht eine überaus merkwürdige Entdeckung?«

»Und in einem Kartenspiel haben wir auch Spaten«, sagte sie. »Aber ich habe gehört, das sollen früher einmal Schwerter gewesen sein.«

»In den Karten haben wir noch immer Schwerter«, sagte er und schaute sie an.

Und als er sie so anschaute, von dem Felskap seiner Jahre, seiner – wie es ihr, einer unschuldigen englischen Miß, ohne Zweifel erscheinen mußte – greisenhaften Abgelebtheit, da war ihm lebhaft gewärtig, was sein könnte, wenn er ein Gefühl nicht bezähmte, für das ihn seine unfreiwillig zölibatäre Einsamkeit nur allzu empfindlich und entzündbar machte, eine Zuneigung nicht ohne mögliche Gefahr für sie beide. Wie alt war sie denn? Vielleicht fünfzehn Lenze, mehr nicht. Und wenn Europa ihn nicht zu einem Schicksal zurückberief, von dem man, ungeachtet all der vereitelten Pläne, noch nicht sagen konnte, daß es der Schere der Parzen erlegen sei; wenn, einmal angenommen, England bei seinem nächsten Regierungswechsel nicht eine Oligarchie der dem Bonapartismus freundlichen Whigs zur Macht brächte; wenn außerdem oder andernfalls dem päpstlichen Appell zu seiner Freilassung nicht stattgegeben würde (hier aber hegte er einige Hoffnung, denn trotz vieler Wechselfälle hatte das Konkordat doch immer als ein kluger politischer Zug gegolten), so könnte er gezwungen sein, unter wuchernder Qual für sein nur allzu wirksam eingezäuntes männliches Blut mitanzusehen, wie sich dies Mädchen zu seiner vollen, bis jetzt nur zu ahnenden Schönheit auswuchs. Hielt man ihn denn für einen Eunuchen? Sollte er, der sich von Königinnen und Prinzessinnen die zärtlichsten und rückhaltlosesten Umarmungen hatte gefallen lassen, nun darauf beschränkt sein, durch stammelndes Beteuern onkelhafter Zuneigung das Befremden einer englischen Miß zu wecken? Es war die blanke Ironie, und so wenig sie beabsichtigt sein mochte, konnte man doch die tiefste Erniedrigung darin sehen, welche die Briten ihrem noch immer gehaßten, wenngleich nun beinah wie ein Tier gefangengesetzten Feinde bereiteten. Lächelnd sagte er nun:

»Wir müssen unsern Garten bestellen. Wissen Sie, wer das gesagt hat, liebe Kleine? Der große Voltaire hat es gesagt.«

»Voltaire?« sagte sie errötend, befremdet bei der Nennung des verrufenen Namens und doch auf eine jungmädchenhafte Weise angetan, einfach weil es so etwas *Unartiges* hatte. »Aber Papa sagt doch, er war ein Mann, der nicht an den Allerhöchsten geglaubt hat, und außerdem soll er die Ursache all dieses Ärgers gewesen sein.«

»Welches Ärgers?« fragte er lächelnd, den Mund ein wenig verzogen.

»Ach, Sie wissen doch«, sagte sie, die Augen verlegen niederschlagend. »All dieser Ärger in Frankreich und mit Frankreich.« Nur allzu oft vergaß sie, daß der nette, rundliche Onkel in ihrem Garten, der noch hier wohnen sollte, bis das Haus in Longwood fertiggestellt wäre, vom gleichen Schlage war wie Nero, König Heinrich der Achte und andere faszinierende Scheusale aus den Schulgeschichtsbüchern. Es war so komisch und doch auch wieder nicht komisch, vielmehr war es unglaublich, wie wenn ein Gemälde zum Leben erwacht und aus der Wand herausgetreten wäre, und weil sie noch kaum mehr denn ein Kind war, schien es ihr gar nicht so vollkommen unmöglich, daß die gelehrten Herren, welche die Geschichtsbücher schrieben, sich in ihren Beurteilungen und Schilderungen der großen Bösewichter geirrt haben mochten, denn vielleicht waren diese Herren auf ihre Weise unwissend, hatten nie anderswo als in

Oxford oder Cambridge, gewiß aber nie in einer fremdartigen Zone wie hier im Südmeer gelebt. Mochte es nicht sein, daß Richard der Bucklige, der Kaiser Caligula und selbst Alexander der Große in Wahrheit gutmütige Männer wie der Onkel Bonaparte gewesen und als historische Ungeheuer nur von den Neidern hingestellt worden waren, die selbst zu Tyrannen und Eroberern nicht das Zeug hatten? Gewiß waren es solche Gedanken, die ihr durch das kindliche Gemüt gingen, während sie diesen Mann beobachtete, der für den ärgsten aller lebenden Tyrannen und Eroberer galt und der nun behaglich auf seinem Korbstuhl in ihrem Garten saß, einen Schluck Limonade trank und nach der Fliege schlug, die ihm unablässig um die – nun, es war das rechte Wort, mochte es auch wenig *damenhaft* sein – verschwitzte Nase brummte. Er war der netteste und interessanteste Mann, den sie kannte, und obendrein ein dankbares Ziel für ihre Hänseleien. Fast wollte es ihr scheinen, als seien Tyrannen jedenfalls, und nun gebrauchte sie für sich ein französisches Wort, in der Einsicht, daß es ein ebenso passendes englisches nicht gab, *sympathischer* als Lehrer und Geistliche, zumindest als diejenigen, die sie kannte, denn der Begrenztheit ihrer kindlichen Lebenserfahrung war sie sich wohlbewußt. Sie lächelte ihn nun ein wenig schelmisch an und sagte:

»Haben Sie schon unser neues Spielzeug gesehen, das Jane aus Jamestown mitgebracht hat? Und versprechen Sie mir, daß Sie nicht beleidigt sein werden?«

»Du liebe Güte, muß ich denn zwei Fragen zugleich beantworten? Nun wohl denn: Nein, ich habe es nicht gesehn, und ja, ich verspreche es. Also! Und was ist dies nun für ein Spielzeug?«

»Warten Sie!« sagte sie. Sie rannte über den Rasen zum Haus, eine naseweise englische Miß in weißem Musselin, an den Füßen Ballschühchen, auf denen der frischgewässerte Rasen Flekken hinterlassen hatte. Sie war geradewegs von ihren Walzerübungen aus dem Hause gekommen, um den Onkel Nap oder Onkel Bony zu begrüßen. Heute abend ging sie zu ihrem ersten Ball.

Aus dem Hause kam die schöne siebzehnjährige Dame, für den mittsommerlichen Weihnachtsball angekleidet, eine stattliche junge Königin, liebreizend wie nur eine, mit denen er Europas Höfe geschmückt gesehen, und sie schwebte vor ihrem grotesk verlängerten Schatten her, der über den ganzen Weg kroch, dem dicken, alten Onkel entgegen, der nicht recht wohlauf zu sein schien, hatte ihm doch der törichte Sir Hudson das gesundheitsfördernde Reiten verboten, und diesmal hatte sie weder ein Spielzeug für ihn noch ein Wort. Er begrüßte sie mit höfischer Feierlichkeit.

»Sie sind sehr schön, meine Liebe«, sagte er, und sie errötete leicht bei dem Kompliment, obwohl der Spiegel sie belehrt hatte, daß es nicht unverdient war. »Ich nehme an«, sagte er, »es ist Monsieur Montez-chez-nous, der uns all all diesen Ärger bereitet.«

»Welchen Ärger? Ich weiß von nichts.«

»Ach, wie er den Klatsch liebt und die Intrige, unser französischer Bevollmächtigter. Er lebt noch ganz in der alten Zeit der Parfüms und Perücken, als man in gehobenen Kreisen wenig anderes wußte, um sich die müßigen Stunden zu verkürzen. Im innersten Herzen mag unser guter Montchenu noch immer nicht glauben, daß König Ludwig der Siebzehnte wahrhaftig guillotiniert worden ist; er scheint vielmehr zu glauben, daß er wieder auf dem Thron von Frankreich sitze, nachdem er das ehrwürdige Möbel gründlich hat desinfizieren lassen – gegen korsisches Ungeziefer. Meine liebe kleine entzückende Betsy, Sie wissen also gar nicht, daß Sie durch alle Zeitungen der Welt gehen, Ihren englischen ›Morning Chronicle‹ nicht ausgenommen?«

Ihr neuerliches Erröten nun war tief und unglücklich. »Das ist alles eine Riesentorheit«, sagte sie ein wenig hitzig. »Sie sind alle höchst albern.«

»Ah«, sagte er und schüttelte den großen, dicken Kopf in launigem Kummer. »Jetzt redet man von dem dicken, gemeinen alten korsischen Abenteurer. Und man sagt nichts anderes, als daß er für ein hübsches Mädchen schon immer Augen gehabt habe. Das, meine liebe Betsy, ist der Lohn dafür, daß Sie zu dem schrecklichen Tyrannen Bonaparte freundlich gewesen sind. Gehen Sie den Tyrannen aus dem Weg, meine Liebe, denn von ihnen kommt selten etwas Gutes!«

»Papa«, sagte sie bestimmt, »hat gesagt, er achtet nicht drauf. Lauter französische *Bêtisen,* sagt er. Er sagt, es ist ein törichtes Spiel, all ihr Gerede von der *amour*.«

Er kannte das englische Wort, obwohl er es nicht recht aussprechen konnte. *Love* erschien ihm als ein kaltes und fremdes Wort, ganz anders im Ton und Sinn als das französische. Bezeichnete es nicht auch ein Unentschieden im Tennis und außerdem ein Kartenspiel, eine Abart des Euchre? Nein, *love* und *amour* schienen ihm ganz und gar nicht eins zu sein; sie waren durch eine breite Meeresstraße getrennt.

Er lächelte und sagte: »Schneiden Sie Monsieur Montezchez-nous den Schwalbenschwanz ab! Das würde ihm eine Lehre sein.« Er machte eine Scherenbewegung mit den Fingern, zum tatsächlichen Ansatzpunkte der Rockschöße hin, wußte er doch, daß sie immer bereit war, ihm eine kleine Ungehörigkeit des Benehmens als harmlosen Fehltritt eines Ausländers nachzusehen, der es nicht besser wußte. Und nun sagte sie:

»Er wird sich für seinen Klatsch eine neue Zielscheibe suchen müssen. Wir kehren zurück nach England.«

Der Schmerz, den er im gleichen Augenblick spürte, stach ihn mit einer Plötzlichkeit, auf die er nicht völlig gefaßt war; doch wußte er nur allzu gut, daß ein solches Ereignis zu seiner Zeit eintreten und vom Gefühl eines Verlustes begleitet sein werde; was die Überraschung hervorrief, war eben dieses Vorwissen von der Schärfe des Gefühls. Und eigentlich bestand auch kein Grund, die Frage nach dem Warum zu stellen.

»Papa hat einen Brief vom Ostindien-Haus in London bekommen. Man ruft ihn dorthin zurück. Niemand bleibt hier für immer.«

»Nur«, seufzte er, »Ihr einsamer alter Unhold.«

»O nein!« sagte sie, »Sie werden nicht für immer hier bleiben, denn es wäre gar zu grausam.« Ein wenig herzlos war die Beiläufigkeit des Tons, mit dem sie nun hinzufügte: »Jedenfalls werde ich an Sie denken. Und wenn ich in England jemanden sagen höre, Sie seien ein grausamer Tyrann und ein Ungeheuer, dann werde ich ihn anschreien, bespucken und vielleicht sogar treten.«

»Sehr damenhaft wäre das nicht. Aber ich danke Ihnen, daß Sie die einzige Dame sein wollen, die mich verteidigt.«

»Nun«, sagte sie, und in ihrem Lächeln kam wieder etwas Spitzbübisches zum Vorschein, wie bei der naseweisen Fünfzehnjährigen, »da gibt es auch noch eine polnische Dame, nicht? Sie hat einen ernsten Grund, Sie zu verteidigen, oder jedenfalls sagt man das.«

»Ja, ja, freilich, und eine sehr schöne Dame ist sie, wenn auch kaum vergleichbar mit meiner englischen Dame in ihrer Balltoilette. Sie sind meine einzige Freundin unter den Feinden«, sagte er, »und das ist ein Grund zu frohlocken und zu staunen.«

»Ach, Feinde, Feinde!« rief sie. »Das ist doch Unsinn. In

Wahrheit ist alle Welt Ihr Freund und schätzt Sie. Nur die Dummköpfe nicht – solche wie unser törichter Sir Hudson, die Politiker und die Reichen, die Sie ein wenig ärmer gemacht haben, womit denen ganz recht geschehn ist.« Und dann zeigte sie ihm etwas, das sie in der Hand zwischen den Falten ihres Seidenschals verborgen gehalten hatte. »Sehen Sie«, sagte sie, »das hier ist für Sie.« Und sie drückte ihm ein kleines Schnupftabaksdöschen in die Hand, ein Stück aus billigem Metall in Blau und Gelb, zweifellos von ihrem kargen Taschengeld in Jamestown gekauft.

Er nahm es mit einer feierlichen Verbeugung entgegen und sagte: »Danke! Ich werde wieder anfangen zu schnupfen, sofern Sir Hudson mir den Luxus gestatten will.«

»Nein, nein, Sie Narr, Sie sollen es aufmachen! Ich sollte es Ihnen eigentlich erst später geben, aber ich fürchte, ich verliere es dann vorher.«

Er machte es auf und fand eine Locke von ihrem Haar darin. Tiefbewegt sagte er wieder und wieder: »Danke, ich danke Ihnen, ich danke Ihnen von ganzem Herzen. Ja, wir müssen *boucles* austauschen. Ach, leider bin ich daran nicht eben reich mehr – schnell, schneiden wir's ab, solang noch was da ist! Und eines Tages werden Sie es wiederfinden und an mich denken. Sie werden es finden und an mich denken, es sei denn, sie hätten es verloren oder hergeschenkt.«

Sie stampfte mit ihrem Satinschuh auf den Rasen, aber das weiche Gras gab keinen Laut. »Ei verflixt, wie dumm Sie sind!« rief sie. »Ich werde Sie nie vergessen.«

Sie sprach in festem Ton wie eine Schullehrerin, und das Versprechen schien die Kraft einer Drohung zu besitzen.

»Ich werde Sie nie vergessen«, sagte sie noch einmal.

In der Hand hielt er jetzt noch nicht die Locke von ihrem Haar und die Schnupftabaksdose.

In der Hand hielt er das Spielzeug, mit dem sie aus dem Hause herbeigerannt war, die naseweise Miß von erst fünfzehn Jahren. Es war, wie er lächelnd und doch auch seufzend befand, ein Spielzeug nicht eben vom besten Geschmack – nun denn, die Spielzeugmacher hatten ihn in ein kleines Monstrum verwandelt, offenbar gut genug für das Spiel des kindlichen Hohnes. Denn das Ding war eine roh geformte Karikatur seiner selbst mit dem unverkennbaren Generalshut, im übrigen aber von der Gestalt und sogar mit dem Schwanz eines Affen, an eine Stange geklammert, die man seine äffische Majestät durch

Ziehen einer Schnur erklimmen machen konnte, von wo sie dann in ein flaches, grünbemaltes Bett mit der Aufschrift *St. Helena* herabpurzelte.

»Ach ja«, seufzte er, das alberne Figürchen betätigend, um die läppische Parodie seines Aufstiegs und Falls unvoreingenommen zu würdigen, »soweit ist es also mit mir gekommen!«

»Finden Sie es nicht drollig?« fragte die kleine Schelmin, denn sie selbst fand es gewiß nur allzu komisch. »Heißt das nicht erst wirklich namhaft und berühmt sein, wenn man zu einem Spielzeug gemacht wird, meinen Sie nicht?«

Ehe er antworten oder sich auch nur eine Antwort überlegen konnte, gab es einen Tumult, denn gewisse laute Zornesschreie kamen vom Hause her. Es war Betsys Mutter, die nun auftauchte, eine gepflegte Engländerin aus dem Kaufmannsstande, in heller Empörung offenbar über ihre Tochter, der sie Worte zurief, die er nicht recht verstand, obwohl der Sinn luzid genug war. Gleich darauf begann sie das Kind zu ohrfeigen, und die arme Betsy stieß nun ihrerseits Schreie aus.

»Bitte, lassen Sie doch!« sagte er, »es kränkt mich gar nicht. Ist es doch nur Übermut eines Kindes, das es nicht besser weiß. Ach, ist diese Strafe nicht zu hart für eine so belanglose Unhöflichkeit?«

Mrs. Balcombes verstand nicht alles, was er sagte, doch in ihrem stockenden Französisch machte sie ihm deutlich, das Mädchen müsse, um erwachsen zu werden, seine Unarten ablegen, denn schließlich sei Mr. Bonaparte immerhin ein Gast; und daher müsse Betsy in ihr Zimmer eingesperrt werden, wo sie unter Verzicht auf das Abendessen über ihr unverzeihliches Betragen nachdenken könne.

Und so kam es, später im Lauf des Tages, daß Onkel Napoleon, der Unhold, Europas großer Wüstling und Tyrann, vor der Türe des Zimmers stand, in welches die schluchzende Betsy eingesperrt war, und ihr begütigend zusprach.

»Da sehen Sie, wie weit es gekommen ist«, sprach er gegen die Tür. »Ganz Europa hab ich befreit, doch Sie kann ich nicht befreien. Darin sehe ich eine große Lehre. Offenbar sind Sie um meinetwillen hier eingesperrt, und doch habe ich dies nicht gewollt. So unterliegen wir alle Kräften, gegen die wir uns kaum behaupten können, ob nun mit dem Spaten oder mit der *spada*. Niemand von uns ist wahrhaft frei.«

Man konnte von ihr nicht erwarten, da sie doch noch ein Kind war, daß sie dem tieferen Sinn seiner Worte ganz zu folgen vermochte, aber sie sagte: »Ich hab schon gesagt, daß es mir leid tut, und mehr kann ich doch nicht sagen«, mit einer Stimme, die sowohl von dem Salz ihrer Tränen als auch von der Eichentür gedämpft wurde. »Außer«, fügte sie hinzu, »noch einmal zu sagen, daß es mir leid tut.«

»Daß es Ihnen leid tut, müssen Sie gar nicht zu mir sagen«, erwiderte er freundlich. »Sondern vielmehr zu einer Tradition oder einem alten Gesetz über die Pflichten gegen einen Gast, die von Ihrer lieben Mutter und Ihrem Vater streng befolgt werden. Nun ist es wohl noch besser, wegen eines solchen Verstoßes gefangen gesetzt zu werden als so dran zu sein wie ich, der ich wegen der stärkeren Artillerie und Kavallerie neidischer Königreiche gefangen bin. Und obendrein, wie Sie mir gezeigt haben, in einen Affen verwandelt.« Bei diesen Worten begann sie von neuem zu schluchzen, doch beruhigte er sie gleich mit einer Paraphrase, der scheinbar nur die verschlossene Tür lauschte, zu der Erzählung vom ›Gerusalemme Liberata‹.

In solchem Treffen sich erweist
Verwandtschaft zwischen Geist und Geist.
Unmenschlich, doch nicht ungewöhnlich,
In aller Unschuld menschenähnlich,
Ins schmale Lichtfeld unsrer Macht
Reitet der Erzregent der Nacht.

Diejenigen unserer Leser, die geneigt sind, sich eine kurzweilige Abschweifung zu einer Kunst gefallen zu lassen, die wir in Ermangelung eines gelehrteren Ausdrucks als die Buchstabenmagie bezeichnen dürfen, werden sich vielleicht angeregt fühlen, über die Bedeutung der Letter W in der vom Kerker nun so unrühmlich beendeten Laufbahn unseres Korsen nachzusinnen. Wir sprechen hier natürlich von *unserem* W, dem echt englischen Doppel-U, jener kurzen, zarten Melodie, in der sich die Lippen nur scheiden, um die echt englische Lautung nicht so sehr durch einen Hauch als vielmehr durch dessen Unterlassung zu bezeichnen. Absehen wollen wir hier von den stummen Grabmälern älterer und barbarischer Formen aus der sächsischen Sprechart, wie wir sie in *wrath, wreath* und Ähnlichem noch erhalten finden, und insgleichen auch von jenem Nachhall eines Eulenrufs, mit dem wir Wörter wie *now* oder *know* ausklingen lassen. Denn Namen wie Warschau oder Wagram, erloschene Sterne in der flüchtigen Konstellation seiner Triumphe, haben das festländische W; und dieses Wiwwen, Wawwen und Wuwwen, mit dem sich Europas Sprachen um unseren ureigenen und, wie wir wohl sagen dürfen, vaterländisch englischen Buchstaben bemühen, war ein nur allzu geläufiger Teil seines rauhen und knoblauchdicken korsischen Kauderwelschs.

Der Muße hat er nun genug gehabt, um über Wellington und Waterloo nachzusinnen, als man ihm unverhofft ein kleines Reich zu Lehen gibt – und siehe da! Longwood heißt es. Wir zweifeln nun nicht, daß er, nachdem er in diesen drei W's drei Nägel zum Sarge seines verblichenen Ruhms erkannt und sich in seinem abergläubischen Korsengemüt über diese verhängnisvolle Dreieinigkeit verwundert (denn daß dieser Hang in seinem wie in seines Volkes Charakter nicht fehlte, weiß man zur Genüge), gewisse Erkundigungen nach der Bedeutung dieser mit dem Unheilsmal gezeichneten Wörter angestellt haben wird. Seinen Sturz hatte das Wasser nicht minder als das Land bewirkt, denn die britische Flotte schreckte die Horden seiner Kanalarmee von der Verwegenheit des aussichtslosen Unternehmens ab, über die Meerenge setzen zu wollen, wenn wir von dem erbärmlichen Häuflein absehen, welches beim Anblick der walisischen Fischweiber in ihren scharlachenen Schals davonlief, nicht zweifelnd, daß man einem Heer amazonischer Rotröcke gegenüberstehe; und dieselbe unbezwingliche Streitmacht ließ ihn nun, statt durch Gefängnismauern, durch die Weltmeere sicher verwahren. Ja, auch in dem schicksalhaften Treffen von Leipzig hatten mittelbar die unbedeutenden Wasser eines Flüßchens sein Urteil gesprochen, als ein Grünschnabel von einem Sappeur in seiner Angst und Bedrängnis sich beim Sprengen einer Brücke übereilte. Und so sehr es ihm widerstrebte, die Sprache des Exils zu erlernen, mußte er inzwischen doch erfahren haben, daß das Wasser, *water*, aus dem Brunnen, *well*, hervorquillt, und zwar nicht weniger denn in Tonnen oder *tons*. Und dürfen wir nicht, um das Maß voll zu machen, noch ergänzen, daß auch in dem Loo sein französisches *l'eau* orthographisch versteckt war? Wie aber wird unsern eingekerkerten Feldherrn der Name Longwood anmuten? Gewiß, von einem Grab in den Wellen scheint ihm darin nichts verheißen, und diesen kleinen onomastischen Trost wollen wir ihm immerhin gönnen.

Unvermeidlich aber wird ihm auch hier das düstere Vorzeichen mancher Wortbedeutungen ins Auge fallen, denn eine Dreiheit (doch fern sei es uns, eine Blasphemie andeuten zu wollen) von langen Hölzern wird ihn auf dem Weg zu seinem letzten Ziele begleiten: Das eine wird knarren unter den Zukkungen seines mit dem Tode ringenden Leibes, auf einem zweiten wird man ihn davontragen, und ein drittes wird den Behälter abgeben, darin der Leib sich unter der Erde in seine Atome auflöst, während seine Seele dem Schrecken des ihrer würdigen Urteils entgegensieht. Unterdessen wird ihn jeden Tag in Longwood der klangvolle Vatersname seines wackern Kerkermeisters Sir Hudson daran gemahnen, daß er fürwahr sehr niedrig, nämlich *low,* gesunken ist, wobei er nicht versäumen wird, auch in diesem Namen, obgleich nur an bescheidenem Platze, den getreuen Buchstaben seines Sturzes zu bemerken, eine rächende Kassiopeia, deren flammendes Urbild, dank einer seltsamen Laune des Schicksals, ihm am südlichen Firmament seiner Verbannung niemals mehr aufscheinen wird.

W
ELLINGTON
ATERLOO
LONG OOD
LO E

Die finsteren Stirnen, die unsre beiden Widersacher sich boten, waren wie zwei Gewitterwolken, aus denen die Augen nicht wenige Blitze warfen. Den britischen Ritter beschämte nicht im geringsten der hohe Rang seines Gegners noch das schreckliche Ansehen, das dieser sich vor aller Welt durch seine Waffentaten erworben. Was die Kaiserkrone betraf, so betrachtete er sie, auf Geheiß seiner Oberen, als nicht mehr denn eine freche, anmaßende Erdichtung; ein schlichter Soldat war dieser Mann, noch dazu ein Gefangener und ganz in die Hand Sir Huds gegeben, in dessen Adern freilich ein ritterliches Blut floß, das ihn abgeneigt machte, der Rachsucht des Siegers ihren Lauf zu lassen. Desungeachtet hatte er seine liebe Not, aus seinem kriegerischen Gedächtnis all die früheren Begegnungen mit der Streitmacht des Gefangenen zu verbannen, ob sie ihm nun in Ägypten, Deutschland oder Frankreich widerfahren, und über alles schmerzte ihn noch die Schmach seiner Vertreibung aus Capri. Auch daß er Volk und Sprache des Gefangenen, ja selbst dessen Geburtsort vertraulich kannte, machte ihn nicht zu einem lindernden Wohlwollen geneigt. Aus seinen Augen leuchtete also das Feuer einer Gerechtigkeit, die zwar redlich abzuwägen, keinesfalls aber den Milderungsgründen der Gnade stattzugeben gewillt war; während aus dem Planetenblick des anderen eine schmerzliche Bitterkeit sprach, die weit über gewöhnliches Maß hinausging.

»So gewährt man mir nun, Herr Ritter«, rief der Löwe vom Tal, »die allzu lang vertagte Gunst einer Unterredung mit meinem Kerkermeister. Ich habe nicht wenig zu sagen, und Sie wollen mich bitte anhören.«

»Dazu bin ich nicht gehalten«, grollte der andere. »Meine Pflicht ist, dafür zu sorgen, daß einem in redlichem Kampfe gemachten Gefangenen zuteil wird, was ihm nach den Gesetzen meines Amtes gebührt, und diese Pflicht habe ich gewissenhaft erfüllt. Mehr können Sie nicht verlangen, ich nicht gewähren.«

»Doch irre ich mich«, sagte der Löwe vom Tal, »wenn ich aus diesem im übrigen steinernen Blick das Flackern eines verstohlenen Bedenkens lese, und ist nicht diese Unterredung, die Sie mir gewähren, selbst schon ein Zugeständnis über dasjenige hinaus, was Sie Ihre Pflicht nennen?«

»Einem Gebot der Höflichkeit will ich Genüge tun«, erwiderte der andere, »und mich überzeugen, daß alles so gut vonstatten geht, wie man erwarten darf. Daß Sie sich bei guter Gesundheit befinden, lehrt mich der Augenschein, ebenso daß Ihr Quartier befriedigend ist und es an sonstigen etwa erwünschten Annehmlichkeiten nicht mangelt. Und so, Herr General, wäre des weiteren nichts mehr zu sagen oder zu tun.«

»Oho, nichts weiter?« rief der Gefangene aus. »Um nur einen bescheidenen Anfang zu finden, so darf ich gleich auf die Form zu sprechen kommen, wie Sie mich anreden. Denn ich bin nicht ein Herr General, sondern ein Herr Kaiser, eine Anrede, die nur das äußere Gewand einer Realität ist, und diese Realität besteht fort, allen Umständen zum Trotz, denen ich gegenwärtig unterliege. Zwar bin ich Ihr Gefangener, Herr Ritter – wer wollte es leugnen? –, doch bin ich alles andere als ein gewöhnlicher Gefangener, und worüber ich bitterste Klage führe, ist Ihre beharrlich unverschämte Behandlung meiner Person.«

»Wenn Sie der Herr Kaiser sind«, entgegnete Sir Hud, nicht ohne den Anflug eines Hohnlächelns, »dann sind die Urkunden und Siegel, mit denen Sie Ihre Abdankung erklärten, nur ein Traum, den die ganze Welt mit Ihnen träumt. Wissen müssen Sie auch, und hier will ich mich jedes Scherzes enthalten, daß der größere Teil der Menschheit selbst im Rückblick Ihren Anspruch auf diesen Titel verwirft. General freilich sind Sie, und als solchen muß ich Sie anreden. Denn die Bedingungen Ihrer Gefangenschaft sind von allen Unterzeichnern des Friedensvertrags gebilligt worden, und die *Unverschämtheit,* von der Sie faseln, müssen Sie höheren Ämtern vorwerfen als dem meinen.«

»*Unverschämt,* hab ich gesagt«, rief der andere, und er trat, während er sprach, drohend um ein, zwei Schritte näher an seinen Gegner heran. »Und ich sage auch *tyrannisch.* Des weiteren füge ich hinzu *rachsüchtig.* Die Niederlagen, die ich oder meine Marschälle Ihnen im Felde zugefügt, schwären im Innern und verhindern, daß Ihr Geist sich den Formen gewöhnlicher Gerechtigkeit anbequemt. Fürwahr, der gewöhnlichen Gerechtigkeit, sage ich, denn nur ein gewöhnlicher Gefangener bin ich nach Ihrer Meinung.«

Ins Innerste getroffen zischte Sir Hud: »Monsieur, um Worte will ich nicht streiten. Doch lasse ich mir dies nicht nachsagen, denn Ihre Anschläge treffen meine Ehre als Soldat und Edelmann. Und so fordere ich Sie denn auf, mir zu zeigen, in welcher Weise ich die Haltung eines *rachsüchtigen Tyrannen* eingenommen habe.«

»Ah!« sagte der Löwe vom Tal, und ein Lächeln spielte um seine Lippen, »sind wir denn endlich auf dem Boden eines Gesprächs? Nun denn, Herr Ritter, so lassen Sie mich nur diese eine schlichte Frage stellen: Wo ist mein Gefängnis?«

»Ihr Gefängnis, wie Sie wohl wissen, ist diese Insel«, sagte der andere, doch nur zu gern hätte er die Worte, kaum daß sie ihm von den Lippen waren, wieder zurückgerufen, denn er erkannte nun die Falle, in die man ihn locken wollte. »Oder«, setzte er hastig hinzu, »genauer sollte ich sagen, es ist das Gehöft von Longwood auf dieser Insel.«

»Nein, bleiben Sie nur bei Ihrer ersten Antwort«, lächelte der Löwe vom Tal, »denn die ist wahrhaftig und vollkommen ausreichend. Das gewöhnliche Gefängnis eines gewöhnlichen Gefangenen kann sich an beliebigem Orte befinden, denn was ihn einschließt, sind nur Mauern. Für einen ungewöhnlichen Gefangenen wie mich hat man dagegen mit Bedacht und Umsicht, wie ich annehme, ein höchst ungewöhnliches Stück Topographie ausgewählt. Bildet nicht dieser ganze südliche Ozean die Mauern meines Gefängnisses? Ist es nicht so? Antworten Sie mir!«

»In gewissem Sinne ist das richtig«, erwiderte der andere mit Vorsicht.

»Nun denn«, fuhr sein Gefangener fort, »wenn dies richtig ist, so ist etwas anderes ebenso richtig, nämlich daß ich, da ich nicht in Ketten liege, mit Recht die Freiheit beanspruchen darf, in meinem Kerker von einer Mauer zur andern zu gehen. Das heißt, die Freiheit, diese Insel von Strand zu Strand zu durchwandern, und ebenso die Freiheit, mit ihren Bewohnern Umgang zu pflegen. Warum also«, und hier hob er die mächtige Stimme zu einem Brüllen an, »werden mir alle diese Rechte verweigert? Warum müssen mir Ihre Musketiere und Grenadiere bis zu den Fenstern hereinspähen, ohne Achtung selbst vor der Unverletzlichkeit des – mit Rücksicht auf Ihr ritterliches Zartgefühl will ich es mir versagen, das Wort auszusprechen? Nach welchem Recht und auf wessen Befehl?«

»Heben Sie die Stimme nicht so!« entgegnete der andere gleichermaßen erzürnt. »Bin ich wohl eine Ihrer Kreaturen, daß Sie mich ausschelten dürften? Auf Ihr unhöfliches Geschrei will ich die höfliche Antwort nicht schuldig bleiben, und dies ist sie: Sind Sie einmal am Strand, so können Sie nur allzu leicht auch auf See sein, wie frühere Vorkommnisse zur Genüge beweisen. In gewissem Sinne«, sagte er, und das Hohnlächeln war nun unverhohlen, »dient dies nur Ihrem eigenen Schutz vor einer weiteren augenfälligen Niederlage wie der bei Waterloo erlittenen.«

»Bube!« tobte der Löwe vom Tal, nun schier hüpfend vor Wut, »mich erstaunt deine Frechheit, in dieser Weise meiner zu spotten –«

»Das nehmen Sie mir zurück, und zwar sofort. Dieses ungehörige Wort soll Ihnen zwischen Ihren unverschämten Zähnen –«

»Jawohl«, erwiderte der andere, nun seinerseits hohnlächelnd, »Ihresgleichen könnt ich, wenn's mich gleich schüttelte, zum Frühstück verspeisen, Bube! Also«, fuhr er fort, während Sir Hud in den frisch angelegten Zügeln seiner gewohnten Artigkeit keuchte, »Sie fürchten sich, nicht wahr? Sie fürchten, daß der Unhold aus Ihrer Obhut entweicht, und was dies für Europa dann auch für Folgen hätte, sofern überhaupt Folgen, Ihr Kopf würde für die Nachlässigkeit auf dem Tower Hill rollen. Und wenn ich mir schon in Ihrem schirmenden Ozean nicht die Füße baden darf, so darf ich die Füße auch nicht über die Grenzen dieses elenden Gehöftes setzen, denn wären die Füße erst einmal entfesselt, sie könnten zu einem Gespensterschiff, das mich befreite, hineilen. Sie sind ein Narr, Herr Ritter, und insgleichen sind Sie ein erbärmlicher Feigling.«

»Dergleichen will ich nichts mehr hören«, versetzte der britische Ritter mit dem Gleichmut einer inneren Stärke, die freilich der barbarische Abenteurer weder dank seiner Erziehung noch dank dem Naturell seines Volkes im geringsten zu würdigen wußte. Und der Ritter nahm seinen Helm von dem Tische, worauf er ihn abgelegt, und schickte sich an zu gehen. Hurtig aber vertrat der Gefangene seinem Kerkermeister die Tür.

»Nicht solche Eile doch, Herr Ritter!« Und aus der Stentorstimme war nun ein Flüstern wie das Zischen einer Schlange im Grase geworden. »Ich weiß, Ihr Wunsch ist es, mich sterben zu sehn, und mir ahnt, daß Sie bis in den Schlaf hinein den Würgegriff an der Bettdecke üben. Ihr Amt aber, bei Strafe der Ungnade oder wer weiß welch schlimmeren Übels, verbietet Ihnen das offene und selbst das heimliche Begehen der Tat. Doch haben Sie leisere, langsamere und tückischere Mittel, mich von hinnen zu schaffen, als das Messer im Dunkeln oder das Gift im Becher. Sie können mich zum Beispiel verhungern lassen.«

»An dieser Krankheit«, entgegnete der brave Ritter, mit der Fassung zugleich den gesunden Humor wiederfindend, »scheinen Sie mir nun nicht zu sterben. Ihre Knochen sind so dicht unterm Fleische verborgen wie ein gefällter Eichenstamm unterm Januarschnee.«

»Wohl, so sagen Sie! Was aber, wenn ich nun sage, daß Ihr karges Almosen mich selbst und meine Umgebung im gröbsten Mangel läßt und daß ich gerade heut gezwungen war, Gold und Silber meiner Vorfahren zum Verkauf auf die Märkte der Inselhauptstadt zu schicken – was sagen Sie dann, o Sie Ritter von der Sauren Miene?«

»Ich sage, nur ein Akt willkürlicher Bosheit ist dies, um mich vor aller Welt in Verruf zu bringen. Sie sind nicht in der Notlage, daß Sie Ihr Geschirr verkaufen müßten, um essen zu können, und dies wissen Sie wohl.« Sir Huds Augen, welche der Löwe vom Tal genau beobachtete, verrieten Unbehagen und Verdruß über eine Ungerechtigkeit, der er nicht zu begegnen vermochte, denn die andern, die im Hause des Gefangenen lebten, waren selbst keine Gefangenen, und der freie Zutritt zu den Märkten der Stadt war ihnen nicht zu verwehren. Es würde Gerüchte und Verleumdungen geben, und, in ein lügnerisches Bild von seiner Tyrannei verwandelt, würde die Bosheit mit den Passatwinden zu allen Ecken der bekannten Welt fliegen. »Dies«, so sagte er, »ist eine hinterlistige und niedrige Handlung.«

»Es ist«, entgegnete der andere, der seinem kleinen, doch stattlichen Leibe nun die Haltung des sicheren Triumphes gönnte, »nur die billige Antwort auf Ihre eigene Grausamkeit, fürwahr, Ihre niedrige, unritterliche Grausamkeit. Denn, indem Sie mich auf den kläglichen Umkreis dieses Gehöftes beschränken, berauben Sie mich jeder Bewegung. Stand es mir nicht einmal frei, zu Pferde über die Hügelkette zu streifen? Und nun muß ich, der ich mein Leben im Felde verbracht habe, eine geschwollene Leber und einen allzu sehr gerundeten Leib ohne viel körperliche Übung durchbringen. Ist dies keine Grausamkeit, ist dies nicht eine Art langsamen, tückischen Mordes?«

»Reiten Sie erst über die Hügel, reiten Sie auch an den Strand. Ich kann eine solche gefährliche Freiheit nicht dulden, und dies wissen Sie wohl.« Doch Sir Huds Augen hatten die Ruhe und den Glanz wie bei einem, der sich seines Urteils sicher ist, noch nicht wiedergewonnen. Längst kannte er die Verschlagenheit seines Gegners, doch hatte er nicht geahnt, daß sie ausreichen könnte, eine Art von Sieg durch ein selbstgewähltes Martyrium auszuklügeln.

»O freilich«, höhnte sein Gefangener, »und Ihre Soldaten werden mich erschießen, wenn ich mich zu weit vom Hofe entferne. Doch wer weiß, ob sie's täten. Allem Hasse zum Trotz, den die Regierenden Ihres Reiches gegen mich im Busen tragen, sind doch die Regierten möglicherweise anderen Sinnes. Nicht wahr« – und seine Stimme wurde leis und einschmeichelnd – »im tiefsten Innern befürchten Sie, meine Sache möchte noch nicht verloren sein? Wie wenn nun Ihre eignen Männer meinen Trompeten folgten und im Namen der Freiheit meuterten, den Jack einholten und die Trikolore hißten? Ist es nicht so, o Sie Ritter, dessen ritterliche Miene sich nun in der tiefen Nacht des Zweifels verdüstert?«

»Nur dies eine ist so«, antwortete Sir Hud, und sein Blick und seine Stimme hatten gleichermaßen die Festigkeit wiedergewonnen, »daß Ihre Beschränkung auf die Grenzen des Gehöftes von Longwood fortan mit der größten Strenge überwacht werden soll. In meinem Namen und damit im Namen Seiner Majestät von England wird der Befehl ergehen, Sie ohne Anruf zu erschießen, sollten Sie versuchen, diese Grenzen zu überschreiten.«

»Ah«, erwiderte der Löwe vom Tal, vergnügt lächelnd und mit honigsüßer Stimme, »so behagt es mir trefflich. Ihre Feindschaft ist erklärt, und, glauben Sie mir, Herr Schwarzer Ritter, die Annalen der Niedertracht werden auf ewig davon melden. Denn nach meinem Tode, der nach der Natur der Dinge nicht mehr lange wird auf sich warten lassen, soll alle Welt erfahren, wer mein Mörder gewesen. Eine Zeit seh ich kommen«, sagte er, und das Licht einer Vision leuchtete aus seinem Antlitz, »da wird man die Leiden des Kaisers auf der öffentlichen Schaubühne agieren, und der engherzige Haß seines Kerkermeisters, dieses unritterlichen Ritters, wird Schreie der Empörung ob soviel Schändlichkeit wecken, und, jawohl, selbst die Komödianten, die Ihre Rolle spielen, werden um ihr Leben zittern. Ob Ihre teuren Eltern in der unseligen Stunde, da sie ihren Sproß zeugten, geahnt haben mögen, daß solcher Ruhm ihn erwarte?«

Sir Hud bebte nun vor Gefühlen, die er im Augenblick, wo sie in ihm aufwallten, nicht wohl zu benennen vermochte. »Dies ist ungerecht«, sagte er in ersticktem Tone und mit zitternder Faust dem Worte Nachdruck gebend, »und vor unser aller höchstem Richter wissen Sie's selbst. Ich tue nur meine Pflicht, und meine Pflicht ist es, die Sicherheit Ihrer Gefangenschaft zu überwachen, wie mir von meinem Herren aufgetragen. Sind Sie der Ansicht, daß Sie und die Ihren des Lebensnotwendigsten ermangeln, daß die Ihnen und Ihrem Hause bewilligte Verpflegung unzureichend ist, so will ich, wie meine Pflicht gebietet, Ihre Klagen denjenigen überbringen, die über deren Berechtigung am besten zu urteilen vermögen. Im übrigen muß ich Ihre Bewegungsfreiheit strengen Beschränkungen unterwerfen, und bei Gott, ich wüßte nicht, was anders ich tun könnte.«

»Und so soll ich denn weiter dulden«, sagte der Löwe vom Tal, eher wie ein Tiger denn wie ein Löwe schnurrend, »daß Bewaffnete um meine Mauern patrouillieren und zu meinen Fenstern hereinspähen? Nun denn, so gelobe ich, und der Allmächtige sei mein Zeuge, daß ich, sollte einer gar zu nah kommen, dies als ein unbefugtes Eindringen verstehen und als solches beantworten werde. Fürwahr, Herr Ritter, dem Eindringling schieße ich eine Kugel durch die Brust.«

»Dies ist wider alles Recht des Vertrags«, begann der Ritter, noch immer bebend, doch sogleich fiel ihm der andre ins Wort:

»Vertrag, sagen Sie? Zwischen Feinden ist kein Vertrag. Sie und ich, Sir Lowe, wir befinden uns im Kriege.«

»Dies ist des Wahnsinns Gipfel«, sagte der Ritter, der nun den Gleichmut halb schon wiedergewonnen. »Von Rechts wegen müßten Sie waffenlos sein.«

»Und würde ich dem auch beipflichten«, erwiderte der Löwe vom Tal, »so bliebe noch immer mein königliches Gefolge, eine

Schar freier Männer mit allen Vorrechten freier Männer, obgleich sie aus Gewogenheit und Treue mein Gefängnis mit mir teilen. Waffen zu tragen, ist ihr Recht, und ihre Pflicht und Schuldigkeit wär's, in Verteidigung ihres Fürsten die Waffen zu brauchen. Drum sag ich abermals: Nehmt euch in acht! Und sollten Sie selbst, Herr Ritter, ein obrigkeitliches Recht vermeinend, Einlaß begehren, so werden Sie, eh Sie noch den Fuß über die Schwelle gesetzt, eine Kugel in die Brust empfangen. Ist meine Rede wohl klar? Haben Sie mich verstanden?«

»Ich muß meine Herren um Anweisungen ersuchen«, sagte Sir Hud. »Einstweilen sage ich nur, daß meine Männer, und dies gewähre ich aus eignem Ermessen, gebührenden Abstand wahren und weder in die Fenster spähen noch widerrechtlich eindringen sollen. Die Grenze Ihrer Gärten soll nicht überschritten werden.«

»Wohl gesprochen!« erwiderte der Gefangene vergnügt. »So viel hätte ich denn gewonnen. Und gibt es wohl ein Gesetz, welches mir die Arbeit in meinen Gärten verböte?«

»Es gibt kein solches«, sagte der Ritter, obgleich widerwillig, »und dies möchte die gesunde Betätigung sein, die Sie erstreben, doch weiß ich wohl, was Sie im Schilde führen.«

»Freilich werden Sie über mich Schriften gelesen und sich über meine Kadettenzeit unterrichtet haben. Denn ein Garten – dies ist etwas, das der Mensch der Wildnis abringt, eine Ordnung, der Natur selbst sich fügt, wenn wir sie dem ziellosen Wachsen ihrer Triebkräfte aufzwingen. Und meine Gärten werden sich weiten, Herr Ritter, und meine Bäume und Sträucher werden die Grenzen Ihrer Wachsamkeit zurückdrängen. Ganz Europa gedachte ich einst in einen Garten zu verwandeln, und, was auch geschehen ist, nicht gänzlich wird es wieder der Wildnis anheimfallen. Und so muß es denn nun genügen, daß ich in kleinerer oder mikrokosmischer Gestalt die Werke wieder aufnehme, zu denen Gott mich berufen. Ins Weite will ich bauen, während Sie nur zu beengen wissen. Sind unser beider Ziele so nicht kurzerdings und wahrhaftig bezeichnet?« Der Ritter blieb stumm, denn er wußte nichts mehr zu erwidern. »Und nun«, sprach der Kaiser von Longwood, als hätt er einen Untergebenen vor sich, »dürfen Sie gehn, um neue Ränke zu schmieden. Doch ich werde siegen, täuschen Sie sich nicht!«

Ein heißer Tag war's unter südlichem Gewölk;
Geruhsam dehnte sich die Zeit; Natur allein,

Die Nimmermüde blieb am Werk. Da wimmelten
Die Bienen um den Tageslohn, der Schmetterling
Wirkt' seine goldne Flugspur in das Himmelsblau,
Die unsichtbaren Kräfte unter Krum und Gras
Spielten ihr Lied, nur fürs geneigte Ohr bestimmt.
Wie ich so schlendre, träg den reichen Sonnentau
Abwischend von der Stirn mit einem Taschentuch
Von rauhem Stoff, das in der mildren Heimat einst
Die Schwester mir bestickt, seh ich am Wege doch
Im Arbeitsschweiße singend einen Gärtnersmann,
Der hackt und gräbt und launig seine Helferschar
(Männer von mindrer Tüchtigkeit und ohne Lied)
Anfeuert, weil die Sonn schon tief im Westen stünd,
Die Südgestirne rasch aufzögen, bis im Nu
Den Mantel über alles würf die Dunkelheit.
Die Sprache war die meine nicht, doch mir nicht fremd,
Denn in den Tagen, als der Ruf nach Freiheit und
Brüderlichkeit erging, hatt' ich sie gern und oft
Gebraucht und kürzre Zeit im Lande auch geweilt,
Wo man sie spricht. Von Herzen nun gebraucht' ich sie
Zum Gruß: »Wohl wird mir, Freund, seh ich solch frohen Fleiß,
Der schönen Lohn verspricht an Blüten tausendfach
Und Setzlingen, die dann noch, wenn uns beide längst
Der Staub hat, der die Seelen heimholt in Natur,
Freundlichen Schatten spenden werden Kron an Kron.
Dann segnet wohl ein sonnverbrannter Reisender
Wie ich die Bäume, segnet auch den guten Mann,
Der sie gepflanzt.« So sprach ich, und er lächelte.
Ein Mann von reifern Jahren war er, korpulent,
Doch etwas leuchtete, das nicht gewöhnlich war,
Ihm von der Stirn, als könnt' er vormals, spekuliert'
Ich unvernünftig, Amtmann oder Steuerrat
Gewesen sein, König in seiner kleinen Welt.
»Hier tu ich, Fremder, was ich kann«, erwidert er,
»Dies enge Reich zu weiten, wie das größere,
Das einst ich größer machte.« Und er schüttelte
Erdklumpen von dem Spaten ab, wobei er rief:
»Spadé, spadé« – ein Scherz wohl, den ich nicht verstand,
Als wär, statt englisch, *spade* ein italienisch Wort.
Bei diesem, nach dem schon Gehörten, dämmert mir,
Er sei wohl arm im Geiste, wie man's gütig nennt,

Und also, lächelnd, unterdrück ich Widerspruch,
Zeig keinen Zweifel, und er redet munter fort.
»Ja, Fremder«, sagt er, »jene ganze Einöde,
Die man Europa nennt, dieses Hornissennest,
Voll Unkraut, das die Blumen würgt, und wo das Obst
Unreif am Baume fault, nahm ich zum Garten einst,
Und mit dem Beistand der Natur, aus innrer Kraft
Gelang mir's, und ich hab mit endloser Geduld
Den größten Garten, seit der Mensch gedenkt, bestellt:
Mit abgemeßnen Zäunen, Straßen licht und grad,
Schattigen Lauben und Herbarien hinter Glas
Und allem, was das Herz erfreut. Jetzt aber bleibt
Der arme Hof mir nur, wo Ihr mich ackern seht,
Dennoch, mein Königreich!« Dann wechselt er den Ton.
Weshalb ihm meine Rede nicht recht heimisch klang,
Schien er nun erst erkannt zu haben, denn er sprach:
»Kommt Ihr von Albions Küsten? Seid Ihr hergeschickt
Als Horcher und Spion? Doch, sei es oder nicht,
Die Grenzen meines Reichs verletzt Ihr – schert Euch fort!«
Und hob den Spaten. »Keine *spada* hab ich zwar,
Doch dieser Spate auch, bei Gott, ist gut genug!«
Ich machte, daß ich fortkam, lächelnd immer noch,
Denn, dacht ich, wie Natur in bunter Fülle Frücht'
Und Blumen zeugt, zeugt sie der Menschen Vielerlei.
Und bis zum heutgen Tage, wenn Erinnerung
In stiller Stund die Schätze preisgibt, manches Bild
Hervorzieht, wunderlich, verstiegen oder blaß
Und schlicht wie's Kraut im Walde, wo ich sommers ruh,
Dann seh ich wieder jenen Mann, wie ihm der Leib
Geschwolln, geschwolln die Phantasie, hör seine Stimm'
Von seinem Gartenreiche reden, lächle wohl,
Doch lächelnd laß ich Tränen freien Lauf.

Sergeant Trouncer von der Infanterie Seiner Britannischen Majestät und ein so guter und getreuer Diener Seiner Britannischen Majestät, wie Seine Britannische Majestät nur hoffen könnte, ihn zu finden, wenn Seine Britannische Majestät jemals geruhen würde, ihn zu suchen, legte sich mit einigem Behagen, zumindest so viel, wie die drückende Hitze gestattete, auf die kahle Matratze in der Wachstube nieder und entledigte sich der Stiefel. Beide fielen nacheinander auf den steinernen Fußboden, so laut es im Rahmen ihrer Stiefeleigenschaften nur möglich war, gleichsam im Bewußtsein einer dienstlichen Pflicht zu geräuschvollem Betragen, und obendrein schlugen die Sohlennägel am Steine Funken, als gälte es, die ausländischen Küchenschaben durch ein Feuerwerk britischen Schneids einzuschüchtern. Sergeant Trouncer sah seinen jüngeren Kameraden, den Schützen Slodge, den Dampf bestaunen, der aus dem abgestreiften Leder aufstieg, so als wäre jeder Stiefel ein zauberischer Vesuv, oder besser, da die Phantasie des jungen Mannes nicht gar so weit ausgriff, als wären es zwei Backöfen, die soeben ihren Zweck erfüllt hätten, die Füße des Sergeanten für den empfindlichen Magen gewisser Kannibalen zu schmoren, die nun bald eintreffen müßten, wenn sie ihr weitgewandertes Mahl nicht lauwarm verzehren wollten.

»Da kuckste, was Jungchen, so'ne Botten!« verlautbarte der Sergeant Trouncer. Seine Oberlippe zierte ein üppiger Schnurrbart, dessen losere Strähnen umherflatterten, wenn er sprach; und sofern er seine Aussage im Präsens formuliert hatte, mußte man sie für unzutreffend erachten, denn nunmehr hatten die regsamen Ausläufer des besagten Lippenschmucks die Blicke des Schützen Slodge auf sich gezogen. »So'ne Botten!« wiederholte Sergeant Trouncer nachdrücklich, wobei er dem letzten Worte den Klang eines forschen soldatischen Hackenzusammenschlagens zu geben wußte. »So'ne Botten«, sagte er, »und ein schönes Stückchen marschiert sind sie!« Er hielt inne und blickte den Schützen Slodge grimmig an, als erwarte er von ihm nichts anderes als eine freche Leugnung dieser Wahrheit zu hören. »Doch, Jungchen, die Botten sind marschiert vom Hatlantischen Ozean bis zum Roten Meer und wieder zurück. Aber wenn das rot ist, bin ich auch rot«, setzte er hinzu, ohne freilich zu bedenken, daß in der Tat die tropische Sonne ihm denselben strahlenden Krebston verliehen hatte, welchen auch die Uniform seiner Britannischen Majestät, der er diente, aufwies – obgleich seine Britannische Majestät nichts davon wußte oder, hätte sie's gewußt, sich schwerlich drum gekümmert hätte. »So nennt man's bloß – rot.« Er machte wiederum eine Pause, ebenso grimmig wie die vormalige, als wäre er auf erneuten, diesmal die geographische Nomenklatur betreffenden Widerspruch gefaßt.

»Warum nennt man's denn so?« fragte der Schütze Slodge mit soviel Schüchternheit, wie er glaubte, daß sein Sergeant angesichts der Kluft zwischen ihrer beider Dienstrangen geziemend fände. Was seine Artikulation anging, das Fleisch und Blut der Rede gewissermaßen, von dem die Worte, wie sie die Schrift aufzeichnet, nur die Knochen darstellen, so war es seine Gewohnheit, die Vokabeln mit hoher Geschwindigkeit und manchmal nahezu gleichzeitig auf die Lautbahn zu jagen, als wäre das Sprechen ein schmerzhafter Vorgang, den er mit größter Eile hinter sich bringe. Wollten wir also seinen Ausspruch wahrheitsgemäß wiedergeben, so müßten wir ein Lautmonstrum wie »Waaammmmnnnmmmntso?« zu Papier bringen – gewiß nur zum Befremden des Lesers und zur Ermüdung des Autors.

»Warum?« sagte der Sergeant Trouncer. »Warum, fragste? Da kannste mich auch gleich fragen, warum ich Trouncer heiß und du Slodge. Obwohl, ich muß sagen, du siehst mir ganz so aus wie ein Slotsch – ich meine, wie sowas aussehn tät, wenn es das gäbe.« Da es auf diese Behauptung keine gebührende Erwiderung zu geben schien, begnügte sich der Inhaber des erklärtermaßen treffenden Namens mit der Erwartung weiterer Mitteilungen seines Vorgesetzten. Er mußte sich nicht lange gedulden. »Wenn ich dir sag«, versetzte der Sergeant, »die Botten da sind marschiert, mußte nicht glauben dasse von halleine marschiert sind.« Als wäre es ihm ein Herzensanliegen, sich von dem Verdachte, er könne dies geglaubt haben, reinzuwaschen, schüttelte der Untergebene viele Male den Kopf, obwohl er zugleich auf das lebhafteste ein Paar Stiefel vor sich sah, das rüstig ausschreitend über eine Landkarte Europas marschierte; und nur allzu gern wäre er bereit gewesen, sich vorzustellen, wie eine ganze Armee solcher trägerlosen Fußbekleidungen den Staub von Portugal bis Ägypten aufwirbelte. »Nein«, verdeutlichte der Sergeant, »sondern da hab ich dringesteckt, oder, wenn du willst, aber bitte, widersprich mir, wenn ich dir was Falsches sag, derjenige Teil von mir, den man die Füße nennt.« Und er nickte zweimal, einmal für jeden der besagten anatomischen Teile. Dann sagte er: »Da wir grad davon reden, nichts geht doch übern paar Schweinsfüßchen aus dem Backofen, an 'nem kalten Dezemberabend, mit etwas geschmelztem Käse drüber. Ich weiß noch«, fuhr er fort, und sein Schnurrbart hüpfte wie in freudigem Angedenken, »das hab ich grad gegessen, als die Nachricht kam, von wegen daß wir hier rausgeschifft werden. Was«, fügte er mit ganz besonderem Nachdruck hinzu, »hüberhaupt nicht natürlich ist, mein Jungchen.«

»Was ist nicht natürlich, Sergeant?« fragte der Schütze Slodge, im Begriff, mit Speichel und seinem Daumennagel als den ein wenig unzulänglichen Reinigungsmitteln einen Senfflecken am Ärmel seiner Uniformjacke zu tilgen.

»Das hier«, sagte sein Sergeant. »Hier ist's nicht natürlich. Da sind Sterne am Himmel hier«, raunte er vertraulich, »von denen Hadam und Heva im Garten Heden nichts gesehen haben. Weihnachten ist Hochsommer, wenn doch nach allem, was recht und menschenmöglich ist, Schnee liegen müßte und Eis auf den Teichen, wo man schlittschuhlaufen kann, und heißen Punsch in den Kneipen, ist ja wohl nicht zu viel verlangt! Ich hab geweint«, vertraute er sich weiter an, »ich hab bitterlich geweint, wie ich das erstemal einen Plumpudding im Sonnenschein gesehn hab. Siehste, Jungchen«, setzte er in einem Tone hinzu, der sein Bewußtsein verriet, dem Jüngeren einen Abgrund an Widervernunft aufgezeigt zu haben, »was sagste nun dazu?« Ehe noch der junge Soldat sein Hirn zu einer würdigen Antwort mobilisieren konnte, sagte der Sergeant: »Ich würd nicht bestreiten, daß es für *hihn* auch schwer ist, denn der ist ja auch nicht freiwillig hier, genausowenig oder genausoviel, je nach dem, wie wir nicht freiwillig hier sind. Und egal, was du oder sonstwer mir sagt oder nicht sagt, Tatsache ist, das kann man gar nicht bestreiten.«

»Sie meinen den alten Bony?« sagte der Schütze Slodge mit einer gewissen Ehrfurcht. »Ich meine, Nappy?«

»Ich bin ganz der Meinung«, sprach der Sergeant Trouncer, der nun mit andächtiger Langsamkeit seine Füße aus den Sokken schälte, »daß es Hihm nicht gut geht. Den läßt man mit Absicht verhungern, und ich werd mich hüten und Namen nennen, aber sein einer Name fängt mit nem Hah an und der andre mit nem Ell, und ein Sir ist er auch noch. Und der läßt ihn mit Absicht und in kleinen Rationen, wenn überhaupt welchen, verhungern. Das ist der Haß, mein Jungchen, und Haß ist was ganz Schlimmes bei einem Hoffizier, ob er'n königliches Patent hat oder, so wahr du mich hier liegen siehst, ob er keins hat und bloß'n Unteroffizier ist, wie ich, weißt du ja, haha, hast es auch schon zu spüren bekommen, nicht?« Er lachte kehlig in der, wie er wußte, von dem jungen Soldaten unvermeidlich geteilten Erinnerung an irgendeine Übertretung des letzteren und ihre gebührende, unteroffiziersmäßig verabfolgte Strafe. Und auf dem Gipfel seiner Heiterkeit angelangt, warf er einen seiner Socken nach Slodge, ein Geschoß, das durchs trübe Lampenlicht flog wie ein verschüchtertes, in die Länge gezogenes Eulchen.

»Der sieht mir aber nicht nach Verhungern aus«, sagte der Schütze Slodge, fing den Socken auf und brachte ihn artig dem Sergeanten zurück, statt damit zu werfen. »Nee, der nicht!«

»Ha!« versetzte sein welterfahrener Sergeant, »der Hanschein kann trügen, mein Jungchen, bitte schreib dir das hinter die Ohren! Ich hab mal ne Tante gehabt, die hat drei Zentner gewogen, drei Zentner und keine Unze weniger, oder du kannst sagen, ich lüge. Tante Flora haben wir alle zu ihr gesagt, denn so hat sie geheißen, und die hat so'ne dunkelgraue Katze gehabt und immer die Begräbnisanzeigen gelesen, jeden Abend, mit 'nem Zimtstäbchen dabei in der Hand. Na, und diese Frau, die litt an Appetitlosigkeit. Kannst du dir nicht vorstelln, Jungchen, was die gelitten hat! Zum Frühstück, zu Mittag, zum Tee, abends und sogar Weihnachten – immer dasselbe: ein Scheibchen Brot mit Butter, konnte man durchkucken wie durch Glas, so dünn ist es gewesen, und eine Tasse Tee, konntest du die Blätter drin zählen, wenn du wolltest. Mochte nichts anderes, und wenn die auch nur gesehn hat, wie einer zum Frühstück so'ne Scheibe Schinken verdrückt hat, da hat sich ihr gleich der Magen umgedreht – bloß so vom Zusehn. Aber dann, um dir keine lange Oper zu erzählen, gab's auch wieder so einen wie unsern Mr. Creaklamb mit seinem Kolonialwarenladen in Rochester, als ich klein war, und der war so dünn, den hättest du als Laternenpfahl aufstellen können, besonders bei Vollmond mit seiner Glatze, aber da sind Laternen ja eh nicht nötig. Und der, mein Jungchen, der fraß einen gebratenen Ochsen zum Frühstück und blieb kein Haar von übrig. Den ganzen lieben Tag schlang der Sachen in sich rein, vor Angst, er würd verhungern, und darum hat er auch den Laden gehabt, mit Trockenfutter, soviel er wollte, Bäcker und Fleischer gleich nebenan. Ich hab mal gesehn«, und Sergeant Trouncers Augen wurden leicht glasig bei der Erinnerung, »ich hab mal gesehn, wie der zu Mittag gegessen hat. Du und ich, wir wären glatt umgefallen, bloß vom Zusehn. Zuerst mal so ein knappes Dutzend Schweinekottletts mit Tomatensoße, hat er sein Brot drin eingestippt, einen ganzen Vierpfundlaib und frischgebacken, und dann kam ein Austernsüppchen mit Rindswade drin zum Andicken, dann ein Stück Kalbskeule, ganz braun gebraten und mit Pellkartoffeln, dann zwei Hähnchen, die hat er so mit den Zähnen abgeknabbert, und was für Zähne der gehabt hat, kannst du dir ja denken, Jungchen, bei der dauernden Übung, wie mit Muskeln dran, und auch noch das Mark hat er aus den

Knochen gelutscht, und dann mußte er noch ein Stückchen Rindfleisch haben, wie er's nannte, und das war eine schöne Scheibe von den obern Rippen, mit Zwiebeln und Kohl, und er, ohne auch nur einmal zu niesen, haufenweise Pfeffer draufgestreut, und dann gab's Eierpudding und Obststrudel und Wildapfelgelee, war aber mehr Marmelade als Gelee, und dann brachten sie ihm seinen Stiltonkäse, fast schon mit Maden drin, so mocht er ihn, und, hol mich der Teufel, dann schreit doch der Kerl auch noch nach 'ner kalten Lammkeule, so aus der Hand, mit 'ner großen Schüssel Minzsoße zum Einstippen. Die Lammkeule hob er sich immer bis zuletzt auf, weil er nämlich Creaklamb hieß. Das wär dann so wie seine Unterschrift, sagte er, verstand nämlich auch Spaß, der Knabe, obwohl er so dünn war. Wenn's was Eßbares gäbe, was Creak heißt, hätt er das auch noch dazu gegessen, einfach so aus Prinzip.«

Der einzige Kommentar des Schützen Slodge war ein Rachenlaut andächtiger Bewunderung. »Natürlich gestorben«, sagte der Sergeant Trouncer. »Verhungert, stell dir das vor! Hat nicht genug verdient, um sich sattessen zu können, denn in seinem Laden ist er ja auch selbst der beste Kunde gewesen. Also, da kannste allerhand draus lernen, Jungchen, und ich will nur hoffen, du nimmst dir's zu Herzen.«

»Und *Her* wird auch sterben?« Die anstrengende Bemühung um den nachdruckgebenden Hauchlaut brachte den Schützen Slodge fast außer Atem.

»Irgendwann sterben wir alle«, lautete die wohlbedachte Antwort, »aber Her, wie du sagst, der macht's nicht mehr lang auf dieser Welt. Wenn ich je einen gesehn hab, dem der Tod im Gesicht stand, dann Hihn. Die Leber, kann ich dir nur sagen. Die bröckelt immer zuerst ab beim Verhungern. Siehst doch, wie unchristlich gelb der wird, wie'n Chinese. Die Leber, da hakt es aus. Und dieser Sir Hah Ell immer pick, pick, pick drauflos wie ein Aasgeier.«

»Stelln Sie sich mal vor«, sagte der junge Schütze, »der hätt gewonnen! Stelln Sie sich bloß mal vor!«

»Na, Wellington hat's ihm gezeigt«, bemerkte der Sergeant zerstreut, der nun große Streifen Hornhaut von seinem linken Fuß abriß, wo die Natur einen gescheiterten Versuch gemacht hatte, ihn mit einer angewachsenen Stiefelsohle auszustatten. »Ich war nicht dabei, aber ich weiß Bescheid. Na, wenn er gewonnen hätte, dann säßen jetzt die Franzosen im Buckingham-Palast und im Oberhaus, aber jetzt sind's die Deutschen, also was soll's? Ist doch immer alles eins«, sagte er, während er einen Streifen lederiger Fußhaut in seiner Handfläche musterte, »für Leute wie dich und mich, Jungchen. Aber wenn der tot ist«, schloß er, »und das dauert nicht mehr lang, dann heißt es für uns wieder zurück zur Natur, mein Junge, mit richtigen Sternen am Himmel, nicht diese Herscheinungen, mit Schnee und Schlittenfahren zu Weihnachten, Kastanien auf dem Herd, heißer Grog und nicht diese unnatürliche Sonne auf dem Plumpudding.«

»Na denn«, sagte der junge Schütze, »na denn nichts für ungut, und mit aller geziemenden Hochachtung, ist ja nur Pflicht und Schuldigkeit, denn soll er man machen und es hinter sich bringen.«

K. N. V. S.
KLEBA?
NIEMA.
VOTA?
SANA.
I. N. R. I.
Gibt es Brot?
Keinen Bissen.
Flußwasser, Quellwasser, Sumpfwasser, Wasser?
Weiß nicht, muß man nach suchen.
KI. NN. V. R. SI.

In hohem Fieber, gepeinigt von Hitze und unstillbarem Durst, lag er zwischen den Skeletten und Schalen ausgesogener, verschrumpelter Zitronen und beförderte sich selbst nach Polen. Er lag nackt im Schnee und schlug um sich, bis er zitterte im tierischen Verlangen nach der heilsamen Wärme: O bringt mich unter warmen Himmel wie den jener Insel des Kreuzes, die nach der herrlichen Frau heißet, welche das Kreuz gefunden. Er schloß sich in einen Eissarg ein, dann brüllte er, bis man ihn heraushackte und in aller Eile vor das bullernde Holzfeuer der barbarischen Halle im Jagdhäuschen der Walewskis schleppte. Er aß allen Schnee der ganzen Winterwüste, die sich unzählige Hektar weit ringsum erstreckte, er zermalmte mit den Zähnen die gefrorenen Teiche und Flüsse, die ein ganzes Detachement Kaisergardisten mit Spezialhacken (Form GS$_{59}$/AN$_{237}$) zu Kristallstückchen kleinschlugen. Und dann, nachdem er ein wenig abgekühlt und sein Durst fürs erste gelöscht war, hatte er Zeit für die lächelnde Schneeprinzessin an seiner Seite, denn plötzlich saßen sie dicht beieinander auf einem Pferdeschlitten, sie mit Zügeln und Peitsche, die sie so gut zu gebrauchen verstand wie ein Mann, einen Pelz für sie beide, über Schöße und Beine gebreitet, mit Pfiff und Knall, Knirschen und Wiehern, Atemwölkchen und Gelächter über die schöne weite Schneewüste hin, die auf den Winterboden nach seiner ungeheuerlichen Mahlzeit neu aufgelegt worden waren. Doch er war nun wieder jung und bei Kräften, sie schön und goldgelockt, und ihre Stimme mit dem zauberischen Singsang ihres Slawenfranzösischs war wie weinroter Samt auf dem weißen Samt, über den sie hineilten.

»*Kleba niema vota sana*«, sagte er lachend. »Alles, was die Truppen an Polnisch können, und weiß Gott, mehr kann ich auch nicht. Ich wollte, ich könnte dir in deiner Sprache sagen, daß ich dich liebe!«

»Sag es mir auf Französisch!« lächelte sie und schob, sich plötzlich auf die Braunen konzentrierend, die sie auf dem Weg halten mußte, sofern von einem Weg die Rede sein konnte, einen Millimeter rosige polnische Zunge vor. Und dann sagte sie: »So, deine Armee hat gelitten. Kein Brot, kein Wasser. Aber jetzt hat sie genug an beidem und noch mehr. Mein Volk ist froh. Und dankbar.«

»Sie wollten höchst ungern über die Weichsel«, meinte er nachdenklich, »doch nun sind sie drüben und beginnen zu verstehen, was ich vorhabe.«

»Ein edles Vorhaben. Allzu lange ist mein Land der Kuchen gewesen, von dem Rußland, Österreich und Preußen abgebissen haben. Und nun wirst du das alte Königreich wiederherstellen.« Sie lehnte sich rasch zur Seite, das liebliche Gesicht erglühend an seines geschmiegt, und küßte rasch seine erhitzte Wange. »Ich liebe dich«, sagte sie.

»Ah, wie liebe auch ich dich, du Seel meiner Seel!« Aber er sagte ihr nicht, daß er anderes vorhatte, als Polens alten Glanz zu erneuern. Es ging vielmehr darum, die Ostgrenzen des Reiches zu sichern. Österreicher und Preußen waren gleichermaßen schwächlich, aber da war noch Rußland. Und im Frühjahr, wenn die kaiserliche Armee sicher in Warschau stand, würde er den entscheidenden Schlag führen, der die Borussia endgültig auf ihre (ja, ihre, welche Ironie!) Knie zwänge, ihren russischen Alliierten verscheuchte und ganz Europa vom Atlantik bis zur Memel in den heilsamen Griff des Kontinentalsystems brächte.

Die Feindin der Menschheit würde endlich stürzen, ihre Ratsbeschlüsse im Sturme davongeweht werden als der wertlose Haufen Papiers, der sie tatsächlich waren, und das Reich hätte für immer Ruhe. Einstweilen war Winter, und Warschau voller Licht und Musik. Was die Polen anging, so mußten sie zunächst einmal Soldaten werden und ihre Pflichten gegen die Idee des Kaiserreichs lernen; ihre Rechte, sofern sie welche hatten, kämen später.

»Seel meiner Seel!« wiederholte er. »Meine Liebe ist so makellos rein wie der Schnee, über den wir sausen, nackt wie die Bäume, und doch heult auch etwas Wildes darinnen wie jene Wölfe, die wir hinter uns hören.«

»Weit hinter uns!« lächelte sie. »Die Kosaken der Natur.« Dann verfinsterte sich ihr Gesicht, als sie an die johlende Räuberbande dachte, die geilen, bärtigen Fratzen, die speckigen, barbarischen Röcke, mit erbeuteten Goldborten besetzt, erbeutete Goldmünzen in den Gürteln, der Bocksgeruch, wie sie stolz drauf waren, sich nie zu waschen, der Lümmel, der von ihr abgelassen hatte, als sie sich plötzlich erbrach, und ihr Mann, der Fürst, den sie wegen seines Alters verlachten, *Dreckschwein, kannst ja gar nicht mehr, kannst ihr gar keinen reinschieben*, wie sie ihm die Knute über das stolze, faltige Gesicht gezogen hatten, das nicht wegzuckte, die Verbrennung der Ahnengemälde auf dem Teppich, Ströme von Urin zu lautem Gelächter, schändeten, was es nur gab, und schließlich, ob sie sich übergab oder nicht, wäre auch sie drangekommen, hätte man nicht von draußen die Hufschläge der eintreffenden Kavallerie gehört, der polnischen, und eins von den Viechern, das sich gerade einem reglos auf dem Rücken liegenden Diener ins Gesicht entleerte, trödelte zu lange, weil es sich in seiner Dummheit nicht entscheiden konnte zwischen dem Bedürfnis der Darmentleerung und der Notwendigkeit, sich aufs Pferd zu werfen, und die Pferde alle im Haus, mit Futter, das man ihnen aus den Ställen herangeschleppt hatte ...

»Weit hinter uns, weit, weit!«

Er dachte, aber nicht lange, an einen gehahnreiten Fürsten. Er hatte kein Mitleid für Hahnreis, er, der größte Hahnrei der Mitwelt. Aber freilich, das war vergangen, und jetzt war er sicher, von einer getreuen Kaiserin in Mainz erwartet zu werden, die nur allzu gern zu ihm nach Warschau gekommen wäre; hatte vielleicht schon etwas gehört, die eine Frau bekam schnell Wind von der anderen, aber er hatte ihr geschrieben. »Dein

Kummer über unsere Trennung kreuzigt mich vor Schmerz, doch die Umstände zwingen uns beide zu fortwährenden qualvollen Entbehrungen. Von Mainz ist es zu weit bis nach Warschau, die Straßen sind erbärmlich, tiefer Schnee liegt, und die Stürme pfeifen; Paris ruft Dich, Paris braucht Dich, die Kaiserin, Du hast Pflichten gegen Dein Volk, Madame Victoire. O wie erbittert mich unsere anhaltende Trennung, o wie sehn ich mich, Dich in die Arme zu schließen, Dich zu wärmen und gewärmt zu werden, Liebe zu geben und zu nehmen in diesen endlosen Winternächten, die sich endlos hinziehen, und der Frühling so weit, Deine Frühlingsschönheit für mich verloren, Persephone, Persephone!« Ein guter, wie er meinte, und überzeugender Brief.

»Seel meiner Seel meiner Seel meiner.« Er keuchte im scharfen Ritt, das Ziel vor Augen. Mit Marie lag er nacktumschlungen in zerwühlten Bärenfellen vor dem großen Kiefernholzfeuer der Jagdhütte. »Mein Kleba, mein Vota!« Und es war richtig: An reinem, ehrlichem Wasser, das ein Mann ohne Furcht trinken, in dem er sich waschen konnte, lag mehr als am Wein. Trügerischer Wein, der zu Essig wurde! Essig in einem Schwamm hatte man ihm gereicht, als er im letzten Schmerz einen letzten Kuß seines eigenen Elementes erbeten hatte. Doch nie und nimmer das Meer! Rings um die Zuflucht ihres Feuers, wo sie den Lebensakt aufführten, lag der Schnee, in Manna verwandeltes *Vota,* eine Welternte weißen Brotes.

»Seel meiner.«

Reiten. Reiten. Endlich am Ziel, wieherten die Pferde, das Wunder des Ergusses geschah, von dem er in der Offenbarung des Augenblicks, nicht in einer aus späterem Wissen hinzugedichteten Ahnung, schon wußte, daß er sich alsbald ins Brot des Lebens verwandeln würde. Sie schliefen, und er erwachte unter ihren Küssen, ihr gelbes Haar um ihn her, als ob er die Danae wäre. Er lächelte, blinzelte, sah keinen Schnee vor dem Fenster, nur sonnengedörrte Erde und das Meer dahinter. Dies war Elba, und sie war zu ihm nach Elba gekommen, das Brot und Wasser des Lebens, und der Sohn spielte draußen und rief auf italienisch: *»Cattivo, cattivo.«*

»Was ist das für ein Wort, das er da ruft?« fragte sie.

»Es ist oft das erste Wort, das ein Kind gebraucht, wenn es an einen Ort kommt, wo man italienisch spricht. Die italienischen Kinder sagen es zu ihm, und das Kind lernt es erwidern. *Cattivo.* Es bedeutet Schuft.« Er seufzte. »Aber die ältere Bedeutung ist *der Gefangene.* Wer in Ketten liegt und alles verloren hat – so einer ist ein Schuft. Es ist eine sehr grausame Moral. Ich, Liebste, bin ein Schuft.«

»Ja, dann«, lächelte sie und küßte ihn schnell auf die linke Braue, »wird es Zeit, daß du wieder ein guter Mann wirst. Du liegst nicht in Ketten und hast auch nicht alles verloren.«

»Alles hab ich verloren bis auf dich. Das heißt, ein bißchen vom Guten steckt noch in mir.« Er lächelte, und dann wurden seine Augen unerbittlich weich vor Leidenschaft, und der Kuß, den er ihr gab, war weder leicht noch flüchtig. Sie umschlangen sich, die Leiber betaut von der Nachmittagshitze Elbas, und dann rief die Kinderstimme von draußen:

»Buono, buono, buono.«

Sie hielten inne, lachten. Dies Wort kannte auch sie.

»Bon, bon, bon.« Sie saßen wieder in einem Pferdeschlitten unter Pelzen und Decken, hielten sich umarmt, Zügel und Peitsche diesmal in den Händen eines Walewskischen Kutschers, unzählige Hektar Schnee um sie her, und zu zweit verheerten sie Rußland.

»Die Hospodaren«, sagte sie.

»Ja, ja, die Hospodaren. Ich werde an den Sultan Selim schreiben und ihn auffordern, die Hospodaren aus der Walachei zu vertreiben. Was ist denn das für eine Art Russen, die Hospodaren?«

»Eben strenggläubige Russen, die in der Walachei leben«, lächelte sie.

»Bon. Da sie strenggläubige Russen sind, o Vater der Gläubigen, werden sie im Namen ihres lächerlichen Christentums Deine Moscheen zerstören, denn schon der Name der Muselmanen ist ihnen ein Greuel. Greif sogleich an, spei auf die verräterischen Serben, marschiere gegen Choczim, metzle die –«

»Hospodaren.«

»Bon, bon. Im Namen Allahs, der unser aller Herr ist, schreibe ich Dir als Dein teurer und treuer und Dich liebender Freund. Verheere den Balkan mit dem rächenden Feuer und Schwert des Islam. Siehst du«, strahlte er. »Das tu ich für Polen.« Und er küßte sie innig. »Dann«, sagte er, und seine großen Augen brannten eine große Landkarte in den Schnee, »käme Persien. Was sagen wir denn dem Schah?«

»Dem Schah – laß mich überlegen! Wieder etwas über Allah.« Es war Wahnsinn, es war herrlich. Liebe und Schnee, Polen und der Islam. Es war ein Gedicht.

»Also ich schreibe. Der russische Ungläubige wankt unter den Schlägen Deiner getreuen Freunde aus Frankistan, und die ottomanische Pforte dringt mit dem rächenden Schwert des Islam –«

»Den Ausdruck hast du schon einmal gebraucht.«

»Ja, aber für die Hohe Pforte, nicht für den göttlichen Schah. Der rächende Skimitar wäre vielleicht besser.«

»Bon, bon.«

»Ah, hör dir dies an! Das Schicksal hat ihr die Binde von den Augen genommen und sie um die Augen unseres gemeinsamen Feindes gelegt. Eine himmlische Macht – Gott oder Allah, doch es ist kein Gott außer Allah – schwebt über mir und heißt mich siegen im Namen des Wahren und Guten. Sie hält die Zeit für gekommen, Persiens Ruhm zu erneuern, und sie lächelt dem Reich der ottomanischen Pforte. Drei Reiche, die das göttliche Wort verbreiten – schreiten wir gemeinsam voran!«

»Du gehst zu weit, finde ich.«

»Gemeinsam voran!«

»Zu weit!«

Sie zerrten einander die Pelze weg, lachten, dann purzelten sie vom Schlitten herab, wälzten sich über und über im herrlichen Schnee. Der Kutscher fuhr unbeeindruckt weiter, knallte mit der Peitsche, schaute sich nicht um und verschwand über die Hügelkette, wo die kahlen Schwarzdornbüsche unter dem Skimitarmonde standen. Wo sie sich liebten –

»Gemeinsam voran!«

»Du machst zu schnell!«

– nackt im Schnee, der schmolz und dampfte. Seite an Seite lagen sie nackt unter dem Samthimmel, und er sagte:

»Was ist das für ein Sternbild?«

»Kassiopeia. Mein Familieninitial.«

»Nicht nur deines.« Er wurde mürrisch, und der Schweiß kam ihm. Sie lagen drinnen, unter einer heißen Schneewehe Laken und Decken. Rustam kam herein und begrüßte ihre Nacktheit mit einem grinsenden Salaam, dann heizte er das große Feuer mit neuen Kiefernscheiten auf. »Zu heiß«, monierte sein Herr, aber Rustam drehte sich um und sagte: *»Cadeaux islamiques.«*

»Mein Gott«, sagte er, ohne darauf zu achten, »wie ich die Engländer hasse!«

»Das ist nicht sehr liebenswürdig«, schmollte die nackte

Betsy. Er drehte sich erschrocken um und sah, daß er tatsächlich sie geritten hatte, die doch noch ein Kind war, und er sagte:

»Sie dürften nicht hier sein, wer hat Sie hier hereingelassen, wer hat mir erlaubt, Sie –«

»So sind sie alle, die Männer, erst macht er mit einem, wozu er Lust hat, und dann sagt er, er haßt mich.«

»Aber ich hasse Sie nicht, ich liebe, liebe –«

»Sweetheart«, sagte sie und schob ihre dünne Weiße dichter an sein Fett, »weißt du noch, was du über die Gärten gesagt hast, hm? Nun also, wir sind ein Garten, nicht, und wir müssen den Spaten bereithalten, um ihn dem Eindringling reinzuhauen.«

»Ganz recht, ganz recht!« Er seufzte tief und sah an seiner Beleibtheit herunter (dieser Bauch, was für ein Umfang!). »Aber du hättest meinen Garten in Ruh lassen sollen.«

»Du hättest anderer Leute Gärten in Ruh lassen sollen.«

»Aber das waren keine richtigen Gärten, das waren eher Wildnisse, eine Pflicht, etwas draus zu machen, nicht wahr, und wenn es doch Gärten waren, dann sehr schlecht gepflegte. Gott, ist das heiß hier drinnen! Gott, hab ich einen Durst!«

»Ach, sei nicht immer so egoistisch. Komm, mach's noch mal, ich möchte, du kannst so schön graben, *komm, Süßer, wieder, wieder!«* sagte sie plötzlich auf deutsch.

»Jetzt bist du ganz wie *sie.* Gott, was für einen Durst!«

Rustam, der stillschweigend und unsichtbar hinausgegangen war, kam durch eine andere Tür wieder herein. Er war wie ein englischer Gentleman gekleidet, eine Art Badeortsgeck, und er brachte geringschätzig ein Lorgnon ans Auge. »Die Freundschaft«, sagte er hochnäsig, »zwischen den islamischen Völkern und den Briten kann nicht an den plumpen Machenschaften eines korsischen Abenteurers zerbrechen. Sie sagten, Sie hätten Durst? Sie wollen Wasser? Beachten Sie das kassiopeiische Initial in meiner Sprache! Wasser können Sie haben.« Er klatschte in die Hände, wie um eine Quadrille anzukündigen, und wieder eine andere Tür ging auf. Herein kam, tobend und tosend und johlend, aber unleugbar sehr naß und wäßrig, das Meer. »Trinken Sie nur!« sagte der fesche Rustam. Aber der Mann, der sich seinen Herrn genannt hatte, ermannte sich mit dem letzten Willensaufgebot eines Kranken zur Mannespflicht des Widerstands, und nachdem er das Wasser in Kassiopeia umgewandelt hatte, spaltete er das obere Gelenk, so daß das Weh in zwei Vaus zerbrach, deren je eines beiderseits von ihm, der im übrigen hilflos auf dem Bett lag, an zwei verschiedenen Stellen die Wand durchschlug, doch ohne ihn auch nur zu ritzen. Das war das ganze Geheimnis, so einfach, wenn man es einmal kannte. Ein einziges Vau hätte natürlich gereicht. Er lächelte, war aber immer noch durstig. Rustam platzte vor britannisch-islamischer Wut.

»Das soll er trinken«, sagte Dr. Arnott. »Es ist Kuh-Milch. Sehr nahrhaft, außerdem erfrischend.« Und er zeigte lächelnd die Kanne seinem ärztlichen Kollegen Antommarchi. Dieser aber lächelte nicht, sondern in seinem Gesicht zog ein Gewitter auf. Er sagte:

»Ich muß den Vorschlag, ihm ein so schwerverdauliches Getränk zu verabfolgen, auf das entschiedenste zurückweisen. Er bedarf einer sehr viel leichteren Diät. Schon als er noch leidlich gesund war, fiel es ihm nicht leicht, irgendeine Art Milch, ob von Rind, Ziege oder Schaf, zu verdauen. Jetzt würde die Verabreichung von Milch unvermeidlich zu schweren Magenschmerzen führen.«

»Aber Sie verstehen mich nicht recht«, lächelte Dr. Arnott. »Den Vorschlag, ihm Kuh-Milch zu geben, hat Sir Hudson Lowe persönlich gemacht. Sir Hudson hat die Milch herbeischaffen lassen, und er empfiehlt die sofortige Eingabe.«

»Das sähe Sir Lowe wohl ähnlich«, rief der andere, »dem Helden, den er haßt und der nun gänzlich in seine Hand gegeben scheint, die größtmöglichen Schmerzen und Leiden bereiten zu wollen. Vorausgesetzt natürlich, Sir Lowe besäße hinreichende medizinische Kenntnisse, um die fürchterlichen Folgen einer Laktärimbibition in dem gegenwärtigen Zustande des Patienten, in den er zum Teil durch Sir Lowes Bosheit gebracht worden ist, einschätzen zu können. Am nachsichtigsten wäre es natürlich, in diesem Vorschlag, so verfehlt er ist, einen Herzenswandel zu erkennen, ein Nachgeben, die erste Regung eines unverhofften und uncharakteristischen Mitgefühls. Die Gabe aber muß abgewiesen werden. Dem Patienten kann, wenn er aufwacht, ein wenig Orangenblütensaft, Wasser, mit Zucker vermischt, verabfolgt werden.«

»Sie scheinen mich noch immer nicht zu verstehen«, sagte Dr. Arnott, noch immer lächelnd, wenngleich nun ein wenig gezwungen. »Sir Hudson Lowe selbst, der Gouverneur von St. Helena, ist es, von dem sowohl die Empfehlung als auch die Milch ausgeht. Hier, sehen Sie!« Und er zeigte noch einmal die

Kanne vor. »Milch. Milch von Kuh. Gut. Rein. Nahrhaft. Milch von Sir Hudson Lowe!«

»Mir will es scheinen, mein Herr«, sagte Dr. Antommarchi finster, »daß Ihr klinisches Wissen und ebensowohl Ihr angeborenes menschliches Empfinden gleichermaßen von Sykophantie verdunkelt sind. Würde Sir Lowe Roastbeef schicken und empfehlen, so würden Sie ohne Zweifel dem Wunsche nachgeben, es dem Patienten hineinzuzwingen. Dies alles, damit Sie mich recht verstehn, um Sir Lowe in seiner hohen Meinung von sich selbst als medizinischer Autorität und mitfühlender Kreatur und damit zugleich die hohe Meinung von Ihnen, Sir Lowes hohe Meinung von Ihnen, der Sie wider besseres medizinisches Wissen mit dieser hohen Meinung völlig einig sind, zu bestärken.«

»Was für eine hohe Meinung?« lächelte Dr. Arnott nun noch gezwungener. »Seine von sich oder von mir?«

»Beides läßt sich kaum auseinanderhalten«, rief Dr. Antommarchi. »Jedenfalls geht es hier nur um hohe Meinungen und nicht um die klinische Indikation.«

»Ich glaube, Sie haben nicht im mindesten verstanden, was ich gesagt habe«, sagte Dr. Arnott, nun mit glätterem Lächeln. »Und ebensowenig scheinen Sie die Bedeutung dieses ähm Angebots würdigen zu können. Das hier«, lächelte er, auf die Kanne und ihren schneeigen Inhalt deutend, »ist Kuh-Milch. Milch, eine laktische oder laktale Substanz aus den Brustdrüsen weiblicher ähm vakziner Quadrupeden. Verzeihen Sie, wenn meine Fachtermini ungeschickt oder ungenau sein sollten. Ich bin schon sehr lange in diesem Berufe tätig und daher möglicherweise nicht mehr auf dem neuesten Stande des Wissens. Diese Milch ist von Sir Hudson persönlich. Sie ist für unseren Patienten. Sie ist nahrhaft und leichtverdaulich. Und erfrischend.« Und er deutete noch einmal auf den schneeigen Rand der Kanne. »Daher sollte er es trinken.«

»Muß ich denn abermals«, schrie Dr. Antommarchi, »meinem Abscheu vor dieser sei es wissentlichen britannischen Schurkerei, sei es unwissentlichen britannischen Dummheit Ausdruck geben, doch was es auch sei, in jedem Falle wirft es ein kaum mehr beschreibliches Licht auf die ärztliche Ethik und Befähigung eines Mannes, den ich einmal, wohl fehlgeleitet, wie ich nun zu sehen beginne, zumindest für einen uneigennützigen Kollegen angesehen habe, an dem mir nun aber, wie ich gestehen muß, gewisse sehr ernste Zweifel kommen.«

»Aha«, lächelte Dr. Arnott, »dies scheint mir schon ein wenig verständiger. Ich darf also vorschlagen, daß wir ein wenig Milch in ein Glas oder einen Becher gießen, wobei die Wahl des Trinkgefäßes ganz Ihnen überlassen sei, den Patienten oder Gefangenen oder beides, gefangenen Patienten wäre wohl am richtigsten, wecken, ihm das Getränk ähm einflößen, in sitzender Stellung am besten, und die sofortigen ähm wohltätigen ähm Wirkungen abwarten.« Er deutete auf den schneeweißen Inhalt der Kanne.

»Nein, Sir«, donnerte Dr. Antommarchi, »nichts dergleichen werden wir tun, denn, wie ich Ihnen schon mit hinreichender Klarheit gesagt zu haben glaubte, wäre diese Substanz, so bekömmlich sie für den Verdauungsapparat britischer Säuglinge auch sein mag, unserem Patienten in seinem gegenwärtigen Zustand völlig unzuträglich. Sie ist schwerverdaulich und würde gravierende enterale Störungen bewirken.«

»Aber«, lächelte Dr. Arnott, nun wieder etwas gezwungen, »dies wird auf Empfehlung von Sir Hudson Lowe dargereicht. Ohne Zweifel haben Sie, obgleich Ausländer, doch eine gewisse Ahnung, wer Sir Hudson Lowe ist. Er ist der Gouverneur dieser Insel, auf der sich unser Gefangener als Patient oder, wenn Ihnen das lieber ist, unser Patient als Gefangener befindet. Milch ist nun, wie Sir Hudson befindet, ein vorzügliches und völlig unfestes Nahrungsmittel, leicht einzuflößen, äußerst nahrhaft, schonend für die inneren Organe und dabei erfrischend für den Gaumen, zugleich vollkommen verdaulich. Und daher dürfen wir in Sir Hudson in seiner Güte und Milde die *fons et origo* des hier vorliegenden ähm Angebots sehen.« Und er deutete mit einem Lächeln auf die schneeig gerandete Kanne.

»Mir scheint«, schrie der andere, »daß ich zum wiederholten Male die Stimme zum Widerspruch gegen einen Vorschlag erheben muß, der mir nach schlimmster unärztlicher Heimtücke oder Unwissenheit klingt, möglicherweise aber auch nach beidem, denn das britische Temperament ist alogisch genug, um diese völlig gegensätzlichen Elemente zu vereinigen. Diese *lac vaccae* ist für den Patienten in seinem gegenwärtigen geschwächten Zustand völlig unzuträglich, und wäre er selbst weniger geschwächt oder gar bei normaler Gesundheit, so wäre sie immer noch ein völlig ungeeignetes Nährmittel. Mehr, so scheint mir, kann ich doch wohl nicht sagen.«

»Ich freue mich außerordentlich«, lächelte Dr. Arnott, »daß Sie sich geneigt zeigen, von Ihrem gewiß beredten, doch kaum rational begründeten Widerspruch gegen das ähm galaktische, ich meine milchige Angebot Sir Hudsons Abstand zu nehmen. Sehen Sie, hier«, lächelte er, auf den nivalen Inhalt der Kanne deutend. »Kuh-Milch, oder, wie Sie es ein wenig vielsilbig ausdrückten, *vac* ähm *laccae*, ein reinfarbenes Nährmittel von unsäglich mildem Geschmack und, wenn ich das sagen darf, ein freigebig, großmütig gespendetes Almosen, mit dem Sir Hudson Lowe sein gouvernationales Interesse an der Invalidendiät unseres ähm Invaliden zum Ausdruck bringt.« Und lächelnd deutete er auf. »Oder wäre es Ihnen vielleicht lieber, wir holten erst andere ärztliche Urteile ein? Andere Urteile, wie Sie wissen, stehen uns reichlich zur Verfügung.«

»Sie wissen sehr wohl«, erwiderte der andere in korsisch-franko-italienischer Verdüsterung, »daß es britische Urteile wären und daß ich mich somit in der unwürdigen und ohnmächtigen Lage befände, allein und in der Minderheit zu sein. Ich protestiere auf das entschiedenste gegen die Ungerechtigkeit einer solchen Behandlung. Ich bin der Ansicht, daß ich, dem das Wohlergehen unseres kaiserlichen Patienten mehr als jedem anderen –«

»Was das Beiwort ›kaiserlich‹ angeht«, lächelte Dr. Arnott, »so hat es für mich und meine Kollegen keinerlei Bedeutung, und ebensowenig scheint es mir über den Zustand unseres Invaliden auszusagen, denn die Organe des menschlichen Körpers sind in allen menschlichen Körpern die gleichen, beim Kaiser wie beim Clown, und der Mythos vom blauen Blut ist, soviel ich weiß, längst überwunden. Und darum sollten wir nun ohne weiteres Palaver und ohne daß wir uns bemühen müßten, andere Urteile zu bemühen, ihm ein wenig von dieser Gouverneursspende einflößen –« Und er deutete lächelnd ...

»Und daß man mich beharrlich und mit der gewissenhaftesten und vorbildlichsten Unredlichkeit behandelt hat. Darin sehe ich, ebenso wie mein, ach, sterbenskranker Herr und Patient, um den ich weine und weinen werde, einen höchst bezeichnenden Ausdruck der britischen Heuchelei und Ungerechtigkeit, und ich werde für die Nachwelt mit jedem Atemzug meinen Protest –«

»Ah, sterbenskrank ist er, wie Sie sagen«, lächelte der lächelnde britische Lächler, »und daher ist es ziemlich belanglos, ob er nun mit dem Gouverneursgeschenk gefüttert wird oder nicht, wenngleich alles dafür spricht, daß es seine Sterbenskrankheit prächtig nähren wird, und so lassen Sie uns denn –« Und er ...

Der sterbenskranke Patient, fast schon im Koma, lächelte, als er das Wort *sterbenskrank* vermerkte. Diese neue Technik, die es ihm erlaubte, mit außerordentlicher Klarheit die Konferenzen der Feinde abzuhören, unterrichtete ihn über Dummheit, strategische Meinungsverschiedenheiten und daraus folgende Handlungsunfähigkeit. An dem V des morgigen Tages konnte kein Zweifel sein.

Von Biwak zu Biwak zu Biwak zu Biwak zu Biwak und überall Fackelschwenken und *Lang lebe der Kaiser!* und *Dies ist der Jahrestag seiner Krönung* und *Gott segne Sie, Sire!*, und die rauhen Krieger in Glücks- und Freudentränen, wenn er vorüberging, und knisternde Strohfackeln ringsum von Biwak zu Biwak zu Biwak. Er winkte ihnen dankend, selber Tränen in den Augen, *Gott segne euch, Kinder!* und kam zu den Biwaks der Artillerie. *Danke, dank euch!* rief er, fast weinend ob der Soldatentränen und der grimmigen Segenswünsche, und dann sprach er:

»Fort mit diesen Scheißfackeln von den Munitionskisten!«

Milch, auch das noch, was für eine Idee, ihm Milch zu geben! Er saß mit seinen Offizieren bei Bratkartoffeln mit Zwiebeln, und es gab viel zu reden und zu lachen.

»Ein schöner Ausdruck, Sire, das da in Ihrer Ansprache zum Tagesbefehl!«

»Fast sollte man's vertonen, Sire, jawohl, eine Art neuer Haßgesang.«

»Ach, die sind es doch, die uns hassen«, sagte er lächelnd, eine Gabel voll Bratzwiebeln und Kartoffeln vor den Lippen in Bereitschaft. »Wir dürfen für sie nur Mitleid empfinden. Aber dennoch« – mächtig kauend, dann schluckend, ohne auch nur den Vorgeschmack eines Stechens – »ist schon etwas an dem, was Sie sagen. Ich habe mich einmal, in meiner frühesten Jugend, wissen Sie –«

»Jawohl, Sire!«

»– für keinen schlechten Liederdichter gehalten. Versuchen wir's doch mal, und Sie können alle einstimmen!« Er hob die Stimme in melodischer Improvisation:

England! England!
Bezahlte Lakaien von England!

»Ach, Messieurs, weiter komm ich nicht, im Moment. Aber vielleicht geht's auch so. Versuchen wir's mal! Ich singe Ihnen das Rezitativ vor, und Sie nehmen dann den Refrain auf.«

Davon sei jedermann durchdrungen,
Daß lebensnotwendig der Sieg
Über die bezahlten Lakaien –

Und über das ganze Feldlager hin erschallte mit ehernem Dröhnen das frohe Lied, das der Kaiser selber komponiert hatte, wieder und wieder, und ohne Zweifel hörte es auch der mürrische Feind, zitternd und von aller Hoffnung verlassen.

England! England!
Bezahlte Lakaien von England!
Es straft ein langes Feuer,
Die hassen, was uns teuer.
England! England!

Es war so ein Lied, das man endlos fortsetzen konnte, zumal der Kaiser keinen Schlußakkord vorgesehen hatte, doch er selbst wurde es schließlich müde und begann vom Orient zu sprechen.

»Ägypten lockt, Messieurs, und noch stärker, noch exotischer locken die Länder östlich von Ägypten. Der Osten – dorthin führt unser Weg. Europa ist übermorgen ohnehin ganz und gar unser. Amerika und Afrika, diese wilden, ungeschlachten Kontinente ohne Zukunft wollen wir nicht. Aber oho, der Orient! Indien, China, das fabelhafte Japan! Und natürlich« – das schwärmerische Feuer seines Blicks machte wildem Zorn Platz – »will es unsere Sendung, daß wir dem Feind der Menschheit gerade dort im Osten begegnen, wo ihm der Boden unter den Füßen ohnehin schon wie Feuer –«

Ein paar jüngere Offiziere verstanden die letzten Worte als Einsatzzeichen für den Refrain und blökten begeistert los:

England! England!
Bezahlte Lakaien von England!

»Ja, ja doch«, sagte der Kaiser ärgerlich, »das genügt aber für heute.« Dann erhellte sich seine Miene, und er sagte: »Ich habe gehört, ein Komet – ein Wanderstern mit einem Schweif, wie

Sie wissen – ist über Paris gesichtet worden. Hat von Ihnen auch jemand davon gehört?«

»Jawohl, Sire.«

»Jawohl, Sire.«

»Ein gutes Omen für morgen, Messieurs, daran zweifle ich nicht. Ist dies nicht das Vorzeichen für den Sturz von Fürstenhäusern? Ja, die sollen mir auf die Nase fallen, diese Kaiser von Geblüt, ha! Der Russe und der Österreicher, diese Lakaien von – Nein, nein, nein«, winkte er schnell ab. »Müssen wir nicht singen. Also«, sagte er gereizt, »wir können doch nicht die ganze Nacht hier sitzen und über Orientalistik, Astrologie und dergleichen schwätzen, und ein Gesangverein sind wir auch nicht. Als ob wir nichts zu tun hätten! Gibt's Neues von Marschall Davouts Division?« Traurige Blicke begegneten den seinen, Köpfe deuteten die Verneinung an. »Dann ist er immer noch von Wien her unterwegs. Vor Morgengrauen wird er hier sein, daran zweifle ich nicht.«

»Jawohl, Sire.«

Er ritt im Fackelschein herum, inspizierte und inspizierte. *Lang lebe der Kaiser! Dies ist der Jahrestag seiner.* »Danke, Männer, und Gott segne euch alle! Sehn Sie« – scharf gen Süden spähend – »da sind viele feindliche Lagerfeuer um Augezd. Ich glaube, Savary, Feindaufklärung ist notwendig. Lassen Sie die Stärke der Truppen um Augezd feststellen!«

»Jawohl, Sire! Sire, Marschall Davout meldet seine bevorstehende Ankunft. Möchten Sie mit dem Meldereiter sprechen?«

»Ich glaube nicht. Ich werde mit Marschall Davout selbst sprechen, wenn er da ist. Jetzt lassen Sie die Truppenstärke um Augezd feststellen. Ich schätze, na, ein ganzes Korps.«

»Jawohl, Sire.«

»Ich geh zurück ins Quartier. Eine Stunde Schlaf nötig, Savary.« Und er ging, mit *Gottes Segen, Sire!* und so weiter, Fakkeln, Fackeln. Ehe er sich noch in der Hütte, wo er untergebracht war, aufs Stroh gelegt hatte, traf endlich Davout ein, müde und staubbedeckt.

»Prächtig sehn Sie aus, Davout, keine Unze Müdigkeit im Leib, ich seh's doch, vortrefflich, erstaunlich, ganz scharf aufs Feuer, was? Prima, prima! Die Stellung kennen Sie.« Er tippte im Laternenschein auf die Karte. »Sie stehn hier rechts. Bis wann können Sie angetreten sein?«

»Sire! Kavallerie und Vorhut um neun Uhr morgens, Infanterie etwas später.«

»Acht, sagen wir acht! Um acht, Davout. Gott, was sehen Sie *gut* aus!«

»Zehn, sagen wir zehn«, lächelte Dr. Arnott. »Einverstanden, Mitchell? Zehn Gramm Kalomel. Einverstanden, Shortt?«

»Dagegen muß ich aus Leibeskräften protestieren«, rief Dr. Antommarchi. »Der Patient ist in viel zu geschwächtem Zustand für ein Purgativ. Aber ich sehe, daß Sie drei gegen einen sind und daß Erwägungen klinischer Vernunft und baren menschlichen Gefühls keine Aussicht –«

»Also gut«, lächelte Dr. Arnott. »Wir sind uns alle einig, zehn Gramm Kalomel. Damit er richtig schön laxieren kann.«

Nachricht kam, daß eine Patrouille österreichischer Husaren in Zokolnitz oder kurz davor ohne Mühe vertrieben worden sei. »Müssen Sie mich wegen solchem Mist wecken?« schimpfte der Kaiser. »Wecken Sie mich, wenn Savary zurückkommt.«

Savary kam zurück. »Wie Sie gesagt haben, Sire. Mindestens ein Korps um Augezd. Ihre Befehle?«

»Dazu nehmen wir Marschall Soult«, sagte der Kaiser und streifte sich Stroh aus dem Haar. »Kleine Akzentverschiebung erforderlich. Partitur muß nicht umgeschrieben werden, wenn Sie den musikalischen Vergleich verstehen, Savary, nur ein Sforzando umzustellen. Also. Wie spät?«

»Drei Uhr und ein aufsteigender Nebel, Sire.«

»Wir wollen annehmen, Savary, daß das Korps, welches Sie dort gefunden haben, eine Schwächung der feindlichen Kräfte im Norden darstellt – ihr rechtes Zentrum. Also verschieben wir unseren Angriff ein wenig nach Norden. Und, weil wir gerade dabei sind, unsererseits verstärken wir unsern rechten Flügel um, na, sagen wir noch viertausend. Ich bin mir nicht recht sicher, ob wir Davout mit seinem Haufen rechtzeitig dorthin bekommen. Davout sah mir sehr müde aus, Savary. Erschöpft, Sie verstehn.«

»Jawohl, Sire!«

»Sie haben von Nebel gesprochen, Savary.« Er trat hinaus in die schöne schwarze (denken Sie nur an die paradoxe Etymologie unseres weißen Kalomels, meine Herren!) Dezembervordämmerung und sah selbst die Kalomelausdünstung des gefrorenen Bodens aufsteigen. »Dürfte uns nicht schaden, Savary.«

»Jawohl, Sire!«

»Vandamme und St. Hilaire werden von Puntowitz aus angreifen, diesem Flecken hier rechts von meinem Nabel. Ja, damit sollte der Feind genug zu tun haben, ha, ha, debilisiertes rechtes Zentrum. Kommen Sie, gehn wir zu Soult, wecken ihn durch kaiserliche Schüttelung, kleine Überraschung für ihn, was, Savary?«

»Jawohl, Sire!«

Denn wenn sein Körper von Nordwest nach Südost lag, dann war der Santonhügel in seine linke Achselhöhle geschmiegt, und die Goldbachhöhen waren ein Stückchen oberhalb seines linken Ellbogens, und das Flüßchen namens Goldbach mit seinem Nebenfluß, der Bosenitz, floß von seiner linken Schulter abwärts bis zur untersten rechten Rippe, und während sein Magen ein Hügel mit einem Gipfel namens Zurlan war, so stellte sein ganzer mächtig angeschwollener Leib die Pratzenhöhen dar. Puntowitz, Kobelnitz, Zokolnitz und Telnitz waren Muttermale um die silberne Narbe des Goldbachs, vom Nabel abwärts fast bis zum rechten Hüftknochen.

»Die Distension ist beträchtlich«, lächelte Dr. Arnott und stupste mit dem Finger in die Pratzenhöhen.

»Ich protestiere aus Leibeskräften gegen diese völlig unnötige und niederträchtig inhumane Palpation, während der Patient schläft –«

»Beträchtlich!« stimmte Dr. Mitchell zustimmend zu. »Ich stimme Ihnen zu.«

Morgens um vier war der Nebel dichter geworden. Die ersten Soldaten stöhnten und fluchten, als das Los-hinaus-mit-euch-aus-den-verdammten-Wichsgruben kam, gähnten, fluchten, schluckten harten Schnaps und zogen los.

»Schön«, lächelte er auf einer Bodenerhebung, »ein guter Anfang! Ich kann mir denken, daß sich der Feind da hinter dem Goldbach in einiger Verwirrung befindet, weil ihm der Nebel dazwischenkommt und seine Formierung behindert.«

Um sieben stand er unter seinen Stabsoffizieren, alle bis zum Gürtel eingenebelt.

»Lage ist schlecht in Telnitz, Sire.«

»Unsinn! Legrand wird allein damit fertig.« Aber General Doktorows massive Kolonne kam plötzlich seitwärts aus dem Morgennebel Kienmayer zu Hilfe. Das dritte Linienregiment wurde aus Telnitz vertrieben, und Davout mußte mit seinen Chasseurs und Husaren den Rückzug decken. Ein Dorf in feindlicher Hand also. Der Kaiser begann auf und ab zu tänzeln, wobei man allerdings die Beine im Nebel nicht sah. Sein Gesicht verriet jedoch keine Wut; das Tänzeln war wegen der Kälte.

Im Norden in Zokolnitz konnte sich die Besatzung nicht halten, achtzehnhundert Mann und sechs Kanonen, Merles leichte Brigade und Mangerons Tirailleurs zusammen, gegen Langerons und Przybyschewskis dreißig Kanonen und achttausend Mann und –

»Zokolnitz vom Feind genommen, Sire.«

»General Heudelet zum Gegenangriff auf Telnitz. Das wichtigste ist jetzt, Telnitz zurückzugewinnen.« Aber das sagte er zerstreut, den Blick auf die Pratzenhöhen gerichtet. Der Nebel ging über ihnen hoch wie ein Vorhang, daß man den überfrorenen Fels und das Grün sah, und darauf zu schäumten und strudelten die russischen Kolonnen wie ein geschwollener Fluß im Frühjahr. Er lächelte.

»Ich würde sagen, nicht, mein lieber Soult, so an die, na, sagen wir vierzigtausend massieren sich gegen unsern rechten Flügel. Warten wir noch ein bißchen, und ihr Zentrum wird dünn sein wie Wasser.«

»Jawohl, Sire!«

»Sire, eben kommt eine Meldung, daß das 108. Regiment versehentlich auf General Merles leichte Brigade geschossen hat, Sire. Qualm und Nebel, Sire. Verwirrung, Sire.«

»General Merde!« sagte er gutgelaunt. »Also, Soult, wie lange brauchen Sie, um Ihre Divisionen auf die Pratzenhöhen zu bekommen?«

»Sire, Sie sehen unseren augenblicklichen Standort, oder nein, Sie können ihn nicht sehen. Wir stehen auf der Talsohle, verborgen durch den Nebel und Lagerfeuerqualm. Ich würde sagen, dreißig Minuten.«

»Sagen wir zwanzig!« Er drückte sich den Feldstecher ans rechte Auge, spähte hinaus, grinste. »Noch zwei von ihren Kolonnen gehn nach Süden. Also«, sagte er gutgelaunt, »der Feind hat Telnitz und Zokolnitz genommen. Schön, schön! Wie spät?«

»Gleich neun, Sire.«

»Sehr gute Zeit! Ich denke, Soult, jetzt können wir Ihre beiden Divisionen loslassen.«

»Sire! *Pas de charge!*« rief Soult. Und die Trommeln nahmen es ratternd auf, durchs ganze Tal, Kommandostimmen schnappten über, Echo, Echo durchs ganze Tal, *pas de charge!*

»Ah, welch ein Anblick!« Aus den Nebeln auf der Talsohle stiegen die beiden Divisionen auf, die Bajonette in der blassen

Wintersonne blitzend, hinauf zur Hochfläche, trommtromm-trommtrommelnd.

Der Kaiser sang leise sein selbstgedichtetes Lied: »England! England! Bezahlte Lakaien von England! Monsieur Pitt wird es sehr, sehr elend gehn, bevor dieser Tag um ist, Messieurs.« Und dann machte er sich eine Art Kinderreim auf die Namen der Male um die silberne Narbe, die vom Nabel abwärts bis fast zum rechten Hüftknochen verlief: »Puntowitz, Kobelnitz, Zokolnitz, Teeeeelnitz.«

»Sire! General St. Hilaire hat das Dorf Pratzen genommen und steht nun auf den Höhen.«

»Und General Vandamme?«

»Noch kleinere Schwierigkeiten, Sire, bei dem Dorf Girzikowitz.«

»Ach, all diese Nitze und Witze! Nun sehn wir doch mal nach Blasowitz da oben im Norden. Geht alles gut?«

»Sire! Eine unbestätigte Meldung liegt vor, daß die russische Kaisergarde das Dorf genommen hat.«

Er sah durch den Feldstecher die verquollene russische Kolonne im Süden, eine hastige und verworrene Änderung der Marschrichtung, sah aus, als ob es bloß zwei Bataillone waren, die viel zu spät das Dorf Pratzen zu erreichen versuchten.

»Wir haben es, Messieurs. Jetzt müssen wir uns auf den Norden konzentrieren.«

»Halb zehn, Sire!«

»Danke.« Eine ungewohnte, stille Höflichkeit. »Blasowitz, noch so ein verdammtes Itz!« Soult, Bernadotte, Lannes und Murat in eine qualmende Suppe gerührt, zerplatzte Trommelfelle, aufgeschlitzte Pferde, vierhundert Mann aus Caffarellis Division binnen drei Minuten zersprengt und zerrieben, das siebzehnte Linienregiment fest eingepflanzt auf dem Santonhügel, blitzende Kürasse und wippende Federbüsche auf einer vierhundert-Meter-Front, als Murats Reserve in die linke Flanke der feindlichen Kavallerie stieß.

»Zehn Uhr, Sire!«

St. Hilaires Division wurde von drei Seiten attackiert. Verzweifelter Bajonettangriff, während Soults Artilleriereserve sechs Zwölfpfünder herankarrte, von dem brüllenden Soult selber kommandiert. Vandamme, links von St. Hilaire, drückte wie ein Irrer gegen Kollowraths und Milorardowitschs gottweißwieviele Bataillone.

»Diese verdammten Itze!«

Lochet stürmte Zokolnitz mit dem 48. und 111., nahm es und ließ das 48. als Besatzung zurück, ging gegen die Burg Zokolnitz auf dem Ostufer des Goldbachs vor, feindlicher Gegenangriff auf das Dorf, das 48. aufgerieben, 111. mußte zurückgenommen werden, und die Russen behielten Zokolnitz bis auf den Südrand, den die Franzosen fest im Griff hatten.

»Mittag, Sire!«

»Die Mittagsposition, Messieurs. Zur Linken und zur Rechten scheint der Feind hinreichend eingedämmt. Im Zentrum halten wir die Pratzenhöhen. Das kaiserliche Hauptquartier wird jetzt dorthin verlegt.«

»Jawohl, Sire!«

»Die zehn Gramm«, lächelte Dr. Arnott, »scheinen nicht im mindesten gewirkt zu haben. Ich glaube, wir müssen die Dosis steigern. Stimmen Sie mir zu, Mitchell?«

»O gewiß doch stimme ich zu«, stimmte der zu.

»Meines Erachtens muß die Unbilligkeit Ihrer beharrlichen Weigerung, meine beharrlichen Einwände zu beachten, für die Nachwelt als ein weiteres Beispiel britischer Heimtücke festgehalten werden, und überdies –«

Er schaute von den Pratzenhöhen hinab, einen Teller Rührei vor sich, heißen Kaffee, Milch und Zucker. Um ihn waren seine Stabsoffiziere in Bewegung, Botschaften wurden hingekritzelt, Boten schwirrten ab. »Masse de décision, Messieurs!«

»Ah, Sire!«

»Bernadottes Korps soll vom Nordsektor heranrücken. Die gesamte kaiserliche Garde ist auf dem linken Ufer des Goldbachs zu postieren. Die einzige Schwierigkeit ist, soweit ich sehe, die russische Kaisergarde, die, wie deutlich sichtbar, heranrückt, um das zerbrochene Zentrum auszufüllen. Aber, Messieurs, ich setze die größten Hoffnungen in den Übereifer dieser Truppe.« Man verstand nicht, wie er das meinte. »Die haben zu lange dort in der Reserve gestanden. Fehlt der Gefechtseinsatz. Werden viel zu scharf aufs Gefecht sein.« Man verstand ihn noch immer nicht.

Man verstand ihn, als der Großherzog Ferdinand mit vier funkelnagelneuen Bataillonen die halbtoten Truppen des Generals Vandamme angriff. Sie kamen brüllend angerannt, mit aufgepflanzten Bajonetten, aus einer Entfernung von dreihundert Metern. Sie waren viel zu sehr außer Atem für das erfrischende Blutbad, auf das sie gehofft hatten. Die vorderste Reihe durchbrachen sie, aber dann kamen sie unter schweren Beschuß aus den hinteren Reihen. Sie zogen sich zurück in Richtung Krzenowitz. Vandamme, nach Erhalt eines kaiserlichen Befehls zu einer Halbrechtsschwenkung, öffnete seine Nachhut und linke Flanke. Der Großherzog Konstantin stieß ihm mit fünfzehn Schwadronen Gardekavallerie in die Flanke, und die neu formierten Grenadiere machten einen neuen Frontalangriff. Vandamme zog zwei Bataillone heran, um seine nackte Flanke zu decken. Die Russen –

»Allmächtiger, was ist das denn? Um Christi willen, was denken diese Hunde, was sie da – Die feigen Arschlöcher, ich werd denen die Eier –«

Er hüpfte, hieb mit der Faust in die Luft, als das entwaffnete und entadlerte Bataillon vom Vierten davonlief, in wilder Panik, aus Leibeskräften *Lang lebe der Kaiser!* brüllend, als ob das ein Zauberspruch gegen Panik und Feigheit wäre. »Jetzt«, sagte er, wieder ruhiger, die Luft verschonend und nicht mehr hüpfend, »wollen wir uns ihre Kaisergarde mal vorknöpfen. Schikken Sie Bessières mit unserer eigenen kaiserlichen Kavallerie!«

»Jawohl, Sire!«

»Wir kommen jetzt«, lächelte Dr. Arnott, »auf die freundliche Direktive des Herrn Gouverneurs zurück, nämlich dem Patienten dieses vollkommen gesunde Nährmittel zu geben, das auf Sir Hudsons persönlichen Befehl von vollkommen gesunden Kühen ähm delaktiert worden ist.«

»Ich habe es schon gesagt und ich sage es immer wieder bis zum Umfallen, daß ich weder als Patriot noch als Praktiker der von Ihnen und Ihren Kollegen so schamlos entwürdigten Kunst die Verabfolgung eines Getränkes gutheißen kann, welches der Verdauungsapparat des kaiserlichen Patienten –«

»Das Beiwort ist unangemessen und nicht behandlungsdienlich«, lächelte Dr. Arnott, auf die randvolle Kanne deutend.

»Das nun«, sagte der Kaiser, »war ein Beispiel für eine Initiative, wie ich sie keinesfalls mißbillige.« Bernadotte hatte nämlich General Drouets Division abgeordnet, um den schwer bedrängten fünf Schwadronen der kaiserlichen Garde zu Hilfe zu kommen. »Und jetzt wollen wir General Rapp den letzten Stoß – Zwei Schwadronen Chasseurs und eine Schwadron der Landsleute unseres guten Rustam hier. Wie fändest du's da draußen, Rustam, so mit Gebrüll und *Allah beiß euch die Eier ab!* und so weiter?«

»Jawohl, Sire!«

Oho, wirksam war's, sehr wirksam. Fünfhundert russische

Grenadiere tot und zweihundert Offiziere, die Blüte und Elite der hochgeborenen Ritterschaft, persönliche Eskorte dieses Czaaren oder Zaren gefangengenommen.

»Kurz nach zwei, Sire!«

»Na«, lächelte der Kaiser, als man ihm den Fürsten Repnin vorführte, seines Zeichens Kommandeur der Heiligen Russischen Kaiserlichen Rittergarde, abgerissen, staubbedeckt und niedergeschlagen, aber jeder Zoll ein Fürst von Geblüt, »haben wir aber rennen müssen für unser Geld, was, Durchlaucht?« Und dann, brutal: »Gibt einiges Heulen und Zähneklappern in St. Petersburg heute abend oder morgen, könnt ich mir denken. All diese lieblichen Damen von Adel ohne die Tröstungen ihrer adeligen Bemannung. Na schön, führen Sie unsere adeligen Gäste ab!«

»Halb drei, Sire!«

»Sehr gut! Letzte Phase, glaube ich, Messieurs.«

Der große, auf dem Rücken liegende Körper wurde von den eingenisteten Feinden gesäubert. Sie wurden weggespült, nach Süden vom Bauch der Pratzenhöhen herab in eine Region voller gefrorener Seen und Sümpfe. Der Westen war frei von Feinden, und die Kolonne, die sich nach Osten auf Austerlitz zurückzog, wurde verfolgt und verschlissen, zerkratzt und angenagt und ausgespien. General Doktorow stand nach Norden zu, das gefrorene Seenland im Rücken. Jeder für sich. Fünftausend zerstreuten sich, viele über das Eis der Gewässer.

»Bombardieren!« befahl der Kaiser. »Alle vorhandenen Geschütze!« Er schaute nach Süden, wo die weißen Decken hier und da schon unter dem Gewicht der abziehenden Kanonengespanne knackten. Kanonenkugeln durchlöcherten das Eis; es ächzte und barst, und Männer fielen brüllend ins schwarze Wasser, Pferde auch, scheuend und ausschlagend, und mit ihnen die großen, nutzlosen Kanonen.

»Meldungen aus dem Norden?«

»Feind auf dem Rückzug, Sire. Kurz nach drei Uhr.«

»Meine beiden Kollegen hier«, lächelte Dr. Arnott, »stimmen mir in diesem Punkte völlig zu. Es wäre dies eine sinnvolle Versöhnungsgeste gegen Sir Hudson, der, wie Sie wohl wissen, unter der starrsinnigen Haltung seines Gefangenen sehr zu leiden gehabt hat.« Und er deutete auf die randvoll schimmernde Kanne.

»Ich hätte nicht übel Lust«, rief Dr. Antommarchi, »sie zu Boden zu schmettern.«

»T, t, t!« machte Dr. Mitchell. »Typisch südländische Einstellung, nicht sehr hilfreich, würde ich sagen, und gewiß, würde ich sagen, bezeichnend für Ihre ein wenig untherapeutische Geisteshaltung.«

»Also«, lächelte Dr. Arnott, »wollen wir uns einigen, dem Patienten dieses von Sir Hudson gespendete milde und reine Nährmittel zu verabfolgen?« Und wieder deutete er ...

Um fünf wurde der Waffenstillstand geblasen. Vorläufige Zahlen wurden addiert. 11000 Russen gefallen, 4000 Österreicher. Aus beiden Armeen 12000 Gefangene. 1300 Franzosen gefallen. 6940 verwundet. 573 in Gefangenschaft.

»Kommen wir nun auf diese Frage eines wirksameren Purgativs zurück«, lächelte Dr. Arnott. »Die zehn Gramm Kalomel, wie meine Kollegen mir bestätigen werden, haben sich als völlig unwirksam erwiesen. Ich verordne noch einmal zehn Gramm.«

»Ich protestiere, protestiere, protestiere. Britische Verräterei!«

Rollen Sie diese Karte ein etc. Mein Land, mein Land, wie komm ich fort aus etc. Der Patient lachte unhörbar in sich hinein. Nitze, Witze, Litze. Nein, ein Litz, nur eines.

Der Sturm, welcher der Insel am vierten Maitage seinen Besuch abstattete, war von einer selbst in diesen Breiten unerhörten Gewalt. Jene in den gemäßigten Zonen aufgewachsenen Dichterlinge und Halbphilosophen, die uns die Mutter Natur als eine gütige und stets lächelnde Frau darstellen, müssen des Fehlers schuldig befunden werden, ihre liebenswerten Systeme, deren Gesetz sich doch nur von den beobachteten Erscheinungen herleiten sollte, auf unzulängliche Kenntnis der Tatsachen zu gründen; verwandelt sich doch in den Tropen die milde Matrone des Golfstroms in eine Harpyie, eine Walküre, eine keifende und von Grund auf weibliche Verkörperung des ewigen Prinzips der Zerstörung. Das Firmament über jener tropischen Insel, im grausigen Wechseln und Wirbeln seiner unirdischen Farben, gemahnte an nichts so sehr wie an das Gurgeln der bald fahlen und bald finsteren Öle in einem riesigen Hexenkessel. Wieder und wieder spalteten und zertrümmerten den Himmel die Blitzknuten von ungeheurer Länge und beängstigenden Konturen, während die Donnerschläge aus allen Kurswinkeln gegeneinanderstießen, so als lägen ganze Armeekorps, nur mit Kesselpauken bewaffnet, in den Tälern über ein unermeßliches Gebiet verteilt. Unablässig fiel ein leidenschaftlicher Regen, alle

Luft in ein unendliches Geflecht vertikaler Pfützen verwandelnd, und die Winde heulten und pfiffen, als ob des Äolus ganzer Sack tückisch mit einem Male über die niederen Himmel ausgeleert worden wäre. Von den abergläubischen Inselbewohnern glaubten viele, in ihrer Mitte hätten sie, dem Tode nah, wie das Gerücht ging, einen Dämon oder aber einen Halbgott, dem der Sinn danach stehe, noch einmal Zwiesprache mit der Macht der himmlischen oder höllischen Stätten zu halten, von wo er gekommen und wohin er heimkehren würde, und der sich nun ein letztes Mal aufbäume, ehe er seine irdische Wohnung für immer oder bis zu seiner nächsten Inkarnation verließe. Sie bekreuzigten sich, bezichtigten einander vieler Sünden, deren Strafe nun nahe schien, und murmelten Gebete um den Nachlaß dieser Heimsuchung, doch die Erhörung ließ auf sich warten. Mittlerweile lag der Halbgott oder Dämon, nur allzu menschlich in den Augen derer, die ihn beobachteten oder beweinten, still oder in den Zuckungen plötzlicher Schmerzanfälle, das bleiche Gesicht – das, wie viele mit Erstaunen bemerkten, wieder glatt und jugendlich schien – von Zeit zu Zeit durch eine vom Himmel herabblitzende Flamme erhellt.

Von solcher Gewalt waren die Winde und der Regen, daß das Chaos selbst wiedergekehrt zu sein schien, und nach einer Fügung, die den Dämonen- oder Halbgottgläubigen als eine nur allzu begreifliche Anomalie erschien, war es eben jenes Stückchen gezähmter Natur, das man den Kaisergarten nannte, welches als erstes wieder in den Zustand einer sumpfigen und zerwühlten Wildnis zurückversetzt wurde. Eine andere Spielart des Aberglaubens sprach naturgemäß vom Toben der Götterwut gegen den Titanen Prometheus, während Bemerkungen über die Trugschlüsse vermenschlichender Naturdeutung den wenigen Kühlvernünftigen vorbehalten blieben. Nichtsdestoweniger ist es eine unumstößliche und wohlbezeugte Tatsache, daß alles vegetative Leben, das unter seinen Händen oder auf seinen kaiserlichen Befehl erwachsen war, der Entwurzelung durch Regen und Wind zum Opfer fiel, wobei insbesondere der große Weidenbaum, in dessen Schatten er gewöhnlich Kühlung in einer Hitze gesucht, die ihren quälendsten Gipfel (dank einer Ironie, über die sich unsere Spezialisten für die sentimentale Ausschlachtung dieses Festes den Kopf zerbrechen mögen) um Weihnachten erreichte, von selbigen beiden Elementen hämisch ausgerissen und ohne viel Federlesens davongeschleudert wurde. Ein vereinzelt stehender Gummibaum, für den er eine besondere Zuneigung hegte, schien zuerst dem Wüten des Sturmes standhalten zu können, doch auch er wurde schließlich entwurzelt und wild rollend und preschend davongefegt wie ein unter der Peitsche vor Schmerz tollgewordener Hund. Von allem, was er Grünes gepflanzt und gehegt, von allem, was ihm Natur in ihren freundlichsten Launen desselben gewährt hatte, sollte nichts bleiben. Manche wollten darin eine Lehre sehen, daß nämlich der Mensch nichts ungestraft tut, und sei es auch nur, daß er seinen Garten bestellte.

Ich weiß, nicht ungestraft, dies Wort
Nimmt dir die Glut der Morgenröte,
Ruft dich zurück vorm Gartenbeete,
Ingrimmig scheucht es Milde fort.

Der Mensch und was er tut und trägt,
Ist es moralisch nur zu wägen?
Wird jedem denn sein Lohn und Segen
Nach einer Regel aufgeprägt?

Zwingt man uns ein für alle Mal,
Die Wünsche nach dem Muß zu richten?
Sehn wir im Guten nur noch Pflichten
Im rostgen Panzer der Moral?

Ich schloß die schweren Lider nicht,
Nachts, wo ich hing, streng angeschlagen.
Die Gegengabe mußt ich tragen
Mit ihm ins Dunkel oder Licht.

Im Sterben wurd die Stimme wach,
Noch einmal königlich und frei.
Regierungsworte sprach er, zwei.
Ich bebt in Qualen, als er sprach.

Spitze
Armee

Mit Menschen außerhalb seines Gartens sprach er nicht mehr; er hielt sich nun, sofern dies Wort in seiner Lage irgendeinen Sinn behielt, für frei, darin umherzugehen und sich der Rosen, die ihn dieses Jahr einmalig schön dünkten, zu erfreuen, während er zugleich einen eigentümlich sinnlichen *Elan* im Nachgeben des samtweichen Rasens unter seiner, wie es ihm erschien, nahezu feinfühligen Schuhsohle verspürte. Sehr schön war die Melancholie, die ihn durchdrang, von einem herrlichen Altgold, welches die Rosenblüte Lügen strafte, um so besser aber zum Herbst des Lebens stimmte, als den er seine jetzige Lage in einem raschen Aufblitzen des Bewußtseins erkannte. Mit einem Lächeln blickte er an seiner Kleidung herunter, einem völlig zivilen »Aufputz« von einer Nüchternheit, die dem neu eingetretenen silbernen Alter geziemte; silbern hinsichtlich des Jubiläums, doch ohne alles Jubilierende in den gedeckten Farben seines Anzugs und des breitkrempigen Hutes, den er in der einen Hand trug, während er sich mit einem Stöckchen in der andern zwischen den Rosenbeeten durchtastete. Rohe Schönheit, Mut und Tatkraft waren nun an Gelenke gefesselt, die, wie er ohne allzu viel Wehmut wußte, nun nicht mehr dazu taugten, das Schlachtroß zu besteigen oder auch nur in halbwegs ansehnlicher Haltung durchs Konferenzzimmer zu schreiten. Es war, er wußte es so sicher, wie er seinen Namen wußte, gleichgültig welchen – sollte er den Zunamen in alltäglichen Belangen wie beim Sichvorstellen, beim Ausfüllen von Formularen oder beim Unterschreiben von Briefen wieder verwenden, in Verbindung mit einem völlig unprätentiösen Titel? – es war alles vorüber; er war, mit einem Wort, *hors de combat.*

Die Dame, die er auf sich zukommen sah, mit einem Korb in der Hand, war so licht und wohlgestalt, daß die Menschen, dachte er, sich verwundern müßten, wenn sie vorüberginge, so wie nun er selbst in einer höchst eigentümlichen Gemütsbewegung von nicht unangenehmer Heftigkeit sich verwunderte, über sie und ebenso über den Korb, den sie trug, denn er war voll der herrlichsten Blumen von wahrhaft erstaunlicher Pracht, und höchst sonderbarerweise, wie es ihn dünkte, war nicht eine von jenen darunter, die in dem Garten, wo sie beide sich befanden, vertreten waren. Das Alter der Dame angeben zu wollen, wäre schwierig und vielleicht auch ein wenig ungalant gewesen, denn ihr Gesicht war halbverborgen unter dem Strohnetz ihres gefältelten Sommerhäubchens, doch waren solche Rücksichten letztlich nicht eben dringend geboten. Die fließende Taille bekundete Jugend, und der hauchzarte Flaum, der bald goldig, bald, je nachdem wie das Sonnenlicht darauf spielte, dämmerigmatt um ihre bloßen Arme flimmerte, gemahnte ihn sonderbar an ein Bild aus seiner frühen Knabenzeit, als er, noch ganz ohne die Beimischung eines *fleischlichen* Begehrens, wie es in einer späteren und lebhafteren Phase seiner Empfänglichkeit nicht ausgeblieben wäre, einen ähnlich feinen Bewuchs auf den Armen seiner Schwester Pauline bewundert hatte. Lächelnd blieb er stehen, ein wenig unschlüssig, ob er grüßen solle, mit Rücksicht auf die verwickelten Höflichkeitsregeln für solche zufälligen, doch deshalb nicht minder erfreulichen Begegnungen im Garten. Kurz, es dünkte ihn, daß er die Entscheidung am besten ihr überließe.

Und nicht lange, so redete sie ihn an, mit einer Stimme, die freundlich und kühl zugleich war, von der Kühle freilich eines freundlichen Gewässers, wie es den müden Wanderer wohl nach einem langen Sommertag in den Hügeln von Devon oder den Schluchten von Lancashire zur Erfrischung lädt, keineswegs aber von jener förmlichen und gleichgültigen Kühle, wie sie für eine »anständige« junge Dame bei der Begegnung mit einem unerwartet auftauchenden Fremden schicklich sein mag. Und ein höchst leibhaftiges Erstaunen packte unsern Freund, als er aus ihrer Anrede, so beiläufig sie war, den wenngleich schwer bestimmbaren Eindruck gewann, daß er in gewisser Weise erwartet worden und daß ihre Begegnung nicht ganz absichtslos sei, obwohl doch für sein Teil von keiner Absicht die Rede sein konnte, so sehr er auch jetzt, im Augenblick der »vollendeten Tatsache«, mit der ruhigen Gewißheit der Rückschau zu erkennen vermochte, daß er einer solchen Absicht nur allzu gern beigepflichtet hätte. Das Feuer, das von ihr ausstrahlte, als sie sich nun ohne Eile dem Platze näherte, wo er höflich stehengeblieben war, dünkte ihn tausendmal liebreizender und gefährlicher, als nötig gewesen wäre, um ihn zu ihr hinzuziehen.

»Und so ist denn«, sagte sie, »nun alles ganz und gar vorüber, o mein Herr Ritter!«

Er wunderte sich, während er unbestimmt lächelte, über die Fülle des angedeuteten Mitwissens, das aus ihren Worten hervorzublicken schien, und da ihm nichts einfiel, das ihrer Absicht, welche dies auch sein mochte, näher entsprochen hätte, so antwortete er in dem Sinne, daß dem wohl so zu sein scheine, in der Hoffnung, ihre nächste Äußerung werde ihm einige Lichter mehr aufstecken.

»Und welch ein Fazit«, sagte sie nun, »sofern wir der Nachwelt überhaupt Wünsche zuschreiben dürfen, könnte für die Nachwelt denkbarerweise wünschenswert sein?«

Er glaubte, er beginne zu verstehen, worauf sie hinauswolle, und daher, unter liebenswürdigem Nicken und Lächeln, wenngleich, wie zu bemerken er nicht umhin konnte, auch mit manchen jener unerfreulich sinnlosen Zitterbewegungen des Kopfes, die er schon oft bei alten Männern gesehen hatte und die er nun mit einem nach innen gerichteten motorischen Empfinden als von dem alten Manne in sich selbst ausgehend erkannte, getraute er sich eine Antwort zu geben, die von einer Frau ihresgleichen (er sah in den Augen, deren nicht recht bestimmbare Farbe wiederzugeben den Porträtmaler eine verteufelte Mühe gekostet hätte, eine kluge Härte, die zu der schmiegsamen Weichheit ihrer übrigen Erscheinung einen pikanten Kontrast bildete) möglicherweise als befriedigend anerkannt werden mochte.

»Nun wohl«, sagte er, »etwas mußte vollbracht werden. Und ich glaube, man kann sagen, es wurde vollbracht – teilweise, wie ich hinzusetzen muß, denn die zeitgenössische Geschichte, wie wir es hochtrabend nennen, hat sich nicht davon abbringen lassen, dieses Etwas zu verstümmeln. Ich meine, es gab etwas, das zu tun ich geheißen war, und ich habe mir erlaubt, es auszuführen.« Und er hob den Stock in seiner Linken, mit einer vagen Geste das Schwanken auf die Waage gelegter Taten andeutend.

»Geheißen?« nahm sie sein Wort auf. »Wer hat Sie geheißen?«

»Nicht gerade *wer*«, erwiderte er mit einem verstohlenen Zwinkern und einem bezeichnenden Achselzucken. »Irgendeine Macht, ein Dämon meinetwegen, der zu bestimmten Handlungsweisen treibt, ob zum Guten oder zum Bösen – dieser Gesichtspunkt ist hier nicht von Belang –, und gegen die es vermutlich sinnlos wäre, selbst wenn man es wollte, sich zu wehren. Uns allen ist unzweifelhaft dieses Etwas eingepflanzt.« Verschämt oder verschlagen, ob eher das eine oder das andere, wußte er selbst nicht, begann er eine Erkundigung einzuleiten: »Wenn ich wohl so kühn sein dürfte zu fragen, wer –«

»Nicht *wer* also«, sagte sie und begann mit einer gewissen Zerstreutheit, die man ihr auch als eine unbewußte Grausamkeit hätte auslegen können, eine besonders schöne Nelke in ihrem Korb der Blütenblätter zu berauben. »Und somit wäre auch der moralische Gesichtspunkt, die Frage, um es rundheraus zu sagen, nach dem Gut und Böse in diesen Dingen –« Sie sprach nicht weiter. Er wartete, aber es war deutlich, daß er die Ellipse für das Ganze nehmen sollte.

»Man kann«, sagte er mit einer Plattheit, die ihn erst betroffen machte, als es zu spät war, die Worte zurückzuhalten, »kein

Omelett braten, ohne die Eier zu zerschlagen.« Dann fügte er mit einem ihm ungewohnten Erröten hinzu: »Entschuldigen Sie!«

»Das hängt ganz davon ab«, erwiderte sie mit einer Kälte, die mit ihrer anfänglichen Kühle zu verwechseln ein spürbarer Temperatursturz verbot, »ob man Omelettes mag.« Ihr Lächeln kehrte wieder, als sie, noch ehe er etwas zu entgegnen wußte, eine Bemerkung hinzusetzte, die ihre klassische Bildung verriet. »Der Sinn steht uns doch weniger nach einer Oologie als nach einer Herologie, sofern es ein solches Wort gibt. Und sofern nicht«, sagte sie mit jungmädchenhafter Unverblümtheit, »müßte man es prägen.«

»Aha«, sagte er und fühlte nun festeren Boden unter den Füßen. Wie um ein Stück dieses Bodens für sich abzustecken, pflanzte er seinen Stock an den Rand eines Blumenbeetes, setzte seinen Hut auf (wozu es ihrer Erlaubnis nicht bedurfte: sie befanden sich unter freiem Himmel; er war, so dachte er, bei weitem älter als sie; und übrigens trug auch sie eine Kopfbedekkung, und zwar eine sehr hübsche), faltete die Hände auf dem Rücken und begann ein wenig zwischen zwei Rosenbeeten auf und ab zu schreiten. »Die Natur des Helden muß an den Tag gebracht werden. Und was ist ein Held, so fragen Sie? Der Träger außergewöhnlicher Eigenschaften, ein Mensch, der an Dichte und Tragweite der Gedanken und Fähigkeiten die anderen übertrifft. Betätigungsfelder des Heldentums, so denke ich, gibt es viele. Meines war das einer Degenspitze, an der Spitze einer Armee, an der Spitze eines bewaffneten Staates.«

»Warum?« fragte sie. Sie besaß diese Gabe des Irritierens, das sie in das engstmögliche Gefäß, ein *Oh!* oder *Warum?*, zu füllen verstand.

»Warum? Warum?« Er gab ihr das Wort zurück, ein wenig mit seiner alten Entschlossenheit im Gegenangriff. »Sie meinen, zu welchem Zweck? Darauf gibt es eine Antwort. Zu dem Zweck, die Prinzipien der republikanischen Aufklärung zu verbreiten. Zu dem Zweck, eine schon bestehende Republik *mit der Waffe* zu schützen, oder, lassen Sie es mich vielleicht anders ausdrücken, das Vaterland, das den anderen Nationen Europas (denn Amerika wollen wir, wie wir wohl müssen, aus dem Spiele lassen) schon weit voraus und mit der aufgeklärten Herrschaft des republikanischen Prinzips gesegnet war, vor den – wenn nötig antizipierten – Machenschaften der überalterten, korrupten und ängstlich eifersüchtigen Monarchien zu bewahren. So«, und er lächelte sie an, ganz auf die Weise, deren er sich, wie ihm plötzlich in den Sinn kam, in frühester Jugend bedient hatte (eine etwas bizarre Mischung des Siegessicheren mit dem Einschmeichelnden), als er einem die Schule visitierenden Bischof über Fragen der Christenlehre Rede und Antwort stand, in der Stimme die Gefälligkeit des Antwortens, im Gesicht die ganze Fülle seines großen Herzens.

»Oh, wenn Sie das meinen –« Und mit einer Bewegung ihrer Finger, die bis dahin achtlos unter den Blütenblättern gewütet hatten, leistete sie nun eine elegante Abfertigung dessen, was, wie er mit einer Verspätung einsah, die allmählich zu einem Merkmal aller seiner Einsichten bezüglich seiner Antworten auf ihre so leichtgestimmten, hauchzarten Fragen wurde, eine entschieden fade, nachgerade täppische und in jedem Fall demagogische Verknäuelung sozusagen des ganzen Gespinstes gewesen war.

»Ich weiß«, sagte er, den Blick auf die Stiefelspitzen gesenkt, deren Kappen von einer gewissen, freilich winzigen Menge sommerlichen Staubes eingetrübt waren, »auch wir hatten Könige, Fürsten, Herzöge und sogar einen Kaiser. Doch dies alles, verstehen Sie mich recht, war nicht ererbt. Alles, aber auch alles und jedes war durch Verdienst erlangt. Eine Aristokratie des reinen Verdienstes. Oder«, sah er sich durch ihren sardonisch fragenden Blick ehrlicherweise einzuschränken gezwungen, obgleich er sich fürs erste wenig Mühe gab, ihrem Blick standzuhalten, »manchmal auch nicht des Verdienstes, sondern der Familie. Auch das Blut, geben wir es nur zu, fordert seine Rechte, das Gefühl *et tout ça*. Aber zu allermeist war es das Verdienst. Im Staate ganz wie in der Armee: das Verdienst belohnt mit Orden, Pensionen, Herzog- und Fürstentümern. Der Staat im Grunde von der Armee kaum zu unterscheiden. Die Degenspitze. Sie verstehen, sozusagen das ganze *tremblement.*«

»O ja«, sagte sie, und ihre Antwort kam rasch, fast geflissentlich, und war überhaupt nicht mehr unfreundlich, als hätte sie sich schließlich dazu durchgerungen, ihn nach seinen einmal vorhandenen Verdiensten recht und schlecht gelten zu lassen. »Aber all dies ist nicht ganz, was ich meinte.« Er gewahrte nun etwas von der Beschwerlichkeit der Herablassung, welche der Ton eines wohlwollenden Entgegenkommens wie ein glättender Ölfilm verdeckte. »Worüber wir zwei uns doch einig werden müssen«, fuhr sie fort, die zur Schau gestellte *Camaraderie* auf die Spitze treibend, »ist das Wesentliche des *mestiere* oder *métier*, in den Rang einer sternhell strahlenden Kunst erhoben. Welchem Zwecke dient es? Diese Frage sollte indes keinesfalls im Hinblick auf den höheren und sozusagen metaphysischen Zweck gestellt werden. Der Hofschuhmacher, so darf man wohl sagen, verfertigt seine Schuhe nicht, damit der Kaiser darin zur letzten Weltkonferenz gehen kann, sondern damit ein Paar königlicher oder kaiserlicher Füße angenehm bekleidet sind. Würden Sie nicht sagen, daß es zumindest in dem kleinen Felde dessen, was wir uns als möglich einräumen, denkbarerweise so aufgefaßt werden könnte?« sagte sie, ohne in ihrem geflissentlich kameradschaftlichen Gehabe im mindesten nachzulassen.

Er war nun zwar geneigt, ihr mit einem herzlichen Blick und etlichen recht vorsichtigen Kopfbewegungen zu antworten, nicht aber, oder zumindest jetzt noch nicht, in mehr oder minder ausdrücklicher Rede, denn gegen eine wie sie (und wer sie war, wer zum Kuckuck sie war, diese Frage war er nun nicht mehr zu wiederholen bereit) hatte er das Gefühl, leise treten und alle Dschungelinstinkte anspannen zu müssen.

»Das Métier des Helden«, sagte sie nun in nachdenklichem Tone, »des ganz außergewöhnlich begabten Genies der Tat, wieweit es in der Tat – der Ausdruck ist hier doppelt angebracht – eingelöst werden muß, ist eine Frage, die man wohl stellen darf. Das Métier Don Quixotes oder gar Don Juans – Sie verstehen vielleicht, was ich, wenigstens oberflächlich betrachtet, sagen will.«

»Ah!« Er lächelte über die Kindlichkeit des Vergleichs. Zuversichtlich sagte er, dessen Berechtigung scheine ihm nicht allzu deutlich, denn der eine Don sei rein legendär und der andere eben die Schöpfung eines anderen Don – sein Lächeln wurde breiter –, und daher seien beide, der eine erdichtet und der andere nicht sehr viel mehr, als Analogien zu ihm selbst nicht sehr treffend gewählt.

»Worauf ich hinaus will«, sagte sie mit der Kälte einer plötzlich anbrechenden Eiszeit, »ist doch, daß der Held überhaupt nicht gelebt haben muß. Die Einbildungskraft mit heroischen Bildern zu nähren – dies kann sehr wohl auch eine höhere (und daher vielleicht heroische) Einbildungskraft selbst leisten. Oh, wir müssen uns nicht auf den allerhöchsten Einbildner berufen, wenn wir ihn so nennen dürfen, denn was er zum Bilde hinzutun kann, sind nur das leibliche und das räumliche Element, die zeitlichen Belange und dergleichen, also nur Beschränkungen.«

Ihre Eiseskälte, wie ein wohlgezielter Schneeball, stachelte ihn zu einer intelligenteren Antwort auf, als man ihm, wenn man alles recht bedachte, vielleicht hätte zutrauen können. »Doch ohne mich«, rief er, den Hut schwenkend, wie um sich selber zuzujubeln, »wäre dieses besondere Bild nicht gewesen. Bescheidenheit verbietet mir, den Namen oder das von ihm abzuleitende Beiwort auszusprechen, doch die Einbildungskraft der noch Ungeborenen wird sich, um Ihren Ausdruck zu gebrauchen, daran nähren. Also mußte ich, so absurd es klingen mag, leben, ganz abgesehen von meinen vollbrachten und verzeichneten Werken, welche die Ordnung der Dinge verändern, verändert haben und verändern werden.« Und sein Atem ging ein wenig röchelnd, wie unter der Anstrengung des geistigen Aufschwungs zu dieser ernsten und erdenfernen, gleichwertigen, gleichgestimmten, ausgreifenden, geräumigen ... erstaunlichen Erklärung.

»Oh, wenn Sie das meinen –« Es war eine ihrer stehenden Wendungen, eine Art Exordium, welches der näheren Abfertigung, dem ausdrücklicheren Beiseiteschieben voranging. »Jemand, ein Deutscher war es, *ein Mann* oder *einer Mann?* – die Formenlehre dieser Sprache scheint mir überladen mit Endungen – sagt irgendwo etwas über das Bedürfnis der Deutschen, sich zu widersetzen, sich gegen jene besondere Nötigung zu wehren, im Namen ihrer Wälder, Sonnenuntergänge und dergleichen, wodurch ihr romantischer Geist politisch wurde. Nicht eben eine sehr anerkennenswerte Leistung, wenn ich so sagen darf.« Und in einem sonderbaren Tone, für den ihm kein anderes Wort, als daß er *sibyllinisch* sei, einfiel, sagte sie: »*Unser* Abend steht über uns, *unsere* Nacht breitet sich, breitet sich und macht uns ein Ende.« Und sie schauderte inmitten der Sommerhitze, als sehe sie deren vorzeitige und summarische Vertreibung durch eine streitbare Macht der Kälte voraus, vielleicht der wiedergekehrten Kälte, die einst die Welt bedeckt hatte. »Und was diese andere Sache angeht –« Er konnte sich im Augenblick nicht erinnern, was »diese andere Sache« sein sollte, ließ sie aber weiterreden, in der Hoffnung, daß ihre Worte, denen er mit der unbehaglichen Erwartung entgegensah, daß sie weiterhin sibyllinisch sein würden, sein Gedächtnis irgendwie auf die richtige Spur bringen könnten. »Auch Sie sind auf Ihre eigene, prometheische Weise ein Schöpfer gewesen, und ich bediene mich dieses Wortes ganz ohne den herabsetzenden Beiklang von –«

»Ja ja!« Aus irgendeinem Grunde wünschte er das Wort nicht von ihren Lippen zu hören. *»Sarkasmus.«*

»Vortrefflich!« Der Tag war nun in der Tat weit vorgerückt, und das zierliche Spiel der seidenen Haufenwolken verwandelte sich mit dem aufkommenden Winde (schwarz, dachte er unwillkürlich, wieviel Schwarz er heranträgt, die Nacht im Fluge) in einen Trauerzug von ganz unschicklicher Eile. »Ihre Männer haben Sie sich aus dem Lehm geschaffen, doch Frauen zu schaffen, hatten Sie keine Macht. Sie hatten nie, und es sei nun alles, so gut ich kann, ohne längere Umschweife gesagt, niemals viel Macht über die Frauen. Brot und Wasser!« Da war es wieder, das sibyllinische Gehabe. »Nehmen, nehmen, mit dem Degen noch in der Scheide! *Vota. Vuota!*« Er wurde tiefrot, denn diese Worte waren so sibyllinisch nicht. »Aber ihnen haftete immer noch der Lehm an, nachdem sie geschaffen waren, denn stets muß der Schöpfer seine Geschöpfe in der Gewalt haben; nie darf er's drauf ankommen lassen, daß sie sich erheben und –«

»Immerhin, sie wurden geschaffen«, warf er nicht ohne Gereiztheit ein. »Wer anders hätte sie schaffen können?«

»Die Frage ist vielmehr«, erwiderte sie (die Blumen in ihrem Korb sahen so aus, als wären sie sich in gewisser Weise, so eigenartig dies war, des raschen Welkens, das ihnen bevorstand, bewußt), »wer hätte *Sie* schaffen können?« Sie wirbelte eine vollaufgeblühte Dieudonné am Stiel herum und sah ohne erkennbare Gemütsbewegung zu, wie sich durch die Zentrifugalkraft die Blütenblätter ablösten. »Sie hätten, und zwar nicht zu Ihrem Nachteil, sehr wohl von einem der Meister in derlei Kunstgebilden geschaffen werden können, in Worten nämlich. Damit hätte dieser ganze *cauchemar* sich erübrigt, all das vergeudete Fleisch und Blut und vor allem diese erstaunliche Grausamkeit gegen die Pferde. Diese Tiere habe ich schon immer ganz besonders geliebt.« Eine Vorstellung von ganz besonderer Roheit stieg in ihm auf, doch beeilte er sich, sie zu verscheuchen. Außerdem war die aristokratisch englische Miene nur ein Moment aus dem wahren Zootropismus von Zügen, den ihr Hut überschattete; auch andere Masken konnten rasch aufgesetzt und ebenso rasch von der Quintessenz *ihrer selbst* wieder abgestreift werden, und die meisten davon erkannte er mehr oder minder zuverlässig. Auch die Stimme barg ein ganzes Spektrum von Stimmen, ein sozusagen reines akustisches Licht, das sich (gleich den Masken) auf das geschwindeste mit wechselnden Farben zu tönen vermochte, die er ungeachtet der Daltonschen Anomalie, mit der er in diesem Bereich der Sinneswahrnehmung bekanntlich behaftet war, mit erstaunlicher Genauigkeit bezeichnen konnte. »Das Wesen des Heldischen«, fuhr sie fort, »mitsamt Herologie, Herographie und Heropoetik, und niemand müßte mehr frühmorgens aus den Federn, um in den Tod zu gehn. Oder dasselbe in Musik.«

Er versuchte zu lächeln, obwohl der kalte Wind immer schneidender wurde und es ihm schien, daß sie beide, zumindest aber er, ins Haus gehen oder wieder hineingehen sollten; doch konnte er sich etwas wie ein »Haus« im Augenblick einfach nicht denken, weder die Fassade, noch die Tür, die hineinführte. Und seinen Rosenbeeten, die eben noch so wacker geblüht hatten, ging es gar nicht mehr gut. »In Musik? Da weiß ich Bescheid. Herzerfrischend, besonders in der Schlacht, nur ermangelt sie leider des spezifischen Gehalts an –«

»Auf diesem Gebiet haben Sie sich nicht eben ausgezeichnet«, sagte sie lächelnd, mit einem Anflug von jugendlich-weiblicher Bosheit. »Es war fix und fertig für Sie niedergeschrieben, nicht wahr, aber dann hat er die Widmung zerrissen. Ich glaube, Sie wissen, wen ich meine. Dennoch«, sie lächelte nun; offenbar waren ihre goldflaumigen Arme unempfindlich für diesen, wie es ihm erschien, jahreszeitwidrigen Wintereinbruch, wenn es auch mit der Vernunft und mit der Jahreszeit eher vereinbar sein mochte, nur einen vorübergehenden Tramontana, einen Vorstoß nördlicher Kaltluft darin zu sehen, aber trotzdem, wie schade um seine armen Rosen! »dennoch ist nur um so treffender, wie Sie sie gekennzeichnet haben. Herzerfrischend, doch ohne Gehalt – der Ausdruck, auch wenn ich ihn jetzt ein wenig entstelle, ist von Ihnen.«

»Für die Kunst hatte ich kein Talent«, sagte er zitternd, »außer eben für diese eine.«

»Eine Kunst, die allzu verschwenderisch mit ihren Materialien umgeht.« Sie lächelte noch immer, aber nun hatte ihr Lächeln etwas nahezu Endgültiges, während in ihrer Miene, weil es offenbar sein *mußte*, daß ihm noch Zeit zum Denken blieb, eine Koda spielte, bestehend aus einer Folge vormals bekannter, fallengelassener oder abspenstig gewordener Erscheinungen. »Kaum einen Hauch von solcher Seligkeit.« Dies entbehrte merklich des Zusammenhangs. »Und trägt dir manchen Seufzer ein.« Worauf all dies nun hinaus sollte, war nichts weniger als deutlich. »Unsere Erklärung.«

Und mit dem unzweideutigen Gefühl eines – um nicht lange

nach einem besseren Worte zu suchen – Abrückens von jenem Kategorienhaufen, der den Daseinsformen, die er gewohnter-, doch nicht unbedingt erklärtermaßen für Äußerungen seines innersten Wesens gehalten hatte, ihre Einfassung, ihre Gliederung und, zu einem Teil wenigstens, ihre Beseeltheit verlieh oder, stärker noch, verliehen hatte, versuchte er nun, Harmonien auszuströmen, ja, zu »singen«: nicht zwar mit der klaren Stimmhaftigkeit, die man in anderer Hinsicht als primäres Erfordernis dieses Tuns oder dieser Äußerung (beide Worte dürfen wir gelten lassen, denn wo wäre die Grenze zu ziehen?) voraussetzen mag, sondern vielmehr mit einer Energie der reinen Absicht, in der Form eines vornehmlich spirituellen *Aussto-ßens* desjenigen, was gewissermaßen die melodische Entsprechung seines Lebenszwecks war, so wie er ihn immer als sein Allerpersönlichstes verstanden hatte, kurz und schlicht (wegen der unbezweifelbaren Schwierigkeit, diesen Lebenszweck von seinem zuvor erwähnten Wesen zu unterscheiden) seiner selbst, so wie niemand anders als er – doch, um ihm Gerechtigkeit widerfahren zu lassen, bei weitem nicht nur er allein – sich höchstpersönlich selber ansah. Es könnte aber wohl, so ging es ihm auf, während er sich verströmte, ein Mittel geben, und vermutlich gab es eines, so glaubte er, um mehr als nur das Wesen oder die Essenz der Lebenstätigkeiten abzudestillieren und in das eigentümlich flüssige Element dieser Form hinüberzuretten. Gab es nicht schließlich, oder hatte es nicht eine Reihe von Taten gegeben, die ohne Eitelkeit auf die klingenden Tafeln eines großen harmonischen Triptychons oder selbst (und warum in aller Welt nicht?) Tetraptychons verweisen durften, in denen sie ihren verallgemeinerten, doch nicht allzu abstrakten, kontrapunktischen (obwohl ihm vor der Nebenbedeutung von Fuge, *fuga,* schauderte, bis er einsah, daß man es weniger als ein Fliehen denn als ein geordnetes und vielfaches Fliegen auffassen könne, intransitiv oder jenes dritte, andere) und harmonischen Ausdruck fanden. Wie man allerdings um das Verallgemeinern herumkäme, da lag der Haken.

In dem verallgemeinerten Sichverströmen jedoch, sehr laut oder ganz das Gegenteil, denn in dieser Sphäre schien die Polarität der Begriffe nicht mehr zu gelten und eine Stimmhaftigkeit ohne Stimme durchaus noch in der Natur der Dinge zu liegen, so wie die Dinge sich ihm nun darstellten, oder vielmehr, wie er selbst sich nun durch sie dargestellt sah, wobei es noch treffender wäre, von einem einzigen vollkommen wahren und schönen

Ding, einem *Es,* zu sprechen, schien das Verallgemeinern nicht eine Minderung, sondern eine Steigerung, *die* Steigerung (denn der bestimmte Artikel schien angemessener) zu bewirken, etwas ganz und gar Hohes und Edles mit Trompetenschall, denn daß er nicht nur zum eigenen Wesenskern wurde (aber Wesen mußte es einmal sein, denn mit Dasein hatte dies nun nichts mehr zu tun), sondern die eine große und endgültige Einswerdung mit dem sozusagen wesentlichen Wesen vollzug, von dem das seine in dieser einmaligen Rückschau als ein bloßer Aspekt, und zwar ein sehr beschränkter, aufzufassen war, brachte in seine frühere Finsternis einen Glanz, eine Morgenröte, ein Licht von Osten, das fest und sicher auf seinen Thron schien und ihn zur vollkommenen Zufriedenheit unanfechtbar bekrönte. Daß er also nun zu diesem Ding *wurde,* bedeutete unverkennbar, und er konnte es sich nicht versagen, das erhabene Fluten der Melodie mit einem kurzen Kichern über den vulgären Ausdruck, der ihm einfiel, zu verschnörkeln, »eins auf die Löffel« für diesen Prinzipienreiter – denn, unbeschadet seines Talents, das war er –, der sich so uneinsichtig gegen die bedauerliche Notwendigkeit seines damaligen »Abschwirrens« (aber war nicht auch dies ein recht sangbarer Ausdruck?) und gegen alles Spätere gesträubt hatte; und nun hielt er die süße Orange mit dem reinen Saft und Aroma des echten Ruhmes in der Hand, trotz allem und so weiter, aber natürlich hatte *ce petit meinherr,* ungeachtet eines Gebrechens, das ihm selbst den Rang eines gemeinen Soldaten verwehrt hätte, auf seine Art ebenfalls über die Natur (oder, schon wieder, das Wesen) dieses besonderen Ruhmes gründlich Bescheid gewußt, auch wenn er sich allem Anschein nach (und dies war nun wieder eine verflixt komische Sache) aus solchen Leckereien überhaupt nichts machte. Der du mein Herr und Meister! Das Kichern, das sich nun nicht mehr unterdrücken ließ, vertrug sich mit der Musik gar nicht so übel.

»Sir Hudson Lowe«, lächelte Dr. Arnott, »hat geruht, mir seine Bereitschaft mitzuteilen, mit seiner Einwilligung nicht lange auf sich warten zu lassen, aber ich sehe, Sie sind schon mitten in der Arbeit. Ein wenig voreilig, meinen Sie nicht? Ein wenig eigenmächtig, in Abwesenheit der übrigen Kollegen!« Und er deutete auf den geöffneten Leichnam, in dem Dr. Antommarchi geschäftig seine Ausgrabungen vornahm.

»Es war sein kaiserlicher Wunsch«, rief Dr. Antommarchi, »daß eine Autopsie durchzuführen sei. So steht es im kaiserlichen Testament oder in einem Kodizil zu demselben, und Ihr Sir Lowe, so gern er es wohl möchte, kann nichts tun, um es zu verhindern. Die Rippenknorpel«, sagte er, nun in einen unpersönlicheren und fachgemäßeren Ton überwechselnd, »sind weitgehend ossifiziert.«

»Nein, nein, Sie mißverstehen mich«, lächelte Dr. Arnott. »Worum es mir ging, war darauf hinzuweisen, wie vollkommen wohlgeneigt unser hoher Gouverneur Sir Hudson der Durchführung einer solchen hmmm Operation gegenübersteht. Die Herren Dr. Shortt und Dr. Mitchell werden dies gewiß bestätigen.« Und er machte eine Geste zu den beiden Kollegen hin.

»Von Herzen gern«, stimmte Dr. Mitchell herzlich und hilfsbereit zu.

»Aber Ihre Bestätigung ist unerheblich und unverschämt«, rief Dr. Antommarchi. Dann setzte er in ruhigerem, klinischem Tone hinzu: »Diese linke Pleuralhöhle, wie Sie hier sehn, ist mit einer zitrusfarbenen Flüssigkeit gefüllt.«

»So nennt ihr das wohl im Ausland, wie?« sagte Dr. Shortt, hineinlugend. »Stinkt ganz schön, würde ich sagen.«

»Wenn überhaupt ein Geruch zu bemerken ist«, rief Dr. Antommarchi, »dann ein Duft wie von Veilchen.«

»Oho, vortrefflich!« lächelte Dr. Arnott. »Höchst erbaulich, ein Leichnam von blühender Gesundheit! Aber was sehen wir denn da?« Und er deutete auf den oberen Lungenlappen.

»Tuberkeln«, rief Dr. Antommarchi. *»Seminato di tubercoli.«*

»Ach was, haben wir alle«, schnob Dr. Shortt. »Das Wichtigste ist doch, wie mein Kollege hier«, und er deutete auf Dr. Arnott, »sagen will oder schon gesagt hat, daß niemandem etwas vorzuwerfen ist, nicht? Daß wir alle eine reine Weste haben.«

»Ich habe keine Zweifel«, rief Dr. Antommarchi mit einem Blick auf den rechten Rippenfell-Herzbeutel, »daß Beweise für das Gegenteil sich wohl finden werden.«

»Nicht, wenn es sich vermeiden läßt«, lächelte Dr. Arnott. »Dies wollen wir doch unter allen Umständen vermeiden.«

»Schon dieser irische Arzt hat vor dem Oberhaus in London von einer Vernachlässigung und Verfolgung seitens Ihres Sir Lowe gesprochen«, rief Dr. Antommarchi. »Und, natürlich, was hat man mit ihm gemacht? Kriegsgericht!« Mehrere Bronchialganglien waren erweitert, degeneriert und suppurativ.

»Ach was, nicht vor dem Oberhaus, nicht persönlich«, nuschelte Dr. Mitchell.

»Wohlgemerkt, ein Ire«, lächelte Dr. Arnott. »Natürlich ist er nicht vertrauenswürdig. Die sind doch alle auf seiner Seite.« Er deutete auf die Hauptmasse der Leichenteile, nun ein Es. »Scharenweise Iren in seiner Armee. Dieser MacDonald zum Beispiel, auch mit irgendsoeinem Faschingstitel.« Und er deutete auf die rechte Hand, die vermutlich den Titel verliehen hatte.

»Ein französischer Schotte war der, glaub ich«, sagte Dr. Shortt. »Ist aber der irischen Legion beigetreten. Na, und wo sind die alle geblieben jetzt?«

»Da war noch so ein *Freund* von dem hier, weiß nicht mehr, wie er hieß«, sagte Dr. Mitchell, »den hab ich mal untersucht. War bei bester Gesundheit und spielte den Todkranken. Um zu kneifen, Sie verstehn.«

»Lügen, Lügen, Lügen!« rief Dr. Antommarchi. »Sie alle kennen nur allzu gut diese Verschwörung der Gehässigkeit. Ihres gehässigen Sir Lowe. Das Pericardium ist in normalem Zustand, aber das Herz, da sehn Sie, ist verfettet.«

»Fett war er allgemein«, sagte Dr. Shortt, die Nase rümpfend. »Seit er hier war, wurden immer wieder Bemerkungen über seinen Wanst gemacht.«

»Nein«, rief Dr. Antommarchi, »es war eine durch die ihm aufgezwungene Lebensweise induzierte Morbidität, aufgezwungen von – Und dies waren gasige Stoffe, kein Fett.«

»In dieser Weise spricht man nicht über den Herrn Gouverneur einer königlich britischen Kolonie«, lächelte Dr. Arnott. »Bei einem Ausländer Ihres Schlages mag solches Betragen jedoch entschuldigt werden. Durch«, fügte er lächelnd hinzu, »einen Ausländer Ihres Schlages. Ohnehin haben Sie hier eigentlich nichts mehr zu suchen. Der Gefangene ist tot und von uns gegangen, und es wird Zeit, daß nun endlich auch Sie, ha, zumindest von uns gehen.«

»Peritoneale Distension, sehr viel Gas. Weiche, transparente und flüssige Transsudation«, sagte Dr. Antommarchi, fast wie wenn er ein Gedicht vortrüge. Dann rief er laut: »Ich stehe hier als sein Freund und Bewunderer und als Vertreter der Wissenschaft.«

»Verträgt sich nicht gut, was Sie da nennen«, sagte Dr. Shortt und schüttelte den Kopf, als hätte man ihm ein ungereimtes Menu vorgeschlagen. »Ach, sehn wir uns doch mal den Magen an, aber gründlich.«

»Aber sehn Sie doch, hier!« rief Dr. Antommarchi. »Diese Anschoppung, das kann doch nur zirrhotisch sein.«

»Interessiert niemanden von uns«, lächelte Dr. Arnott. Er zeigte auf das Bauchfell, das von der herrlichsten, wenngleich jetzt nur mehr morphologischen Normalität war. »Der Magen dagegen, meine Herren – ahhh! Sie wissen ja, was wir zuerst mal suchen«, lächelte er.

»Ich weiß nur allzu gut«, rief Dr. Antommarchi, und fast hätte er mit vorgehaltenen Händen zu verbergen gesucht, was sie, wie er nur allzu gut wußte, suchten.

»Stinkt ganz schön«, sagte Dr. Shortt mit verzogenem Gesicht.

»Ein gewisser akrider und foetider Geruch ist unverkennbar«, sagte, murmelnd nun, Dr. Antommarchi, »und ich will ihn nicht leugnen. Ein mit mehr Sympathie, mit Liebe verbundenes olfaktorisches System allerdings –«

»Jedenfalls riechen auch in Ihrer Heimat die Veilchen offenbar anders«, lächelte Dr. Arnott. »Also los, Sie wissen, was wir suchen. Sehn wir uns das mal ganz genau an!«

»Mit jedem Atemzug meines Leibes protestiere ich«, protestierte Dr. Antommarchi. »Ich protestiere gegen das, was Sie lügnerischerweise zu finden gedenken, oder vielmehr nicht zu finden gedenken, nach den heimtückischen Anweisungen dieses Erzschurken Sir Lowe.«

»Versuchen Sie erst einmal, ihn richtig beim Namen zu nennen!« protestierte Dr. Mitchell nun seinerseits. »Der *Sir* kommt vor dem Vornamen. Aber diese Ausländer müssen ja alles nach ihrer Nase verdrehen.«

»Sehn wir's uns mal an!« lächelte Dr. Arnott und sah es sich lächelnd an.

Da sah man's also: Für Dr. Antommarchi war es die kaiserliche Leber, für die britischen Ärzte eine Generalsleber oder auch nur eine gemeine Leber, jedenfalls die Leber. Und die Leber nun sahen sie sich verflucht genau an. »Der Befund ist«, rief Dr. Antommarchi, »und ich werde ihn sofort in meinem Notizbuch festhalten und zur Bestätigung Ihre Unterschriften erbitten, was sag ich, verlangen, nämlich folgender.« Und mit korsischer Großspurigkeit deklamierte er, was er zugleich mit einem Bleistift aufschrieb: »Die kaiserliche Leber war mit chronischer Hepatitis infiziert und eng mit der konvexen Oberfläche des Zwerchfells verwachsen. Die Adhäsion – fest, zellular und vor geraumer Zeit entstanden – erstreckte sich über die Gesamtheit der besagten Oberfläche.« Dann fixierte er sie mit grimmig funkelnden Korsenaugen und sagte: »Hepatitis. Sehn Sie nur diese abnorme Schwellung, die Anschoppung, die gewaltige Hypertrophie! Daran, meine perfiden Herren Briten, kommen Sie mir nicht vorbei.«

»Oooooh«, lächelte Dr. Arnott wie ein kleines Mädchen vor einer neuen Puppe unter dem Weihnachtsbaum und mit der gehobenen Stimme kindlichen Hingerissenseins, »was für eine himmlisch schöne Leber! So normal und kein bißchen geschwollen!« Und er deutete. Die beiden anderen perfiden Albioniten bestätigten ihn im Chor mit einem »Oooooh«. Eine schöne Leber, eine gesunde Leber und kein bißchen geschwollen, nicht nötig, viel Wesens drum zu machen. Dr. Antommarchi machte dennoch Wesens, er führte geradezu einen Tanz auf, und die anderen schauten ihm lächelnd zu. Dann bemächtigte sich Dr. Antommarchi der Leber, als wollte er sie gegen einen ihrer Größe angemessenen Preis zur Versteigerung bringen, und sagte:

»Das an. Sehen Sie. Sich. Das an!«

»Was uns immer vor allem interessiert hat«, lächelte Dr. Arnott, »ist der Magen. Sehn Sie sich *das* an, meine Herren!« Und er deutete. »Eindeutig kanzerös. Kein Student im ersten Semester könnte auch in den wildesten Halluzinationen für möglich halten, daß dies etwas anderes ist als Krebs.«

Mit Sicherheit (Dr. Antommarchi fluchte im Namen vorchristlicher korsischer Götter) kanzerös, in einem schwer kanzerösen Zustand, unmöglich, daß ein zurechnungsfähiger Kliniker daran den mindesten Zweifel hätte. In der augenscheinlichsten, handgreiflichsten, klassischsten Weise kanzerös.

»Ich durchschaue Sie, ich kenne Ihre Tücke«, rief Dr. Antommarchi. »Ich weiß wohl, daß Sie wissen, daß der Vater des Kaisers an einem kanzerösen Magenleiden gestorben ist, ich weiß, daß Sie wissen, daß solche Krankheiten erblich sein können, aber ich weiß auch, daß hier kein kanzeröser Zustand vorliegt, sondern die Leber ist es, die Leber, an der Leber ist er gestorben, bei Castor und Pollux, o welch ein Verrat, welch eine Lüge, welch ein Krebsgeschwür an Perfidie!«

»Also«, lächelte Dr. Arnott, »können wir den Befund unserer Autopsie dahingehend zusammenfassen, daß der Magen mit einem fingerdicken Loch perforiert ist, aber so dicht an der Leber haftet, daß die Öffnung versperrt wird. Tod aufgrund eines kanzerösen Ulcus im Magen, wobei besagter Magen (ha, Entschuldigung, ein anderer Magen steht ja nicht zur postmortalen Untersuchung) Zeichen von Läsionen im frühkanzerösen Stadium aufweist. Einverstanden?«

Einverstanden, Einverstanden.

»Keineswegs einverstanden«, brüllte Dr. Antommarchi, »nie und niemals! O welche Perfidie, welche schmähliche, tückische Entstellung –«

»Moment«, sagte Dr. Shortt plötzlich. »Ich würde sagen, diese Leber ist allerdings abnorm vergrößert, nicht?« Dr. Arnott und Dr. Mitchell erwiesen ihm die Ehre eines zwanzig Sekunden währenden ungläubigen Staunens.

»Schlagen Sie sich auf seine Seite, wie?« lächelte Dr. Arnott. »Halten Sie's neuerdings mit diesem Doktor Antomatus oder Antipodus hier?«

»Nein, nicht doch. Bei unbefangener Betrachtung würde ich sagen, sie ist ganz gewiß abnorm vergrößert. Hat nichts damit zu tun, was der hier sagt. Verlasse mich nur auf das Urteil meiner –«

»Es ist eine wundervoll normale Leber«, lächelte Dr. Arnott, »und Sie selbst haben es gesagt. Auch unser guter Doktor Antikorpus hier hat gehört, wie Sie es gesagt haben, nicht wahr, lieber Freund und Kollege?«

»Heimtücke, Heimtücke, Heim –«

»Ich glaube«, lächelte Dr. Arnott, »daß der Herr Gouverneur, daß Sir Hudson Lowe im Namen von Lord Bathurst in London, wie Sie sich erinnern werden, der Meinung beipflichten würde, daß die Leber nicht vergrößert ist. Drei zu zwei, meine Herren.«

»Ich bin doch etwas befremdet«, sagte Dr. Mitchell befremdet, »daß Sie, Shortt, sich dazu hergeben, gemeinsame Sache mit – Aber ja, gewisse Pflichten muß man doch kennen, gewisse allereinfachste Anstandsregeln. Verdammt noch mal, Mann, mit wem halten Sie's eigentlich?«

»Mit der Wahrheit hält er's«, rief Dr. Antommarchi, »mit unserm großen guten verblichenen Herrn und Fürsten.«

»Mit dem, was Sie zuletzt gesagt haben, will ich nichts zu tun haben«, grollte Dr. Shortt. »Die Wahrheit ja, wenn Sie wollen, aber nicht den übrigen Humbug. Und sollte das alles zu der Wahrheit mit dazugehören, dann wüßte ich nicht mehr recht, wo ich stehe. Hören Sie«, sagte er nun zu seinen perfiden Mitalbioniten, »ich weiß auch nicht recht, ob ich mir viel draus mache, was Sir Hudson Lowe und was dieser dämliche Bathurst zu Hause in London sagen. Niemand wird mich ja wohl auf die

Guillotine schicken, weil ich den Mut habe, meinen eigenen Augen zu trauen. Ich sage, sie ist vergrößert –«

»Abnorm vergrößert, haben Sie gesagt«, bestätigte Dr. Arnott, ihm zulächelnd.

»Was immer das bedeutet –«

»Was immer das bedeutet«, unterbrach ihn Dr. Mitchell mit einem Abwinken, »*vergrößert!* Wissen Sie denn überhaupt, was die durchschnittliche Größe einer Leber ist, Shortt?«

»Ich hab schon oft genug eine Leber gesehn, um sagen zu können, daß diese hier ein verfluchtes Stückchen größer ist als normal. Tut mir leid, ich will keinen Ärger machen, das wissen Sie, aber so ist es, verdammt noch mal!«

»Ich habe wohl gehört«, rief Dr. Antommarchi, »was Sie von der Guillotine gesagt haben. Nur Mut, wackrer Mann! Seine Freunde und Bewunderer werden für Sie beten, wenn es dazu kommt.«

»In England haben wir keine Guillotine«, lächelte Dr. Arnott. »England ist ein zivilisiertes Land. Er hat nur eine Redefigur gebraucht. Niemand wird auf die Guillotine geschickt werden. Außer vielleicht –« sagte er, aber sein Lächeln zeigte, daß ihm der Augenblick zu Drohungen und Beleidigungen gegen diesen Dr. Antidingsda ungeeignet schien. »Nun denn«, sagte er gefaßt, lächelnd, mit der Hand deutend, »kanzeröses Magenleiden, stimmt's, Shortt? Erkennen Sie das als Ursache für seinen Abgang an?«

»Die Leber ist ein verfluchtes Stückchen zu groß. Komisch, daß ich's nicht gleich gesehn habe. Aber gut, Tod durch kanzerösen Ulcus, das unterschreib ich, nur muß das mit der vergrößerten Leber auch hinein.«

»O nein, ich glaube nicht, daß wir das mit hineinnehmen«, lächelte Dr. Arnott. »Wir lassen die Leber weg. Zu belanglos.«

»Die Leber kommt hinein«, beharrte Shortt. »Andernfalls mache ich bekannt, daß Sir Hudson die Sache mit der vergrößerten Leber unterdrückt hat. Und ich pfeif auf ihn.«

»Freund der Wahrheit und der gerechten Sache!« rief Dr. Antommarchi. »Was mich angeht, ich mache nicht mit. Ich unterschreibe gar nichts.«

»Um so besser!« lächelte Dr. Arnott. »Und der Teufel soll mich holen, wenn ich weiß, wie Sie überhaupt hierhergekommen sind. Seine Mutter hat Sie hergeschickt, war es nicht so? Zusammen mit diesen beiden schnüffelnden Pfaffen. Madame Nochmehr oder wie man sie nennt.«

»Bitte«, sagte Dr. Shortt erbittert, »hören Sie endlich auf, mir Ihren Knoblauch und Ihren *ami de la vérité* über die Schulter zu blasen. Da muß man ja denken, ich würd in so einer verdammten ausländischen Verschwörung mit drinstecken. Ich geh meinen eigenen Weg, richte mich nur nach den eigenen Augen, also verschonen Sie mich bitte mit Ihrem Knoblauch, verstanden?«

»Ich allein gegen alle«, rief Dr. Antommarchi. »Heimtücke, immer wieder Heim –«

»Ach, halten Sie doch den Mund!« lächelte Dr. Arnott. »Können Sie den armen Teufel da nicht in Frieden ruhn lassen?« Und er deutete auf den Leichnam, der da lag, ausgeweidet wie ein geschlachtetes Schwein. »Sie können ihn wieder zusammennähn. Lassen Sie ihn ein bißchen nett zurechtmachen. Lange hält er sich nicht mehr.«

»Ein anständiges Gesicht hat er, muß man zugeben«, gab Dr. Shortt zu. »Sogar edel, würd ich sagen. Vergleichen Sie's bloß mal mit Lowes Gesicht, nur als Beispiel. Verdammt, es ist doch was anderes.«

»Freund!« rief Dr. Antommarchi. »Das ist die Majestät noch unter dem Todesschatten.« Aber Dr. Shortt sah ihn mit der kühlen britischen Abneigung an, die ihm gebührte, diesem dämlichen, hysterischen Ausländer.

Sir Hud verleugnete mit keiner Silbe die grimmige Strenge seiner geschworenen Feindschaft, als er sein Gesicht gen Himmel erhob. »Mein Feind war er«, verkündete er mit heldischer Stimme, »und der Feind des Menschengeschlechts. Der ewige Feind war er, doch nun ist er uns Menschen aus den Augen gegangen. Das Gute hat gesiegt, und wenn auch kein aufrechtes Herz von Vergebung faseln wird, so müßte einem das Herz doch zu Stein geworden sein, wollte es sich an diesem Tage nicht erweichen und schmelzen lassen, um kurz den Tau einiger großmütiger Tränen zu vergießen. Verdammt ist er und verdammt sei er, und möge das ewige Feuer der Hölle ihn umfangen, doch zugleich ruht er am Busen eines gerechten Gottes, der besser als auch der Weiseste unter uns weiß, wie mit der Seele des Bösewichts gerecht zu verfahren sein wird. Tot ist er, wie niemand leugnen kann; begraben ist er, wie wir gesehen; von uns gegangen ist er, wie auch die Zweifelsüchtigsten werden zugeben müssen. Dennoch wollen wir ihm die echte britische Großmut erweisen. Weder sein angemaßtes Kaisertum soll als

Inschrift auf seinem Grabstein stehen, noch sei die lautere Wahrheit darauf eingegraben, da es unter diesen Umständen nicht großmütig wäre, seiner Schurkerei, Verruchtheit und Infamie Erwähnung zu tun. Nein, stumm sei der Stein; stumm bleibe er; und mögen Sonne und Wind und der großmütige Regen bis zum Ende aller Tage seine Stummheit bezeugen. Also trocknen wir nun unsre Tränen und sprechen ein Amen dazu.« Und er gab seinem Roß die Sporen und ritt von dannen, wohin, danach mochte niemand ihn fragen.

»Jedenfalls, Miß, wie ich Sie aus alter Gewohnheit immer noch nennen darf«, sagte der Sergeant Trouncer, ein so getreuer Soldat König Georgs (nun des Vierten, nicht mehr des Dritten, so wenig das ausmachte), wie König Georg nur hoffen könnte, ihn zu finden, wenn König Georg jemals geruhen sollte, ihn zu suchen, »das hier sind seine letzten Worte, so wie man sie mir berichtet hat, und die stehn hier haufgeschrieben auf diesem Zettel, wie man's wohl ohne Übertreibung nennen kann.« Er sog an seinem mächtigen Schnurrbart, der ebenso wie die breite darunter verhangene Öffnung freigebig mit dem Bier der Balcombes benetzt worden war. Er saß mit Betsy in ihrem Garten in London und hörte dem schlichten, echt britischen Vogelgezwitscher zu, ohne all den Unfug und die melodischen Ausschweifungen der tropischen Ornithologie. Noch sechs Monate, und endlich gäbe es für sie alle ein britisches Weihnachtsfest (aber natürlich nicht mehr mit denselben Vögeln, denn die, ohne Sinn für das echt Britische, hätten sich dann in wärmere Zonen davongemacht), aber jetzt war Sommer, britischer Sommer, auch nicht das Schlechteste, Gott sei gepriesen!

Betsy nahm den Zettel, der die Spuren einer langen und beschwerlichen Reise trug, die er in Sergeant Trouncers Gesäßtasche zurückgelegt hatte, und sie weinte ein bißchen, als sie las. »Frankreich. Armee. Spitze der Armee. Josephine.« Sie zog eine Träne hoch. »Wie furchtbar traurig!« sagte sie mit halberstickter Stimme.

»Ha!« sagte der Sergeant Trouncer feierlich. »Das heißt es denn also. Ich hab nie viel übrig gehabt für die Franzosen und ihr Gebabbel, Miß, wo ich doch bei Toulong so bittre Herfahrungen gemacht hab.« Er sah ihre fragende Miene und erklärte: »Toulong, das ist so ein Ort am Meer, könnte man sagen, in Frankreich, Miß, und da hat's mal so ein fürchterliches Gerums gegeben, kann ich Ihnen schwören, Miß, wenn Sie sozusagen die Rumgeredigkeit entschuldigen wollen.«

»Also bis zuletzt«, schniefte Betsy, »hat er an sie gedacht. Wie traurig, wie furchtbar traurig! Und alle haben sie ihn verlassen, Sergeant Trouncer, kein Mensch ist bei ihm geblieben.«

»Ich bin dageblieben«, gab der Sergeant Trouncer zu bedenken und zog den linken Flügel seines feuchten Schnurrbarts in die Länge. »Aber klar, mußt ich ja wohl sozusagen, denn ich bin ja beim Heer Seiner Majestät, Gott segne es und ihn auch. Und außerdem«, fügte er weltklug hinzu, »konnte ich ihm natürlich keine Frau ersetzen, Miß, denn da haben Sie ja wohl sicherlich dran gedacht. Aber«, sagte er geheimnisvoll, »der Himmel macht halles handers auf lange Sicht, und ob wir's nun abwarten oder nicht, ändert nichts, wenn Sie die Bemerkung verzeihn, Miß, an der Suppe, die wir dann auslöffeln müssen.«

»Und ich hab ihn auch verlassen«, sagte Betsy mit leiser und zitternder Stimme. »Ich hab ihn im Stich gelassen wie alle andern auch. Wie soll ich mir das je verzeihen?«

»Der Ruf der Pflicht«, sprach Sergeant Trouncer, »und da können wir alle nicht dran vorbei – sagen einem alle, die Bescheid wissen.« Und, als ob sein letztes Wort eine solche Geste erforderte, legte er den mächtigen Zeigefinger seitlich an die fleischige Nase.

»Ich hab ihn nämlich geliebt, wissen Sie?« murmelte Betsy.

»Ach, Liebe!« sagte der Sergeant Trouncer stirnrunzelnd, als wäre dies eine von ihm mißbilligte militärische Neuerung, »von der Liebe haben wir wohl alle schon gehört, auch wenn wir nicht soviel von gehabt haben. Aber so isses nun mal, Miß, sozusagen.«

»Und nun ist alles aus.«

»Na«, überlegte der Sergeant, »da wär ich nicht so sicher, Miß. Ist schnell gesagt – alles aus. Nein, Miß, würd ich mir zweimal hüberlegen, eh ich das sag.« So sehr unser soldatischer Freund auch dessen ermangelte, was man in einer sehr engen Welt Kultur und Bildung nennt, gebrach es ihm doch nicht an einer gewissen natürlichen Weisheit, und aus deren Tiefen nun schöpfte er die Worte: »Halles aus? Nein, Miß, hüberhaupt noch nicht alles.« Und dann nahm er dankend ein weiteres Glas vom guten britischen Ale der Balcombes entgegen.

Überhaupt noch nicht alles aus. Es war ein herrlicher Frühjahrsmorgen, als N zur Truppeninspektion ausritt. Wörter aus den

Memoranden, die er eben diktiert hatte, begleiteten ihn wie klimpernde Glockenspiele. Wirklich ein sehr schöner Morgen. »Gestern wurde der Louvre mit fünf Minuten Verspätung geöffnet ... Dieser Beamte im Arbeitsministerium, Queval, wenn ich mich recht erinnere, scheint mir ein heimlicher Säufer zu sein. Wie kann er sich das leisten, bei seinem Gehalt? Unregelmäßigkeiten sind vorgekommen. Wenn das schon im Kleinen so ist, dann vermutlich auch auf höherer Ebene. Lassen Sie es untersuchen! ... Der Ägyptische Brunnen ist in stark verschmutztem Zustand, lassen Sie ihn säubern! ... Der Zinssatz ist um ein Prozent anzuheben ... Die Zeit ist reif für eine neue Schulausgabe der Biographie Karls des Großen ... Korporal Masson hat ein entzündetes Auge, befehlen Sie ihm, sich krankzumelden! ... Eines Tages bringen wir diese Arschlöcher doch noch in die Große Europäische Völkerfamilie ...«

Mit ihm ritten sein Stabschef, der Tagesmarschall, der Oberstallmeister (schmollend, wegen irgendeines Streits über die Hufbeschläge), zwei seiner Adjutanten, zwei Ordonnanzoffiziere, ein Stallbursche, ein Page mit dem Fernrohr, ein Kammerdiener, ein Dolmetscher, ein Soldat von der Leibwache mit der Kartentasche und einem auf das tägliche Marschpensum festgestellten Teilzirkel, Rustam, der liebe alte schwarze Halunke. Voraus zwölf Berittene und noch zwei Ordonnanzoffiziere. Hinter ihnen die Leibwache aus vier Schwadronen Gardekavallerie (Chasseurs, Lanciers, berittene Grenadiere, Dragoner). Plötzlich, belustigt, merkte er, daß er ganz vergessen hatte, was, wo und –

»Zu Befehl, Sire!« Und man sagte ihm, wo sie waren, welches der Name des bevorstehenden Sieges und wer der Feind war. Aber, klar, es gab ja eigentlich nur einen Feind.

»– Völkerfamilie früher als sie glauben, diese Arschlöcher!«

»Jawohl, Sire!«

Das liebevolle Gebrüll der angetretenen Truppen schreckte ein wirres Gekrakel kreisender Vogelschwärme an den Himmel. Was war es, sein Geburtstag, Jahrestag eines großen Sieges oder seiner Krönung? Nein, einfach so, weil er da war. Er winkte, Tränen der Liebe im Auge, und bemerkte zugleich den unmöglichen Aufzug des Sergeanten Pécriaux, konnte kaum mehr grad auf den Beinen stehn, der Fotzenjockei, und oben fehlte ihm ein Knopf; muß doch mal ein Wort mit dem reden. Hochrufe, Heil und Segen. Alles schrie mit und freute sich, nah und fern, Menschen, Tiere, Stock und Stein, alles ein Jubel.

Die Läufe der Vorderlader, das Reststück der Zuidersee, das ungesäuerte Brot des Abendmahls, Wilhelm Richard und John Peter (Honus), die Sternbilder Ursa Major und Auriga, der vollzählige Stamm der Motacilla, die Witwen und Waisen, die Überreste von Salomons Tempel in Jerusalem, die Sprachen der Nootka, der Irokesen und der Waadtländer, die gesamte Kavallerie, Camptosorus rhizophyllus, Leukome und Strabismus, das Hartholz der Gewehrkolben, Walpurgisnächte, die Bratsche und der Büffel, die Salamander, Nuligak, Pastinak und Portulak, Wasserkäfer und Schwimmvögel, die Schneebeere, Rhône und Elster, Mad Anthony, der Seelachs, Meteore und Meteorologen, Weber und Schachspieler, die Schwerkraft, die Brunnen, die Kanäle, die Seeschnecken, Bengalen, der Monsun, der Hai und der Steinbeißer, der Fadenwurm, Knute und Weinstock, die unerbetene Sendung der Kaukasoiden, Zungenredner, Huren und Spinner, Inseln, Kottletts, Physiker, die Maiglöckchen, das bellende Gnu, Schiffe, Klarinetten, Stürme, der Sohn Sirachs, Hasel und Hexenschuß, Hahnreis und Magier, Kampfer und Alexie, Sir Thomas und Breslau und überall, wo der Wein fließt, und alle freuten sie sich. Freuet euch! Und wie oft soll ich's noch sagen, freuet euch, läutet eIN RIchtiges Fest ein, läutet, läutet, läutet die Glocken. Freut euch!

Epistel an den Leser

Das wär es denn: ein Schmöker, eine Art
Roman über Napoleon Bonaparte
(Ob und warum Roman, ist nicht so wichtig).
Seit Tolstoi ist ein Autor unvorsichtig,
Wahnwitzig, unverschämt und manches mehr,
Der über Bonaparten schreibt, denn der
Hat seinen Auftritt schon in *Woina i Mir:*
Was soll nach solchem Wodka britisches Bier?
Zu spät für uns! Schon trafen sich die Leuen,
Uns winkt die Knute, den Vergleich zu scheuen.
Dies war auch unserm Thomas Hardy klar
(Auf seine Art groß, wie Graf Leo war),
Daher, um sich an Tolstoi nicht zu messen,
Mied er das Epische und schrieb stattdessen
Ein Lesedrama goethescher Manier,
Vielleicht auch, mit prophetischem Gespür
Das Kino ahnend, das er noch nicht kennt,
Ein Lichtspiel, projiziert ans Firmament.
The Dynasts wurden dennoch abgeschmettert,
Und jeder, der sie liest oder durchblättert,
Zieht den Vergleich, der auf den ersten Blick
Das Ganze als ein schauderhaftes Stück
Entlarvt. Das Publikum zollt Pfiff um Pfiff,
Die Muse aber, der man sich vergriff,
Ehrt kühnen Bruch vor orthodoxem Schliff.

Was nun mein eignes armes Werk angeht,
So hoff ich, daß kein Kritiker so blöd
Sein wird, Tolstois Geschütz drauf abzufeuern.
Man kann's verreißen oder kann es feiern
Als komischen Roman, ob gut, ob fad,
Doch tausend Werst weitab von Tolstoigrad.
›The Napoleon Comic Symphony‹, so hieß
Es erst, bis ich das »Comic« fallenließ,
Denn »komisch«? Gags und arrangierte Lache
Für triste Leser sind nicht meine Sache.
Dies Buch, gewissermaßen pikaresk,
Hat einen Helden, unhold, doch grotesk,
Der Raub, Mord, Notzucht übt aus Übermut
Und keinem Menschen ewigen Schaden tut.
Dahinter aber oder gleich beiseite
Gibt noch ein Größerer ihm das Geleite,

Die Form und Handlung schleusend und regierend,
Napoleon und mich selbst am Schnürchen führend,
Nicht komisch und nicht tragisch, doch verklärt:
Ja, Beethoven – Sie haben's schon gehört.
Von Kind auf an Musik gewöhnt, bin ich
Noch heute Komponist – unmeisterlich,
Doch seit ich Bücher schreib, drängt zu Papier
Ein irrer Wunsch, und den erfüll ich hier
Oder versuch es: sprachlichem Erzählen
Vielstimmigen Zusammenklang befehlen,
Dem Leben antun, was der Nerv auch stöhnt,
Abstrakte Formung, die symphonisch tönt.
Dies wurde zwar schon in der Literatur
Versucht (›Point Counter Point‹, ›Four Quartets‹), nur
Verraten diese Werke eine Scheu
Vor dem, was mehr als blasse Spielerei.
Aus Literatenfurcht vorm vollen Ton
Begnügt man sich mit dem Analogon.
Das anspruchsvollste dieser Kuriosa,
In denen sich erzählerische Prosa
Verhält wie ein Musikstück, ist zu hören,
Wenn Joyces Sirenen unser Ohr betören,
Fugal, komisch-pedantisch im ›Ulysses‹,
Höchst geistreich, genial. Und dennoch ist es
Ein Witz nur, zwar gigantisch an Gewicht,
Und sagt im Grund: Dies geht nun einmal nicht.
Natürlich nicht. Was mich seit Jahren reut,
Ist eine ähnliche Unmöglichkeit:
Ein Buch, worin der schreckliche Marquis
De Sade sich mit Jane Austen mißt und sie
Thematisch lebhaft aufeinander prallen.
Das Ganze müßte in vier Teile fallen,
Wie Mozart-Sätze: Der erste Satz *con brio*,
Adagio dann, dann Menuett und Trio,
Und stürmisch mit Allegro ging's zu End.
Bei einem Freund, der Filme macht, erwähnt'
Ich dies, und er meint heftig, wenn ich über
Den Bonaparte schriebe, wär's ihm lieber.
(Über den Korsen, gab er zu verstehn,
Gedenke er, was Episches zu drehn,
Hab' aber noch kein Skript.) Gleich wollt' mir scheinen,
Die Mühe könnt' sich lohnen, schrieb ich einen

Roman über Napoleon Bonaparte,
Doch frei nach Ludwig van, statt nach Mozart.
Die Symphonie, die Dritte, in Es-Dur,
Ist wohl bekannt genug. Auf ihrer Spur
Bleibt der Roman und folgt ihrem Modelle:
Gekürzt, gelängt, gestrickt nach meiner Elle,
Napoleons Zeit – mit Beethoven als Quelle.
Man weiß, als Bernadotte ihn fragt: »Wie wär's denn
Mit einer Symphonie auf unsern Ersten
Konsul?« erwidert Beethoven: »Ja freilich,
Für diesen Mann wär Mindres unverzeihlich«,
Und schreibt das Werk. Doch bald beginnen ihn
Gewisse unholdhafte Infamien
Zu stören, quälen, dann in Wut zu setzen,
Und schließlich reißt er jene Seit' in Fetzen,
Auf der die Widmung steht. »Held unsrer Zeit?
Ach nein, nur wieder ein Tyrann!« so schreit
Er auf – mit Recht! Enghien bei Nacht erschossen,
Ohne Prozeß; Verwandte und Genossen
Zu Königen gemacht. »Ein Held? Ach nein!«
Dennoch, die Symphonie gibt allgemein
Den Ersten Konsul, nur das ideale
Abstrakte Wesen, nicht die schlimme Schale,
Heroisch tönend in Es-Dur betreffs
Des reinen Helden, nicht des Mafia-Chefs.
Als Romancier muß ich das Unholdsbiest
Einwirken ins symphonische Gerüst,
Mit Einzelheiten, wispernd oder dröhnend,
Und, *contra punctum*, alles dies versöhnend
Mit dem formalen Wesen der Musik,
Dem Helden folgend durch Geschwätz und Krieg –
Soweit es geht, wenn überhaupt, nun ja!
(Es geht natürlich nicht *et cetera*.)
Die Sätze eins und zwei der Symphonie
Sind zwar geformter Klang nur, wortlos wie
Zur reinen Ohrenandacht, doch sie melden
Vom kurzen Leben irgendeines Helden.
Allegro: Seht, wie er auf Erden schreitet,
Streng, doch gerecht, von edlem Sinn geleitet,
Zieht für die Ordnung, die er liebt, zu Feld,
Doch mit Bedauern, nur zum Heil der Welt.
Der Trauermarsch: Früh liegt er auf der Bahre,

Ironisch rankt ihm Lorbeer um die Haare.
Er wird zu Grab gebracht; wir weinen, sehn
Die Leichenredner sich am Sarge blähn:
Welch ein Charakter, groß in Rat und Tat,
Was für Triumphe dankt ihm nicht der Staat!
In Frieden schlaf er unter heiligen Hecken,
Und keine Auferstehung soll ihn wecken.
Doch halt! Es scheint, etwas ist nachzutragen.
Was gibt's nach dem Begräbnis noch zu sagen?
Ein Scherzo – wie? Finale, doch für wen?
Beethoven lächelt: »Was nun vorgesehn,
Ist die Beschwörung einer Kreatur,
Die nicht natürlich, sondern der Natur
Enthoben. Was historisch war und vage,
Kommt nun zur vollen Deutlichkeit der Sage.«
Sage? Doch welche? Ah, Prometheus, der!
Beethoven läßt uns nicht im Zweifel, wer
Der Held ist: Fürs Finale nimmt er Bass
Und Melodie aus dem Ballettstück, das
›Geschöpfe des Prometheus‹ hieß, und dann
Reiht er dazu zehn Variationen an.
Das Scherzo: Hört man nicht die Flammen brüllen,
Geraubt den Göttern um der Menschen willen?
Und dieser Hörnerklang, was der bedeute?
Die Jagd ist los, ihn hetzt die Göttermeute.
Auf Plutarch geht dies, glaube ich, zurück,
Daß jeder Held ein Parallelgeschick
Noch kennt, wo Fabel sich ans Leben koppelt:
Der Heros lebt nicht einfach, sondern doppelt.
Romangestalten muß man einheitlich
Ausführen – also war dies nichts für mich.
Zwei Stücke Prosa zu Napoleon,
Anschließend zwei viel kürzre, handelnd von
Prometheus? Nein, dies war nicht diskutabel.
In Eines aufgehn müssen Fakt und Fabel.
Das Trio meines Scherzos ist ein Spiel
In Versen, das dem Kaiser nicht gefiel,
Über Prometheus und von einem Mann
Mit Dichternamen Enuiluban –
Nabuliune, er. Im letzten Teile
(Mit Variationen, die in keiner Zeile,
Ob's auch so scheint, die Parodie riskieren)

Will noch ein Opfer uns zu Tränen rühren
(Aug, Ohr, Gemüt): Nunmehr zu dreien schon
Sind sie vereint Promethapoleon,
Am gleichen Felsen gleicher Adlerfraß.
Dies also wäre kurz das Wie und Was
Des Buches: Eine Pseudosymphonie
In Es-Dur, *forte* endend, etwas früh
Für die Verwirklichung des großen Plans,
Napoleon *postume triumphans:*
England, der Löwe mit verfallnen Zähnen,
Will sich in Demut an Europa lehnen.
Himmel und Hölle, laßt die Glocken dröhnen!

Charles Bukowski

»Seine Sauf- und Liebesgeschichten enthalten mehr Zärtlichkeit als alle glanzpolierten Liebesfilme zusammen.«
(Frankfurter Rundschau)

dtv 10104

dtv 10156

dtv 10188

dtv 10410

dtv 10538

dtv